U0540853

译文经典

大师和玛格丽特
Мастер и Маргарита

М.Булгаков

〔苏联〕布尔加科夫 著

李春雨 译

上海译文出版社

"……你究竟是谁?"

"我属于那样一种力,总想作恶,却总在行善。"

——歌德《浮士德》

目 录

上 卷

第一章　永远别和陌生人说话 …… 003
第二章　本丢·彼拉多 …… 018
第三章　第七项论证 …… 044
第四章　追踪 …… 051
第五章　大闹格里鲍 …… 060
第六章　果然是精神分裂 …… 074
第七章　不祥的住宅 …… 085
第八章　教授与诗人的交锋 …… 097
第九章　科罗维约夫的把戏 …… 107
第十章　雅尔塔来电 …… 117
第十一章　新旧伊万 …… 130
第十二章　黑魔法大揭秘 …… 134
第十三章　主角登场 …… 150
第十四章　感谢雄鸡！ …… 171
第十五章　博索伊之梦 …… 180
第十六章　行刑 …… 193
第十七章　不安的一天 …… 206
第十八章　倒霉的访客 …… 219

下　卷

第十九章　玛格丽特 …………………… 243
第二十章　阿扎泽洛的油膏 …………… 257
第二十一章　飞行 ……………………… 263
第二十二章　烛光之下 ………………… 277
第二十三章　盛大的撒旦舞会 ………… 292
第二十四章　解救大师 ………………… 310
第二十五章　总督如何拯救加略人犹大 … 336
第二十六章　掩埋 ……………………… 347
第二十七章　50号宅的末日 …………… 370
第二十八章　科罗维约夫与河马的临别奇遇 … 387
第二十九章　大师和玛格丽特：命运已定 … 401
第三十章　是时候了！ ………………… 408
第三十一章　麻雀山上 ………………… 421
第三十二章　宽恕与永恒的归宿 ……… 424
尾声 ……………………………………… 430
译后记 …………………………………… 445

上　卷

第一章　永远别和陌生人说话

酷热的暮春黄昏，牧首塘畔走来两位公民。其中一位约莫四十岁，穿一身灰不溜丢的夏季套装，矮小，富态，黑发，秃顶，手上像托蛋糕一样托着一顶考究的礼帽，精心刮过的脸上架着一副超大号的角质黑框眼镜。另一位是个宽肩膀的年轻人，浅褐色头发支棱着，方格鸭舌帽掀到脑后，上穿牛仔衬衫，下穿皱巴巴的白裤子，脚踩黑色便鞋。

头一位非是旁人，正是米哈伊尔·亚历山德罗维奇·柏辽兹，某大型文学杂志编辑、莫斯科最大的文学协会之一——"马索利特"①理事会主席。走在他身旁的年轻人则是著名诗人伊万·尼古拉耶维奇·波内列夫，笔名"无家汉"。

一走进刚泛绿的椴树荫凉下，两位文学家便朝一个花里胡哨的、写着"啤酒饮料"的售水亭奔了过去。

是了，有必要指出这个可怕的五月傍晚的头一桩古怪之处：非但售水亭前，这一整条与铠甲巷平行的林荫道上都看不见一个人影。正值一天当中最闷热的时候，几乎连喘气都费劲；将莫斯科烤得火烫的太阳，终于在干燥的雾气中沉到花园环路②背后去了——可居然没有一个人来到椴树荫凉下，坐在道旁长椅上纳凉，整条路上空空荡荡。

"来瓶纳尔赞③。"柏辽兹对女售货员说。

"没有。"女售货员不知为何有些不悦。

"啤酒有吗？"无家汉嗓音干哑地问。

"晚上到货。"

大师和玛格丽特

"那都有什么?"柏辽兹问。

"杏子汽水,常温的。"

"行啊,来吧,来吧……"

杏子汽水泛着厚厚一层黄沫,连空气中都掺杂了一股子理发店味。一杯汽水下肚,文学家们立刻打嗝不止。付完账,二人坐到长椅上,面向牧首塘,背朝铠甲巷。

这时,又发生了第二桩怪事,但仅与柏辽兹一人有关。他突然不打嗝了,心脏怦的一声,消失了,过了一会儿又回来了,却好似插上了一根钝针。除此之外,柏辽兹还感到一股莫名其妙却又无比巨大的恐惧,恨不得立刻头也不回地逃离牧首塘。

柏辽兹张皇四顾,不明所以。他脸色煞白,用手帕擦了擦脑门上的冷汗,心想:"我这是怎么了?以前可从来没有这样过……心脏出问题了……操劳过度……看来,该把一切都扔给魔鬼,自己去趟基斯洛沃茨克……"

就在此时,他面前的空气变黏稠了,从中编织出一个透明人来,模样古怪已极:小脑袋瓜上扣着一顶骑手帽,身上的方格西装又短又瘦,同样是空气做的……身高足有一俄丈[④],肩膀却极窄,身子瘦得出奇,脸上……居然满是嘲弄之色。

柏辽兹所过的那种生活使得他不习惯于任何异常。他的脸色越发惨白,努着眼睛,惊恐地想:"这不可能!……"

---

① 马索利特(Массолит),该机构名系作家虚构,对其全称学界有如下猜测:МАСтерская СОциалистической ЛИТературы(社会主义文学大师协会),МАССОвая ЛИТература(大众文艺协会)以及Московская АССОциация ЛИТераторов(莫斯科文学家协会)。以上猜测各有道理,或许兼而有之,故本书采取音译,以保留其多义性。
② 花园环路,相当于莫斯科市二环路,19世纪中后期修建,长15.6公里,宽60—70米。
③ 纳尔赞,天然含气矿泉水,富含钠镁钙等矿物质,产自北高加索地区著名矿泉疗养城——基斯洛沃茨克(Кисловодск,意即"碳酸水城")。
④ 1俄丈约合2.134米。

可惜，没有什么不可能。眼下，这位瘦长的透亮的公民正悬在半空，在他面前左摇右晃哩！

柏辽兹吓得紧紧闭上了眼睛。等他再睁开眼时，一切都结束了：溽气中的幻象消散了，方格西装不见了，连插在心脏的那根钝针也消失了。

"啐，见鬼！"编辑骂道，"伊万，你猜怎么着，刚才我差点儿中暑！好像还出现了幻觉……"他勉强笑笑，眼睛里却仍跳动着恐惧，手仍在发抖。他渐渐平复下来，将手帕一甩，振作精神道："好，咱们继续……"便又聊起了被杏子汽水中断的话题。

事后得知，此次谈话是关于耶稣基督的。原来，编辑为新一期杂志向诗人约了一首反宗教长诗。长诗很快就写成了，可惜完全不中编辑的意。尽管诗人已经对长诗主人公（即耶稣）极尽抹黑之能事，但依编辑之见，整首长诗仍需推倒重来。眼下，编辑正是在以耶稣为题给诗人补课，好让他认识到自己的关键错误所在。

很难说无家汉的问题究竟出在了哪儿，是他的描写才能太强了呢，还是他对于创作主题全然无知，总之，他笔下的耶稣吧，怎么说呢，太鲜活了，就像是曾经存在过的一样——尽管是个十恶不赦的耶稣。

而编辑则试图向诗人证明：关键并不在于耶稣是什么样的，是好，还是坏，而在于历史上压根就没有他这么一号，关于耶稣的一切故事全是瞎编的，是再寻常不过的神话。

不得不说，这位编辑肚子里还是很有些墨水的，讲话时引经据典。比如他指出，无论是大名鼎鼎的斐洛·尤迪厄斯[1]，还

---

[1] 斐洛·尤迪厄斯（约前30—40），古犹太宗教哲学代表人物、基督教神学先驱，对犹太教及基督教的发展影响深远。

是学识渊博的优素福·弗拉维①，都只字未曾提及耶稣的存在。为了彰显自己的博学，柏辽兹还顺便向无家汉指出，塔西佗的传世名著《编年史》第十五卷第四十四章中有关耶稣受刑的记述②不过是后世伪托之笔。

诗人对于编辑所说的一切皆是闻所未闻，他洗耳恭听，一双机灵的绿眼睛眨也不眨地盯着对方，只是偶尔忍不住打一个嗝，暗自咒骂杏子汽水。

柏辽兹道："一切东方宗教都少不了童女感孕的传说。基督徒也想不出什么新花样，便依葫芦画瓢，捏造了一个事实上从未有过的耶稣。这才应该是长诗的重点所在……"

柏辽兹的男高音在阒寂无人的林荫道上回响。随着柏辽兹不断深入这片学术莽林——唯有饱学之士才敢如此深钻而不怕被拧断了脖子——诗人听到的奇闻逸事也越来越多：诸如古埃及丰饶之神啊，天地之子奥西里斯③啊，腓尼基之神法穆斯④啊，马尔杜克⑤啊，甚至还听说了鲜为人知的暴神威齐洛波契特里⑥，后者曾被墨西哥先民阿兹特克人顶礼膜拜。

正当柏辽兹讲到阿兹特克人如何用面团给威齐洛波契特里神塑像时，林荫道上出现了第一位行人。

事后，各部门均提交了对此人体貌特征的描述，但坦率地

---

① 优素福·弗拉维（约37—100），古犹太历史学家，有希腊语著作《犹太战争史》《犹太古代史》传世。
② 塔西佗（约56—120），古罗马最杰出的历史学家。曾在其代表作《编年史》中简略提及：耶稣乃基督教创始人，于罗马皇帝提比略（14—37在位）时期，被犹太行省总督本丢·彼拉多处死。
③ 据古埃及神话，奥西里斯是大地之神盖布与天空女神努特的长子，被其弟塞特谋害，之后被妻神阿努比斯制成木乃伊复活，成为冥界主宰。
④ 法穆斯，古巴比伦植物之神，每年秋季收割时死去，春季播种时复活。相当于古希腊神话中的阿多尼斯。
⑤ 马尔杜克，古巴比伦城的保护神，诸神之王。
⑥ 威齐洛波契特里，阿兹特克神话中的战神、太阳神，太阳与火之主。

讲，为时已晚。对比这些描述，很难不令人惊诧：第一份报告称此人身量矮小，镶黄金义齿，跛右足；第二份报告却说他身材魁伟，戴白金牙冠，跛左足；第三份报告干脆说此人并无任何体貌特征。

不得不说，这些报告没有一份能派得上用场。

首先，此人左右两腿都不跛，身材既不魁伟也不矮小，而是一般高个儿。至于牙齿，则左戴白金牙冠，右镶黄金义齿。他从头到脚一身灰，西装价值不菲，皮鞋是外国货，贝雷帽痞气地歪在一侧，腋下夹着一根手杖，黑色镶头呈鬈毛狗头造型。看模样四十出头。嘴有点㖞。黑发。脸刮得精光。右眼球是黑的，左眼球却是绿的。眉毛浓黑，一高一低。总之，是个外国佬。

从编辑和诗人身旁经过时，外国佬朝二人瞥了一眼，突然停住脚步，坐到了旁边的长椅上，离二人只有两步远。

"德国佬……"柏辽兹心想。

"英国佬……"无家汉心想，"还戴着手套，也不嫌热！"

外国佬兀自四下环顾，打量着给池塘围上了正方形边框的居民楼。看得出，他是头一次到这儿来，并且被吸引住了。

他先将目光停留在高层，那里的玻璃正夺目地反射着一轮支离破碎的、即将永远离柏辽兹而去的太阳；他又将目光移至低层，那里的玻璃已经蒙上夜的黑暗。他不知为何宽宥地笑了笑，眯起眼睛，双手叠放在手杖镶头上，又将下巴搭在手背上。

"你嘛，伊万，"柏辽兹继续道，"以出色的讽刺描写了神子耶稣的诞生，可问题是，早在耶稣之前就已经诞生了一连串的神子，像什么腓尼基的阿多尼斯①呀，弗里吉亚的阿提斯②

---

① 阿多尼斯，即前文中提到的法穆斯。相传，绝世美女密拉与其父乱伦而孕，后被天神化为没药树，阿多尼斯便从树中诞生。
② 据古弗里吉亚神话，阿提斯为童贞女拉娜感应杏核怀孕而生，而那棵杏树系由两性神阿格狄斯提斯被斩断的男根所化。

呀，波斯的密特拉①呀。简单来说，这些神子连一个也没有诞生过，全部是子虚乌有，包括耶稣在内。所以，你不应该描写什么耶稣诞生，占星家来拜②之类的，而应当揭露这些传说的荒谬性。不然，照你的叙述，倒好像耶稣真的诞生过哩！……"

此刻的无家汉本想屏住呼吸，止住遭罪的呃逆，结果却打了一个更难受、更响亮的嗝；与此同时，柏辽兹也被迫中断了话头，因为外国佬突然站起身，朝二人走了过来。

二人惊讶地瞅着外国佬。

"请原谅，"外国佬讲的俄语并不纯正，用词倒很贴切，"恕我冒昧打扰……但二位探讨的学术话题太有趣了，所以……"他绅士地脱下贝雷帽，两位作家也只得欠身还礼。

柏辽兹心想："不对，应该是法国佬……"

无家汉心想："难道是波兰佬？……"

必须交代一句：外国佬一开口就令无家汉产生了坏印象，而柏辽兹倒像是很喜欢他，不，也谈不上喜欢，就是……怎么说呢……产生了兴趣吧。

"我可以坐下吗？"外国佬礼貌地问，两位伙计几乎不由自主地往边上挪了挪，外国佬敏捷地坐到二人中间，随即加入了谈话。

"倘若我没有听错，您的意思是说：并没有耶稣这么个人？"外国佬用绿色的左眼球瞥向柏辽兹。

"对，您并没有听错，"柏辽兹礼貌地回答，"我就是这个

---

① 据古波斯神话，密特拉为光之神，诞生于岩石中。密特拉崇拜一度流传甚广，后形成密特拉教。法国大革命时期，激进的法国学者为反对基督教，仿照耶稣身世篡改了密特拉传说，继而宣称耶稣是密特拉的翻版。
② 参见《马太福音》2:1—2："当希律王的时候，耶稣生在犹太的伯利恒。有几个博士从东方来到耶路撒冷，说，那生下来作犹太人之王的在那里。我们在东方看见他的星，特来拜他。"福音书中的博士即占星家。

意思。"

"哈,有趣至极!"外国佬叫道。

无家汉皱起眉头,心想:"这外国佬搞什么鬼?"

"您也同意这位的观点?"外国佬扭头问坐自己右手边的无家汉。

"百分百!"诗人肯定地说——他喜欢使用新奇、形象的字眼。

"不可思议!"不速之客叫道,随即鬼鬼祟祟地回头瞥了一眼,压低声音道:"原谅我过分纠缠,但照我的理解,您二位,别的且不说,恐怕连上帝都不信吧?"他惊惊地瞪大了眼睛,补充道,"我发誓,决不外传。"

"不错,我们不信上帝。"柏辽兹对外国佬的大惊小怪感到好笑,"不过,这事儿在我们这儿尽可以自由谈论。"

外国佬跌靠在椅背上,惊讶得尖叫:"你们——是无神论者?!"

"是的,我们——是无神论者。"柏辽兹含笑回答。无家汉则无名火起,心道:"还咬住不放了,外国鹅!"

"哦,妙不可言!"外国佬惊叹道,转着脑袋,一会儿瞅瞅这位,一会儿瞧瞧那位。

"在我国,没有人会对无神论感到惊奇,"柏辽兹以外交辞令道,"我国大多数民众早已自觉地摒弃了关于上帝的神话。"

外国佬突然做出了一个怪异的举动——他站起身,一把握住编辑的手,对一脸惊讶的后者道:"请允许我向您表示衷心感谢!"

"您感谢他什么?"无家汉眨巴着眼睛问。

"这是一个非常重要的信息,作为旅行者,本人对此极感兴趣。"外国怪人意味深长地举起一根手指,解释道。

这个重要信息看来的确对外国旅行者造成了强烈震撼，他惊惶地环顾着四周的楼房，似乎唯恐每一扇窗户后面都会冒出一个无神论者来。

柏辽兹暗忖："不，不是英国人……"无家汉则皱着眉头寻思："真是奇怪，他从哪儿学了这么一口流利的俄语！"

外国游客不安地默想了片刻，开口道："不过，请教二位：众所周知，关于上帝存在足足有五项论证①，这又该作何解释？"

"嗐！"柏辽兹同情地说，"那五项论证通通不值一提，早就被人丢进了故纸堆。您不得不承认，在理性领域，不可能存在任何上帝存在的证明。"

"妙啊！妙极了！"外国佬叫道，"在这个问题上，您跟康德那个不安分的小老儿说得一模一样。可笑的是，康德彻底推翻了全部的五项论证，结果却像自我嘲讽似的，又弄了个第六论证出来！②"

博学的编辑淡然一笑，反驳道："康德的论证同样不足为凭。无怪乎席勒说，康德的推论只适用于奴隶③，施特劳斯④则干脆对其加以嘲笑。"柏辽兹嘴上说着，心里却在纳闷："这人

---

① 意大利经院哲学家、基督教神学家托马斯·阿奎那（约1225—1274）在《神学大全》一书中，分别从"万物运动""事皆因果""偶然事物""善的等级"及"宇宙秩序的和谐结构"出发，推导出必然存在"第一推动力""第一原因""必然实体""至善"及"无限智慧的创造者"——上帝。
② 德国哲学家康德（1724—1804）认为，关于上帝存在的传统论证是基于逻辑必然，但逻辑必然并不等同于现实必然。理论理性无法有力地证明上帝存在，因此，康德基于实践理性，给出了关于上帝存在的道德论证。他认为，上帝信仰是一种道德信仰，倘若没有对上帝的信仰，道德感便失去了根基，至善也就无从谈起。需要指出的是，与试图借助逻辑必然证实上帝存在的传统论证不同，康德的上帝存在只是根据道德需要提出的一种悬设。
③ 英国哲学家席勒（1864—1937）认为，康德的道德律令剥夺了一切情感，因此只适用于奴隶。
④ 大卫·施特劳斯（1808—1874），德国哲学家，其对宗教史的批判动摇了基督教信仰的根基，因而被同时代神学家斥为"基督教信仰的撒旦"。

究竟是干什么的？俄语怎么会说得这么好？"

"这个康德，光凭这个论证就该把他抓起来，送到索洛维基①去待上三年！"无家汉突然冒冒失失地喊道。

"伊万！"窘迫不安的柏辽兹连忙低声喝止。

然而，将康德送去索洛维基的提议非但没有吓到外国佬，反而令他兴奋不已。

"没错、没错，"外国佬喊道，斜睨着柏辽兹的左眼球绿芒闪动，"就该让他上那儿去！上回跟他共进早餐时我就说嘛：'恕我直言，教授，您的想法根本不通！聪明倒是聪明，但未免太艰涩了。会被人笑话的。'"

柏辽兹瞠目结舌，心想："共进早餐……跟康德？……他在胡说什么呢？"

外国佬毫不理会柏辽兹的惊诧，扭头对无家汉说："不过，让康德去索洛维基是不可能的了，因为他已经在一个更加偏远的地方待了一百多年，而想要把他从那儿捞出来绝无可能，相信我！"

"呦，那可太遗憾了！"诗人挑衅地说。

"我也遗憾，"神秘人左眼球闪动绿芒，继续道，"不过，我还有一个疑问：倘若没有上帝，那么，由谁来掌管人的生死，乃至世间的一切秩序呢？"

"由人自己来掌管。"无家汉气呼呼地抢先回答，尽管对方并没有指明问他。

"抱歉，"陌生人温和地说，"想要掌管，总得有个精确的规划，能管上一个说得过去的期限吧。试问，人自己如何掌管得来？要知道，人非但没有能力制订任何规划，来掌管一个哪

---

① 索洛维基，即索洛维茨基群岛，位于北冰洋白海沿岸。15世纪此地建成俄国最大的修道院之一，此后一直是俄国北方传教中心，反抗政治迫害及宗教独裁的避难所。苏联时期关闭修道院，改设劳改营（1926—1939）。

怕短得可笑的期限——唔，就说一千年吧——人甚至连他自己的明天都掌管不了！事实上也正是如此，"陌生人转向柏辽兹，"设想一下，打比方说，您开始掌管了，既掌管别人，也掌管自己，总之吧，您正掌管得有滋有味呢，突然，您……嘿嘿……得了肺癌……"外国佬美滋滋地笑了笑，似乎肺癌的想法令他十分开心，"对，肺癌！"他像猫一样眯起眼睛，重复着这个响亮的字眼，"于是，您的掌管结束了！除了您自己的小命，谁的命您也顾不上了。亲人们开始对您撒谎。您自觉不妙，病急乱投医，专家也找，骗子也信，说不定还会去求助于占卜婆。可专家也好，骗子也好，占卜婆也好，通通无济于事，对此您心知肚明。就这样，一切以悲剧收场：不久前还自以为大权在握的人，突然躺在木盒子里动弹不得了，周围人知道他也没什么用了，就把他丢进炉子里烧了。还有更糟糕的呢：有人刚才还在计划着去趟基斯洛沃茨克呢，"外国佬眯眼盯着柏辽兹，"原本小事一桩，可就连这么一丁点儿小事他都办不成了，因为，他会鬼使神差地滑上一跤，钻到电车轮子底下去！难不成您会以为，是他自己这么掌管的？若说掌管者另有其人，岂非更合理些？"说罢，神秘人发出一阵诡异的嗤笑。

柏辽兹打起十二分精神听着这番又是肺癌又是电车的鬼话，某种恐慌的念头开始啃噬他的心脏："这人不是外国佬……不是……他太古怪了……天啊，他究竟是什么人？……"

"您似乎想来支烟？"神秘人突然问无家汉，"您想抽哪种牌子的？"

"您还有好几种牌子的不成？"诗人没好气地问——他自己的烟的确抽完了。

"您想抽哪种？"神秘人又问。

"那就来根'我们'牌的。"无家汉赌气地说。

神秘人随手从兜里掏出烟盒，递给无家汉："'我们'牌。"

令编辑和诗人震惊的,不仅仅是烟盒里装着的果然是"我们"牌香烟,更是那个烟盒本身:它尺寸巨大,通体赤金,盒盖内侧镶嵌着一颗硕大的三角形钻石,盒盖开启时射出夺目的蓝白两色光焰。

两位文学家见此情状,心思各异。柏辽兹心想:"不对,还是外国佬!"无家汉心想:"真是见了鬼了!……"

无家汉和烟盒主人各自点燃一支,不吸烟的柏辽兹则谢绝了,心中暗自盘算:"待会儿要这么反驳他:不错,人总有一死,这没什么好说的,但关键是……"

可还没容得他开口,外国佬便抢先道:"不错,人总有一死,但这还算不得什么。糟糕的是,有时候人会突然死掉,这才是奇妙所在!人甚至连自己今天晚上的事都说不准。"

"真是奇谈怪论……"柏辽兹心想,便反驳道:"这就未免夸大其词了吧。至少我对于自己今天晚上是说得准的。当然,除非我走到铠甲巷,冷不防被砖头砸了脑袋……"

"砖头是绝不会无缘无故砸人脑袋的,"神秘人正色道,"特别是您,绝不会被砖头砸到,相信我。您将是另一种死法。"

"难不成您知道是哪种?"柏辽兹感觉自己被卷入了一场荒谬绝伦的谈话,语气中自然而然流露出讥讽,"可否见告?"

神秘人道:"乐意效劳。"他量体裁衣似的打量着柏辽兹,口中念念有词:"一,二……水星居二……月落……六宫——凶……晚——七……①"念罢,开心地高声宣布:"您将断头而死!"

---

① 根据西方占星理论,水星主思维,二宫代表物质和金钱,水星居二宫者注重金钱;月亮主情绪,六宫代表工作和健康,月落六宫者易情绪失常,疾病缠身。

无家汉瞪着放肆的外国佬，目眦尽裂；柏辽兹则撇嘴冷笑，问道："断头？被谁断头？敌人？武装干涉者？"

"不，"外国佬答道，"被一位俄罗斯妇女，女共青团员。"

柏辽兹终于被陌生人的玩笑惹恼了，冷哼一声道："抱歉，这可不大可能。"

"我也感到抱歉，"外国佬答道，"但事实正是如此。对了，我想请问，您今晚打算做什么，假如无需保密？"

"无需保密。我待会儿先要回趟家，在花园街①；晚十点还得去马索利特，去主持一场会议。"

"不，会议开不成了。"外国佬断然道。

"为什么？"

外国佬眯起眼睛，抬眼朝天上望去，只见一群预感到夜的清凉的黑鸟正在空中悄然滑翔。外国佬悠然道："因为呀，安努什卡买了葵花籽油，不仅买了，而且洒了。因此，会议开不成了。"

可想而知，椴树荫下何等死寂。

柏辽兹望着满嘴胡言乱语的外国佬，沉默良久方道："抱歉，这跟葵花籽油有什么关系……安努什卡又是谁？"

"我知道这跟葵花籽油有什么关系！"无家汉突然喊，显然是下定决心向不速之客宣战了，"依我看，您之前怕是进过精神病院吧，公民？"

"伊万！……"柏辽兹忙轻声喝止。

外国佬却丝毫不以为忤，反而开怀大笑："进过，进过，还不止一次呢！"他边笑边喊，同时用那只不笑的眼睛盯住诗人，"我哪儿没去过呢！只可惜，我没顾得上向教授请教，何为

---

① 莫斯科主干道之一，属于花园环路的西北部路段，从铠甲巷至胜利广场。

'精神分裂症'。所以,您只好亲自问他喽,伊万·尼古拉耶维奇!"

"您怎么知道我的名字?"

"拜托,伊万·尼古拉耶维奇,您的大名谁人不知呢?"外国佬从兜里掏出一份昨天的《文学报》,头版便是诗人的照片和诗歌。这份荣耀与声望的证明,昨天还令无家汉雀跃不已,此刻却完全令他高兴不起来。

"抱歉,"无家汉阴沉着脸道,"您能否稍坐片刻,我要跟我的同志说两句话。"

"哦,乐于从命!"神秘人爽快地应道,"椴树荫下坐着很舒服,而我刚好哪儿也不急着去。"

无家汉将柏辽兹拽到一旁,压低声音说:"听我说,米沙,这人根本不是什么观光客,准是个间谍,偷潜入境的白俄分子。咱们得查查他的证件,别让他跑了……"

"你这么想?"柏辽兹慌乱地低声道,心中却想:"他说得有理……"

"相信我,错不了,"诗人凑到柏辽兹耳朵边上,哑着嗓子说,"他装疯卖傻,为的就是套咱俩的话。您也听见了,他俄语说得多好,"诗人边说,边用眼梢盯着外国佬,唯恐被他溜了,"走,抓住他,别让他跑了……"

诗人抓住柏辽兹的胳膊,拽着他朝长椅走去。

而陌生人却已然站立于长椅旁,手上捧着一个深灰色封皮的小本本,一个鼓鼓囊囊的硬纸信封,外带一张名片。

"抱歉,方才只顾着争论,都忘记自我介绍了。这是鄙人的名片、护照,以及受邀来莫斯科当顾问的邀请信。"陌生人敏锐地注视着两位文学家,郑重地道。

两位文学家闻言大窘。"见鬼,全被他听到了……"柏辽兹暗想,忙礼貌地摇手,表示出示证件大可不必。当外国佬将证件递给编辑时,诗人匆匆瞥见名片上用外文写着"教授"二字以及姓氏的首字母——"W"。

"非常荣幸。"编辑尴尬地嘟囔道。外国佬将证件揣回口袋。

于是,关系得到恢复,三人重新落座。

"您是受邀来当顾问的,教授?"柏辽兹问。

"对,顾问。"

"您是德国人?"无家汉问。

"我吗?……"教授突然犯起了踌躇,沉吟道:"唔,就算是德国人吧……"

"您的俄语讲得真棒。"无家汉道。

"哦,我通晓很多种语言。"教授答道。

"那您的专业是什么?"柏辽兹问。

"黑魔法。"

"我的天!……"柏辽兹脑子里砰的一声,讷讷地问:"您……您是受邀来当……这方面的顾问的?"

"对,正是这方面的。"教授确认道,并解释说,"这里的国家博物馆发现了一批手稿,据信出自十世纪魔法师欧里亚克的格伯特①之手。所以请我来研究。我是世界上唯一的专家。"

"哦!您是历史学家?"柏辽兹松了口气,肃然起敬地问。

"对,我是历史学家。"学者再次确认,然后没头没尾地来了一句:"今晚,牧首塘畔将上演一段精彩的历史!"

两位文学家再次惊愕不已。教授却示意二人附耳过来,低声道:"记住,耶稣确有其人。"

---

① 欧里亚克的格伯特(Gerbert of Aurillac, 945—1003),法兰西籍,百科全书式学者、发明家、教育家,酷爱巫术和占卜,有"魔法师"之雅号。999 年荣登罗马教皇宝座,史称西尔维斯特二世。盛传格伯特曾与撒旦签订契约,方有如此成就。

"这个嘛，教授，"柏辽兹勉强笑笑，道，"我们敬重您的博学，但就此问题我们持不同观点。"

"根本无需任何观点，"古怪的教授答道，"耶稣确有其人，就这么简单。"

柏辽兹想要争辩："但总得有什么证据吧——"

"任何证据都不需要，就这么简单。"教授打断柏辽兹的话头，低声吟道（他的口音不知为何突然消失了），"春月尼散，十四日晨，一袭血红衬里的白色披风，踏着骑兵特有的步伐……"

第二章 本丢·彼拉多

春月尼散,十四日晨①,一袭血红衬里的白色披风,踏着骑兵特有的步伐,向大希律王②行宫两翼间的柱廊走来。此人便是犹太总督本丢·彼拉多③。

今日注定是不祥的一天,玫瑰精油的气味——总督在这个世上最深恶痛绝的东西——从黎明起便来纠缠总督。总督感觉,就连花园里的柏树和棕榈树都散发出玫瑰精油的气味,就连护卫队的皮甲味和汗臭味里也混杂着该死的玫瑰气息。总督带来耶路撒冷的第十二雷电军团第一步兵大队④驻扎在宫殿后方,此刻,各百人队的伙夫们正在造饭,阵阵炊烟越过花园顶层平台,直飘到柱廊里来。但就连这微苦的炊烟里,同样有股腻人的玫瑰精油味!

"哦,诸神,诸神,你们因何惩罚我?……对,毫无疑问,是它,又是它,无可战胜的、可怕的病魔……偏头痛,半个脑袋都在痛……无药可治,无医可救……只好尽量别晃动脑袋吧……"

喷泉旁的马赛克地板上已为总督设好座位。总督目不斜视地坐到扶手椅上,一手向旁摊开。书记官毕恭毕敬地呈上一张羊皮纸。总督强忍痛苦之色,乜斜着眼睛,草草看过呈文,将羊皮纸递还书记官,艰难地开口道:"案犯来自加利利?区长官看过了吗?"

"看过了,大人。"书记官回道。

"他怎么说?"

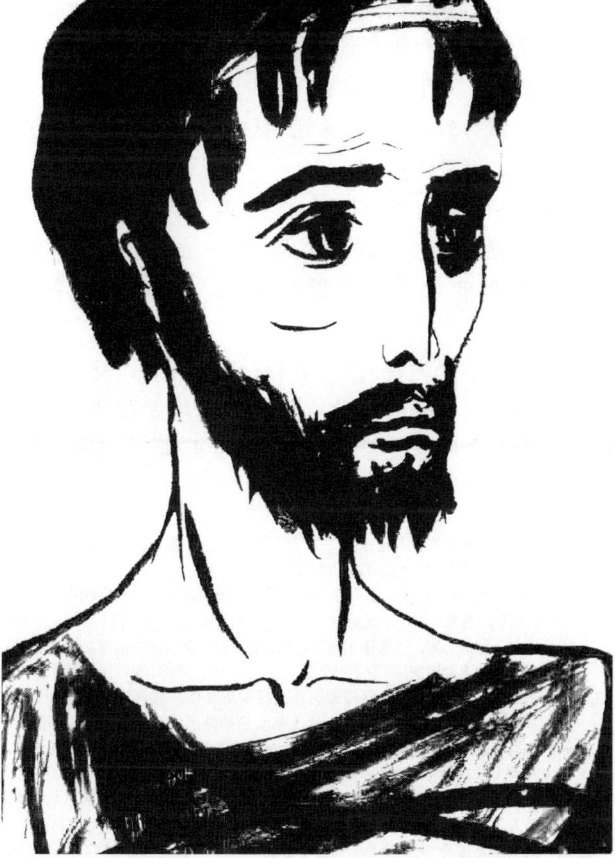

"他对此案未予定论,特将犹太公会的死刑判决转呈大人核准。"

总督面颊一抽,低声道:"带人犯。"

两名士兵立刻将人犯从柱廊下的花园里带到了总督面前。此人约莫二十七岁年纪,身穿浅蓝色破旧长袍,头上蒙着一块白帕,额头束着一圈细皮绳,左眼下方有一大块淤青,嘴角的伤口凝着血污。人犯双臂反剪,好奇而不安地望着总督。

总督沉默片刻,以阿拉米语⑤低声问:"教唆民众捣毁耶路撒冷圣殿的,就是你吗?"

总督问话时只有嘴唇微微翕动,身子犹如一尊石像,不敢稍动,唯恐晃动如地狱般灼痛的脑袋。

双臂反剪的人犯向前挪动半步,开口道:"善人!相信我——"

"你竟称本督为善人?"总督打断人犯道,身子依旧纹丝不动,也丝毫没有提高音量,"你错了。耶路撒冷到处都在私议,说本督是个残暴的恶魔,而这完全正确。"随即干巴巴地

---

① 尼散月为犹太教历岁首,逢公历3—4月,故称春月尼散。该月十四日黄昏庆祝逾越节,以纪念摩西率领以色列人走出埃及。
② 大希律王(前73—前4),即希律一世,罗马帝国在犹太行省任命的代理王。据《圣经·新约》,当他得知伯利恒将有"犹太人的王"诞生之后,便下令杀光该地区两岁以下婴儿。但据史实,大希律王尽管残酷杀伐,却凭借强硬的治国手腕打造了强大、富庶、开明的犹太国家。
③ 本丢·彼拉多(?—41),罗马帝国犹太行省第五任总督(26—36在任)。据《圣经·新约》,本丢·彼拉多是迫于犹太宗教领袖施压,才下令处死了耶稣。而据史载,本丢·彼拉多贪污腐化,专横残暴,经常虐待犹太人,破坏其宗教传统,曾多次引发犹太人暴动。后因屠杀撒玛利亚人被流放,于公元41年放火自焚。
④ 依古罗马军队建制,每个军团下设十个大队,每个大队下设三个中队,每个中队下设两个百人队(不同历史时期60—100人不等)。第十二雷电军团由盖乌斯·尤利乌斯·恺撒(公元前100—前44)组建于公元前58年,曾先后参与法萨卢斯战役、犹太战争等著名军事行动。
⑤ 阿拉米语是耶稣基督时代犹太人的日常用语,有学者认为耶稣基督正是以这种语言传道的。

命令道:"传百夫长耗子王①来。"

当绰号为耗子王的百夫长马克站到凉台上时,众人顿觉眼前一暗。耗子王比全军团最高的士兵还要高出一头,初升的太阳竟被他的宽厚肩膀完全遮住了。

总督以拉丁语对百夫长道:"人犯称我为'善人'。你带他下去,教教他该如何与本督说话。但不要致残。"

耗子王马克朝人犯一挥手,示意他跟自己来。除了木然不动的总督之外,在场众人的目光无不随之移动。

的确,耗子王无论走到哪儿都会惹人注目,首先便是因为他的块头。而对于第一次见到他的人,还因为他那张可怖的脸:他的鼻子被当年日耳曼人的战槌砸扁了。

耗子王的沉重战靴敲击着马赛克地板,被缚者无声地跟在他身后,柱廊内一片沉寂,只有一群鸽子在凉台旁的花园平台上咕咕叫着,喷泉的流水唱着奇奥悦耳的歌。

总督很想站起身来,将灼热的太阳穴伸到清凉的水流下,就那样一动不动。但他知道,即便如此也无济于事。

耗子王将被缚者带入花园,从一名站在青铜雕像基座旁的士兵手中抽出皮鞭,轻轻一扬,打在被缚者肩头。百夫长的动作漫不经心,被缚者却应声瘫倒,仿佛被人砍断了双腿。他疼得倒吸了一口凉气,顿时面无血色,目光涣散。

马克左手探出,像提一只空口袋似的,毫不费力地将倒地者提起来,让他站好,带着浓重的鼻音,以不标准的阿拉米语道:"对总督大人要尊称伊格蒙②。不许乱叫。立正站好。听懂了吗?还要挨打吗?"

---

① 耗子王(Крысобой),据传是一种经过残酷训练(将一群耗子放在笼中互相撕咬,弱肉强食),专门用于捕食同类的耗子。
② 伊格蒙,希腊语 hegemon 的音译,意为"霸主"。

被缚者晃了两晃，总算稳住了身形，脸上也慢慢有了血色。他喘了口气，嘶哑地回答："我懂了。别打了。"

片刻之后，被缚者重新站在了总督面前。

"姓名？"总督的声音喑哑而痛苦。

"我的吗？"被缚者连忙回话，竭力表现出完全配合的态度，以免再惹总督发怒。

"我自己的我知道，"总督沉声道，"休要装傻。你的姓名。"

"耶舒阿①。"被缚者忙道。

"可有别号？"

"拿撒勒人。"

"原籍何处？"

"迦玛拉城。②"被缚者朝右侧扬了扬下巴，表示迦玛拉城在遥远的北方。

"血统？"

"我也不清楚，"被缚者不假思索地回答，"我不知道生身父母是谁。听人说，家父是叙利亚人……"

"定居何处？"

"我没有固定的居所，"被缚者赧然道，"我从这一城到那一城。"

"简单说就是流浪汉。"总督不屑道，又问："可有亲人？"

"没有。世上只我一个。"

"识字吗？"

---

① 耶舒阿（Иешуа），在阿拉米语中意为"上帝——救赎"。
② 迦玛拉城，位于加利利湖东北约六公里处，法国作家亨利·巴比塞（1873—1935）在《耶稣而非基督》（*Jesus contre le Christ*）（1927）一书中将此地作为耶稣故乡。而据福音书，耶稣的故乡为加利利的拿撒勒。

"识。"

"除阿拉米语之外,还懂其他语言吗?"

"懂。希腊语。"

总督抬起一张浮肿的眼皮,用一只被病痛迷蒙的眼睛盯住被缚者,另一只眼睛仍然闭着。

总督以希腊语问:"那么,就是你教唆民众,企图捣毁圣殿的?"

被缚者精神一振,眼神不再恐惧,也用希腊语道:"善……"他险些又说错了话,眼中闪过一丝慌乱,忙改口道:"伊格蒙,我从未想过捣毁圣殿,也从未怂恿过任何人做此等无谓之举。"

一直伏案记录的书记官不禁抬起头,一脸惊愕,旋即埋下头去。

"节日在即,各色人等纷纷涌入城中:术士、占星师、预言师、凶手,"总督声调单一地道,"偶尔还有骗子手,比如你。这里明明记着,你教唆捣毁圣殿,且有众多人证。"

"那些善人们,"被缚者道,忙又补上"回伊格蒙",这才继续道,"他们什么也没学会,把我的话全理解错了。事实上,我已经开始担心,这种误解将延续很久。这全是因为那个跟着我的人做了不实的记录。"

一阵沉默。两只病痛的眼睛一齐套牢了被缚者。

"再说一遍,最后一遍:休要装傻,暴徒,"总督平淡地道,"你的罪状不多,但也足够判处极刑的了。"

"不、不,伊格蒙,"被缚者神色紧张,竭力辩解,"有一个人一直跟着我,拿着羊皮纸,记个不停。有一回,我拿过羊皮纸看了两眼,吓坏了。那上面记的话我一句都不曾讲过。我恳求他,看在上帝的分上,把这羊皮纸烧了吧!他却从我手中抢过羊皮纸,跑掉了。"

"他是谁?"彼拉多一手按住太阳穴,嫌恶地问。

"利未·马太,"被缚者欣然解释,"他以前是名税吏,是我在前往伯法其的路上遇到的,那里还有一片无花果园。我跟他聊了聊。起初他对我并不友善,还羞辱我——我是说,他自以为羞辱了我——他说我是狗,"被缚者微微一笑,"但我个人并不觉得这种动物有什么不好,所以就没在意……"

书记官停下笔,偷偷抛出一个惊骇的眼神,但不是向人犯,而是向总督。

"……不过,在听了我的一番话之后,他的态度便缓和了,"耶舒阿继续道,"最后他把税钱扔在地上,说要跟从我……"

彼拉多龇着黄牙,半边脸冷笑了一下,整个上半身转向书记官,道:"哼,耶路撒冷!真是无奇不有!您听到了么,一名税吏,居然将税钱扔在地上!"

书记官不知该作何回答,只得重复了总督的冷笑。

"因为他说,金钱开始令他痛恨,"耶舒阿对利未·马太的奇怪举动做出了解释,又道,"从那以后,他便成了我的同道。"

总督仍龇着牙,盯着被缚者,又望望太阳。不断爬升的太阳已经越过了远远的右下方跑马场上的群马雕像。总督忽觉一阵恶心,心想,最简单的莫过于吐出三个字:"处死他",将这个古怪的暴徒赶下凉台。然后再赶走卫队,穿过柱廊,回到寝宫,命人拉上窗帘,瘫倒在床上,要一杯凉水,轻声唤来爱犬班加,向它诉诉偏头痛的痛苦。这时,总督疼痛欲裂的脑袋里突然闪过一个极具诱惑力的念头——服毒。

他目光浑浊地望着被缚者,沉默良久,痛苦地回想:自己因何顶着耶路撒冷炙热的朝阳,面对一个满脸伤痕的人犯?还需向他提出哪些毫无意义的问题?

"利未·马太？"病人嗓音嘶哑地问，闭上了双眼。

"是的，利未·马太。"病人听到一个响亮的、折磨人的声音。

"关于圣殿，你在集市上都跟人们说了些什么？"

人犯的声音似欲将彼拉多的太阳穴刺穿，痛得他难以名状。那个声音道："回伊格蒙，我说：旧信仰的圣殿将要坍塌，新真理的圣殿将要建成。我这样说，是为了便于理解。"

"你一个流浪汉，为何在集市上妖言惑众，妄议真理？你对真理一无所知。何为真理？"

总督嘴上这么说，心里却在想："哦，诸神！我为何要问他这些与审案无关的话……我的头脑已不再为我所用……"恍惚间，他又看到了酒碗里晃动着的黑色液体——"毒药，给我毒药……"

那个声音再次响起："真理首先在于，你正在患头痛，而且疼得那么厉害，让你怯懦地想到了死。你非但没有力气同我讲话，甚至连看我一眼都很困难。我无意中成了你的迫害者，这令我难过。你甚至无法思考，只希望能立刻见到你的狗，显然，那是你唯一依恋的生物。不过，痛苦就要结束了，你的头不会再痛了。"

书记官目瞪口呆地望着人犯，忘了记录。

彼拉多抬起痛苦的双眼望向人犯，发现太阳已经高悬在跑马场上空，阳光溜进柱廊，爬上了耶舒阿脚上的破烂凉鞋。耶舒阿往旁边躲了躲。

突然，总督倏地站起身来，用手掌去按压脑袋，蜡黄脸上露出惊骇之色。但他旋即控制住情绪，重新坐回到椅子上。

与此同时，被缚者的讲述兀自继续，书记官却停下了笔，像鹅一样伸长了脖子，唯恐漏听一个字。

"瞧，结束了。"被缚者友善地望着彼拉多，"对此我极为

大师和玛格丽特 | 025

开心。伊格蒙,我建议你暂时离开宫殿,到城郊去散散步,哪怕只到橄榄山的园子里走一走也好。会有一场大雷雨,"被缚者扭过头,眯眼望望太阳,"晚些时候,傍晚。散步将带给你极大益处,而我也乐于奉陪。我又有了一些新想法,我想,你可能会感兴趣,而我也乐意与你分享它们,何况你看上去是个很聪明的人。"

书记官面如死灰,连羊皮纸都掉在了地上。

"不幸在于,"一发而不可收的被缚者继续道,"你太过孤僻,对人们彻底失去了信心。但你不得不承认,人总不能把自己的依恋全部放在一只狗身上吧。你的生活太贫乏了,伊格蒙。"说到这儿,被缚者居然笑了笑。

书记官眼下只有一个念头:该不该相信自己的耳朵。但由不得他不信。于是他又竭力设想,面对如此胆大包天的人犯,狂暴的总督将以何种形式发泄他的震怒。但书记官想象不出,无论他对总督多么了解。

终于响起了总督那低沉、沙哑的声音。他用拉丁语道:"给他松绑。"

一名士兵将矛杆在地上一顿,递给同伴,上前给人犯松了绑。书记官捡起羊皮纸,决定暂且停止记录,不再大惊小怪。

"承认吧,"彼拉多以希腊语平静地问,"你是一名神医?"

"不,总督,我并非医者。"人犯惬意地揉着被勒出血痕的肿痛的手腕。

彼拉多眉头紧蹙,死死地盯着人犯,但双目已不再浑浊,而是迸出了众人所熟悉的火星。

"忘记问了,"彼拉多道,"拉丁语,你也懂的吧?"
"是的。"人犯回答。

彼拉多的蜡黄面皮微微泛红,改用拉丁语问:"你怎么知道我想唤狗来?"

"这很简单,"人犯用拉丁语答道,"你的手在半空中抚过,"他模仿着彼拉多的动作,"好像要抚摸什么,嘴唇也——"

"不错。"彼拉多打断人犯道。

沉默片刻,彼拉多又用希腊语问:"总之,你是一名医者?"

"不、不,"人犯立刻回道,"相信我,我不是医者。"

"好吧。你若想保密,那也随你。这与本案并无直接关联。依你所说,你从未怂恿民众捣毁,焚烧,或以其他任何方式毁坏圣殿?"

"伊格蒙,我再次重申,我从未怂恿任何人干这种事。难道我像个傻子吗?"

"不错,你的确不像个傻子,"总督淡然道,随即露出一个可怕的微笑,"那你便来起个誓吧!"

人犯精神大振:"你想让我以何起誓?"

"不妨就以你的身家性命吧,"总督道,"何况,以它起誓正当其时,眼下它正悬在一根头发丝上呢!"

"你该不会以为,是你把它悬在头发丝上的吧,伊格蒙?"人犯问,"若是这样,那你可大错特错了。"

彼拉多身子一震,从牙缝中挤出一句:"但我可以将这根头发丝斩断。"

人犯粲然一笑,以手遮住阳光,反驳道:"这你就又错了。能够斩断头发丝的,想必只有系住头发丝的人,不是吗?"

"好,好,"彼拉多笑了笑,道,"如今我总算明白,耶路撒冷的闲汉们为何会跟在你身后了。我不知道你这条舌头是谁给你系上去的,但系得委实灵巧。对了,据说你骑驴从苏兹门进入耶路撒冷时,有一众庶民簇拥着你,向你欢呼,如同欢迎一位先知，可有此事？"总督说着，指了指羊皮纸。

人犯困惑地瞅了瞅总督，道："我根本无驴可骑，伊格蒙。我的确是从苏兹门进入耶路撒冷的，但却是步行，和我一起的只有一个利未·马太，也无人向我欢呼，那时的耶路撒冷还没有人认识我。"

彼拉多目不转睛地盯着人犯，道："这几个人你认识吗？——迪斯马斯，格斯塔斯，还有巴拉巴？"

"这几位善人我不认识。"

"真的？"

"真的。"

"请告诉我，你为何一口一个'善人'？难不成你管所有人都叫善人？"

"所有人。世上没有恶人。"

"这话我还真是头一回听说，"彼拉多冷笑道，"不过，许是本督对生活了解太少吧！……下面的话不必记了，"总督对书记官吩咐道（其实后者早就没在记了），又继续对人犯道："这些都是你从哪本希腊语著作中读到的吗？"

"不，是我用自己的头脑想到的。"

"而你在宣扬这些？"

"是的。"

"就拿百夫长马克来说吧，人称'耗子王'，他也是善人么？"

"是的，"人犯答道，"当然，他是不幸的。自从他被那些善人们伤害之后，就变得冷酷无情了。我很想知道，是谁弄伤他的？"

"我倒是乐意奉告，"彼拉多道，"此事是我亲眼所见。那群'善人们'扑向他，像一群狗扑向一头熊。日耳曼人纷纷抱住了他的脖子、胳膊和大腿。步兵中队陷入了合围，若非本督率领骑兵队从侧翼杀入重围,你这位哲人今日就没机会同他说话了。那是在伊狄斯多维索,圣女谷一战。"

"若是我能跟他聊聊,"人犯突然遐想道,"我相信,他一定会脱胎换骨的。"

彼拉多道:"我想,倘若你妄想与军团将士攀谈,军团长想必会不大高兴。所幸,这种事不会发生,因为头一个设法提防此事的人便是本督。"

这时,一只燕子迅疾飞入柱廊,在鎏金顶棚下兜了个圈子,俯冲而下,削尖的翅膀紧擦着壁龛中铜像的脸,钻到了柱冠后面。它大概是想在那里筑巢吧!

就在燕子飞翔的同时,总督早已清醒而松快的头脑里已经拟好了判决,内容如下:流浪哲人耶舒阿(别号"拿撒勒人")一案,经本督审理,未发现犯罪事实。尤其未发现其言行与耶路撒冷近日之骚乱有何关联。流浪哲人系精神异常。有鉴于此,对于犹太公会做出的死刑判决,本督不予核准。然其疯言妄语或恐在耶路撒冷引发风潮,故本督决定将其逐出耶路撒冷,囚于地中海沿岸该撒利亚(即总督府驻地)。

接下来,只需向书记官口述即可。

燕子扑闪着翅膀,从伊格蒙头顶掠过,一头扎向喷泉池,飞向自由。总督抬眼看向人犯,只见后者身侧正腾起一股烟柱。

"他的事完了?"彼拉多问书记官。

"很遗憾,还没有。"书记官出乎意料地回答,向总督呈上另一张羊皮纸。

"这又是什么?"彼拉多皱着眉头问。

看罢呈文,总督的脸色愈发难看。许是暗红色的血液涌上了颈项,抑或发生了别的什么,总之,他的脸色不再蜡黄,而变成了褐色,两眼似乎凹陷了。

或许仍是血液作怪，涌上了太阳穴，在里面擂鼓，令总督的眼睛出了问题。他恍惚看到，人犯的脑袋漂走了，换成了另一个脑袋：秃顶上压着一顶稀齿金冠，脑门上有一块圆形溃疡，溃烂的皮肉上涂抹着药膏，没牙的嘴瘪瘪着，下唇乖戾地耷拉着。彼拉多感觉，凉台上的玫瑰色圆柱及下方远处的屋顶通通消失了，全部淹没在了卡普里岛御花园的浓荫中。总督的听觉也出现了怪事：远处依稀传来低沉可怖的号角声，一个发蔫的声音傲慢地一字字道："亵渎陛下，按律……"

一连串短促、杂乱、奇异的想法交替闪过："死了！……""都死了！……"最荒唐的是，在这一连串"死"中间，还夹杂着谁的"不死"，而恰恰是这个"不死"令总督惆怅莫名。

彼拉多强打精神，驱散幻象，将视线拽回凉台，眼前再次出现了人犯的双眼。

"听着，拿撒勒人，"总督开口道，他看向耶舒阿的眼神有些怪异——面孔严厉地板着，目光却焦灼不安，"关于皇帝陛下，你可曾说过什么？从实招来！说过吗？……还是没——说过？"彼拉多刻意将"没"字拉得极长，完全超出了审案所需，同时还以目示意，似乎在向耶舒阿暗示什么。

"讲真话是轻松而愉快的。"人犯道。

"我不想知道你讲真话是否愉快，"彼拉多的声音喑哑而怨毒，"但你必须讲真话。不过，在讲话之前，你最好掂量掂量，否则你不但难逃一死，还会死得很痛苦。"

谁也不知道犹太总督究竟是怎么了，他居然手搭凉棚，假意遮挡阳光，实则以手为盾，偷偷向人犯使了个眼色。

"那么，"总督道，"回答我，你是否认识一个叫犹大的加略人？关于皇帝陛下，你对他都说过些什么？——还是'没'说过？"

"事情是这样的，"人犯欣然开口道，"前日傍晚，我在圣殿附近结识了一位年轻人。他自称加略人犹大,家住下城区。他邀我去他家中做客,招待我……"

"他也是个善人?"彼拉多眼中闪动着恶魔般的火焰。

"他是个非常善良、非常好学的年轻人,"人犯肯定地说,"他对我的道理表现出了极大兴趣,非常热情地招待了我……"

"还点燃了油灯……"彼拉多学着人犯的腔调,咬牙切齿道,目光闪烁不已。

"是的,"总督的知情令耶舒阿颇为惊讶,"他请我就国家政权发表观点。他对这个问题很感兴趣。"

"那你都说了些什么?——也许你会说:你不记得自己是如何说的了?"彼拉多道,但声调中已流露出绝望。

"我尤其提到,"人犯道,"任何政权都是针对人的暴力,总有一天,无论是恺撒的政权,还是别的什么政权,都将不复存在。人类将进入真理和正义的王国,那里将不再需要任何政权。"

"说下去!"

"下面就没有了,"人犯道,"一群人闯了进来,将我绑住,下在监牢里了。"

书记官在羊皮纸上奋笔疾书,唯恐漏记一个字。

"世上以前没有,现在没有,将来也不会有任何一个政权,能比提比略皇帝①的政权更伟大、更美好!"总督原本嘶哑而病痛的声音高亢起来。

不知为何,总督狠狠地瞪了书记官和卫队一眼。

"还轮不到你这个疯犯来评判它!卫队,退下!"彼拉多

---

① 提比略皇帝,全名提比略·恺撒·奥古斯都,罗马帝国第二位皇帝,公元14—37年在位。

咆哮道，又对书记官道："事关国政，本督要单独审问人犯。"

卫队扛起长矛，整齐地踩着钉了铁掌的战靴，撤下凉台，步入花园。书记官也随之退下。

凉台上沉默良久，打破寂静的唯有喷泉的歌唱。彼拉多久久地凝视着喷嘴上空如何绽放出一只巨大水盘，水盘边缘又如何折断，化成股股细流坠落。

人犯率先开口道："看来，我与那名加略年轻人的谈话，酿成了某些灾祸。伊格蒙，我有预感，他将遭遇不幸，我对他深感怜悯。"

总督古怪地冷笑一声，道："我想这世上还有一个人，比加略人犹大更值得你怜悯，下场也比犹大更惨！……那么，耗子王马克，一个冷酷无情的刽子手，还有因你传道而毒打你的那些人，"总督指指耶舒阿脸上的伤痕，"以及纠集同伙，杀害四名士兵的强盗迪斯马斯、格斯塔斯，甚至是肮脏的出卖者犹大——所有这些人都是善人？"

"是的。"人犯答道。

"真理的王国终将降临？"

"是的，伊格蒙。"耶舒阿语气坚定。

"它永远不会降临！"彼拉多突然大吼，声音之可怖令耶舒阿不禁倒退半步。很多年前，在圣女谷，彼拉多正是这样冲自己的骑兵们大吼的："砍死他们！砍死他们！巨人耗子王被困住了！"他再度提高了当年被喊破的嗓音，好让御花园里也能听见他的喊声："罪犯！罪犯！罪犯！"

随后，他又降低音量，问："拿撒勒人耶舒阿，你可信仰哪些神明么？"

"神只有一个，"耶舒阿答道，"我信他。"

"那你就向他祈祷吧！好好地祈祷吧！不过……"彼拉多的声音委顿了，"这没用的。你可有妻室？"彼拉多莫名地有些忧伤,自己也不知道自己这是怎么了。

"没有,世上只我一人。"

"可恶的城市……"彼拉多突然莫名其妙地嘟囔了一句,打寒战似的抖了抖肩膀,又像洗手似的搓了搓手[①],"说实话,倘若你在遇见加略人犹大之前被人杀死,反倒会更好些。"

"你何不将我放了呢,伊格蒙,"人犯出人意料地请求,声音变得慌乱,"我知道,有人想杀了我。"

彼拉多的脸抽搐得变了形,他用布满血丝的红肿眼睛盯住耶舒阿,道:"不幸的人,你以为,就凭你说的那些话,本督会放了你?哦,诸神,诸神!还是你以为,本督也想落得你的下场?你的道理我不认同!听好了:从此刻起,倘若你再多说一个字,再同一人攀谈,本督决不轻饶!再说一遍:决不轻饶!"

"伊格蒙……"

"住口!"彼拉多斥道,疯狂的目光锁住了翩翩飞回凉台的燕子。

"来人!"彼拉多高喊。

当书记官和卫队回到原位时,彼拉多宣布:核准犹太公会对拿撒勒人耶舒阿做出的死刑判决。书记官将总督口谕记录在案。

一分钟后,耗子王马克站到了总督面前。总督命其将人犯转交给秘密卫队长,并叮嘱后者对其单独关押,不得令其与其余犯人接触;秘密卫队全体成员严禁与其交谈或回答其任何问题,违者严惩不贷。

马克一挥手,卫兵一拥而上,将耶舒阿带下了凉台。

[①] 据《马太福音》 27:24,彼拉多被迫同意处死耶稣之后,"就拿水在众人面前洗手,说,流这义人的血,罪不在我,你们承当吧"。

大师和玛格丽特 | 033

接着，一名英姿勃发的黄须男子来到总督面前。此人盔戴鹰翎，胸前覆着金灿灿的狮面护甲，佩剑带上镶嵌黄金搭扣，脚蹬齐膝高的三层底系带战靴，左肩斜披一领猩红披风。此人便是军团长。

总督向其询问赛巴斯蒂亚大队所在。军团长回禀，该大队正在即将当众宣布判决的跑马场前广场警戒。

总督便命军团长从罗马大队抽调两支百人队，一队由耗子王率领，负责押送犯人、行刑人及载有刑具的马车前往秃山①，抵达后在山顶布防；另一队即刻开赴秃山，迅速围住山脚。为确保秃山安全，总督还命军团长调派叙利亚人骑兵队前往协防。

待军团长退下凉台，总督命书记官请犹太公会主席、两名公会议员及耶路撒冷圣殿卫队长进宫议事，同时特别吩咐，在与全体人员会面之前，先安排他与公会主席单独晤谈片刻。

总督的命令得到了迅速而准确的执行。连日来异常毒辣地炙烤着耶路撒冷的太阳还未升至顶点，总督便在御花园顶层露台，在守卫石阶的两尊白色大理石狮子旁，会见了犹太公会代主席、犹太大祭司约瑟夫·该亚法②。

顶层露台上铺满了阳光，一株株棕榈树如象腿般粗壮；从露台俯瞰，总督所痛恨的整座耶路撒冷城一览无余：一座座吊桥、堡垒，还有那头非言语所能形容的、以金色龙鳞代替屋瓦的大理石巨兽——耶路撒冷圣殿。御花园内很静，但总督刚从柱廊步入顶层露台，便以敏锐的听觉捕捉到一股低沉的咆哮声，自下方极远处依稀传来。咆哮声之上还不时泛起阵阵微弱

---

① 秃山（Лысая гора，第25章又作 Лысый череп），意为"形似秃头的山坡"。据福音书，耶稣受刑地为各各他，意为"形似骷髅的山坡"，中译"髑髅地"。
② 约瑟夫·该亚法，公元18—37年任犹太大祭司兼犹太公会主席，集宗教及政治权力于一身。据福音书，此人老谋深算，是杀害耶稣的主谋。

而尖细的声音，说不清是呻吟，还是嘶喊。

总督知道，御花园石墙外的广场上已经聚集了不计其数的耶路撒冷民众，他们都被近来的骚乱搅得躁动不安，此刻正迫不及待地等待宣判。不安分的水贩们在人群中可劲地叫卖。

总督本想请大祭司移步凉台，以躲避酷暑，却被后者婉拒了，推说节日前夕不可如此。彼拉多将风帽罩在微秃的头顶，以希腊语同大祭司开始了交谈。

彼拉多说，他审理了拿撒勒人耶舒阿一案，并核准了死刑判决。

如此一来，今日将被处决的罪犯共计四人，包括三名强盗——迪斯马斯、格斯塔斯、巴拉巴，以及这位拿撒勒人耶舒阿。前两名强盗企图教唆民众造反，被罗马当局擒获，由总督全权处置，无需在此商议。后两名罪犯，即巴拉巴和拿撒勒人，系由地方当局抓获，并由犹太公会判决。依据律法和习俗，后两名罪犯中将有一人得到释放，以庆祝将于今日开启的伟大逾越节。

因此，总督想知道，犹太公会打算释放哪一名罪犯：巴拉巴，还是拿撒勒人？

该亚法略一颔首，表示听清楚了问题，回答道："犹太公会请求释放巴拉巴。"

对于大祭司的这一回答，总督早有预料，但他仍要表现出一副吃惊的样子。

总督表现得极其逼真。他神情倨傲，眉毛高挑，诧异地直视着大祭司的眼睛。

"老实说，这个回答令我吃惊，"总督温和地开口道，"此间怕是有什么差错。"

彼拉多解释说，罗马当局丝毫无意干涉犹太公会行使职权，大祭司对此心知肚明；但就此一案，差错是明摆着的，而

大师和玛格丽特 | 035

罗马当局当然希望能够纠正差错。

很明显,巴拉巴和拿撒勒人的罪行轻重不可同日而语。后者无非是个疯子,说了些荒诞不经的疯话,在耶路撒冷和其余几个地区扰乱了民心;而前者的罪行则严重得多,他非但直接煽动暴乱,还打死了抓捕他的差役。较之于拿撒勒人,巴拉巴要危险得多。

有鉴于此,总督请求大祭司重新考虑,释放两名罪犯中危害较小的一个,而这个人毫无疑问是拿撒勒人。不是么?……

该亚法平静而坚定地说:犹太公会认真复核了案件,再次告知,决定释放巴拉巴。

"怎么?连本督的申诉都无效吗?要知道,本督代表的可是罗马当局?大祭司,请重复第三遍。"

"我第三遍告知:我们决定释放巴拉巴。"该亚法平静地道。

一切都完了,再没有什么好说的了。拿撒勒人要永远离去了,总督那可怕而恶毒的偏头痛将无人能医、无药可治,除了死亡。但眼下令他痛苦的,并非这一想法。刺穿他整个身心的,仍是方才在凉台上造访他的那种莫名的惆怅。他当即试着解释这一惆怅,可得到的解释却很奇怪:他隐约觉得,自己似乎还有什么话没对拿撒勒人讲,又或者,他还没听拿撒勒人把话讲完。

彼拉多有意驱赶这个念头,它便和来时一样突然飞走了。而惆怅依旧无从解释。另一个短促的念头同样如闪电般一闪即逝:"不死……不死来了。"谁的不死来了?总督搞不懂,但这个关于不死的神秘念头却令他在烈日下感到发冷。

"好,"彼拉多道,"那便如此吧!"

这时,他环顾四周,被眼前的变化惊呆了:玫瑰累累的花丛不见了,露台四周的柏树不见了,那棵石榴树不见了,绿荫中的白色塑像也不见了,连绿荫本身都不见了。取而代之的是一层泛起的血红色沉渣,无数水草从中漂荡,不知漂向何处,连他自己也随之漂浮起来。裹挟他的、灼烧他的、令他窒息的,是最最可怕的愤怒——无力的愤怒。

"好闷啊,好闷!"彼拉多咕哝道。

他抬起被冷汗打湿的手,朝披风领口一扯,扣环便掉落在沙地上。

"的确很闷,有地方在下雷雨。"该亚法接口道。他目不转睛地盯着总督涨红的脸,预感到无尽的痛苦还在前头,"哦,今年的尼散月真是可怕!"

"不,"彼拉多道,"不是天气闷,该亚法,让我闷的人是你。"彼拉多眯起眼睛,又说了一句:"你好自为之吧,大祭司!"

大祭司的黑色眸子寒光一闪,脸上和总督一样演技高超地表现出惊讶。

"我听到了什么,总督?"该亚法傲慢而平静地道,"你自己核准了判决,现在却来威胁我吗?岂有此理?在我们的印象中,罗马任命的总督向来是谨慎择言的。我们的谈话不会有人听到吧,伊格蒙?"

彼拉多以死亡的眼神盯住大祭司,龇着牙笑了笑:"这是什么话,大祭司!此时此地,还能有人偷听不成?难道本督像那个即将被处决的傻乎乎的年轻流浪汉吗?难道本督是个小孩子吗,该亚法?本督知道自己在哪儿,在说什么。御花园、王宫,处处戒备森严,连只老鼠也钻不进来!莫说老鼠,就连那个,他叫什么来着……连那个加略人都钻不进来。那个人你认识的吧,大祭司?是啊……若是那种人钻了进来,本督定叫他噬脐莫及,这点你自然相信的吧?那就记住,大祭司,从今往后你将永无宁日!无论是你,还是你的族人,"彼拉多指向右

大师和玛格丽特 | 037

侧远处那高高闪耀的圣殿,"这是本督对你说的,本督——金矛骑士本丢·彼拉多!"

"知道,知道!"黑胡子的该亚法毫不畏惧,目光灼灼。他一手举向天空,继续道:"犹太族人知道你对他们恨之入骨,将带给他们无尽的痛苦,但你根本无法毁灭他们!上帝保佑我族!万能的恺撒将听到我们的呼唤,庇护我族免遭彼拉多的残害!"

"你休想!"彼拉多喊道。他越说越觉得痛快,如今再不必装腔作势,挑拣字眼了。"你在恺撒面前告我的刁状已经够多的了,如今该轮到我了,该亚法!本督即刻上书,既不发往安提阿,也不送往罗马,而是直接递交卡普列岛,呈陛下御览。我要参你公然赦免耶路撒冷臭名昭著的暴徒!到时候,本督用来浇灌耶路撒冷的,将不再是好心预备的所罗门王池水!不是!想想吧,本督为了你们,不得不从城墙上取下刻有恺撒圣号的盾牌,亲率大军,远途劳顿,来为你们平复骚乱!记住我的话,大祭司:届时你在耶路撒冷所看到的,将不再是区区一个步兵大队,不是!整个雷电军团将兵临城下,还有阿拉伯骑兵团,你将听到痛哭与哀号!到那时,你自会想起被你赦免的暴徒巴拉巴,会后悔错杀了和平布道的哲人!"

大祭司面上蒙了一层黑影,眼里喷出火来。他也像总督那样龇着牙笑了笑,反唇相讥道:"总督,方才你说的这番话,你自己信么?不,你不信!那个蛊惑人心者带给耶路撒冷的不是和平,不是!而你,骑士,对此心知肚明。你想把他放出去,好让他惑乱民心,亵渎宗教,将犹太族人引向罗马的刀兵!身为犹太大祭司,只要我还活着,就决不允许有人玷污信仰,残害我族!你听见了么,彼拉多?"该亚法威严地举起一只手,"你听吧,总督!"

该亚法不作声了,总督又听到了类似海浪的咆哮声,向着大希律王行宫御花园的围墙奔涌而来。咆哮声越涨越高，没过总督的双腿，涌上他的脸颊。而在他身后，自宫殿两翼后方，传来令人不安的号角声，无数战靴的橐橐声和铁器的铮铮声。总督知道，那是罗马士兵遵照自己的命令开拔了，赶赴令暴徒和强盗胆寒的死前游行。

"你听到了，总督？"大祭司平静地道，"难不成你想告诉我，所有这一切，"大祭司高举双臂，黑色风帽自头顶滑落，"都是巴拉巴那个小小的蟊贼引发的吗？"

总督用手背揩了一把额头上的汗，看看地面，又眯眼望望天空，只见炽热的火球高悬于头顶，而该亚法的影子完全缩到了狮尾旁，便平静而冷漠地道："快晌午了。你我光顾着说话，正事还没办呢。"

总督向大祭司道声失陪，请他在木兰树荫下的长椅上稍坐片刻，待他召来其余人员，最后碰个面，再发布行刑指令。

该亚法以手抚胸，恭施一礼，留在御花园内，彼拉多则返回了凉台。他吩咐待命的书记官将军团长、步兵大队长传至御花园，并请已经候在喷泉旁的圆亭内的两名犹太公会议员和圣殿卫队长移步御花园。总督说他本人也很快就来，随后走进了宫殿。

在书记官召集与会者的同时，总督在被深色窗帘遮挡得密不透光的房间内，密晤了一个人。虽然似乎并无必要，但神秘人的面孔仍大半罩在风帽之下。密晤极其短暂。总督低声对神秘人吩咐了几句，后者便退出了房间，总督则沿着柱廊步入御花园。

当着所有与会者的面，总督公事公办地宣布，他核准了对拿撒勒人耶舒阿的死刑判决，并正式向公会议员询问，哪位罪犯将被赦免。在得到"巴拉巴"这一答案之后，总督道了声"很好"，吩咐书记官将此记录在案。他手里攥着被书记官从沙地上捡起的那枚扣环，威严宣布："时辰已到！"

在场众人纷纷起身，沿着宽阔的大理石台阶，伴着两侧玫瑰花墙的醉人芬芳，逐渐下到山底，向开在石墙上的宫门走去。宫门外是一片开阔平展的广场，广场尽头是耶路撒冷竞技场上的一排圆柱和雕塑。

一行人刚从御花园步入广场，登上耸立于广场之上的宽阔石台，彼拉多便眯缝着眼，察看了周遭的形势。他方才走过的那段路程（从宫墙到石台）还是空旷的，而面前的广场已经完全看不见了，整个被人潮淹没。若非总督左右两侧各有赛巴斯蒂亚士兵及以土利亚协防大队筑起了三道人墙，恐怕连高台和总督身后的空间也会被人潮淹没。

登上石台时，彼拉多手中一直机械地攥着那枚无用的扣环，眯缝着眼。他之所以眯眼，并非被阳光刺痛了眼睛，不是的！他只是不知为何不愿看见那群罪犯，他很清楚，他们马上就会被押上石台了。

血红衬里的白色披风刚一出现在人海岸边的峭壁之上，失明的总督的耳膜便遭到了声浪的冲击："啊——啊——啊……"它似从远处的跑马场涌起，起初不大，渐渐有如雷鸣，持续数秒之后，方才缓缓消退。"人们看见我了。"总督心想。声浪未及降至谷底，突然再次上涨，势头汹涌，盖过了第一波声浪，而且，正如海浪之上时常翻滚着泡沫，第二波声浪中还夹杂着呼哨声和个别妇女的呻吟声，后者在一片闷雷声中清晰可辨。"犯人们被押上来了，"彼拉多心想，"呻吟声想必是人群拥挤，踩伤了妇人。"

总督等待了片刻。他知道，在人群吐尽胸中郁积、主动闭嘴之前，没有任何力量能够迫使他们噤声。

待时机一到，总督高高扬起右手，人群中最后的喧嚣便也随风而散。

彼拉多吸进满满一腔灼热的空气，扯着嗓子呼喊，嘶哑的声音在数千民众头顶回荡："以恺撒皇帝之名！……"

钢刀般的呐喊声顿时砍向总督耳膜——士兵们高高举起长矛和旗帜，一字一顿地发出可怕的呼喊："恺——撒——万——岁——！！"

彼拉多头向后仰，直面太阳。他的眼睑下方蹿起绿色火苗，引燃了他的头脑。嘶哑的阿拉米语在人群头顶回荡："四名罪犯，因犯杀人害命、教唆叛乱、破坏法律、玷污信仰等罪，在耶路撒冷被捕，并被判处可耻的极刑——吊死在木桩上！死刑将即刻于秃山执行！四名罪犯的名字分别是——迪斯马斯，格斯塔斯，巴拉巴和拿撒勒人。他们，就在你们面前！"

彼拉多伸手向右一指。他并未看见任何一名罪犯，但他知道，他们就在那里，在他们该在的地方。

人群报以长久的嗡嗡声，既像惊讶，又像释然。待声音息止后，彼拉多继续道："但其中只有三人将被处决：遵照律法和习俗，为庆祝逾越节，其中一名罪犯，经犹太公会挑选并由罗马当局核准，仁慈的恺撒皇帝将赐还他的贱命！"

彼拉多喊出这番话后，耳畔的嗡嗡声立刻为一片肃静所取代。连呼吸声和窸窣声都捕捉不到了，甚至有那么一瞬，彼拉多感觉周遭的一切通通消失了。他所痛恶的城市死了，只有他独自一人站在这里，仰面朝天，被直射的阳光灼烧。彼拉多让寂静持续了片刻，才继续喊道："这名即将被当众释放的罪犯是……"

在喊出名字之前，他又停顿了一下，确认该说的是否都已说完，因为他知道，一旦喊出这个幸运儿的名字，死掉的城市将立刻复活，吞没他接下来的一切呼喊。

"都说完了？"彼拉多自问，"都说完了。公布吧！"于是，他拖着长音，冲着沉默的城市大声呼喊："巴——

拉——巴——！"

这时他感觉,头顶的太阳轰的一声炸裂了,熊熊的火焰灌进了他的耳朵。在那火焰中裹挟着狂喊,尖叫,呻吟,大笑和呼哨。

彼拉多转过身,朝石台背面的阶梯走去。他目不旁视,只盯着脚下的方石,以免一脚踩空。他知道,在他身后,铜币、海枣将像冰雹一样飞上高台;在呼号的人群中,人们将相互推搡,爬上别人的肩头,好亲眼见证奇迹——一个被死亡抓在手心里的人,居然挣脱了出来!士兵们正在给幸运儿松绑,不小心弄疼了犯人在审讯时脱臼的胳膊,而犯人则一面皱眉哼哼,一面露出疯癫的傻笑。

总督知道,与此同时,押解队正将其余三名被缚的罪犯从侧面押下高台,准备押解上路,向城郊以西的秃山进发。直至走下高台,绕到背面,彼拉多这才睁开双眼,知道自己已经安全了——他不会再看见罪犯了。

渐渐消退的人声中掺杂着几名宣令官清晰而刺耳的呼喊,他们一人用阿拉米语,其余人用希腊语,正在重复总督在高台上的喊话。除此之外,总督还听到一阵细碎而密集的马蹄声迅速接近,一只号角短促而欢快地吹奏着。与之相呼应的是顽童们尖利的口哨声(他们正攀在从集市通往赛马场前广场的街道两旁的屋顶上)和提醒避让的呼喊。

警戒区内孤零零站着一名士兵,手中小旗急急一挥,总督、军团长、书记官和卫队便都停了下来。

骑兵队快马加鞭闯入广场,打算绕开人群,从广场边上穿过去,然后取道爬满葡萄藤的石墙下的巷子,抄近路赶往秃山。

纵马疾驰的骑兵队长是个叙利亚人,矮小如半大孩子,黝黑如黑人后裔,从总督身旁经过时,队长轻呼一声,拔刀出鞘。大汗淋漓的乌黑烈马猛然一惊,人立而起。队长收刀入鞘,照着马脖子抽了一鞭,待坐骑平复之后,重新加速,朝巷子驰去。在他身后,骑兵们三人一排,卷起乌云般的尘土,颤动着轻巧的竹制矛杆,从总督身旁疾驰而过。他们快活地龇着一口口白牙,黑脸膛在白头巾的映衬下显得格外黝黑。

骑兵队扬起漫天的尘土,陆续闯入巷子。最后一个从彼拉多身旁掠过的是名司号兵,背后的号角在阳光下闪耀着。

总督不满地皱起眉头,一手捂住口鼻,继续朝宫门走去。军团长、书记官和卫队紧随其后。

彼时大约上午十点。

第三章　第七项论证

"是的,彼时大约上午十点,最尊敬的伊万·尼古拉耶维奇。"教授道。

诗人如梦方醒,用手抹了一把脸,这才发现牧首塘畔早已暮色四合。

池塘的水变黑了,一只小船从水面滑过,传来船桨拍水声和船上一位女公民的嘻笑声。林荫道旁的长椅上已经有了行人,却只在环水的其余三面,三位交谈者所在的这面依旧不见一人。

莫斯科的天空仿佛褪了色,高处的一轮满月清晰可见,但尚未金黄,只是银白。呼吸变得畅快多了,连椴树下的说话声也显得和傍晚一样柔和了。

"不知不觉间,他怎么竟编了这么长的一个故事?……"无家汉惊讶地想,"天都黑了!难道说,这并非他讲的故事,而是我睡着了,做了一场梦?"

但应该来说,这还是教授讲的故事,否则就只能认定,柏辽兹也做了一场同样的梦,因为后者正紧盯着外国人的脸,说:"您的故事极其有趣,教授,只不过与福音书的讲述完全不符。"

"拜托,"教授宽厚地笑了笑,"别人倒也罢了,您总该清楚,福音书里写的那些事儿实际上从未发生过,若是把福音书当作历史文献去引用……"他又冷笑了一声,而柏辽兹竟无言以对,因为先前从铠甲巷走向牧首塘时,他自己正是这么教导无家汉的。

"的确如此,"柏辽兹答道,"但恐怕您对我们讲述的这些,同样没有人能够证实吧。"

"哦,不!有人能够证实!"教授又带上了外国腔,但语气极为坚定,还突然神秘兮兮地招呼两位伙计凑近些。

待二人从两侧各自凑近,教授胆怯地回头望了一眼,这才压低声音道(这时他的外国腔又不见了——他的口音真是见鬼,时有时无):"其实啊,当时我本人一直在场。本丢·彼拉多在凉台上时,他在御花园跟该亚法交涉时,他在高台上宣布判决时我都在场,只不过是秘密地,怎么说呢,化身了,所以,拜托二位,切勿外传,绝对保密!……嘘!"

沉默降临,柏辽兹脸色煞白。

"您……您到莫斯科有多久了?"柏辽兹的声音在颤抖。

"我刚到。"教授漫不经心地说。直到此时,两位文学家才想起来好好看看外国人的眼睛,这才发现,他那只绿色的左眼球是彻底疯狂的,而右眼球却是空的,黑的,死的。

"原来如此!"柏辽兹惊慌地想,"这德国佬原本就是个疯子,要么就是刚刚在牧首塘疯掉的。瞧这事儿闹的!"

的确,一切都解释得通了:跟已故哲学家康德共进的见鬼的早餐,关于葵花籽油和安努什卡的胡言乱语,关于掉脑袋的荒诞预言,一切的一切——这位教授是个疯子。

柏辽兹当即想到了对策。他仰靠到长椅上,在德国佬背后冲无家汉一个劲儿使眼色,意思是别戗着他说,但方寸大乱的诗人却未能领会。

"是、是、是,"柏辽兹热切地说,"事实上,这一切都是有可能的!……甚至极有可能,包括本丢·彼拉多,包括凉台,包括其他的……您是一个人来的,还是跟夫人一起?"

"一个人,一个人,我从来都是一个人。"教授凄然道。

"那您的行李呢,教授?"柏辽兹体贴地问,"在'大都会'么?您在哪里下榻?"

"我?哪儿也没有。"半疯的德国佬说,一只碧眼在牧首塘上忧郁而狂乱地睃巡。

"啊?那……您要住在哪儿呢?"

"住您家里。"疯子突然放肆地说,还挤咕了一下眼。

"我……我很高兴,"柏辽兹讷讷道,"只不过,在舍下您会不方便的……而'大都会'的房间好极了,那是一等一的宾馆……"

"那么说,魔鬼也没有喽?"精神病人突然快活地冲无家汉问道。

"魔鬼也——"

"别戗着他说!"柏辽兹越过教授的后背,一面挤眉弄眼,一面干动嘴唇不出声地说。

"根本没有什么魔鬼!"无家汉被这通彻头彻尾的胡扯搞得心烦意乱,贸然喊道,"真是遭罪!别再装疯卖傻了!"

疯子纵声大笑,直震得一只麻雀从三人头顶的椴树上振翅飞出。

"哈,这可实在太妙了,"教授兀自笑得发颤,"你们这儿是怎么回事,不管问什么,什么都没有!"突然,他停止了大笑,就像精神病人常见的那样,大笑之后立刻转入了另一个极端——大怒,厉声喝道:"这么说,果然没有?"

"别急,教授,别急,别急,"柏辽兹唯恐激怒病人,连声劝道,"您跟无家汉同志在这儿稍坐片刻,我到拐角那儿去挂个电话,然后您想去哪儿,我们送您去。您不是对这儿不熟嘛……"

应当承认,柏辽兹的策略是明智的:跑到最近的电话亭,通知外宾局①，就说牧首塘有一名外国顾问明显精神失常，必须采取措施，以免搞出乱子。

"挂电话？好吧，去吧，"病人哀伤地同意了，突然又狂热地说，"但临别之际，恳请您至少相信，魔鬼是有的！我对您只有这一点小小的请求。请记住，对此存在第七项，也是最可靠的一项论证！您马上就会看到了。"

"好的，好的。"柏辽兹假意亲热地说着，又冲因被迫看守德国疯子而愁眉苦脸的诗人使了个眼色，这才向着铠甲巷与叶尔莫拉耶夫巷交界处的公园出口奔去。

而疯教授竟似立马康复了，神采奕奕地冲着柏辽兹的背影唤道："米哈伊尔·亚历山德罗维奇！"

柏辽兹身子一震，回过头来，随即自我宽慰——疯教授肯定也是从哪份报纸上得知自己的名字和父称的。可疯教授却将双手拢成喇叭筒，继续喊道："用不用我叫人立刻给您基辅的姑父拍封电报？"

柏辽兹又是一哆嗦。这个疯子怎么知道我在基辅有位姑父？这事儿报纸上可从来没有登过呀！哎呀呀，莫非真被无家汉说中了？那些证件都是伪造的？啐，这家伙真他妈邪性……打电话，赶紧打电话！马上就能查清楚了！

于是柏辽兹不再理睬，朝前跑去。

就快跑到铠甲巷出口时，路边长椅上迎面站起来一位男公民，正是太阳还未落山时，从浓稠的溽气中编织出来的那位。只不过，眼下他已经不再是空气做的了，而是个有血有肉的正常人了。透过朦胧的暮色，柏辽兹清楚地看到，他留着鸡毛一样的小胡子，两只半醉的小眼睛里满是讥诮之色，方格裤脚提得高高的，露出了脏兮兮的白袜子。

---

① 外宾局，全称"中央外宾服务局"，成立于1921年，隶属于苏联外交人民委员会。

大师和玛格丽特

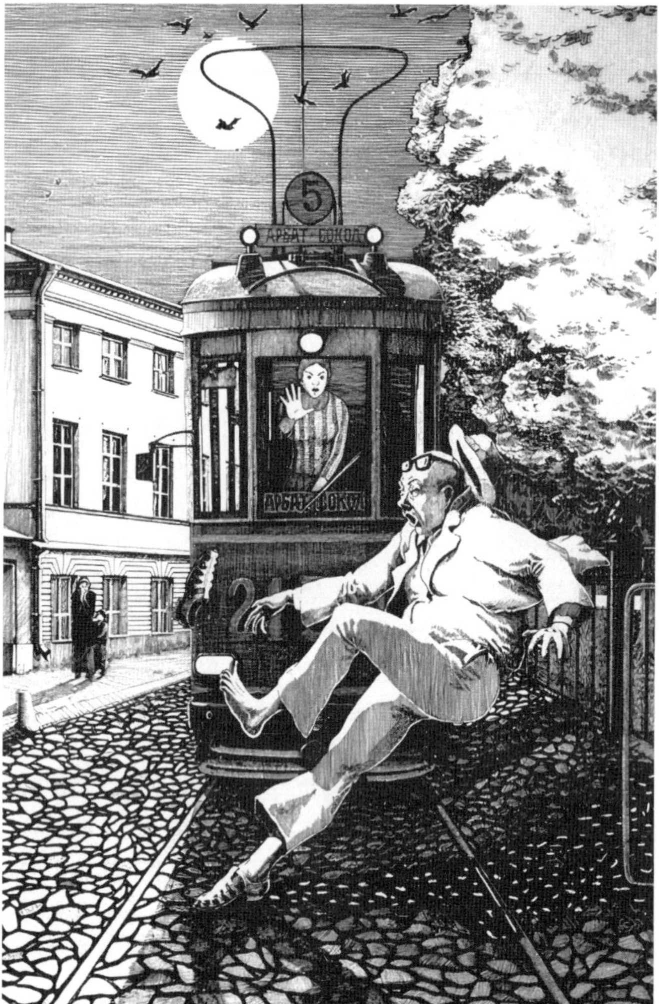
5
АРБАТ СОКОЛ

柏辽兹被吓得连退几步，只得壮着胆子想，这绝对是个愚蠢的巧合，再说，眼下哪有工夫琢磨这个呢！

"您在找旋转栅门吧，公民？"穿方格西装的家伙以刺耳的男高音问，"这边请！照直走，前面就是。给您指路，您不得赏我几个酒钱？……让我解解酒……我以前可是唱诗班指挥！"这家伙装腔作势地说着，一把扯掉了头上的骑手帽。

柏辽兹没去理会方格西装的胡搅蛮缠，跑到旋转栅门前，一把抓住门把手，转了一下，刚要迈步踏上铁轨，面门上便射来红白两色亮光——一个玻璃灯箱上写着红色大字："小心电车！"

登时便有一辆电车疾驰而来。它先在铠甲巷与叶尔莫拉耶夫巷之间新铺设的线路上拐了一个弯，待车身完全拐正之后，车厢内突然电光大作，吼叫着加足了马力。

柏辽兹所站的位置并无危险，但生性谨慎的他还是决定退到栅门内侧。他将手重新搭到转杆上，向后退了一步。可就在这时，他的手从转杆上滑脱了，刚踩到地面的那只脚跟溜冰似的，止不住地沿着鹅卵石斜坡朝轨道滑去，紧接着另一只脚也随之一仰，整个人便被甩到了铁轨上。

柏辽兹下意识地想要抓住点什么，仰面倒地时，后脑勺不重地磕在了鹅卵石坡面上。他还来得及看见高空中那轮已经镀了金的月亮，但左右方位已无暇分辨。他还来得及翻了一个身，发疯似的将两腿蜷到腹部，与此同时，他分明看见一张被吓得惨白的脸，正势不可挡地朝自己撞过来，而那正是一名女司机，头上还裹着共青团的大红头巾。柏辽兹本人并没有喊，周围的一整条街上却充满了妇女们的惊叫。女司机猛拽电制动杆，车头下蹲，车尾上翘，哗啦啦，车窗玻璃被悉数震碎。柏辽兹脑子里有人绝望地喊了一声："难道说……"月亮再一次，也是最后一次一闪，裂成无数碎片，旋即一片黑暗。

电车从柏辽兹身上碾过。一个黑乎乎、圆滚滚的东西朝着牧首塘的林荫道飞去,钻过栅栏底部,滚下鹅卵石斜坡,骨碌碌朝铠甲巷滚去。

那正是柏辽兹的头颅。

第四章　追踪

女人们歇斯底里的尖叫声停止了，民警的哨声也停止了，两辆救护车开走了：一辆载着分了家的尸体和头颅去了停尸房，另一辆载着被玻璃碎片割伤的女司机去了医院。身穿白围裙的清道工收走了玻璃碎片，用沙子埋住了血泊。无家汉仍旧瘫软在长椅上——还没跑到旋转栅门前，他就瘫倒在上面了。

他几次试图站起来，可两条腿就是不听使唤，好像瘫痪了似的。

刚听到第一声尖叫时，诗人便朝旋转栅门奔去，随即便看见一颗头颅沿着马路滚了过来。他登时被吓傻了，瘫倒在长椅上，把自己的胳膊都咬出血来了。德国疯子自然被他抛在了脑后，眼下他就想搞懂一件事：这怎么可能？刚才柏辽兹还在跟他聊天，可没过一分钟，脑袋掉了……

林荫道上，惊魂未定的行人大呼小叫着从诗人身旁跑过，但他一句话也没听进去。

就在这时，两名彼此相识的妇女在他身边碰见了，其中一个尖鼻子、光着脑袋的妇女几乎贴着诗人的耳朵冲另一名妇女喊："是安努什卡，我们那片儿的安努什卡！花园街那个！都是她干的好事！她从食杂店买了一瓶子葵花籽油，整整一升啊，在旋转门那儿打碎了！整条裙子都弄脏了……她那个骂呦，哎呦！这人也是倒霉，肯定是踩到油了，才滑倒在了铁轨上……"

女人叽里呱啦喊了一大套，但无家汉崩溃的头脑只咬住了

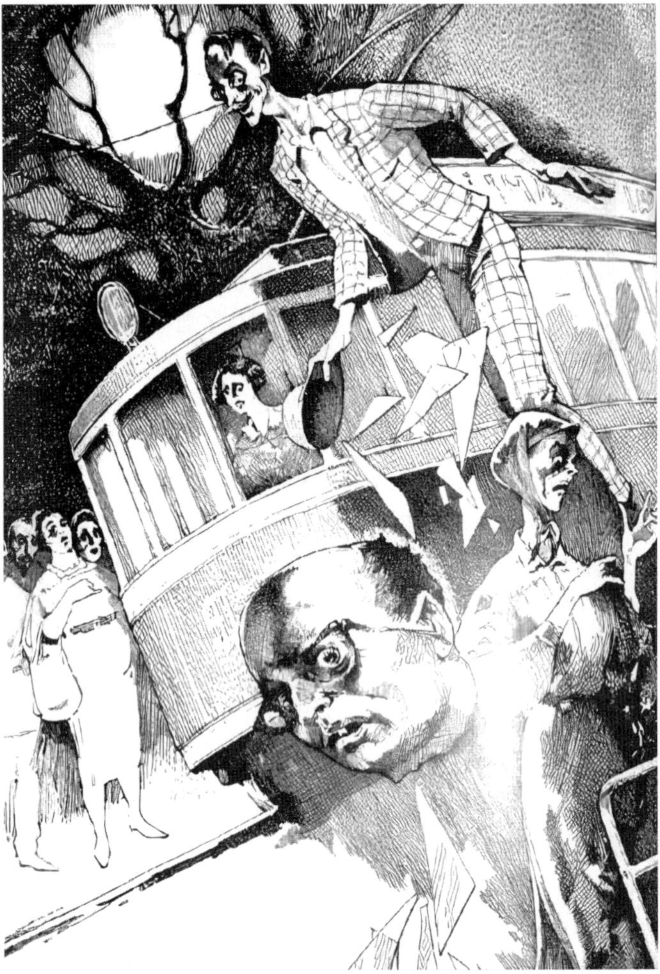

一个词——"安努什卡"……

"安努什卡……安努什卡?"无家汉惊惶四顾,喃喃自语,"等等,等等……"

"安努什卡"后面紧跟着"葵花籽油",随即又冒出了"本丢·彼拉多"。诗人抛开彼拉多,重新从"安努什卡"开始串连。链条很快就串成了,并且立刻牵出了疯教授。

是他!他不是说吗:会议开不成了,因为安努什卡洒了葵花籽油。您瞧,会议真就开不成了!这还不算,他明确说过:柏辽兹会被一个女人砍掉脑袋?!没错,没错!电车司机不正是个女的吗!这是怎么一回事?啊?

对于柏辽兹之死的恐怖情形,神秘顾问早就一清二楚,对此再无任何怀疑。这时,两个念头钻进了诗人的脑袋。头一个:"他根本不是疯子!全是装的!"第二个:"这莫非是他一手操控的?!"

但请问:他是如何做到的?!

"嗐,管他呢!会弄清楚的!"

无家汉付出了巨大的努力,这才站起身来,朝之前自己和神秘顾问聊天的地方赶去。所幸,那人还没走。

铠甲巷的路灯已经亮起,牧首塘上空还照着一轮金色的圆月。在一贯富于欺骗性的月光中,无家汉感觉,站在那儿的人腋下夹着的并非手杖,而是一柄长剑。

而此前无家汉本人所坐的位置上,眼下正坐着那个自称前唱诗班指挥的骗子手。他鼻梁上架着一副多此一举的夹鼻眼镜——一只眼镜片完全掉了,另一只眼镜片还是裂的。这让方格公民看上去比引诱柏辽兹跌上铁轨时更加可恶。

伊万心头发冷地靠近神秘顾问,仔细打量着他的脸,确信那张脸上眼下没有、也不曾有过任何发疯的迹象。

"说实话,你究竟是什么人?"伊万沉声问道。

外国人皱着眉头瞅着伊万，好像头一回见到他似的，没好气地说："不明白……说俄语……"

"他说他听不懂俄语！"坐在长椅上的前唱诗班指挥插嘴道，虽然并没有人请他解释外国人的话。

"少装蒜了！"伊万厉声喝道，胸口一阵发冷，"你刚才俄语说得不是挺溜的吗。你既非德国人，也不是什么教授！你是杀人凶手、特务！证件！"伊万怒吼。

神秘教授嫌恶地撇了撇本就歪斜的嘴，耸了耸肩。

"公民！"讨厌的前唱诗班指挥又插嘴道，"您干吗骚扰外宾？您会为此受到严厉处分的！"

可疑的教授傲慢地板起脸，转身走开了。

伊万一时慌了神，喘着粗气对前唱诗班指挥说："喂，公民，赶紧帮忙拦住罪犯！您有这个义务！"

"罪犯？谁是罪犯？"前唱诗班指挥兴奋异常地跳起来喊，"罪犯在哪儿？那个外国人？"他那对小眼珠滴溜乱转，"是他吗？他要是罪犯，咱们首先得喊'来人哪！'，不然他就跑了。来，咱俩一起喊！来——！"前唱诗班指挥张大了嘴。

六神无主的伊万听信了前唱诗班指挥的话，张嘴喊了声"来人哪——！"不料却被这个滑头给耍了——他自己什么也没喊。

伊万冷不丁的嘶喊自然没有招来什么好结果。两个姑娘慌忙躲到一旁，还说了句："醉鬼！"

"嘿，你跟他是一伙的！"伊万大怒，叫道，"你干吗，耍我呀！起开！"

伊万从右边过，前唱诗班指挥往右边堵；伊万往左边闪，那个坏蛋也堵到左边。

"你存心跟我捣乱？！"伊万发狠地叫道，"我把你也送到民警局！"

伊万伸手去抓坏蛋的袖子，结果却只抓到一把空气。前唱诗班指挥凭空消失了。

伊万"啊呀"一声，抬眼一瞧，在远处看见了那个可恶的外国佬。他已经快走到通往牧首巷的公园出口了，而且还不止他一个。极其可疑的前唱诗班指挥也赶到了他身边。这还不算，两人身边还不知打哪儿冒出来一只巨大的黑猫，大得像头肥猪，黑得像烟子或者乌鸦，还蓄着两撇彪悍的骑兵胡子。三个家伙朝牧首巷走去，大黑猫还是直立行走的!

伊万朝恶棍们追去，但很快他就意识到，想要追上他们非常困难。

三个家伙眨眼间便穿过了牧首巷，走到了斯皮里多诺夫卡街。无论伊万如何加快脚步，都丝毫不能缩短他与三个家伙之间的距离。没等伊万回过神来，他已经从僻静的斯皮里多诺夫卡街追到了尼基塔门广场。这下更糟了。此处人多拥挤，伊万一不小心撞到了一位行人，立刻招来一通臭骂。更糟糕的是，狡猾的歹徒采取了强盗惯用的伎俩——分头逃窜。

前唱诗班指挥身手敏捷地跳上一辆开往阿尔巴特广场的公共汽车，溜了。丢掉一个目标之后，伊万将注意力集中到那只古怪的大黑猫身上，只见大黑猫走到停在站台的"A"路电车旁，粗鲁地挤开一名妇女，在后者的尖叫声中跳上踏板，抓住扶手，将一枚十戈比硬币伸进打开来透气的窗子，想要塞到女售票员手里。

伊万彻底被大黑猫的举动惊呆了，愣在了街角处的食杂店旁。但更令他错愕的是女售票员的反应。一见有只大黑猫上了车，后者立刻气得浑身发抖，扯着嗓子喊："猫不许上车!不许带猫上车!去!下去，不然我叫民警啦!"

无论是女售票员，还是车内乘客，都忽略了事情的关键：猫上电车没什么新鲜的，关键是猫想买票!

大师和玛格丽特

而这只大黑猫不仅具备支付能力，显然还懂得遵守纪律。一听到女售票员的呵斥，大黑猫立刻乖乖地退下踏板，蹲坐在站台上，用硬币捋着胡须。然而，等女售票员扯动信号铃之后，电车刚一启动，大黑猫立刻做出了每一个被赶下电车却又非坐车不可之人的举动：它放过全部的三节车厢，纵身跳上车尾横杠，一爪抓住车厢外壁上的橡皮管，扬长而去，倒还省下了十戈比。

伊万光顾着看无耻的大黑猫，险些弄丢了团伙主犯——神秘顾问。所幸后者还没溜走。伊万在人群中发现了那顶灰色贝雷帽，就在尼基塔大街（现名赫尔岑大街）的入口处。一眨眼的工夫，伊万自己也到了那儿。可人还是没抓着。伊万扯开大步，横冲直撞地跑了起来，但却连一厘米都没能接近顾问。

尽管心乱如麻，但伊万仍为自己追赶时的超自然速度暗暗吃惊。还不到二十秒钟，他就从尼基塔门广场追到了灯火辉煌的阿尔巴特广场。几秒钟后，他又追到了一条曲里拐弯的幽暗小巷，扑通摔了一跤，磕破了膝盖。接着又是一条照明良好的主干道——克罗波特金大街，接着又是一条小巷，接着是奥斯托任卡街，接着又是一条压抑、肮脏、昏暗的小巷。追到此处，伊万彻底跟丢了他全力追踪的那个人。顾问消失了。

伊万迟疑了，但片刻之后，他突然没来由地料定，顾问一定是躲进了13栋，而且肯定在47号。

伊万闯进楼道，奔上二楼，一眼就看见了47号，急吼吼地按下门铃。不一会儿，一个五岁左右的小女孩给伊万开了门，一句话也没问，扭头就走了。

前厅很大，但杂乱不堪，又高又黑又脏的顶棚上挂着一只又小又暗的碳丝灯泡，墙上挂着一辆没有外带的自行车，地上放着一只包着铁皮的大木箱，衣帽架搁板上放着一顶棉帽，长长的护耳向下耷拉着。一扇门后面开着收音机，一个高亢的男音正怒吼着什么诗句。

擅闯民宅的伊万理直气壮地走进过道,心想:"他肯定是躲进了浴室。"过道里黑咕隆咚。伊万撞了好几次墙壁,终于循着一扇门板下方露出的微弱光线,摸到了门把手,轻轻向下一扭。挂钩应声弹开,里面果然是浴室,伊万心想,真是走运。

可惜,走的狗屎运!一股湿热的潮气迎面扑来,借着炉膛内的炭火光,伊万看见墙上挂着几只大木盆,地上放着一只掉了瓷的、布满可怕黑斑的搪瓷浴缸。而在浴缸里,站着一位一丝不挂的女公民,浑身上下涂满了肥皂沫,正用澡擦搓澡。她冲闯入的伊万觑着近视眼,在见鬼的光线里认错了人,快活地低声说:"基留申卡!别闹啦!你疯啦?……费奥多尔·伊万诺维奇这就回来啦。赶紧走吧!"女人一面说,一面挥舞澡擦驱赶伊万。

这场误会当然错在伊万。可他非但不认错,反而大声责骂:"呸,荡妇!"转身出门,又鬼使神差地跑进了厨房。厨房里一个人也没有,昏暗的灶台上静静地摆放着十来个熄火的煤油炉。一束月光透过多年未曾擦洗过的、落满灰尘的窗户,隐约地照亮了一个角落。那里摆着一幅被遗忘在灰尘和蛛网里的圣像画,像框后面探出两支教堂婚礼用的白蜡烛。大的圣像下方还别着一张纸质的小圣像。

谁也不知道伊万是怎么想的,他抓起一支蜡烛,又取下那张小圣像,这才穿过后门,离开了陌生的住宅。想起方才浴室里的一幕,伊万脸上一阵发烧,嘴里嘟嘟囔囔,不由得暗自猜测:那个不要脸的基留申卡是谁?那顶讨厌的护耳棉帽说不定就是他的。

伊万拐进一条寂寥、萧索的小巷,左顾右盼地寻找逃犯,却哪儿也见不着人影。于是,伊万坚定地对自己说:"他一定在莫斯科河边!出发!"

也许该问问伊万,他凭什么断定顾问就一定在莫斯科河边呢?但不幸的是,并没有人向他发问。可恶的巷子里空无一人。

没过一会儿,伊万就出现在莫斯科河畔一处半圆形广场的花岗岩石阶上。

石阶上坐着一个面善的大胡子男人,正在抽手卷烟,旁边扔着一件破烂的白色托翁衫①,一双没有鞋带的破皮鞋。伊万脱掉衣服,请大胡子帮忙看着,抡了抡胳膊,凉了凉身子,一个猛子扎进了水里。冰冷刺骨的河水激得他倒抽凉气,他甚至怀疑自己再也浮不出水面了。万幸,终于浮上来了,他口鼻并用地喘着粗气,惊慌地努着眼,划开散发着石油味的黑水,借着破碎的灯光游向岸边。

当水淋淋的伊万哆哆嗦嗦地跳过台阶,跑到之前放衣服的地方时,发现不但自己的衣服不见了,连大胡子也没了踪影,地上只剩下一条带条纹的衬裤、一件破烂的托翁衫、一支蜡烛、一张圣像和一盒火柴。伊万扬起拳头,朝远处无力地威胁了一通,捡起仅有的衣服将就穿了。

有两个念头令他不安:首先,他的马索利特会员证丢了,那可是他从不离身的;其次,穿成这个样子,能在莫斯科的大街上走吗?毕竟只穿着衬裤……虽说这事儿碍不着旁人,但保不齐会有人挑刺,找他的麻烦。

伊万揪掉裤脚上的扣子,好让衬裤看起来多少能像条正常裤子,然后便拿着圣像、蜡烛和火柴上路了。他对自己说:"去格里鲍!他肯定在那儿!"

市区已经开始了夜生活。一辆辆大卡车扬尘驶过,接地链

---

① 托翁衫,俄国大文豪列夫·托尔斯泰(1828—1910)晚年最爱穿的一种宽松的长身衬衫(通常搭配腰带),后为托尔斯泰的追随者广泛效仿,故得名。

哐啷作响，车厢里的麻袋上四仰八叉躺着些汉子。所有窗户都开着，每一扇窗户里都亮着橘黄色的灯光。从所有窗户里，从所有门板里，从所有门洞里，从所有顶楼和阁楼里，从所有地下室和院子里，都挤出歌剧《叶甫盖尼·奥涅金》中波洛涅兹舞曲的嘶吼声。

伊万的担忧完全应验了：路上行人都对他大感好奇，嘻嘻笑着，频频侧目。于是他决定避开大路，改走小巷，那里的行人不会那么多事，也不大可能会去纠缠一个打赤脚的人，追问他为何只穿着衬裤——顽固的衬裤无论如何都不肯伪装成正常裤子。

伊万正是这么做的。他钻进阿尔巴特广场附近隐秘的巷子网，做贼心虚地贴着墙根，眼睛四处瞟，一步一回头，时不时猫进门洞里，避开有红绿灯的十字路口和外国使馆气派的大门。

而在整个艰难的旅途中，乐声一直阴魂不散，令他说不出地痛苦。伴着乐声，一个厚重的男低音不住地倾诉着自己对女主角塔季扬娜的痴情。

第五章　大闹格里鲍

林荫环路[①]上，一道雕花铸铁围栏将人行道与一座枯萎的花园隔开。花园深处坐落着一栋年代久远的奶油色二层小楼。楼前有块不大的空地，铺了沥青，冬天用来堆放积雪，雪堆上插着一柄铁锹；夏天支起帆布篷，便成了绝佳的户外就餐处。

这栋小楼名叫"格里鲍耶陀夫之家"，因为据传此楼曾为著名剧作家亚历山大·谢尔盖耶维奇·格里鲍耶陀夫的姑母所有。但是否属实就不得而知了。据我所知，格里鲍耶陀夫似乎并没有这么一位姑母……反正就这么叫开了。更有甚者，莫斯科的一个撒谎精还言之凿凿，说就在二楼，在那间立柱环立的圆厅内，格里鲍耶陀夫还给倚在沙发上的姑母朗诵了《聪明误》的片段哩！鬼才知道呢，也许真的朗诵过吧，但这并不重要！

重要的是，如今这栋楼恰恰属于马索利特，而马索利特的一把手正是不幸的米哈伊尔·亚历山德罗维奇·柏辽兹——直至他出现在牧首塘之前。

马索利特的会员们叫顺了嘴，谁也不管这栋楼叫"格里鲍耶陀夫之家"，都叫它"格里鲍"，比如："昨天我在格里鲍挤了俩钟头。""咋样？""抢了一张去雅尔塔的，一个月。""行啊！"或者："你去找柏辽兹吧，他今天下午在格里鲍接待，四点到五点……"诸如此类。

马索利特将格里鲍布置得再好不过，再舒坦没有了。无论谁走进格里鲍，首先闯入眼帘的便是各式各样的运动小组的通知，以及挂满了楼梯墙壁的会员集体照和个人照。

上到二楼，第一扇房门上写着一行大字："休闲垂钓组"，旁边还画着一条上钩的鲫鱼。

第二扇房门上写的就颇令人费解了："创作一日游。详询 M. B. 波德洛日娜娅[②]。"

第三扇房门上只写着"佩列雷基诺"[③]，完全不知何意。接下去，初次造访格里鲍的人简直要看花眼了，五花八门的提示贴满了姑母家的胡桃木门板："稿纸预约登记找波克列夫金娜""财务室。喜剧小品稿费结算"……

有一列队伍排得最长，还从楼下传达室就开始了，队伍尽头处的房门随时都有被挤破的风险，只见门牌上写着："住房问题"。

住房问题之后的门板上贴着一幅华美的宣传画，画面上方是一片山地，一名身穿毡斗篷、身背步枪的战士在山脊上纵马驰骋。下方是棕榈掩映下的一座阳台，阳台上坐着一个头发翘起的年轻人，手握自来水笔，抬眼望向高处，目光机敏异常。最底下写着："全公费创作休假，两周（短篇小说）至一年（长篇小说、三部曲）。雅尔塔、苏乌克苏、博罗沃耶、齐希济里、马欣贾乌里、列宁格勒（冬宫）。"这扇门前同样排着长队，只不过没那么夸张，也就一百五十来人。

接下来，顺着格里鲍拐弯抹角、忽高忽低的古怪格局，依次是"马索利特理事会""财务室二、三、四、五""编辑委员会""理事会主席室""台球室"，形形色色的辅助用房，最后

[①] 林荫环路，相当于莫斯科市一环路，19 世纪初期环绕克里姆林宫而建，长约 9 公里。
[②] 波德洛日娜娅（Подложная），系作家自造姓氏，字面意思为伪造的、虚假的。（书中很多人物姓氏都是作家自造，旨在讽刺。本书一律采取音译，仅对其中最为典型的例子加以注释。）
[③] 佩列雷基诺（Перелыгино），暗指苏联时代的作家度假村——佩列杰尔基诺（Переделкино）。

大师和玛格丽特 | 061

才来到那间立柱环立的圆厅,也就是姑母大人欣赏天才侄儿的喜剧的地方。

任何一位格里鲍的来访者,只要他还没有傻到家,当下便能猜到,马索利特的会员们(这些幸运儿!)的小日子过得有多舒坦了,于是,黑色的嫉妒便开始啃噬他的心灵,让他向上天投去苦涩的怨怒:为何上天就没有赐予他与生俱来的文学天赋呢,而没有文学天赋,马索利特的会员证自然是连想都别想——哦,那咖啡色的、散发着昂贵皮革气息的、镶着金色宽边的、闻名全莫斯科的马索利特会员证!

有谁会为嫉妒辩护呢?这种情感固然卑劣,但也得体谅一下来访者的心情。要知道,他在二楼见识到的这些还不算完呢,还差得远呢。姑妈家的整个一楼都被改成了餐厅——那是怎样的餐厅呦!那是全莫斯科当之无愧的最好的餐厅。这不仅仅因为它占用了整整两座穹顶上彩绘着一匹匹鬃毛飘飘的雪青色骏马的宏伟大厅;也不仅仅因为每张餐桌上都摆放着纱罩台灯;更不仅仅因为这里可不是随随便便什么人都能进的;还因为格里鲍的菜品质量足以碾压全莫斯科任何一家饭店,关键是价格还很实惠,完全不会造成经济负担。

因此,如下的对话也就完全不足为奇了,这是写下这些千真万确的文字的笔者某天在格里鲍的铸铁围栏外面亲耳听到的:

"今天晚饭去哪儿吃啊,阿姆夫罗西?"

"这还用问,当然是在这儿啊,亲爱的福卡!阿尔奇巴尔德·阿尔奇巴尔多维奇偷偷跟我说了,今晚有清炖梭鲈,现杀现做,鲜美极了!"

"你可真会享受,阿姆夫罗西!"皮包骨、病恹恹、生着颈痈的福卡叹了口气,对红嘴唇、金头发、肥脸蛋的大高个诗人阿姆夫罗西说。

"这算什么享受啊,"阿姆夫罗西反驳说,"无非是想过得有个人样罢了。你大概想说,福卡,'大马戏场'也有梭鲈呀。可'大马戏场'的梭鲈要十三卢布十五戈比一份,咱们这儿才五卢布五十戈比!再说,'大马戏场'的梭鲈都是放了三天的;再说,要是在'大马戏场',谁也不敢保证,会不会有个小年轻从剧场巷冲进来,把一串葡萄扔你脸上。不,'大马戏场'我是坚决不去!"美食家阿姆夫罗西的声音响彻整条林荫道,"你也甭劝,福卡!"

"我也没劝你去'大马戏场'呀,阿姆夫罗西,"福卡辩解道,"在家也能吃嘛。"

"你可饶了我吧,"阿姆夫罗西叫道,"我能想象得到你老婆拿个锅子,在公共厨房里鼓捣清炖鲜梭鲈的场景!嘿嘿嘿!……欧列武阿尔①,福卡!"阿姆夫罗西哼着小曲,快步朝支着帆布篷的凉台走去。

哦,哦,哦……是啊,是啊!……老莫斯科人谁不记得大名鼎鼎的格里鲍呢!现做的梭鲈算什么!小意思,亲爱的阿姆夫罗西!还有鲟鱼呢?盛在银锅里,搭配虾仁和鲜鱼子酱的鲟鱼段?还有白蘑菇泥焗烤蛋盅呢?鹬鸟肉香不香——再配上地菇?还有热那亚式烤鹌鹑呢——才九个半卢布一份!外带现场爵士乐和热情周到的服务!还记得吗,七月份,全家人都去达洽②消夏了,您却被紧急的文学事务拖在了城里,而在凉台上,在葡萄藤的浓荫下,在雪白的桌布上,在金色的光晕里,摆着一盘法式时蔬清汤?您还记得吗,阿姆夫罗西?这还用问!看

---

① 欧列武阿尔,法语 Au revoir(再见)的音译。
② 达洽(дача),指位于郊外,用于休闲、栖居、耕作的简易木屋,通常为成片群落,是独具俄国特色的文化和建筑学现象,也是当今俄罗斯及独联体国家广泛流行的一种诗意田园的生活方式。该词在本书中屡有提及,国内多译为"别墅",但二者的语义内涵及文化联想无疑相去甚远,故本书参照英译(dacha)将其音译为"达洽"。

您的嘴唇我就知道,您还记得。那些白鲑鱼、梭鲈鱼又算得了什么!还有当季的大鹬、姬鹬、田鹬、丘鹬、鹌鹑呢?还有喝到嗓子眼里滋滋冒泡的纳尔赞呢?!不过,够了,你走神啦,读者!随我来!……

柏辽兹在牧首塘遇难当晚,十点半,格里鲍二楼只有一个房间还亮着灯——马索利特理事会办公室,里面焖着十二位前来开会的文学家,已经等了柏辽兹半天了。

文学家们早就被热晕了,有的坐在椅子上,有的坐在桌子上,还有的干脆坐到了窗台上。窗户通通开着,却透不进一丝凉风。莫斯科的柏油马路正在释放积蓄了一整天的热量。很明显,夜里也好过不到哪儿去。阵阵葱头香气从位于地下室的餐厅厨房飘来,所有人都口干舌燥,焦躁不已,愤愤不平。

小说家别斯库德尼科夫,一个文静的、衣着考究的、目光敏锐而又隐秘的人,掏出了怀表。时针正在爬向十一点。别斯库德尼科夫弓起一根手指敲了敲表盘,把它拿给身旁的诗人德乌布拉茨基看,后者正坐在桌子上,百无聊赖地悠荡着两只黄色胶底皮鞋。

"可不是嘛!"德乌布拉茨基嘟囔道。

"这家伙,肯定是在克利亚济马河待住了。"纳斯塔西娅·卢基尼什娜·涅普列梅诺娃以低沉的嗓音说。她出身于莫斯科商人家庭,由孤女成长为作家,专写海战故事,笔名"领航员乔治"。

"得了吧!"知名喜剧小品作者扎格里沃夫不管不顾地说,"我还想坐在阳台上喝茶呢,谁愿意在这儿蒸桑拿?会议不是定的十点吗?"

"眼下克利亚济马河边上可舒坦了,"领航员乔治明知克利亚济马河畔的佩列雷基诺度假村是众人的伤心事,故意煽风点火,"这会儿夜莺肯定在唱歌啦。我反正是一到郊外就出活儿快，尤其是春天。"

"我连续交了三年钱，想让我老婆，她得了毒性弥漫性甲状腺肿，到那个天堂里去住上几天，可到现在却连个影儿都没看着。"短篇小说家叶罗尼姆·波普里欣愤恨地说。

"谁叫咱没那个命呢。"坐在窗台上的批评家阿巴布科夫瓮声瓮气地说。

领航员乔治的两只小眼睛开心地燃烧起来了，她和缓了自己的女低音，说："不要嫉妒嘛，同志们。度假屋总共才二十二套，在建的也不过才七套，可咱们马索利特总共有三千人哪。"

"三千一百一十一人。"角落里有人接口道。

"你看看，"领航员乔治说，"能怎么办呢？当然得分给我们中间最有才华的喽……"

"头头脑脑们！"编剧格卢哈列夫一刀直捅要害。

小说家别斯库德尼科夫假意打了个哈欠，走出了房间。

"他一个人在佩列雷基诺占了五间房。"格卢哈列夫冲着别斯库德尼科夫的背影说。

"拉夫罗维奇一个人占了六间呢！"杰尼斯金叫道，"连餐厅都包上了橡木板！"

"嗐，眼下的问题不在这儿，"阿巴布科夫瓮声瓮气地说，"问题是都已经十一点半了。"

办公室内顿时炸开了锅，大有揭竿而起之势。有人给可恨的佩列雷基诺打去电话，却错打到拉夫罗维奇家里去了，得知后者去了河边，更是彻底乱了套。又胡乱地加拨了930，打到大众文艺委员会去询问，结果根本没人接。

"他就不能打个电话吗！"杰尼斯金、格卢哈列夫和克万特齐声嚷嚷。

唉，嚷嚷也是白嚷嚷：柏辽兹已经打不了电话了。离格里鲍很远很远，有一间被明晃晃的大灯照亮的大厅，大厅里陈列着三张镀锌台桌，而台桌上摆放着的，正是不久前还被称作米哈伊尔·亚历山德罗维奇·柏辽兹的东西。

第一张台桌上是赤裸的躯体，血迹已凝，一臂骨折，胸廓粉碎；第二张台桌上是被斩断的头颅，前牙脱落，角膜混浊的眼睛仍然睁着，毫不畏惧刺目的强光；第三张台桌上则是一堆被血渍浆硬的破布。

断头者身旁站着一位法医学教授，一位病理解剖学家及其助手，几名侦查人员，以及马索利特理事会副主席、文学家热尔德宾，后者是从患病的妻子身边被电话叫过来的。

接到热尔德宾之后，侦查人员先带他去了死者住处（时值午夜），查封了死者的全部文件，这才赶到停尸房。

眼下，人们正围着死者的遗体商议对策：遗体是要在格里鲍耶陀夫之家举行告别仪式的，那么，要不要把脑袋缝上去？还是说直接拿块黑头巾将头蒙住？

是啊，柏辽兹再也打不了电话了，无论杰尼斯金、格卢哈列夫、克万特和别斯库德尼科夫再怎么气愤、再怎么喊叫都没有用了。午夜十二点整，十二位文学家全体离开了顶楼，下到餐厅，不免又在心里咒骂了柏辽兹一通：凉台上的位置自然早就被抢光了，只得在华丽但却窒闷的大厅里用餐了。

午夜十二点整，第一间大厅里咣的一声，随即滴滴嘟嘟，叮叮咚咚起来。乐声中，一个尖细的男声高喊："哈利路亚！"——著名的格里鲍耶陀夫爵士乐开始了。一张张满头大汗的面孔突然泛出了光泽，连穹顶上的奔马都好似活过来了，台灯也仿佛增添了亮度，突然间，如同挣脱了锁链，两个大厅都跳起舞来了，凉台也跟着跳起来了。

格卢哈列夫和女诗人塔马拉·波卢麦夏茨跳起来了，克万特跳起来了，长篇小说家茹科波夫和一名身穿黄裙子的电影女演员也跳起来了。德拉贡斯基在跳,切尔达科奇在跳,小个子杰尼斯金和大胖子领航员乔治在跳,美女建筑师谢梅金娜-戈尔被一名身着粗布白裤的不明男子紧紧地搂着,也在跳。自己人在跳,请来的客人也在跳,莫斯科人在跳,外地人也在跳:有来自喀琅施塔得的作家约翰,还有个从罗斯托夫来的维佳·库夫季克,好像是个导演,半边脸上长满了紫癣。马索利特诗歌分会的头面人物们也都在跳,他们是:帕维阿诺夫①、博戈胡利斯基②、斯拉德基③、施皮奇金④和阿杰利芬娜·布兹佳克。跳舞的还有一大群不明职业的年轻人,头皮两侧剃得精光,上衣里面衬着棉垫肩;还有一个老头子,一大把年纪了,大胡子上卡着一片绿葱叶,与之共舞的姑娘穿着皱巴巴的橙黄色丝裙,被贫血啃得只剩下皮包骨了。

大汗淋漓的侍者们将一杯杯蒙着水汽的扎啤高举过头顶,沙着嗓子,没好气地喊:"借过,公民!"一个扩音器在什么地方指挥着:"卡尔斯⑤一份!祖布里克⑥两份!老爷牛肚⑦!"乐队的尖细男声已经改唱为嚎,但仍是那句"哈利路亚!"。洗碗女工们顺着斜槽向厨房传送餐具的喧响,间或盖过了爵士乐队的金钹轰鸣。一言以蔽之:地狱。

而在这午夜的地狱里,果真有一个幽灵:凉台上走来一位

---

① 帕维阿诺夫(Павианов),自造姓氏,源自 павиан(狮尾狒)。
② 博戈胡利斯基(Богохульский),自造姓氏,字面意思为"渎神者"。
③ 斯拉德基(Сладкий),自造姓氏,字面意思为"甜蜜",意即"甜言蜜语者"或"谄媚者"。
④ 施皮奇金(Шпичкин),自造姓氏,源自 шпик(密探、间谍)。
⑤ 指卡尔斯(土耳其城市)羊肉串,先将大块羊肉用醋和辛辣香料浸渍,再以炭火烧烤,肥美多汁,在当时的莫斯科是难得的美味。
⑥ 祖布里克(зубрик),对其所指存在争议。一说是对香茅草伏特加(зубровка)的昵称,一说是某种菜肴(但菜谱也有争议,一说是将肉切成薄片,加乳酪、凝乳煎制而成)。
⑦ 老爷牛肚,波兰名菜,以牛骨高汤熬制而成的牛肚汤。

大师和玛格丽特 | 067

黑眼睛的美男子，身穿燕尾服，胡须尖似匕首，帝王般环视着自己的领地。据说，据神秘论者说，这位美男子从前并不穿燕尾服，而是扎着宽宽的皮腰带，腰间插着不止一把手枪，乌鸦翅膀似的黑色长发用大红绸缎扎住，率领一艘双桅横帆船出没于加勒比海，桅杆上的骷髅旗活似一口黑棺。

不，不是的！那是神秘论者妖言惑众：世上并没有加勒比海，海上也并没有亡命的强盗，海盗身后也并没有三桅巡航战船在追击，海面上也并没有炮火硝烟在弥漫。没有，什么都没有！只有枯萎的椴树，只有铸铁围栏和围栏内的花园……只有高脚盘里的冰块在融化，邻桌旁瞪着不知谁的两只充血的牛眼——可怕，好可怕……哦，诸神，我的诸神，给我毒药，毒药！……

突然，一个声音振翅飞起："柏辽兹！！"爵士乐立刻垮了，哑了，仿佛挨了谁的一记重拳。"什么？什么？什么？！！"——"柏辽兹！！！"人们纷纷跳将起来，大呼小叫……

是的，惊闻噩耗，人们的悲痛如浪潮翻涌。有人在奔走呼告，说必须立刻、马上、当场拟定一份集体唁电，并立即发出去。

但请问，发什么唁电，发给谁？发电报干吗？说实在的，又该往哪儿发呢？那个人——他的被轧扁的后脑勺正掐在解剖员的橡胶手套里，他的脖子上正被法医学教授刺入弯针——他哪还用得着什么电报呢？他死了，什么电报也不需要了。一切都结束了，干吗还给电报局添麻烦呢？

是啊，死了，他死了……可我们还活着呀！

是的，痛苦的巨浪翻涌着，翻涌着，接着便慢慢消退了，有人已经坐回到餐桌前，先是偷偷摸摸地，接着便大大方方地喝起了伏特加，吃起了下酒菜。说真的，上好的鸡肉饼总不能白糟蹋了呀？再说，我们又能帮他什么呢？难道要帮他饿肚子不成？要知道，我们可还活着呀！

不用说，钢琴上了锁，爵士乐队也散了，几名记者各自跑回编辑部写悼文去了。听说热尔德宾从停尸房赶来，并且搬进了死者的办公室，于是立刻疯传开来，说他即将继任主席。热尔德宾从餐厅里召集了全体十二名理事，在前主席办公室召开紧急会议，商议迫在眉睫的一系列问题：需尽快对二楼的立柱圆厅进行布置，将遗体从停尸房运回来，在圆厅举行告别仪式等一切治丧事宜。

餐厅里则重新过起了往日的夜生活，而且很可能会一直持续到凌晨四点打烊为止，只可惜，后来又出了一档子荒唐事。这事儿太过邪乎，对就餐者的震撼远远超出了柏辽兹的死讯。

最先骚动的是守在格里鲍门口的马车夫们。其中一人从驭位上欠起身来，扯着嗓子喊："嘿，你们快瞧哇！"

铸铁围栏后面，不知打哪儿突然冒出一团鬼火，向凉台飘来。凉台上的饕客们纷纷欠身离座，仔细观瞧，发现鬼火旁边还有一个白色鬼影。白影眼看着飘到了葡萄架近前，所有人都僵化了，叉着鲟鱼肉的餐叉停在半空，一对对眼珠子瞪得溜圆。门房刚巧从餐厅衣帽间走进院子里抽烟，见势不对，急忙踩灭烟卷，上前便要阻拦，却又傻笑着停住了。

幽灵径直穿过葡萄架下的门洞，畅通无阻地走上凉台。人们这才看清，哪里是什么幽灵，分明是大名鼎鼎的诗人——伊万·尼古拉耶维奇·无家汉。

他光着脚，穿着一件破破烂烂的白色托翁衫，胸前用别针别着一幅已经看不出是哪位圣徒的纸质圣像，下身只穿着一条白色条纹衬裤。他手里握着一支燃烧的蜡烛，右侧脸颊带着新鲜的划痕。整个凉台被深不可测的死寂所笼罩。一名侍者手中的啤酒杯都倾斜了，啤酒汩汩地流到了地板上。

诗人将蜡烛举过头顶，喊了声"大家好！"，随即弯腰朝最近的餐桌底下瞅了一眼，郁闷地叫道："没有，他不在这儿！"

响起两个声音。一个男低音冷酷地宣布："完了——酒狂症。"

另一个惊魂甫定的女声则说："民警怎么会由着他穿成这样在大街上乱窜呢？"

伊万·尼古拉耶维奇闻言，回应道："他们有两次想抓我来着，先是在桌布巷，再是这里的铠甲巷，多亏我翻过了围栏，瞧，我的脸都被划破了！"伊万再次举起蜡烛，高喊道："文学事业的弟兄们！"他本已沙哑的嗓音变得强硬而炽烈，"大家听我说！他来了！必须立刻将他抓住，否则将造成无法想象的灾祸！"

"什么？什么？他说什么？谁来了？"四面八方纷纷叫嚷。

"顾问！"伊万回答，"就是这个顾问刚刚在牧首塘杀了米沙·柏辽兹。"

连大厅里面的人也涌上了凉台，人群将持烛的无家汉团团围住。

"抱歉，抱歉，请您说明确点儿，"伊万耳边响起一个文静且客气的声音，"请问是怎么杀的？谁杀的？"

"外国顾问、教授和特务！"伊万环顾众人道。

"他姓什么？"有人在伊万耳边轻声问。

"说的就是姓氏啊！"伊万郁闷地喊，"我要是知道就好了！我没看清楚他名片上的姓氏……我只记得头一个字母是'W'，'W'打头的姓氏！该是什么呢？"伊万抓着脑袋自问，突然嘟囔起来："韦，韦，韦……瓦……沃……瓦格纳？瓦格纳？瓦伊纳？韦格纳？温特尔？"伊万急躁地直抓头发。

"武尔夫？"一个女人好心提示。

伊万勃然大怒，循声望向女人，吼道："笨蛋！什么武尔夫？这事儿跟武尔夫一点儿关系也没有！沃，沃……不行！这样是想不起来的！这么办，公民们：你们马上给民警局打电话，让他们立刻派出五辆警用摩托，带上机枪，去抓教授。别忘了跟他们说，他还有两个同伙：一个细高个儿，穿方格西装……夹鼻眼镜是碎的……还有一只大黑猫。我先搜一搜格里鲍……我有感觉，他就在这儿！"

伊万焦躁不安地拨开人群，举着蜡烛四处照，蜡油滴了一身，还时不时掀开桌布，瞅瞅桌子底下。只听有人喊："叫医生！"紧接着，一张笑吟吟、肥嘟嘟、刮得精光、油光满面、戴着角质眼镜的脸凑到了伊万面前。

"无家汉同志，"大肥脸以周年庆典的语调说，"请您冷静冷静！我们大家共同敬爱的米哈伊尔·亚历山德罗维奇……不，是亲爱的米沙·柏辽兹的死讯，令您方寸大乱，这点我们大家都非常理解。您需要冷静。同志们现在就送您去歇息，您先睡上一会儿……"

"你！"伊万龇牙咧嘴地将他打断，"你知不知道，先得抓住教授！可你却跑过来跟我说这些蠢话！白痴！"

"抱歉，无家汉同志，请原谅……"大肥脸涨得通红，连连后退，悔不该掺和进来。

"哼，别人倒还好说，你，我绝不原谅！"伊万道出了深埋已久的恨意。

一阵痉挛扭曲了伊万的面孔，他迅速将蜡烛交到左手，右胳膊抡圆，一巴掌扇在了大肥脸的耳朵上。

众人这才想到要制止伊万，于是一拥而上。蜡烛熄灭了，从大肥脸上掉落的眼镜瞬间被人踩成了碎片。伊万发出一声可怕的、震动整条林荫路的战斗的呐喊，奋起自卫。桌上的餐具叮当咣当纷纷坠落，女人们吓得吱哇乱叫。

就在几名侍者用毛巾束缚诗人手脚的同时，衣帽间内，海盗船长正在审问看门人。

"你没见他穿的是衬裤吗？"海盗船长冷冷地问。

"可是，阿尔奇巴尔德·阿尔奇巴尔多维奇，"看门人战战兢兢地回答，"我怎么能不让他进呢，他可是马索利特的会员哪？"

"你没见他穿的是衬裤吗？"海盗船长再次冷冷地问。

"饶了我吧，阿尔奇巴尔德·阿尔奇巴尔多维奇，"看门人的脸涨成了猪肝色，"我能怎么办呢？我也知道，凉台上还有女客呢……"

"这跟女客没关系，女客们无所谓，"海盗船长的目光似欲将看门人灼伤，"有所谓的是民警！穿着衬裤走在莫斯科街头只能有一种情形——被民警押送，也只能有一个目的地——民警局！而你，身为看门人，理应明白，看见这种人，你应当立即吹哨示警，一秒钟也不耽搁。你听听，听见了？凉台上闹成了什么样？"

已经吓傻了的看门人听到凉台上传来一阵阵椅倒桌翻声、碗碟碎裂声和女人们的尖叫声。

"这事儿该如何处置你？"海盗船长问。

看门人的脸色仿佛害了伤寒，眼睛变成了死鱼眼。他恍惚看到，眼前梳成分头的黑发裹上了火红的绸缎，马甲和燕尾服都不见了，宽宽的皮腰带上插着一把手枪。而他自己则被吊死在了前桅杆顶上。他分明看见自己的舌头从嘴里吐了出来，脑袋僵死地歪在肩膀上，他甚至听见了海浪拍击船舷的声音。看门人两腿直发软。幸而，海盗突然发了善心，熄灭了目光中的烈焰。

"长记性，尼古拉！再有下次，你就去给教堂看门好了，白给我们餐厅都不要。"接着，海盗船长准确、明了、快速地下达了一连串指令："叫上餐具室的潘捷列伊，找民警录口供，叫辆车，送精神病院。"又补充说，"吹哨！"

一刻钟后，不只餐厅里的人，连林荫道上的行人以及窗户正对着餐厅花园的楼内居民，都惊愕不已地看到：潘捷列伊、看门人、一名民警、一名侍者和诗人柳欣将一个被裹成了玩偶的年轻人抬出了格里鲍的大门。被捆的年轻人一面哭喊，一面奋力挣扎着朝柳欣啐唾沫，一面扯着嗓门大骂："混蛋！……混蛋！……"

卡车司机恶狠狠地发动了引擎。旁边一个马车夫忙用淡紫色缰绳抽打马臀，催马启程，吆喝道："我这马快！精神病院我常去！"

嗡嗡声响成了一片，围观者都在议论这桩前所未见的怪事。直至卡车载着不幸的无家汉和民警、潘捷列伊、柳欣驶离格里鲍的大门，这场卑鄙、恶劣、惑乱人心、龌龊不堪的闹剧才总算收场。

第六章　果然是精神分裂

莫斯科郊外河畔坐落着一所新建成的著名的精神病院。当一名蓄着尖胡子的白大褂走进候诊室时,已是凌晨一点半。三名男护理员目不转睛地盯着坐在沙发上的伊万·尼古拉耶维奇。极度不安的诗人柳欣也在场。伊万·尼古拉耶维奇的手脚已被松绑,解下来的毛巾就堆在沙发上。

看见来人,柳欣脸色一白,干咳一声,怯怯地道:"您好,医生。"

医生向柳欣鞠躬还礼,但弯腰时眼睛并没有看他,而是看向了伊万·尼古拉耶维奇。后者直挺挺地坐着,面目狰狞,两条眉毛拧到了一处,连医生走进来时他都纹丝没动。

"那个,医生,"柳欣不知为何神秘兮兮地压低了声音,胆怯地瞟了一眼伊万·尼古拉耶维奇,"这位是著名诗人伊万·无家汉……可您瞧……我们担心得了酒狂病……"

"喝得凶吗?"医生含糊不清地问。

"没有,也喝,但不至于说……"

"逮过蟑螂、老鼠、小鬼儿、流浪狗之类的吗?"

柳欣吓了一跳,忙道:"没有,我昨天还见过他呢,包括今天早上,都还好好的……"

"他怎么只穿着衬裤?从床上带过来的?"

"不是,医生,是他自己穿成这样跑到餐厅的……"

"啊哈,"医生满意地说,"擦伤是怎么回事?跟人打架了?"

"翻围栏划的，后来他在餐厅打了一个人……不止一个……"

"嗯，嗯，嗯。"医生说着，转向伊万道："您好！"

"你好，蛀虫！"伊万厉声高叫。

柳欣羞愧难当，简直不敢抬眼看面前这位彬彬有礼的医生。但医生却毫不在意，熟练地摘下眼镜，撩起大褂衣襟，将眼镜揣进西裤后兜，又问伊万："您多大年纪？"

"你们通通给我见鬼去吧，该死的！"伊万粗鲁地大叫，别过脸去。

"您何必生气呢？难道我说了什么令您不快的话吗？"

"我二十三了，"伊万气呼呼地说，"我要去告你们。尤其是你，你这只虮子！"他冲柳欣道。

"您要告我们什么呢？"医生问。

"告你们把我，一个正常人，强行拖到疯人院里来！"伊万愤怒地说。

柳欣仔细打量伊万，登时呆住了：后者的眼神中绝无半点疯态。在格里鲍耶陀夫之家时原本混沌的眼神又恢复了往日的明澈。

"天哪！"柳欣惊恐地想，"他该不会真的没疯吧？瞧这事儿闹的！说真的，我们干吗要把他弄到这儿来呢？他没疯，没疯，只是脸刮花了而已……"

医生坐到一只泛着白光的单腿圆凳上，心平气和地开口道："这里不是疯人院，这里是医院，如果没有必要，没有人会强留您。"

伊万·尼古拉耶维奇狐疑地瞟了医生一眼，这才嘟囔道："谢天谢地！总算找到一个正常人，不然周围全是白痴，头一个就是笨蛋加蠢材萨什卡！"

"蠢材萨什卡是谁？"医生问。

"就是他，柳欣！"伊万将一根脏兮兮的手指指向柳欣。

柳欣心里窝火，苦涩地想："好心好意帮他，他就这么报答我！真不是个东西！"

"他就是典型的小富农心理，"伊万·尼古拉耶维奇紧接着说，似乎急于揭穿柳欣的真面目，"而且是个精心伪装成无产者的小富农。您瞅瞅他那张苦大仇深的脸，再听听他为'五一'写的那些铿锵嘹亮的诗歌，嘿嘿……什么'飘扬吧！''招展吧！'……可您再瞧瞧他的内心，看看他究竟在想些什么……肯定会吓您一跳！"说罢，伊万·尼古拉耶维奇不祥地大笑起来。

柳欣呼吸困难，面红耳赤，满脑子只有一个念头：自己在怀里焐热了一条蛇，好心好意帮了一个仇敌。关键是他还一肚子火没处撒——总不能跟一个精神病人对骂吧！

医生认真听完无家汉的揭露，问："那么，为何把您送到我们这儿来？"

"都是鬼催的，这帮蠢货！他们把我抓住，拿一堆破布条把我捆上，塞到了卡车上！"

"冒昧地问一句：您为何只穿着衬裤去餐厅？"

"这有什么好奇怪的，"伊万说，"我下了莫斯科河，然后衣服就被人偷了，只给我留下了这么一身破烂儿！我总不能光着身子在大街上走吧！所以我就穿了，我还急着去格里鲍呢！"

医生疑惑地望向柳欣，后者苦笑一声道："餐厅就叫格里鲍。"

"啊哈，"医生道，"您为何这么着急？是约了人谈事情吗？"

"我在抓顾问。"伊万·尼古拉耶维奇说着，惊惶不安地四下张望了一番。

"什么顾问？"

"柏辽兹您知道吧?"伊万意味深长地问。

"是那个……作曲家?①"

伊万心烦气躁:"哪儿来的作曲家?啊,对了……嗐,不是!我说的是米沙·柏辽兹。"

柳欣本不想说话,此刻却不得不开口解释:"马索利特主席,昨晚在牧首塘被电车轧死了。"

"你不知道就别瞎说!"伊万冲柳欣怒道,"在场的人是我,不是你!是他把他弄到电车底下去的。"

"您是说'推'吧?"

"'推'什么'推'?"伊万被人们的愚钝气得大叫,"他还用得着推么!他搞的那些个鬼名堂,够你们喝一壶的!他一早就知道柏辽兹会被电车轧死!"

"除了您之外,还有谁见过这个顾问吗?"

"问题就在这儿啊,就我跟柏辽兹见过。"

"哦。那么,为了抓住这个杀人凶手,您都采取了哪些措施?"医生扭过脸,朝一旁办公桌后面的女白大褂递了个眼色,后者取出一张空白表格,开始填写。

"措施如下:我从厨房拿了一支蜡烛……"

"是这支吗?"医生指着办公桌上的一根残烛问。烛身已多处折断,旁边放着那张圣像。

"就是这支,然后……"

"您拿圣像做什么?"

"对,圣像……"伊万脸红道,"正是这张圣像把他们吓坏了,"他又指了指柳欣,"可问题是,他,那个顾问,他……直说了吧……他跟魔鬼有勾结……寻常手段是抓不住他的。"

三名男护理员不约而同地立正站好,死死地盯紧了伊万。

---

① 指艾克托尔·路易·柏辽兹(1803—1869),法国作曲家,法国浪漫乐派代表人物。

"对,魔鬼!"伊万继续说,"这是不可更改的事实。他亲自跟本丢·彼拉多谈过话。你们这么看着我干吗?我说的都是真的!他全看见了——阳台、棕榈树。总之,他去过本丢·彼拉多的宫殿,我敢保证。"

"好的,好的……"

"所以嘛,我就把圣像别到胸前,跑去……"

壁钟突然敲了两下。

"哎呀!"伊万起身惊呼道,"都凌晨两点了,我却还在这儿跟你们浪费时间!抱歉,电话在哪儿?"

"让他打。"医生对男护理员们说。

伊万抓起话筒,女白大褂趁机悄声问柳欣:"他结婚了吗?"

"没有。"柳欣心有余悸地回答。

"是工会会员吗?"

"是。"

"喂,是民警局吗?"伊万对着话筒喊,"民警局?值班员同志,请您立刻下令,派出五辆警用摩托,带上机枪,去抓捕一名外国顾问。什么?您来接我,我亲自带你们去……我是诗人无家汉,我在疯人院……这儿的地址是什么?"伊万捂住话筒,低声问医生,然后对着话筒喊:"您在听吗?喂?……岂有此理!"伊万大吼一声,将话筒摔在墙上。随后他转向医生,伸出一只手,干巴巴地说了声"再见",便欲离去。

"抱歉,可您打算去哪儿呢?"医生注视着伊万的眼睛,"深更半夜,只穿着一条衬裤……您状态不好,还是留在这儿吧!"

"让开,"伊万对堵住门口的男护理员们说,接着又以骇人的声音喊,"你们让不让?"

柳欣被吓得直哆嗦,女白大褂按动了桌子下方的某个按钮，玻璃桌面上立刻弹出一只亮闪闪的小盒子和一支密封的安瓿。

"你们想干什么？！"伊万如困兽般疯狂地四下环顾，大吼道："那好吧！再见了！！"说着，一头朝挂着窗帘的玻璃窗撞去。

只听咣的一声巨响，可窗帘后面的玻璃却连一道裂璺也没有，下一秒钟，伊万·尼古拉耶维奇就被几名男护理员箍住了。他挣扎着，嘶吼着，试图咬人，大叫着："你们居然安装了这种玻璃！……放开我！放开我！……"

注射器的寒光在医生手中一闪，女白大褂一把撕开托翁衫的破烂袖管，以男人才有的力气攥紧了伊万的胳膊。一股乙醚味。伊万在四人的合力钳制之下没了力气。身手敏捷的医生瞅准时机，将针头刺进了伊万的臂膀。四人又抓了伊万几秒钟，这才扶着他在沙发上坐下。

"暴徒！"伊万大叫着跳起来，立刻被人重新按在了沙发上。几人刚一松手，伊万又要往起站，却两腿一软，瘫坐在了沙发上。他沉默了片刻，古怪地四下望望，突然打了一个哈欠，愤恨地笑了笑。

"还是被你们抓住了……"他说着，又打了一个哈欠，突然出人意料地躺下了，脑袋放在枕头上，一只拳头像孩子那样垫在腮下，以困顿的、不再愤恨的声音嘟囔道："这样也好……你们迟早会付出代价的。我反正是警告过了，随它去吧！……我现在最感兴趣的是本丢·彼拉多……彼拉多……"他缓缓地闭上了眼。

"洗澡，117号单间，专人监护。"医生一面戴眼镜，一面下达指令。柳欣又是一哆嗦：两扇白门无声地开启，门后是一条亮着蓝色夜灯的走廊。一张带橡胶轮的病床沿着走廊驶来，载上安静的伊万，又驶入了走廊，白门随即闭合。

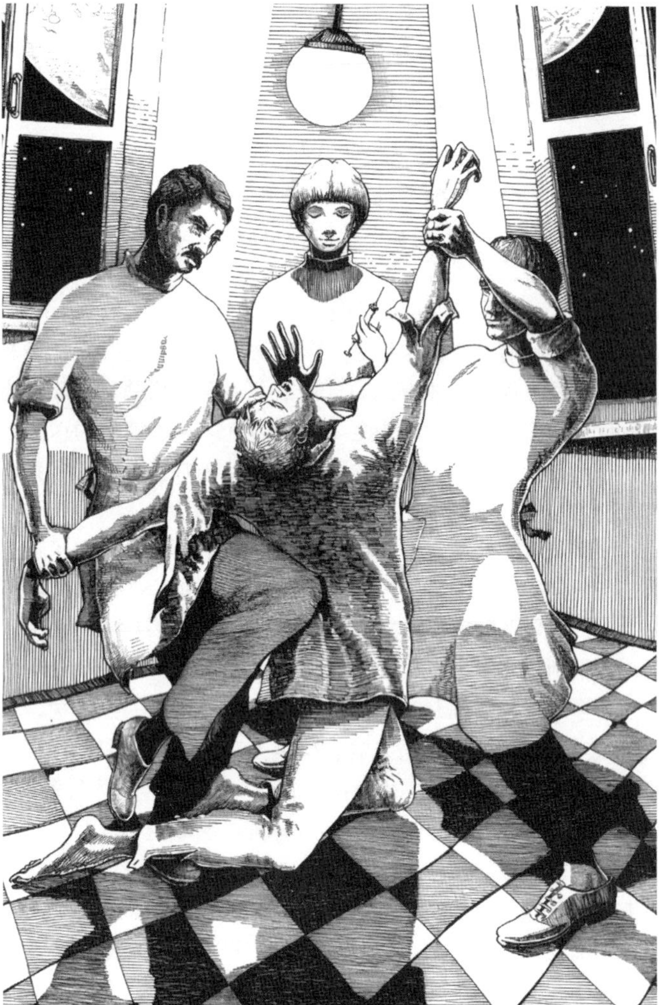

"医生，"震惊不已的柳欣低声问，"这么说，他真的病了？"

"不错。"医生说。

"他这究竟是怎么啦？"柳欣怯怯地问。

医生瞅一眼柳欣，力倦神疲地说："行动及言语型亢奋……谵妄式解读……情况看来相当复杂……应该是精神分裂，再加上酗酒……"

医生说的话柳欣一个字也没听懂，但有一点是肯定的：伊万·尼古拉耶维奇的情况显然不大妙。他叹了口气，问："他为啥老说一个什么顾问？"

"大概是他见过的什么人让他受了刺激，产生了妄想。也可能是他自己的幻觉……"

几分钟后，卡车载着柳欣返回市区。天已放亮，但路灯尚未熄灭，显得尴尬且多余。陪着折腾了一宿的司机心里发狠，拼命地踩油门，拐弯时车轮直打滑。

森林被远远地甩在了身后，河流也远远地退到了一旁，形形色色的东西朝着卡车迎面撞来：设有岗亭的围墙，一垛垛劈柴，高高的电线杆和输电塔，输电塔上一串串的绝缘子，地上的一堆堆碎石，沟渠纵横的土地——总之，给人的感觉是：瞧啊，莫斯科就要到了，前面拐个弯就是了，莫斯科眼看就要猛冲过来，将你包围了。

柳欣的身子不停地颠簸、摇晃，坐在屁股底下的木桩一个劲儿出溜。餐厅的那些毛巾被提前搭乘无轨电车返回市区的民警和潘捷列伊胡乱地扔在了车厢里，此刻正到处乱跑。柳欣本想把它们收拾起来，最后却咬牙切齿地骂了一句："呸，见鬼去吧！凭什么我就得像个傻子似的瞎忙活呢？"他照着毛巾踢了一脚，再不去瞅它们了。

他的情绪糟糕透了。显然，疯人院之行给他留下了无比沉重的印记。但柳欣搞不清楚,折磨他的究竟是什么。是粘在记忆里的那条亮着蓝灯的长廊吗?是"最大的不幸莫过于丧失理智"的念头吗?是的,是的,当然也包括这个。但这无非是个泛泛的想法。除此之外,还有些别的什么。究竟是什么呢?屈辱——对了!没错,没错,正是无家汉丢在他脸上的那番话。但令他痛苦的并非那些话本身,而是它们所道出的真相。

诗人不再东张西望,而是盯着肮脏、颠簸的车厢底,开始喃喃自语,发牢骚,自我啃噬。

是啊,诗歌……他已经三十二了!的确,今后又能怎么样呢?——无非是每年多写几首诗罢了。写到老吗?——是的,写到老。可这些诗又能带给他什么呢?荣耀吗?"狗屁的荣耀!别再自欺欺人了!荣耀是永远不会找上一个写烂诗的人的。它们烂在哪儿了呢?他说得对,说得对!"柳欣毫不留情地对自己说:"我写的那些东西,连我自己都一个字不信!……"

被神经衰弱炸晕了的诗人,身子猛地向前一跌,屁股底下的车厢停止了颠簸。他抬起头,发现卡车早就驶进了莫斯科,市区上空已是黎明,云朵被镶上了金边;卡车堵在了拐入某条林荫路的弯道处,离他很近有个铁人,站在基座上,微低着头,漠不关心地望着路面。

一股奇怪的思绪涌上了诗人神经衰弱的大脑。"这才是真正的走运呢……"柳欣突然站起身来,扬起一只胳膊,没来由地冲着无辜的铁人发起了诘难,"这个家伙一生之中不管迈出哪一步,也无论他出了什么事,到头来总能对他有利,一切都变成了他的荣耀!可他究竟干了什么呢?我想不通……'狂风如阴霾[①]……'这种句子有什么稀罕的呢?我想不通!……他就是走

[①] 这里的铁人指普希金雕像。"狂风如阴霾"引自普希金《冬日黄昏》(Зимний вечер, 1825)一诗开篇,该诗前两句大意为:"狂风如阴霾遮蔽了天空/雪的漩涡随风搅动。"

运,走运!"柳欣恶毒地下了定论,感觉卡车又动起来了,"那个白卫分子朝他开了一枪,打穿了他的大腿,成就了他的不朽①……"

卡车移动了。没过两分钟,一脸憔悴,甚至略显苍老的诗人柳欣走进了格里鲍耶陀夫之家的凉台。凉台上已经空空荡荡,只有角落里的一伙人将散未散。居中一人最为活跃,他头戴绣花小圆帽,手捧一杯阿布劳②,是个面熟的报幕员。

抱着一大堆毛巾的柳欣刚一出现,阿尔奇巴尔德·阿尔奇巴尔多维奇便殷勤地迎了上来,并立刻帮他摆脱了那堆该死的抹布。若非精神病院和一路颠簸令柳欣饱受折磨,他一定会津津有味地讲述自己此行的所见所闻,并以各种虚构的细节作为点缀。但眼下他却丝毫提不起兴致,更何况,在经历了卡车上的痛苦思索之后,他头一次仔细地观察海盗船长(尽管他并不善于观察),发现后者虽然在打听无家汉的情况,并不时发出"哎呀呀"的嗟叹,其实对无家汉的命运毫不在意,毫无同情。"好样的!这就对了!"柳欣带着破罐子破摔的怨毒心理想着,停止了关于精神分裂症的讲述,道:"阿尔奇巴尔德·阿尔奇巴尔多维奇,给我来点儿伏特加吧……"

海盗船长立刻满脸同情地低声说:"理解,理解……这就来……"招手唤来了侍者。

一刻钟后,柳欣孤零零地蜷缩在餐桌旁,对着一条文鳊鱼,一杯接一杯地喝起了闷酒。他明白,并且承认:他生命中的一切已无可更改,只能遗忘。

当其他人纵情宴饮时,诗人白白耗费了自己的夜晚,眼下他意识到,夜晚已无可挽回。只消从台灯下抬眼望望天空便可

---

① 普希金于1837年死于决斗,但其决斗对手并非白卫分子,而是近卫重骑兵团法籍军官丹特士,伤口也并不在大腿,而在腹部。
② 阿布劳,著名气泡葡萄酒,产自阿布劳-久尔索——俄罗斯南部毗邻黑海的边陲小镇。

大师和玛格丽特 | 083

明白，夜晚已一去不返。侍者们正七手八脚从餐桌上撤下桌布。围着凉台乱窜的猫儿们一副清晨的神采。白昼正势不可挡地向诗人头顶坍塌下来。

第七章　不祥的住宅

这天早上，倘若有人对斯乔帕·利霍杰耶夫[①]说："斯乔帕！再不起床，就把你毙了！"斯乔帕大概也会以困倦而微弱的声音回答："毙吧，毙吧，想咋着都成，反正我是起不来了。"

别说起床了，他感觉自己连眼睛都睁不开，因为只要他一睁眼，立刻便会劈来一道闪电，将他的脑袋劈成碎片。他的脑袋里有一只沉重的钟在嗡鸣，眼球与紧闭的眼睑之间游移着无数的褐色斑点，斑点外围还镶着一圈绿火苗似的边框，此外他还恶心想吐，而且这恶心似乎还跟一台纠缠不休的电唱机搅和在了一起。

斯乔帕努力地回想，却只能想起来一点：昨天，也不知道在哪儿，他手里拿着一块餐巾布，非要亲吻一位女士不可，还说明天中午十二点要去她家做客。女士连声拒绝："不行、不行，我明天不在家！"可他根本不听："我呀，说来就来！"

这位女士是谁？现在几点了？今天多少号？——所有这些斯乔帕通通不知道，更糟糕的是，他甚至不知道自己眼下在哪儿。他想，至少先得搞清楚最后一点，便勉强揭开了粘在一起的左眼眼皮。昏暗之中，有什么东西正反射着黯淡的光。斯乔帕终于认出那是一面落地镜，这才意识到自己正仰面躺在自家床上——这间卧室，连同这张床，以前都是属于一位珠宝商遗孀的。这时，他的脑袋被狠狠地扎了一下，疼得他闭上眼睛，呻吟起来。

书中代言,斯乔帕·利霍杰耶夫是莫斯科综艺剧院院长,眼下他所处的这套住宅位于花园街的一栋"Π"字形六层楼房,柏辽兹生前也住在这儿,两人各占一半。

需要指出,这套住宅——50号——早就声名在外,即使算不上邪门,至少也是透着古怪。就在两年前,这套房子还属于珠宝商德·福热尔的遗孀——安娜·弗兰采夫娜·德·福热尔。这是一位年届半百的可敬妇人,非常精明能干,她将五间房中的三间用于出租,一位租户好像姓别洛穆特,另一位租户姓氏不详。

可就从两年前开始,无法解释的怪事便接踵而至:住在房子里的人一个接一个全部消失了。

某个休息日,一位民警找上门来,将第二名房客(那位佚名氏)叫到门厅,请他去民警局走一趟,说有个字要签。房客临走前吩咐安菲萨——追随安娜·弗兰采夫娜多年的忠实女仆,说要是有人打电话找他,就说他十分钟后就回,便跟着那位彬彬有礼、戴着白手套的民警走了。可别说十分钟了,打那之后他就再也没有回来过。最令人惊奇的是,连那位民警似乎也跟他一起消失了。

笃信上帝的(或者莫如说迷信的)安菲萨直截了当地对忧心忡忡的安娜·弗兰采夫娜宣称:这是妖法,她很清楚是谁拖走了房客和民警,只是大晚上的她不想说这些。

众所周知,妖法一旦开启,便再也无法阻止。佚名氏是礼拜一消失的,礼拜三,别洛穆特就陷进地底下去了,只是情形略有不同而已。早上,照例有辆车来接他上班,可接走了就再没有送回来,连那辆车都不见了。

别洛穆特太太的悲痛和恐惧难以言表,但二者均未能持续

---

① 利霍杰耶夫(Лиходеев),自造姓氏,源自 лиходей(恶棍)。

太久。当天夜里，不知为何匆匆去了一趟郊外达洽的安娜·弗兰采夫娜和女仆安菲萨回到家中，发现别洛穆特太太已经不见了。这还不算，别洛穆特夫妇租住的两个房间都被贴上了封条！

勉强过了两天。到了第三天，连日来饱受失眠折磨的安娜·弗兰采夫娜再次行色匆匆地赶去了达洽……不用说也知道，她再也没能回来！

孤苦伶仃的安菲萨尽情地哭了个够，凌晨一点多才睡。她后来怎么样了，没有人知道，但据同楼其他住户说，那天夜里，50号宅似乎叮叮咣咣敲了一整夜，窗户里的电灯也好像亮了一整夜。早晨再一看，安菲萨也没了！

关于这栋被诅咒的住宅及其住户的离奇失踪，楼内流传着各种传说。比如有人说，那个瘦巴巴的、笃信上帝的安菲萨往她那干瘪的胸脯上挂了一只小鹿皮袋子，里面装着二十五颗大钻石，都是安娜·弗兰采夫娜的；还有人说，在安娜·弗兰采夫娜匆匆赶去的那座达洽的柴房里显了宝，什么钻石呀，沙皇时期的金币呀……应有尽有。至于是否属实就不敢保证了。

但说归说，50号只封了一个礼拜，就住进了已故的柏辽兹和这位斯乔帕，连同各自的夫人。不用说，两对夫妇一住进这套不祥的住宅，立刻就出了见鬼的事儿。不出一个月，两位夫人就都不见了。但她们并未凭空消失。柏辽兹的夫人据说有人在哈尔科夫见过，跟一位芭蕾舞导演混在一块儿；斯乔帕的夫人据说在博热多姆卡①出现过，说综艺剧院院长动用自己强大的人脉，居然在那儿为她弄到了一间房，条件是再不许她踏入花园街半步……

---

① 博热多姆卡（Божедомка），莫斯科的一处老城区，位于克里姆林宫以北。该地名源自曾经坐落于此的 Божий дом（上帝之家，用于收容、安葬不明尸体），后于1771年瘟疫之后被永久关闭，但该地名保留了下来。

总之，斯乔帕呻吟起来。他本想唤来女佣格鲁尼娅，问她要一片氨基比林，后来总算想到，自己真是醉糊涂了，她哪儿来的氨基比林呢！他又想唤柏辽兹帮忙，哼唧了两声"米沙……米沙……"，可您也知道，他是不可能得到回应的。整套房子被寂静所笼罩。

斯乔帕勉强动了动脚趾，感觉脚上穿着袜子；他又哆哩哆嗦地摸了摸大腿根，想知道自己穿没穿裤子，却没能确定。他终于意识到，自己被人抛弃了，孤立无援，便下定决心坐起来，无论这需要付出何等非人的努力。

斯乔帕揭开粘牢的眼皮，在落地镜中看见一个人影：头发挓挲着，浮肿的脸上满是黑胡茬，眼睛肿成了一条缝，上身是脏兮兮的衬衫配领带，下身穿着衬裤，脚上穿着袜子。

他认出这人正是他自己。可就在镜子旁边，还有一个人——一个身穿黑衣、头戴黑色贝雷帽的陌生人。

斯乔帕一下子坐了起来，使劲儿瞪大了充血的眼睛，盯着黑衣人。

黑衣人率先打破了沉默，他以低沉、厚重的嗓音，带着外国腔道："上午好，最最亲爱的斯捷潘[①]·波格丹诺维奇！"

斯乔帕愣了半晌，付出了无比艰巨的努力，这才挤出一句话来："您有什么事？"

话一出口，连他自己都惊呆了，因为那根本不是他的声音："您"字用的是童高音，"有"字用的是男低音，而"什么事"三个字则完全没有发出声来。

黑衣人友好地笑笑，掏出一只硕大的金怀表，表壳上还嵌着一颗三角形金刚石。金怀表连敲了十一下。

[①] 斯捷潘为斯乔帕的大名。书中多以"斯乔帕"这个小名称呼综艺剧院院长，有戏谑之意。

黑衣人道："十一点了！我已经等了您整整一个小时，是您叫我十点钟来找您的。所以我来了！"

斯乔帕讪讪地说了声"抱歉"，从床边的椅子上摸到裤子，穿上，哑着嗓子问："请问，您贵姓？"他说话很痛苦。每说一个字，便有人往他脑袋里扎入一根针，造成地狱般的疼痛。

"怎么？您连我的姓氏都忘了？"黑衣人微微一笑。

"抱歉……"斯乔帕嘶喘着道。宿醉导致了一个新症状：他总感觉床前的地板消失了，自己马上就要大头朝下掉进地狱，去见鬼母去了。

"亲爱的斯捷潘·波格丹诺维奇，"黑衣人带着洞察一切的微笑道，"什么氨基比林也帮不了您。还得用聪明的老法子——以酒解酒。眼下唯一能够让您恢复活力的，只有来上两杯伏特加，再配上热辣的下酒菜。"

斯乔帕素来狡猾，眼下他虽然头昏脑涨，却立刻想到：既然都被撞见了，不如干脆认了。

"老实说，"他吃力地调动着舌头，"昨天我稍微……"

"无需多言！"黑衣人说着，连人带椅退到一旁。

斯乔帕的两只眼睛瞪得溜圆，只见小桌上放着一只托盘，托盘上摆着切好的白面包片、满满一高脚盘黑色鲟鱼子酱、一小碟醋渍白蘑菇，还有一口盖着盖子的小锅，最后是伏特加，装在珠宝商遗孀的大长颈玻璃瓶里。最令斯乔帕叫绝的是，玻璃瓶外壁还蒙着一层冰凉的水汽。不过，这也并不奇怪：玻璃瓶是放在洗碗盆里头的，而洗碗盆里装满了冰块。总之，这桌酒菜摆得利落、讲究。

黑衣人不等斯乔帕的惊奇发展到病态的程度，灵巧地为他斟了半杯酒。

"您呢？"斯乔帕尖声道。

"乐意奉陪！"

斯乔帕手哆嗦着，刚把酒杯举到唇边，黑衣人已经一饮而尽。斯乔帕嘴里嚼着鱼子酱，挤出一句："您怎么……不吃菜？"

"多谢，我喝酒从不就菜。"黑衣人说着，又给双方斟上第二杯。锅盖掀开，原来是茄汁火腿。

直到此时，斯乔帕眼前那该死的绿火苗这才消失，舌头也利索了，关键是总算想起点什么了。昨晚是在斯霍德尼亚河畔，喜剧小品编剧胡斯托夫的达洽里，是胡斯托夫用出租车载他去的。他甚至想起来，出租车是在大都会酒店门口拦的，好像还有一个人，像演员又不像演员……拎着一台手提箱式电唱机。对，对，对，就是在达洽！他还记得，那台电唱机惹来了一片狗吠。唯独他想要亲吻的那位女士，说什么也想不起来……鬼知道那是谁……好像是电台的，又好像不是。

就这样，昨晚的情形逐渐明朗了，但眼下斯乔帕更关心的是今天，特别是这个出现在自己卧室里的黑衣人，何况他还带着酒菜——要能搞清楚这个才叫好呢！

"怎样，眼下您该记得起我的姓氏了吧？"

斯乔帕只得赧然一笑，两手一摊。

"是吗！我看，喝完伏特加您肯定又喝波尔特温①了吧？拜托，怎么能这样呢！"

"我想拜托您，这事儿别对外人说。"斯乔帕讨好地说。

"哦，那是自然！不过，胡斯托夫会不会说，我就不敢保证了。"

"胡斯托夫您也认识？"

"昨天在您办公室见过一面。但只消看一眼他的脸，便可

---

① 波尔特温，原产自葡萄牙杜罗河谷的一种烈性葡萄酒。

断定，此人是个下流坯、精明鬼、墙头草、马屁精。"

"一点不错！"斯乔帕心道，惊异于陌生人对胡斯托夫的评价竟如此精准。

是的，昨天慢慢地拼凑起来了，但斯乔帕的疑虑并未打消。因为在这个昨天里面还有一个巨大的黑洞。就说这位戴贝雷帽的黑衣人吧，信不信由您，斯乔帕昨天在自己办公室里绝对没见过。

"黑魔法教授沃兰德。"黑衣人看出斯乔帕的窘迫，自报家门，并道明了原委。

昨天，沃兰德教授从国外来到莫斯科，立即拜访了斯乔帕，提议在综艺剧院做巡回表演。斯乔帕打电话给莫斯科演艺娱乐委员会，征得了同意（斯乔帕听到这儿，脸都白了，直眨巴眼），与沃兰德教授签订了七场演出的合同（斯乔帕张大了嘴巴），约好今天上午十点来自己家敲定细节……于是沃兰德就来了。迎接他的是不住家的女佣格鲁尼娅，后者说她自己也是刚到，又说柏辽兹不在，说他若想见斯捷潘·波格丹诺维奇，就自己去卧室找，因为斯捷潘·波格丹诺维奇睡得太死，她不好叫醒他。沃兰德教授一见主人是这种状态，便派格鲁尼娅去附近的食品店和药店买来了酒菜和冰块……

"我这就把钱给您。"斯乔帕连肠子都悔青了，边说边找钱包。

"欸，这算什么！"黑魔法教授断然制止。

好吧，酒菜总算是搞清楚了，可斯乔帕仍是一脸可怜相：合同的事他连一丁点儿印象也没有，至于这个沃兰德，打死他也没见过。胡斯托夫倒是见过，沃兰德——没有。

"请允许我看一眼合同。"斯乔帕轻声道。

"当然，当然……"

只看了一眼，斯乔帕就僵住了：手续齐全。首先，上面有

大师和玛格丽特 | 091

斯乔帕豪放的亲笔签名！旁边还有财务主任里姆斯基的斜体批示，同意向演员沃兰德预付一万卢布（七场演出总酬劳为三万五千卢布）。不仅如此，还有沃兰德签字的一万卢布收据！

"这是怎么回事？！"不幸的斯乔帕心想，脑袋一阵眩晕。是可怕的失忆症开始了吗？！但无论如何，既然合同都看过了，再继续表现出惊讶就未免太失礼了。斯乔帕请求客人稍坐片刻，连鞋也顾不得穿，便朝门厅的电话机跑去，半路上还冲着厨房喊了一句："格鲁尼娅！"

但没人应声。这时，他瞟了一眼紧挨着门厅的柏辽兹的书房门，立刻变成了木头橛子——门把手上赫然用绳子吊着一块硕大无朋的火漆印！"天啊！"斯乔帕的脑袋里有人喊了一声，"这是怎么回事！"此刻，斯乔帕的思维已经在沿着双轨铁路疾驰，只不过，正如灾难发生时那样，是朝着同一个方向的，而且鬼知道要去哪儿。斯乔帕的脑袋里简直乱成了一锅粥。卧室里的黑魔法教授、冰镇伏特加和见鬼的合同还没搞清楚，这会儿可倒好，柏辽兹的门又被封了！说实在的，无论您跟谁说柏辽兹会犯事儿，谁都不会信的，真的，绝不会信！可是，火漆封印明明就摆在眼前哪！哎呀呀……

这时，一些讨厌至极的念头在斯乔帕的脑子里蠕动起来：就在前不久，也是鬼催的，他死乞白赖地塞给柏辽兹一篇文章，让他帮忙登在杂志上了。而那篇文章，咱们私底下说，愚蠢至极！毫无用处不说，稿费也没几个钱……

文章的事还没想完，那场犯忌讳的谈话又冒了出来。他记得那是四月二十四日晚上，就在厨房里，他跟柏辽兹一起吃晚饭的时候。当然，那场谈话并不能算真正意义上的"犯忌讳"（那种谈话斯乔帕是决不会参与的），可谈论的话题却是不合时宜的。我们完全享有充分的自由不去谈论那样的话题嘛，公民们！放在查封之前，那场谈话当然不值得一提，可在查封之后……

"唉,柏辽兹,柏辽兹!"斯乔帕的脑浆子都沸腾起来了,"这谁能想得到呢!"

但眼下可顾不上悲伤,斯乔帕急忙拨通了剧院财务主任里姆斯基的办公电话。斯乔帕眼下的处境十分尴尬,首先,外国人也许会见怪——合同都看过了还要打电话核实;再说,跟财务主任也不好开口啊!总不能直接问他:"我昨天有没有跟一位黑魔法教授签订了一份三万五千卢布的演出合同?"这像什么话!

"喂?"听筒里传来里姆斯基没好气的尖细嗓音。

"您好,格里戈里·丹尼洛维奇,"斯乔帕压低声音道,"是我,利霍杰耶夫。是这么回事……那个……那个……那个演员沃兰德……唔……眼下就在我家里……所以……我想问,就是今天晚上的表演……"

"噢,黑魔法呀?"里姆斯基在话筒里说,"海报马上就好。"

"啊,好,"斯乔帕有气无力地应道,"那么,再见……"

"您快来了吗?"

"再过半小时。"斯乔帕说完,挂断了电话,两手按压着滚烫的脑壳。唉,这可真是糟糕!我这记性是怎么啦,公民们?啊?

不过,在门厅里不便耽搁太久,斯乔帕当即打定主意:无论如何都得把自己难以置信的健忘症给遮掩过去,首先要想方设法从外国人口中打听出,他今晚打算在自己的综艺剧院表演什么。

斯乔帕转身刚要走,就见门厅镜子里(懒惰的格鲁尼娅已经很久没有擦洗过了)出现了一个奇特的家伙——细麻秆身材,戴着一副夹鼻眼镜(唉,要是无家汉在就好了!他准能一眼认出这个家伙来！）。人影一闪，就不见了。斯乔帕惊骇地朝门厅张望了一眼，当下又是一激灵：镜子里又有一只超大无比的大黑猫，一闪，也不见了。

斯乔帕心跳骤停，打了一个趔趄。

"这是怎么啦？"他心想，"我该不会是疯了吧？哪里来的鬼影？！"他又瞅了一眼门厅，心有余悸地嚷道："格鲁尼娅！家里怎么会有一只大黑猫？哪儿来的？还有一个外人？！"

"别担心，斯捷潘·波格丹诺维奇，"一个声音回应道——不是格鲁尼娅，而是卧室里的客人，"猫是我的。别生气。格鲁尼娅不在，我打发她去沃罗涅日①了。她抱怨说，您一直拖着不让她休假。"

这番话如此出人意料、荒诞不经，斯乔帕简直怀疑自己听错了。他心慌意乱，一溜小跑来到卧室门前，顿时僵住了。他的头发根根直立，脑门上沁出细汗。

卧室里的客人已经由一个变成了一伙。第二张椅子上坐着的，正是门厅镜子里闪过的那个人影。眼下他看上去真真的：两片羽毛般的小胡子，夹鼻眼镜只剩下一只镜片，不时闪烁着微光。这还不算什么，珠宝商遗孀遗留下来的沙发墩上还大剌剌地瘫坐着第三个家伙，正是那只大得吓人的大黑猫，只见它一爪端酒，一爪持叉，叉上还叉着一块醋渍蘑菇。

卧室里的灯光本就不亮，此刻在斯乔帕的眼中越发黯淡了。"原来人是这样疯掉的！"他这样想着，伸手撑住了门框。

"您似乎有些惊奇，亲爱的斯捷潘·波格丹诺维奇？"沃兰德问牙齿直打战的斯乔帕，"其实根本无需惊奇。他们是我的随侍。"

大黑猫一口喝掉了伏特加。斯乔帕的手顺着门框慢慢往

---

① 沃罗涅日州省府城市，位于莫斯科以南约400公里。

下滑。

"我的侍从们也需要住处，"沃兰德继续道，"因此，我们中间的某个人在此间是多余的。而我觉得，这个多余的人正是您！"

"是他们！是他们！"穿方格西装的细高个儿扯着山羊嗓子喊，对斯乔帕用的不是"他"，而是"他们"。"他们最近太不像话，好吃懒做，酗酒无度，借用职权乱搞女人，什么都不干，再说也什么都干不了，因为他们对于自己的职务一窍不通。就知道蒙骗上级！"

"还滥用公车！"大黑猫嚼着蘑菇，帮腔道。

斯乔帕虚弱无力的手指在门框上刮过，身子完全出溜到了地板上。就在这时，卧室里出现了第四个，也是最后一个怪物。

那怪物是硬生生从落地镜中走出来的！他身材虽矮，肩膀却宽得出奇，头戴圆顶礼帽，一颗獠牙伸出口外，让本就令人作呕的嘴脸愈加丑陋。浑身的毛发竟赤红如火。

"我实在搞不懂，"新来的红毛带着浓重的鼻音说，"他是怎么当上院长的。他要是能当院长，那我就能当主教了！"

"你可不像个主教，阿扎泽洛①。"大黑猫一面往自己盘子里盛火腿，一面评价道。

"我也说啊。"红毛鼻鼻齉齉地说，随即转向沃兰德，毕恭毕敬地请示："老爷，让我把他扔出莫斯科，见他的鬼去吧？"

"去！！"大黑猫体毛倒竖，厉声叱道。

刹那间，卧室旋转起来，斯乔帕一头撞在门框上，渐渐失

---

① 阿扎泽洛（Азазелло），这个名字或源自《圣经》中的阿撒泻勒（Азазель）——诱导人犯罪的堕落天使。以色列人在每年的赎罪日会以公山羊向其献祭。（参见《利未记》16：7—10）

大师和玛格丽特 | 095

去了意识,心想:"我要死了……"

但他并没有死。他稍稍揭开眼皮,发现自己正坐在一块巨石上,周围一片喧响。他彻底睁开眼睛,这才明白,是大海在喧响,而且海浪就在他的脚边荡漾。简而言之,他正坐在一道防波堤的尽头处,头顶是蔚蓝闪耀的天空,身后是一座白色的山城。

斯乔帕不知该如何是好,哆哩哆嗦地站起身来,沿着防波堤朝岸边走去。

防波堤上有个男人正在抽烟,不时朝海里啐着唾沫。他以蛮野的眼神瞟了斯乔帕一眼,不再啐了。

斯乔帕突然做出了荒唐举动——他扑通跪倒在陌生人面前,哀求道:"求求您,请问这里是哪儿?"

"搞什么!"吸烟者冷酷地说。

"我不是醉鬼,"斯乔帕嘶哑地说,"我出事儿了……我病了……我在哪儿?这是哪儿?"

"啐,雅尔塔嘛……"

斯乔帕倒吸一口凉气,身子一歪,脑袋撞在滚烫的堤石上,昏死过去。

第八章　教授与诗人的交锋

就在斯乔帕于雅尔塔失去知觉的同时，即上午十一点半左右，伊万·尼古拉耶维奇·无家汉在深沉而持久的睡眠之后恢复了知觉。他想了半天也搞不懂，自己怎么会躺在一个四面白墙的陌生房间里。床头有个造型奇特的柜子，是用某种闪亮的金属制成的。白色窗帘后面能感觉得到太阳。

伊万晃晃脑袋，确信头并不疼，这才想起，自己是在医院。由此他又想到了柏辽兹之死，但今天他并未对此产生过激反应。酣睡过后的伊万变得冷静了，头脑也更清醒了。他在洁净、柔软、舒适的弹簧床上静静地躺了一会儿，发现身旁有个电铃按钮。他一时手痒，便按了一下。他原以为按下之后会鸣声大作或者出现什么，结果却出乎意料。

只见床脚有个圆柱体亮起了暗哑的光，上面写着："喝水"。亮了一会儿，圆柱体开始转动，直至出现"护理员"三个字方才停下。不用说，这个智能的圆柱体令伊万大感惊奇。接着，"护理员"的字样又变成了"呼叫医生"。

"咦……"伊万嘴里嘟囔着，不知该拿它怎么办。幸好，当圆柱体上出现"女医士"字样时，伊万误打误撞地又按了一下，圆柱体低鸣了两声作为回应，不再旋转，灯也灭了。房间里随即走进一位丰满可爱的女士，穿着纤尘不染的白大褂，对伊万说："早上好！"

伊万没有吭声，他觉得眼下这种情形向他问好是不合时宜的。本来嘛，把一个正常人关进精神病院，还要装出一副天经地义的样子!

女人依旧一脸和善,一按电钮,窗帘立刻升起,阳光登时灌进了房间。窗帘后面装着稀疏而轻便的及地格栅,格栅外面便是阳台,阳台外面有条蜿蜒曲折的河流,河流对岸是一片欢快的松林。

"您先来泡个澡吧。"女人说着,随手分开内墙,里面竟是设施齐全的浴室和卫生间。

伊万原本决心不跟女人说话,但眼见着充沛的水流从闪闪发亮的水龙头里哗哗流出,一时没忍住,冷嘲热讽地说:"好家伙!跟'大都会'一样哩!"

"什么呀,"女人骄傲地说,"比大都会还好呢。这样的设备就连国外都没有。各地的学者和医生都来我们医院参观。每天都要接待外宾。"

一听到"外宾"二字,伊万立刻想起了昨天晚上那个神秘顾问。他脸色一沉,白了女医士一眼:"外宾!……你们都快把外宾捧上天了!可事实上,他们中间啥样的人都有。就说我吧,昨天遇见的那位才叫邪性呢!"

伊万差点又要开讲本丢·彼拉多了,但他忍住了,因为他知道,跟眼前的女人说这些毫无意义,反正她也帮不上忙。

洗完澡,女人立刻向伊万·尼古拉耶维奇提供了男人沐浴之后所需的一切:熨好的衬衫,衬裤、袜子。不仅如此,女人又打开一个小衣柜,指点着问:"您想穿什么?睡袍,还是睡衣裤?"

被强行困在新住所里的伊万简直要为女人的自然随和拍手叫好了。他默默地指了指那套红色的绒布睡衣裤。

随后,伊万·尼古拉耶维奇被人领着,穿过一条阒寂无人的走廊,来到一间规模巨大的办公室。决心对这栋无奇不有的大楼中的一切统统报以哂笑的伊万,当即暗自给这间办公室取了一个绰号——"厨房工厂"。

他这样叫是不无原因的。这里立着一排大柜橱和小玻璃柜,里面装满了银光闪闪的镀镍器械。还有一台台构造繁复的扶手椅,一盏盏带有闪亮的圆锥形灯罩的扁肚子灯泡,数不清的小玻璃瓶,好多液化气喷火枪,一大堆电线,以及谁也不认识的各种仪器。

办公室内接手伊万的共有三人,两女一男,都穿着白大褂。他们先将伊万带到了角落里的办公桌前,显然要对他进行盘问。

伊万开始考虑自己的处境。在他面前有三条路。第一条路极具诱惑力:扑向那些灯泡和所有的奇技淫巧,将它们统统砸烂,送它们去见鬼外婆去,以此表达自己对于无礼拘禁的抗议。但今天的伊万已远非昨天的伊万,这条路令他心存疑虑:有什么用呢,只会让这帮人更加坚信自己患有躁狂症。于是伊万否决了第一条路。第二条路:立即开始讲述外国顾问和本丢·彼拉多。但昨天的经验表明,人们对此要么不信,要么只会曲解。因此,伊万把这条路也否决了,决定选择第三条路:保持高傲的沉默。

但绝对的沉默未能达成,无论伊万愿意与否,都不得不简短而敷衍地对一系列问题作出回答。伊万的整个过去被扒了个底儿掉,乃至于他得没得过猩红热,何时得的、怎么得的,而那已经是十五年前的事了。一页纸写满了,翻到背面,一个女白大褂又盘查起伊万的亲戚关系来。问题无聊透顶:都有谁死了,何时死的,怎么死的,是否酗酒,有没有染过花柳病,等等等等。最后又让他把昨天晚上牧首塘的事讲了一遍,但并未过分纠缠,对于本丢·彼拉多也没有大惊小怪。

女白大褂又将伊万让给了男白大褂,后者没再询问任何问题,而是采取了不同的策略。他先给伊万量了体温,测了脉搏，又用一盏灯照着检查了伊万的眼睛。另一名女白大褂也过来帮忙，用什么东西在伊万后背上轻戳了几下，用小锤柄在他胸口皮肤上画了些记号，又用小锤子敲打他的膝盖，弄得伊万的小腿一跳一跳的。然后刺破伊万的指尖，采了血，又在他臂弯处打了一针，又往他两只手腕上戴了好几只橡胶手环……

伊万只得暗自苦笑，心想这一切多么的荒唐而怪诞。您想想看！他本想警告大家小心提防神秘的外国顾问，将危险分子抓住，结果自己却被关进了这间稀奇古怪的办公室，被迫交代诸如"他在沃洛格达有个酗酒的叔叔叫费佳"之类的各种屁事。简直荒唐透顶！

伊万总算解脱了。他被送回了病房，得到了一杯咖啡、两只溏心蛋和一片抹了黄油的白面包。

伊万将所有东西通通吃下肚，决心一定要见到这家医院的负责人，再向其讨还应得的重视与公道。

吃完没过多久，他便见到了。伊万的房门突然开了，一大群白大褂走了进来。走在最前面的男人四十五岁左右，脸刮得和演员一样干净，举止优雅，目光和善却锐利非常。全体随员都对他毕恭毕敬，令他的入场显得十分隆重。伊万不由得心想："真像本丢·彼拉多！"

是了，这人肯定就是负责人了。男人在凳子上坐下，其余人全部站着。

"斯特拉温斯基医生。"男人友好地望着伊万，自我介绍道。

"亚历山大·尼古拉耶维奇，给。"一个蓄着短须的男人低声说，将写满伊万情况的那页纸递给负责人。

伊万心想："给我捏造了一整份档案哩！"

负责人一目十行地浏览着，嘴里不住地"嗯嗯"着，看罢，用晦涩难懂的话跟其他人交流了几句。

"跟彼拉多一样,也说拉丁语哩……"伊万难过地想。突然,一个词令他猛一激灵——"精神分裂症"!正是该死的外国佬昨晚在牧首塘说过的那个词!今天又从斯特拉温斯基医生嘴里说出来了!

"又被他说中了!"伊万心中大骇。

看得出来,负责人给自己立了这么一个规矩:无论周围人说什么,他都用"好极了,好极了"来表示赞同与嘉许。

"好极了!"斯特拉温斯基说着,将病历递给手下,转头问伊万:"您是诗人?"

"是。"伊万阴沉着脸,生平头一次对诗歌产生了说不出的憎恶,就连他自己写过的那些诗也莫名地令他感到不快。

他皱着眉头,反问斯特拉温斯基:"您是教授?"

斯特拉温斯基谦恭地点了点头。

"您是这儿的负责人?"

斯特拉温斯基又点了点头。

"我要和您谈谈。"伊万郑重其事地说。

"我正是为此而来的。"斯特拉温斯说。

"是这么回事,"伊万感觉机会终于来了,"我被人当成了疯子,谁也不愿意听我讲!……"

"哦,不,我们会洗耳恭听的,"斯特拉温斯基的语气严肃而令人安心,"我们决不允许有人硬把您当成疯子。"

"那您就听好了:昨天傍晚,我在牧首塘遇见了一个神秘人物,外国佬不像外国佬,他提前算到了柏辽兹的死,还亲眼见过本丢·彼拉多。"

随员们不动声色地听着诗人讲述。

"彼拉多?就是跟耶稣同时代的那个彼拉多?"斯特拉温斯基眯着眼问伊万。

"就是他。"

"啊哈，"斯特拉温斯基道，"柏辽兹，就是死在电车下的那个人？"

"就是他，昨晚在牧首塘，当着我的面被电车轧死了，而且那个神秘公民……"

"见过本丢·彼拉多的那个？"斯特拉温斯基问。看得出，此人理解力超群。

"正是，"伊万端详着斯特拉温斯基，"出事之前他就说了，安努什卡洒了葵花籽油……而他正是在那个地方滑倒的！您说巧不巧，啊？"伊万意味深长地问，期待着自己的话能够产生强烈效果。

但预期的效果并未出现，斯特拉温斯基只是平淡地问："安努什卡又是谁？"

伊万大失所望，面部一阵抽搐，焦躁地说："安努什卡是谁根本不重要，鬼知道她是谁，无非是花园街的一个傻瓜罢了。关键是他早就知道，明白吗，他早就知道葵花籽油的事儿！您听明白了吗？"

"非常明白，"斯特拉温斯基郑重答道，一手按住诗人的膝头，说："别激动，继续讲。"

"我继续讲。"伊万努力附和着斯特拉温斯基的语调，因为痛苦的经历告诉他，只有冷静才对自己有利，"就是说，那个可怕的家伙——他谎称自己是个顾问——拥有某种异乎寻常的力量……比方说，你在后面追他，却无论如何也追不上。他还有两个同伙，也是好样的，但各有特点：一个是细高个儿，戴着一副破夹鼻眼镜，还有一只大得吓人的大黑猫，会自己坐电车。不仅如此，"未被打断的伊万越说越起劲儿，越说越坚定，"他亲自到过本丢·彼拉多的凉台，这点毋庸置疑。您说这都叫什么事儿？啊？必须立刻逮捕他，否则他将酿成难以描述的祸害！"

"所以您竭尽全力想要追捕他？我理解得没错吧？"斯特拉温斯基问。

"他很聪明，"伊万心想，"应当承认，知识分子中间偶尔也能遇上聪明人。这点无可否认。"于是他说："完全正确！不竭尽全力行吗，您自己想想！现在可倒好，把我强行关在这儿，用灯泡照我的眼，给我洗澡，打听我的叔叔费佳……而他早就过世了！我要求立刻把我放了。"

"好的，好极了，好极了！"斯特拉温斯基道，"这下总算搞清楚了。说真的，为何要把一个健康人关在医院里呢？很好。我现在就让您出院，只要您告诉我您是正常的——无需证明，只要您亲口说出来就行——那么，您是正常的吗？"

病房内静得出奇。上午服侍过伊万的那个胖胖的女医士一脸钦慕地望着教授。伊万又想："他的确聪明。"

教授的提议令伊万大为欢喜，但在回答之前，他皱着眉头想了许久许久，这才语气坚定地说："我是正常的。"

"对嘛，好极了！"斯特拉温斯基如释重负地感叹道，"既然如此，让我们来顺着逻辑理一理。就说昨天吧，"他一转身，立刻有人将伊万的病历交在他手上，"为了追捕一个自称见过本丢·彼拉多的陌生人，您采取了如下行动——"斯特拉温斯基看看病历，又看看伊万，扳着纤长的手指头道，"您在胸前挂了一幅圣像，有吗？"

"有。"伊万苦着脸承认。

"您从围栏上摔下来，刮花了脸，是吗？您手持蜡烛，只穿着衬衣衬裤来到餐厅，还在餐厅里打了人，被人捆起来送到了这儿。到这儿之后，您打电话给民警局，请求派出机关枪。然后又试图跳窗逃跑，是吗？不禁要问：凭借这些行动，有可能抓住或逮捕任何人吗？倘若您是正常的，您自己就会回答：绝无可能。您想离开这儿？悉听尊便。但请允许我问一句，您打算去哪儿？"

"当然是……民警局。"教授的注视令伊万有些慌乱，语气也不那么坚定了。

"直接从这儿去？"

"是啊。"

"就不回趟家吗？"斯特拉温斯基快速地问。

"哪有时间回家呀！趁我倒换电车的工夫，他早就跑没影了。"

"好的。到了民警局您要从何说起呢？"

"从本丢·彼拉多说起。"伊万·尼古拉耶维奇答道，眼睛里蒙上了一层阴霾。

"噢，好极了！"斯特拉温斯基高声道，吩咐蓄着短须的男大夫："费奥多尔·瓦西里耶维奇，请给无家汉公民办理出院，让他回城。但这间病房先留着，床单被褥先别换。两小时后，公民无家汉还要回来的。好了，"他又转向诗人，"我就不祝您成功了，因为我对此完全不相信。待会儿见！"说罢，他站起身，其余人随之而动。

"我凭什么还要回来？"伊万惊慌地问。

斯特拉温斯基似乎正等着他这么问呢，当即重新落座，开口道："因为，只要您一穿着衬裤来到民警局，说您遇见了一个亲眼见过本丢·彼拉多的人，民警们立刻就会把您送到这儿来，还是这个房间。"

"衬裤？这跟衬裤有什么关系？"伊万一头雾水。

"主要是本丢·彼拉多。但跟衬裤也有关系。要知道，住院服您是穿不走的，只能穿自己的衣服走。而您是穿着衬裤被送到医院里来的。可您又根本不打算回家换衣服，尽管我特意给您提了醒。再加上彼拉多……事儿就成啦！"

奇怪的事情发生了。伊万·尼古拉耶维奇的意志似乎被摧垮了，他感到自己虚弱无力，没了主张。

"那该怎么办？"这回，伊万的语气已经是怯生生的了。

"这才对嘛，好极了！"斯特拉温斯基说，"这才是明智的问题。现在让我来告诉您，您究竟怎么了。昨晚您受到了过度惊吓，有人用本丢·彼拉多之类的事扰乱了您的心智，导致您过度紧张，焦躁不安，于是您满大街乱跑，逢人就说本丢·彼拉多。别人当然会把您当成疯子喽。眼下您的出路只有一条——绝对的平静。而且您必须留在这儿。"

"可他必须得抓呀！"伊万已经是在哀求了。

"好的，但您何必亲自去抓呢？您把自己对那个人的怀疑和指控全写下来，寄到有关部门，不就行了？假如真如您所说的，那人是个罪犯，很快就会查清楚了。只有一条：不可过度用脑，尽量少想本丢·彼拉多。说什么的没有呢！总不能什么都信嘛。"

"明白了！"伊万坚定地说，"请给我纸笔。"

"给他纸，和一支短铅笔。"斯特拉温斯基吩咐胖胖的女医士，又对伊万说："但今天最好别写了。"

"不不，今天就得写，必须得写。"伊万焦急地喊。

"那好吧。但别用脑过度。今天写不完，明天再写。"

"他会跑掉的！"

"不会的，"斯特拉温斯基信心十足地说，"他跑不了的，我保证。记住，我们会竭尽全力帮助您，否则单凭您自己是办不到的。您听到我的话了吗？"斯特拉温斯基突然换了一种意味深长的语调，同时抓住伊万·尼古拉耶维奇的双手，久久地凝注着他的双眼，重复道："我们会帮助您……您听到我的话了吗？……我们会帮助您……您会感到轻松。这里很安静，很安宁……我们会帮助您……"

伊万·尼古拉耶维奇突然打了一个哈欠，神情变得柔和了，口中轻声呢喃："是，是，是。"

"对嘛，好极了！"斯特拉温斯基以自己的口头禅结束了谈话，站起身来。"再见！"他同伊万握手告别，走到门口，扭头对蓄着短须的男大夫说："对了，试试氧气和浴疗。"

眨眼间，伊万眼前便不见了斯特拉温斯基及一众随员。阳台格栅外，正午的阳光中，闯入伊万眼帘的是河对岸那片欢喜的春日松林，以及近处那波光粼粼的河面。

第九章　科罗维约夫的把戏

尼卡诺尔·伊万诺维奇·博索伊——柏辽兹生前所住的花园街302-bis①栋住房管理委员会（房管委）主任，从昨天（星期三）夜里便忙得焦头烂额。

半夜，正如我们已经知道的，由热尔德宾牵头的治丧委员会找到博索伊，向他通知了柏辽兹的死讯，随后与他一道前往了50号宅。

治丧委员会封存了死者的手稿及个人物品。不住家的女佣格鲁尼娅和轻浮放浪的斯乔帕当时都没在家。治丧委员会告知博索伊，死者的手稿将由他们带走，进行分类整理；死者生前占用的三个房间（珠宝商遗孀的书房、客厅及餐厅）交由房管委支配；其个人物品则需原地封存，直至确定继承人为止。

柏辽兹的死讯以近乎超自然的速度传遍了整栋居民楼，第二天（星期四）早上七点以后，博索伊家里的电话就一直响个不停，之后又不断有人带着书面申请亲自登门，索要死者的房间。短短两小时之内，各式各样的申请书便多达三十二份。

其中有哀求，有威胁，有诽谤，有告密，有承诺自费装修的，也有抱怨现有住处拥挤不堪、无法与强盗共处一室的。更有甚者，有人以惊人的文学功底描述了31号宅饺子失窃案，尽管那饺子是整整齐齐码放在西装上衣口袋里的。另有两人扬言自杀，一人坦白秘密怀孕。

不时有人将博索伊叫到前厅，对他扯袖子，咬耳朵，挤咕眼，表示绝对忘不了他的好处。

一直折腾到中午十二点多,博索伊索性躲出了家门。他本想到大门口旁边的办公室避避风头,结果一看,那儿也有人等着堵他呢,于是扭头就跑。直至跑过整个铺着沥青的庭院,博索伊才勉强甩掉追兵,钻进了六单元,爬上了招灾惹祸的50号宅所在的五楼。

大腹便便的博索伊站在门口喘匀了气,按响了门铃,却没人给他开门。他又接连按了两次,嘴里不干不净地嘟囔着,可依旧无人开门。博索伊的耐心像气球一样爆炸了,他从兜里掏出一串房管委的备份钥匙,用大权在握的手推开房门,走了进去。

"喂,保姆!"博索伊站在昏暗的前厅喊,"你叫什么来着?格鲁尼娅?你没在家?"

无人回应。

博索伊从公文包里掏出一把折叠尺,拆掉书房门上的封条,迈步走了进去。进是进去了,可刚一进门就吓了一跳。

死者的书桌后面坐着一个干瘪细长的陌生人,方格西装,骑手帽,夹鼻眼镜……总之,还是那个家伙。

"您是什么人,公民?"博索伊惊骇地问。

"呦!是尼卡诺尔·伊万诺维奇呀!"陌生人用断续而颤抖的男高音叫嚷着,跳到主任面前,强行而冒失地对他握手相迎。但此举丝毫未能取悦房管委主任。

"抱歉,"博索伊狐疑地问,"您是什么人?您,是公职人员?"

"嗐,尼卡诺尔·伊万诺维奇!"陌生人由衷地感叹道,

---

① 302-bis(302-бис),俄语中并无此种地址,有学者认为,бис意为"附属建筑",或可译为"副楼";另据专家推测,бис源自拉丁文 bis,意为"双倍","302"这三个数字之和 (5) 的双倍恰好是 10,而花园街 10 栋 50 号(即小说中的"不祥的住宅")正是布尔加科夫初到莫斯科时的居所,现为"布尔加科夫之家"戏剧博物馆。

"何谓公职，何谓私职？这完全取决于从何种角度看问题。一切都是变动的、相对的，尼卡诺尔·伊万诺维奇。今天我还是私职，明天再一瞧——公职的啦！反过来也一样。还有更复杂的呢！"

这番议论丝毫不能令主任满意。生性多疑的博索伊断定，眼前这个油嘴滑舌的公民肯定不是什么公职人员，八成是个二流子。

"您到底是什么人？您姓什么？"博索伊越发严厉地质问，甚至朝陌生人逼近了两步。

"我的姓氏嘛，"陌生公民不慌不忙地说，"就算是'科罗维约夫'吧。您要不要一起来吃点儿，尼卡诺尔·伊万诺维奇？别客气！嗯？"

博索伊有些火了："少来这套，吃什么吃！（不得不承认，博索伊的性子的确有些粗鲁。）死者的房间不许进！您在这儿干什么？"

"您先坐下嘛，尼卡诺尔·伊万诺维奇。"陌生公民面不改色地高声说，殷勤地请主任在沙发椅上落座。

博索伊被彻底激怒了，拒不落座，厉声喝问："您究竟是什么人？"

"是这么回事儿：在下是一名翻译，雇我的外宾就住在这儿。"自称科罗维约夫的人说着，用脏兮兮的棕黄色皮靴的后跟磕了一下地板。

博索伊张大了嘴。这里居然住进了外宾，还带着翻译，这可完全出乎他的意料。他要求对方立刻做出解释。

翻译欣然道明了原委：外国表演艺术家沃兰德先生应综艺剧院院长斯捷潘·波格丹诺维奇·利霍杰耶夫盛情邀请，将在为期一周的巡演期间下榻于后者家中，而后者本人要去雅尔塔。为此，后者昨日便已致信尼卡诺尔·伊万诺维奇，请他为

大师和玛格丽特 | 109

外宾办理暂住证。

"他没给我写信呀!"主任讶然道。

"您何不在包里找找呢,尼卡诺尔·伊万诺维奇。"科罗维约夫甜腻腻地说。

博索伊耸了耸肩,打开公文包,果然发现了利霍杰耶夫写的信。

"我怎么会不记得了?"博索伊呆呆地瞅着已经拆开的信封,喃喃道。

"正常、正常,尼卡诺尔·伊万诺维奇!"科罗维约夫爆豆似的说,"都是疏忽、疏忽,劳累过度,血压升高,我亲爱的朋友尼卡诺尔·伊万诺维奇!我自己也是一个马大哈!找时间咱俩喝两杯,我给您讲讲我那些糗事儿,准保您笑个够!"

"利霍杰耶夫什么时候去雅尔塔?"

"他已经走啦,走啦!"翻译嚷嚷道,"他呀,知道吗,比飞还快哪!鬼知道他现在到哪儿啦!"翻译将两只胳膊抡得活像风车磨坊。

博索伊说他必须亲眼见见外宾,却遭到了翻译的拒绝:绝无可能,外宾正忙着驯猫呢。

"那只猫倒是可以给您看看。"翻译提议。

这回轮到博索伊拒绝了。翻译随即提出了一个出人意表、却极具诱惑力的建议:鉴于沃兰德先生无论如何不肯下榻宾馆,又习惯于起居宽敞,房管委能否在本周,即沃兰德先生在此巡演期间,将整栋住宅——连同死者生前的三个房间在内——租赁给他?

"反正死人是无所谓的嘛,"科罗维约夫嘶哑地耳语道,"您得承认,尼卡诺尔·伊万诺维奇,这房子如今他是用不上了吧?"

博索伊颇有些犹疑不决,说什么外宾应当住在"大都会"，而不是私人住宅……

"跟您说吧，他那股子任性劲儿呦，鬼知道像什么！"科罗维约夫悄声道，"他就是不肯！他不喜欢宾馆！这些个外国佬，都快骑到我脖子上啦！"科罗维约夫指着自己那青筋暴起的脖子，推心置腹地抱怨，"您相信吗，快把我折腾死啦！一到这儿，不是像个狗崽子似的挑拨是非，就是没事找事地折磨人：这也不是，那也不是！……不过，尼卡诺尔·伊万诺维奇，这对您的合作社可是一件大好事儿啊，收益是明摆着的嘛。他有的是钱，"科罗维约夫回头望了一眼，凑到主任耳边说，"百万富翁！"

翻译的建议明确而实际，听上去也很靠谱，问题是翻译本人讲话的腔调，还有他的衣着，尤其是那个屁事不顶的夹鼻眼镜，都让人感觉极不靠谱。主任心里有些打鼓，但最终还是打算同意。问题在于，眼下房管委正面临着巨大的亏空。入秋之前就得采购蒸汽供暖用的石油，采购款到现在还没有着落呢。可要是有了外国人的钱，兴许就能对付过去了。但务实而谨慎的博索伊声明，这事儿他得先问问国际旅行社。

"理解！"科罗维约夫叫道，"怎么能不问呢！必须的！电话在这儿，尼卡诺尔·伊万诺维奇，现在就问！"他领着主任去前厅打电话，又小声叮嘱："要钱的时候别客气，不要白不要！您是没见过他在尼斯的大别墅哇！等明年，您啥时候出国，一定得去看看，准保您大开眼界！"

与国际旅行社的电话沟通顺畅得令博索伊吃惊。原来，国际旅行社已经获悉了沃兰德先生暂住于利霍杰耶夫私宅的意愿，对此毫不反对。

"好极了！"科罗维约夫叫道。

科罗维约夫的呶呶不休多少令博索伊有些错愕。他宣布：房管委同意将50号宅整体出租给沃兰德先生，为期一周，租金……博索伊卡住了,半天才说:"五百卢布一天。"

科罗维约夫的反应令博索伊震惊不已。只见他贼头贼脑地朝卧室方向瞟了一眼——听得出里面有只大猫正在轻盈地跳跃——哑着嗓子说:"这么说,一周就是三千五喽?"

博索伊心想,接下来他肯定会说:"您这胃口可真不小啊,尼卡诺尔·伊万诺维奇!"谁料他说的却是:"这点儿钱哪儿够啊!您要五千,他肯定给。"

博索伊不知所措地讪笑着,自己也不知怎么地就站到了死者的书桌前。科罗维约夫飞快地拟定了一式两份合同,又"飞"了一趟卧室,两份合同上便都有了外宾的豪放签名。主任自己也签了字。科罗维约夫又请主任开具一张五千卢布的收据。

"金额大写,尼卡诺尔·伊万诺维奇!……伍仟卢布……"他嘴里变戏法似的念着:"艾恩,刺猬,得嘞!①"——五沓崭新的钞票便摆在了主任面前。

主任数钱时,科罗维约夫一直在旁边插科打诨,说些诸如"钱不怕数""眼见为实"之类的俏皮话。

数完钱,博索伊又向科罗维约夫索要了外国人的护照(办理暂住证需要),将护照、合同和现金一一收进公文包,终于没忍住,觍着脸要起了免费入场券。

"小意思!"科罗维约夫叫道,"您要多少张,尼卡诺尔·伊万诺维奇?十二张,十五张?"

被再次震撼的博索伊忙说只要两张就够,他自己一张,他夫人佩拉格娅·安东诺夫娜一张。

科罗维约夫当即掏出便条本,大笔一挥,给博索伊开了两张最前排的免费入场券。科罗维约夫左手将免费入场券递到主

---

① 德语"一二三"的音译,俄国魔术师表演时常用。

任手中，右手将厚厚一沓钞票塞到主任另一只手上。

博索伊一瞥之下，登时满脸通红，连忙推辞，嘴上呢喃道："这不合适……"

"这话我可不听，"科罗维约夫贴着对方的耳根道，"咱这儿不合适，外国合适呀。您不收，外宾会见怪的，尼卡诺尔·伊万诺维奇，这可不好。您费心了……"

"查得很严哪……"博索伊四下张望着，声若蚊蚋地咕哝。

"有人证吗？"科罗维约夫凑到主任的另一只耳朵边上说，"您说，人证在哪儿呢？哪里话嘛！"

就在这时，据博索伊事后坚称，怪事发生了：那沓钱"自动"钻进了他的公文包。随后，有些虚弱乃至虚脱的主任便站在了楼梯上。漩涡般的念头在他脑海中汹涌：尼斯的大别墅，训练有素的大猫，的确没有人证，夫人见到免费入场券一定很高兴……这些毫无关联的念头旋转着搅在一起，但总的来说是令人愉悦的。不过，博索伊内心深处的某个地方仿佛插上了一根细针，隐隐作痛。那是一根令人不安的细针。接着，博索伊被一个念头狠狠地击中了："那个翻译是怎么进去的，书房门上不是贴着封条呢吗？！他这个房管委主任怎么就没问呢？"主任像只公绵羊一样，对着楼梯台阶呆呆地看了半晌，这才横下心来：管它呢，何苦去钻牛角尖呢……

主任刚一出门，卧室内便传出一个低沉的声音："这家伙我不喜欢。老奸巨猾。能不能想个法子，让他别再来了？"

"老爷，但凭吩咐！……"科罗维约夫不知从哪儿应了一声，但声音不再断续而颤抖，而是清脆且洪亮。

可恶的翻译立刻出现在前厅，拨通了电话，带着哭腔说："喂！我认为有义务报告，我们花园街 302-bis 栋房管委主任——尼卡诺尔·伊万诺维奇·博索伊在搞外汇投机。眼下他家——花园街302-bis栋35号——厕所通风口里就藏着四百美元，用报纸包着。我是同楼11号的季莫费·孔德拉季耶维奇·克瓦斯措夫。但我恳求您对我的名字保密，我害怕主任打击报复。"

说罢就挂了电话，这个坏蛋！

按下50号不表，单说博索伊回到家中，走进厕所，从里面挂上门钩，从公文包里掏出翻译硬塞给自己的那沓钱，数了数，整整四百卢布。博索伊找张报纸将钱包好，塞进了通风口。

五分钟后，主任走进自家独立的小餐厅，坐到餐桌旁。主任夫人佩拉格娅·安东诺夫娜给他端来一盘切得整整齐齐、撒满绿葱叶的鲱鱼段。博索伊自斟自饮，连喝了两杯伏特加，这才拿起餐叉，一连叉起三块鲱鱼肉。夫人又端上来一个热气腾腾的锅子，只消一眼便可猜到，在那火红而浓稠的甜菜汤里泡着的，正是全天下最美的美味——带髓大骨。

可就在这时，门铃响了。

博索伊咽了口唾沫，像只公狗似的抱怨说："这帮人全该下地狱！吃个饭都不让人消停！谁也别让进，就说我不在，不在。房子的事儿叫他们别瞎跑了。下礼拜开会……"

主任夫人跑过去开门，博索伊用汤勺从"火湖"里捞起一块中间开裂的骨头。就在此时，餐厅里走进来两位男公民，跟在身后的主任夫人不知为何面如死灰。博索伊只看了一眼，便脸色煞白地站起身来。

"厕所在哪儿？"头前一位穿着传统俄式偏领白衬衫的男公民开口便问。

只听"咚"的一声，博索伊手中的汤勺掉在了桌布上。

"这边儿，这边儿。"主任夫人忙不迭地回答。

二人扭头便朝厕所走去。

"这是怎么回事？"博索伊追到二人身后，轻声询问，"我们家可什么都没有哇……您二位的证件……抱歉……"

穿偏领白衬衫的人一面走，一面亮了亮证件；另一个人已经站到了厕所的矮凳上，一手探进了通风口。博索伊顿觉眼前一黑。那人打开报纸包，里面却并非卢布，而是不知道哪国的钱，蓝不蓝绿不绿，上面还画着一个老头子。说实话，博索伊压根没看清楚，只觉得眼前有无数斑点在游动。

"通风口发现美金。"穿偏领白衬衫的人若有所思地说，彬彬有礼地问博索伊："是您的吧？"

"不是！"博索伊以骇人的声音回答，"是仇人栽赃！"

"也有可能。"穿偏领白衬衫的人表示同意，却又温和地说："好吧，其余的都交出来吧。"

"我没有！没有，我对天发誓，从没碰过！"主任绝望地喊。

他奔向抽屉柜，一把拽开抽屉，取出公文包，嘴里还颠三倒四地嚷嚷着："我有合同……该死的翻译陷害我……科罗维约夫……夹鼻眼镜！"

他打开公文包，探头瞅了一眼，又伸进一只手去，顿时脸色发绿，失手将包掉进了汤锅里。包内空无一物：斯捷潘的信、租房合同、外国人的护照、现金、免费入场券，通通不翼而飞了。包里啥也没有，除了一把折叠尺。

"同志们！"主任疯狂地大叫，"抓住他们！我们楼里有鬼！"

这时，主任夫人也不知道撞了什么邪，忽然两手一拍，尖声叫道："悔过吧，伊万诺维奇！争取宽大吧！"

博索伊瞪着充血的眼睛，将两只拳头举过老婆头顶，嘶声道："呸，该死的蠢婆娘！"

喊罢，便瘫坐在了椅子上，显然是打算听天由命了。

大师和玛格丽特 | 115

与此同时,季莫费·孔德拉季耶维奇·克瓦斯措夫正猫腰站在主任家门外,将耳朵和眼睛轮番对准锁眼,忍受着好奇心的折磨。

五分钟后,庭院里的居民便看见房管委主任跟着两位陌生男子朝大门口走去。据说,博索伊面无人色,脚步踉跄,跟喝醉了似的,口中还念念有词。

又过了一个小时,正当激动得喘不过气来的季莫费·孔德拉季耶维奇在11号宅的公共厨房内,向同屋住户描述房管委主任被带走的情形时,一位陌生公民找上门来,冲他勾了勾手指,将他叫到前厅,对他说了句什么,便和他一起消失了。

第十章　雅尔塔来电

就在博索伊遭遇不幸的同时，同样在花园街，离 302 - bis 栋不远，综艺剧院财务主任办公室里有两个人：财务主任格里戈里·丹尼洛维奇·里姆斯基和管理处主任伊万·萨韦利耶维奇·瓦列努哈。

这间大办公室位于剧院二楼，有两扇窗户朝向花园街，另一扇窗户正对着剧场花园，花园内有几处冷饮亭，一间室内靶场和一方露天舞台。面向花园的窗前摆着一张办公桌，财务主任正背窗坐在桌前。办公室内陈设简单，除办公桌之外，只在墙上贴着一些旧海报，茶几上放着一只装水的细长颈玻璃瓶，另有四把椅子，墙角搁架上摆着一个落满灰尘的旧场景模型。当然，还有一只不大的、锈迹斑斑的旧保险箱，就放在办公桌旁，财务主任的左手边上。

坐在桌前的里姆斯基一大早就心绪不佳，瓦列努哈则恰恰相反，异常活跃，还颇有些躁动不安，浑身的精力无处发泄。他来财务主任办公室是为了躲避那些索要赠票的人，这些人令他苦不堪言，尤其是节目上新的日子。而今天正是这样的日子。

电话铃一响，瓦列努哈就抓起听筒："谁？瓦列努哈？他不在。出去了。"

"你再给斯乔帕打一个吧。"里姆斯基恼火地说。

"他没在家。我派卡尔波夫去过了，家里一个人也没有。"

"真是见鬼!"里姆斯基赌气地戳着计算器,恨恨地说。

门开了,引座员抱进来厚厚一摞刚印好的加演海报。只见绿底红字,煞是醒目:

> 综艺剧院特邀
> 沃兰德教授
> 今起每日加演
> 黑魔法大揭秘

瓦列努哈将一张海报铺在场景模型上,退后端详了一番,吩咐引座员立刻将海报全贴出去。

"不错,很吸引眼球。"引座员刚一出门,瓦列努哈便道。

"我顶不喜欢这种玩意儿,"里姆斯基透过角质框眼镜,鄙薄地打量着海报,埋怨道,"真搞不懂,怎么会允许他演这个呢!"

"话不能这么说,格里戈里·丹尼洛维奇,这招妙极了。最大的看点就在于'大揭秘'。"

"不知道,反正我觉得没啥好看的。斯乔帕总是想一出是一出!至少也该让我们见见那个魔法师嘛。你见过那人吗?鬼知道他从哪儿刨出来的!"

一问才知,瓦列努哈也没见过那个魔法师。昨天,斯乔帕"疯了似的"(用里姆斯基的话说)跑进财务主任办公室,递过来一份已经拟好的合同,吩咐他立刻誊清并付款。而那个魔法师却趁机开溜了,除了斯乔帕以外,谁也没见着他人。

里姆斯基掏出怀表一看,已经下午两点过五分了,顿时气不打一处来。真是岂有此理!上午十一点斯乔帕打电话来,说他半小时后就到,可眼下都这会儿了,非但没来剧院,人还找不着了!

"我这儿还有一大堆事儿呢!"里姆斯基指着堆积如山的待签文件怒道。

"他该不会跟柏辽兹一样,也被电车撞了吧?"瓦列努哈将听筒贴在耳朵上,听着那低沉、冗长、毫无希望的鸣音。

"撞死他才好呢……"里姆斯基咬牙切齿地嘟囔了一句。

就在此时,一位身穿制服上衣、黑色短裙,头戴制帽,脚穿平底鞋的女邮递员走了进来。她从腰间的小挎包里掏出一个白信封和一本本子,问:"哪位是瓦列努哈? 有您的加急电报。请签收。"

瓦列努哈胡乱在本子上签了字,等门在女邮递员身后重重地关闭,这才拆开那只白信封。

看完电报,瓦列努哈眨巴着眼睛,将信封递给了里姆斯基。

只见电文上写着:

雅尔塔刑侦局致莫斯科综艺剧院今十一时半一可疑票发男子着睡衣没穿鞋来我局自称贵院院长利霍杰耶夫请速回电告知贵院院长所在

"好嘛,真是邪性!"里姆斯基叫道,"又一桩惊喜!"

"冒名顶替。"瓦列努哈说罢,对着话筒道,"电报局吗?挂号综艺剧院。请发急电……您在听吗? ……'雅尔塔刑侦局……利霍杰耶夫院长在莫斯科财务主任里姆斯基'……"

瓦列努哈对雅尔塔的冒牌货置之不理,继续四处打电话寻找斯乔帕,但可想而知,哪儿也找不到人。

就在瓦列努哈拿着话筒,绞尽脑汁地琢磨还能打给哪儿时,那名女邮递员又来了,又交给他一个信封。瓦列努哈急忙拆开，看罢电报，惊讶得吹了一声口哨。

里姆斯基不由得打了一个激灵，忙问："又怎么了？"

瓦列努哈默默地将电报递给里姆斯基。只见上面写着：

恳请相信我被沃兰德用催眠术扔到了雅尔塔请速急电刑侦局确认身份利霍杰耶夫

里姆斯基和瓦列努哈两颗脑袋凑到一处，反反复复看了好几遍，大眼瞪小眼，说不出话来。

"公民们！"女邮递员生气地说，"别光顾着愣神呀，赶紧签收！我可是送急电的！"

瓦列努哈眼睛仍盯着电报，歪歪斜斜地签了字。女邮递员走了。

"你十一点多不是还跟他通过电话吗？"瓦列努哈一头雾水地问。

"笑话！"里姆斯基刺耳地大叫，"通没通过电话，他都不可能在雅尔塔！简直可笑！"

"他喝醉了……"瓦列努哈道。

"谁喝醉了？"里姆斯基问。二人再次面面相觑。

毫无疑问，是哪个冒牌货或者精神病从雅尔塔拍来的电报。可问题是，这个在雅尔塔搞鬼的人怎么会知道沃兰德呢，他可是昨天才来莫斯科的呀？他又怎么会知道斯乔帕与沃兰德的关系呢？

"催眠术……"瓦列努哈咀嚼着电文里的字眼，"他怎么可能知道沃兰德？"他眨巴着眼睛，突然坚决地喊："不可能，胡扯、胡扯、胡扯！"

"他住在哪儿了，那个见鬼的沃兰德？"里姆斯基问。

瓦列努哈立刻打去国际旅行社询问，这才惊讶地得知，沃兰德住在了斯乔帕家里。瓦列努哈忙又打到斯乔帕家,久久地听着听筒里低沉的鸣音。鸣音中隐约传来沉郁的歌声:"……古老的山岩,我的归宿……"① 瓦列努哈心想,应该是哪个广播剧场跟电话网串线了。

"家里没人接,"瓦列努哈挂上听筒,嘀咕着,"不然再打到……"

还没等他说完,那个女邮递员又来了。里姆斯基和瓦列努哈不约而同地站起身来。这回女邮递员掏出来的不再是白信封,而是一页深灰色的纸。

"越来越有意思了。"瓦列努哈目送着女邮递员匆匆离去,咬着牙说。

里姆斯基抢先抓起了那页纸。深灰色的打印相纸上,一行手写的黑字清晰可辨:

> 有我的笔迹和亲笔签名为证请速急电确认并秘密监视
> 沃兰德利霍杰耶夫

瓦列努哈混迹戏剧界二十年,什么事儿没见过?可眼下他却感觉自己的脑子似乎被蒙住了,什么话也说不出来,除了一句毫无意义的废话:"这不可能!"

里姆斯基则不然。他起身离坐,拽开房门,冲坐在门外的女通信员喊:"除了邮递员,谁也不许进!"

他将门反锁,从办公桌抽屉里取出一摞文件,开始将传真电报上那粗重的、向左倾斜的字母,与利霍杰耶夫的亲笔批示和签名里带有螺纹的花体字母一一比对。瓦列努哈趴在桌子

---

① 这句歌词出自奥地利作曲家弗朗茨·舒伯特(1797—1828)抒情歌曲集《天鹅之歌》第五首《归宿》,由德国诗人路德维希·雷尔施塔布(1799—1860)作词。歌曲末尾两句"我的心如古老的山岩,我的悲痛永恒不变"恰如后文中本丢·彼拉多的命运写照。

上，呼出的热气全喷在了里姆斯基脸上。

"笔迹是他的。"里姆斯基最终下定了结论，瓦列努哈也像回声似的说："是他的。"

瓦列努哈注视着里姆斯基的脸，惊讶地发现，后者本就消瘦的脸颊似乎愈加瘦削，甚至苍老了，角质框眼镜后面的眼睛里没有了往日的尖刻，不仅显露出慌乱，甚至还有忧愁。

瓦列努哈做出了人在惊诧莫名时的一切举动：他在办公室内来回疾走，两次像被钉在十字架上那样张开双臂，又喝下一大杯从细长颈玻璃瓶里倒出的浅黄色水，不住地叫喊："我搞不懂！搞不懂！搞、不、懂——！"

里姆斯基则望向窗外，紧张地思索着。他的处境极其艰难。他必须立刻、当场为这些咄咄怪事找到合理的解释。

他眯起眼睛，想象着只穿睡衣没穿鞋的斯乔帕于今天上午十一点半上了一架前所未见的超高速飞机，紧接着，同样在十一点半，这个斯乔帕又只穿着袜子站在了雅尔塔机场……鬼知道这是怎么一回事！

难道说，今天上午从斯乔帕家里给他打电话的并非斯乔帕本人？——不，那就是斯乔帕！斯乔帕的声音他还听不出吗！就算今天上午打电话的人不是斯乔帕，可昨天傍晚那个人总该是斯乔帕吧？不正是他拿着那份愚蠢的合同跑进来，轻率得令财务主任恼火吗？他怎么能连个招呼也不打就跑到雅尔塔去了？可就算他昨天傍晚就上了飞机，今天中午也到不了雅尔塔呀？——还是说到得了？

"到雅尔塔有多少公里？"里姆斯基问。

仍在疾走的瓦列努哈收住脚，嚷嚷道："这个我已经想过了！到塞瓦斯托波尔坐火车有一千五百公里，到雅尔塔再多个八十公里。嗯，坐飞机嘛，自然会近一些。"

嗯……是啊……坐火车绝不可能。那坐什么呢？战斗机？

可又有哪架战斗机会让一个没穿鞋的斯乔帕上呢？凭什么？没准儿他是穿着鞋上的战斗机，到了雅尔塔才脱的？可还是那句话——凭什么？他就是穿着鞋，战斗机也不会让他啊！再说就算是战斗机也不行啊！电报上不是说了吗，他到雅尔塔刑侦局是十一点半，而他在莫斯科打电话是……十一点多少来着……里姆斯基眼前浮现出他的表盘……他努力回想当时指针的位置——天啊！十一点二十！这意味着什么？就算斯乔帕放下电话就冲向机场，五分钟后就上了飞机吧（而这同样是无法想象的），那岂不是说，飞机在五分钟之内就飞了一千多公里？也就是说，时速高达一万二千多公里！！这绝无可能，因此，他绝不可能在雅尔塔。

还有什么可能性？催眠术？可世上哪儿有催眠术能把一个大活人扔到一千公里以外？！难道说是斯乔帕的幻觉？可就算斯乔帕产生了幻觉，难不成雅尔塔刑侦局也产生了幻觉？！不，对不起，绝无可能！……可电报确实是从那儿发来的呀！

里姆斯基的脸色简直吓人。这时，门外有人在转动、拉拽门把手，同时传来女通信员绝望的叫喊："不行！不能进！杀了我也不行！里面在开会！"

里姆斯基竭力稳住心神，抓起话筒："请接雅尔塔，紧急通话。"

"聪明！"瓦列努哈暗暗叫好。

但雅尔塔没能接通。里姆斯基放下话筒，说："真是添乱，线路故障。"

看得出来，线路故障不知为何令他格外沮丧，甚至让他陷入了沉思。他想了一会儿，再次抓起话筒，一面打电话，一面提笔记录。

"请发加急电报。综艺剧院。对。雅尔塔刑侦局。对。'今日十一时半左右利霍杰耶夫曾在莫斯科与我通电话，句号。此后没来上班，电话找不到人，句号。笔迹确认属实，句号。该演员已监视。财务主任里姆斯基。'"

"真聪明！"瓦列努哈心想，但还没容得他细想，脑中便响起一个声音："愚蠢！他不可能在雅尔塔！"

与此同时，里姆斯基将收到的所有电报连同自己的回电底稿整理好，装进一只信封，封好口，在信皮上写了几个字，交给瓦列努哈："快，伊万·萨韦利耶维奇，亲自送过去。让他们去查吧！"

"这才是真聪明呢！"瓦列努哈想着，将信封揣进了自己的公文包。随后他又抱着侥幸心理，再次拨通了斯乔帕家的座机，立刻兴奋起来，神秘兮兮地挤眉弄眼。里姆斯基伸长了脖子。

"请问，沃兰德教授在吗？"瓦列努哈讨好地问。

"教授忙着呢，"一个断续而颤抖的声音回答，"您是哪位？"

"综艺剧院管理处主任瓦列努哈。"

"是伊万·萨韦利耶维奇呀！"电话那头开心地叫道，"非常高兴听到您的声音！您身体可好哇？"

"多谢，"瓦列努哈惊讶地回答，"您是哪位？"

"助理，教授的助理兼翻译科罗维约夫，"对方爆豆似的说，"乐意为您效劳，最最亲爱的伊万·萨韦利耶维奇！有事儿您尽管吩咐！说吧？"

"不好意思，那个，斯捷潘·波格丹诺维奇·利霍杰耶夫在家吗？"

"唉，没有！没有！"对方嚷嚷道，"走了。"

"去哪儿了？"

"开车到郊外兜风去了。"

"兜……兜风？兜风去了？……那他什么时候能回？"

"他说呼吸呼吸新鲜空气就回!"

"啊……"瓦列努哈一时语塞,"多谢。劳驾您转告沃兰德先生,他今晚的演出安排在第三场。"

"收到。当然,一定,立刻,务必,转告。"电话那头俩字儿俩字儿地往外蹦。

"再见。"瓦列努哈讶异地说。

"请接受我最美好、最热忱的问候与祝愿!祝您成功顺遂!幸福美满!万事如意!"电话那头又说。

瓦列努哈放下电话,气急败坏地大叫:"你看吧!我说什么来着!什么雅尔塔呀,他出城兜风去了!"

"哼,要这么说,"里姆斯基气得脸色发白,"那可真是卑鄙下作,简直没法形容!"

"对了!"瓦列努哈突然嚷嚷着一蹦老高,把里姆斯基吓了一跳:"我想起来了!普希金诺新开了一家专卖羊肉馅饼的馆子,就叫'雅尔塔'!这下全明白了!他跑到那儿,喝醉了酒,从那儿发来的电报!"

"哼,这也太过分了!"里姆斯基的脸抽搐着,眼睛里燃烧着真正的愤怒,"等着瞧吧,他要为这次兜风付出代价!……"说到这儿,他突然卡壳了,迟疑地说:"不对啊,那刑侦局……"

"那是胡扯!全是他搞的恶作剧。"容易冲动的瓦列努哈打断他的话头,又问:"那文件还送不送?"

"必须送。"里姆斯基说。

话音刚落,门又开了,还是那位女邮递员……"又是她!"里姆斯基莫名地一阵心烦意乱。二人再次对女邮递员起身相迎。

这回的电报里写着:

感谢确认请速汇款五百卢布至刑侦局我明日返回利霍杰耶夫

"他疯了……"瓦列努哈无力地说。

里姆斯基二话没说,抓起钥匙,打开保险箱,取出一沓钱,数出五百卢布,按铃叫来了通信员,让他去电报局汇款。

"拉倒吧,格里戈里·丹尼洛维奇,"瓦列努哈不敢相信自己的眼睛,"要我说,你汇了也是白汇。"

"这钱会回来的。"里姆斯基低声道,"这次野餐我要让他吃不了兜着走。"又指着瓦列努哈的公文包说:"快去吧,伊万·萨韦利耶维奇,赶紧。"

瓦列努哈便抱着公文包跑出了办公室。

他下到一楼,发现售票窗口前已经排成了长龙。据女售票员说,加演海报一贴出来,人们便蜂拥而至,瞅这架势,不出一小时就得售罄。瓦列努哈便吩咐女售票员临时加价,并留下包厢和池座的头等票各三十张。然后他跑出售票处,一路上甩开求票者的围追堵截,钻进自己办公室里去拿帽子。恰在此时,电话铃响了。

"喂?"瓦列努哈对着话筒喊。

"伊万·萨韦利耶维奇?"一个极其难听的、鼻音很重的声音问。

"他没在剧——"瓦列努哈还没喊完,便被对方打断了:"少装蒜,伊万·萨韦利耶维奇,听好了:那些电报哪儿也不准送,谁也不许看!"

"你是谁?"瓦列努哈大吼,"停止恶作剧,公民!马上就能把你揪出来!你电话号码多少?"

"瓦列努哈,"那个可恶的声音说,"你听不懂人话吗?不准上交那些电报。"

"好哇，你还不收手是吧？"瓦列努哈怒不可遏，"那就等着瞧！没你的好果子吃！"他本想再威胁一通，却突然闭了嘴，因为电话那头已经没人了。

这时，办公室内忽地变暗了。瓦列努哈跑出办公室，摔上房门，穿过侧门朝花园跑去。

他精神亢奋，干劲十足。这通无耻的电话让他更加确信，这出龌龊的恶作剧是一伙无赖搞出来的，而且跟斯乔帕的失踪有关。揭发坏人的愿望令他激动得喘不过气来，而且，无论听上去多么奇怪，他的内心竟萌生了某种愉悦的预感。当一个人试图成为众人关注的焦点，通报某个爆炸性新闻时，正是这种感觉的。

刚跑进花园，劈面吹来一阵狂风，沙土迷住了瓦列努哈的双眼，似乎想要拦住他的去路，对他发出警告。剧院二楼的窗户叮咣作响，玻璃几欲震碎，槭树和椴树的树梢发出不安的喧响。天暗了，也凉了。瓦列努哈揉揉眼睛，只见莫斯科上空低低地匍匐着一大团黄肚皮的雨云。远处闷雷滚滚。

瓦列努哈虽然心急，却被一股不可遏止的欲望拽向了公共厕所，他想顺道去检查一下，灯泡网罩装了没有。

他跑过室内靶场，钻进了掩映在稠密的丁香花丛中的浅蓝色公厕。电工看来还是靠谱的，男厕顶棚上的灯泡已经罩上了金属网。但令管理处主任痛心疾首的是，即使在雷雨前的晦暗中，他仍清楚地看到，厕所内墙已经被煤炭和铅笔涂抹得一团糟。

"呸，真是不像话！……"瓦列努哈刚要破口大骂，身后忽然传来一个类似猫打呼噜的声音："是您吗，伊万·萨韦利耶维奇？"

瓦列努哈吓了一跳，一回头，看见一个矮胖子，长着一张很像猫的脸。

"是我。"瓦列努哈没好气地说。

"荣幸，荣幸之至。"猫脸胖子尖声细嗓地说着，突然抡圆了胳膊，一巴掌扇在瓦列努哈耳朵上，直接把他头上的帽子扇飞了，掉进了坐便器的黑窟窿里。

就在猫脸胖子出手的一刹那，整个厕所被颤抖的电光照亮，随即响起一声炸雷。紧接着又是一道闪电，瓦列努哈面前出现了第二个人——个子虽小，却长着大力士般宽厚的肩膀，赤发如火，一只眼睛蒙着白翳，嘴角龇着一颗獠牙。此人显然是个左撇子，照着主任左耳朵又扇了一巴掌。随即又是一声焦雷，暴雨便砸在了厕所的木头屋顶上。

"凭啥打人，同……"瓦列努哈被打蒙了，话到嘴边又觉得不妥——"同志"这个光荣的字眼是绝不能用来称呼在公厕施暴的歹徒的，便哑着嗓子改口说"公……"，可再一想，他们连"公民"这个称呼都配不上。还没容得他想出一个合适的称谓，他就又挨了不知道谁的可怕的第三下，喷涌而出的鼻血顿时染红了他的托翁衫。

"你包里头是什么，寄生虫？"猫脸胖子刺耳地大叫，"是不是电报？电话里警告过你没有，不许往外送？问你呢，警告过没有？"

"警……警告……过……"瓦列努哈连大气都不敢喘。

"那你还送？把包给我，败类！"第二个人以电话里那个浓重的鼻音喝道，从瓦列努哈颤抖的手中夺过公文包。

二人一左一右架起管理处主任，将他拖出花园，沿着花园街飞奔而去。暴雨肆意宣泄，地面的积水汹涌咆哮着灌进排水孔，水泡四起，浊浪滔天，雨水漫过檐沟，自屋顶倾泻而下，泛着泡沫的水流涌出门洞。街上的一切活物全被冲走了，没有人能够拯救瓦列努哈。两名暴徒在浊流中纵跃前行，不时被电光照亮，转瞬间便将半死不活的管理处主任拖到了302 - bis

栋，飞进了门洞。门洞内靠墙瑟缩着两名妇女，打着赤脚，鞋袜抓在手中。两名暴徒奔进六单元，将已经半疯半傻的瓦列努哈抬上五楼，扔在了地板上。而这里正是他所熟悉的斯乔帕·利霍杰耶夫家昏暗的前厅。

两名暴徒倏地消失了，紧接着，前厅内出现了一名浑身赤裸、眼中烧着磷火的红发女郎。

瓦列努哈意识到，这才是他一切遭遇中最最恐怖的，慌忙呻吟着退到墙根。女郎逼近管理处主任，将两只手掌搭在他的肩头。瓦列努哈顿时寒毛倒竖：即使透过湿冷的托翁衫，他仍能感受到那两只手掌的冷，冰冷。

"让我来亲你一口。"女郎柔声道，磷火便吞噬了瓦列努哈的眼睛。他未及感受到亲吻便已昏死过去。

第十一章　新旧伊万

河对岸的松林，一小时前还闪耀着五月的阳光，此刻却黯淡了，模糊了，迷蒙了。

窗外大雨如帘。空中闪过道道银线，天空崩裂，颤抖的骇人的电光不时照彻病房。

伊万蜷缩在床上，望着浑浊的、水泡翻涌如沸的大河，轻声啜泣。每次炸雷，他都会双手捂脸，哀叫连连。写满字的纸散落了一地。那是被雷雨之前闯进病房里的狂风吹散的。

诗人写信检举神秘顾问的尝试都是徒劳。那位胖胖的女医士（她叫普拉斯科维亚·费奥多罗夫娜）刚给他拿来稿纸和一截铅笔头，他便郑重其事地搓了搓手，迫不及待地伏案开写。开头写得十分快当：

> 检举信。马索利特会员伊万·尼古拉耶维奇·无家汉致民警局。昨天傍晚，我同已故的米·亚·柏辽兹来到牧首塘畔……

写到这儿，诗人却犯了难，主要是因为"已故的"三个字。岂非荒唐么：什么叫"同已故的来到"？"已故的"是不会走路的！搞不好真要被人当成疯子了！

想到这儿，伊万·尼古拉耶维奇将"已故的"改成了"后来故去的"，但仍不满意。于是三易其稿，结果还不如前两稿："后来被电车撞死的"。而且，那个鲜为人知的作曲家柏辽兹也搅和进来了，只好又补充说明："非作曲家柏辽兹……"

伊万被两个柏辽兹搞得心烦意乱，索性一笔勾销，决定从最震撼的场面写起，一上来就抓住读者的眼球。他先写了大黑猫坐电车，紧接着又写了断头的场景。断头和顾问的预言令他想起了本丢·彼拉多，为增强说服力，伊万决定完整讲述犹太总督的故事，而且就从后者穿着一袭血红衬里的白色披风走进大希律王行宫的柱廊讲起。

伊万写得很卖力，涂涂抹抹，增增删删，甚至还试着画出了本丢·彼拉多，以及直立行走的猫。但插图也无济于事，诗人的检举信越写越没有头绪，越写越令人费解。

当狂风骤起，烟气蒸腾的可怖乌云自天际遮蔽了松林时，精疲力竭的伊万意识到，检举信他是写不成了，便也无心理会那些被风吹散的稿纸，流下了痛苦的泪水。

好心肠的女医士普拉斯科维亚·费奥多罗夫娜于雷雨时分前来探视伊万，一见病人在哭，急忙拉上窗帘，以免闪电吓到他，又飞快地捡起满地的稿纸，拿着跑去找医生。

医生随即赶到，在伊万胳膊上打了一针，并抚慰他说，他不会再哭了，很快一切都会过去，一切都会变好，一切都会忘却。

医生说得没错。对岸的松林很快便恢复了原样。重新变得蔚蓝的天空下，每一棵松树都清晰可见。河流平静下来。注射之后的诗人很快便不再悲伤，安静地躺在病床上，注视着横亘天际的彩虹。

他就这样一直躺到傍晚，浑然不觉间，彩虹已然消逝，褪色的天空变得忧郁，松林被涂成了黑色。

伊万喝下一杯热牛奶，再次躺下，不禁惊异于自我想法的改变。见鬼的恶猫似乎不再那么可恶了，断头也不再那么吓人，伊万将其抛在脑后，仔细想想，感觉这里其实也蛮好的，毕竟斯特拉温斯基是个聪明人，又是一位名流，跟他打交道十分愉快。何况雷雨过后，夜晚的空气格外香甜，格外清新。

医院睡着了。静悄悄的走廊里熄灭了乳白色的磨砂灯泡，照例点亮了幽蓝的小夜灯；病房外的橡胶地垫上，女医士们轻柔的脚步声渐渐稀少。

眼下的伊万躺在香甜的困意中，一会儿看看从天花板上洒下柔和光线的带罩小灯，一会儿望望阳台外探出黑松林的月亮，自言自语。

"说实在的，柏辽兹被电车撞了，我激动个什么劲儿呢？"诗人心想，"说一千道一万，随他去吧！他难道是我的干亲家吗？仔细想想，我对他其实根本谈不上了解。的确，我对他都知道些什么呢？——一无所知，除了他的秃顶和伶牙俐齿。再说了，公民们，"伊万像是说给什么人听似的，"你们倒是说说：我干吗要对那个长着一只空洞黑眼的神秘顾问兼黑魔法教授大动肝火呢？干吗要穿着衬裤、举着蜡烛、稀里糊涂地追捕他呢？又干吗要在餐厅里胡闹一通呢？"

"不不不，"旧伊万突然对新伊万厉声道，不知是从他体内，还是在他耳畔，"要知道，柏辽兹要掉脑袋的事儿，他可是早就知道啊！这还了得？"

"这叫什么话，同志们！"新伊万反驳旧伊万，"这里头肯定有鬼，这点连小孩子都明白。他百分百不是凡人，而是个神秘人物。可这恰恰是最有趣的呀！他亲眼见过本丢·彼拉多，这难道还不够有趣吗？与其在牧首塘无理取闹，真不如好好问问他彼拉多和那个拿撒勒人的结局！可鬼知道我都干了些什么！一位杂志编辑被电车轧死了，这事儿真就那么严重么？难道说，他死了杂志就办不成了么？有什么法子？人总归是要死的，而且就像顾问说的，说死就死。愿他安息吧！没关系，还会再来一位新编辑的，而且说不定比原先那位更能言善辩呢。"

眯了一会儿，新伊万尖刻地问旧伊万："这么一来，那我成了什么？"

"傻瓜！"不知何处响起一个清晰的男低音，既非新伊万，也非旧伊万，倒像极了外国顾问。

不知为何，"傻瓜"这个字眼非但没令伊万气恼，反而令他感到愉悦和惊奇，他微微一笑，沉入了轻浅的梦境。梦悄悄地溜过来，他隐约看见象腿粗的棕榈树，一只大黑猫从旁经过，但并不可怕，倒很快活……眼看梦就要完全蒙住伊万时，格栅突然无声地滑开了，阳台上出现了一个神秘的身影，隐匿在月光中，以食指威吓着伊万。

伊万毫无惧意地从床上欠起身子，看清站在阳台上的是一名陌生男子。只见他将食指竖在唇边，悄声道："嘘——！"

第十二章　黑魔法大揭秘

一个袖珍人，戴着一顶破了洞的黄礼帽，顶着一个鸭梨似的红鼻头，穿着方格裤和漆皮鞋，骑着一辆普通的二轮自行车出现在综艺剧院的舞台上。他伴着狐步舞曲兜了一圈，喝了声彩，前轮应声而起。他单用后轮骑了一阵，又头下脚上，居然在行进中卸下了前轮，将其滚至后台，然后以手当脚，继续单轮骑行。

一位丰满的金发女郎登场了，她身穿针织紧身衣和布满银色星星的超短裙，骑着一辆金属高杆独轮车，在场上绕圈骑行。袖珍人每次与之相遇，都会用脚摘下头顶的破礼帽，连连欢呼。

最后，一个小孩儿骑着一辆二轮童车蹿上了舞台，在两个大人中间钻来钻去。小孩儿顶多也就八岁，面孔却像个小老头儿，小小的车身上装着一只巨大的汽车喇叭。

骑了几圈之后，三名骑手在越发紧张而密集的鼓点声中，径直冲向舞台前沿，眼看就要连人带车摔进乐池里去了。前排观众不由得一阵惊呼，下意识地朝后躲。

就在自行车即将冲下高台，砸在乐师们头顶的一刹那，车身倏然而止。三名骑手齐呼一声，跳下车来，鞠躬致意。金发女郎冲着观众席频送飞吻，小男孩则用汽车喇叭发出滑稽的信号声。

全场掌声雷动，天蓝色幕布从舞台两侧合拢，隐住了三名骑手，门旁标着"出口"的绿色灯牌熄灭了，穹顶下方密如蛛网的吊杠中间,亮起几盏浑似太阳的白色光球。终场表演前的幕间休息到了。

对于朱里一家三口神乎其神的车技,唯独一人提不起半分兴致——格里戈里·丹尼洛维奇·里姆斯基。他孤零零地坐在自己的办公室内,咬着两片薄嘴唇,脸上不时掠过一阵痉挛。斯乔帕离奇消失了不说,眼下连瓦列努哈也没了音讯。

里姆斯基知道瓦列努哈去了哪儿,却没料到他竟会一去不回!他耸耸肩,低声嘟囔道:"他能有什么事儿呢?!"

以财务主任的干练,当然知道,最简单的办法莫过于打电话问问瓦列努哈去的那个部门,后者究竟犯了什么事,可奇怪的是,他却迟迟下不定决心。

一直等到十点多,里姆斯基一咬牙一跺脚,抓起话筒,这才发现电话机坏了。通信员报告说,剧院里的其他电话机也通通坏了。这个无疑的坏消息虽然算不得什么超自然事件,却没来由地令财务主任惊诧不已,而惊诧之余又令他暗自庆幸:这通电话终于可以不打了。

当提示幕间休息的小红灯开始在财务主任头顶闪烁时,通信员进来报告说,外国巡回演员到了。财务主任不由得哆嗦了一下,脸色变得比乌云还要阴沉,却不得不前往后台迎接,因为除他之外再没有人能够出面了。

开场信号铃已经响过,但仍有不少人以各种由头挤在走廊里,猎奇地朝大化妆间里探头张望。其中还有几名身着艳丽长袍、裹着缠头的魔术师,一名身穿白色针织夹克衫的滑冰者,一名满脸白色粉末的说书人,外带一名化妆师。

外国明星的扮相令人瞠目:一袭长度前所未见、样式古怪至极的燕尾服,脸上还戴着半截黑色面罩。但更令人咋舌的是他的两位同伴:一个细高个儿男人,穿着不合身的方格西装,戴着一副破夹鼻眼镜;另一个竟是一头硕大的黑猫。大黑猫前腿直立走进化妆间，大模大样往沙发上一坐，眯眼瞅着那一溜光秃秃的化妆灯。

里姆斯基试图挤出一个笑容，结果却弄出了一副酸溜溜、凶巴巴的表情。他与坐在大黑猫身旁缄默不语的魔法师互相行了个礼。双方没有握手。倒是自来熟的方格西装主动开口，自称是魔法师的助手。财务主任闻言又惊又恼：合同里可从没提过助手的事儿。

里姆斯基耐着性子，干巴巴地问这位砸在自己头上的助手，魔法师的道具在哪儿。

"您真是天然的钻石，最最尊贵的主任同志！"助手以断续而颤抖的声音回答，"我们的道具永远带在身上。您瞧好！艾恩，刺猬，得嘞！"说着，骨节粗大的手指在里姆斯基眼前一转，蓦地从大黑猫耳朵后面掏出一只金怀表，正是里姆斯基那只！可它明明是被里姆斯基揣在马甲兜里的呀，何况表链还套在了马甲扣眼上，马甲外面的西装上衣也扣紧了扣子。

里姆斯基下意识地探手入怀，在场众人一片惊呼，探头朝门内张望的化妆师赞许地发出了一声鸭叫。

"您的怀表？请收好。"方格西装放肆地笑着，用脏兮兮的手掌托着那块金表，递给张皇失措的里姆斯基。

"坐电车可千万别碰上这号人！"说书人对化妆师低声戏谑道。

但大黑猫紧跟着露了一手比隔空取表更绝的。只见它霍地从沙发上站起身来，前腿直立走到梳妆台前，前爪拔下细长颈玻璃瓶的软木塞，倒了一杯水，一饮而尽，又将软木塞插回去，还用化妆布擦了擦胡子。

这下，人们甚至没有惊呼，只剩下干瞪眼的份儿了。只有化妆师激动地低声喝彩："嚯，真牛！"

就在这时，第三遍铃响了。被吊足了胃口的众人一个个兴奋不已，一窝蜂地拥向了剧场。

一分钟后，剧场内光球熄灭，大幕下方亮起一盏浅红色脚灯，幕布微微拉开，一个快活似顽童的胖男人出现在观众面前，他脸上的胡子刮得精光，燕尾服却皱皱巴巴，衬衣不干不净。此人便是闻名全莫斯科的报幕员乔治·本加利斯基[①]。

"公民们好哇！"本加利斯基露出一个婴孩般的笑容，"接下来要出场的是——"报幕员卖起了关子，换了种语气道，"我发现，到了第三场，观众反而增多了。今天我们这儿足足来了半个莫斯科！前两天我碰见一位熟人，我问他：'你怎么不来看我们的表演哪？昨天我们那儿来了半个莫斯科！'您猜他怎么说？他说：'因为我住在另一半呀！'"本加利斯基故意停顿了一下，满以为台下会哄堂大笑，结果却连一个笑的都没有，只得继续说："接下来，将由著名外国演员沃兰德先生为大家带来黑魔法表演！不过，我们都知道，"本加利斯基露出一个睿智的微笑，"世上根本没有黑魔法，所谓的黑魔法无非是迷信而已。沃兰德大师只是掌握了炉火纯青的魔术技巧，这点大家从最最精彩的大揭秘环节便可看到。好了，既然我们大家都对黑魔法及其大揭秘迫不及待了，那就掌声有请沃兰德先生！"

讲完这通废话，本加利斯基两掌相合，以恭请的手势朝后台一挥，大幕便窸窸窣窣地徐徐拉开。

魔法师、细高个儿助手以及后腿直立的大黑猫，一登台便令全场观众眼前一亮。

"椅子。"魔法师低声吩咐，随即坐在了一把凭空出现的扶手椅上。全场震惊，鸦雀无声。魔法师望着台下观众，对身穿方格西装的细高个儿说："告诉我，亲爱的巴松管（看来，除

[①] 本加利斯基（Бенгальский），自造姓氏，字面意思为"孟加拉的、孟加拉人的"，或译"孟加拉斯基"。音译"本加利"含暗讽之意。

大师和玛格丽特

了"科罗维约夫"之外，他还有这么一个别名①），你怎么看，莫斯科市的居民是否变化极大？"

"正是，老爷。"巴松管低声回答。

"你是对的。城市居民变化极大……我指的是外表，其实城市本身也是如此。服饰自不必说了，还出现了那些个……叫什么来着……电车、汽车……"

"公交车。"巴松管恭敬地提示。

观众认真聆听着二人的对话，把这当成了魔法表演的开场白。后台挤满了演员和工作人员，在无数面孔中也有里姆斯基的紧张而苍白的脸。

站在舞台一侧的本加利斯基，脸上逐渐显露出疑惑不解之色。他稍稍扬起眉毛，不失时机地开口道："外国演员是在表达对我市技术发展及居民面貌的赞叹。"说着，他先冲池座观众笑了笑，又冲楼座观众笑了笑。

沃兰德、巴松管和大黑猫纷纷扭头看向报幕员。

"我表达赞叹了吗？"沃兰德问巴松管。

"完全没有，老爷，您并未表达任何赞叹。"巴松管答道。

"那他为何那么说？"

"他就是在撒谎！"巴松管以响彻全场的声音喊，又冲本加利斯基说："祝贺您，撒谎精公民！"

楼座发出一阵哄笑，本加利斯基身子一震，两眼瞪得溜圆。

"但令我感兴趣的，自然不是公交车、电话这些……"

---

① 巴松管（Фагот），巴松管又名大管，属木管类乐器，外形细长，音域宽广，既可表现严肃、迟钝、忧郁的感情，亦可表现诙谐情趣，塑造丑角形象。这些特点十分符合科罗维约夫的形象设定。

"设备!"巴松管提示道。

"完全正确,感谢。"魔法师以低沉厚重的男低音缓缓说道,"而是另一个重要得多的问题:这些居民的内心变了没有?"

"是,老爷,这才是最为重要的问题。"

挤在后台的人们开始面面相觑,耸肩摊手,本加利斯基满脸通红,里姆斯基则面色苍白。魔法师似乎察觉到了场内的情绪波动,开口道:"我们聊得太久了,亲爱的巴松管,观众们都有些不耐烦了。先给我们来点儿小把戏吧。"

场内气氛这才松快起来。巴松管和大黑猫分别走到舞台两侧。巴松管打了几个响指,豪迈地叫道:"三,四!"伸手从半空中抓住一副纸牌,洗了洗,像条缎子似的扔给大黑猫。大黑猫接住纸牌化作的缎子,又丢了回来。纸牌如灵蛇般嗤鼻作声,巴松管张开大嘴,像只嗷嗷待哺的雏鸟,将整副纸牌尽数吞下。

大黑猫右后爪猛地一跺,向观众鞠躬致意,立刻引发了难以置信的掌声。

"牛!真牛!"后台响起一片喝彩声。

巴松管指了指池座,朗声道:"尊敬的公民们,那副纸牌眼下在第七排帕尔切夫斯基公民的钱包里,就夹在一张三卢布纸币和一张法院传票中间——因为他未向女公民泽尔科娃支付抚养费。"

池座内一片骚动,人们纷纷欠身张望。终于有一名男公民,的确姓帕尔切夫斯基,惊讶得满脸通红,从钱包里取出一副纸牌,不知所措地缓缓举起。

"纸牌您留着做个纪念吧!"巴松管喊,"您昨天吃晚饭时不还在说嘛,说要是没有扑克牌,您在莫斯科的生活将完全无法忍受。"

大师和玛格丽特 | 139

"老把戏！"楼座有人喊，"池座那人是托。"

"您确定？"巴松管觑眼望向楼座，"要这么说，那您也是我们的托了，因为您兜里也有一副纸牌。"

楼座内一阵走动，有人兴奋地喊："没错！真的有！您瞧……等等！这是钱哪！十卢布大钞！"

池座里的人纷纷回头张望。楼座里的那位男公民错愕地拿着从兜里掏出的一沓东西，像是银行里捆扎的那种，外皮上写着："一千卢布。"

前后左右的人全都凑过头来。男公民难以置信地用指甲抠开外皮，想看看纸包里究竟是真钱，还是魔法道具。

"天哪，是真钱！十卢布大钞！"楼座里兴奋地大呼小叫。

"也让我玩一把这种扑克牌吧！"池座中央有个胖子快活地请求。

"乐意之至！"巴松管用法语说，"不过，一个人玩有什么意思？大家都来热情参与吧！"随即发出口令："请往上看！……一！（他手中多了一把手枪）二！（枪管向上举起）三！"枪口冒火，砰的一声，无数白花花的票子从穹顶一齐掉落，穿过一架架吊杠，落向观众席。

纸币打着旋，四散飘落，有些落向楼座，有些飘向乐池和舞台。几秒钟后，愈加稠密的卢布雨波及了池座，观众们纷纷争抢。

数百双手举向半空，无数双眼睛透过纸币望向舞台灯光，看到了千真万确、如假包换的水印。气味同样毋庸置疑：正是刚印好的钞票那无与伦比的美妙气味。先是激动，再是狂喜席卷了整座剧场。到处都在喊："十卢布！十卢布！""哎呀哎呀"的叫唤声和欢笑声响成了一片。有人甚至在过道里爬，在座位下面摸索。还有很多人站到了座位上，捕捉着那些顽皮任性的钞票。

现场的民警们逐渐露出犹疑之色，后台的演员们则不成体统地从侧幕后面探头张望。

只听二楼包厢里有人喊："你抢什么抢？这是我的！朝我飞过来的！"又有人喊："你别推人哪，你再推我，我也推你了！"紧接着便是一记响亮的耳光。一名头戴钢盔的民警立刻赶到包厢，把一个人带走了。

混乱一再升级，真不知道会闹出什么乱子来，幸而巴松管突然向半空吹了口气，停止了卢布雨。

两个小伙子默契地交换了一个激动的眼神，起身离座，朝小吃部走去。剧场内一片嘈杂，每一位观众都两眼放光。是的，是的，还不知道这一切将如何收场，幸而本加利斯基鼓足勇气，采取了行动。他竭力稳住心神，习惯性地搓了搓手，以最大的音量开口道："不错，公民们，我们刚才看到的便是所谓的集体催眠。这场纯粹的科学实验无比充分地证明，根本没有任何奇迹和魔法。下面，有请沃兰德大师为我们揭秘这场实验。大家马上就会看到，这些逼真的纸币将和它们出现时一样突然消失。"

报幕员说罢，率先鼓起掌来，然而却无一人响应。他的脸上装出自信的笑容，眼睛里却毫无自信之意，反倒满是哀求之色。

他的这番话很是扫兴。剧场陷入了绝对的沉默，直至被身穿方格西装的巴松管打破。"这又是所谓的胡说八道，"巴松管以公山羊似的男高音喊，"公民们，纸币是真的！"

"好、样、的！"高处有个男低音扯着嗓子，一字一顿地喊。

"不过，这个人，"巴松管指着本加利斯基说，"实在是讨厌。总爱瞎掺和，乱插嘴，扰乱表演！咱们该如何处置他？"

"把他的脑袋揪下来!"楼座里有人厉声喊。

"您说啥?嗯?"巴松管立刻对这个荒唐提议做出了回应,"把他的脑袋揪下来?好主意!河马!①"他冲着大黑猫叫道,"来吧!艾恩,刺猬,得嘞!!"

于是发生了史无前例的一幕。大黑猫毛发倒竖,利声尖噪,身子一弓,像头黑豹似的纵身跃上了本加利斯基的胸口,又从胸口跳上他的肩头,喉咙里咕噜作响,肥硕的爪子紧紧抓住报幕员稀疏的头发,发出骇人的嚎叫,左右一拧,便将那颗脑袋从短粗的脖子上摘了下来。

全场两千五百名观众不由得齐声惊呼。鲜血如喷泉般从断裂的颈动脉激射而上,染红了燕尾服和硬衬前胸。无头尸体脚下拌蒜,一屁股跌坐在地板上。场下响起女人们歇斯底里的尖叫。大黑猫将头颅交给巴松管,后者拎着头发举起头颅示众,头颅发出的绝望惨叫充斥了整座剧场:"医生——!"

"以后还敢胡说八道吗?"巴松管厉声质问哀嚎不止的头颅。

"不敢啦!"头颅嘶哑地回答。

"上帝呀,别再折磨他啦!"包厢里突然传出一个女人的声音,盖过了一切喧哗,连魔法师都循声望去。

"那么,公民们,要饶了他吗?"巴松管冲观众席问。

"饶了他吧!饶了他吧!"先是零零散散的喊声,且以女声为主,随后便与男声汇成了一片。

"您意下如何,老爷?"巴松管向沃兰德请示。

"好吧,"沃兰德沉吟道,"人类到底是人类。他们爱钱,

---

① 河马(Бегемот),意为河马,音译为"别格莫特"。《圣经》以河马为例,论证上帝造物的不可思议:"它的骨头好像铜管,它的肢体仿佛铁棍。它在神所造的物中为首,创造它的给它刀剑。"(参见《约伯记》 40:15—19)。同时,河马(别格莫特)也是撒旦侍从之一的传统称谓。

但这历来如此……人类爱钱,无论那钱是何种材质,皮革也好,纸币也好,铜钱也好,金币也好。嗯,肤浅……不过嘛……他们偶尔也会发发善心……凡夫俗子……总之,跟从前的人一模一样……只是被住房问题坏了心肠……"于是高声命令:"把脑袋安回去吧。"

大黑猫瞄了瞄准,往脖子上一搋,脑袋便精准地复归原位了,仿佛从未离开过似的,甚至连一道疤痕都没留下。大黑猫用爪子掸了掸本加利斯基的燕尾服和硬衬前胸,上面的血迹便消失不见了。巴松管从地上扶起本加利斯基,往他兜里塞上一沓钞票,将他轰下了台:"滚吧!没你我们更开心。"

报幕员茫然四顾,跟跟跄跄,刚走到消火栓旁,便悲从中来,哀嚎道:"头,我的头啊!"

里姆斯基等人一齐围拢过来。报幕员哭嚎着,两手在空中乱抓,嘴里不住地念叨着:"还我头来!还我头来!房子拿走,油画也全拿走,只要把我的头还给我!"

通信员急忙跑去找医生了。人们想让报幕员在化妆间沙发上躺下,但他死活不肯,拼命发狂。只好叫来了救护车。等不幸的报幕员被拉走后,里姆斯基跑回后台,发现台上又上演了新的奇迹。顺带一提,许是刚才,许是更早,总之,魔法师已经从舞台上消失了,连同那把褪了色的扶手椅。还要指出的是,观众们对此毫无察觉,他们通通被巴松管在台上搞出的鬼花样给迷住了。

将倒霉的报幕员打发走以后,巴松管向观众们宣布:"现在,赶走了那个讨人厌的家伙,让我们来开一家女士用品商店吧!"

舞台地板上立刻铺上了波斯地毯,出现了很多面巨大的试衣镜,镜面被镜身两侧的灯管照得绿莹莹的,镜子之间是一扇扇橱窗,橱窗内各色各样的巴黎裙装令现场观众欣喜若狂。但这还远非全部。在其余橱窗内摆放着成百上千顶女帽——插羽毛的，不插羽毛的，带卡扣的，不带卡扣的；成百上千双女鞋——黑的、白的、黄的，皮的、缎面的、绒面革的，带皮带的、镶宝石的。女鞋中间又出现了不计其数的香水盒，堆积如山的女包——羚羊皮的、麂皮的、丝绸的，而在香水盒和女包中间是一摞摞金灿灿的椭圆形礼盒，里面装着一支支口红。

鬼知道打哪儿冒出来一位身着黑色晚礼服的红发女郎，身材相貌无可挑剔，唯独脖子上有一道诡异的伤疤。女郎站在橱窗旁，露出女主人般的微笑。

巴松管笑容可掬地宣布：本店开展完全免费的以旧换新活动，现场观众可将自己身上的旧裙子旧鞋帽免费换成最新潮的巴黎款式。女包等等同样如此。

大黑猫后爪轻跺，前爪作出门童开门迎客的手势。

女郎以略带沙哑却甜蜜动人的嗓音开了口。她的颤音发不好，讲的话不大好懂，但从池座女士们的表情来看，那些字眼显然极具诱惑力："娇兰，香奈儿五号，蝴蝶夫人，黑水仙，晚礼服，鸡尾酒礼服……"

巴松管殷勤招徕，大黑猫频频鞠躬，女郎将玻璃橱窗一一打开。

"来吧！"巴松管招呼道，"别拘束，别客气！"

观众们心痒难搔，却迟迟不敢上台。终于，池座第十排有位黑发女人起身离座，带着满不在乎、无所畏惧的微笑，沿着侧面台阶走上了舞台。

"好样的！"巴松管叫道，"欢迎首位贵宾！河马，看座！先来挑选鞋子吧，女士！"

黑发女人刚一落座，巴松管便将她面前的地毯上堆满了各式女鞋。黑发女人脱下右脚，试了一只淡紫色的，在地毯上跺了几下，端详着鞋后跟，迟疑地问："不会挤脚吧？"

巴松管委屈地叫嚷："哪里话，怎么会呢！"大黑猫也委屈地喵呜直叫。

"就要这双了，先生。"黑发女人穿上另一只鞋子，落落大方地说。

脱下来的旧鞋子被扔到了试衣帘后面，黑发女人在红发女郎和巴松管的陪同下走向试衣间，后者手中擎着好几套挂在衣架上的时尚裙装。大黑猫也跟着跑前跑后忙活，还一本正经地往自己脖子上挂了条皮尺。

一分钟后，焕然一新的黑发女人走出了试衣间，顿令整个池座倒吸了一口凉气。这位勇敢的、突然美得令人惊叹的女人走到试衣镜前，耸动着裸露的双肩，搔着脑后的发丝，反扭着身子，竭力打量着自己的后背。

"敝号恳请笑纳。"巴松管说着，递给黑发女人一个打开的香水盒。

"麦赫西。"黑发女人神气十足地用法语道了声谢，沿着侧面台阶走向池座。凡她所到之处，观众们纷纷凑上前来，触摸香水盒。

这下子完全决堤了，女士们如潮水般从四面八方涌向舞台。在群情激昂的说话声、欢笑声和惊叹声中间，听到一个男人的声音："我不许你去！"接着是女人的声音："自私鬼，小市民！把我的手弄疼了！"女士们纷纷走进试衣间，脱掉旧裙子，穿着新裙子出来。一长溜金漆腿凳子上坐满了女士，一只只穿着新鞋的脚可劲儿地在地毯上跺。巴松管不时单膝跪地，用金属鞋拔帮忙试穿。大黑猫抱着成堆的女包和女鞋，卖力地穿梭于橱窗和凳子之间。脖子上有道疤的红发女郎忙前忙后，到后来，索性完全切换到了法语。令人吃惊的是，莫斯科的女士们对女郎的话理解起来毫无障碍，哪怕是连一个法语单词都不懂的人。

大师和玛格丽特

最令人惊诧的是，一名男公民也跑上台来凑热闹。他声称自己的夫人得了流感，恳请由他代为领取一些礼品。为了证明自己确实已婚，男公民情愿出示身份证件。这位模范丈夫的声明立刻招来一片哄笑，巴松管嚷嚷说不必出示证件，说他相信男公民就跟相信自己一样，然后给他拿了两双丝袜，大黑猫又给他添了一支口红。

落后于人的女士们拼命往台上冲，心满意足的女人们穿着舞会礼服、绣龙睡衣、交际正装，歪戴着各式小帽，自台上鱼贯而下。

这时，巴松管宣布，鉴于时间已晚，商店将于一分钟后准时打烊，明晚继续营业。舞台上瞬间乱成了一锅粥。女人们也顾不上试穿鞋子了，抓到哪双算那双。有个女人旋风似的冲进试衣间，扒掉身上的旧衣服，随手抓起一件绣着大花的真丝睡袍裹在身上，又顺手抄起两盒香水。

一分钟后，枪声准时响起，试衣镜倏然消失，橱窗和凳子也通通不见了，地毯和试衣帘一齐消融在空气中。最后，连那堆小山包似的旧衣服旧鞋帽也消失了，舞台上重新变得干巴巴、空荡荡、光秃秃的了。

就在此时，又有一个人出面干预了。

一个洪亮的、悦耳的、不依不饶的男中音从二号包厢传出："演员公民，您最好立刻向观众们揭秘您的魔术，尤其是钞票戏法。另外，请您让报幕员回到台上，观众们对他的情况很是关心。"

说话者非是旁人，正是今晚演出的贵宾——莫斯科剧场声学委员会主任阿尔卡季·阿波罗诺维奇·谢姆普列亚罗夫。

与阿尔卡季·阿波罗诺维奇同坐的是两位女士：年长的那位衣着华贵时髦，另一位年轻貌美，衣着平常。从随后不久的笔录中得知，前者是阿尔卡季·阿波罗诺维奇的夫人，后者是他的远房亲戚，一位大有希望的新人演员，从萨拉托夫来，眼下寄居在阿尔卡季·阿波罗诺维奇夫妇家中。

"帕尔东！"巴松管用法语道了声歉，"不好意思，没什么好揭秘的，一目了然。"

"不，抱歉！揭秘是必不可少的，否则您的精彩演出将造成负面观感。广大观众要求解释。"

"广大观众，"巴松管放肆地打断了主任先生，"似乎并未提出任何要求吧？不过，既然尊意如此，阿尔卡季·阿波罗诺维奇，那我就来揭秘一下。但在此之前，能否允许我再表演一个小节目？"

"请便，"阿尔卡季·阿波罗诺维奇大度地说，"但必须揭秘！"

"明白，明白。那么，请允许我问一句，昨天晚上您在哪儿，阿尔卡季·阿波罗诺维奇？"

听到这个不甚得体，甚至有些无礼的问题，阿尔卡季·阿波罗诺维奇的脸色一下子变得非常难看。

"阿尔卡季·阿波罗诺维奇昨晚在声学委员会开会，"主任夫人趾高气扬地说，"但我不明白，这跟魔法表演有什么关系。"

"哦，夫人！"巴松管说，"您当然不会明白。开会一事您完全被蒙在了鼓里。昨晚坐车去开会之后——顺带一提，昨天晚上并没有会要开——阿尔卡季·阿波罗诺维奇在清水塘畔的声学委员会大楼前支走了司机（全场鸦雀无声），独自坐公交车去了耶洛霍夫斯卡娅路，区流动剧团女演员米利察·安德烈耶夫娜·波科巴季科家，在那儿待了将近四个钟头。"

"啊呀！"绝对的寂静中响起某人痛苦的叫喊。

阿尔卡季·阿波罗诺维奇的年轻女亲戚爆发出一阵低沉可怕的狞笑。

大师和玛格丽特

"原来如此！"她大叫，"我早就起疑心了。现在我才明白，那个蠢女人凭什么能演露易丝①！"

说罢，她猛地抡起短粗的淡紫色遮阳伞，狠狠砸在阿尔卡季·阿波罗诺维奇头上。

可恶的巴松管趁机喊："瞧啊，尊敬的公民们，这就是阿尔卡季·阿波罗诺维奇一心想要的揭秘之一！"

"你这个贱女人，竟敢打阿尔卡季·阿波罗诺维奇？"主任夫人起身喝问，庞大的身躯在包厢内显得异常魁伟。

撒旦般的狂笑如迅疾的潮水，再次攫住了年轻的女亲戚。

"别人不敢，我敢！"她狞笑道，遮阳伞再次重重地砸在阿尔卡季·阿波罗诺维奇头上。

"民警！把她抓起来！"主任夫人的叫声如此骇人，令无数人心头发冷。

便在此时，大黑猫跳到舞台前沿，突然扯开嗓子喊起了人话："表演结束！指挥！搞它一段进行曲！！"

呆若木鸡的乐队指挥稀里糊涂地挥起了指挥棒，乐队随之而动，但不是"奏"，不是"弹"，甚至不是"拉"，而恰恰如大黑猫所用的那个鄙俗字眼——"搞"了一段不成体统、荒谬绝伦的进行曲。

人们恍惚觉得，这首进行曲的歌词似曾相识，仿佛南国星空下的歌舞餐馆里那种隐晦、含混却又大胆奔放的唱段：

大人阁下，
喜爱家禽，
因此身边，

---

① 露易丝，德国诗人、剧作家弗里德里希·席勒（1759—1805）经典名剧《阴谋与爱情》中的女主角。

美女如云！①

不过，歌词也许并不是这样的，而是别的什么不堪入耳的话。但这并不重要，重要的是，整个剧场随后陷入了堪比巴别塔的大混乱之中。民警朝声学主任的包厢赶来，好事者纷纷攀上围栏，不时传来地狱般的大笑与狂叫，随即又被淹没在铮铮的铙钹声中。

人们发现，舞台上突然没了人。无论是骗子巴松管，还是大黑猫河马，都消融在了空气中，一如先前的魔法师，连同那把褪了色的扶手椅。

---

① 此四句化用自俄国剧作家德·季·连斯基（1805—1860）的滑稽歌剧《列夫·古雷奇·西尼奇金，或外省来的新人女演员》（1840）。原歌词大意如下："大人阁下/好生爱慕/因此对她/百般庇护。"

第十三章　主角登场

陌生男子冲伊万竖起食指，悄声道："嘘——！"

伊万两脚着地，凝神细看，发现正向屋内小心张望的陌生男子，他刮过胡子，黑头发，尖鼻子，眼神惊惶，额前垂着一缕头发，年纪约莫三十八岁。

确认屋内只有伊万自己之后，神秘来客又侧耳倾听了片刻，这才壮着胆子走进房间。伊万这才看清，来人身上也穿着医院的睡衣裤，光脚穿着鞋子，肩头披着一件棕色罩袍。

来人冲伊万挤了挤眼，将一串钥匙揣进衣兜，低声问："可以坐下吗？"见主人点头同意，便在椅子上坐下。

"您是怎么进来的？"伊万遵从那根枯瘦手指的警告，压低声音问，"阳台上的格栅不是锁着的吗？"

"确实是锁着的，"来客道，"是普拉斯科维亚·费奥多罗夫娜，她是个最可爱的人，只是有些粗心。大约一个月前，我从她那儿偷到了一串钥匙，这才有机会出入阳台。整个楼层的阳台都是通着的，我便能偶尔串个门。"

伊万一听，顿时来了兴致："既然您能上到阳台，那您干吗不跑呢？莫非是楼层太高了？"

"不，"来客干脆地说，"我没法跑，但不是因为太高，而是我无处可去。"稍顿了顿，又问："一起坐坐？"

"坐坐吧。"伊万凝视着来人那双极度不安的褐色眼睛说。

"好……"来客突然明显地慌乱起来，"不过，您，应该不是躁狂型的吧？因为，您知道吗，我最受不了噪音、吵闹、暴力，或者诸如此类的。我最痛恨人的喊叫，无论那喊叫是出于痛苦，还是愤怒，又或是别的什么。请您给我吃颗定心丸吧：您不是躁狂症？"

"昨天在餐厅，我打了一个家伙的狗脸。"有了变化的诗人勇敢地承认。

"理由？"来客严厉地问。

"好吧，我承认，没有理由。"伊万难为情地说。

"不像话。"来客批评道，"再说，您为何说得那么难听呢？打了一个家伙的'狗脸'？那家伙长的究竟是狗脸，还是人脸？恐怕还是人脸吧。所以，知道吗，不好用拳头打的呀……不，今后不许您再这样了，永远不许。"

如此申斥了一通之后，来客又问伊万："职业？"

"诗人。"伊万不知为何有些羞于承认。

来客大为失落，不禁叹道："唉，我真不走运！"随即反应过来，道了声歉，又问："您叫什么？"

"无家汉。"

"唉呀，唉……"来客皱着眉道。

"怎么，您不喜欢我的诗？"伊万奇怪地问。

"很不喜欢。"

"您都读过哪些？"

"您的诗我一首也没读过！"来客激动地喊。

"那您怎么说不喜欢呢？"

"这有什么的呢，别人的我还没读过吗？不过……说不定会有奇迹？好吧，我愿意相信。那您自己说，您的诗好吗？"

"糟透了！"伊万突然勇敢地承认。

"今后别再写了！"来客恳求道。

"不写了，我发誓！"伊万郑重承诺。

大师和玛格丽特

两只手紧紧地握在了一起。就在此时，走廊内传来轻柔的脚步声和话语声。

来客"嘘"了一声，跳进阳台，关上格栅。

是普拉斯科维亚·费奥多罗夫娜来查房了。她问了问伊万自我感觉如何，要不要帮他熄灯。伊万请求留着灯，女医士跟他道过晚安，便离开了。待周围复归平静之后，来客才又回来。

他低声告诉伊万，119号病房住进了新病号，一个赤红脸胖子，一直在念叨着"通风口""外币"什么的，还赌咒发誓说他们住的花园街来了魔鬼。

"他把普希金骂了个狗血喷头，还一直喊什么：'库罗列索夫，再来一个！'"来客战战兢兢地说，"不过，随他去吧。"他镇定下来，重新落座，又问伊万："您是因为什么到这儿来的？"

"因为本丢·彼拉多。"伊万盯着地板，愁眉苦脸地说。

"什么？！"来客失声惊叫，连忙用手捂住了自己的嘴巴，"惊人的巧合！求求您，好好讲讲！"

出于一种没来由的信任，伊万对陌生人讲起了自己昨晚在牧首塘的遭遇。起初他还讷讷怯怯，后来越讲越顺畅。是的，这位偷钥匙的神秘来客真是一位好听众！他非但没有将伊万当成疯子，反而对伊万的话表现出了极大兴趣，听到后来简直陷入了狂喜。他时不时便情不自禁地叫道："对对，继续，继续，求求您了！拜托，看在一切神明的分上，千万别有任何遗漏！"

伊万没有遗漏任何细节，一五一十地娓娓道来。终于讲到本丢·彼拉多身披血红衬里的白色披风走上了凉台。

来客双掌合十，祈祷般地喃喃道："哦，我猜对了！我全猜对了！"

及至听到柏辽兹惨死,来客眼中突然燃起愤恨,说了一句难以捉摸的话:"只可惜,死的是柏辽兹,而不是批评家拉通斯基或者文学家姆斯季斯拉夫·拉夫罗维奇。"接着又愤怒而无声地喊:"讲下去!"

大黑猫向女售票员递钱的情形令来客感到好笑,他看着说得兴起的伊万半蹲在地上,轻轻跳跃着,学着大黑猫的样子用十戈比硬币捋胡须,努力憋着笑,简直快喘不过气来了。

伊万又讲述了自己在格里鲍耶陀夫之家的悲惨经过,最后一脸沮丧地说:"于是我就到这儿来了。"

来客同情地将一只手掌搭在可怜的诗人肩头,说:"不幸的诗人!可是,亲爱的,这一切都是您自找的。您不该对他如此放肆,甚至粗蛮。这就是给您的教训。您应该感到庆幸,因为相比之下,您付出的代价要小得多了。"

"他究竟是什么人?"伊万激动地挥舞着拳头问。

来客凝视着伊万,反问道:"您听了不会惊慌吧?我们这儿的人都不大可靠……会不会惹来呼叫医生,注射之类的麻烦事?"

"不会,不会!快说,他是谁?"

"那好吧。"来客一字一顿地道,"昨晚,在牧首塘,您遇到的那个人,是撒旦。"

伊万闻言,虽未陷入惊慌,却也是大为震恐。

"这不可能!根本没有撒旦!"

"拜托!别人这么说倒也罢了,可您呢?很明显,您是最先被他惩治的人之一。您想想看,眼下您都被关在精神病院里了,还在口口声声说没有撒旦。真是奇怪!"

伊万蒙了,不作声了。

"您刚一开始描述他,"来客继续道,"我便隐约猜到昨晚您有幸与之交谈的那个人的真实身份了。老实说,柏辽兹实在令我感到惊讶！您嘛，自然是年少无知，"来客又道了声歉，"可柏辽兹呢，据我所知，他好歹还是读过一些书的嘛！那个人所说的头几句话就打消了我的一切疑虑。此人是不可能认不出来的，我的朋友！不过，您……请恕我直言，您大概没有什么学问吧？"

"一点不错。"改头换面的伊万坦承道。

"您瞧……就连您对我描述的那张脸……不一样的眼球、眉毛！抱歉，您恐怕连歌剧《浮士德》都没有听说过吧？"

伊万只觉得羞愧无比，脸上发烧，支支吾吾地说起了去雅尔塔疗养院的事……

"您瞧，您瞧……这也难怪！至于柏辽兹，实在是令我惊讶……要知道，他不但博学多识，人还很精明。不过，话说回来，即使再精明的人，也能被沃兰德迷了双眼。"

"谁？！"伊万失声叫道。

"别喊！"

伊万猛地一拍脑门，嘶声道："明白了！怪不得他名片上有个'W'。哎呀呀，原来如此！"他心慌意乱地望着在阳台格栅外游动的月亮，沉默半晌才道："这么说，他真的有可能见过本丢·彼拉多？那时他就已经降生了，不是吗？可他们还硬说我是疯子呢！"伊万愤慨地指向门口。

苦涩的褶皱浮现在来客嘴角。

"我们还是直面事实吧。"来客也将脸转向在云中穿梭的月亮，"您也好，我也好，都是疯子，何必抵赖呢！您瞧，他给了您震动，让您发了疯，而这显然是因为，您拥有与此相宜的土壤。您所说的那些，无疑是真实发生过的。只是它们太过匪夷所思，所以就连斯特拉温斯基这样杰出的精神病学专家都不肯相信。他已经给您看过了吧？（伊万点了点头。）您的对话者见过彼拉多，也跟康德一起吃过早餐，如今，他又来造访莫斯科了。"

"可是,鬼知道他会在这儿干出什么来!总得想法子把他抓起来吧?"新伊万体内那个尚未被完全打倒的旧伊万又挣扎着抬起头来。

"您已经试过了,就到此为止吧。"来客语带讥讽地说,"至于其他人,我同样不建议尝试。他是肯定会干出些什么来的,这点您大可放心。唉,唉!我真是遗憾,遇见他的人是您,而不是我!尽管一切都已烧成灰烬,但我发誓,为了见他一面,我情愿献出普拉斯科维亚·费奥多罗夫娜的这串钥匙,因为除此之外,我已一无所有。我——一无所有!"

"您想见他干吗?"

来客不时抽搐着,悲伤了许久,才开口道:"说来真是奇怪,我待在这儿的原因跟您一样,也是因为本丢·彼拉多。"来客胆怯地回头望了一眼,又道,"因为一年前,我写了一部关于彼拉多的长篇小说。"

"您是一位作家?"诗人饶有兴致地问。

来客脸色一沉,威吓地冲伊万扬了扬拳头,说:"我是大师。"

他面容冷峻地从罩袍口袋里掏出一顶油迹斑斑的黑色小帽,上面用黄色丝线绣了一个字母"M"。他将黑色小帽戴在头上,先给伊万看了看自己的侧脸,又给他看了看自己的正脸,以证明自己确实是大师[①]。"这是她亲手为我做的。"他神秘兮兮地补充道。

"敢问尊姓?"

"我已经没有姓氏了。"怪客阴郁而轻蔑地回答,"我抛弃

[①] M是俄文单词мастер(大师)的首字母,同时也是作家名字Михаил(米哈伊尔)的首字母。

了自己的姓氏,一如生命中的一切。别再提它了。"

"那您至少给我讲讲您的那部小说吧。"伊万试探着问。

"好吧。我这一生,应该说,不大寻常。"来客开始了他的讲述。

……他是历史学专业出身,就在两年前还在莫斯科一家博物馆工作,此外还从事翻译工作。

"哪个语种?"伊万感兴趣地问。

"我会五门外语——英语、法语、德语、拉丁语和希腊语。唔,意大利语也看得懂一点。"

"好家伙!"伊万低声赞叹。

他独自一人生活,举目无亲,在莫斯科也几乎没有朋友。不承想,有一天他居然中了十万卢布大奖。

"可想而知,我有多么惊讶,"头戴黑色小帽的客人低声道,"我把手伸进脏衣篓,掏出来一看,跟报纸上的号码一模一样!——有奖债券,博物馆发的。"来客解释说。

领完奖后,神秘来客先是买了一大堆书,又搬离了他在肉铺街的蜗居……

"哦,那个该死的窟窿!"来客愤愤地说。

……他在靠近阿尔巴特街的一条巷子里找了一处带小花园的自建房,从房主那儿租下了两间地下室。然后辞去了博物馆的差事,开始专心写作关于本丢·彼拉多的长篇小说。

"哦,那可真是个黄金时代!"讲述者两眼放光,热烈地低声道,"完全独立的住所,还有前厅,前厅里还有一个盥洗盆(不知为何,他尤其骄傲地强调了这一点),两扇小窗就开在通往篱笆门的小径上方。小窗外,四五步开外的篱笆下有一丛丁香,一棵椴树,一棵槭树。哦,哦!时值隆冬,小窗外鲜有行人的黑脚和积雪的咯吱声。而我的炉火永远熊熊燃烧着!但春天突然来了,透过模糊的窗玻璃,我看到原本赤裸的丁香花丛慢慢披上了绿装。也就在这时，在去年春天，发生了一件事，远比十万卢布大奖更令人惊喜。要知道，十万卢布可是一大笔钱啊！"

"确实如此。"认真倾听的伊万肯定地说。

"我打开小窗，坐在里间屋，那个房间小得很，"客人伸直双臂比量了一下，"里面有张沙发，对面还有一张沙发，中间有张茶几，茶几上有盏漂亮的小夜灯，小窗旁边摆着书，还有一张小书桌。外间屋很大，足足有十四平米，里面除了书还是书，还有一只火炉。哦，多好的环境！丁香花香得出奇！我的脑袋总是累得晕晕乎乎，彼拉多飞向结尾……"

"白色披风，血红衬里！我知道！"伊万激动地喊。

"正是！书稿接近尾声，我已经想好了小说的最后一句：'……第五任犹太总督——金矛骑士本丢·彼拉多。'当然，我还时常出去散步。十万卢布是个很不小的数目，我给自己置办了一身行头。偶尔还去下顿馆子。阿尔巴特街有家极好的饭馆，不知道现在还有没有。"

客人突然睁大了眼睛，望着月亮，继续低诉道："她捧着一束可恶的、令人不安的黄花。鬼知道那花叫什么名字，但它们在莫斯科总是开得最早的。在她的黑大衣的映衬下，那些黄花显得格外扎眼。她捧着一束黄花！不祥的颜色。她从特维尔大街拐进巷子，然后，蓦然回首。嗯，特维尔大街您知道的吧？成千上万人在那条街上走，但我向您保证，她只看见了我自己，而且那眼神不只是慌乱，甚至有些病态。而令我震惊的，与其说是她的美貌，莫如说是她眼睛里那异乎寻常的、无人察觉的孤独！

"顺着那一抹黄色的指引，我也拐进了巷子，跟在她的身后。我们沿着曲折又寂寥的巷子，默默地走着，我在巷子这侧，她在巷子那侧。而巷子里，您相信吗，再没有第三个人。

大师和玛格丽特 | 157

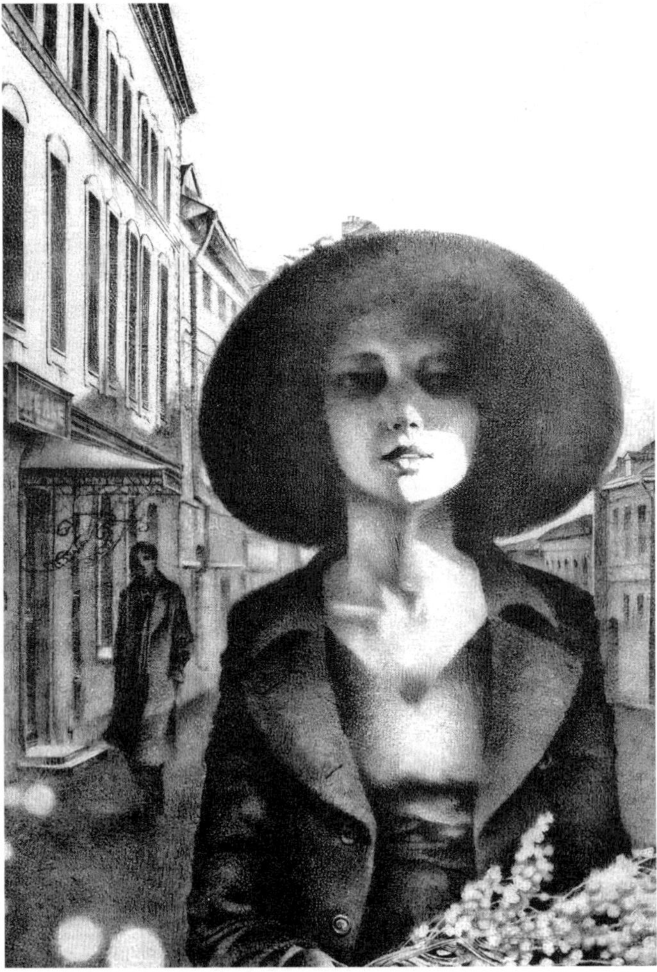

我很煎熬,因为我感觉到自己必须和她搭讪,可又担心一开口她就会走掉,从此再也见不到她。

"没想到,她却率先开了口:'您喜欢我的花儿吗?'

"我清楚地记得她的声音,相当低沉,还有些发劈。而且,不管听上去有多蠢,但我感觉,她的声音似乎撞到了脏兮兮的黄色墙面,又弹了回来。

"我快步走到她那一侧,回答说:'不喜欢。'

"她讶异地看着我,而我突然之间、完全出乎意料地意识到,我一辈子爱着的正是眼前这个女人!不可思议吧,嗯?您肯定会说我是个疯子吧?"

"我没这么说!"伊万叫道,又催促说,"求您了,快说下去!"

客人继续说:"是的,她惊讶地看了我一会儿,然后问我:'您不喜欢花儿吗?'

"我感觉她的声音里暗含敌意。我走在她身旁,尽量和她步调一致,而且令我惊讶的是,我一点儿也不感到拘束。

"'不,我喜欢花儿,但不喜欢这种。'我说。

"'那您喜欢哪种?'

"'我喜欢玫瑰。'

"这话一出口我就后悔了,因为她听完之后冲我歉然一笑,一扬手,将那束黄花扔进了道旁的水沟里。我有些不知所措,但还是捡起了那束花,递给她,她却冷笑着推开了,我只好自己捧着。

"我们就这样默默地走了一阵儿,然后她从我手中抽出那束花,扔在了路面上,又用自己的胳膊(她戴着一双黑色的喇叭筒手套)挽住我的胳膊,我们就走在一起了。"

"后来呢,"伊万说,"拜托,不要遗漏任何细节!"

"后来?"来客反问道,"后来想必您自己也猜得到吧。"

大师和玛格丽特 | 159

来客突然抬起右袖口，拭去一滴出人意料的泪水，继续道，"爱情突然从天而降，就像巷子里突然从地底下钻出来一个凶手，给了我们两个致命一击。就像一道闪电，一柄芬兰刀！但她后来坚持说，事情并非如此，其实我俩早就深爱着彼此，尽管我们既不知道对方，也从未谋面，尽管她和另一个男人生活……而我……和那个女人……她叫什么来着……"

"哪个女人？"

"就那个……嗯……她叫什么来着……"客人说着，将指关节捏得咔吧直响。

"您结过婚？"

"是啊，所以我才这样嘛……她叫……瓦莲卡……玛涅奇卡……不对，就是瓦莲卡……条纹裙，博物馆……我不记得了。

"总之，她说她那天捧着一束黄花出门，就是为了让我能够最终找到她，假如这没有发生，她就会服毒自尽，因为她的生活里一片空虚。

"是的，爱情瞬间击中了我们。这点我还在当天就意识到了，就在一个小时之后，当时我们已经不知不觉走到了河岸边的克里姆林宫城墙下。

"我们聊啊，聊啊，仿佛我们昨天才见过面，仿佛我们已经认识很多年。第二天，我们如约再次相见，仍在莫斯科河岸边。五月的艳阳照耀着我们。很快，很快这个女人便成了我的秘密的妻子。

"她每天都来找我，而我每天一大早就开始期待她。这一期待的外在表现是，我将桌上的东西不停地挪来挪去。等到还剩下十分钟时，我便坐到小窗前，守着旧篱笆门的动静。说来好笑，在我遇见她之前，我们这个小院里很少来人，或者根本没有人来，可如今，我感觉全城的人都在往这儿跑。门一响，我的心就咯噔一下，接着，小窗外与我的脸齐平处便会出现一双脏鞋子。是个磨刀工。我们这儿谁会需要磨刀工呢？磨刀？磨哪门子刀呢？

"她每天走进篱笆门只一次，而在此之前，我的心会狂跳不下十次，真的。随着她的时刻临近，当指针滑向正午时，我的心甚至会狂跳不止，直到小窗外轻轻地、几乎悄无声息地出现她那双带钢扣蝴蝶结的黑色麂皮鞋。

"有时她会跟我淘气，先走到第二扇小窗前，用鞋尖轻扣玻璃。我立马冲到那扇小窗前，但黑皮鞋已经不见了，遮住光亮的黑丝绸也不见了，我便跑出去给她开门。

"没有人知道我们的交往，这点我向您保证，尽管这几乎不可能。她的丈夫不知道，她的熟人们也不知道。至于与我同住在那栋旧公寓里的人，自然总能看见她来找我，却并不知道她是谁。"

"她到底是谁？"伊万对这段罗曼史实在好奇到了极点。

客人打了一个手势，意思是永远不会向任何人透露她的身份，然后继续讲述。

伊万得知，大师与无名女郎情深意笃，已然不可离分。随着大师的讲述，那两间破旧的地下室清晰地呈现在伊万眼前。因着丁香花和篱笆的缘故，地下室内总是暮色朦胧。红色的旧家具，老式写字台，写字台上摆着一只每过半小时便鸣声大作的自鸣钟，还有书，很多很多的书，从油漆地板一直堆到熏黑的棚顶，还有一只火炉。

伊万得知，大师与他的秘密妻子从一开始就断定，是命运让他们在特维尔大街与那条小巷的转角相遇，他们永生永世为彼此而生。

伊万还从客人的讲述中得知了这对恋人的日常。来到地下室之后，她第一件事便是系上围裙，在逼仄的前厅内——令可怜的病人骄傲莫名的盥洗盆就在此处——点燃木桌上的煤油炉,然后将精心准备的午餐摆放在外间屋的椭圆形餐桌上。当五月的暴雨喧嚣地冲过浑浊的玻璃窗,涌进门洞,企图淹没这最后的庇护所时,这对恋人便生起炉火,在炉膛里烤土豆吃。烤好的土豆热气腾腾,黑乎乎的土豆皮把手指头也弄黑了。小小的地下室里便充斥着欢声笑语,花园里的树木纷纷抖落被暴雨折断的枝丫和串串白花。

等到雷雨季节过去,闷热的夏季来临,花瓶里便有了两人共同喜爱的、期待已久的红玫瑰。那位自称大师的人狂热地创作他的小说,而无名女郎也不可自拔地沉迷其中。

"说真的,她对那部小说的爱有时简直令我吃醋。"月夜下的来客轻声对伊万说。

她总是将指甲尖尖的纤细手指插进秀发,反反复复地阅读小说书稿,读到不读了,便亲手为他做这顶小帽。有时她会蹲在地上,或者站在椅子上,用抹布擦拭那些从地板一直堆到棚顶的数百本落灰的书脊。她鞭策他,说他必将收获盛誉,并且开始称他为大师。她迫不及待地期盼着早就想好的关于"第五任犹太总督"的结尾,唱歌似的高声吟诵她最心爱的段落,还说这部小说就是她的命。

小说于八月份完稿,交给一位不相识的女打字员,打印了五份。于是,终于到了走出幽居,迈进生活的时刻。

"于是我抱着书稿走进了生活,从而终结了我的生活。"大师垂下头去,那顶忧伤的黑色小帽连同黄色字母"M"久久地摇摆着。他继续讲下去,但他的讲述开始变得不大连贯了。能确定的只有一点:伊万的客人遭遇了某种灾难。

"那是我初次误入文学界,如今,当一切已然结束,死亡近在眼前时,每次回想起来,我仍会感到恐惧!"大师举起一只手,郑重其事地低声道,"是的,他给了我致命的打击——致命的!"

"谁?"伊万悄不可闻地问,唯恐打断了激动不已的讲述者。

"就那个编辑嘛,我都说了,那个编辑。他读完书稿,用那样的眼神看着我,好像我的脸肿了似的。他又斜眼瞅着墙角,甚至还干笑了两声。他平白无故地揉皱了我的书稿,并发出几声鸭叫。他向我提的那些问题简直是神经病。他对小说内容只字不提,只问我是什么人,打哪儿冒出来的,写作很久了吗,为何之前从来没有听说过我,甚至还问了一个在我看来相当白痴的问题:是谁指使我写作如此古怪的题材的?

"我终于被他搞烦了,直截了当地问他,他打不打算发表我的小说。

"他一下子慌了,哼哼唧唧地表示,这事儿他一个人说了不算,得请编辑委员会的其他委员,也就是批评家拉通斯基、阿里曼和文学家姆斯季斯拉夫·拉夫罗维奇共同审阅我的书稿。他让我过两个礼拜再去。

"两个礼拜之后我又去了,接待我的是个年轻姑娘,长着一对斗鸡眼,想必是总撒谎的缘故。"

"那是拉普申尼科娃①,编辑部秘书。"伊万冷笑道。对于令客人愤恨不已的那个圈子,伊万可是再熟悉不过了。

"可能吧。"客人恨恨地说,"总之,我从她那儿拿回了自己的书稿,已经污损得不成样子了。拉普申尼科娃不敢看我的眼睛,只说编辑部的存稿都排到两年以后了,因此,对于我的小说发表一事,用她的话说,'暂不考虑'。"

"之后的事我还记得什么呢?"大师轻揉着太阳穴,喃喃

---

① 拉普申尼科娃(Лапшённикова),自造姓氏,源自词根 лапша(面条),俄谚"在某人耳朵上挂面条"喻指欺骗。

道,"是了,凋落在封面上的红色花瓣,还有我的女友的眼神。是的,我记得她那双眼睛。"

来客的讲述越发混乱,越发闪烁其词。他提到了什么"斜雨"[①],以及充斥在地下庇护所的绝望,说他还去过别的什么地方。他悄声嘶喊,说他毫不怪她鼓动自己去争取,一点也不!

伊万听客人说,后来突然发生了怪事。有一天,大师翻开报纸,看见了批评家阿里曼的一篇文章,题目叫作《敌人的偷袭》,作者向广大读者发出警报,说他,也就是我们的主人公,企图将对耶稣的辩护偷偷塞进正式出版物。

"啊,我有印象,有印象!"伊万叫道,"但我想不起您的姓氏了!"

"再说一遍,忘了我的姓氏吧,它已经不复存在了。"客人说,"问题不在这儿。第二天,我又在另一份报纸上看到了署名为姆斯季斯拉夫·拉夫罗维奇的文章,作者呼吁严厉抨击'彼拉多主义',以及那个妄图将其'塞进'——又是这个该死的字眼!——正式出版物的圣像画匠。

"我被这个耸人听闻的'彼拉多主义'吓傻了,又翻开第三份报纸。上面接连有两篇文章,一篇署名'M. 3.',另一篇是拉通斯基的。告诉您,这个拉通斯基写的可比前两位要厉害多了。您只要听听他的文章名就知道了——《好战的旧礼仪派教徒》。这篇文章我读得太入神了,连她进屋都没能察觉(我忘记关门了)。她站到我面前,手里拿着一柄湿漉漉的雨伞和几份湿透了的报纸。她两眼喷火,双手颤抖而冰冷。她先是扑过来吻我,然后拍着桌子,哑着嗓子说她要毒死拉通斯基。"

---

① 斜雨(косой дождь)。苏联诗人马雅可夫斯基(1893—1930)曾有诗云:我渴望被祖国理解/却不被理解/奈何?!/我行走在故土/却要绕道而行/就像斜雨走在风中。

伊万局促不安地哼哧了两声，但什么也没说。

"凄惨的秋日来临了。"客人继续道，"小说的巨大失败仿佛掏空了我的部分灵魂。说实话，我再也无事可做，仅靠每日的约会活着。事情正是从这时候开始的。鬼知道是怎么一回事，不过，斯特拉温斯基医生想必早就搞清楚了。总之，我感到忧伤，还出现了预感。而批判的文章仍在不断涌现。起初我只是付之一笑。但随着文章数量不断增多，我的态度也逐渐发生了变化。第二个阶段是惊讶：那些文章里的每一行字都流露出罕见的虚伪和犹疑，尽管其语气严厉而自负。我总有一种挥之不去的感觉，即那些作者们全部言不由衷，所以才恼羞成怒。接下来就开始了第三个阶段——恐惧。不，不是恐惧那些文章，而是恐惧别的，与文章或者小说完全无关的东西。比方说，我开始怕黑。总之，我的心里有病了。我总感觉，特别是临睡前，有一只无比灵活而冰冷的八爪章鱼，正悄悄地向我逼近，紧紧地缠住我的心脏。我只好亮着灯睡。

"我的爱人也变了好多（章鱼的事我自然没有跟她讲，但她看得出来我的情况不妙），她瘦了，憔悴了，不再笑了，一再求我原谅她，因为是她建议我发表小说节选的。她让我抛下一切，前往南方的黑海，为此花光剩余的全部奖金。

"她很坚决，我不想和她较真儿（我有种预感，黑海我是去不成的），便答应她过几天就去。她说要亲自给我买票。我便拿出我所有的钱，约莫一万卢布，全给了她。

"'干吗给我这么多？'她惊讶地问。

"我就推说担心有贼，请她暂时替我保管。她把钱装进手提包，亲吻我，说她宁可去死，也不愿这样子丢下我一个人，但家里有人在等她，她也是身不由己，说她明天再来。她求我什么都不要怕。

"那是十月中旬的一个黄昏。她走了。我躺在沙发上，没开灯就睡着了。我感到章鱼来了，就惊醒了。我摸着黑儿，好不容易开了灯。怀表显示凌晨两点。临睡前我就有些不舒服，眼下已经完全病了。我突然感觉，秋夜的黑暗眼看就要挤破窗户，灌进屋子，要把我呛死在那黑漆漆的墨水里了。我无法自已地站起身来。我喊了一声，突然很想跑出去找个人，哪怕是跑到楼上去找我的房东。我发了疯似的自我搏斗。我鼓起力气走到火炉前，点燃了炉膛里的劈柴。听着劈柴和炉门哔哔剥剥地响，我似乎略微轻松了些。我冲到前厅，打开灯，找到一瓶白葡萄酒，拔出瓶塞，对着瓶口喝了起来。恐惧因此略有减轻，至少，我没有跑去找房东，而是回到了火炉旁。我打开炉门，任凭热浪燎着我的脸和手，喃喃自语：

"'请你看到我的不幸吧……来吧，来吧，来吧！'

"但谁也没有来。火在炉膛内呼啸，夜雨鞭打着窗户。最后的事情发生了。我从书桌抽屉里抱出沉甸甸的小说书稿和草稿本，开始焚烧。这事做起来很困难，因为写满字的稿纸很不情愿被点燃。我忍着指甲的剧痛，扯裂草稿本，将纸页竖着放在劈柴中间，用火钩子挑着烧。灰烬不停地捣乱，一次次压灭火苗，但我不肯罢休，拼死抵抗的小说终于支撑不住了。熟悉的字句不时在我眼前闪现，摞在一起的纸页自底而顶，不可阻止地变成焦黄，但那些字迹仍依稀可辨。直至最顶上一页彻底变得乌黑，字迹才最终消失，我便暴怒地一火钩将之捣烂。

"这时，窗外有人在轻挠玻璃。我的心咯噔一下，将最后一本草稿扔进炉膛，跑过去开门。从地下室到通往院子的外门有几级向上的台阶，我跌跌撞撞跑到门后，低声问：'谁？'

"一个声音回答说：'是我。'——是她的声音。

"我不记得自己如何解开了门链，打开了门锁。她一进门就扑到我怀里，浑身上下都湿透了，满脸是雨，头发披散着，冻得直哆嗦。我只来得及说出了'你……你'两个字，便和她一起跑进地下室。她在前厅脱掉大衣，我俩快步走进外间屋。她发出一声低呼，直接把赤裸的手伸进炉膛，将残存的最后一沓草稿从火堆里扒拉到了地板上。草稿底部仍在燃烧，黑烟立刻充斥了房间。我忙将火焰踩灭，她扑倒在沙发上，哭得浑身直抖。

"待她停止哭泣，我说：'我恨这部小说，我害怕。我病了。我怕得厉害。'

"她站起身说：'上帝啊，你病得好重。为什么会这样，为什么？但我会救你的，我会救你的。这究竟是怎么了？'

"我看到她的双眼由于烟熏和流泪而红肿，感到她用冰凉的手抚摸我的额头。

"'我会治好你的，我会治好你，'她紧紧地抓住我的肩头，喃喃地说，'你会再把它写出来的。我自己怎么就没留下一份呢！'

"她恨得咬牙切齿，又说了些别的什么。然后她抿紧嘴唇，从地上捡起那些边缘被烧的稿纸，一一抚平。那是小说中间部分的一章，不记得是哪一章了。她工工整整地将稿纸叠在一起，用纸包好，用丝带捆起来。这一切行为表明，她充满了坚定，恢复了自制力。她要了一点酒，喝完，平静地开了口。

"她说：'这就是撒谎的代价。今后我再也不撒谎了。我本可以现在就留在你身边，但我不愿意这样做。我不想让他永远留下这样的印象——我是在深夜离开他的。他从来没有做过任何对不起我的事……他是突然被人叫走的，他们厂子里失火了。但他很快就会回家了。我明天一早就跟他解释清楚，告诉他我爱着另一个人，然后就永远回到你身边。告诉我，你不会不想我这样做吧？'"

"'我可怜的爱人，'我对她说，'我不允许你这样做。和我在一起没有好结果，我不想让你陪着我一起毁掉。'

"'就因为这个?'她将自己的眼睛靠近我的眼睛。

"'就因为这个。'

"她突然充满了活力,贴在我身上,搂住我的脖子说:'我就要陪着你一起毁掉。明天一早我就回来。'

"这便是我这辈子记得的最后的画面:从我的前厅里射来的一束光,在那束光里有她的一绺发丝,有她的贝雷帽,还有她那双充满坚定的眼睛。我还记得她站在门口时的黑色剪影,还有那个白色纸包。

"'我本该送送你的,但我没办法一个人走回来,我害怕。'

"'别怕。再忍耐几个小时。明天一早我就来了。'

"这便是她今生对我说过的最后的话……嘘!"病人中断了讲述,做了一个噤声的手势,低声说:"今晚真是个不安生的月夜。"

来客再次躲进了阳台。伊万听到病床车轮从门外滚过,有人在轻声啜泣、低声嘶喊。

当周围复归沉寂,来客回来说,120号病房也住进人了。被送进来的人一直哀求说把他的脑袋还回来。两人惊慌地沉默了好一阵儿,这才定下神来,重新开始被打断的讲述。这个月夜的确不大安生,走廊里仍有说话声不时传来,来客刚说了一句便将嘴巴凑到伊万耳边,声音低得只有伊万自己能听清,除了刚才那句——"她走了也就一刻钟,又有人敲我的窗子……"

病人对伊万耳语的那些事,显然令他极度不安。他的面部不时掠过一阵痉挛,恐惧和愤怒在他的眼神中交替闪现、突窜。他不时地用手指向月亮,而月亮早就离开了阳台。直到门外不再传来任何声响,来客这才离开伊万耳边,声音略微提高了些。

"就这样,一月中旬的一天夜里,我仍穿着那身大衣,但扣子全被扯掉了,① 我来到自己的小院,冻得缩成了一团。在我身后有几堆积雪,挡住了那丛丁香,而在我的身前,在我的脚下,是隔着窗帘透出微光的我的小窗。我凑到第一扇小窗前,凝神细听——我的房间里唱着留声机。我只听到了一些声音,却什么也看不真切。我站了一小会儿,穿过篱笆门,走进小巷。暴风雪下得正紧。一只乱窜的狗险些撞在我腿上,吓得我急忙跳到了巷子另一侧。寒冷和如影随形的恐惧逐渐令我崩溃。我走投无路,最简单的当然莫过于让电车撞死,与巷子相连的大街上就有。我从老远便看见那些亮亮的、挂着冰霜的铁盒子,听到严寒中它们那令人厌恶的咣当声。但是,我亲爱的邻居,问题就在于,恐惧攫住了我身体的每一个细胞。我害怕电车,正如我害怕狗一样。是的,这栋楼里再没有人比我病得更重,相信我。"

"那您怎么不跟她说呢,"伊万对可怜的病人充满同情,"再说,您的钱不是还在她那儿吗?那些钱她是肯定不会动的吧?"

"毋庸置疑,她当然不会动。但您显然没有听懂我的意思。或者,准确地说,是我自己丧失了曾经拥有的叙述才能。不过,对此我并不感到惋惜,因为我已经用不上它了。想想看,"客人虔敬地望着漆黑的夜,"一封来自精神病院的信摆在她的面前。难道能从这里,从精神病院给她寄信吗?别说笑了,我的朋友!让她不幸吗?不,这我可做不出。"

伊万无从反驳,只得沉默;但他同情、怜悯这位客人。回忆的痛楚令客人的黑色小帽不住地点动。他说:"可怜的女

---

① 这一细节或许暗示着大师曾遭逮捕——在苏联早期的监狱,囚犯的衣服扣子都是要被剪掉的。

人……不过，我倒是希望，她已经把我忘了……"

"您一定会康复的……"伊万怯怯地说。

"我是治不好的，"客人平静地说，"斯特拉温斯基医生说他能让我回归生活，我不相信。他心地善良，只是在安慰我罢了。但无可否认，眼下我的确好多了。我刚才说到哪儿了？对了，严寒，飞驰的电车……我知道这家医院已经开了，便往这儿走，打算徒步穿越全城——真是疯了！我原本会被冻死在郊外的，却意外得救了。走到离城大约四公里，有一辆卡车坏在路上了，我走过去，没敢指望司机真会发善心。卡车也是往这边来的，司机便捎上了我。我没什么大碍，只是左脚的脚指头冻坏了。后来治好了。如今我在这儿已经四个月了。您知道吗，我发现这里其实相当相当不坏。不必给自己制订宏伟计划，我亲爱的邻居，真的！就说我吧，当初我还想走遍全球呢。可结果呢，痴人说梦。我只看到了地球上极小的一块。这未必是地球上最好的一块，却也并没有那么糟糕。您瞧，夏天就要来了，阳台上就要爬满常春藤了，是普拉斯科维亚·费奥多罗夫娜说的。这串钥匙给我提供了便利。到了晚上还有月亮。哎呀，月亮走了！天变凉了。后半夜了。我该走了。"

"告诉我，耶舒阿和彼拉多后来怎么样了，"伊万请求道，"求您了，我想知道。"

"哦，不，不，"客人病态地抽搐着，"一想起那部小说，我就会发抖。您在牧首塘遇见的那位应该会讲得比我好。感谢交谈。再见。"

没等伊万反应过来，格栅便轻声闭合，客人也悄然隐去了。

第十四章 感谢雄鸡！

里姆斯基的神经绷不住了，不等笔录做完便跑进了自己的办公室。他坐在办公桌前，瞪着两只红肿的眼睛，盯着摆在桌上的几张魔法钞票。财务主任的脑子不够用了。外面一片嘈杂，观众如潮水般从剧院涌上了街道。突然，一声尖厉的警哨刺入了财务主任高度警觉的耳朵。警哨一响，准没好事。警哨声再次响起，紧接着，另一只警哨也来助阵，而且比第一只更加威严、更加持久，随后又响起了明白无误的哄笑声，甚至是起哄戏谑声，财务主任立刻意识到，街上一定又出了什么龌龊的丑事。而且，无论他再怎么不愿意面对，这事也一定跟黑魔法师及其助手们的可恶表演脱不了干系。敏锐的财务主任一点也没猜错。

他朝面向花园街的窗户一望，当下气歪了脸，咬牙切齿地咒骂："我就知道！"

借着明晃晃的路灯光，他看到下方人行道上有位女士，浑身上下只穿着一件汗衫和一条紫色短裤——当然，这位女士头上还戴着一顶帽子，怀里还抱着一柄雨伞。

在这位羞窘不堪的，忽而屈膝疾走、忽而张皇逃窜的女士周围，一群人正在起哄，并不时发出令财务主任脊背发寒的阵阵哄笑。一位男公民紧跟在这位女士身边，急欲扒下自己身上的风衣为她披上，偏偏一只胳膊卡住袖筒里了，说什么也拔不出来。

又一阵刺耳的喊叫和哄笑从另一个方向——剧场左入口处

传来。里姆斯基循声望去，只见另一位身穿粉红色内衣裤的女士，从路面跳上人行道，企图逃进剧院，却被涌出的观众阻断了去路，于是，这个轻率的、热衷时髦的、被可恶的巴松管害惨了的可怜的牺牲品，眼下只巴望一件事——找个地缝钻进去。一名民警狂吹警哨，朝不幸的女人奔跑过来，而在民警身后，紧跟着一群头戴鸭舌帽的嬉皮笑脸的小年轻。哄笑声和起哄声正是由他们发出来的。

一名留着小胡子的瘦马车夫驱车赶至第一名光着身子的女士跟前，一把勒住伤痕累累的瘦马，脸上乐开了花。

里姆斯基在脑袋上捶了一拳，啐了一口，从窗前跳开了。

他在桌旁坐了一会儿，留心听着街上的动静。警哨声遍地开花，震耳欲聋，随后开始减弱。出乎里姆斯基的意料，街上的骚乱居然这么快就平息了。

是时候采取行动了，不得不饮下自酿的苦酒了。电话机在魔法表演期间恢复了正常，必须打个电话，通报事情原委，请求援助，再将一切责任全部推到斯乔帕头上，想办法为自己开脱……呸，该死的魔鬼！

心绪大乱的财务主任两次握住话筒，两次都没能拿起来。突然，在办公室内的一片死寂中，电话铃声骤然大作，直扑财务主任面门，吓得他一哆嗦。"我都快成惊弓之鸟了。"他心里暗忖着，刚拿起听筒，身子便往后一缩，面白如纸。只听电话那头有个魅惑而淫荡的女人柔声道："一个电话也别打，里姆斯基，会遭殃的……"

听筒里立刻没了声音。财务主任只觉得脊梁上有一群蚂蚁在爬，放下听筒，不由得朝身后的窗户望了一眼。透过稀疏的、绿意尚浅的槭树枝丫，他看见月亮正在一小片透明的云里穿行。也不知怎么的，他的目光好像被钉在枝丫上了，越看心里越发毛。

他竭力克制住自己，好不容易才从月窗前扭过脸，站起身来。打电话的事他连想都不敢想了，眼下唯一的念头就是赶紧逃离剧院。

他竖起耳朵：剧院大楼内悄无声息。他知道，整个二楼早就只剩下他自己了，便像个孩子似的止不住地害怕起来。一想到要独自一人穿过空空荡荡的走廊和楼道，他就不由得一阵哆嗦。他胡乱地抓起桌上的魔法钞票，塞进公文包，故意干咳了一声，想给自己壮壮胆，但那声音却显得嘶哑而虚弱。

就在这时，他感觉办公室门板底部缝隙里忽然涌进一股腐败的潮气，直令他脊背发凉。偏巧自鸣钟也猝然响起——午夜了。连钟声也令财务主任不寒而栗。但彻底令他心脏骤停的，是从锁孔里传来了钥匙转动的声音。他用冷汗涔涔的双手紧紧抱住公文包，听着锁孔里的窸窣声，感觉自己马上就要忍不住尖叫了。

门板终于屈服了，开启了，一个人影悄无声息地溜了进来，竟是瓦列努哈。里姆斯基两腿一软，瘫坐在椅子上。他深吸了一口气，挤出一个近乎谄媚的笑容，低声说："上帝，把我吓死了……"

是啊，这么冷不丁地出现，换了谁都得吓一跳。不过话说回来，这也是件大好事：这团乱麻里总算捋出了一根线头。

"快，赶紧说说！快，快说呀！"里姆斯基紧紧揪住线头不放，嘶声追问，"这究竟是怎么一回事？！"

"抱歉，"瓦列努哈声音低沉地说，随手关上门，"我还以为你已经走了呢。"

说罢，他连帽子也没摘，走到桌前，在里姆斯基对面坐下。

应该说，瓦列努哈的这句答话里略微透着古怪，顿令敏感度堪与全球最精密的地震仪相媲美的财务主任心生疑窦。为什

大师和玛格丽特 | 173

么呢？既然他以为里姆斯基已经走了，干吗还要来他的办公室呢？他不是有自己的办公室吗？此其一。其二，无论瓦列努哈从哪个口进，总能碰见一名夜间值班员，而财务主任已经通知过所有人，自己会在办公室加班。

但对于这一疑点，财务主任眼下却顾不得多想。

"你怎么也不打个电话？雅尔塔那出闹剧到底是怎么一回事？"

"嘻，跟我说的一样，"瓦列努哈像害牙痛似的龇着牙花，"在普希金诺的小酒馆找到他了。"

"普希金诺？！莫斯科附近那个？可电报是从雅尔塔发来的呀？！"

"哪有什么雅尔塔呀，见鬼！他把普希金诺的电报员灌醉了，两个人一块儿胡闹，在电报上做了手脚。"

"噢……噢……那好，那好……"较之于说话，里姆斯基更像是在唱歌。他的两只眼睛里闪烁着浅黄色的光芒。他的脑海中浮现出斯乔帕被开除公职的可喜可贺的场景。解脱了！终于可以摆脱斯乔帕这个祸害了！除了丢官之外，斯乔帕的下场说不定还会更惨呢……里姆斯基用吸墨器敲了一下桌子："仔细说说！"

瓦列努哈便开始详细讲述。他一到财务主任派他去的部门，立刻有人接待了他，并认真听取了他的汇报。不用说，压根没有人相信斯乔帕会在雅尔塔，众人一致赞同瓦列努哈的猜测——斯乔帕肯定是在普希金诺的"雅尔塔"。

"那他现在人呢？"财务主任激动地打断了管理处主任。

"嘻，还能在哪儿，"管理处主任撇嘴冷笑，"当然是醒酒所呀。"

"嘿嘿！好啊！谢谢！"

瓦列努哈接着讲述。随着他的讲述，斯乔帕的种种流氓行径在里姆斯基眼前延展成一条环环相扣的锁链,而且每一环都比前面一环更加野蛮、更加丑陋。别的不提,单说他和那位男电报员喝醉了酒,两个人伴着乱七八糟的手风琴,在电报局门前的草坪上搂抱着跳舞!又追着一群女公民跑,把女士们吓得吱哇乱叫!在"雅尔塔"还差点儿跟服务员打起来!把小葱扔得满地都是,还打碎了八瓶上等干白葡萄酒!出租车司机不愿意载他,他就砸烂了人家的计价器!有人试图劝阻,他就威胁说要把对方抓起来……总而言之,野蛮到令人发指!

斯乔帕在莫斯科戏剧界名声在外,谁都知道他不是个省油的灯。可就算是斯乔帕,这么胡闹也未免太离谱了。是的,离谱,简直太离谱了……

里姆斯基的犀利目光越过桌子,刺向瓦列努哈的面部,他越往下听,眼神就越阴沉。瓦列努哈所描述的那些卑劣细节越生动逼真,里姆斯基就越无法相信。而当瓦列努哈说到斯乔帕无法无天,居然企图抗拒他带回城的公职人员时,里姆斯基完全断定:这个深夜返回的瓦列努哈一直在撒谎,他所说的那些,从头到尾没有一句真话!

瓦列努哈并没有去过普希金诺,斯乔帕也没在普希金诺。醉酒的男电报员是假的,酒馆里的玻璃并没有被砸烂,斯乔帕也没被人用绳子捆起来……这一切全是假的。

里姆斯基刚一确认瓦列努哈在撒谎,恐惧便从脚底板爬遍他的全身。他又有两次隐约感到,地板上又涌起那股腐烂得足以引发疟疾的潮气。他目不转睛地盯着瓦列努哈,发现后者似乎总在椅子上奇怪地抽搐着,一直竭力隐藏在台灯的淡蓝色阴影里,并且用报纸将面部遮挡得严严实实,好像很畏惧台灯光似的。里姆斯基只在思索一件事:这一切究竟该作何解释?瓦列努哈为何三更半夜跑到这空寂无人的剧院里来,对他鬼话连篇?里姆斯基预感到了危险,某种未知但却致命的危险开始啃噬他的心脏。他装作并未察觉对方的谎话和遮掩，不再去听他那些胡言乱语，而只顾端详着瓦列努哈的脸。他感觉有一件事比瓦列努哈捏造的关于斯乔帕大闹普希金诺的无耻谰言更莫名其妙、更无法解释，那便是瓦列努哈在外表和行为举止上的巨大变化。

无论瓦列努哈再怎么往下拽帽檐遮脸，也无论他如何调整报纸角度，里姆斯基还是发现了他右半边脸上，鼻子旁边有块巨大的淤青。不仅如此，一向红光满面的瓦列努哈眼下看上去面色惨白，关键是，如此闷热的天气，他居然裹着一条破旧的条纹围脖！倘若再加上他在消失的这段时间里新添的吸嘴唇、吧唧嘴的臭毛病，以及声音上的巨大改变（变得低沉、粗鲁）和眼神里的狡猾和胆怯，则完全可以断言：眼前的瓦列努哈根本换了一个人。

除此之外，似乎还有一点更令里姆斯基心神不宁，但他说不清究竟是什么，无论他如何绷紧发热的脑袋，也无论他再怎么仔细观察。但有一点可以断定：在瓦列努哈与他经常坐的那把椅子的组合中，似乎有些前所未见、异乎寻常的东西。

"最后总算把他制服了，塞进了汽车。"瓦列努哈瓮声瓮气地说。他一手用报纸打着掩护，一手捂住脸上的淤青。

里姆斯基突然伸直手臂，手指像弹钢琴似的敲打着桌面，手掌则看似不经意地按下了桌上的按钮，但身子随即僵化。预想中的警报声并未在空旷的大楼内响起。按钮毫无反应地陷入了桌板之内。按钮死了，警报坏了。

里姆斯基的花招并未逃过瓦列努哈的眼睛。瓦列努哈身子一震，眼中冒出明显恶毒的火焰："为什么按铃？"

"不小心地。"里姆斯基连忙抽回了手，闷声回答，然后略带迟疑地问，"你的脸怎么了？"

"车轮打滑，撞在门把手上了。"瓦列努哈说着，移开了视线。

"他在撒谎!"里姆斯基心中暗叫。突然,他的眼睛瞪得溜圆,眼神彻底疯狂,死死地盯住了瓦列努哈的座椅靠背。

椅子后面的地板上有两道十字交叉的阴影,一道深黑,一道浅灰,座椅靠背和四条尖腿的影子都看得一清二楚,但靠背之上却没有瓦列努哈的头,座椅之下也看不见瓦列努哈的腿。

"他没有影子!"里姆斯基在心里绝望地大叫,浑身抖如筛糠。

狡猾的瓦列努哈顺着里姆斯基的疯狂目光,回头望去,立刻明白自己露馅了。

瓦列努哈从座椅上站起身来。里姆斯基也随之站起,后撤一步,抱紧了公文包。

"被你看破了,该死的!你总是这么精明。"瓦列努哈直冲着里姆斯基的脸狞笑着,突然纵身一跃,从座椅旁跳到了门板前,一把将门反锁。里姆斯基绝望地退向窗边,回头一瞅,但见洒满月光的窗玻璃上,赫然出现了一张女人脸!她头发火红,浑身赤裸,正将胳膊探入通风窗,试图拨开窗扇底部的插销——顶部的插销原本就没闩。

里姆斯基感到台灯灭了,书桌倾斜了,一个冰冷的浪头打在他身上,万幸的是,他勉力撑住了,没有倒下。残存的力量不够他呼喊,只够他吐出了半句:"救命啊——"

堵住门口的瓦列努哈在门板前面来回跳跃,在半空中长久滞留,前后摇荡。他口中嘶嘶作响,不住地朝里姆斯基勾手指、吧唧嘴,还一个劲儿地冲窗外的裸体女郎使眼色。

裸体女郎急了,索性将头探进通风窗,竭力伸长胳膊,用指甲抓挠底部插销,并使劲摇撼窗框。她的胳膊开始变长,跟橡胶似的,皮肤表面逐渐布满尸绿。终于,女尸的绿色手指抓住了插销头,只一转,窗扇便开了。里姆斯基低呼一声,后背紧贴墙壁，将公文包当成盾牌护在胸前。他知道，自己这回死定了。

窗户四敞大开，但闯入屋内的，并非夜的清新和椴树的芬芳，而是腐烂的地窖气息。女尸站上了窗台。里姆斯基清楚地看见了她胸前的尸斑。

突然，一声欢快的鸡鸣自窗外飞入。那是养在小靶场后面的矮楼里（表演节目的鸟类全养在那里）的一只大公鸡。训练有素的大公鸡扯着嗓门，宣告黎明正从东方向莫斯科疾驰而来。

狂暴的愤怒扭曲了裸体女郎的面孔，她发出一声沙哑的咒骂，门口的瓦列努哈则尖叫一声，从半空摔在地上。

公鸡又是一声啼鸣。裸体女郎咬牙切齿，满头红发根根倒竖。公鸡发出第三声啼鸣，裸体女郎将身子一拧，从窗户飞掠而出。瓦列努哈也随之跃起，直挺挺地横在半空，像个飞翔的丘比特，缓缓飘过办公桌，飘出窗外。

一位头白如雪，找不出一根黑发的老人奔到门前，打开锁，拽开门，沿着漆黑的走廊没命地狂奔。跑到楼梯转角，他呻吟着摸到开关，点亮了楼梯。颤颤巍巍、哆哆嗦嗦的老人跌坐在楼梯上，因为他感觉瓦列努哈轻轻地砸在了他的头顶。

跑到楼下，里姆斯基发现大厅值班员正坐在售票窗口前面的椅子上昏睡。他蹑手蹑脚地从值班员身旁溜过，逃出了正门。一直跑到大街上，他才总算松了口气。他稍稍定了定神，一摸脑袋，发现帽子忘在办公室里了。

不用说，他并没有回去取帽子，而是气喘吁吁地跑上宽阔的街面，朝对面电影院旁的街角跑去，那里有辆出租车亮着一盏黯淡的红灯。一分钟后，他便抢在所有人前面赶到了出租车前。

"赶列宁格勒特快，给小费。"老人捂住胸口，喘着粗气说。

"我要回车库了。"司机没好气地扭过脸去。

里姆斯基一把拉开公文包,抽出五十卢布,递进敞开的车窗。

几秒钟后,一辆哐啷直响的破车如旋风般沿着花园环路飞驰而去。里姆斯基随着车身颠簸摇晃。从挂在司机面前的破碎的后视镜里,他忽而看见司机狂喜的眼睛,忽而看见自己疯癫的眼睛。

在火车站前跳下车来,里姆斯基随便叫住一个系着白围裙、戴着号码牌的人,急吼吼地说:"一等票一张,给你三十,"他从公文包里掏出三张十卢布钞票,"一等没有买二等,二等没有买硬卧。"

戴号牌的人回头瞅瞅车站顶部发亮的表盘,一把抓过里姆斯基手中的钞票。

五分钟后,一辆特快列车从火车站的玻璃穹顶驶出,迅速消失在夜色中。与之一同消失的还有财务主任里姆斯基。

第十五章　博索伊之梦

不难猜到，被送进119号病房的赤红脸胖子正是房管委主任尼卡诺尔·伊万诺维奇·博索伊。

不过，他并非直接被送到这里来的，而是先被带去了另一个地方。

这个地方在博索伊的记忆中并未留下太多痕迹，他只记得一张写字桌，一只立柜，一张沙发。

那里的人跟博索伊谈了话，但后者由于眼睛充血、心里焦躁，眼前一片模糊，谈话进行得古怪、混乱，甚至压根就没有谈成。

他们对博索伊提出的第一个问题是："您是尼卡诺尔·伊万诺维奇·博索伊，花园街302-bis栋房管委主任？"

博索伊闻言，爆发出一阵可怕的大笑，回答说："我是博索伊，当然是博索伊！可我算哪门子主任！"

"这话是什么意思？"问话者眯起眼睛。

"就这个意思。"博索伊说，"我要是主任，那我就该一眼看出他是魔鬼！能不是吗？破破烂烂的夹鼻眼镜……破衣烂衫……他怎么可能是外宾的翻译呢！"

"您说的是谁？"

"科罗维约夫！"博索伊喊，"就在我们楼50号！记下来：科罗维约夫。必须立刻逮捕他！记下来：六单元。他就在那儿。"

"外币是从哪儿来的？"问话者恳切地问。

"真理的上帝、万能的上帝无所不知，"博索伊说，"也该着我倒霉。那些钱我从来没碰过，我连那是哪国的钱我都不知道！上帝会惩罚我的罪过，"博索伊动情地说着，衬衫扣子一会儿扣上，一会儿解开，一会儿又给自己画十字，"钱我拿了，确实拿了！可我拿的是我们苏联的钱！我承认，收钱登记这种事儿以前我也干过。还有我们的秘书普罗列日涅夫①呢，他也是个好样的！直说了吧，房管委里全是贼。但外币我没拿！"

问话者请他不要装傻，老实交代美金是如何跑到通风口去的，博索伊扑通就跪下了，身子朝前一歪，大张着嘴，像要啃上一口镶木地板似的。

"你们叫我吃土都行啊，"他呜呜地说，"可我真没拿呀！那个科罗维约夫，他是魔鬼！"

一切忍耐总有个限度。问话者终于提高了调门，暗示博索伊该说人话了。

博索伊却突然从地上跳起来，骇人的尖嚎响彻了整个房间："他在那儿！就在柜子后面！他还在那儿笑呢！破夹鼻眼镜……抓住他！快往屋里洒圣水！"

博索伊变得面无血色，颤抖不止，他不停地画着十字，奔到门口又跑回来，接着又唱起了某段祈祷文，最后终于开始满嘴胡言乱语。

很明显，话是谈不成了。便将他带了出去，给他安排了一个单间，他这才稍稍安静下来，只是不住地祈祷，啜泣。

花园街自然是去过了，50号宅也搜查过了。可根本没有发现什么科罗维约夫，同楼的住户里也从来没有人听过、见过这么一号人。已故的柏辽兹和前往雅尔塔的斯乔帕所住的房子里空无一人，书房柜子上的火漆封印还好端端地挂在那儿。搜查

---

① 普罗列日涅夫（Пролежнев），自造姓氏，源自 пролежни（褥疮）。

大师和玛格丽特 | 181

人员就这样撤离了花园街，还顺便带走了失魂落魄的房管委秘书普罗列日涅夫。

傍晚，博索伊被送到了斯特拉温斯基教授所在的医院。他表现得如此惊惶不安，医生只得遵照教授的处方给他打了针。直至午夜过后，博索伊才在119号病房入睡，但仍不时发出痛苦而低沉的哼哼声。

直到他的睡眠逐渐安稳，不再翻来覆去、哼哼唧唧，呼吸也变得轻松平缓，医护人员这才离去。

随后，博索伊进入了一个梦境，梦境的根基无疑是其白天的经历。一开始，博索伊梦见一群手持金色小号的人，极其隆重地将他带到了两扇油漆大门前。引路者似乎还在大门前为他演奏了一首迎宾曲，随后便有一个雄浑而欢快的男低音自天上传来："欢迎，尼卡诺尔·伊万诺维奇！外币交出来吧！"

博索伊惊诧不已，这才发现头顶有个黑色的扩音器。

随后他也不知怎么地，又来到一座剧场，只见鎏金吊顶下，一盏盏水晶吊灯熠熠生辉，四面墙上还亮着许多壁灯。剧场规模不大，但富丽堂皇，应有尽有。舞台上拉着天鹅绒大幕，幕布底色像熟透了的大樱桃，幕布上缀满了灿若繁星的十卢布金币图案。台前有间提词室，台下甚至还有观众。

令博索伊吃惊的是，在场观众全是男性，而且不知为何，所有人的胡子都长得老长。同样令他诧异的是，整个剧场里连一把椅子也没有，人们全部直接坐在油光水滑的地板上。

初来乍到，博索伊不免有些拘谨，犹豫了片刻，这才效仿众人，像土耳其人那样盘腿坐在镶木地板上，挤在一个大红胡子壮汉和一个胡须茂盛的白脸公民中间。在场众人谁也没有理会新来的观众。

一阵清脆的铃声响起，场内灯光熄灭，大幕徐徐拉开，只见舞台上摆着一桌一椅，桌上放着一只金铃。舞台深处还有一道黑色的天鹅绒背景幕。

一名身着晚礼服的年轻男演员走上台来,他的脸刮得精光,梳着分头,五官俊朗。在场众人当下来了精神,齐刷刷地望向台上。年轻演员走到提词室前,搓了搓手。

"坐着哪?"年轻演员冲观众一笑,以柔和的男中音问。

"坐着哪,坐着哪。"众多男高音和男低音齐声回答。

"唔……"年轻演员不解地说,"我真搞不懂,你们怎么就不嫌烦呢?眼下所有人都在大街上闲逛,享受大好春光,而你们却圈在这窒闷的剧场里,干坐在地板上!难道说这儿的节目就这么精彩?当然,各有所好嘛。"年轻演员富于哲理地说。

接着他变换了音色和音调,欢快而响亮地宣布:"请欣赏下一个节目:有请房管委主任兼营养餐厅经理——尼卡诺尔·伊万诺维奇·博索伊。掌声有请!"

响起一阵配合的掌声。博索伊惊得目瞪口呆。主持人用手掌挡住脚灯光线,在人群中间找到博索伊,亲切地冲他勾勾手指,请他上台。博索伊稀里糊涂地站到了台上。无数道彩灯光线自脚下、自前方刺入他的双眼,台下观众立刻消失在黑暗中。

"来吧,尼卡诺尔·伊万诺维奇,给大家做个表率,"主持人恳切地说,"把外币交出来吧。"

一片寂静。博索伊喘了口气,低声道:"我以上帝之名起誓,我……"

不等他说完,场内便爆发出无数愤怒的呼喊。博索伊惊慌失措,不敢吱声了。

"倘若我猜得没错,"主持人关切地看着博索伊,"您是想以上帝之名起誓,说您没有外币?"

"正是,我没有。"博索伊道。

"那么,请恕我冒昧:您家厕所里那四百美金是从哪儿来的？要知道，那套房子里可就只住着你们夫妻俩呀？"

"变出来的！"台下的黑暗中有人喊，语气中明显带着讥讽。

"没错，就是变出来的。"博索伊怯懦地回答，也不知是对主持人，还是冲着台下的黑暗，说完忙又解释："是魔鬼，一个穿方格西装的翻译，偷偷塞给我的。"

台下又是一片怒吼。等场内再次安静下来，主持人说："这简直是拉封丹的寓言故事嘛！有人偷偷塞给他四百美金！在座诸位都是外汇倒爷，我倒要请教请教诸位专家：这事儿可信吗？"

"我们不是外汇倒爷，"一些人在台下喊冤，"但他说的不可信。"

"完全赞同。"主持人坚定地说，"我再问诸位：什么东西才会被偷偷塞给别人？"

"弃婴！"台下有人喊。

"完全正确。"主持人说，"弃婴，匿名信，反动传单，定时炸弹，多了去了，唯独四百美金，谁也不会偷偷塞给别人的，因为自然界没有这样的白痴。"他又转向博索伊，失望地责备道："您太令我伤心了，尼卡诺尔·伊万诺维奇！亏我还对您抱有指望呢！好吧，我们的节目演砸了。"

台下有人冲着博索伊吹口哨，好多人大喊："他才是外汇倒爷！我们都是被这号人连累的！"

"不要骂他了，"主持人温和地说，"他会悔过的。"说着，他用自己那双蓄满泪水的蓝眼睛看向博索伊："好了，尼卡诺尔·伊万诺维奇，回到座位上去吧。"

随后，他摇了摇铃，高声宣布："幕间休息，坏蛋们！"

博索伊失魂落魄地坐回到了地板上，搞不懂自己怎么就成了节目的参演者。这时，整个剧场陷入了彻底的黑暗，四面墙上突然跳出四个火红燃烧着的大字:"交出外币!"不一会儿,大幕再次拉开,主持人朗声道:"有请谢尔盖·格拉尔多维奇·敦奇尔上台!"

这位敦奇尔是个五十岁左右的男人,相貌堂堂,却许久未曾梳洗了。

"谢尔盖·格拉尔多维奇,"主持人对他说,"您在这儿已经坐了一个半月,始终不肯交出您手上剩余的外币。尽管外币为国家所需,对您个人则完全派不上用场,可您就是执迷不悟。您是知识分子,这些道理您比谁都懂,可您就是不肯配合。"

"很遗憾,鄙人爱莫能助,因为我已经没有外币了。"敦奇尔不卑不亢地回答。

"那么,钻石总该有吧?"主持人问。

"钻石也没有。"

主持人垂头默想了片刻,拍了拍手。一名中年妇女从侧幕后面走上台来。她着装入时(无领大衣搭配小礼帽),却神色慌乱。敦奇尔瞥了她一眼,连眉毛都没有动一下。

"这位女士是谁?"主持人问敦奇尔。

"是我妻子。"敦奇尔坦然道,不无嫌恶地瞥了一眼女人的长脖子。

"敦奇尔夫人,"主持人道,"我们请您来,是有件事要问您。请问,您先生手上还有外币吗?"

"他一开始就全交了。"敦奇尔夫人急切地说。

"哦,"主持人说,"好吧,您说什么就是什么吧。既然谢尔盖·格拉尔多维奇已经全部交出了,那我们也就只好立刻跟他告别了。您可以离开剧场了,谢尔盖·格拉尔多维奇,请便。"主持人做了一个恭送的手势。

敦奇尔泰然自若地转过身,朝后台走去。

"且慢!"主持人又将他叫住,"临别之际,请允许我再为您表演一个节目。"说着又一拍手。

黑色背景幕徐徐拉开,一位身着舞会服的年轻美人走上前来。她手捧金色托盘,盘上放着厚厚一沓束着精美彩带的钞票,另有一条熠熠生辉的钻石项链,蓝、黄、红三色光芒交相辉映,摄人心魄。

敦奇尔一个趔趄,面如土灰。全场落针可闻。

"一万八千美元现金,一条价值四万金卢布的项链。"主持人隆重介绍,"这是谢尔盖·格拉尔多维奇藏在哈尔科夫市,他的情妇伊达·格尔库拉诺夫娜·沃尔斯家中的,也就是我们有幸见到的这位漂亮女士,正是她热情地帮我们寻回了这些沦落在私人手中的无价之宝。非常感谢,伊达·格尔库拉诺夫娜!"

美人粲然一笑,眨了眨纤长浓密的睫毛。

主持人又转向敦奇尔:"在您道貌岸然的假面之下,隐藏着一只贪婪的蜘蛛,令人发指的骗子手、谎话精。就因为您的愚蠢和固执,害我们大家忍受了一个半月的折磨。现在,回家去吧,您的夫人将为您准备一座地狱,那便是对您的惩罚。"

敦奇尔一个踉跄,险些摔倒,但一双同情的大手及时将他扶住。前幕轰然落下,隐住了台上众人。

狂热的掌声震撼着整座剧院,博索伊感觉似乎连吊灯都在颤动。当前幕再次升起时,舞台上便只剩下了主持人自己。他止住再次雷动的掌声,深鞠一躬,开口道:"大家看到的这位敦奇尔,就是我们节目中典型的驴子。昨天我就有幸说过,私藏外币乃荒谬之举。任何人在任何场合下都无法使用外币,相信我。就拿这位敦奇尔来说吧。他拿着丰厚的薪俸,要什么有什么。他有豪宅,有妻子,还有一位漂亮情人。只要他肯交出外汇和钻石,就能安安稳稳继续过他的小日子,不会有任何麻烦，可他偏不！这个贪婪的蠢货，到头来终于被人当众揭穿了真面目，还惹出了天大的家庭祸事。那么，有谁要交？没有自愿的吗？既然如此，请欣赏下一个节目：由特邀嘉宾、著名戏剧表演艺术家库罗列索夫·萨瓦·波塔波维奇为大家带来大诗人普希金《悭吝骑士》[①]的精彩片段。"

备受期待的库罗列索夫立刻走上舞台，他身材魁伟健硕，刮过胡子，身穿燕尾服，系着白领结。

他没作任何开场白，一上台便摆出一副阴郁的面孔，皱起眉头，斜视着桌上的金铃，以矫揉造作的声音道："像个年轻的浪子等待幽会蛇蝎荡妇……[②]"

接下来，库罗列索夫讲了自己的很多丑事。博索伊听到他亲口承认，说有一个不幸的寡妇，冒着大雨跪在他面前哀号，却无法触动他的铁石心肠。

在做这个梦以前，博索伊完全没有读过大诗人普希金的任何作品，但对普希金的大名却相当熟悉，每天都要挂在嘴边好几次："房租难道要普希金来交吗？""楼道里的灯泡谁拧走了，难不成是普希金？""怎么着，石油要等普希金来买吗？"

眼下，接触了普希金的大作，博索伊伤感起来了，他想象着孤儿寡母跪在雨中的悲惨场景，不由得暗骂："这个库罗列索夫，可真不是个东西！"

库罗列索夫则兀自忏悔，声音越来越高，终于把博索伊彻底搞糊涂了，因为他突然开始对着台上某个并不存在的人说话，然后又代替对方回答自己，而且对自己的称呼也变来变

[①] 《悭吝骑士》，普希金创作于1830年的悲剧作品，讲述一名守财奴男爵骑士，因过分悭吝与儿子发生冲突，气绝身亡，临死前仍念念不忘地窖珠宝箱的钥匙。
[②] 此句引自第二幕开篇时男爵在地下室内的独白，原文如下："像个年轻的浪子等待幽会某位蛇蝎荡妇或无知少女，我终日都在期盼着这一刻，好进入我的秘密地窖，造访我忠实的珠宝箱。幸福的一天！今天，我终于又能往我的第六只箱子——尚未填满的箱子里放入我苦心积攒的一把金子。"

大师和玛格丽特

去，一会儿"阁下"，一会儿"男爵"，一会儿"父亲"，一会儿"儿子"，一会儿"您"，一会儿"你"。

博索伊只看懂了一点，此人最终没得好死。他大叫着"钥匙！钥匙！"，轰然倒地，口中发出嘶喊声，还偷偷扯下了自己的领结。

死过之后，库罗列索夫站起身来，掸落裤子上的灰尘，一脸假笑地鞠躬谢幕，伴着稀稀拉拉的掌声走下台去。

主持人道："我们一起欣赏了由萨瓦·波塔波维奇精彩演绎的《悭吝骑士》。这位骑士一心幻想着，青春活泼的女神们朝他蜂拥而来，以及诸如此类的种种美事。然而，诸位看到了，这些美事并未发生，自然女神没有奔向他，缪斯也没有为他带来贡赋，他没能建起一座宫殿，却只落得一个可耻的结局，一头撞死在了装满外币和钻石的见鬼的珠宝箱上。正告各位：若不交出外币，你们也会是这种下场，甚至比这还惨！"

不知是普希金的悲剧净化了心灵呢，还是主持人的警告起到了作用，总之，台下突然响起一个怯怯的声音："我交。"

"有请上台。"主持人凝神望着昏暗的台下，恭请道。

走上台的是个浅黄色头发的小个子男人，看样子足有仨礼拜没刮过胡子了。

"您贵姓？"主持人问。

"卡纳夫金·尼古拉。"小个子男人怯怯地说。

"啊！非常荣幸，卡纳夫金公民。说吧？"

"我交。"卡纳夫金低声道。

"多少？"

"一千美金，二十枚十卢布金币。"

"好样的！就这些吗？"

主持人逼视着卡纳夫金的双眼，博索伊甚至感觉，他的眼睛里射出了两道光线，像 X 光那样穿透了卡纳夫金。全场屏住了呼吸。

"不错!"主持人终于熄灭了自己的目光,高喊道,"不错!这双眼睛没有撒谎。我说过很多次了,诸位最根本的错误在于低估了眼睛的作用。记住,舌头也许会掩饰真相,而眼睛永远不会!有人突然问您一个问题,您连个激灵也不打,一秒钟之内就控制住了自己,知道该如何作答以掩饰真相,而且言之凿凿,脸上连一道皱纹都不会波动,只可惜,被问题惊扰的真相会瞬间从心底跳进眼睛里,于是,一切都完了。真相被发现了,您被逮住了!"

富于激情地说完这段极具说服力的话,主持人热络地问卡纳夫金:"藏哪儿了呀?"

"藏在我姑妈波罗霍夫尼科娃家,在普列奇斯坚卡街……"

"啊!就是那个……叫什么来着……克拉夫季娅·伊利尼奇娜,是不是?"

"是。"

"哎呀,没错,没错!那是个小公寓吧?屋前还有个小花园?嘻,知道,知道!您具体藏哪儿了?"

"地窖,一个糖果盒子里……"

主持人举起双手一拍,难过地叫道:"大家见过他这么干的吗?要知道,纸币会受潮、会发霉的呀!就这号人,外币能让他们保管吗?啊?简直瞎胡闹嘛!"

卡纳夫金自知理亏,羞愧地垂下了乱蓬蓬的头。

主持人继续道:"纸币应当存在国家银行,放在专门的、干燥的、保险的金库里,而绝不能放在姑妈的地窖里,否则会被耗子啃烂的!真是丢脸哪,卡纳夫金!再怎么说您也是个成年人哪!"

卡纳夫金简直无地自容了,一个劲儿地抠着西装上衣的

大师和玛格丽特

衣襟。

"好啦,"主持人语气稍缓,"过去的就过去了……"又突然出乎意料地问:"啊,对了……为了一次性解决问题……省得再多跑一趟……您那位姑妈也有吧,啊?"

卡纳夫金万万没料到会有这么一出,哆嗦了一下,全场也一片静默。

"唉,卡纳夫金,"主持人怨责道,"刚才我还在夸他呢!可一到关键时刻就掉链子!这没用的,卡纳夫金!我刚才不还在说眼睛的问题嘛。很明显,您的姑妈也有。说吧?您何必耗着我们呢?"

"有!"卡纳夫金豁出去了。

"好样的!"主持人赞道。

"好样的!"台下山呼海啸。

待喊叫声停止,主持人握着卡纳夫金的手表示祝贺,承诺派车送他回城里,又命司机随后去趟姑妈家,请她到女性剧场观看表演。

"对了,顺便问一下,姑妈有没有说过她自己的藏在哪儿了?"主持人热情地递给卡纳夫金一支烟,又用火柴给他点上。后者嘬了两口,苦笑了一下。

"我信,我信。"主持人叹息道,"那个老守财奴,别说跟自己的侄儿了,跟魔鬼她都不会讲的。好吧,那我们就来试着唤醒她的人性吧。说不定,她那颗腐烂的高利贷者心灵还没有完全烂透。一切顺利,卡纳夫金!"

幸福的卡纳夫金乘车离开了。主持人又问众人,还有没有谁愿意上交的,结果却没人吭声。

"真是一帮怪胎!"主持人耸耸肩,随即被幕布遮住了。

灯光熄灭,一时间漆黑一片,黑暗深处有个神经质的男高音在歌唱:"那里堆金如山,全部归我一人!"①

随后不知从哪儿传来两阵沉闷的掌声。

"女性剧场有人交了。"博索伊旁边的大红胡子突然说,叹了口气,又道:"唉,要不是我那群鹅!……唉,老兄,我在利阿诺佐沃养了一群斗鹅……我担心,我不在,它们会死掉的。斗鹅娇气,得有人照看……唉,要不是我那群鹅!别想拿普希金诈唬我。"他又叹了口气。

这时,灯光骤亮,博索伊看见一群头戴白帽、手持汤勺的大厨从各道侧门一拥而入,几名帮厨抬进来一大桶汤,一大盘黑面包片。观众们精神大振。快活的大厨们在观众们中间穿来穿去,盛汤的盛汤,分面包的分面包。

"吃吧,兄弟们,"大厨们喊,"吃完就交出外币!在这儿耗个什么劲儿?这些稀菜汤还没吃够吗?早点儿回家去,吃香的喝辣的,多好!"

"就说你吧,老爹,你耗在这儿干啥?"一个红脖子的胖厨师冲着博索伊喊,递给他一只汤盆,里面的稀汤里漂着一片孤独的白菜叶。

"没有!没有!我没有外币!"博索伊发出骇人的大叫,"我没有,知不知道!"

"没有?"厨师以男低音厉声喝问。"没有?"他又换成了温柔的女声。"好,没有,没有。"他又安抚地呢喃,忽然变成了女医士普拉斯科维亚·费奥多罗夫娜。

女医士按住梦呓者的肩膀,轻轻摇晃。于是,大厨们消散了,剧院坍塌了。博索伊透过眼泪看到了自己的病房和两名白大褂,但并非胡搅蛮缠、乱提建议的大厨,而是一名医生和那

---

① 此句引自由柴可夫斯基作曲的歌剧《黑桃皇后》(1891),该剧改编自普希金同名小说,讲述一名野心勃勃的赌徒凭借"三张牌"的秘密,从暴富到破产,最终疯癫而死的悲剧故事。

大师和玛格丽特 | 191

位女医士。女医士手里端着的也并非汤盆,而是一只蒙着纱布的医用托盘,上面放着一支注射器。

"这叫什么事儿嘛,"博索伊一面打针,一面诉苦,"我没有,没有啊!叫普希金给他们交外币去吧!我没有!"

"好,没有,没有。"好心肠的普拉斯科维亚·费奥多罗夫娜安慰他说,"没有就好,没有就好。"

注射之后,博索伊感觉好些了,入睡之后也没再做梦了。但他的大喊大叫将恐慌传到了120号病房,里面的病人惊醒之后就开始找自己的头;恐慌也传到了118号病房,无名的大师不安起来,双臂曲举,忧伤地望着月亮,回想着生命中最后的那个悲苦的秋夜,回想着透过地下室门板底部的那道光,还有那头披散着的秀发。

恐慌又顺着阳台,从118号病房传到伊万那里,将他惊醒,令他哭泣。

但医生很快就让所有惊惶不安的病人们安定下来,陆续睡去。最后一个入睡的是伊万,当时河面上已然破晓。当药力遍及全身后,安宁终于如海浪般将他包裹。他的身体变得放松,头脑被困意的暖风吹拂着。他终于睡去,伴着松林中黎明前的啁啾鸟鸣。但鸟鸣声很快就听不到了,他开始梦见:太阳落在秃山顶上,山上布着两道封锁线……

第十六章　行刑

太阳落在秃山顶上，山上布着两道封锁线。

曾于正午时分截断总督去路的骑兵队，已迅速驰抵希伯伦门。卡帕多基亚步兵队头前开路，提前将拥挤的行人、骡子、骆驼全轰走了。骑兵队扬起道道白色尘柱，行至一个岔道口前。此地有两条大路交汇：一路向南，通往伯利恒；一路向西北，通往雅法。骑兵队沿西北方向疾驰而去。卡帕多基亚步兵队护立道旁，前往耶路撒冷过节的旅队早被他们赶下了大路。成群结队的朝圣者扔下临时扎在草地上的条纹帐篷，挤在步兵身后看热闹。疾驰一俄里后，骑兵队赶过了先行出发的第二百人队，又一俄里后，率先抵达秃山脚下，滚鞍下马。骑兵队长命令各小队分散开来，迅速封锁了整个山麓，只在雅法大路方向留下一条上山的通路。

第二百人队随后不久赶到，又在半山腰上扎了一道铁箍。

最后，由耗子王马克率领的第一百人队也赶到了。士兵排成两路纵队，在道路两侧行进，中间行着一辆由秘密卫队押送的囚车，三名囚犯脖子上各挂着一块木牌，上面分别用阿拉米语和希腊语写着"强盗和叛乱者"。

囚车后面另有几辆马车，载着新制备的带有横木的木桩、绳索、铁锹、皮桶、斧头。这些马车上还坐着六名行刑人。马车后面是骑在马上的百夫长马克、耶路撒冷圣殿卫队长，以及彼拉多在宫殿密室短暂会见的那位头戴风帽的神秘人。

负责殿后的士兵一字排开。约莫两千名看客尾随其后，他们不畏地狱般的酷暑,只求一饱眼福。除了一路从城里跟过来的看客,许多好奇的朝圣者也加入其中,顺利地混进了队列末尾。随行的几名宣令官不断尖声吆喝着总督于正午时分的喊话,队伍便在这宣令声中逐渐逼近秃山。

山脚的骑兵队对所有人一律放行,半山腰的第二百人队则只让与行刑有关的人通往山顶,随后迅速调动,将闲杂人等驱赶至四外山坡上,让他们分散在半山腰的步兵线与山脚的骑兵线之间。人群可以透过并不密集的步兵线看到行刑场面。

眼下,自队伍上山已经过去了三个多钟头,太阳已经落到秃山顶上,但依旧酷热难耐,构成两道封锁线的士兵不堪其苦,又烦闷无聊,不停地暗骂三名暴徒,一心盼望他们速死。

把守上山通路的小个子骑兵队长满头大汗,溻透的白色上衣紧贴在黝黑的脊背上。他不时走到第一小队的皮桶前,掬一捧水,喝上一口,再淋湿自己的头巾,稍微凉快一下,便又重新开始用脚步丈量通往山顶的土路。他的长剑一下下敲打在系带皮靴上。队长想以身作则,为部下做出坚韧不拔的表率,却又爱惜自己的骑兵,便允许他们将长矛插在地上,拼成金字塔状,再蒙上白斗篷,搭成简易帐篷,以躲避无情的烈日。所有的水桶很快就见了底,各小队的骑兵们轮流到山脚下的山沟里去打水,那里有一条浑浊的小溪,借着一溜瘦桑树的薄荫,在魔鬼般的酷暑中苟延残喘。控马兵们也枯守于此,追逐着缓慢移动的荫凉,看守着驯顺的战马。

士兵的困倦及其对死刑犯的咒骂都情有可原。总督原本担心,行刑期间,他所痛恨的耶路撒冷城会发生骚乱,所幸并未发生。当行刑进入第四个钟头时,两道封锁线(半山腰的步兵线和山脚下的骑兵线)之间,出乎所有人预料,已经连一个人都没有了。太阳炙烤着人群,将其赶回了耶路撒冷。山坡上只剩下两条狗,不知是谁家的,更不知是如何跑上山来的。但就连狗也被晒蔫了,趴在地上,吐着舌头,呼哧呼哧喘气,对旁边的绿背蜥蜴理也不理。蜥蜴是整座山丘上唯一不怕烈日的活物,它们兀自趴在炽热的岩石上,在某些紧贴地皮、长满长刺的植物中间四处乱窜。

没有一个人试图劫囚车,无论是在大军驻扎的耶路撒冷城中,还是在戒备森严的山丘上。看客们早就回了城,因为这场行刑实在没什么看头,而城里已经开始准备庆祝即将于傍晚盛大开启的复活节了。

守在半山腰的步兵,比山脚下的骑兵更难熬。百夫长耗子王对士兵们唯一的体恤,是允许他们摘下头盔,换成浸湿的头巾,但必须手持长矛站立。他本人也裹着头巾,却没有蘸水;他在离行刑人不远处来回踱步,甚至没有取下胸前那两块烂银狮面护甲,没有取下护腿,也没有取下佩刀佩剑。太阳的直击并未对他造成任何伤害。他胸前的狮面护甲令人不敢直视——银子似乎被太阳烤化了,射出足以刺瞎双眼的光芒。

从耗子王伤残的面孔上看不出丝毫疲倦或者不满,似乎这位巨人百夫长能像眼下这样巡逻一整天,一整夜,再一整天——总之,需要多久就多久。他双手插在缀满铜片的沉甸甸的腰带上,目光威严地在行刑架与执勤士兵之间来回睃巡,漫不经心地用皮靴尖踢开脚下的经年白骨或者细碎火石。

戴风帽的神秘人坐在行刑架近旁的一张三脚凳上,平心静气,一动不动,只是偶尔无聊,用木棍挖挖沙土。

方才说两道封锁线之间一个人也没有,这话并不准确。其实是有一个人的,只不过几乎看不到他。他并未在设有通路、方便观刑的一面,而是在陡峭崎岖、不易攀登的山坡北面。那里满是塌陷和裂缝,在一处石罅中,一株患病的无花果树死死地抓住被上天诅咒的无水的干土,艰难求存。

就在这株几乎没有荫凉的无花果树下,藏着本次行刑唯一

大师和玛格丽特 | 195

的旁观者,而非参与者。他从一开始就坐在树下的石头上,已经坐了三个多钟头。不错,就观刑而言,他选择的位置绝非最佳,而是最差。但从这里好歹能够看见行刑架,还能越过封锁线看见百夫长胸前那两团银光,而对于这位明显不愿被人发现、被人打搅的看客而言,这些已经足够了。

就在四小时前,当行刑刚开始时,此人的行事风格还极度张扬,惹人注目,或许正因如此,他才改变做法,隐藏了形迹。

当行刑队伍穿过第二道封锁线,登向山顶时,此人初次现身,而且明显来得迟了。他喘着粗气挤过人群,不是走,而是奔上了半山腰,随即便看见步兵封锁线在他面前、在所有人面前合拢,于是他便装作一副听不懂士兵怒叱的憨样,企图从士兵中间钻过去,冲进刑场——在那里,死刑犯们已经被卸下了囚车。他的胸口被一根矛杆狠狠地戳了一下,戳得他连退几步,发出一声悲号,但并非因为吃痛,而是出于绝望。他用浑浊的、万念俱灰的目光瞥了一眼动粗的士兵,浑似不知疼痛一般。

他捂着胸口,连咳带喘地绕着山坡跑了一大圈,想从北坡封锁线找个空当溜进去。但为时已晚,包围圈已然合拢。而在刑场之上,行刑柱已被抬下了大车。被痛苦扭曲了面孔的汉子只得放弃了冲击刑场的企图。这么干不会有任何益处,只能害得自己被捕。而今天被捕,无论如何不在他的计划之内。

于是他才躲到了这处无人搅扰的僻静石罅。

眼下,这个黑髯汉子正坐在石头上发愁。他的双眼已经因暴晒和失眠而流脓。他时而哀叹连连,撩开因常年漂泊而破旧不堪的、已经从浅蓝色变成土灰色的祈祷披巾,露出被矛杆戳伤的淌着脏汗的胸口;时而强忍痛苦,抬眼望着天上那三只垂涎于即将到来的盛宴、在高空盘旋不去的秃鹫;时而绝望地凝注着地上的黄土,看着一群蜥蜴围着半只残存的狗头骨钻来钻去。

无尽的煎熬令汉子不由得自言自语起来。

"呸,我这个笨蛋!"他痛心疾首地咒骂,身体在石头上前后摇晃,指甲抓挠着黝黑的胸膛,"我是个笨蛋,是个蠢娘们儿,是个孬种!我不是人,是条死狗!"

他垂下头去,沉默良久,然后举起木水壶,猛灌一气温水,又活了过来。他一会儿撩起祈祷披巾,拔出揣在怀里的刀子,一会儿又抓起面前石头上的一块羊皮纸。羊皮纸旁边还放着一根细木棒、一小瓶墨水。

羊皮纸上已经有几行潦草的字迹:"时间流逝,我,利未·马太,守在秃山上,而死亡迟迟不来!"

接下来是:"太阳平西,死仍未至。"

利未·马太绝望地以细木棒写下:"神啊!你为何迁怒于他?快些赐他死亡吧!"

写罢,他干嚎一声,再次将胸膛抓出道道血痕。

利未的绝望不仅在于他与耶舒阿遭遇了可怕的不幸,还因为在他看来,正是他自己犯下了致命的错误。前天早上,他随耶舒阿来到耶路撒冷郊外的伯大尼,拜访了一位菜农,后者十分喜爱耶舒阿的布道。整个上午,两位客人都在菜园里帮主人干活,打算等傍晚凉快了再去耶路撒冷。可临近中午,耶舒阿不知为何急着要走,说他进城有件要紧事,便独自上了路。这便是利未·马太犯下的第一个错误——为什么,为什么要让他一个人走呢?

当日傍晚,马太没能去成耶路撒冷。一场突如其来的可怕疾病将他击倒了。他浑身颤抖、牙齿打战,身上火烧火燎,止不住地口渴。他哪儿也去不成了。他倒在菜农家板棚里的马衣上,一直躺到礼拜五凌晨,疾病突然像发病时那样毫无征兆地减轻了。一种不祥的预感令他心焦,他顾不得身体虚弱,两腿发软,辞别了主人,动身上路。等到了耶路撒冷他才知道,自己的预感果然没错:不幸发生了。利未·马太挤在人群中,听到了总督宣布的判决。

当囚犯被押往秃山时,利未·马太挤在看热闹的人群中,紧跟着散兵线奔跑,很想找个隐秘的法子引起耶舒阿的注意,哪怕让他知道:他,利未,就在这里,与他同在;他没有抛下他,让他孤身赴死;他在祈祷,祈求他尽早解脱。但耶舒阿目不斜视地遥望着被押赴的方向,丝毫没有注意到他。

直至队伍沿大路行进了约莫半俄里,被人群挤在散兵线边上的马太,这才忽然想到一个简单而绝妙的主意,随即暴躁地大骂自己,为何早没想到。原来,散兵线并不严密,而是留有空隙,只要足够敏捷,并且计算精确,定能猫腰在两名士兵中间钻过去,冲到囚车旁,跳上去。如此一来,耶舒阿便可解脱了。

只消一瞬间,利未便可将刀捅进耶舒阿的后心,对他喊:"耶舒阿!我来救你,与你同去!我,马太,你忠实的、唯一的门徒!"

倘若上帝能再多赐予他一个瞬间,他便可及时刺死自己,以免遭受酷刑。不过,前税吏马太对于自己如何死去并不在意。他只希望耶舒阿——这个生平从未对任何人作过任何恶的人,能够免于酷刑。

计划很好,可问题是利未身上并没有刀。他身上也没有一文钱。

利未恨死了自己,他拼命挤出人群,向城内狂奔。在他狂热的头脑中只跳动着一个狂热的念头:要立刻、马上、不择手段地从城里搞到一把刀,再掉头追上队伍。

他跑到城门前,在熙熙攘攘涌入城中的驮运队里见缝插针，瞧见左手边有家面包铺开着门。在滚烫的大路上跑得气喘吁吁的利未，喘匀了气，神态如常地走进面包铺，向柜台里面的女店家问了声好，烦请她从货架最顶上取下那个不知为何最令他中意的大圆面包。待女店家一转身，他便迅捷无声地从柜台上抄起一把再好不过的、锋利如剃刀的长面包刀，转身跑出了面包铺。

几分钟后，利未便再次回到了雅法大道。但行刑队伍早已没了踪影。他不住地奔跑，实在跑不动了就直挺挺地倒在土路上，一动不动地喘着粗气，令骑骡或者步行前往耶路撒冷的过路人惊诧莫名。他躺在地上，听着自己的心脏不只在胸腔里，也在脑袋里和耳朵里怦怦直跳。稍微喘上一口气，他就再爬起来，继续跑，但跑得愈来愈慢。当他终于望见远方扬起的尘土时，长长的队伍已经抵达山脚下了。

"哦，上帝……"利未悲叹一声，知道自己来不及了。他来迟了。

当行刑第四个钟头临近结束时，无以复加的痛苦令利未陷入了狂怒。他蓦地站起身来，将那把费劲偷来的、眼下却已然无用的面包刀狠狠摔在地上，一脚踩瘪了木水壶，断了自己的水源，又一把扯下头巾，薅着稀疏的头发，对自己破口大骂。

他骂骂咧咧，啐着唾沫咒骂自己，又咒骂父母生下了自己这么一个蠢货。

但发誓咒骂都不管用，太阳的暴晒丝毫没有渐弱，马太便攥紧了枯瘦的拳头，举向天空，眯眼望着那轮越来越低、越来越斜，慢慢坠入地中海的太阳，要求上帝立刻显灵。他要求上帝立刻让耶舒阿死去。

他再次睁大眼睛，发现山丘上依旧毫无变化，除了百夫长胸前的两团银光已不再闪烁。太阳将光线投射在面朝耶路撒冷的受刑者背部。于是，利未大叫："我诅咒你，上帝！"

大师和玛格丽特

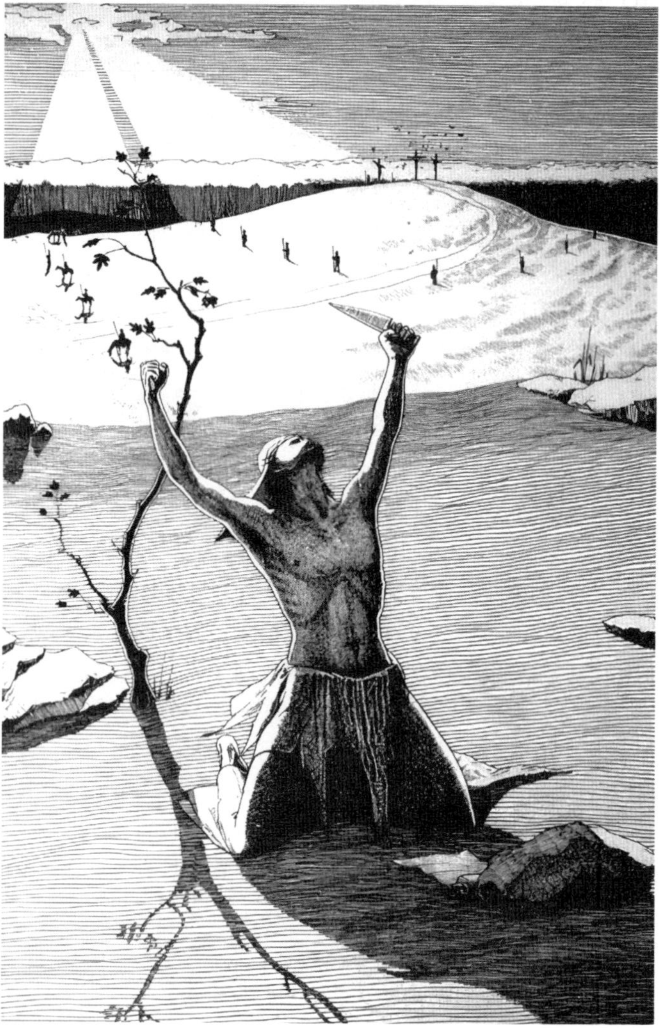

他扯着沙哑的嗓门,嘶喊说他认清了上帝的不公,决定不再信他。

"你是聋子!"利未咆哮道,"你若不聋,就该听见我的话,立刻让他死!"

利未眯起眼睛,等着天火自天而降,将自己化为灰烬。但天火迟迟不来。利未也不睁眼,继续恶言恶语地仰天叫骂。他叫嚷说自己已经彻底失望,说他要改信其他神明与宗教。是的,别的神明永远、永远不会让耶舒阿这样的人在行刑柱上忍受烈日炙烤。

"我错了!"利未的嗓子彻底嘶哑了,"你是恶神!还是说,你的眼睛完全被教堂香炉里的烟蒙住了,你的耳朵除了司祭的号角再也听不到任何声音了?你不是万能的神。你是黑暗之神。我诅咒你,你这强盗之神,强盗的庇护者和灵魂!"

突然,前税吏脸上吹来一阵风,脚下沙沙沙地响了起来。又是一阵风,利未睁开眼,发现世间的一切完全变了样,不知是由于他的咒骂,还是别的什么原因。太阳消失了,但不是消失在它每晚都要沉入的大海里,而是被从西天涌起的来势汹汹的雷雨云吞没了。雷雨云的边沿翻涌着白沫,冒着黑烟的肚子微微泛黄。雷雨云在低吼,不时迸出道道火线。狂风骤起,雅法大道上,吉翁谷[①]上,朝圣者的帐篷上空,瞬间卷起无数尘柱。

利未不作声了,他想知道,即将席卷耶路撒冷的雷雨能否给耶舒阿的悲惨命运带来转机。他随即看见劈开乌云的道道火线,便祈求闪电击中耶舒阿的行刑柱。他望向尚未被乌云吞没

[①] 吉翁谷,耶路撒冷城外的一条狭长深谷,古以色列人曾在此以焚烧头生子向诸神献祭。(参见《列王纪下》 16:3:"却效法以色列诸王所行的,又照着耶和华从以色列人面前赶出的外邦人所行可憎的事,使他的儿子经火。")后来犹太人以此地为垃圾焚烧厂,烈焰常年不灭,被视为"焦热地狱"的象征。

大师和玛格丽特

的晴空，见三只秃鹫正侧身斜飞，以躲避雷雨。利未有些懊悔，怪自己咒骂得太早——眼下上帝不会再听他的了。

他又将目光转向山下的骑兵队，发现那里也有了重大变化。利未居高临下，清楚地看到骑兵们正匆忙地从地上拔出长矛，胡乱地披上斗篷，控马兵们正引着一群黑马朝大路急驰而来。显然，骑兵队正准备撤离。利未用手挡住拍在脸上的沙尘，连连啐着，竭力思索：骑兵队要撤了，这意味着什么？他抬眼望向山顶，瞧见一名身穿深红色短斗篷的军官正向刑场走去。他立刻预感到，一切终于要结束了，焦灼的心顿时一凉。

来者是步兵大队长，他带着一名传令兵自耶路撒冷快马赶来，于行刑的第五个钟头登上了山顶。百夫长耗子王挥手示意士兵放行，并向大队长敬礼。大队长将百夫长带到一旁，耳语了一番。耗子王又敬了一次礼，朝坐在行刑柱旁石头上的几名行刑人走去。大队长则走向坐在三脚凳上的戴风帽的神秘人，后者恭敬地起身相迎。大队长对他也低语了几句，随后两人一同朝行刑柱走去。圣殿卫队长也跟了上来。

耗子王嫌恶地瞥了一眼行刑柱旁的一堆破布——那是从三名死囚犯身上扒下来的，连行刑人都不屑于要的破烂衣服——对其中两名行刑人唤道："跟我来！"

从最近的行刑柱上传来沙哑而含混的哼唱。柱上的格斯塔斯行刑第三个钟头还未结束便被苍蝇和烈日折磨疯了，眼下正轻声哼唱着一支关于葡萄的小曲，裹着缠头的脑袋偶尔摇晃两下，停在他脸上的苍蝇便懒洋洋地飞起来，又落回去。

第二根行刑柱上的迪斯马斯是三人当中最惨的，因为他自始至终没有昏迷，脑袋一直有节奏地摇来摇去，左一下，右一下，好用耳朵去蹭肩膀。

耶舒阿比另外两人都要幸运。行刑第一个钟头他便频频昏厥，终于不省人事，脑袋耷拉着，连缠头都松开了。苍蝇和马蝇将他完全覆盖，整张脸消失在了蠕动着的黑色面罩之下。肥大的马蝇停在他的腹股沟、腹部和腋下，吮吸着这具蜡黄色的赤裸躯壳。

戴风帽的人比画了一连串手势，两名行刑人一人持矛，一人拎着水桶、拿着海绵来到耶舒阿跟前。持矛的行刑人举起矛柄，先敲了敲耶舒阿的一条胳膊，又敲了敲他的另一条胳膊——他的两条胳膊都摊开来绑在横木上。肋骨凸起的身躯动弹了一下。行刑人又用矛尖在他的肚皮上划过。耶舒阿抬起头，苍蝇嗡地飞起，露出了受刑人的脸——一张被叮得满脸是包的、眼睛肿成了一条细缝的、已经完全辨认不出的脸。

拿撒勒人揭开眼皮，望向下方。原本明澈的眼睛已然浑浊。

"拿撒勒人！"行刑人道。

拿撒勒人翕动着肿胀的嘴唇，嘶哑如强盗般应声道："有事么？为何到我跟前来？"

"喝吧！"行刑人说着，将扎在矛尖上的吸饱了水的海绵举至耶舒阿唇边。耶舒阿眼中闪过欣喜，他叼住海绵，贪婪地吮吸着水分。旁边柱子上响起迪斯马斯的嘶喊："这不公平！他是强盗，我也是强盗！"

迪斯马斯竭力挣扎，却丝毫动弹不得，他的双臂被行刑人用绳索在横木上各绑了三道。他吸紧肚皮，指甲死死地抠进横木末端，扭头望向耶舒阿，眼里喷着怒火。

一股尘暴笼罩了刑场，天光骤暗。待尘暴过去，耗子王大吼："第二根行刑柱上的，闭嘴！"

迪斯马斯闭上了嘴。耶舒阿松开海绵，竭力想让自己的声音显得柔和而恳切些，结果却没能做到，只是嘶哑地请求道："给他喝几口吧。"

天愈来愈黑。乌云已经淹没了半边天，正朝耶路撒冷奔涌而去，沸腾的白云节节溃退，充满黑水与火的乌云步步紧逼。秃山上空电闪雷鸣。行刑人取下了矛尖上的海绵。

"赞美仁慈的伊格蒙吧！"行刑人郑重其事地低声道，将矛尖轻轻刺入了耶舒阿的心脏。耶舒阿身子一抖，低语道："伊格蒙……"血顺着他的肚皮流淌，下颌急剧地抖动一阵，头便垂了下去。

伴随着第二声雷响，行刑人也给迪斯马斯喝了水，同样说了句"赞美伊格蒙！"，将他刺死。

行刑人刚走到最后一根柱子前，疯掉的格斯塔斯便惊恐地大叫，但当海绵碰到他的嘴唇时，他呜噜了一声，忙用牙齿死死咬住。几秒钟后，他吊挂在绳索上的身体同样委顿下来。

戴风帽的人跟在行刑人及百夫长身后，在他身后跟着圣殿卫队长。几人停在耶舒阿的行刑柱前，戴风帽的人仔细验看了浑身血迹的死囚，伸出白皙的手触了触他的脚掌，对众人道："死了。"

另外两根行刑柱前也重复了同样的程序。

事毕，大队长向百夫长打个手势，转身朝山下走去。圣殿卫队长和戴风帽的人紧随其后。天昏地暗，道道闪电劈裂黑天。突然迸出一道火光，随之而来的雷声吞没了百夫长"收兵——！"的呼喊。如蒙大赦的士兵们纷纷朝山下跑去，边跑边戴头盔。

黑暗笼罩了耶路撒冷。[①]

士兵们刚跑到半山腰，倾盆大雨便猝然而至。雨水的冲击力如此可怕，滚滚泥流自上而下，紧紧撵在士兵身后。士兵们踩着泥泞，脚下打着滑，连滚带爬地逃到了山下大路上。大路

[①] 据福音书描述，耶稣死时，"遍地都黑了……地也震动，磐石也崩裂"。（参见《马太福音》27：45—51）

前方,浑身湿透的骑兵队正向耶路撒冷城内急急撤退,身影几乎被茫茫大雨遮住。几分钟后,雷雨水火混沌一片的山冈上便只剩下了一个人。

他拿着总算没有白偷的刀子,深一脚浅一脚地踉跄在湿滑的阶梯上,抓住一切能够抓住的东西,有时甚至跪地爬行,不顾一切地奔向行刑柱。他的身影时而消失在茫茫雨雾中,时而被颤抖的电光照亮。

他蹚着及踝深的积水,终于赶到行刑柱前,扒下被雨水浸透的沉甸甸的祈祷披巾,只穿着一件长衫,扑到耶舒阿脚下。他割断耶舒阿小腿上的绳索,站上底部横木,抱住耶舒阿的身子,将他的双臂也解脱了束缚。耶舒阿赤裸湿滑的身体瘫软在利未怀中,将他砸倒在地。利未刚想将耶舒阿扛在肩上,又被一个念头止住了。他暂且任由耶舒阿仰着头、摊着手躺在地面的积水中,两脚踩着湿滑的泥浆,奔向另外两根柱子。随着绳索被割断,另外两具尸体也掉在了地上。

又过了几分钟,山顶上便只剩下了这两具尸体和三根空柱子。雨水击打着、翻滚着地上的两具尸体。

利未和耶舒阿的尸体则从山顶上消失了。

第十七章　不安的一天

周五上午，也就是该死的黑魔法表演过后的第二天，综艺剧院全体职员——会计员瓦西里·斯捷潘诺维奇·拉斯托奇金、两名簿记员、三名女打字员、两名女售票员以及所有的通信员、引座员和女清洁工，总之，全体职员，没有一个人在自己的岗位上做事，全部坐在面朝花园街的窗台上，望着剧院墙外的阵仗。那里已经排成了两列纵队，队尾都甩到库德林广场上去了，足足有数千人。排在最前面的二十来人全是莫斯科戏剧界有名的票贩子。

长队躁动不安，引得过往路人纷纷驻足围观。队伍里正热火朝天地议论着昨晚那场前所未见的黑魔法表演。正是这些议论引起了昨晚并未在场的会计员瓦西里·斯捷潘诺维奇的极度不安。引座员们讲的那些只有上帝知道是怎么一回事，特别是说什么演出结束之后，一些女公民有伤风化地在街上裸奔，以及诸如此类的。听着这些荒谬绝伦的无稽之谈，老实本分的瓦西里·斯捷潘诺维奇直眨巴眼，完全不知所措，可他又必须做点什么，因为眼下他已是综艺剧院职位最高的人。

等到十点来钟，渴望购票的队伍极限扩张，以至惊动了警局，步警骑警火速赶来，这才稍稍整顿了队伍秩序。饶是如此，这一公里的长蛇阵仍具有莫大的诱惑力，令花园街的公民大感新奇。

外面不安生，剧院里面也不消停。从一大清早开始，电话铃就此起彼伏，响个不停——利霍杰耶夫办公室的、里姆斯基办公室的、会计室的、售票处的、瓦列努哈办公室的。起初，瓦西里·斯捷潘诺维奇、一名女售票员和几名引座员还拿起电话应付几句，后来干脆就不接了，因为对于那些问题——利霍杰耶夫在哪儿？瓦列努哈在哪儿？里姆斯基在哪儿？——实在没法回答。起初还试着敷衍，说什么"利霍杰耶夫在家呢"，可电话那头说已经往他家里打过电话了，家里说利霍杰耶夫在剧院。

一位情绪激动的女士打电话来找里姆斯基，剧院这边建议她打给里姆斯基的妻子，女人听罢放声大哭，说她就是里姆斯基的妻子，说她哪儿也找不到自己的丈夫。简直乱了套。一名女清洁工逢人便说，她去财务主任办公室打扫卫生时，发现门敞着，灯亮着，朝向花园的窗玻璃碎了，一把椅子倒在地上，房间里空无一人。

十点钟刚过，里姆斯基夫人就冲到了剧院。她绝望地嚎啕大哭，瓦西里·斯捷潘诺维奇完全慌了神，不知该如何劝慰她。十点半，民警来了。民警提出的第一个，也是完全合情合理的问题是："你们这儿是怎么了，公民们？出了什么事？"

职员们集体后退，将苍白慌乱的瓦西里·斯捷潘诺维奇推到了前面。后者只得老老实实坦白，说剧院领导班子，即院长、财务主任、管理处主任通通不见了，不知道去了哪儿；又说报幕员昨晚演出之后被送进了精神病院；总之，昨晚的演出简直是场惊天丑闻。

民警对痛哭不止的里姆斯基夫人尽量安抚了一番，让她先回家去。女清洁工汇报的财务主任办公室的情况引起了民警的高度重视。他们请全体职员先回到各自岗位上去。过不多时，刑侦人员便带着一头烟灰色的警犬赶到了剧场。那警犬尖脸削耳，肌肉发达，一双眼睛聪慧异常。剧院职员中间立刻有人窃窃私语，说这头警犬可不一般，正是大名鼎鼎的"方块 A"。正是如此。方块 A 的反应令众人惊诧不已。一跑进财务主任办公室，它便龇牙咧嘴地咆哮起来，露出一口可怕的泛黄的獠牙，然后肚皮贴地，带着既忧郁又愤怒的眼神匍匐至破碎的玻璃窗前。它克制住自己的恐惧，纵身跃上窗台，尖脸冲天，发出野性而凶狠的长嗥。它迟迟不肯跳下窗台，沉声狂吠，战栗不止，几欲跳出窗外。

刑侦人员将其从办公室带到前厅，方块A奔出正门，跑到街上，一路将刑侦人员引到了出租车停车场。再往前便失去了追踪痕迹。之后方块A就被带走了。

侦查人员坐进瓦列努哈的办公室，开始挨个询问昨晚表演时在场的剧院职员。应当说，侦查工作堪称步履维艰，困难重重。线索往往刚一找到就断了。

海报贴了吗？贴了。可一夜之间就全被新海报盖住了，如今连一份都找不着了，打死都找不着！那个魔法师是从哪儿来的？谁知道呢。那么，跟他签合同了吗？

"应该签了。"神色慌乱的瓦西里·斯捷潘诺维奇回答。

"既然签了合同，那肯定得过财务室吧？"

"必须的。"瓦西里·斯捷潘诺维奇紧张地说。

"那合同呢？"

"没有。"瓦西里·斯捷潘诺维奇摊着手说，脸色愈加苍白。确实，无论是财务室，还是财务主任办公室，又或是利霍杰耶夫和瓦列努哈的办公室，哪儿也找不到合同的影子。

那个魔法师姓什么？瓦西里·斯捷潘诺维奇不知道，他昨晚没在现场。几名引座员也通通不知道。一名女售票员紧皱着眉头，想了又想，最后才说："沃什么……好像是沃兰德。"

也没准儿不是沃兰德？没准儿不是沃兰德，而是法兰德[①]。

[①] 沃兰德（Воланд）出自《浮士德》，在瓦尔普吉斯之夜，梅菲斯特在喝令邪祟让路时曾自称"沃兰德阁下驾到！"。法兰德（Фаланд）则是古德语文学中对魔鬼的另一称谓。

打电话向外宾局一问，后者压根就没听说过有什么外国魔法师，甭管是沃兰德，还是法兰德。

通信员卡尔波夫汇报说，这个魔法师好像就住在利霍杰耶夫家里。不用说，立刻就派人去搜查了，但根本没有什么魔法师，利霍杰耶夫本人也不在。女佣格鲁尼娅也不在，没有人知道去了哪儿。房管委主任博索伊不在，秘书普罗列日涅夫也不在！

真是咄咄怪事：剧院头头脑脑集体失踪，昨晚的诡异演出搞得鸡飞狗跳，可究竟是谁干的，又是受谁指使的，却不得而知。

眼看就到正午，售票处就要开门了。可哪还顾得上售什么票呢！剧院门口于是挂出了"今日停演"的牌子。购票队伍从头到尾一阵骚乱，但乱了一阵，终究渐渐散去。约莫一小时后，花园街的长蛇阵便已杳无踪迹。侦查人员动身前往别处继续侦查，剧院职员各自回家，只留下几名值班人员，剧院大门上了锁。

会计员瓦西里·斯捷潘诺维奇亟需完成两项任务：第一，赶去演艺娱乐委员会，汇报昨天发生的种种变故；第二，前往财务部门，上缴昨天的票房收入——两万一千七百一十一卢布。

细致勤恳的瓦西里·斯捷潘诺维奇将全部现金裹进报纸，用一根细绳十字交叉捆好，放入公文包内，严格遵守工作条例，没有前往公交车站或者电车站，而是径直朝出租车停车场走去。

三名出租车司机一见有人夹着鼓鼓囊囊的公文包朝停车场赶来，全部空着车从他眼皮子底下开走了，还无缘无故地回头瞪了他一眼。

会计员见状，愣了半天，搞不懂是什么情况。

三分钟后，又来了一辆空车，司机一见乘客，脸立马扭曲了。

瓦西里·斯捷潘诺维奇惊讶地干咳了一声,问:"是空车吗?"

"钱给我看看。"司机看都没看他一眼,凶巴巴地说。

会计员更惊奇了,将贵重的公文包夹在腋下,从钱包里取出一张十卢布钞票,亮给司机。

"不拉!"司机断然拒绝。

"抱歉……"会计刚一开口,就被司机打断了:"三卢布的有吗?"

会计完全蒙了,又从钱包里抽出两张三卢布票子,拿给司机。

"上来吧。"司机喊完,重重地拍了一下计价器,差点儿没把它拍烂。车开了。

"是没零钱找吗?"会计怯怯地问。

"我兜里全是零钱!"司机嚷道,后视镜里映出他那双充血的眼睛。"今天已经碰见三起了。别的司机也是。有个狗崽子给了我一张十卢布,我找给他四卢布半……下车了,混蛋!过了五分钟再一看:哪儿是什么十卢布啊,是张纳尔赞的标签纸!"司机喷出一连串无法见诸笔墨的字眼。"第二个是在祖博夫广场。又是十卢布,我找了他三卢布,下车了!我把手往钱包里一伸,一只蜜蜂,咔,把我手指头给蜇了!疼得我!……"司机又骂了一连串脏话。"十卢布又不见了。昨天在这个(脏话)综艺剧院,有个蜷蛇一样的魔法师,变了一堆(脏话)十卢布出来……"

会计员吓得缩成了一团,连忙装出一副连"综艺剧院"这几个字都是头一次听说的模样,心里却想:"哎呀呀!……"

到了地方,结清了车费,会计员走进演艺娱乐委员会大楼,立马沿着走廊朝主任办公室奔去。但还在半路上他就意识到，自己来得不是时候：整栋大楼里笼罩着一种慌乱的气氛。一名女通信员从会计员身边匆匆跑过，眼睛瞪得溜圆，头巾歪到了脑后。

"没啦，人没啦，真没啦，亲人们！"她大呼小叫，也不知道是在喊给谁听，"衣服裤子都还在，可衣服里面啥也没有！"

她钻进一扇门内，里面立刻传来盘子掉地的声音。从秘书室里又跑出来一人，会计员认得他是一处主任，但他张皇失措，连会计员都没认出来就跑没影了。

惶惑不安的会计员走进主任秘书室——主任办公室的外间，然后彻底惊呆了。

主任办公室的门关着，里面传来一个严厉的声音，一听就是主任本人——普罗霍尔·彼得罗维奇。"又在骂人了？"会计员暗自嘀咕着，一扭头，又瞧见另外一幕：主任的私人女秘书——美人安娜·理查多夫娜正躺在皮椅上，抑制不住地号啕大哭，她的头仰靠在椅背上，一手抓着湿手帕，两条大长腿几乎伸到了房间中央。

安娜·理查多夫娜的整个下巴颏都染上了口红，杏脸桃腮上滚过一道道由睫毛膏被眼泪冲刷而成的黑水。

一见有人来，安娜·理查多夫娜腾地跳起来，扑向会计员，两手紧紧抓住他的上衣翻领，摇晃着他的肩膀，大叫："感谢上帝！终于来了一个有胆子的！全跑光啦，一群叛徒！走，跟我去看看他，我真不知道该怎么办啦！"她哭嚎着将会计员拽进了主任办公室。

一进办公室，会计员就失手掉落了公文包，脑子里的一切思绪瞬间掉了个儿。而这实在怪不得他。

只见巨大的办公桌后面，一件空西装，正拿着蘸水笔批阅文件！桌上放着一只硕大的墨水瓶，但笔尖却是干的，并未蘸

大师和玛格丽特 | 211

过墨水。空西装戴着领带，胸前口袋里还插着一支自来水笔，可领口上既没脖子，也没脑袋，两只袖口外面也没有手。空西装正专心致志地工作，完全没有察觉到周围的混乱。听到有人进门，空西装往椅背上一靠，领口上方传来会计员无比熟悉的普罗霍尔·彼得罗维奇的声音："怎么回事？门口不写着呢吗，我不接待！"

美女秘书尖叫一声，绝望地喊："您看到啦？看到啦？他没了！没了！把他还回来，还回来！"

这时，一颗脑袋探进门来，"啊呀"一声，忙又缩了回去。会计员只觉得两腿发软，半个屁股坐在椅子上，但仍没忘了捡起地上的公文包。安娜·理查多夫娜围着会计员，扯着他的上衣，跳着脚喊："我一直劝他，一直劝他呀，骂人归骂人，别总'见鬼''见鬼'的！这下可好，真见了鬼啦！"美女秘书跑到办公桌前，以温柔悦耳的、哭得有些齉鼻的声音唤道："普罗沙！你在哪儿呀？"

"谁是你的'普罗沙'①？"空西装傲慢地问，更深地仰靠在椅背上。

"他不认识我了！连我他都不认识了！您瞧瞧！"美女秘书又开始放声大哭。

"办公室里不准哭闹！"暴脾气的条纹西装怒道，随即用空袖管将一沓新文件拽到面前，准备批示。

"不行，我见不了这个，见不了！"安娜·理查多夫娜哭喊着跑出了办公室，会计员像颗子弹一样随之飞出。

"您想想看，我正在这儿坐着呢，"浑身发抖的安娜·理查多夫娜再次抓住会计员的袖口，开始讲述，"走进来一只猫。一只大黑猫，大极了，简直像头河马。我当然冲它喊：'去！'

---

① 普罗沙，普罗霍尔的昵称，暗示秘书与主任关系暧昧。

它扭头就出去了，转眼走进来一个胖子，长着一张猫脸，说："我说女公民，您怎么能对访客如此无礼呢？"说完，抬腿就往普罗霍尔·彼得罗维奇办公室里闯。我当然冲他背后喊："您疯了吗？"可这个臭无赖，一进去就坐到办公桌对面的椅子上了！嗯，普罗霍尔·彼得罗维奇嘛……他心地极好，就是脾气爆了点。他火冒三丈。我不否认。他脾气急，但工作起来像头老黄牛，他大发脾气，说："您是怎么回事，未经允许就往里面闯？"可那个臭流氓，您猜怎么着，居然四仰八叉地靠在椅子上，嬉皮笑脸地说："我有个事儿找您聊聊。"普罗霍尔·彼得罗维奇一听更火了，说："我正忙着呢！"您猜那人怎么说，他说："您有什么可忙的……"您听听！不用说，这回普罗霍尔·彼得罗维奇的忍耐算是彻底爆了，他大吼："这叫什么话！把他给我拖出去，我真是见了鬼了！"可您猜怎么着，那人却笑嘻嘻地说："想见鬼？那还不容易！"只听"喀嚓"一声，我连喊都没来得及喊，再一瞅：猫脸胖子没影了，办公桌前只剩下……一身空西装……呜呜呜！……"安娜·理查多夫娜张开已经完全看不出轮廓的大嘴，大放悲声。

哭到气绝，她喘一口气，又说出一番荒诞不经的话来："他写呀，写呀，写！快把人逼疯啦！还打电话！空西装！所有人都跑了，一群兔子！"

会计员只得站在那儿，瑟瑟发抖。好在命运拯救了他。两位民警沉着镇定地走进了秘书室。一见到民警，美女秘书哭得更凶了，只用手指戳点着办公室门。

"先别哭了，女公民。"走在前面的民警冷静地说。会计员感觉自己已经完全多余了，忙不迭地逃出了秘书室，一分钟后就跑到了街上。他脑袋里像有一阵穿堂风在管道里刮，嗡嗡直响，而透过这嗡嗡声，不时响起引座员的只言片语，关于昨晚参演的那只大黑猫。"哎呀呀！该不会是剧院里那只猫吧？"

在委员会弄了一头雾水，尽职尽责的瓦西里·斯捷潘诺维奇决定去瓦甘科沃巷的委员会分会看看。为了尽量平复情绪，他选择步行前往。

委员会分会设在一处被时间斑驳了的独栋别墅，别墅位于某庭院深处，以前厅的斑岩柱廊而闻名。

但今天，令造访者们惊讶的不是这些圆柱，而是圆柱下面的情形。

几名访客正木立在前厅门口，呆望着一位哭得梨花带雨的年轻姑娘。姑娘坐在一张小桌前，桌上摆放着由她负责售卖的娱乐性刊物。但眼下，姑娘完全没心思推销，只顾着哭，对访客们的关切询问摇手不答，而与此同时，楼上，楼下，前厅两侧，所有办公室内都传来催命的铃声，少说也有二十台电话机在响。

哭着哭着，姑娘突然身子一震，歇斯底里地大喊："又来啦！"接着便以颤抖的女高音唱了起来："神圣的贝加尔湖呦，光荣的海洋①……"

一名男通信员僵立在楼梯上，举起拳头冲谁威吓了一下，以低沉、呆板的男中音和姑娘齐声唱道："光荣的渔船呦，秋白鲑堆满了船舱！……"

远处陆续有声音加入，合唱开始壮大，终于响彻了分会的所有角落。距离最近的六号办公室是审计科，里面有个强劲的、略带嘶哑的男低音最为突出。为大合唱伴奏的，是愈加刺耳的电话铃声。

"东北风呦……快快掀起巨浪！……"通信员站在楼梯上大吼。

---

① 本句及以下几句歌词均出自著名俄罗斯民歌《光荣之海》。歌词为俄国诗人德·巴·达维多夫（1811—1888）所作，讲述了一位革命者从政治犯监狱出逃的经历，歌颂了战斗与自由的大无畏精神。

眼泪在姑娘脸上流淌，她努力咬紧牙关，嘴巴却自动张开，声音比通信员还高了一个八度："年轻的小伙儿呦，他不惧远航！"

最令访客们惊诧的是，众人虽然分散在不同角落，但却唱得整齐划一，俨然列队整齐的合唱团，正目不转睛地盯着一位无形的指挥。

庭院栅栏前，过往行人纷纷驻足围观，对楼内欢天喜地的气氛大为稀奇。

第一段歌词唱完，歌声戛然而止，仿佛同样受到了谁的统一指挥似的。通信员低声骂了一句，跑不见了。

这时，前门开了，走进来一位身穿夏季大衣的男公民，大衣里面露出白大褂的衣襟。与之同来的还有一位民警。

"快想想办法吧，医生，求求您了！"姑娘歇斯底里地喊。

分会秘书跑下楼梯，他看上去又羞又窘，满脸通红，吞吞吐吐地说："您瞧，医生，我们这儿发生了……集体催眠……所以说，必须……"他话还没说完便被噎住了，然后突然以男高音唱道："石勒喀，尼布楚……"

"笨蛋！"姑娘骂了一句，还没来得及解释在骂谁，便极不自然地甩了一个花腔，跟着唱起了石勒喀和尼布楚。

"控制住自己！别再唱了！"医生对秘书说。

看得出来，秘书本人也情愿付出一切，只求能够停下来，可问题是他根本停不下来，只能跟着所有人一起唱，好让巷子里的行人全听到："莽林里的野兽不曾把他伤，追兵的子弹也追他不上。"

直至又一小段唱完，医生才得以给姑娘服用了一份缬草滴剂，又由秘书领着，跑去给别人用药了。

"抱歉，女公民，"瓦西里·斯捷潘诺维奇突然对姑娘

大师和玛格丽特

说,"你们这儿也来了一只大黑猫?……"

"什么大黑猫啊?"姑娘忿恨地叫道,"是一头蠢驴,我们分会有一头蠢驴!"又说,"听见就听见!我要全抖搂出来!"便道明了事情原委。

原来,分会主任有个癖好,喜欢组织各种兴趣小组,按照姑娘的说法,"把娱乐休闲搞成了一团糟"。

"他就是蒙骗上级!"姑娘喊道。

短短一年之内,这位主任就组建了莱蒙托夫研究小组、国际象棋跳棋小组、乒乓球小组和骑马小组。入夏还扬言要成立划船小组和登山小组。

今天午休时,这个主任又来了……

"他挽着一个狗崽子的胳膊,"姑娘说,"也不知道是打哪儿冒出来的,穿着一条破方格裤子,戴着一副破夹鼻眼镜,那张脸呦……别提有多难看了!"

姑娘说,主任当下给所有在分会餐厅用餐的人介绍,说这是组建合唱兴趣小组的大专家。

未来的"登山者"们立刻黑了脸,主任却号召大伙打起精神来,那位专家更是油嘴滑舌,赌咒发誓,说什么"唱歌所占用的时间极少,好处却整整一车皮"。

头一个跳出来的,姑娘说,当然是法诺夫和科萨尔丘克这两个出了名的马屁精,嚷嚷着说要报名。大伙一看,这合唱小组看来是逃不掉了,只好也报名参加。合唱训练决定安排在午休时间,因为其他时间段都被莱蒙托夫和跳棋占满了。主任以身作则,自荐为男高音,于是,一场噩梦就这么开始了。

穿方格西装的合唱指挥一面喊着"哆——咪——嗦——哆!",一面将几个脸皮薄的、企图逃唱的人从柜子后面揪出来;他表扬科萨尔丘克,说他拥有绝对辨音力;接着又埋怨、发牢骚,要求大家尊重他这位资深的前唱诗班指挥;然后在手指头上敲着音叉,恳请大家齐唱《光荣之海》。

大家唱了。唱得很好。方格西装的确很在行。等大家唱完第一段,指挥道了个歉,说:"我过一分钟就回!"就没影了。大家以为他真的过一分钟就回呢。可一连等了十分钟他都没回。大伙还高兴呢,以为他是溜了。

可突然之间,大伙不知怎么地,自动唱起了第二段。是科萨尔丘克起的头,他或许并没有所谓的"绝对辨音力",但男高音却唱得的确不赖。第二段唱完了。指挥仍没回。大伙各自回到座位上,还没来得及坐下呢,就又不由自主地唱了起来。想停下来,根本没门!顶多停上三分钟,就又扯着嗓子唱起来。再停上一会儿,又开始唱!大伙这才意识到出事了。主任自知有愧,锁在办公室里不敢露面了。

说到这儿,姑娘的讲述被迫中断了——缬草滴剂完全不管用。

一刻钟后,三辆卡车驶进瓦甘科沃巷,将包括主任在内的分会全体职员装上了车。

第一辆卡车在大门口颠了一下,刚拐进巷子,勾肩搭背站在车上的职员们便张大了嘴巴,整条巷子立刻充满了家喻户晓的歌声。第二辆车随即唱和,紧接着是第三辆车。三辆卡车就这样上路了。行色匆匆的路人们只向车队投去不经意的一瞥,并未感到惊奇,还以为这帮人是要去郊外参观游览呢。车队的确是开往郊外的,但并非去参观游览,而是前往精神病院。

半小时后,完全摸不着头脑的会计员终于来到了财务部门,想赶紧把公款交了完事。这回他长了教训,先偷偷地朝长椭圆形的大厅里张望了许久,见职员们都坐在贴着金色大字的毛玻璃后面,全无任何慌乱无序的迹象。肃静如常,像个正规机构该有的样子。

瓦西里·斯捷潘诺维奇走到写着"收款"字样的窗口前,

把脑袋凑过去，跟一名他不认识的男职员打了声招呼，礼貌地问他要一张缴款单。

"您要那个干吗？"男职员在窗口里问。

会计员蒙了。

"我要缴款。我是综艺剧院的。"

"等会儿。"男职员说着，一把拽上了窗口的格网。

"真是奇怪！"会计员心想。也难怪他会疑惑。这种情况他这辈子还是头一回遇见。谁都知道要钱难，要钱时总会遭遇重重阻碍。可干了三十年会计，他还从没见过有哪个人，无论企业还是个人，收钱时会犯难的。

格网终于打开了，会计员忙又凑过头去。

"数目大吗？"男职员问。

"两万一千七百一十一卢布。"

"嚯！"男职员不知为何语带讥讽，随手递过来一张绿单子。

谙熟业务的会计员很快就填好了缴款单，伸手去解捆钱的绳子。报纸包一打开，会计员瞬间眼花缭乱，痛苦地发出了牛哞。

眼前是一沓沓花花绿绿的外币，有加拿大元、英镑、荷兰盾、拉脱维亚拉特、爱沙尼亚克朗……

"就是他，跟综艺剧院耍鬼把戏的人一伙的。"一个威严的声音在瞠目结舌的会计员头顶响起。会计员当场被捕了。

第十八章　倒霉的访客

就在勤勤恳恳的会计员坐在疾驰的出租车上，赶去会见批阅文件的空西装时，从抵达莫斯科的基辅列车9号软卧车厢走下来一名拎着小手提箱的体面乘客。此人非是旁人，正是已故柏辽兹的姑父、计划经济学家马克西米利安·安德烈耶维奇·波普拉夫斯基。他住在基辅市原学院路，此次来莫斯科是因为前天晚间他收到了一封电报，内容如下：

> 我刚在牧首塘被有轨电车轧死。葬礼周五下午三点。来。柏辽兹。

波普拉夫斯基被公认为全基辅最聪明的人之一，而且当之无愧。可再聪明的人，收到这样一封电报也会陷入死胡同。既然柏辽兹能拍电报说自己被电车轧了，说明并没有被轧死。那还办的哪门子葬礼呢？莫非他伤势很重，知道自己命不久矣？这倒是有可能，可连葬礼时间都算得如此精确——周五下午三点，这也未免太奇怪了吧？真是奇哉怪也！

但聪明人就是聪明人，再错综复杂的问题也能捋顺清楚。很简单：发这封急电时忙中出错了。第一个"我"字肯定是从别的电报里串进来的，本该是"柏辽兹"才对，结果"柏辽兹"被移到了最后，变成了署名。这样一调整，电报的意思就一清二楚了，尽管是令人悲痛的。

这位姑父先是发作了一通连死者的亲姑母都感到诧异的悲

痛，随即立刻启程赶往莫斯科。

这里需要戳穿波普拉夫斯基一下。不可否认，对于壮年而逝的内侄，他的确感到惋惜。但作为务实之人，他很清楚，自己大可不必千里迢迢赶去莫斯科参加葬礼。可他还是马不停蹄地赶来了。所为何事？——只为房子。莫斯科的房子！这可是大事。也不知道为什么，这位计划经济学家就是不喜欢基辅，特别是最近，迁居莫斯科的渴望与日俱增，折磨得他连觉都睡不好了。

他不喜欢第聂伯河上的春汛——河水淹没低矮河岸上的座座小岛，与地平线连成一片；他不喜欢弗拉基米尔大公①雕像台座前铺展开来的壮美图卷；他也不喜欢春日里跳跃在弗拉基米尔山岗砖砌小路上的斑驳光影：所有这些他都不喜欢，他只渴望一件事——迁居莫斯科。

他多次在报纸上刊登换房启事，想用基辅原学院路的住宅换取莫斯科的一套小住宅，却毫无结果。没有人愿意换，即使偶尔有人回应，开出的条件也毫无诚意。

这封电报令他怦然心动。如此天赐良机，错过就是罪过。务实的人都知道：机不可失，时不再来。

总之，纵有千难万难，也要把内侄在莫斯科花园街的房子继承过来。不错，这很难，非常难，但这些困难无论如何都要克服。经验老到的计划经济学家深知：眼下当务之急就是把自己的户口迁入内侄的三居室，哪怕只是暂时的。

周五白天，波普拉夫斯基走进了莫斯科花园街302-bis栋房管委所在的办公室。

办公室房间狭长，墙上挂着一张旧宣传画，画的是正确抢

---

① 弗拉基米尔大公（958—1015），970年任诺夫哥罗德王公，978年成为基辅大公，988年与拜占庭帝国联姻，并接受东正教作为国教，史称"罗斯受洗"。

救溺水者的步骤图。一张木桌后面孤零零地坐着一个胡子拉碴、神色慌乱的中年男人。

"我可以见见房管委主任吗?"计划经济学家客客气气地问,摘下礼帽,将手提箱放在旁边的空椅子上。

然而,这个看似再寻常不过的问题,却令中年男人大惊失色。他慌乱地斜眼看着来人,含含糊糊地说主任不在。

"他在自己家吗?"波普拉夫斯基问,"我找他有最最要紧的事。"

中年男人又驴唇不对马嘴地说了一大套,但能猜得出来,主任也不在自己家。

"那他什么时候能来?"

中年男人并未答话,只是忧郁地望了一眼窗外。

"啊哈!"聪明的波普拉夫斯基心道,又问秘书在不在。

古怪的中年男人紧张得满脸通红,支支吾吾地说秘书也不在……什么时候来不知道……说秘书生病了……

波普拉夫斯基又在心里说了一句"啊哈!",问:"那房管委总该有人在吧?"

"我。"中年男人有气无力地回答。

"是这么回事,"波普拉夫斯基直言正色地说,"我是已故的柏辽兹的唯一继承人,柏辽兹是我的内侄,您知道的,他在牧首塘出了车祸,依照法律,我必须继承他的遗产,即50号宅的三间居室……"

"这事儿我不清楚,同志……"中年男人苦闷地打断他说。

"可是,抱歉,"波普拉夫斯基高声道,"您是房管委成员,您有义务……"

这时,门外又走进来一位男公民,中年男人一见来人,瞬间脸色煞白。

"房管委成员皮亚特纳日科?"来人问中年男人。

"是。"中年男人声如蚊蚋。

来人对中年男人耳语了几句,后者失魂落魄地站起身来。几秒钟后,空荡荡的房管委办公室里便只剩下了波普拉夫斯基一人。

"唉,真是越乱越添乱!真该把这帮人全都……"波普拉夫斯基懊恼地想着,穿过沥青铺就的庭院,朝50号宅赶去。

波普拉夫斯基刚按下门铃,门就开了,他迈步走进了昏暗的前厅。令他颇感讶异的是,他搞不懂是谁给他开的门:前厅里一个人也没有,只有一只硕大无朋的黑猫坐在椅子上。

波普拉夫斯基干咳了几声,又跺了跺脚,书房的门这才开了,科罗维约夫来到前厅。波普拉夫斯基礼貌而不失尊严地鞠了一躬,说:"我是波普拉夫斯基,已故的柏辽兹的……"

不等他说完,科罗维约夫便从衣兜里掏出一块脏兮兮的手帕,捂住鼻子,哭了起来。

"……姑父……"

"知道,知道,"科罗维约夫将手帕从脸上拿开,打断他道,"我看您头一眼就猜出来了!"他哭得身子直抖,嘴里喊着,"太惨啦,啊?您说,这叫什么事儿呦!啊?"

"有轨电车轧的?"波普拉夫斯基悄声问。

"正是!"科罗维约夫喊,夹鼻眼镜后面泪流滚滚。"正是!我亲眼所见。您相信吗,就那么'咔嚓'一下!头,'咔嚓'就飞了。右腿,'咔嚓',两截了!左腿,'咔嚓',两截了!瞧这些个有轨电车干的好事儿呦!"科罗维约夫显然已经不能自已,头抵在梳妆镜旁的墙壁上,哭得浑身直抖。

柏辽兹的姑父真心被眼前的陌生人打动了。"瞧啊,都说现如今没有古道热肠之人呢!"这样想着,他感觉自己的眼睛也有点发痒了。但转瞬之间,一块不祥的乌云便笼罩了他的内心,脑海立刻闪过一个毒蛇般的念头:这个古道热肠之人,该不会已经把自己的户口迁过来了吧?要知道,这种事也是常有的。

"抱歉,您是我家米沙生前的朋友吗?"波普拉夫斯基抬起袖口,一面擦拭着干涸的左眼,一面用右眼偷瞄着悲痛欲绝的科罗维约夫。但后者哭得太厉害,说的话完全听不清,只听到不断重复的"'咔嚓',两截了!"直等到哭够了,科罗维约夫这才将脑袋离开墙壁,说:"不行了,我撑不住了!我得去喝上三百滴乙醚缬缅草滴剂!……"又将满是泪痕的脸转向波普拉夫斯基,说:"都是有轨电车干的好事儿呀!"

"抱歉,电报是您给我发的吗?"波普拉夫斯基问,痛苦地想,这个号丧的究竟是个什么人呢?

"是他!"科罗维约夫指着大黑猫说。

波普拉夫斯基瞪大了眼睛,以为自己听错了。

"不行了,我受不了了,我没力气了,"科罗维约夫抽着鼻子说,"只要我一想起来:车轮从腿上碾过去……一个轮子有十普特①重……'咔嚓'!……不行了,我得去床上躺一会儿,只有睡着了才不会想。"说着就从前厅消失了。

大黑猫纵身跳下椅子,后腿直立,前爪叉腰,突然口吐人言:"电报是我发的。怎么了?"

波普拉夫斯基顿觉头晕目眩,四肢麻痹,手提箱咣当落地,一屁股跌坐在大黑猫对面的椅子上。

"你听不懂人话吗?"大黑猫厉声道,"我问你怎么了?"

波普拉夫斯基张口结舌。

"护照!"大黑猫恶狠狠地说,伸出一只肥嘟嘟的前爪。

波普拉夫斯基什么也想不出,什么也看不到,除了大黑猫

---

① 1普特约合16.38公斤。

大师和玛格丽特

眼睛里燃烧着的两颗火星。他艰难地从衣兜里掏出护照，像拔出了一柄刀。大黑猫从梳妆台上拿起一副厚厚的黑框眼镜，架在脸上，更显得威严了，一把抢过护照。

"真想知道，我会不会昏过去？"波普拉夫斯基心想。科罗维约夫的呜咽声依稀传来，乙醚缬草滴剂的气味弥漫在前厅里，其中还夹杂着一种别的什么恶心气味。

"哪个分局签发的？"大黑猫审阅着护照，问。

迟迟没有回答。

"四一二分局。"大黑猫用前爪翻着被它拿倒了的护照，自问自答，"这是当然喽！这个分局我知道！随便什么人都给发护照！换作是我，像你这样的我就不给！说什么也不给！就冲你这张脸我就不给！"大黑猫怒不可遏，将护照摔在地上，"你参加葬礼的资格被取消了！"大黑猫打着官腔说，"劳驾，回居住地去吧。"接着冲房门喊："阿扎泽洛！"

一个腿脚微跛的矮个子男人应声跑进前厅，他身穿黑色针织紧身衣，腰间皮带里插着一柄短刀，赤发獠牙，左眼蒙着白翳。

波普拉夫斯基感到窒息，站起身来，手捂胸口，连连倒退。

"阿扎泽洛，送客！"大黑猫命令道，转身走出了前厅。

"波普拉夫斯基，"赤发男人带着浓重的鼻音低声道，"但愿你都听明白了吧？"

波普拉夫斯基点了点头。

"立刻回基辅去，"阿扎泽洛说，"老老实实待在那儿，再不许幻想什么莫斯科的住宅！明白了？"

阿扎泽洛的獠牙、短刀和独眼令波普拉夫斯基产生了致命的恐惧。前者的个头虽然才到后者肩膀，但行动起来却干脆利落，有条不紊。

他先是捡起波普拉夫斯基的护照，递还给他，后者以僵死的手掌接了过去。随后阿扎泽洛一手拎起手提箱，一手拽开门，挽着波普拉夫斯基的胳膊，将他带到了楼梯平台。波普拉夫斯基倚靠在墙上。阿扎泽洛没用钥匙便打开了上着锁的手提箱，掏出一只用油渍渍的报纸包着的、少了一只大腿的肥硕烤鸡，放在地上，又掏出两套内衣，一条磨剃刀用的皮带，一本小书，一个盒子。他把除烤鸡之外的东西通通踢进了楼梯井。又把空箱子也踢了下去。只听"咣当"一声，想必是箱子盖摔飞了。

随后赤发暴徒抓住鸡大腿，抡起烤鸡，狠狠地砸在波普拉夫斯基的脖子上，整个鸡身子弹飞开去，只剩下鸡大腿还抓在他手里。"奥布隆斯基家里彻底乱了套"——大文豪列夫·托尔斯泰在《安娜·卡列尼娜》开篇如是说；倘若他看见眼前这情形，一定也会发此感叹的。是的！波普拉夫斯基眼前彻底乱了套。一串串火星从他眼前疾驰而过，随即是一条送葬的黑蛇，瞬间熄灭了五月的白昼——波普拉夫斯基攥着护照飞下了楼梯。一直飞到四楼平台的转角处，这才跌坐在地，一脚踹碎了窗玻璃。没腿的烤鸡蹦蹦跳跳从他身边经过，掉进了楼梯井。站在楼上的阿扎泽洛瞬间吮光了整条鸡腿，将鸡腿骨插在紧身衣侧兜，转身走进屋子，砰地关上了房门。

这时，楼下传来谨小慎微的脚步声，有人上楼来了。

波普拉夫斯基又跑下一层楼梯，见平台上有张木沙发，这才坐下来喘口气。

一个小小的小老头儿，面容无比忧伤，身穿老式柞丝绸衣，头戴束着绿绦带的硬草帽，爬上楼来，在波普拉夫斯基身旁停住。

"请问一下，公民，"小老头儿忧伤地说，"50号在哪儿？"

"上面！"波普拉夫斯基生硬地说。

"感激不尽，公民。"小老头儿依旧忧伤地说，继续往上走，波普拉夫斯基站起身来，朝楼下跑去。

有人会问：波普拉夫斯基该不会是要跑去民警局，控诉光天化日之下对他残忍施暴的那伙歹徒吧？不是的，绝无可能，这点可以肯定。不然到民警局要怎么说呢？难道说，有一只戴眼镜的猫检查了我的护照，又有一个穿紧身衣的人拿着刀……不，公民们，波普拉夫斯基可是个真正的聪明人！

跑到楼下，他看见楼门口旁边有个小小的储物间。门上的玻璃窗已经碎了。波普拉夫斯基将护照揣进兜里，四下张望，想找找被丢下来的东西。但却连个影子都瞅不见。然而，令他自己都颇为惊讶的是，他对此并不怎么伤心。眼下他有了一个极具诱惑力的新奇想法——用刚才那个小老头儿再次验证一下那座该死的住宅。没错，既然小老头儿向他打听 50 号在哪儿，说明他这是头一次来。也就是说，小老头儿马上也要落入那伙歹徒的魔掌里了。波普拉夫斯基有种预感，小老头儿在里面不会待很久。不用说，什么内侄外侄的葬礼他都不会参加了，而距离火车发往基辅还早得很。经济学家四下打量一番，钻进了储物间。

此时，楼上远远地传来一声门响。"进去了……"波普拉夫斯基提心吊胆地想。储物间里有些阴冷，还有一股死耗子和臭靴子味。波普拉夫斯基找个木墩坐下，开始等待。位置很好，从储物间刚好能看见六单元的楼门。

但他等待的比预想的要久。楼道里不知怎地，始终没有动静。他听得很清楚。终于，五楼的门响了。波普拉夫斯基屏住了呼吸。没错，是小老头儿的脚步声。"下楼来了。"四楼的门开了。脚步声顿住。女人的说话声。小老头儿的说话声……没错，就是他的声音……好像在说什么"看在基督的分上，别……"。波普拉夫斯基把耳朵凑到了破碎的玻璃窗前。他的耳朵捕捉到了女人的嘻笑。向下的轻快的脚步声。眼前闪过一个女人的背影。一个女人，拎着一个绿漆布包，走出了六单元的楼门。小老头儿的脚步声重新响起。"奇怪！他又上去了！他该不会跟他们是一伙的吧？没错，又回去了。五楼的门又开了。好吧，再等等。"

这回不用他等太久。门响。脚步声。脚步声顿住。一声惨叫。一声猫嚎。急促而细碎的脚步声，向下，向下，向下！

终于下到楼底了。忧伤的小老头儿不住地在胸前画着十字，口中念念有词，他光着脑袋，秃头上满是抓痕，神色疯癫，裤子全湿透了。他六神无主，抓住门把手又拉又拽，分不清门究竟是朝里开，还是朝外开的。门终于开了，小老头儿飞也似的逃进了庭院里的阳光下。

鬼宅鉴定完毕。波普拉夫斯基再也不顾上什么内侄的葬礼或者莫斯科的住宅了，他战战兢兢地想着眼前的危险，不住地念叨着"原来如此！原来如此！"，奔出了储物间。几分钟后，无轨电车便载着计划经济学家朝基辅火车站疾驰而去。

计划经济学家在楼下储物间等待的这段时间里，小老头儿遭遇了极大的不幸。此人名叫安德烈·福基奇·索科夫，是综艺剧院小吃部的管理员。当综艺剧院展开调查时，索科夫一直置身事外，人们只是感觉，他变得比平日更加忧郁了，除此之外，他还向通信员卡尔波夫打听过外国魔法师的住处。

在楼道里跟经济学家分手之后，索科夫爬到五楼，按响了50号的门铃。

门立刻就开了，但索科夫却吓了一跳，连退了两步，没敢进门。这也难怪。开门的是位女郎，几乎一丝不挂，只穿着一条风情万种的蕾丝围裙，戴着一只白色头花，脚上穿着一双金色高跟鞋。女郎的身材相貌无可挑剔，唯一的瑕疵是脖子上有一道暗红色的伤疤。

"既然来了,那就进来吧!"女郎用淫荡的绿眼睛盯住小老头儿。

索科夫暗叫了一声,眨巴着眼睛,走进前厅,摘下硬草帽。恰在此时,前厅的电话响了。没羞没臊的女佣一脚踩在椅子上,摘下听筒,说:"喂?"

索科夫简直不知道该往哪儿看了,身体重心在两脚之间移来移去,心想:"这就是外国佬的女佣!呸,真下流!"为使心灵免遭毒害,索科夫只得偷眼四下打量。

轩敞而幽暗的前厅里,堆满了各种稀奇古怪的服装道具:椅背上挂着一件风衣,外表黑如丧服,衬里红似火焰;梳妆台上摆着一柄长剑,剑柄隐隐泛着金光;另有三把银柄长剑随意戳在墙角,仿佛寻常的雨伞或者手杖;墙上有一对鹿角,鹿角上挂着几顶插着鹰翎的贝雷帽。

"是。"女佣对着话筒说,"谁?迈格尔男爵?请讲。是!演员先生今天在家。是,他很高兴见到您。是,会有很多客人……黑色燕尾服或者西装。什么?午夜十二点以前。"女佣撂下话筒,转身问索科夫:"您有什么事?"

"我必须见见演员先生。"

"怎么?一定要见老爷本人吗?"

"对。"索科夫忧伤地说。

"我问问吧。"女郎明显犹豫了一下,这才将柏辽兹生前的书房门推开一道窄缝,通报说:"骑士,来了一个小老头儿,非要见老爷不可。"

"让他进去吧。"科罗维约夫发颤的声音自书房内传来。

"去客厅吧。"女郎说得云淡风轻,倒好像她的衣着与常人无异似的。她稍稍打开客厅门,转身走出了前厅。

一进客厅,索科夫几乎忘了自己为何而来,因为客厅内的情形实在太令他震惊了。透过巨大的彩色玻璃窗（失踪的珠宝商遗孀的杰作），异乎寻常的、恍若教堂的光线在客厅内不停流转。巨大的老式壁炉内熊熊燃烧着劈柴——尽管已是炎热的暮春——可屋内非但一点不热，反而令索科夫感觉如地窖般阴冷。壁炉前面，一只大黑猫坐在一张老虎皮上，正安详地眯眼望着炉火。敬畏上帝的索科夫吓了一哆嗦——他发现餐桌上竟然铺着教堂专用的锦缎。锦缎桌布上摆着一大堆大肚子酒瓶，全部发了霉，落满了灰尘。酒瓶中间摆放着一只金灿灿的餐盘，一看就是纯金的。壁炉旁边站着一个赤发矮子，腰佩短刀，正用一柄长长的钢剑烤着大块肉串，肉汁淋漓滴入火中，烟气顺着烟囱排出。除了烤肉的香气之外，屋内还有一股浓烈的香水味和神香味，这让已经从报纸上得知柏辽兹死讯及其生前住址的索科夫不由得冒出一个念头：这里该不会是在给死者做追思弥撒吧？但他立刻就把这个荒谬至极的念头赶走了。

兀自愣神的索科夫突然听到一个沉重的男低音："说吧，有什么能为您效劳的？"

索科夫这才在阴影里发现他要找的人。

黑魔法师舒展四肢，躺在一张看似无边无际的、随意散放着无数靠枕的低矮沙发上。索科夫感觉，黑魔法师似乎只穿着一套黑色睡衣，脚上穿着黑色尖头鞋。

索科夫苦涩地开口道："我是综艺剧院小吃部的管理员……"

魔法师伸出一只戴满宝石戒指的手，像要堵住索科夫的嘴似的，激动地说："不不不！一个字也别再说了！绝对不要，永远不要！你们那儿的东西我是决不会吃的！老兄，昨天我从你们柜台前面经过，到现在还忘不了那些鲟鱼肉和羊奶干酪。亲爱的！羊奶干酪绝不可能是绿色的，您一定是被人骗了。它应当是白色的。再说茶呢？简直是泔水嘛！我亲眼所见，一个邋里邋遢的姑娘直接从水桶里往茶炊里加凉水，然后照样拿给客人们喝。不，亲爱的，这样是不行的！"

"请原谅，"索科夫被这通劈头盖脸的责备搞蒙了，"我不是为这事来的。鲟鱼肉跟这没关系。"

"怎么会没关系？它已经坏了呀！"

"鲟鱼肉本来就是二等新鲜的。"索科夫辩解道。

"亲爱的，这是胡扯！"

"什么胡扯？"

"二等新鲜——这就是胡扯！新鲜只有一个等级——一等，同时也是最后一等。若说鲟鱼肉是二等新鲜，那就是说，它已经臭了！"

"请原谅……"索科夫试图辩解，却不知该如何摆脱无故找碴的外国佬。

"我无法原谅。"魔法师语气强硬。

"我不是为这事来的。"索科夫近乎崩溃地说。

"不为这事？"魔法师讶然道，"那您来找我还能有什么事呢？假如我的记忆没有背叛我，在你们这行人里，我只认识一位随军的女食品贩，但那已经是很久以前了，那时您还没有出生呢。不过，我很高兴。阿扎泽洛！给管理员先生看座！"

正在烤肉的赤发人转过身，龇着令人毛骨悚然的黄色獠牙，敏捷地拿过一只黑色的橡木矮凳，递给索科夫。除此之外，客厅里再无别的座位了。

"感激不尽。"索科夫说着，就往下坐。结果凳子后腿"咔嚓"折了，索科夫"啊呀"一声，结结实实摔了个屁墩。在倒下去的同时，他的脚又勾翻了面前的一条长凳，将满满一樽红酒全泼在了裤子上。

魔法师惊呼："哎呀！没伤着吧？"

阿扎泽洛帮索科夫站起来，又递给他一个凳子。索科夫以充满痛苦的声音拒绝了主人请他脱下裤子、用火烘干的建议，穿着难受得要死的湿裤子，提心吊胆地坐在了另一张长凳上。

"我喜欢坐得低一些。"魔法师道，"坐得低，摔得轻。唔，适才讲到鲟鱼肉了吧？我亲爱的！新鲜，新鲜，还是新鲜——这才应当是每一位小吃部管理员的座右铭。来吧，请您尝尝……"

壁炉通红的火光中，长剑在索科夫面前一闪，阿扎泽洛将一大块嗞啦作响的烤肉放到金盘中，挤了点柠檬汁，又递给索科夫一柄金质两齿餐叉。

"感激……我……"

"不、不，请尝尝！"

索科夫盛情难却，将烤肉放进嘴里一嚼，果然新鲜无比，而且美味至极。但就是这块香气馥郁、肥美多汁的烤肉，险些将他噎死，让他再次摔倒——隔壁房间突然飞出一只黑色大鸟，翅膀轻轻擦过索科夫的秃顶，降落在时钟旁边的壁炉搁架上，竟是一只猫头鹰。"我的上帝！"和所有小吃部管理员一样神经过敏的索科夫心想，"好邪门的房子！"

"来樽葡萄酒？白的，红的？平日里这个时间您喜欢喝哪国的葡萄酒？"

"感激……我不喝酒……"

"可惜！那么，要不要玩会儿骰子？或者您喜欢别的什么游戏？多米诺？扑克牌？"

"我都不玩。"索科夫疲于招架地说。

"糟糕透了。"主人下了定论，"信不信由您，但既不喝酒，也不玩牌，又不喜欢美女相伴、把酒言欢的男人，肯定藏着什么脏东西。这种人要么是身染重疾，要么就是对周围人怀恨在心。当然，也有例外。在曾经与我一同宴饮的人中间，偶尔也能碰上几个令人吃惊的混蛋。好了，谈正事吧。"

"昨晚您变了一场魔术……"

"我？"魔法师不可置信地喊，"您饶了我吧。我怎么可能去干那个呢？"

"对不起，"索科夫慌了，"可是……那场黑魔法表演……"

"啊，对了，对了！亲爱的！告诉您一个秘密：我其实并非演员，我只不过想见一见莫斯科的民众，而为此最方便的场合莫过于剧场。所以我的随侍们，"他冲大黑猫扬了扬下巴，"才搞了这么一场表演，而我只是坐在那儿观察莫斯科人。您不必变颜变色，说吧，您来找我与表演何干？"

"您瞧，其中有个节目是下卢布雨……"索科夫压低声音，窘迫地四下瞅了瞅，"嗯，所有人都抢了。然后就有一个年轻人来到小吃部，付给我十卢布，我找给他八卢布半……然后又来了一个……"

"也是年轻人？"

"不是，这回是个上了年纪的。然后第三个，第四个……我都给找了零。今天盘账的时候一瞧，那些十卢布通通变成了碎纸条。小吃部整整损失了一百零九卢布。"

"哎呀呀！"沃兰德叹道，"莫非他们以为那是真钱？我不敢想象他们是故意的。"

索科夫苦闷地斜愣了一眼，什么也没说。

"难不成是骗子？"沃兰德讶然道，"难不成莫斯科人里也有骗子？"

索科夫只得苦笑了一下，意思再明白不过了：是的，莫斯科人里也有骗子。

"太下作了！"沃兰德愤然道，"您可是个穷人哪……您——是个穷人吧？"

小吃部管理员将脑袋缩进了脖子里，以此表明自己的确是个穷人。

"您有多少存款？"

提问的语气虽然关切，但问题本身不得不说有些唐突。索科夫一时语塞。

"五个储蓄所，共计二十四万九千卢布。"隔壁书房响起一个刺耳发颤的声音，"家里地板下面还有两百枚十卢布金币。"

索科夫仿佛粘在了凳子上。

"嗯，当然啦，也不算多，"沃兰德宽容地对客人说，"只不过，就连这些钱您都用不着了。您什么时候死？"

这下索科夫可着实恼了："这个谁也不知道，谁也管不着！"

"哼，不知道，"仍是书房里面那个破锣嗓子，"你当是牛顿二项式么？——他九个月之后死，明年二月份，莫斯科国立大学第一附属医院第四病室，肝癌。"

索科夫变得脸色蜡黄。

"九个月，"沃兰德默算道，"二十四万九千……那就是两万七千多一个月？少了点，但省着点花还是足够的……何况还有那些金币……"

"金币是别指望了，"仍是那个声音，将索科夫的心脏变成了冰坨，"他死之后，住房将立刻拆毁，金币上交国家银行。"

"我其实并不建议您去住院，"沃兰德继续说，"病房里只有绝症病人的呻吟与嘶喘，死在那儿有什么意思？还不如用最后的两万七千多卢布搞一场盛宴，呼朋唤友，鼓乐喧天，美女环绕，开怀痛饮，最后服毒自尽，岂非更妙？"

索科夫木然呆坐，瞬间苍老了许多，眼圈乌黑，两颊松弛，下颌脱落。

"嗐，我们想得太远了，"沃兰德高声道，"言归正传，给我看看您的碎纸条吧。"

索科夫心慌意乱地掏出一个纸包，打开一看，登时傻眼了：好端端的一沓十卢布钞票。

"亲爱的，您的确不很健康。"沃兰德耸耸肩说。

索科夫痴呆地笑笑，站起身来。

"那个……"他结结巴巴地说，"要是它们又那个……"

"唔……"沃兰德想了想道，"那您就再来找我。随时欢迎！很高兴认识您。"

科罗维约夫当下从书房里跳出来，紧紧握住索科夫的手，使劲摇晃，恳请他向所有人转达问候。索科夫稀里糊涂地来到前厅。

"赫拉，送客！"科罗维约夫喊。

光屁股的红发女人又出现了！索科夫侧身挤出门去，吱了声"再见"，醉汉似的走了。但没走多远他便停下来，坐在楼梯台阶上，掏出纸包看了看，纸币还好好的。就在这时，正对楼梯平台的房门开了，一个女人拎着一只绿提包走了出来。见有个男人坐在楼道里，正盯着一沓十卢布大钞发愣，女人笑了笑，见怪不怪地说："我们这栋楼可真行……这位一大早就喝醉了。楼道玻璃又打碎了！"她打量了索科夫两眼，又说："哎，我说这位公民，您的钞票多得连母鸡都不肯啄啦！不如分给我几张吧，啊？"

索科夫吓了一跳，急忙把钱揣起来，说："看在基督的分上，别烦我啦。"

女人哈哈大笑："见鬼去吧，守财奴！我开玩笑的……"就下楼去了。

索科夫缓缓站起身来，抬手去正帽子，却发现脑袋上没有。他实在不愿意回去，可又实在舍不得帽子。犹豫片刻，还是返回去按了门铃。

"又有什么事?"该死的裸女问。

"我帽子忘了。"索科夫指着自己的秃头,低声道。女郎转过身,索科夫忙闭上眼,在心里面啐了一口。再睁开眼时,除了他的硬草帽,女郎还递过来一把黑柄长剑。

"这不是我的。"索科夫低声说着,推开长剑,麻利地戴上帽子。

"难道您没带剑来?"女郎讶然道。

索科夫随口嘟囔了一句,快步走下楼去。

也不知怎么的,帽子里感觉热烘烘的,弄得脑袋很不舒服。他摘下帽子,"啊呀"一声,吓了一跳:他的硬草帽不知何时变成了一顶丝绒贝雷帽,上面还插着一根凌乱的雄鸡羽毛。索科夫忙画了一个十字。只见贝雷帽"喵呜"一声,变作一只黑色小猫,跳到索科夫头顶,四爪齐挠。索科夫一声惨叫,没头没脑地奔下楼去,小猫从他头顶掉下来,蹿到楼上去了。

索科夫冲到楼门外,一溜烟跑出大门,永远地逃离了见鬼的 302-bis 栋。

对于他之后的遭遇,我们一清二楚。冲出小区门洞之后,他惊惶四顾,像在寻找什么。一分钟后,他跑进街对面的一家药店。他刚来得及说出"请问一下……",柜台后面的女店员便惊呼道:"公民!您的头上全是伤!"

五分钟后,头上缠满绷带的索科夫打听到,最好的肝病专家当属贝尔纳茨基和库兹明两位教授,并且欣喜若狂地得知,库兹明教授就住在距此一院之隔的白色小楼里。两分钟后,索科夫就赶到了那儿。

这栋小楼虽然古旧,却非常非常舒适。索科夫记得,一进门便有一个年迈的老妈子迎上来,准备接他的帽子,见他没戴帽子,便咕哝着干瘪的嘴巴走开了。

大师和玛格丽特 | 235

随后他看见一名中年妇女,站在一座拱门下的镜子旁,开口便说本月十九号之前的号全挂满了。索科夫当下便有了对策。他用黯淡的独眼往拱门内瞅了瞅,见里面有三个人,显然是在候诊,便压低声音道:"我快要死啦……"

妇女疑惑地瞅瞅索科夫头上的绷带,犹豫了片刻,说:"那好吧……"就放他进去了。

这时,对面的门凑巧开了,金丝夹鼻眼镜在门内一闪。穿白大褂的妇女说:"公民们,请让这位患者先进。"

索科夫忙不迭地走进了库兹明教授的诊室。这是一个长椭圆形房间,里面完全没有医院里那种可怕的肃穆。

"您怎么了?"库兹明教授声音柔和,略带不安地望着病人头上的绷带。

"我刚从可靠途径得知,"索科夫说,茫然的目光不时瞥向桌上的一张带有玻璃相框的合影,"明年二月份我将死于肝癌。求求您救救我。"

原本正襟危坐的库兹明教授,仰靠在了哥特式真皮座椅高耸的椅背上。

"抱歉,我没有听懂您的意思……您去看过医生了?您头上为何缠着绷带?"

"哪是什么医生呦!……您见过那种医生么!……"索科夫的牙齿突然开始打战,"头您不必操心,跟头没关系。头您不用管,头不碍事。求求您治好肝癌!"

"请问,是谁跟您说的?"

"请您相信他!"索科夫狂热地恳求,"他全知道!"

"我完全不明白,"库兹明连人带椅离开桌子,耸耸肩道,"他怎么知道您会什么时候死呢?何况他还不是医生?"

"第四病室。"索科夫说。

库兹明端详着眼前的病人,瞅瞅他的头,又瞅瞅他湿漉漉的裤子，心想："真是无奇不有！疯子！"便问："您喝酒吗？"

"滴酒不沾。"

一分钟后，索科夫脱掉衣服，躺在冰凉的漆布躺椅上，库兹明给他做了腹部触诊。检查结果令索科夫大为宽心。库兹明断言，至少目前来看，他并无任何癌症迹象，但既然……既然他听信了江湖骗子的恫吓，害怕出问题，最好所有检查都做一遍……

库兹明飞快地开了几张单子，告诉他分别拿着哪张单子去哪儿。他又开了一封介绍信，让病人去找神经病学家布列教授，说他的神经完全紊乱了。

"该付给您多少钱，教授？"索科夫掏出鼓鼓囊囊的钱包，颤抖地柔声问。

"您看着给吧。"库兹明淡然道。

索科夫抽出三张十卢布票子，放在桌上；又以出人意料的、酷似猫爪的轻柔动作，往钞票上压了一个用报纸包着的铮鸣有声的圆柱体。

"这是什么？"库兹明捻着胡须问。

"别嫌弃，教授公民，"索科夫悄声道，"求您了，治好癌症。"

"立刻拿走您的金币。"库兹明清高地说，"您最好还是顾好自己的神经吧。明天就去验尿，别喝太多茶，饭菜里不能放盐。"

"连汤里也不能放？"

"什么里头都别放。"

"唉！……"索科夫悲叹一声，感激地瞥了一眼教授，抓起金币，倒退着走出门去。

这天下午库兹明的病号不多，黄昏之前送走了最后一位。

大师和玛格丽特 | 237

白大褂刚脱到一半,库兹明不经意间往桌上一瞥,发现"肝癌患者"留下的十卢布纸币不见了,只有三张阿布劳葡萄酒的商标纸。

"真是见鬼!"库兹明嘟囔着,大褂下摆拖在地上,走过去摸商标纸。"看来,他不但是个神经病,还是个骗子手呢!只是我想不通,他想骗我什么呢?总不会是验尿单吧?哦!他把大衣偷去了!"库兹明拖着白大褂的一只袖子,奔向前厅,冲着门口喊:"克谢尼娅·尼基季什娜!快看看,大衣都还在吗?"

查过之后,发现所有大衣都在。库兹明终于扒下白大褂,但刚走到桌前,便定在了镶木地板上,眼睛直勾勾地盯着桌面:只见原本放着商标纸的地方,蹲着一只孤零零的小黑猫,长着可怜的小脸蛋,正对着一小碟牛奶咪咪叫。

"这、这又是什么鬼,天啊?!这简直……"库兹明感觉后脑勺直冒凉气。

克谢尼娅·尼基季什娜听见库兹明的低呼,忙跑进来,见此情状,立刻宽慰教授,说这肯定是哪位患者偷偷留下的,这种事教授们经常遇到。

"大概是过得太穷了吧。"克谢尼娅·尼基季什娜解释说,"而我们呢,自然是……"

两人便开始回想,猜测会是谁放的。怀疑落在了那位得胃溃疡的老太婆身上。

"肯定是她,"克谢尼娅·尼基季什娜说,"她肯定是想:我总归是要死的人了,可小猫多可怜哪。"

"但说不通啊!"库兹明喊,"牛奶呢?!也是她带来的?用碟子怎么带,嗯?"

"她先用瓶子带过来,到这儿之后才倒在碟子里的。"克谢尼娅·尼基季什娜解释说。

"不管怎么说，把小猫和碟子都拿走吧。"库兹明说罢，亲自将克谢尼娅·尼基季什娜送到门口。就在这时，又有了新情况。

往挂钩上挂白大褂时，库兹明听到院子里有人在哈哈笑，往窗外一看，又吃了一惊。只见一位女士只穿着一件衬衣，穿过院子跑进了对面的小厢房。库兹明甚至知道她的名字——玛丽亚·亚历山德罗夫娜。一个顽童正哈哈大笑。

"这叫什么事儿？"库兹明鄙夷地说。

这时，隔壁女儿房间里的留声机响起了狐步舞曲《哈利路亚》，与此同时，一阵麻雀啁啾声从库兹明身后传来。库兹明扭过头，见一只大麻雀正在自己办公桌上乱跳。

"啊……镇定……"库兹明心想，"它是刚才我从窗前走开时飞进来的。一切正常！"库兹明这样暗示自己，却感觉一切都极其反常，而且关键原因恰恰在于这只麻雀。他凝神细看，立即断定，眼前这只麻雀很不正常。只见这只下流的麻雀正拖着一只微跛的左爪，装模作样地踏着切分音的节拍，总之，它正伴着留声机的旋律大跳狐步舞呢，活像个酒吧里的醉汉。它不时地用两只小眼睛乜斜着库兹明，极尽厚颜无耻之能事。

库兹明将手放到话筒上，想打给大学同班同学布列教授，问问他，一个六十岁的人突然头昏眼花，看见这样一只麻雀是怎么回事。

就在这当口儿，麻雀忽然跳到别人赠送的墨水瓶上，往里头拉了一泡屎（我没有开玩笑！），接着扑棱棱飞起，悬停在半空，然后猛地扑向桌上的一八九四届毕业生大合照，用铁喙奋力一啄，将玻璃相框啄得粉碎，转身飞出了窗口。

库兹明没有打给布列，而是打给了医用水蛭室，报了自己的姓名，请对方立刻送些水蛭到他家里来。

放下话筒，库兹明一转身，不由得再次惊呼：只见桌后坐

大师和玛格丽特

着一个女人，头戴慈善修女会的白色三角头巾，手里拎着一个小包，包上写着"水蛭"二字。库兹明再一看女人的嘴，又吓得一声惊叫：那分明是张男人的㖞嘴，咧到了耳根不说，嘴角还龇着一颗獠牙。再看慈善修女的眼睛，分明是死的。

"钱我拿走了，"慈善修女用男低音说，"在这儿扔着也是扔着。"她用一只鸟爪将商标纸捡起来，慢慢消融在空气中。

两小时后。库兹明教授坐在卧室床上，他的太阳穴上、耳朵后面、脖子上全挂满了水蛭。在他脚边的丝绸被子上坐着胡子灰白的布列教授，正关切地望着自己的老友，安慰他说那些全都是无稽之谈。窗外已是夜色。

在这个夜晚，莫斯科还发生了哪些稀奇古怪之事，我们不知道，也无意深究。何况，我们也该进入这个真实故事的下半部分了。随我来，读者！

下　巻

第十九章　玛格丽特

随我来，读者！谁跟你说，世间没有真正的忠贞的永恒的爱情？撒这种谎的人，真该割掉他的烂舌头！

随我来，我的读者，尽管随我来，我带你去见证这样的爱情！

不，大师错了！那晚，当夜翻过午夜时，精神病院里的大师苦涩地告诉我们的伊万，说她已经把他忘了。这是不可能的。她当然没有忘了他。

让我们先来揭开大师不愿透露给伊万的那个秘密吧。大师的爱人名叫玛格丽特·尼古拉耶夫娜。大师对可怜的伊万所说的关于她的一切，都是真的。他如实地描述了自己的爱人。她漂亮，聪明。除此之外，还应当补充一点：可以肯定地说，很多女人都会情愿献出自己的一切，以换取玛格丽特·尼古拉耶夫娜的生活。玛格丽特年方三十，无儿无女，她的丈夫是一位顶级专家，曾经做出过一项国家级重大发明。她的丈夫年轻、英俊、善良、正直，对玛格丽特奉若女神。玛格丽特·尼古拉耶夫娜夫妇二人独自占据了一栋漂亮别墅的整个顶层。别墅坐落于阿尔巴特街附近某条巷子里的一座花园内。那可真是个迷人的所在！任何人都会确信这一点，只要他愿意亲眼去看看。尽管让他来找我，我来告诉他地址，为他指路——那座别墅至今还在。

玛格丽特·尼古拉耶夫娜从不缺钱花。她可以购买她所喜欢的一切。在丈夫的朋友们中间，常能遇见极其有趣的人。玛格丽特·尼古拉耶夫娜从来没有碰过煤油炉。她从未体验过公共住宅的种种糟糕。总之……但她幸福吗？一分钟都没有过！自从十九岁出嫁，住进这栋别墅以来，她从未品尝过幸福的滋味。诸神，我的诸神！这个女人到底想要什么？！这个眼睛里永远燃烧着令人不解的小火苗的女人，她究竟需要什么？这个长着一只吊梢眼的，用初春的金合欢装扮自己的巫女，她究竟需要什么？我不知道，也无从得知。显然，她说的是实话，她说她需要的是他——大师，而绝非什么哥特式别墅、私人花园，更不是钱。她爱他，她说的都是实话。

就连我这个客观的讲述者，就连我这个局外人，一想到玛格丽特第二天来到地下室，发现大师已经不见了时的痛楚，也会不由得感到揪心。玛格丽特想方设法打探关于大师的任何消息，结果当然一无所获。所幸，她的丈夫当晚没能按时回家，她还没有来得及跟丈夫摊牌。于是，她只得回到别墅，重新过起了从前的生活。

然而，人行道和马路上的脏雪刚一消融，气窗内刚一吹进微腐的躁动的春风，玛格丽特·尼古拉耶夫娜就变得比冬天更加忧郁。她时常偷偷地长久地恸哭。她不知道自己所爱的人是生是死。绝望的日子过去得愈久，她就愈爱胡思乱想，尤其是在黄昏，疑心自己的爱人已经死了。

必须要么忘记他，要么自己也去死。总这么熬下去是不行的。不行！忘记他，无论如何都要忘记！可她就是忘不掉啊——这才是痛苦所在。

"是的，是的，我犯了同样的错误！"玛格丽特坐在壁炉前，由眼前的炉火想到了大师创作本丢·彼拉多时曾经燃烧过的炉火，"那天晚上我为何要离开他呢？为什么？我真傻！第二天，我如约赶到，但已经迟了。是的，我和那个不幸的利未·马太一样，来得太迟了！"

这些话当然没有道理，因为，说实在的，就算她当晚守在大师身边，又能如何呢？难道她就能救他吗？可笑！——我们也许会这样喊，可面对这样一个陷入绝望的女人，我们又怎么忍心呢？

那一天，也就是魔法师一行将莫斯科搅得鸡犬不宁，柏辽兹的姑父被逐回基辅，会计员被当场逮捕，各种稀奇古怪的荒唐事接踵而至的黑色星期五，玛格丽特于中午时分，在天窗朝向别墅塔楼的卧室中醒来。

醒来之后，玛格丽特并未像往常一样开始哭泣，因为她醒来时便有一种预感——今天终于要出现转机了。她感受着这一预感，不断地在心里给它加温，让它生长，唯恐它会离自己而去。

"我相信！"玛格丽特郑重地低声说，"我相信！就要有转机了！不可能没有，说到底，凭什么要我承受这终生的痛苦呢？我承认，我撒过谎，欺骗过，有过不可告人的秘密生活，但如此残酷的惩罚未免太过了。一定会有事情发生的，没有什么会永远持续下去。再说，我的梦一向是很灵验的，我敢保证。"

玛格丽特·尼古拉耶夫娜望着灌满阳光的绯红窗帘，一面喃喃自语，一面不安地穿起衣服，对着三扇镜梳理鬈曲的短发。

玛格丽特昨晚的梦的确非同寻常。煎熬了一整个冬天，她一次也没有梦见过大师。大师只在白天折磨她，一到夜里便会离她而去。而昨晚她却梦见了。

玛格丽特梦了一个她从未见过的地方，那里无望而凄凉，笼罩在早春的阴郁天空下。她梦见一绺一绺奔跑着的灰色天空，天空下飞着一群无声的白嘴鸦。一座破破烂烂的小桥，桥下有一条浑浊的、刚解冻的小溪。周围是惨淡的贫瘠的半裸的树木。一棵孤零零的白杨，一个菜园，远处林子里有一个原木搭建的小屋，不知是厨房，还是澡堂，又或是鬼才知道的什么所在。周围死气沉沉，抑郁至极，真让人恨不得吊死在小桥旁的白杨树上。没有一丝风，没有一片云动，没有一个活物：好一座活人的地狱！

可万万没想到，小屋的门居然开了，大师出现了。他离得很远，但清晰可见。他的衣服已经破得不成样子。他头发蓬乱，胡子拉碴。他的目光病态而慌乱。他冲她招手，叫她过去。无生命的空气令玛格丽特窒息，她跌跌撞撞朝大师跑去，跑着跑着就醒了。

"这个梦只能有两种解释，"玛格丽特·尼古拉耶夫娜自言自语，"假如他死了，又冲我招手，那就是说，他就要来接我了，我自己也快要死了。这很好，这样一来，我的痛苦就结束了。要么就是他还活着，那他就一定是在提醒我！他想告诉我，我们还会重逢的。是的，我们很快就能重逢了！"

伴随着这种激动的情绪，玛格丽特穿好衣服，心里告诉自己，情况的确十分有利，这样的好机会必须牢牢抓住，好好利用。丈夫出差去了，要三天后才能回。接下来的三天三夜，她完全属于自己，没有人会来妨碍她，她爱想什么就想什么，想做什么梦就做什么梦。独栋别墅的整个顶层，全部的五个房间——大概会有成千上万的莫斯科人对此垂涎不已——完全由她支配。

然而，获得了整整三天三夜自由的玛格丽特，却从整栋豪宅里挑选了一个远非最好的所在。喝完茶，她来到一个没有窗子的幽暗房间，里面堆放着几只行李箱和两大衣柜旧衣服。玛格丽特蹲下来，打开头一个衣柜的底层抽屉，从一堆绸布片下面掏出她生命中唯一的珍宝。那是一个棕色皮革的老相册，里面有一张大师的照片，一本大师名下的一万卢布存折，几片压在卷烟纸中间的干玫瑰花瓣儿，还有一沓机打的残稿，约莫十几页，底部边缘都被烧焦了。

抱着这个宝贝回到自己卧室，玛格丽特·尼古拉耶夫娜将大师的照片卡在三扇镜上，将被焚的残稿放在膝头，一页一页翻着，一遍一遍读着，足足读了一个钟头。残稿上的文字既无开头，亦无结尾："……黑暗，自地中海袭来，笼罩了这座为总督所痛恨的城市。连接圣殿与可怖的安东尼亚堡的座座吊桥不见了，从天而降的深渊淹没了跑马场上空带翼的诸神、射孔密布的哈斯摩尼宫、市场、大车店、巷道、池塘……耶路撒冷，这座伟大的城市消失了，仿佛从未存在过一般……"

玛格丽特很想继续读下去，但接下来什么也没有了，除了参差不齐的焦糊流苏。

玛格丽特·尼古拉耶夫娜放下残稿，双肘撑在梳妆台上，泪眼婆娑地凝望着镜子上的大师，坐了很久很久，直至眼泪流干。她小心翼翼地将自己的宝贝一样一样收好，将它重新埋藏在幽暗房间的绸布片深处，上好了锁。

玛格丽特·尼古拉耶夫娜在前厅穿好大衣，准备出去走走。娜塔莎，玛格丽特的漂亮女仆，前来向女主人请示，主菜做什么。玛格丽特说无所谓。娜塔莎为了找个乐子，便跟女主人闲聊起来，说了些只有上帝才知道的话，说昨晚有个魔术师在剧院里大变戏法，每一位观众都免费领了两瓶进口香水、一双丝袜，等散场之后，观众刚走到街上，哎呀，所有人都成了光屁股啦！玛格丽特·尼古拉耶夫娜笑得瘫倒在了前厅镜子前的椅子上。

"娜塔莎！您真不知羞，"玛格丽特·尼古拉耶夫娜说，"您是个有文化的聪明姑娘，大街上的人胡说八道，您也跟着乱说！"

娜塔莎满脸飞红，激动地辩白说才不是胡说八道呢，说她今天在阿尔巴特街食品店,亲眼看见一位女公民,穿着高跟鞋走进店里,等到付钱的时候,脚上的高跟鞋忽然不见了,只剩下一双丝袜,脚后跟上还破了一个洞,女公民登时傻了眼。那双高跟鞋就是昨晚变戏法变出来的。

"她就这么走了?"

"就这么走了!"娜塔莎见女主人不信,愈加面红耳赤,"昨天晚上,玛格丽特·尼古拉耶夫娜,民警带走了一百来号人哪。看完表演的女人们,全穿着衬裤在特维尔大街上乱跑!"

"哼,肯定是达里娅讲的,"玛格丽特·尼古拉耶夫娜说,"我早就发现她是个谎话精。"

滑稽的谈话以娜塔莎的惊喜作为收场。玛格丽特·尼古拉耶夫娜去了一趟卧室,回来之后对娜塔莎说,她也要变个戏法,随即送给娜塔莎一双丝袜,一瓶古龙水,又说她只拜托娜塔莎一件事:别只穿着丝袜在特维尔大街上乱跑,还有,别听达里娅乱讲。娜塔莎抱着女主人亲了好一阵儿,这才放她出了门。

玛格丽特·尼古拉耶夫娜仰靠在无轨电车柔软舒适的座椅靠背上,行驶在阿尔巴特街,一会儿想着自己的心事,一会儿听着坐在自己前面的两位男公民窃窃私语。

两位男公民正小声议论着一件荒唐事,还时不时地回头张望,唯恐有人偷听。靠窗的男公民高大壮硕,长着一对机敏的猪眼睛,对身旁的小个子男公民耳语说:"只好在棺材上蒙了一块黑布……"

"不可能吧!"小个子一脸惊讶地低声说,"这可真是闻所未闻……那热尔德宾是咋处理的?"

无轨电车均匀的嗡鸣声中,隐约听到靠窗的大块头说:"刑事侦查……丑闻……总之吧,真是见鬼了!"

凭借这些零言碎语,玛格丽特·尼古拉耶夫娜大致串起了一些。两人在说，一个躺在棺材里的死人——具体是谁没说——今天早上被人偷了去脑袋！那个叫热尔德宾的人眼下正为这事急得不行。而这两位嘀嘀咕咕的男乘客，跟头颅被盗的死者似乎也有些关系。

"现在买花还来得及吗？"小个子焦急地说，"你说火化是两点？"

玛格丽特·尼古拉耶夫娜听着两人神秘兮兮地谈论失窃的死人头，终于不耐烦了，庆幸自己马上就到站了。

几分钟后，玛格丽特·尼古拉耶夫娜已然坐在了克里姆林宫城墙下的一张长椅上，从这里她能够看到练马场。

玛格丽特眯眼望着明亮的太阳，回想着昨夜做过的梦，想起整整一年前的今时今日，就在这张长椅上，她与大师并肩而坐，身旁同样放着她的黑色皮包。虽然眼下大师并不在她身边，但玛格丽特·尼古拉耶夫娜仍在心里对他说话："假如你被流放了，为何不给我来个音信？其他人都会有音信的啊。难道你不爱我了么？不，我反正不信。这么说，你在流放中死了……若真这样，那就请你放过我，让我自由地生活，自由地呼吸！""你本就是自由的……难道我有抓着你不放吗？"玛格丽特·尼古拉耶夫娜代替他回答自己，然后又反驳他说："不，这算什么回答？不，我要你离开我的记忆，只有这样我才能自由。"

过往行人络绎不绝。一名男子瞟了一眼衣着华贵的玛格丽特，被她的美貌与孤独所吸引。他干咳一声，拘谨地坐在长椅末端，鼓足了勇气，开口道："今儿个这天儿可真不赖……"

但玛格丽特向他投去如此阴沉的一瞥，吓得他赶紧起身走掉了。

"看吧，这就是例子，"玛格丽特在心里对那个支配她的人说，"其实，我何必要赶他走呢？我很寂寞，而这个爱搭讪的家伙并没有什么不好,无非是谈吐俗气些罢了。我干吗要像个夜猫子似的,独自坐在墙根下呢?我何苦要自绝于生活呢?"

她怅惘不已,垂头丧气。就在这时,先前那股期待与兴奋的浪潮突然撞上了她的胸口。"是的,会发生的!"浪潮又撞了她一次,她这才意识到,那是声音的浪潮。透过城市的喧嚣,阵阵鼓声和略微走音的号声愈来愈近。

首先出现的是一名骑警,骑马缓缓经过花园栅栏;骑警后面跟着三名步警。接着是一辆缓慢行驶的卡车,车上载着乐队。再后面是一辆崭新的灵车,棺材上摆满了花圈,车厢四角各站着一人,三男一女。

尽管相隔很远,但玛格丽特仍清楚地看到,扶灵的四人脸上都莫名地有些恐慌。最明显的是车厢左后角那位女公民。她的本就鼓胀的脸颊仿佛被某个骇人听闻的秘密撑得更鼓了,被挤成一条缝的小眼睛里闪烁着捉摸不定的火星。看样子,只消再过片刻,女公民就再也按捺不住了,会挤咕着眼儿对躺在棺材里的死者说:"您见过这种事吗?真是见了鬼了!"灵车后面慢吞吞地跟着三百来人的送葬队伍,同样一个个面露惊惶。

玛格丽特目送着冗长的送葬队伍,听着沉闷而单调的、只会"嘭嘭嘭"的土耳其鼓渐行渐远,心想:"多么奇怪的葬礼……多么烦人的鼓声!啊,真的,我情愿把我的灵魂抵押给魔鬼,只求知道他是否还活着……真奇怪,这些表情怪异的人究竟是在给谁送葬呢?"

"米哈伊尔·亚历山德罗维奇·柏辽兹,马索利特主席。"玛格丽特身旁响起一个鼻音很重的男声。

玛格丽特·尼古拉耶夫娜吃惊地回过头,发现长椅上不知何时多了一位男公民,显然是趁她看得出神时悄悄坐下来的,而且想必是听见她无意中道出了心中的疑问。

送葬队伍在前面停了下来,大概是遇见了红灯。

"是啊，"陌生人继续说，"他们的心情的确很奇特。一面送葬，一面却在想，他的头跑哪儿去了！"

"谁的头？"玛格丽特问，一面端详着不期而遇的人。他个头不高，赤发如火，嘴角龇着一颗獠牙，身穿浆硬的衬衣、质地优良的条纹西装，扎着鲜艳的领带，脚蹬漆皮鞋，头戴圆顶礼帽。最奇怪的是他的胸前口袋，一般男士通常会放块手帕或者插支自来水笔，这人却插着一根啃光的鸡腿骨。

"是这么回事，"赤发人解释说，"今天早上，在格里鲍耶陀夫之家大厅，死者的头被人从棺材里偷走了。"

"这怎么可能？"玛格丽特脱口而出，随即想起了无轨电车上的窃窃私语。

"鬼才知道！"赤发人大大咧咧地说，"我琢磨着吧，这事儿最好问问河马。这偷儿也忒利索了！这娄子捅的！关键是我想不通，谁要它有什么用呢，一颗死人头！"

饶是玛格丽特·尼古拉耶夫娜心事重重，还是被陌生公民的奇谈怪论震惊了。

"等等！"她突然喊，"哪个柏辽兹？该不会是今天报纸上说的那个……"

"正是，正是……"

"这么说，跟在棺材后面的都是文学家了？"玛格丽特突然龇起了牙。

"当然是他们喽！"

"您认得他们谁是谁吗？"

"一个不差。"

"告诉我，"玛格丽特的声音变得阴沉，"这里头有批评家拉通斯基吗？"

"怎么能少得了他呢？"赤发人说，"第四排最边上那个。"

"浅黄色头发那个？"玛格丽特眯着眼问。

"浅灰色那个……瞧，他正抬眼看天呢。"

"像天主教牧师的那个？"

"对对！"

玛格丽特死死地盯着拉通斯基，再不发问。

"看得出来，"赤发人笑道，"您很恨这个拉通斯基。"

"我恨的人还不止他呢，"玛格丽特咬牙切齿地说，"但说这个也没什么意思。"

送葬队伍重新开动，跟在步行者后面的大多是些空车。

"就是说嘛，那能有啥意思，玛格丽特·尼古拉耶夫娜！"

玛格丽特讶然道："您认识我？"

赤发人没有回答，将礼帽抓在手上，胳膊伸直。

玛格丽特看着痞里痞气的对话者，心想："好一副强盗嘴脸！"

"可我并不认识您。"玛格丽特冷冰冰地说。

"您上哪儿认识我去？话说，我来找您是有事儿的。"

玛格丽特脸色一白，身子往后一缩。

"您早就该开门见山的，"玛格丽特说，"用不着胡扯些鬼才知道的死人头！您想抓我？"

"没有的事儿，"赤发人叫道，"这叫什么话！一开口就非得抓人不可么！我找您有别的事儿。"

"我一点儿也不明白，什么事儿？"

赤发人四下望望，神秘地说："有人派我来，邀请您今晚去做客。"

"您胡说什么，做什么客？"

"去见一位无比尊贵的外宾。"赤发人眼睛微眯，意味深长地说。

玛格丽特勃然大怒:"真是无奇不有,大街上拉皮条!"说罢,起身便走。

"真是一份好差事!"赤发人屈辱地大叫,冲着玛格丽特离去的背影嘟囔了一句:"傻瓜!"

"恶棍!"玛格丽特扭头回敬了一句,随即听到赤发人的声音在她身后响起:"黑暗,自地中海袭来,笼罩了这座为总督所痛恨的城市。连接圣殿与可怖的安东尼亚堡的座座吊桥不见了……耶路撒冷,这座伟大的城市消失了,仿佛从未存在过一般……您也消失去吧,连同您那本被焚的残稿和那些干枯的玫瑰!您就独自坐在这长椅上,恳求他放您自由,让您自由地呼吸,求他离开您的记忆去吧!"

脸色煞白的玛格丽特走回到长椅前。赤发人觑眼瞧着她。

"我完全不明白,"玛格丽特·尼古拉耶夫娜低声说,"文稿倒还有可能……潜入房间偷看……您买通了娜塔莎,是不是?可我的心思,您是怎么知道的?"她痛苦地皱着眉,又说,"告诉我,您是什么人?是哪个部门的?"

"真是烦人,"赤发人嘟囔了一句,提高嗓门说,"拜托,我不是都跟您说了吗,我哪个部门的也不是!坐下吧。"

玛格丽特顺从地坐下了,但忍不住又问了一句:"您到底是什么人?"

"好吧好吧,我叫阿扎泽洛,可这还不跟没说一样嘛!"

"您能否告诉我,您是从哪儿知道那些文稿和我的心思的?"

"不能。"阿扎泽洛干巴巴地说。

"那您有他的消息吗?"玛格丽特祈求地低声说。

"嗯,就算有吧。"

"求求您,就告诉我一句话:他还活着吗?求您了!"

"嘻,活着呢,活着呢。"阿扎泽洛不情愿地说。

"哦,上帝!"

"别这么激动,别嚷。"阿扎泽洛阴沉着脸说。

"对不起,对不起,"玛格丽特温顺地呢喃道,"我刚才对您发了火。不过,您也得承认,倘若有人在大街上邀请女士去做客……我并无偏见,请相信我,"玛格丽特苦笑了一下,"但我从来没有见过外国人,也完全没兴趣跟他们打交道……除此之外,我丈夫……我的悲剧在于,我和一个我不爱的人生活在一起,却又不忍心毁掉他的生活。我在他身上看到的全是善意……"

阿扎泽洛不耐烦地听着这语无伦次的独白,板起脸道:"请您先闭嘴一分钟。"

玛格丽特顺从地闭上了嘴。

"我请您去见的外国人是绝对安全的。这事儿没有人会知道。我向您保证。"

"我对他能有什么用呢?"玛格丽特讨好地问。

"晚点您就知道了。"

"我明白了……我要委身于他。"玛格丽特若有所思地说。

阿扎泽洛闻言,傲慢地冷哼了一声,说:"相信我,这个世界上的任何一个女人恐怕都对此求之不得呢,"嘲笑扭曲了阿扎泽洛的面孔,"但我要令您失望了,没这回事。"

"这究竟是个什么外国人?!"玛格丽特惊叫失声,引得过往行人纷纷侧目,"我去见他有什么好处?"

阿扎泽洛凑过头来,意味深长地耳语道:"这个嘛,好处大得很……您可以借此机会……"

"什么?"玛格丽特瞪大了眼睛,"要是我理解得没错,您是说,我可以打听到他的情况?"

阿扎泽洛默默地点了点头。

"我去！"玛格丽特大叫，紧紧地抓住阿扎泽洛的胳膊，"要我去哪儿都成！"

阿扎泽洛如释重负地松了口气，身子向后一靠，挡住了椅背上刻着的两个大字"纽拉[①]"，冷嘲热讽地说："这些女人，可真难对付！"他两腿伸直，双手插进裤兜，"说真的，这种事儿干吗非要派我来呢？让河马来多好，他那么有魅力……"

玛格丽特撇嘴苦笑："您别再故弄玄虚，打哑谜折磨我了……要知道，我是个不幸的人，而您正是利用了这一点。我正在卷进一桩怪事里，但我发誓，这完全是因为您用他引诱了我！这一切太过蹊跷，我的头都晕了……"

"得了得了，"阿扎泽洛扮了一个鬼脸，"您也得体谅我。将管理处主任胖揍一顿，把姑父赶出家门，冲谁开上一枪，或者诸如此类的小事儿，这才是我的本职工作，可跟恋爱中的女人谈事情——还是饶了我吧！我都劝了您半个钟头啦。您到底去不去？"

"去！"玛格丽特·尼古拉耶夫娜干脆地说。

"那就烦请收下。"阿扎泽洛从裤兜里掏出一个金色圆盒，递给玛格丽特，说，"快收起来，这么多人看着呢。它对您有用，玛格丽特·尼古拉耶夫娜，这半年您愁得明显见老了。"玛格丽特涨红了脸，但没有吭声，阿扎泽洛继续说："今晚九点半整，麻烦您脱光衣服，脸上、身上全抹上油膏。之后您想干啥都行，就是别离开电话。十点钟我给您打电话，告诉您该怎么做。您什么都不用操心，自会有人将您送到地方，绝不会惊扰到您。明白了？"

玛格丽特沉默半响，说："明白了。这个盒子是纯金的，掂重量就知道。好吧，我很清楚，你们想收买我，将我卷进一桩

[①] 纽拉（Нюра）和安努什卡（Аннушка）均为同一个名字（安娜， Анна）的小名。

大师和玛格丽特 | 255

黑暗事件里,而我会为此付出沉重代价。"

"这叫什么话!"阿扎泽洛几乎发起狠来,"您又来?……"

"不,等等!"

"把油膏还我!"

玛格丽特死死地攥住金盒,继续说:"不,等等……我知道我在做什么。但为了他,我什么都愿意做,因为除了他,我在这个世上再没有任何希望。但我要告诉您,若是您毁了我,您会感到愧疚的!是的,愧疚!我是为爱而死!"玛格丽特捶了一下胸口,望向太阳。

"给我,"阿扎泽洛恨恨地说,"还给我,我不管了,见鬼去吧!让河马来吧!"

"哦,不!"玛格丽特的叫声吓到了过往行人,"我什么都肯答应,我可以涂油膏、扮小丑,我可以见魔鬼、下地狱!不给!"

"嚯!"阿扎泽洛突然瞪着眼睛大叫一声,伸手指向花园栅栏方向。

玛格丽特扭头望去,但什么特别的也没发现。等她再回过头,想向阿扎泽洛问个清楚时,却发现已经无人可问了:神秘的对话者消失不见了。

玛格丽特急忙将手伸进提包,确认刚才放进去的金盒还在,也来不及细想,便匆匆地离开了亚历山大花园。

第二十章　阿扎泽洛的油膏

纯净的夜空中低悬着一轮明月,透过槭树枝条清晰可见。椴树和槐树用光影在花园地面上画满了繁复的花纹。玛格丽特·尼古拉耶夫娜卧室里的三扇天窗全开着,但都拉着窗帘,透出强烈的电灯光。卧室里灯火通明,照着室内的一片狼藉。

床铺被子上胡乱扔着睡裙、丝袜和内衣,一套皱巴巴的睡衣掉在了地板上,旁边还有一盒慌乱中被踩扁的香烟。床头柜上摆着一双鞋,旁边有一杯尚未喝完的咖啡,烟灰缸里有个烟头仍在冒烟。椅背上搭着一身黑色晚礼服。房间里漾着香水味。除此之外,还不知从哪儿飘来一股熨斗发烫的气味。

玛格丽特·尼古拉耶夫娜坐在梳妆镜前,赤身披着一件浴袍,脚上穿着一双黑色麂皮鞋。在她面前摆放着从阿扎泽洛那儿得到的金盒,金盒旁边有一只金表镯,玛格丽特正目不转睛地盯着表盘。有时她恍惚觉得,金表坏了,指针不走了。但指针在走,尽管非常慢,好像被黏住了。终于,长针落向了九点二十九分。玛格丽特的心怦怦乱跳,以致没能一把抓住金盒。她稳住心神,打开金盒,发现里面是一种浅黄色油膏,依稀有股沼泽水藻的气息。她用指尖挑起一点,放在掌心,水藻和森林的气息变得愈加浓郁,她用掌心将油膏涂抹在额头和脸颊上。

油膏很轻易就抹匀了,而且似乎当下就挥发了。刚抹了几下,玛格丽特往镜中一瞥,金盒失手掉在金表镯上,将表蒙子砸出道道裂璺。玛格丽特闭上眼睛,睁开,又看了一眼,不禁放声大笑。

被镊子拔成两条细线的眉毛重新变得乌黑浓密,如两段圆弧弯在晶莹碧绿的眼睛上;两眼之间,自去年十月大师失踪之后出现的纵贯山根的一道细纹消失了;两鬓的暗黄不见了,就连眼角浅浅的鱼尾纹都不见了;双颊灌满了玫瑰的色泽,额头变得光洁如玉,被理发馆烫成的鬈发变回了自然卷。

一个二十岁的黑发女子正从镜中望着三十岁的玛格丽特,抑制不住地咧嘴大笑。

直到笑够了,玛格丽特噌地跳出睡袍,挖了一大块轻盈的油膏,照着身上大涂大抹。凡油膏所到之处,皮肤立刻变得鲜艳玫红,闪闪发亮。紧接着,仿佛从脑子里拔出了一根针,自亚历山大花园奇遇之后疼了一晚上的太阳穴不疼了。四肢的肌肉变得紧实了,紧接着,她的身体失去了重量。

玛格丽特向上一跳,悬停在离地不高的半空中,随后才缓缓落在地毯上。

"好个油膏!好个油膏!"玛格丽特呼喊着扑向金盒。

油膏改变的不止她的外貌。眼下她感觉浑身上下的每一颗粒子都沸腾着喜悦,像有无数气泡在刺激着她的周身。玛格丽特感到自己是自由的,摆脱了一切束缚的。不仅如此,她还无比清晰地意识到,上午的预感变成了现实,她就要离开这栋别墅,永远告别从前的旧生活了。但终归有一个念头自旧生活脱落——在开启全新的、异乎寻常的、牵引她飞升的新生活之前,她必须履行最后一项义务。于是她光着身子,连跳带飞地从卧室跃进丈夫的书房,打开灯,扑向书桌。她从记事本上扯下一页纸,抓起铅笔,不假思索地写下两行大字:

> 原谅我,并尽快忘了我。我将永远离你而去。不必找我,没用的。我变成了巫女,由于不堪忍受的痛苦与不幸。

我要走了。别了。

玛格丽特

彻底心无挂碍的玛格丽特飞回了卧室,娜塔莎抱着一堆衣服追了进来。所有那些衣服——挂在木质衣架上的衣裙、钩花头巾,几双放着鞋撑的蓝色绸缎鞋,一条腰带——通通掉落在地板上,娜塔莎惊骇地两手一拍。

"怎么样,美吧?"玛格丽特·尼古拉耶夫娜嗓音嘶哑地高喊。

"这是怎么回事?"娜塔莎向后退着,喃喃地问,"您这是怎么弄的,玛格丽特·尼古拉耶夫娜?"

"是油膏!油膏,油膏!"玛格丽特转过身,指着梳妆镜前金光闪闪的圆盒。

娜塔莎顾不得掉在地上的衣裙,奔到梳妆镜前,贪婪地、两眼放光地盯紧了剩下的油膏,嘴唇翕动了几下。她扭头看向玛格丽特,无限崇拜地说:"皮肤!瞧您的皮肤!玛格丽特·尼古拉耶夫娜,您的皮肤在发光哩!"她这才猛然清醒过来,连忙跑向衣裙,捡起来,抖落干净。

"扔掉!扔掉!"玛格丽特冲娜塔莎喊,"让它们见鬼去吧,通通扔掉!不,别扔,您自己留着作个纪念吧。我说,您拿去作纪念吧。把我卧室里的东西通通拿去!"

娜塔莎呆愣愣地瞅了玛格丽特半晌,这才冲上去搂住她的脖子,又亲又喊:"像缎子一样!在发光!缎子!再瞧您的眉毛、眉毛呦!"

"把这些衣服全拿去,香水也全拿走,藏到自己的箱子里去,"玛格丽特喊,"但珠宝首饰别拿,不然会告您偷窃的!"

娜塔莎把所有能拿的衣服、鞋子、丝袜、内衣,通通拢到一起,捆成一个大包袱,背着跑出了卧室。

这时，从巷子对面一扇洞开的窗户里，突然飞出嘹亮而优美的华尔兹舞曲，别墅大门外传来切近的汽车排气声。

"阿扎泽洛就要来电话了！"玛格丽特听着巷子里传来的华尔兹舞曲，欢呼道，"他会打电话的！外国人并不危险。是的，我现在知道了，他并不危险！"

汽车轰鸣着开走了。便门开了，花砖小径上响起橐橐的脚步声。

"是尼古拉·伊万诺维奇，听脚步声就知道。"玛格丽特心想，"临走之前，我得好好跟他开个玩笑。"

玛格丽特一把拽开窗帘，侧身坐上窗台，双臂抱膝。月光舔着她的右半边身子。玛格丽特举头望明月，作诗意沉思状。脚步声又响了两下，戛然而止。玛格丽特继续赏了一会儿月，装模作样地叹了口气，扭头看向花园，果见楼下邻居尼古拉·伊万诺维奇正沐浴在明亮的月光里。他坐在长椅上，但明显看得出来，他是突然间坐上去的。他脸上的夹鼻眼镜歪斜着，公文包紧紧抱在怀里。

"啊，您好啊，尼古拉·伊万诺维奇。"玛格丽特声音哀怨地说，"晚上好！您去开会啦？"

尼古拉·伊万诺维奇没有吱声。

"而我呢，"玛格丽特将身子探出窗外，继续说，"您瞧，只能一个人坐着发呆，看月亮，听华尔兹。"

玛格丽特抬起左手理了理云鬓，然后生气地说："这可不礼貌，尼古拉·伊万诺维奇！再怎么说，人家也是个女士！人家跟您说话，您却不吭声，这可是很无礼的！"

月光下，尼古拉·伊万诺维奇马甲上的每一粒纽扣，浅黄色山羊胡的每一根胡须都清晰可见，他突然古怪至极地笑了笑，从长椅上站起身来，但明显手足无措，以致没有脱帽行礼，而是将公文包往旁边一甩，两腿下蹲，像是要跳哥萨克踢腿舞似的。

"嘻,您可真是无趣,尼古拉·伊万诺维奇!"玛格丽特说,"总的来说,你们所有人都让我腻烦透了,简直无话可说。我太幸福了,终于可以离开你们了!让你们通通见鬼去吧!"

话音刚落,玛格丽特身后便响起了电话铃声。玛格丽特将尼古拉·伊万诺维奇抛在脑后,跳下窗台,抓起话筒。

"我是阿扎泽洛。"电话那头说。

"亲爱的、亲爱的阿扎泽洛!"玛格丽特欢呼。

"是时候了!飞出来吧!"阿扎泽洛说,从声音听得出来,玛格丽特由衷的狂喜令他很是欣慰,"飞到大门口时,喊一声:'隐身!'再在城市上空飞上一会儿,适应一下,然后一直朝南飞,离开城市,一直飞到河边。那里有人恭候!"

玛格丽特放下电话,隔壁立刻响起类似木拐的笃笃声,紧接着是敲门声。玛格丽特拽开房门,但见一只地板刷,刷毛冲上,跳着舞飞进了卧室。它用刷柄在地板上敲出急促的鼓点,尥着蹶子跳上了窗户。玛格丽特兴奋地尖叫一声,跳上刷背,这才想起来,自己激动得连衣服都忘了穿。她飞快地跳到床边,随手抓起一件浅蓝色睡裙。她挥舞着睡裙,像骑兵挥舞着军旗,飞出窗外。花园上空的华尔兹奏得更响了。

玛格丽特自窗口滑落,看见了长椅上的尼古拉·伊万诺维奇。后者仿佛被冻在了长椅上,瞠目结舌地听着从灯火通明的顶楼卧室里传出的喊叫和巨响。

玛格丽特在他面前踢踏着双脚,大喊:"再见啦,尼古拉·伊万诺维奇!"

尼古拉·伊万诺维奇"啊呀"一声,吓趴在长椅上,两手交替着朝前爬,将公文包撞到了地上。

"永别啦!我要飞走了!"玛格丽特的喊声盖过了华尔兹。此刻她意识到,睡裙对她完全无用,便狂笑着将睡裙蒙在

大师和玛格丽特

了尼古拉·伊万诺维奇头上。后者眼前一黑，扑通栽下长椅，摔在花砖上。

玛格丽特扭过头，最后看了一眼令她痛苦多年的别墅，在熊熊燃烧的窗户旁看到了娜塔莎吃惊到变形的面孔。

"别了，娜塔莎！"玛格丽特喊罢，扯起飞刷，更大声地呼喊："隐身！隐身！"她穿过噼噼啪啪打在脸上的椴树枝条，越过大门，飞进巷子。紧随其后的，是彻底发狂的华尔兹。

第二十一章 飞行

隐身！自由！隐身！自由！飞过家门口的巷子，玛格丽特拐进另一条与之直角交叉的小巷。这条修修补补、曲里拐弯，带有一家门脸歪斜的、论杯卖煤油和小瓶杀虫剂的煤油铺子的深邃小巷，玛格丽特刹那间就飞到了底。若非她奇迹般地刹住了飞刷，非得一头撞死在拐角处歪歪斜斜的旧路灯上不可。这让她意识到，即使是完全的隐身与自由，也得稍微悠着点，以免乐极生悲。避过路灯之后，玛格丽特更紧地搂住飞刷，降低了飞速，加倍留神横在人行道上空的电线和广告牌。

第三条巷子直通阿尔巴特街。此时玛格丽特已经完全熟悉了飞刷操控，知道只需手脚微微一动，飞刷便会乖乖听命，也知道了在城市上空飞行必须加倍注意，不可横行无忌。除此之外，还在巷子里时她便确信，地上的行人完全看不见自己。因为没有一个人仰起头，大喊："快看，快看！"也没有一个人惊惶逃窜，尖叫，晕厥，或者狂笑。

玛格丽特飞得无声无息，飞得极慢，极低，也就两层楼那么高。但无论她再怎么慢，刚进入灯火辉煌的阿尔巴特街时，还是一不留神，肩膀撞在了一个画着箭头的发亮圆盘上。这可惹恼了玛格丽特。她勒住听话的飞刷，退后一段距离，猛地冲上前去，用刷柄将圆盘撞得粉碎。碎片哗啦啦纷纷坠落，底下行人抱头鼠窜，警哨声旋即响起，恶作剧的玛格丽特哈哈大笑。"在阿尔巴特街得加倍小心，"玛格丽特心想，"这里乱七八糟的东西太多，根本防不胜防。"她开始忽上忽下地在电线之间穿行。骑在飞刷上俯瞰，只见无轨电车、公共汽车和小汽车的车顶盖在马路上鱼贯而行，人行道上流淌着帽子的河流。从这些河流里分出一条条小溪，流进街边店铺火红的大嘴里。

"呸，乱乱哄哄！"玛格丽特忿忿地想，"在这儿是没法拐弯的。"她飞到阿尔巴特街尽头，提升到四层楼高度，沿着街角处剧院大楼外墙上光泽夺目的管道，徐徐拐进一条高楼林立的窄巷。所有窗户都开着，随处能听见窗内传出的广播音乐声。出于好奇，玛格丽特朝一扇窗户里望了望。那是一间公共厨房。两只煤油炉正在炉灶上嘶吼，炉旁站着两名妇女，手持汤勺，正在对骂。

"我告诉你，佩拉格娅·彼得罗夫娜，厕所灯要记得关，"站在一口热气腾腾的大锅前面的妇女说，"不然我们就打报告，把你撵出去。"

"就你是好样的。"另一名妇女反唇相讥。

"你们俩都是好样的。"玛格丽特朗声道，从窗户飞进了厨房。吵架的双方循声望去，脏汤勺顿时僵在手中。玛格丽特敏捷地从二人中间探出胳膊，拧动阀门，关闭了两只煤油炉。女人们"啊呀"一声，张大了嘴。玛格丽特再没有了兴致，又从厨房飞进了巷子。

在巷子尽头处，一座宏伟的、奢华的、显然是新近落成的八层高楼吸引了玛格丽特的注意。她降落地面，发现大楼正面为黑色大理石砌成，宽敞的玻璃门后面能看见看门人镶着金色饰带的大檐帽和制服扣子，大门上方有几个描金大字："戏文大厦"。

玛格丽特眯眼看着那几个大字，心想，"戏文大厦"是什么意思？她将飞刷夹在腋下，用玻璃门撞开吃惊的看门人，走进大厅，一眼瞧见电梯旁边墙上挂着一块黑色的大木牌，上面用白字写着门牌号和户主姓氏，最顶上写着："戏剧家与文学家大厦"。玛格丽特发出一声野兽般低沉的嘶吼。她蹿到半空，贪婪地浏览着住户名单：胡斯托夫、德乌布拉茨基、克万特、别斯库德尼科夫、拉通斯基……

"拉通斯基——！"玛格丽特尖声长叫，"拉通斯基！就是他……就是他害了大师！"

门口的看门人吓了一跳，瞪大眼睛瞅着木牌，想破脑袋也想不通：一块木牌牌怎么会突然发出尖叫。

而玛格丽特早已顺着楼道急速飞升，口中狂喜地念叨着："拉通斯基——84号……拉通斯基——84号……"

"左边——82，右边——83，再往上，左边——84。就是这儿！门牌上写着呢：'О.拉通斯基'。"

玛格丽特跳下飞刷，炽热的脚掌踩在清凉的石板上。她按了一下门铃，又按了一下。但无人开门。玛格丽特更使劲地按下门铃，自己都听见了屋内响起的刺耳的铃声。是的，八楼84号宅的住户到死都得念柏辽兹的好，感谢这位马索利特主席死在了电车轮下，而追悼会恰恰开在了这天晚上。批评家拉通斯基一定是伴着幸运星降生的。是它拯救了拉通斯基，让他在这个星期五晚上避开了变成巫女的玛格丽特。

依旧无人开门。于是玛格丽特开足马力，数着楼层降到一楼，冲到街上，抬头细数，想确定拉通斯基家的窗户在哪儿。错不了，肯定是八层拐角处那五扇黑着灯的窗户。玛格丽特瞅准了，升到空中，几秒钟后便从一扇开着的窗户翻了进去。房间里黑咕隆咚，只有银色的月光铺成的一条窄路。玛格丽特循着月光，摸到电灯开关。一分钟后，整座住宅便灯火通明。飞刷戳在墙角。确认过家中无人，玛格丽特开门走进楼道，又确认了一下门牌。没错，就是这儿。

据说，时至今日，批评家拉通斯基每每想起这个可怕的夜晚，仍会面色惨白，并且至今感念柏辽兹的恩德。倘若那晚他在家中，真不知会闹出何等骇人听闻的血腥惨案来；再从厨房出来时，玛格丽特手中已多了一柄沉重的锤头。

裸体的、隐身的、会飞的巫女不住地自我克制，自我劝说，但两手仍急不可耐地发抖。她瞄了瞄准，一锤砸在钢琴键盘上，第一声哀号迅速传遍了整个屋子。无辜的贝克尔牌室内钢琴发了疯似的嚎叫。琴键纷纷陷落，象牙贴片四处乱飞。钢琴不住地嗡鸣，哀嚎，嘶喘，铮鸣。砰的一声，仿佛开了一枪，锃光瓦亮的音板被一锤砸烂。玛格丽特喘着粗气，用锤子捣烂、扯断琴弦。终于，玛格丽特砸累了，瘫倒在扶手椅上，喘气休息。

浴室里、厨房里传来可怕的流水声。"看来，水已经漫到地板上了……"玛格丽特心想，然后说："不能光这么干坐着。"

厨房里的水已经灌进了走廊。赤脚的玛格丽特啪嗒啪嗒踩着水，从厨房拎来一桶桶水，通通灌进了批评家书房的书桌抽屉里。她又用铁锤将书柜门砸个稀巴烂，然后扑向卧室。她砸烂带镜子的衣橱，扯出批评家的西装，将其泡进浴缸里。她又从书房里拿来满满一大瓶墨水，一股脑浇在奢华蓬松的双人床上。这些破坏带给她火辣辣的享受，但她仍感觉成果微不足道。于是便开始见什么砸什么。她把琴房里的几盆橡皮树砸了，未等砸完，便又返回卧室，用菜刀豁开床单，砸碎玻璃相框。她并不觉得累，只是汗流如注。

与此同时，在拉通斯基楼下的82号宅，戏剧家克万特家的女佣正在厨房喝茶，听着楼上噼里啪啦一阵乱响，正在纳闷，猛一抬头，眼看着天花板由洁白变成了死尸般的青灰色。尸斑迅速扩大，随即渗出大颗大颗的水滴。女佣被眼前的景象吓傻了，足足呆坐了两分钟，直到天花板上真正下起雨来，雨点子砸在地板上，这才慌里慌张地跳起来，往漏雨的地方接了一只水盆。但这根本不济事，因为渗水面积越来越大，已经淹到煤气炉和餐桌上了。女佣大叫一声，奔出房门，跑到楼上，按响了拉通斯基家的门铃。

"嗯，有人按门铃了……差不多了。"玛格丽特说。她骑上飞刷，听见一个女声在门外对着猫眼喊："开门，开门哪！杜霞，快开门！你们家是不是跑水了？把我们家都淹啦！"

玛格丽特升高一米，朝枝形吊灯撞去。两只灯泡被撞碎，挂饰四处乱飞。门外的叫声停止了，楼梯上响起噔噔噔的脚步声。玛格丽特飘出窗外，抡起胳膊，一锤砸在窗玻璃上。"哐啷"一声，玻璃碎片沿着大理石贴面急坠而下。玛格丽特又飞向下一扇窗户。远远的下方人行道上，行人慌忙奔逃，停在楼门口的两辆汽车中的一辆鸣着笛跑开了。

砸完拉通斯基家的窗户，玛格丽特又飘到邻居家窗前。她越砸越顺手，叮当哐啷声不绝于耳。看门人跑出大厅，抬头观瞧，一时间没能反应过来，愣怔了片刻，这才把哨子塞进嘴里，狂吹起来。伴着这哨声，玛格丽特愈加疯狂地砸烂了八楼最后一扇窗户，紧接着降到七楼，继续开砸。

终日守在玻璃门后苦闷无聊的看门人，全身心地投入到了吹哨子行动当中，而且完全配合着玛格丽特的节奏，倒像是在为她伴奏。每当玛格丽特砸完一扇窗户，飞向下一扇窗户时，看门人便也停下来换气；每当玛格丽特抡起锤头砸向玻璃时，看门人便也鼓足了腮帮子猛吹，哨声钻破夜空，直冲云霄。

卖力的看门人，加上暴怒的玛格丽特，二人遥相呼应，成效显著。整栋楼内一片恐慌。暂且完好的窗子纷纷打开，一颗颗脑袋刚探出窗外，忙又缩了回去；原本开着的窗子则相反，争先恐后地关闭。对面居民楼亮着灯的窗户里，出现一道道黑色剪影，人们大感惶惑：新建成的戏文大厦，好端端的窗户怎么会集体碎裂。

巷子里的行人拥到戏文大厦前，楼内的住户则没头苍蝇似的在楼道里来回乱窜。克万特家的女佣满楼道嚷嚷,说她们家被淹了,很快,克万特家楼下、80号胡斯托夫家的女佣也跟着嚷嚷起来。胡斯托夫家厨房里、厕所里都在漏水。终于,克万特家厨房天花板上掉下来好大一块石膏,砸碎了餐桌上所有的脏盘子,紧接着下起了真正的暴雨:湿漉漉的板条耷拉下来,雨水顺着网格瓢泼而下。一单元楼道里惊叫连连。飞到四楼倒数第二扇窗户时,玛格丽特朝里面望了望,见一个男人正手忙脚乱地往头上套防毒面具。玛格丽特照着他家窗户砸了一锤,吓得他一蹦多高,夺门而逃。

野蛮的破坏意外地终止了。滑到三楼时,玛格丽特朝最边上拉着深色薄帘的窗子里望了一眼。屋内亮着一盏微弱的罩灯。一张两侧带护栏的小床上坐着一个四岁左右的小男孩,正害怕地听着窗外的动静。家里一个大人也没有,显然是都跑出去了。

"有人在砸窗户,"小男孩说,然后大叫,"妈妈!"

没人回应,小男孩又说:"妈妈,我怕。"

玛格丽特撩开窗帘,飞进屋内。

"我怕……"小男孩的声音有些发颤。

"不怕、不怕,好孩子。"玛格丽特竭力让自己被风吹哑的、罪行累累的嗓音柔和下来,说,"是一群淘气包在砸玻璃。"

"是用弹弓吗?"小男孩的声音不再颤抖了。

"是弹弓,弹弓。"玛格丽特说,"你睡吧!"

"是西特尼克,"小男孩说,"他有一把弹弓。"

"嗯,当然是他!"

小男孩调皮地望望四周,问:"你在哪儿呀,阿姨?"

"我哪儿也不在,"玛格丽特说,"我是你梦见的。"

"我猜也是。"小男孩说。

"快躺下，"玛格丽特用命令的口吻说，"把手枕在脸蛋下面，我还会到你梦里去的。"

"好啊，你来吧，来吧。"小男孩说着，乖乖地躺下，把手枕在腮帮子底下。

"我给你讲个故事，"玛格丽特用温暖的手掌抚摸着小男孩的短发，"从前，有个阿姨。她没有孩子，也没有幸福。起初，她哭啊哭啊，后来，就变得凶恶了……"玛格丽特停住口，拿开手——小男孩睡着了。

玛格丽特轻轻地将锤头放在窗台上，飞出窗外。大厦周围一片混乱。沥青人行道上洒满了碎玻璃碴，行人慌不择路，大呼小叫。人群中间不时闪过民警的身影。消防警报突然响了，一辆红色的云梯消防车从阿尔巴特街朝这里开来……

但接下来的事已经引不起玛格丽特的兴趣。她瞄了瞄准，避开电线，搂紧飞刷，瞬间飞升到了倒霉的大厦上空。身下的巷子猛然一歪，急速下降。玛格丽特下方已不再是单个楼顶，而是一大片屋顶，被闪光的道路切割成了各种角度。这一切突然闪到一旁，灯光的链条变得模糊不清，融成了一片。

玛格丽特再一耸身，所有屋顶顷刻陷入地下，取而代之的是一片颤抖的灯光之湖，灯湖陡然飞升，出现在玛格丽特头顶，月亮则跑到了她的脚下。玛格丽特意识到是自己头朝下了，便恢复了正常体态，再一看，脚下的灯湖也不见了，身后只剩下天际的一抹红霞。霞光也转瞬即逝，玛格丽特看到，只有月亮在左上方陪伴自己飞行。她的头发早就变成了麦秸垛，月光呼啸有声地涤荡着她的身体。在她的下方，两排稀疏的灯光汇成致密的火线，转瞬间又消失不见，玛格丽特由此意识到，自己正以可怕的速度飞行，并为自己的呼吸自如感到吃惊。

几秒钟后，杳如深渊的大地上突然冒出一片新的灯湖，眨眼间滚到了飞行者脚下,随即打着旋沉入地底。再过几秒钟,又是同样的情景。

"城市!城市!"玛格丽特高喊。

随后,有那么两到三次,她看到下方似有一柄马刀,躺在敞开的黑盒中,隐隐闪着寒芒,她猜测,那应该是河流。

玛格丽特抬头向左,发现月亮正像个疯女人似的朝莫斯科狂奔,同时却又怪异地原地不动,以至于可以清晰地看到月亮上有个神秘的黑影,不知是龙兽,还是神驼马[①],尖脸朝着被遗弃的莫斯科。

玛格丽特这才想到,自己其实完全没必要如此疯狂地催动飞刷,以致无法将周遭的一切看个清楚,无法好好地享受飞行的乐趣。似乎有人告诉她,在她要去的那个地方,人们会耐心地等候她,她大可不必以如此疯狂的速度和高度枯燥地飞行。

玛格丽特掉转飞刷,刷毛朝前,刷柄上翘,于是飞速骤减,开始下降。这宛如空中雪橇般的滑翔给玛格丽特带来了极大的愉悦。大地朝着她升起,原本漆黑混沌的一团之中逐渐显现出月圆之夜的种种神秘与魅力。大地扑面而来,郁郁葱葱的森林气息钻入鼻翼。玛格丽特穿过沾满露水的草地上空弥漫的雾气,飞临一面水塘之上。青蛙在她脚底下合唱,不知何处传来火车的喧响,莫名地令她心头发紧。玛格丽特很快就发现了它。火车爬得很慢,像条毛毛虫,一面爬,一面往空中喷洒火星。玛格丽特超过火车,又飞过一面水镜,见一轮月亮在镜中游动。她继续降低高度,脚掌几乎擦着巨松的梢头。

沉重的破空声自后方传来,离玛格丽特愈来愈近。渐渐

[①] 神驼马,19世纪30年代由俄国诗人彼得·叶尔绍夫(1815—1869)创作的童话诗《神驼马》中的形象。神驼马身高不足一米,两耳却有半米多长,背生双驼峰,会魔法,懂人言,善飞翔,帮助主人公傻瓜伊万历经重重考验,最终继任国王,并迎娶了月亮公主。

地，在仿若炮弹飞行的轰响之外，又掺入了某个女人的狂笑，声震数俄里开外。玛格丽特回头望去，见一个奇形怪状的黑色物体正急速逼近。黑色物体的轮廓逐渐清晰，看得出顶上有个人影。终于完全看清楚了，赶上来的竟是娜塔莎。

她浑身赤裸，披散的头发在空中飞扬，胯下骑着一头肥猪，肥猪的两只前蹄抓着一只公文包，两条后腿在空中拼命倒动。在月光中不时闪烁的夹鼻眼镜终于黯淡下来，从鼻梁上脱落，吊在一根细绳上，飞在肥猪身侧；头上的礼帽不时滑落，遮住肥猪的眼睛。玛格丽特凝神细看，发现肥猪竟是尼古拉·伊万诺维奇变的，不禁纵声大笑，与娜塔莎的笑声合在一处。

"娜塔莎！"玛格丽特高喊，"你也抹了油膏？"

"亲爱的！"娜塔莎的叫声惊醒了沉睡的松林，"我的法国女王，我往他的秃顶上也抹啦，哈哈！"

"公主！"载着女骑手疾驰的肥猪带着哭腔喊。

"亲爱的！玛格丽特·尼古拉耶夫娜！"娜塔莎飞在玛格丽特身旁，大声喊，"我承认，我拿了油膏！因为我们也想活上一回，我们也想飞！原谅我，我的女王，我再也不回去啦，说什么也不回去啦！啊，真美，玛格丽特·尼古拉耶夫娜！……他向我求婚啦，"娜塔莎用手指戳着气喘吁吁、困窘不堪的肥猪的脖子，"求婚！你管我叫什么来着，嗯？"她趴在肥猪的耳朵边上喊。

"女神！"肥猪哀嚎着，"我不能飞这么快呀！我会弄丢很多重要文件的。我抗议，娜塔利娅·普罗科菲耶夫娜①。"

"带着你的文件见鬼去吧！"娜塔莎粗鲁地笑骂。

"您在说什么呀，娜塔利娅·普罗科菲耶夫娜！会被人听见的！"肥猪大声哀求。

---

① 娜塔莎的名和父称，以示尊敬。

娜塔莎一面飞,一面嘻嘻哈哈地对玛格丽特讲述了别墅里后来发生的事。

娜塔莎承认,在玛格丽特飞走以后,她再也没去碰女主人许给她的任何东西,而是当下扒掉衣服,冲向油膏,照着身上大抹特抹。在她身上发生了和女主人一样的变化。正当她对着镜中的自己开怀大笑,沉醉于魔法的美艳时,房门开了,尼古拉·伊万诺维奇出现在门口。他局促不安,手里抓着玛格丽特·尼古拉耶夫娜的睡裙与他自己的帽子和公文包。一见娜塔莎,尼古拉·伊万诺维奇的眼睛都直了。他勉强稳住心神,脸红得像只熟透的大虾,说什么他自认为有义务将捡到的睡裙亲手奉还……

"你还说什么来着?混蛋!"娜塔莎又叫又笑,"你说什么来着,拿什么引诱我来着!你说要给我好多好多钱!还说你老婆绝对不会知道的。你说,是不是?"娜塔莎冲着肥猪喊,肥猪只得臊眉耷眼地别过脸去。

娜塔莎一时兴起,往尼古拉·伊万诺维奇秃顶上也抹了一把油膏,顿时惊呆了:这位可敬的先生脸上长出了猪拱嘴,手和脚都变成了猪蹄。尼古拉·伊万诺维奇对着镜子一照,惨叫连连,却已追悔莫及。几秒钟后,这头被驯服的肥猪便哀嚎着飞离了莫斯科。

"我要求恢复我的本来面目!"肥猪突然哑着嗓子哼哼,分不清是在斥责,还是哀求,"我可不想参加什么非法集会!玛格丽特·尼古拉耶夫娜,您必须制止您的女佣!"

"好啊,这会儿我又成了女佣啦?女佣?"娜塔莎揪着肥猪的耳朵大声呵斥,"我不是女神吗?你管我叫什么来着?"

"维纳斯!"肥猪哭嚎着,飞过一条在砾石中喧响的小溪,蹄子碰得榛树丛簌簌作响。

"维纳斯!维纳斯!"娜塔莎发出胜利的呼喊,一手叉腰，一手伸向月亮。"玛格丽特！女王！替我求求情吧，让我也留下来做一名巫女吧！他们什么都听您的，您有这个权力！"

"好吧，我答应你。"玛格丽特说。

"谢谢！"娜塔莎喊，突然又略带苦闷地尖叫："驾！驾！快呀！快！喂，给我冲啊！"她两脚一磕被疯狂疾驰累瘪了的肥猪肚皮，猛然前冲，再次划破空气，瞬间变成了遥远前方的一个黑点，接着完全消失了，连破空声也听不见了。

玛格丽特继续缓慢飞行。下方是一处陌生的荒野，起伏的丘陵上偶有巨松，松间散落着一块块圆滑巨石。玛格丽特边飞边想，自己大概已经离莫斯科很远了。飞刷已经不在松树梢头之上，而是在被月亮镀了半边银的树干之间飞行。飞行者的淡影在前方地面上滑行——月亮已经跑到了玛格丽特身后。

玛格丽特听到附近有水声，料想离目的地不远了。松树不见了，玛格丽特悄然飞到一处白垩岩峭壁前。越过峭壁，果见下方阴影里有一条大河。靠近峭壁的这侧河岸灌木丛生，雾气缭绕；河对岸则平坦低洼，孤零零生着一簇枝叶如盖的树木，树下摇曳着一堆篝火，篝火四周人影幢幢。玛格丽特隐约听到一阵单调而欢乐的乐声自彼处传来。再远处是一大片月光如银的平原，目之所及，再无任何房屋或者人迹。

玛格丽特跃下峭壁，急速坠向水面。长途飞行之后，河水令她心驰神往。她扔掉飞刷，加速坠落，一头扎进水里。轻盈的身体如箭一般射向水底，激起的水柱几乎顶到了月亮。河水竟如澡堂里一般温暖，玛格丽特浮出水面，独自在月夜下的河水中尽情游弋。

玛格丽特周围一个人也没有，但远处灌木丛后面却依稀传来拍水声和呼哧声，似乎也有人在游泳。

玛格丽特跑上河岸。刚游完水的皮肤红得发烫。她丝毫不觉得疲惫，在湿草地上开心地手舞足蹈。突然，她停止舞蹈，

大师和玛格丽特

凝神戒备。呼哧声愈来愈响,从爆竹柳丛后面钻出来一个光着腚的胖男人,一顶黑色的丝绸圆筒礼帽掀在脑后。胖男人脚踝以下沾满了淤泥,仿佛穿了一双黑鞋。他喘着粗气,打着酒嗝,显是醉得不轻,而河水突然泛出的白兰地气息也印证了这一点。

见到玛格丽特,胖子仔细地打量了半晌,忽然开心地叫嚷起来:"这是怎么啦?我真的看见她啦?克洛季娜,真的是你,不知愁的小寡妇!你也在这儿?"说着,就要往跟前凑。

玛格丽特后撤一步,威严地说:"见你的鬼母去!谁是你的克洛季娜?看清楚,你在跟谁讲话。"想了想,又加上一长串无法见诸笔墨的骂人话。这一通骂对轻浮的胖子起到了醒酒的作用。

"哎呀!"他轻呼一声,打了个寒噤。"求您开恩,光明的玛戈王后①!我认错人啦。都怪白兰地,让它受诅咒去吧!"胖子单膝跪地,脱帽行了个礼,接着便俄语法语乱说一气,说什么他的朋友格萨尔在巴黎参加了一场血腥的婚礼,说到白兰地,又说可悲的失误令他懊悔不已。

"你先把裤子穿上吧,狗崽子。"玛格丽特语气稍缓。

见玛戈王后不再生气,胖子欢喜地咧嘴大笑,兴冲冲地禀报说,他眼下之所以没穿裤子,只因一时疏忽,将裤子落在了方才游过的叶尼塞河,说他现在就飞回去取,好在离此不远,抬脚就到,又向玛戈王后表了忠心,祈求王后庇护,这才躬身撅腚,连连后退,直至脚下一滑,仰面朝天栽进河里。可即使

---

① 玛戈王后,即玛格丽特·德·瓦卢瓦(1553—1615),法国国王亨利二世之女,1572年与纳瓦拉国王亨利·德·波旁(即后来的亨利四世)结婚。这场政治联姻原本旨在调和法国内部宗教矛盾,最终却演变为天主教徒对新教徒胡格诺派的血腥屠杀,史称"巴黎的血腥婚礼"。作为宗教战争及宫廷政治的牺牲品,玛格丽特美丽、高傲、慷慨、放荡,一生充满争议。

倒下去时，他那张蓄着短络腮胡的脸上仍保持着兴奋而忠诚的笑容。

玛格丽特打了一个尖锐的呼哨，跳上召之即来的飞刷，越过河面，来到对岸。峭壁的阴影鞭长莫及，整个河岸沐浴在月光中。

玛格丽特的双脚刚一触到湿草地，柳树下的音乐便响得更起劲了，火星四溅的篝火也升腾得更欢快了。月光下的柳条上，挂满了毛茸茸的柔荑花序，柳条下坐着两排阔嘴青蛙，正鼓着胶皮般的腮帮子，用小木笛吹奏威武雄壮的进行曲。一块块磷光荧荧的腐烂木头悬在柳条上，为乐师们照亮乐谱。篝火光在青蛙脸上上蹿下跳。

进行曲专为玛格丽特而奏。她在此受到了最高礼遇。通体透明的水妖①停下了河面上的环舞，朝玛格丽特挥舞着水草，幽咽的致意声在浅绿色的空旷河岸上久久回荡。一群裸体巫女钻出柳丛，站成一排，以宫廷礼节对玛格丽特屈膝行礼。一个长着山羊腿的人飞过来，跪吻玛格丽特的手，在草地上铺开一块丝绸，询问女王沐浴得可好，建议女王躺下来稍事休息。

玛格丽特听从了建议。羊腿人为她端来一杯香槟，酒一落肚，心脏瞬间暖暖的。玛格丽特问起娜塔莎，得知后者已沐浴完毕，骑着飞猪先行赶回莫斯科，以通禀女王即将驾临的消息，并协助准备女王的礼服。

这时，玛格丽特在尖叶柳下的短暂停留又多了一个小插曲。空中传来呼啸声，一个黑色物体明显失误地掉进了河里。几个瞬间之后，玛格丽特面前便又出现了刚在河对岸闹了笑话

---

① 水妖（русалка），通译为"美人鱼"或"人鱼公主"。事实上，斯拉夫民间传说中的水妖与欧洲童话中的美人鱼形象相去甚远。水妖多为殉情的少女亡灵所化，身着白裙（或赤身裸体），长发披散，多群居于湖泽，喜爱在水边唱歌、跳舞（尤其是环舞），坐在岸边梳理长发，她们会用歌声诱惑人，随后将之淹死或者搔痒致死。

大师和玛格丽特

的络腮胡胖子。看样子他已经去过叶尼塞河了,因为眼下他已经穿上了燕尾服,只不过从头湿到了脚。白兰地又一次坑了他,让他在着陆时掉进了水里。可即便如此倒霉,他仍没有忘记微笑,并有幸跪吻了忍俊不禁的玛格丽特的手。

之后众人便准备启程。众水妖在月色下跳罢环舞,消融在月光中。羊腿人恭敬地询问玛格丽特是如何前来的。当得知后者是骑乘飞刷而来时,羊腿人说:"哦,那怎么行,太不舒服了。"立马用两根树枝拼凑了一个奇形怪状的电话,命令某人一分钟之内派辆车来。果然,一分钟不到,一辆浅黄色敞篷轿车便降落在篝火之上。驾驶位上的司机头戴漆布大檐帽,手戴喇叭口手套,却是一只白嘴鸦。小岛空了。飞走的巫女融化在熊熊的月光中。篝火渐渐熄灭,木炭化为苍白的灰烬。

玛格丽特在络腮胡胖子和羊腿人的服侍下,安坐于宽敞的轿车后座之上。轰鸣声中,轿车一跃而起,几乎蹿到了月亮上。小岛不见了,大河不见了,玛格丽特向着莫斯科疾驰而来。

第二十二章　烛光之下

高空飞行的轿车发出平缓的嗡鸣，令玛格丽特昏昏欲睡，月光照得她身上暖融融的。她闭上双眼，俏脸迎风，不无惆怅地回想着方才那个不知名的河岸，料想今后再也见不到它了。在经历了今晚的一切魔法与奇迹之后，她已经猜到自己要去见的那个人是谁了，但这并没有令她害怕。寻回自我幸福的期冀让她无所畏惧。不过，轿车上的幸福遐想并未持续多久。许是白嘴鸦车技娴熟，许是飞车性能绝佳，总之，当玛格丽特再睁开眼时，发现下方已不再是黑黢黢的森林，而是颤抖着的灯光之湖。黑鸟司机在飞行中卸下右前轮，将轿车降落在多罗戈米洛夫区某个荒凉的墓地上。

白嘴鸦请一句话也没多问的玛格丽特连同她的飞刷在一块墓碑旁下了车，然后启动空车，让它自行冲向墓地后面的深沟。空车轰隆一声坠进深沟，毁了。白嘴鸦恭恭敬敬地敬了个礼，骑上车轮飞走了。

一袭黑色斗篷从一块墓碑后面闪出。从泛着月光的獠牙，玛格丽特认出了阿扎泽洛。后者打手势请玛格丽特骑上飞刷，自己则跳上一柄细长的花剑，二人盘旋飞升，几秒钟后便无影无形地降落在花园街 302 - bis 栋附近。

当二人腋下夹着飞刷飞剑，从门洞下经过时，玛格丽特注意到门洞里有一名孤寂的男子，头戴鸭舌帽，脚蹬长筒靴，似在等人。尽管阿扎泽洛和玛格丽特的脚步声无比轻微，但还是被这名男子捕捉到了，他不安地抽搐了一下，搞不懂声音从何而来。

走到六单元楼门口，又有一名男子，与第一名男子惊人地相似。又是同样的情形。脚步声……男子警觉地回头，大皱其眉。当楼门无端地开启又关闭时，男子急忙扑进楼内，四下察看，但自然是什么也没有看见。

第三名男子，仿佛是前两名男子的复制品，把守在三楼楼梯平台。他正坐在长椅上抽烟，辛辣的烟草味呛得从旁经过的玛格丽特一阵猛咳。男子像挨了扎一样，腾地跳起来，惊惶四顾，又走到楼梯井前，探身向下张望。而玛格丽特二人早已来到50号宅门前。阿扎泽洛没有按门铃，用自带的钥匙无声地开了门。

头一样令玛格丽特震惊的，是门内的漆黑。屋里黑得如同地底一般，让她不由得拽住了阿扎泽洛的斗篷，唯恐摔上一跤。但就在此时，远远的上方亮起一点火光，仿佛圣像前的一盏小油灯，向玛格丽特飘来。阿扎泽洛从玛格丽特腋下抽出飞刷，飞刷便无声地消失在了黑暗中。接着，二人开始沿着无形的宽阔台阶向上攀登，玛格丽特甚至感觉，那台阶是没有尽头的。她很吃惊，莫斯科的一套普通住宅的前厅里，如何容得下这无边无尽的、看不见却踩得到的神奇楼梯。攀登终于停止，玛格丽特感觉自己站在了一个平台之上。火光来到近前，玛格丽特看见了一张男人的脸，他的身形又长又黑，手里擎着一盏小油灯。几天来不幸遇见他的那些人，即便就着一灯如豆的微弱光亮，也能立刻认出他来。他便是科罗维约夫，亦即巴松管。

诚然，科罗维约夫的扮相有了极大改观。闪烁的火光映照下的已不再是那副早就该扔进垃圾堆的破夹鼻眼镜，而换成了更为高档的单片眼镜，只不过同样是碎裂的。厚颜无耻的脸上的小胡子被打成了卷，抹上了油。至于他的"黑"，同样很好解释——他穿了一身黑色燕尾服,只有胸口处是白的。

这位魔术师、前唱诗班指挥、魔法师、翻译,或者鬼知道究竟何许人也的巴松管科罗维约夫,向玛格丽特鞠躬行礼,将小油灯在身前一摆,恭请玛格丽特随他来。阿扎泽洛则不见了。

"真是奇怪的晚会,"玛格丽特心想,"我什么都想过了,唯独没想到这个!难不成他们这儿停电了?但最奇怪的是房间的规模。这一切是如何塞到一套莫斯科的住宅里来的?根本没可能嘛!"

无论科罗维约夫的灯光再怎么微弱,玛格丽特也看明白了,自己正置身于一座广袤无垠的大厅之中,大厅内还有一条一眼望不到头的深色柱廊。科罗维约夫在一张小沙发前停下,将手中的油灯放在旁边立柜上,示意玛格丽特坐下,自己则在她身旁立定,优美如画地将臂肘支在立柜上。

"请允许在下自我介绍:科罗维约夫。"科罗维约夫尖声细气地说,"没有灯,您很奇怪?您肯定以为是为了省钱吧?不不不!若真是这样,那就随便找个刽子手,哪怕就是待会儿将有幸跪吻您膝盖的众多刽子手中间的一个,就在这只立柜上,砍掉我的脑袋!只因我家老爷不喜欢电灯光,所以我们要到最后一刻才会供电。到时候,相信我,您绝不会嫌不够亮的。甚至,说不定,您还巴不得能少一点呢!"

玛格丽特喜欢这个科罗维约夫,他的絮叨令她感到安心。

"不,"玛格丽特说,"最令我吃惊的是这里如何能盛下这么多东西。"她一手划过虚空,以此强调大厅之大。

科罗维约夫甜滋滋地笑了笑,鼻翼旁的褶皱里现出几道阴影。

"这个再简单不过了!"科罗维约夫说,"熟知五维空间的人能够随心所欲地扩充房间规模。可以扩充到……这么跟您说吧,尊敬的女士,鬼知道有多么大!不过呢,我还知道一些人,他们非但对五维空间一窍不通,甚至压根什么都不懂,却在扩充居住面积方面创造了无与伦比的奇迹。比方说,莫斯科有个人,在土堤路①得了一套三居室,他根本没用到什么五维空间或者其他令人头脑发蒙的玩意儿,轻轻松松就将三居室变成了四居室——他把其中一个房间隔成了两间。

"然后,他又把这套房换成了莫斯科不同地区的两套房,一套三居,一套两居。您瞧,这就变成了五间房。那套三居室他又换成了两套两居室,如此一来,他总共就有六间房了,当然,是分散在市区各地的。接下来,他使出了最后的,也是最令人叫绝的一招:他在报纸上刊登启事,想用莫斯科市不同地段的六间房换取土堤路的一套五居室,可就在这时,他的行动被某些不取决于他的因素终止了。眼下,他或许仍有一个单间,但我向您保证,绝对不在莫斯科。您瞧,这人多么善于钻营,可您还在这儿谈论五维空间呢!"

尽管玛格丽特并没有谈论五维空间,反倒是科罗维约夫自己一直在谈,但换房者的传奇经历仍令玛格丽特开怀大笑。

"言归正传吧,玛格丽特·尼古拉耶夫娜。"科罗维约夫说,"您是聪明人,想必一定猜到我们的主人是谁了吧。"

玛格丽特心脏怦地一跳,点了点头。

"嗯,就是,就是,"科罗维约夫说,"我们是一切藏头露尾、神秘兮兮的天敌。每年春天,我家老爷都会举办一场舞会,名曰'月圆舞会',或者'百王舞会'。客人多得呦!……"科罗维约夫像害牙痛似的捂住了腮帮子,"不过,我希望您能够亲眼见证。总之吧,我家老爷是独身,这点您自然明白。但女主人是必不可少的,"科罗维约夫两手一摊,"您得同

---

① 土堤路属于花园环路,路名源自 1592—1593 年间修筑于此的防御工事。

意，没有女主人的话……"

玛格丽特竖起耳朵，唯恐漏听一个字，她胸口发冷，脑袋因为对幸福的憧憬而发晕。

"形成了这样一种传统，"科罗维约夫继续说，"女主人必须叫玛格丽特，此其一，其二，必须是土生土长的本地人。您知道的，我们周游世界，眼下正在莫斯科。我们在莫斯科总共发现了一百二十一位玛格丽特，可您猜怎么着，"科罗维约夫沮丧地拍了一下大腿，"没一个符合条件的！终于，幸福的命运……"

科罗维约夫意味深长地笑了笑，躬身行礼，令玛格丽特的心脏再度发冷。

"直说了吧！"科罗维约夫大声说，"就一句话——您不会拒绝接受这一任务吧？"

"不会。"玛格丽特坚定地回答。

"那是自然！"科罗维约夫说着，举起油灯，说，"请随我来。"

二人沿着柱廊前行，好不容易走进另外一个大厅，里面不知为何有股浓烈的柠檬气息，听得到沙沙簌簌的声音，似乎还有什么东西擦过玛格丽特的头皮，令她身子一颤。

"别怕，"科罗维约夫挽住玛格丽特的胳膊，柔声抚慰，"不过是河马为舞会准备的一些小玩意儿罢了。事实上，在下斗胆向您进言，玛格丽特·尼古拉耶夫娜，永远不要害怕任何东西，那是不理智的。不瞒您说，舞会将无比盛大。我们即将见到的那些人，个个都曾是权倾天下的人物。当然，只要想一想，与我有幸追随的老爷相比，这些人的权势有多么得渺小，您立刻就会感到可笑，甚至可悲……何况，您本人也拥有王室血统。"

"我怎么会有王室血统？"玛格丽特紧偎着科罗维约夫，

惊诧地低语。

"嗐,女王,"科罗维约夫又耍开了嘴皮子,"血统问题嘛,是全世界最复杂的问题!假如您去跟某些曾祖母——特别是那些素有谦卑之名的曾祖母打听,那您一定能够揭开许许多多惊人的秘密,尊敬的玛格丽特·尼古拉耶夫娜。倘若我将血统比喻成一手洗得绝妙的好牌,一定不会有错。对于某些东西,漫说是阶级隔阂,就是国家边境也完全不起作用。给您一个提示:十六世纪的某位法国王后,假如有人对她说,多年以后,我将有幸挽着她美丽迷人的曾曾曾曾孙女步入莫斯科的舞会大厅,那她一定会无比惊奇的。我们到啦!"

科罗维约夫吹灭了手中的油灯,油灯立刻消失了,玛格丽特看到面前的地板上有一束光,从一扇漆黑的门板后面铺出来。科罗维约夫在那扇门上轻轻敲了一下。玛格丽特顿时紧张得牙齿打战,脊背发冷。

门敞开了。房间里面居然一点儿都不大。玛格丽特看见一张橡木大床,床上铺着皱巴巴、脏兮兮的床单,胡乱扔着好多揉成一团的靠枕。床前摆着一张桌腿雕花的橡木桌,桌上放着一只枝形烛台,七只金灿灿的、呈锋利鸟爪造型的烛碗上燃着粗粗的蜡烛。桌上还有一张超大的国际象棋盘,棋子精美绝伦。一方磨破了的小地毯上摆着一条矮凳。另有一张桌子,桌上放着一只大金碗和另一只群蛇造型的枝形烛台。屋内弥漫着硫磺和焦油味。两只烛台的影子在地板上相互交织。

从在场众人中间,玛格丽特一眼便认出了阿扎泽洛,此刻他已换上了燕尾服,站在大床靠背之旁。打扮一新的阿扎泽洛已经完全不像玛格丽特在亚历山大花园遇见的那个强盗了,他彬彬有礼地朝玛格丽特鞠了一躬。

一位赤身裸体的魔女——就是那个让可敬的综艺剧院小吃部管理员羞臊无地,又曾在著名的黑魔法之夜万幸被雄鸡吓跑的赫拉——坐在床前地毯上,搅拌着一口锅,锅里升腾着硫磺蒸汽。

除此二人之外,棋盘前面的高脚凳上还坐着一只巨大无比的黑猫,右前爪里抓着一头棋子马。

赫拉对玛格丽特欠身行礼。大黑猫也跳下高脚凳对玛格丽特行礼,并拢右后爪时弄掉了棋子马,便钻到床底下找马去了。

烛影诡谲,玛格丽特什么也看不真切,心下又惊又怕。她的目光被吸引到床上,上面坐着的,正是可怜的伊万不久前在牧首塘对其坚称魔鬼并不存在的那位。而眼下,这个并不存在的魔鬼就坐在床上。

两只眼睛逼视着玛格丽特的脸。右眼球底部金芒闪动,足以钻透任何人的心底;左眼球空洞而黢黑,像一只狭小的针鼻,又仿佛通往一切暗与影的无底深井的入口。沃兰德侧着脸,右侧嘴角下坠,高耸而光秃的额头上镌刻着几道与细眉平行的深刻皱纹。他脸上的皮肤似乎被晒成了永久的黝黑色。

沃兰德只披着一件脏兮兮的长睡袍,左肩膀上还打着补丁。他大剌剌地坐在床上,光着脚,一腿盘在身下,一腿伸在凳子上。赫拉正往第二条黑腿的膝盖上涂抹蒸汽升腾的药膏。

玛格丽特还看到,在沃兰德袒露着的无毛的胸口上,用金链子吊着一只由黑宝石雕刻成的甲虫,甲虫背部还刻着某种文字[①]。沃兰德身旁放着一架底座厚重的奇异的地球仪,一侧被阳光照亮,竟似活的一般。

沉默持续了数秒。玛格丽特竭力控制着两腿的颤栗,心想:"他在观察我。"

---

① 古埃及人崇拜圣甲虫(蜣螂),将其视为太阳与新生的象征。凯布利神(太阳神与再生之神)便是蜣螂头人身的形象。

终于，沃兰德微微一笑，右眼球金芒爆闪，开口道："欢迎您，女王，请原谅我身着便服。"

沃兰德的声音如此低沉，以致某些被拖长的音节变成了嘶哑声。

沃兰德从床上抓起一柄长剑，俯身在床底下划拉两下，说："出来吧！棋不下了。女宾到了。"

"万万不可——"科罗维约夫连忙俯到玛格丽特耳畔，像提词员似的说。

"万万不可……"玛格丽特忙道。

"老爷……"科罗维约夫继续耳语。

"万万不可，老爷。"玛格丽特稳住心神，低声而清晰地说，笑了笑，又道："我恳求您不要中断棋局。我想，各大象棋杂志倘若有机会刊登这局棋，一定愿意为此支付不菲的价格。"

阿扎泽洛赞许地轻轻"嘎"了一声，沃兰德仔细打量了玛格丽特一番，自言自语似的说："不错，科罗维约夫是对的。多么奇妙的洗牌呀——血统！"

他冲玛格丽特招了招手。玛格丽特向他走去，丝毫感觉不到光脚下的地板。沃兰德将一只沉重如石、炙热如火的大手搭在玛格丽特肩头，猛地一拽，让她挨着自己坐在了床上。

"好吧，既然您如此善解人意，"沃兰德说，"和我预想的一模一样，那我们就不客气了。"他再次将身子探向床沿，大叫："你还要在床底下搞鬼到什么时候？出来，可恶的甘斯①！"

"马找不着了，"大黑猫在床底下说，听声音仿佛被人掐住了脖子，"不知道跑哪儿去了，反而找到了一只青蛙。"

---

① 甘斯，德语"鹅"的音译，喻指滑头。

"你当这里是集市吗?"沃兰德佯怒道,"床底下哪来的青蛙!把这些蹩脚的戏法留给综艺剧院吧。你要是再不出来,我们就当你认输了,该死的逃兵。"

"那可不行,老爷!"大黑猫大叫,瞬间钻了出来,爪子里抓着马。

"我来向您介绍……"沃兰德刚一开口,就自行中断了,"嘿,这个豌豆小丑我实在是看不下去了。您瞧瞧,它在床底下把自己弄成了什么德行!"

而此刻,满身灰尘的大黑猫正后腿直立,向玛格丽特行礼呢。只见它脖子上多了一个白色的燕尾服领结,胸前还挂着一架镶嵌珠母的女式歌剧望远镜。这还不算,它还把自己的胡子染成了金色。

"这像个什么样子!"沃兰德叫道,"你染胡子干吗?再说,你连条裤子都没穿,打的哪门子领结?"

"猫不兴穿裤子,老爷。"大黑猫一本正经地回答,"您不会命令我把靴子也穿上吧?穿靴子的猫只有童话里才有呢,老爷。可您见过有谁参加舞会不打领结的吗?我可不想当众出丑,被人揪着脖子赶出去!大家都在可劲儿打扮。望远镜也是同理,老爷!"

"那胡子呢?……"

"我不明白,"大黑猫干巴巴地反驳说,"阿扎泽洛和科罗维约夫今天刮胡子的时候,不也往自己脸上扑白粉吗?白粉哪点儿比金粉强?我只不过是往胡子上扑了点金粉而已!要是我把胡子刮了,那可就另当别论了!刮了胡子的猫——这可实在不像话,这点我愿意承认一千次。话说回来,"大黑猫的声音委屈地颤抖了一下,"我看出来,有人在对我横挑鼻子竖挑眼,而我正面临着一个重大的抉择——到底还要不要参加舞会?您觉得呢,老爷?"

满肚子委屈的大黑猫瞬间变成了一个大气球,眼看就要爆炸了。

"嘻,骗子,骗子,"沃兰德摇头叹道,"每次快要输棋的时候,它就开始东拉西扯,活像个招摇撞骗的江湖术士。赶紧坐下,别再闲磨牙了。"

"我坐归坐,"大黑猫坐下来说,"可我并不赞同关于江湖术士的说法。我的话也绝不是闲磨牙——当着女士的面您可不好这么说——而是一连串环环相扣的三段论,恐怕就连大学者们都要给我叫好哩,像什么塞克斯都·恩披里克①呀、马尔蒂亚努斯·卡佩拉②呀,甚至说不定,还有亚里士多德本人呢。"

"将军。"沃兰德说。

"好,好。"大黑猫说着,架上望远镜观望棋盘。

"好了,唐娜③,"沃兰德对玛格丽特说,"向您介绍我的众随侍。这个装疯卖傻的,是大黑猫河马。阿扎泽洛和科罗维约夫您已经认识了,这位是我的贴身侍女赫拉。她聪明伶俐,没有任何服务是她提供不了的。"

美女赫拉微微一笑,一对绿莹莹的眸子望向玛格丽特,不停手地舀起药膏,涂抹在主人膝盖上。

"嗯,全在这儿了。"沃兰德说完,眉头皱了一下——赫拉特别用力地按了一下他的膝盖,"您瞧见了,团队不大,角色齐全,简简单单。"他不再说话,开始转动面前的地球仪。那地球仪制作得活灵活现,蔚蓝的大海浪潮涌动,北极的冰盖如冰似雪。

而棋盘上此刻却已人仰马翻。失魂落魄的白方国王绝望地

---

① 塞克斯都·恩披里克(160—210),古希腊晚期最重要的哲学家之一,怀疑主义代表人物。
② 马尔蒂亚努斯·卡佩拉(360—428),古罗马作家、哲学家、雄辩家。
③ 唐娜,意大利文"女士"的音译。

高举双手,在格子里急得直跺脚。三名手持矛斧的白方兵卒,不知所措地望着挥舞长剑、催促向前的军官,而在前方,黑白相邻的两个格子里有两名黑方骑士,胯下的烈马正四蹄刨地。

玛格丽特大感惊奇:象棋子竟是活的。

大黑猫将望远镜从眼前拿开,偷偷捅了捅己方国王的后背。后者绝望地用手捂住了脸。

"局势不妙啊,亲爱的河马。"科罗维约夫轻声揶揄。

"局势严峻,但绝非毫无希望。"河马说,"不仅如此,我完全坚信最终的胜利。只需好好谋划布局。"

于是他便开始了谋划,只是方式甚为奇特——对着己方国王一个劲儿地挤眉弄眼。

"没用的。"科罗维约夫说。

"哎呀!"河马叫道,"鹦鹉全飞啦,我说什么来着!"

的确,远处隐约传来无数翅膀扇动的声响。科罗维约夫和阿扎泽洛急忙奔出。

"哼,带着你们那些舞会上的玩意儿见鬼去吧!"沃兰德嘟囔了一句,仍盯着自己的地球仪。

科罗维约夫和阿扎泽洛刚一奔出房门,河马便开始变本加厉地使眼色。白方国王终于猜到了自己主人的意图。只见他突然扒下王袍,扔在格子里,逃到了棋盘之外。白方军官捡起王袍,披在自己身上,站到了国王的位置上。

科罗维约夫和阿扎泽洛回来了。

"又在扯谎。"阿扎泽洛斜眼瞪着河马,抱怨道。

"我明明听到了呀。"大黑猫说。

"喂,还有完没完?"沃兰德说,"将军。"

"我怕是听错了吧,我的老爷,"大黑猫说,"没有将军啊,也不可能将军啊。"

"再说一遍,将军!"

"老爷,"黑马假装慌乱地说,"您操劳过度啦:没有将军呀!"

"国王在 d2 格。"沃兰德看也没看棋盘地说。

"老爷,我真是太吃惊了!"大黑猫号叫着,装出一副惊恐的表情,"这个格子里没有国王呀!"

"怎么回事?"沃兰德不解地问,扭头一看,只见占据国王位置的军官正扭着身子,以手掩面。

沃兰德恍然大悟:"好你个混蛋。"

"老爷!我又要求助于逻辑啦,"大黑猫两爪贴在胸前,"假如一方棋手宣布'将军',而对方的国王并不在棋盘上,则将军是无效的。"

"你认不认输?"沃兰德以可怖的声音吼道。

"请容我考虑考虑。"大黑猫恭顺地回答,双肘撑桌,两爪捂耳,开始考虑。考虑了半天,才说:"认输。"

"打死这头犟驴。"阿扎泽洛低声说。

"对,我认输。"大黑猫说,"但这完全是因为嫉妒者们的恶意中伤影响了我的发挥!"大黑猫站起身来,象棋子纷纷钻进棋盒。

"赫拉,去吧。"沃兰德说,赫拉便消失了。"腿疼发作了,偏偏又赶上舞会……"沃兰德又说。

"让我来吧。"玛格丽特轻声道。

沃兰德认真地瞅了玛格丽特一眼,将膝盖递给她。

熔岩般炙热的药膏灼烧着玛格丽特的双手,但她连眉头也没皱一下,轻柔地涂抹着,尽量避免引起对方的疼痛。

"左右坚称我这是风湿病。"沃兰德目不转睛地盯着玛格丽特说,"但我强烈怀疑,这膝盖疼是一位曾与我亲密接触过的迷人的魔女给我留下的纪念,那是一五七一年,在布罗肯山的魔鬼讲坛①上。"

"啊，真不可思议！"玛格丽特说。

"小意思！再过个三百年就不疼了。有人给我推荐了好多药，但我还是认准了祖母的偏方。我的祖母，那个邪恶的老太婆，留下了许多惊人的药草！对了，说说吧，您自己有没有什么痛苦？说不定，您也有什么不幸的伤心事？"

"没有，老爷，什么也没有。"聪明的玛格丽特回答，"眼下，在您这儿，我感觉自己好极了。"

"血统真是了不起，"沃兰德不知为何开心地说，又说，"您似乎对我的地球仪很感兴趣。"

"哦，是的，我从未见过如此宝物。"

"的确是个好东西。老实说，我不喜欢如今广播里的新闻。那些播报新闻的姑娘们总也念不清楚地名。不仅如此，她们三个人里头总有一个口齿不清，好像是故意挑选出来的。而我的地球仪就强多了，何况，我需要准确了解各地的情形。比方说，看见这块侧面被海洋冲刷的土地了吗？瞧，它被火焰吞没了。那里正在打仗。您凑近点看，能看到更多细节。"

玛格丽特凑近地球仪，只见那一小块土地迅速扩大，仿佛变成了一幅五彩斑斓的立体地图。紧接着，她看到一条如练的河流，河流旁边有座小村庄。原本豌豆大小的房屋变成了火柴盒大小。突然腾起一团黑烟，屋顶无声地飞到天上，四壁坍塌，一栋小小的二层楼房瞬间变成了一堆黑烟滚滚的废墟。玛格丽特再凑近些，发现地上躺着一名女性小人儿，在她身旁的血泊中还有一个双臂摊开的婴儿。

"就这么完啦，"沃兰德微笑着说，"他还没能来得及作

---

① 据传说，每年4月30日至5月1日夜（又称"瓦尔普吉斯之夜"），世界各地的魔女们会齐聚布罗肯山（德国哈尔茨山脉最高峰），举行盛大狂欢，以庆祝春天的到来。

恶。亚巴顿①的工作无可挑剔。"

"我可不想站到与亚巴顿对立的一方去,"玛格丽特说,"他是哪一方的?"

"和您聊得越久,"沃兰德赞许地说,"我就越坚信,您聪明至极。不必担心。亚巴顿拥有罕见的公正,对交战双方抱有同等的同情。正因如此,战争的结果对于双方而言永远是一样的。亚巴顿!"沃兰德轻声唤道,墙内立刻现出一名戴着墨镜的瘦削男子。那副墨镜令玛格丽特魂飞魄散,吓得她低呼一声,将脸埋在沃兰德的腿弯处。"您这是干吗?"沃兰德喊道,"如今的人真是神经过敏!"他猛然一掌拍在玛格丽特背上,令她的身体发出一阵铮鸣。"他不是戴着墨镜嘛。再说,亚巴顿从不会提前出现在任何人面前,以前没有,将来也不会。说到底,还有我呢。您是在我这里做客!我只不过想让您见见他。"

亚巴顿一动不动地站着。

"能让他把墨镜摘下来一秒钟吗?"玛格丽特紧偎着沃兰德说,她仍在颤栗,但已经是出于好奇了。

"这可不行。"沃兰德严肃地说,朝亚巴顿挥了挥手,后者便不见了。"你想说什么,阿扎泽洛?"

"启禀老爷,"阿扎泽洛说,"来了两个外人:一位美女,哭哭啼啼,恳求让她留在夫人身边;跟她一块来的,求您原谅,还有一头肥猪。"

"美女就是行为古怪。"沃兰德说。

"是娜塔莎,娜塔莎!"玛格丽特叫道。

---

① 亚巴顿,源自希伯来语,意为"毁灭之地",《启示录》中称亚巴顿为"无底坑的使者",率领狮牙蝎尾的蝗虫大军,专门惩治额头上没有神之印记的人。(参见《启示录》9:1—11)

"唔，那就让她留在夫人身边吧。肥猪嘛，牵到厨房去。"

"您要宰了他吗?"玛格丽特惊呼道，"求您开恩，老爷，那是尼古拉·伊万诺维奇，我楼下的邻居。这是个误会，因为娜塔莎给他也抹了油膏……"

"行啦，"沃兰德说，"哪个见鬼的说要宰它了? 只是先让它跟厨子们待一会儿嘛。我总不能让它也参加舞会吧。"

"那是……"阿扎泽洛应和着，又启禀道，"午夜临近了，老爷。"

"唔，很好。"沃兰德转向玛格丽特说，"那么，拜托了……提前感谢您。不要慌，什么也别怕。除了水，什么也别喝，否则您会力倦神疲的，那可就难办了。去吧!"

玛格丽特从地毯上站起身，科罗维约夫出现在门口。

第二十三章　盛大的撒旦舞会

午夜临近，必须抓紧了。周遭看不真切。玛格丽特只记得有许多蜡烛，还有一方宝石砌成的浴池。玛格丽特站进浴池，娜塔莎帮着赫拉，用一种炙热的、黏稠的、鲜红的液体为她冲洗身子。玛格丽特感到唇边有股咸味，这才意识到那是鲜血。接着，鲜血又换成了黏稠的、透明的、玫瑰色的液体，令玛格丽特感到一阵头晕——那是玫瑰精油。随后玛格丽特被丢在一张水晶大床上，身体被一种巨大的绿叶擦得发亮。这时，大黑猫也跑过来帮忙。它蹲在玛格丽特脚下，像在街头给人擦皮鞋那样擦她的脚。

玛格丽特不记得是谁用苍白的玫瑰花瓣为她做了一双鞋，也不记得那双鞋如何自动地扣起了金扣环。玛格丽特被一股力量托起，放在镜子前，头上忽然多出了一顶闪耀的金刚石王冠。科罗维约夫凭空出现，往玛格丽特胸前挂了一条沉重的项链，椭圆吊坠沉甸甸的，造型为一头黑色鬈毛狗。这条项链令玛格丽特不堪重负，链子将她的脖子磨得生疼，吊坠压弯了她的腰。但女王也因这苦痛得到了相应的奖赏——科罗维约夫和河马开始对她毕恭毕敬。

"没事，没事，没事！"科罗维约夫站在浴室门口喃喃低语，"没法子，需要，需要，需要……请允许我向您提出最后一条建议，女王。客人中间会有各种各样的人，哦，简直无奇不有，但切记，玛戈女王，不要给任何人任何特权！假如您不喜欢谁……我知道，您自然是不会表现在脸上的……不、不，连想也不要想！会被察觉到的，当下就会被察觉到！您得爱他、爱他，女王！为此，舞会女主人将得到百倍的奖赏。还有，不要忽略任何人！倘若来不及说话，您哪怕微微一笑，略略转头，怎么样都成，但千万别不理不睬。否则，他们会衰颓的……"

随后，玛格丽特在科罗维约夫和河马的护卫下，步出浴室，走进了绝对的黑暗。

"我，我，"大黑猫低声说，"我来发信号！"

"来吧！"科罗维约夫在黑暗中回答。

"舞会——！"大黑猫厉声尖嚎，玛格丽特不由得惊叫出声，眼睛足足紧闭了好几秒钟。舞会立刻降临在她身上，以光、声音和气味的形式。玛格丽特被科罗维约夫挽住胳膊，发现自己正置身于一片热带雨林中。一群红胸脯绿尾巴的鹦鹉挂在藤蔓上，四下乱跳，高声欢叫："我很荣幸！"但雨林很快就走到了尽头，澡堂般的溽热立刻为舞会大厅的清凉所取代。大厅柱廊的圆柱是由某种浅黄色的、金星闪烁的石头建成的。和雨林里一样，大厅里同样空空荡荡，唯有圆柱旁呆立着几名头扎银带的裸体黑奴。见玛格丽特率领众随侍（阿扎泽洛也不知从哪儿冒了出来）飞进大厅，黑奴们的脸激动成了灰褐色。科罗维约夫放开玛格丽特的胳膊，低声说："照直朝郁金香走！"

一堵由白色郁金香构成的低矮花墙挡在玛格丽特身前，花墙之后亮着无数罩灯，罩灯前面是一片燕尾服的白胸脯和黑肩膀。玛格丽特这才知道，舞会的乐声原来出自这里。小号的吼声排山倒海而来，小提琴的清音自号声底下钻出，如鲜血般浇淋着玛格丽特的身体。这支足有一百五十人的乐队正在演奏一支波格涅兹舞曲。

耸立于乐队之前的人身着燕尾服，一见玛格丽特，脸色一白，满脸堆笑，突然两手一扬，招呼乐队全体起立。音乐丝毫未曾停顿，乐队站立演奏，乐声涤荡着玛格丽特的胸怀。乐队指挥转过身来，冲玛格丽特深鞠一躬，双臂极力平展，玛格丽特微笑着冲他挥了挥手。

"不，不够、不够，"科罗维约夫低声提示，"他会一晚上睡不着觉的。您得冲他喊：'欢迎您，圆舞曲之王！'"

玛格丽特依样喊了，不禁大吃一惊：自己的声音竟如钟声一般浑厚，盖过了整支乐队的轰鸣。乐队指挥幸福地打了个战，左手贴在胸口，右手继续朝乐队挥舞着白色的指挥棒。

"不够，不够，"科罗维约夫低声说，"看见左边那几位第一小提琴手了吗，您得冲他们一一点头，好让他们每个人都觉得，您认出了他。这里的每一个人都是世界级大师。您瞧，第一个乐谱架后面那个，那是维厄当①。对，很好。好了，朝前走吧。"

"那个指挥是谁？"玛格丽特飞离乐队之后问。

"约翰·施特劳斯②！"大黑猫叫道，"要是之前还有哪场舞会请到过这样的乐队，就让人把我吊死在热带雨林的藤蔓上！是我请来的！注意哦，他们中间没有一个人生病，没有一个人推辞。"

下一间大厅里面没有柱廊，取而代之的是两道花墙，一侧是红色、粉色、乳白色的玫瑰花，另一侧是日本重瓣山茶花。两道花墙之间有三座香槟酒池，喷泉咝咝作响，酒液咕嘟嘟地冒着泡，第一池酒为透明的紫罗兰色，第二池酒鲜艳如红宝石，第三池酒澄澈如水晶。一群扎着大红头带的黑奴围着酒池跑前跑后，用一柄柄银光闪闪的长柄勺将酒池里的

---

① 亨利·维厄当（1820—1881），比利时小提琴家、作曲家、音乐教育家，曾在俄国担任彼得堡音乐学院教授及宫廷独奏乐师。
② 约翰·施特劳斯（1825—1899），奥地利著名作曲家、指挥家、小提琴家、钢琴家，以圆舞曲创作闻名于世，被尊为"圆舞曲之王"。

香槟舀到一只只平底大碗中。玫瑰花墙上留有一个窗口,窗口后面是一方舞台,一个身穿红色燕尾服的人正冲着震耳欲聋的爵士乐队大发脾气。一见到玛格丽特,红色燕尾服连忙弯腰行礼,双手都碰到了地板上,然后直起身来,尖声叫道:"哈利路亚!"

他先伸手在膝盖上拍了一下,又十字交叉地在另一只膝盖上连拍了两下,然后夺过最边上一名乐师手里的钹,咣地砸在圆柱上。

玛格丽特飞走时,看见一心想把女王身后的波格涅兹舞曲比下去的爵士乐指挥,正气急败坏地用手中的钹挨个敲击乐师们的脑袋,乐师们纷纷蹲下躲避,模样惊恐而滑稽。

终于飞到了一方平台之上,玛格丽特认出来,这就是科罗维约夫之前在黑暗中擎着小油灯迎接她的地方。而眼下,一串串水晶葡萄射出的强光刺得人双目欲盲。玛格丽特被引到一处立定,在她左侧臂肘下方有一根不高的紫晶圆柱。

"若实在撑不住了,您可以把胳膊搭在这上面。"科罗维约夫低声说。

一名黑奴在玛格丽特脚边放了一只绣着金色鬈毛狗的靠枕,又有一双手指引她将右腿膝盖打弯,踩在靠枕上。

玛格丽特四下望了望。科罗维约夫和阿扎泽洛器宇轩昂地分立左右。阿扎泽洛旁边另有三名年轻人,隐约让玛格丽特想起了亚巴顿。后背吹来一股凉气。玛格丽特回头一看,身后的大理石墙壁上正汩汩流出红葡萄酒,汇入下方的冰酒池中。玛格丽特感觉左脚边暖烘烘、毛茸茸的,原来是大黑猫河马。

玛格丽特居高俯瞰,只见一道铺着地毯的宏伟楼梯向下方延伸开去。下方极远处,玛格丽特像反看望远镜一样,看见一间高大无比的门房,里面有一座大得惊人的壁炉,阴冷黢黑的

大师和玛格丽特 | 295

洞口内足可通行一辆载重五吨的卡车。门房内和楼梯上都强光刺目，空空荡荡。乐队的号声已经显得很遥远了。众人如是静立了约莫一分钟。

"客人们呢？"玛格丽特问科罗维约夫。

"会来的，女王，会来的，很快就会来了。客人少不了的。老实说，我宁肯去劈柴，也不愿站在这儿迎客。"

"别说劈柴啦，"多嘴的大黑猫接茬道，"我宁肯去当有轨电车售票员——要知道，天底下再没有比这更烂的工作啦！"

"一切都要提前准备好，女王，"科罗维约夫解释说，破裂的单片眼镜不时闪烁着光芒，"倘若最先到场的客人来回乱转，不知所措，惹得他那位合法的墨该拉①唠唠叨叨，埋怨他不该这么早来，那可就再糟糕不过了。这样的舞会就该丢进垃圾堆，女王。"

"必须丢进垃圾堆。"大黑猫附和道。

"距离午夜不到十秒了，"科罗维约夫说，"马上就要开始了。"

这十秒钟令玛格丽特感觉无比漫长。十秒钟明显已经过完了，却依旧毫无动静。突然，随着"轰隆"一声巨响，从遥远下方的巨大壁炉中跳出一座绞刑架，绞索上晃荡着一副快要散架的骨骸。骨骸掉在地上，变成一个身着燕尾服、脚蹬漆皮鞋的黑发美男子。壁炉中又跑出一口不大的、半朽的棺材，棺材盖掉下来，从棺中爬出另一具尸骸。黑发美男子殷勤地跑到第二具尸骸旁，递过自己的臂弯。第二具尸骸变成了一名赤身裸体的活泼女士，脚踩黑色高跟鞋，头上插着几根黑色羽毛。这对男女挽着胳膊，快步拾级而上。

---

① 墨该拉，古希腊复仇三女神中的嫉妒女神，喻指泼妇、悍妇。

"第一对来宾!"科罗维约夫叫道。"雅克先生[1]及其夫人。容我介绍,女王,雅克先生是最具魅力的男士之一,确凿无疑的伪币制造者和国家叛徒,同时又是一名相当不坏的炼金术师。但他最出名的,"科罗维约夫凑到玛格丽特耳边说,"是毒死了国王的情妇。这可不是谁都能办到的呦!瞧啊,他多么英俊!"

玛格丽特脸色苍白,张大嘴巴望着下方,只见绞刑架和棺材都消失在了门房的某个侧门内。

"我很荣幸!"大黑猫直冲着登上楼梯的雅克先生的脸喊道。

这时,下方壁炉中又出现一具无头独臂的尸骸,落地之后变成一名身着燕尾服的男子。

雅克夫人单膝跪倒在玛格丽特面前,激动得脸色发白,俯身亲吻玛格丽特的膝盖。

"女王……"雅克夫人喃喃道。

"女王很荣幸!"科罗维约夫喊。

"女王……"美男子雅克先生低声说。

"我们很荣幸。"大黑猫嚎叫。

站在阿扎泽洛身旁的三名年轻人,带着死板却不失礼貌的微笑将雅克夫妇推到一旁,请他们享用黑奴手捧的香槟酒去了。孤身前来的燕尾服男子快步跑上了楼梯。

"罗伯特伯爵。"科罗维约夫对玛格丽特低声说,"迷人依旧。请注意,女王,非常好笑,他的情况恰好相反:他是女王

---

[1] 雅克先生,原型为雅克·科尔(1395—1456),法国传奇商人,凭借非凡头脑及非常手段,建立了庞大的商业帝国,官至财政大臣,富可敌国,权倾朝野。后被政敌罗织罪名,身陷囹圄,财产充公。越狱后逃往意大利,受罗马教皇庇护。后于率领舰队征讨土耳其途中去世。

大师和玛格丽特 | 297

的情人，毒害了自己的妻子。①"

"我们很高兴，伯爵。"河马高呼。

壁炉内接二连三跳出三口棺材，纷纷化为碎片。接着是一个身穿黑色罩袍的人，被紧随其后的人一刀捅进了后背。一声压抑的惨叫自下方传来。壁炉内又跑出一具几乎完全腐烂的尸体。玛格丽特眯起眼睛，有一只手将一小瓶白色盐粒递到了她的鼻翼前。玛格丽特感觉那是娜塔莎的手。楼梯已经被占得满满当当。每一级台阶上面都站满了男男女女，男士们全部穿着燕尾服，远远看去毫无差别，女士们则全部一丝不挂，唯一的差别仅仅在于羽毛头饰和高跟鞋的颜色。

一位女士左脚套着一只奇怪的木靴，一瘸一拐朝玛格丽特走来，她像出家人一样眼皮低垂，瘦弱，谦卑，脖子上不知为何戴着一条宽宽的绿带子。

"那个绿丝带是谁？"玛格丽特不由得问。

"一位最最迷人、最富声望的女士——托法娜夫人②。"科罗维约夫低声说，"她在那不勒斯和巴勒莫的年轻漂亮的女士们中间备受欢迎，尤其是那些被自己的丈夫烦透了的女士们。要知道，女王，丈夫招人烦可是常有的事……"

"是的。"玛格丽特一面沉声回应，一面冲两名燕尾服男子微笑致意，二人依次俯下身去，亲吻女王的膝盖和手。

"所以嘛，"科罗维约夫一面继续对玛格丽特耳语，一面不失时机地冲某人喊："亲王！来杯香槟！我很荣幸！……所以

---

① 罗伯特伯爵，原型为罗伯特·达德利（1532—1588），英格兰女王伊丽莎白一世（1558—1603 在位）的宠臣，与女王暧昧不清。其合法妻子离奇去世，传闻是达德利为与女王结婚而蓄意毒害。
② 朱莉娅·托法娜，17 世纪意大利女性，发明了一种无色无味的慢性毒药，可杀人于无形，并构建了专门面向婚姻不幸的妇女的秘密售毒网络，20 年间夺去 600 余名男性的性命。事发之后，托法娜曾一度躲进一家修道院。最终被送上断头台。

嘛，托法娜夫人体谅可怜的女士们的苦衷，卖给她们一种装在小玻璃瓶里的水。妻子将这水倒在丈夫的汤里，丈夫感激妻子的贤惠，心满意足地把汤喝完。几小时后，他就会口渴得厉害，然后卧床不起，等到第二天，请丈夫喝汤的那不勒斯的美丽少妇就会像春风一样自由了。"

"她脚上穿的是什么？"玛格丽特问，一面不厌其烦地将手递给陆续超越腿脚不便的托法娜夫人的宾客，"她干吗要系条绿丝带？莫非脖子太黑了？"

"我很荣幸，公爵！"科罗维约夫一面招呼，一面对玛格丽特耳语："她的脖子美极了，只可惜在监狱里遭遇了不幸。她脚上穿的，女王，是西班牙木靴①。至于绿带子，是这么回事：当狱卒们得知，有近五百名倒霉的丈夫因为她永远地离开了那不勒斯和巴勒莫，一时激愤，便将她勒死在了狱中。"

"我很幸福能有此等荣幸，黑暗女王。"托法娜夫人像出家人一样低语道，试图单膝下跪，但西班牙木靴妨碍了她。科罗维约夫和河马扶着她站起身来。

"我很高兴。"玛格丽特回答说，一面将手递给其他人。

此时，登楼的宾客汇成了潮水。玛格丽特已经看不见门房内的情形了。她只顾机械地将手抬起、放下，千篇一律地冲着宾客露齿微笑。平台上人声鼎沸，玛格丽特之前经过的舞会大厅里，音乐声如海浪般依稀可闻。

"那个女人就有些乏味了，"科罗维约夫不再低语，而是提高了音量，反正周围早已人声嘈杂，不会有人听清他在说什么，"她是个舞会迷，总爱跟人抱怨她的手帕。"

玛格丽特用目光在登楼的人群中锁定了科罗维约夫指给她

---

① 西班牙木靴，一种刑具，将两块木板固定在受刑者小腿处，用螺钉或楔子将木板不断收紧，直至腿骨碎裂。

看的人。那是个二十岁左右的年轻女人，身材曼妙，眼神却显得不安而纠缠。

"什么手帕？"玛格丽特问。

"给她派去了一名使女，"科罗维约夫解释说，"三十年来，每天夜里都会在她床头柜上放一方手帕。她每天早上一睁眼，准能看见那方手帕。她把手帕扔进火炉，丢进河里，但全都没用。"

"什么手帕？"玛格丽特低声追问，一面将手抬起、放下。

"一方带蓝色花边的手帕。是这么回事：她在饭馆做女招待的时候，被饭馆老板硬拽到库房里，九个月后产下了一名男婴，她就把孩子抱到林子里，往他嘴里塞上一方手帕，埋进了土里。在法庭上，她说自己没钱喂养这个孩子。"

"那饭馆老板呢？"玛格丽特问。

"女王，"脚下的大黑猫突然插嘴道，"请允许我问您一句：这事儿跟饭馆老板有啥关系？又不是他在林子里把孩子憋死的！"

玛格丽特一面继续微笑、摆动右手，一面用左手的尖利指甲抠进大黑猫的耳朵，低声训斥："要是你这畜生再敢插嘴……"

河马发出一声与舞会不相宜的哀叫，龇牙咧嘴地说："女王……耳朵要肿起来啦……何必让一只发肿的耳朵毁了舞会呢？……我是说法律上……从法律的角度……我闭嘴，闭嘴……您别把我当成一只猫，您就把我当成一条鱼好了，只求您放过我的耳朵。"

玛格丽特刚松开大黑猫的耳朵，那双忧郁而纠缠的眼睛便来到了她的面前。

"我太幸福了，女王陛下，能受邀参加如此盛大的月圆舞会。"

"我也很高兴见到您。"玛格丽特回答说,"非常高兴。您喜欢香槟吗?"

"您在做什么呀,女王?!"科罗维约夫绝望但无声地对着玛格丽特的耳朵喊,"这会造成阻塞的!"

"我喜欢!"女人哀怨地说,突然一迭连声道,"弗丽达①,弗丽达,弗丽达!我叫弗丽达,女王!"

"那您今晚就喝个一醉方休吧,弗丽达,什么都别想。"玛格丽特说。

弗丽达向玛格丽特伸出双手,但科罗维约夫和河马配合默契地架住她的胳膊,将她挤入了人群中。

此时,向上的人群已经聚成了一堵墙,仿佛在向玛格丽特所在的平台发动猛攻。赤裸的女性身体夹杂在男宾客们的燕尾服中间。一具具古铜色的、白皙的、咖啡豆色的、黝黑的身体向玛格丽特涌来;在褐色的、黑色的、栗色的、亚麻色的头发中间,无数宝石在暴雨般的光芒中嬉戏、舞蹈,火花四射。仿佛有人为冲锋的男士纵队撒下了些许光雨——那是他们胸前的钻石领扣在迸射光芒。此时的玛格丽特每一秒都感到有嘴唇在触碰她的膝盖,每一秒都在伸手让人亲吻,她的脸绷成了一张凝着微笑的面具。

"我很荣幸,"科罗维约夫单调地吟唱着,"我们很荣幸……女王很荣幸……"

"女王很荣幸……"阿扎泽洛在身后带着鼻音说。

"我很荣幸。"大黑猫不时嚎叫。

---

① 弗丽达的故事源自布尔加科夫从瑞士神经病学家奥古斯特·福雷尔(1848—1931)《性学问题》一书中看到的真实案例。19世纪末20世纪初的一位瑞士少女弗丽达,被饭馆老板诱奸后产下一名男婴,五年后,当她不得不从福利院将孩子接出后,用细绳将孩子勒死。后经心理学家鉴定,案发当时弗丽达已为无责任能力人。

大师和玛格丽特 | 301

"这位是侯爵小姐……"科罗维约夫嘟囔道,"她为了争夺遗产,毒死了自己的父亲、两个哥哥、两个姐姐……女王很荣幸!……这位是明金娜女士……哦,多么迷人!就是有些神经质。干吗要用烫发钳子烫女仆的脸呢?不被人杀了才怪呢[①]……女王很荣幸!……女王,请注意!鲁道夫皇帝[②],巫士兼炼金术士……这也是一名炼金术士,后来被吊死了……啊,她终于来了!她在斯特拉斯堡开的那家妓馆简直太棒了!……我们很荣幸!……这是莫斯科的一名女裁缝,我们都爱她那无穷无尽的想象力……她想出了一个超级好玩的点子:在自家裁缝铺的墙壁上钻了两个圆洞……"

"女顾客们不知道吗?"玛格丽特问。

"知道,都知道,女王。"科罗维约夫回答。"我很荣幸!……这个二十岁的小伙子从小就充满了奇思怪想,是个耽于幻想的怪胎。有个姑娘爱上了他,可他一转眼就把人家卖到妓馆去了……"

人潮自下而上汹涌而来,看不到尽头。作为源头的庞大壁炉持续不断地供给着人流。就这样过了一个小时,两个小时。玛格丽特感觉脖子上的项链越来越沉重。她的胳膊也发生了奇怪的变化,眼下再抬手时,玛格丽特总会忍不住皱眉。科罗维约夫的有趣解说不再吸引她。无论是吊梢眼的蒙古人面孔,还是白人、黑人的面孔,全部变成了一个模样,还时不时地汇成一片,而面孔与面孔之间的空气莫名其妙地开始颤抖、喷涌。针扎般的锐痛突然贯穿了玛格丽特的右臂,她咬紧牙关,将臂

[①] 明金娜女士,指纳斯塔西娅·费奥多罗夫娜·明金娜(?—1825),原为农奴之女,后凭借美色与心机成为某伯爵的情妇,代其掌管偌大家业。明金娜为人残忍刻薄,出于嫉妒,经常残暴虐待一名美貌女仆,后被其兄怒杀。

[②] 指鲁道夫二世(1552—1612),哈布斯堡王朝的神圣罗马帝国皇帝。在统治上碌碌无为,却极其热衷艺术和科学,沉迷于占星术和炼金术,间接促进了科学革命的发展。

肘支在紫晶圆柱上。身后大厅里传来仿佛无数翅膀拍打墙壁的窸窣声,可想而知,那是前所未见的如云宾客正在起舞。玛格丽特感觉,就连这座古怪大厅里的地板——由巨型大理石砌成的、镶嵌着马赛克图案的、水晶般闪亮的地板,都在随着节拍跳动。

无论是盖乌斯·恺撒·卡利古拉[①],还是梅萨琳娜[②]都再也引不起玛格丽特的兴趣,一如形形色色的国王、亲王、登徒子、自杀者、投毒女、绞刑犯、老鸨子、狱吏、老千、刽子手、告密者、叛徒、狂人、密探、诱奸者……所有人的名字都混在了脑子里,所有面孔都黏成了一张大饼,唯独一张脸,一张圈着火红的络腮胡子的脸,深深地烙印在了她的脑海中,那便是马留塔·斯库拉托夫[③]。玛格丽特的双腿止不住地打弯,她每一分钟都害怕自己会哭出来。最大的痛苦来自任人亲吻的右膝盖。它肿得老高,变得淤青,尽管娜塔莎用蘸了某种芳香液体的海绵帮她涂抹了好几次。挨到第三个小时快结束时,玛格丽特用毫无希望的目光向下一扫,不禁惊喜地一颤:客流终于变稀疏了。

"盛大舞会的规律都是一致的,女王,"科罗维约夫低声说,"眼下就要退潮了。我发誓,我们只需再忍耐最后几分钟。瞧,布罗肯山的浪荡子们来了。他们总是最后才来。没错,就是他们。两个醉醺醺的吸血鬼……没了?啊,又来了一个。不,是两个!"

最后两位客人拾级而上。

"这似乎是个新面孔。"科罗维约夫眯起眼睛,透过单片

[①] 盖乌斯·恺撒·卡利古拉(12—41),古罗马暴君,后为近卫军所杀。
[②] 梅萨琳娜(约17/20—48),古罗马艳后,淫荡的代名词。
[③] 马留塔·斯库拉托夫(? —1573),沙俄暴君伊凡雷帝(1547—1584年在位)的忠实走狗。

大师和玛格丽特 | 303

眼镜观察着。"啊,对了,对了。阿扎泽洛之前去找过他,跟他一起喝了白兰地,还偷偷给他支了一招,教他如何打发一个他唯恐会揭发他的人。于是他就吩咐一个听命于他的熟人,在对头的办公室墙壁上喷满了毒药。"

"他叫什么?"玛格丽特问。

"啊,老实说,我也不知道,这得问阿扎泽洛。"科罗维约夫说。

"他旁边那人是谁?"

"就是执行他命令的那位熟人。我很荣幸!"科罗维约夫对最后两位客人喊。①

楼梯空了。为稳妥起见,众人又稍等了片刻。但壁炉里再没有一个人出来。

一秒钟后,玛格丽特不知怎地便回到了先前那间浴室,她顿觉手脚疼痛难忍,不由得伏地痛哭。赫拉和娜塔莎上前抚慰,拖着她又来了一次鲜血浴,又帮她按摩身体,这才让她重新复活。

"还没完,没完,玛戈女王,"科罗维约夫再次现身,低声说,"还得去各个大厅转上一圈,以免贵客们感觉受了冷落。"

于是,玛格丽特再次飞出了浴室。郁金香花墙后面的舞台上,圆舞曲之王的乐队已经换成了一支吵闹的猴子爵士乐队。一头体型巨大、胡须茂盛的大猩猩,手持一把小号,笨重地踢踏着双脚,指挥着乐队。一排猩猩吹着闪亮的小号,一群快乐

---

① 最后两名客人的真实原型为苏联国家安全部门首脑亨·格·亚戈达(1891—1938)及其秘书保·巴·布拉诺夫(1895—1938)。亚戈达是苏联大清洗运动的第一位直接负责人,后因"肃反不力",被残酷冷血的"血腥侏儒"尼古拉·叶若夫(1895—1940)所取代。1938年,亚戈达被执行枪决,其罪状之一便是"以喷毒的方式密谋杀害叶若夫同志"。

的黑猩猩骑在猩猩们的肩头，拉着手风琴。两只鬣毛如狮的阿拉伯狒狒在弹钢琴，但琴声完全被淹没在长臂猿、山魈、长尾猴手中的萨克斯管、小提琴和大鼓的呜呜、吱吱和咚咚声中。明亮如镜的地板上，无数对舞伴汇成一片，以无比灵巧且迅疾的动作朝着同一个方向旋转，犹如一堵墙在推进，作势要横扫一切。一只只活的绸缎蝴蝶在舞者头顶上下翻飞，阵阵花雨自天花板上坠落。电灯熄灭，大厅圆柱的柱冠中亮起亿万萤火，一蓬蓬沼泽鬼火在半空飘荡。

随后，玛格丽特来到一座大得吓人的、柱廊环绕的酒池旁。黑色的涅普顿①从巨口中喷出宽阔的玫瑰色水柱。令人沉醉的香槟气息自池中升起。纵情狂欢是此地的主宰。女士们欢笑着甩掉高跟鞋，将提包交给自己的男伴或者手捧浴巾前后奔走的黑奴，燕子一样尖叫着跃入池中，溅起一股股泡沫酒柱。水晶的池底亮着灯光，照彻满池酒液，内中游动着一具具银白色的肉体。等再跳出酒池时，个个都已酩酊大醉。嘻嘻哈哈的欢笑声响彻柱廊，和澡堂子里一样欢腾。

在这片乱糟糟之中，一张烂醉如泥的女人面孔再次闯入玛格丽特眼帘，她记住了女人那茫然而又充满哀求的眼神，想起了她的名字——弗丽达！

浓郁的酒气令玛格丽特有些上头，她转身刚要走，又被大黑猫河马的一通把戏留住了。只见它在涅普顿嘴边念了几句咒语，一整池咝咝冒泡、汩汩翻涌着的香槟酒立刻不见了，涅普顿口中转而喷出一股不带泡沫的深黄色酒液。"白兰地！"女士们尖叫着，纷纷从酒池边上躲到圆柱后面。几秒钟的工夫酒池便注满了，大黑猫一跃而起，在空中连翻了三个筋斗，一头扎进荡漾的酒池中。等它再爬出来时，鼻孔里不住地喷气，领结

---

① 涅普顿，古罗马神话中的海神。

泡散了，胡须上的金粉泡没了，女式望远镜也弄丢了。敢于效仿河马的只有一位女士——那个耍活宝的女裁缝，以及她的年轻男伴——一个不知名的黑白混血儿。他俩刚一跳进酒池，科罗维约夫便挽起玛格丽特的胳膊，带她离开了。

玛格丽特感觉自己从哪儿飞过，看见一座座石砌的巨大水塘里，牡蛎堆积如山。接着她又飞过一大片玻璃地板，地板下方是炼狱般的炉膛，一群白衣的魔鬼厨子在灶间奔走。再然后，已经麻木不仁的玛格丽特又在哪儿看到一排幽暗的地下室，里面点着油灯，姑娘们端来咝咝作响的炭火烤肉，客人们高举啤酒杯祝她健康。随后她又看到几头白熊在台上弹奏手风琴，大跳喀马林舞。还有不怕火烧的蝾螈魔术师……玛格丽特的力量再次接近枯竭。

"最后一次出场，"科罗维约夫关切地对玛格丽特低语，"马上就完事了。"

玛格丽特在科罗维约夫的陪同下，再次回到舞会大厅。客人们已经停止了舞蹈，乌泱泱地挤在圆柱之间，在大厅中央让出一片空地。空地正中，一座高台拔地而起，玛格丽特不记得是谁帮助她登了上去。她刚站上高台，便听到午夜的钟声不知自何处传来。这令她大为吃惊，因为据她估计，午夜分明早就过去了。钟声响毕，沉默降临在宾客头顶。

这时，玛格丽特又见到了沃兰德。他由亚巴顿、阿扎泽洛和另外几名酷似亚巴顿的黑衣青年簇拥而来。玛格丽特这才看到，在她的高台对面另有一座高台，专为沃兰德而设。但沃兰德并未使用。最令玛格丽特惊讶的是，即使是盛大舞会的最后一次出场，沃兰德也仍是先前卧室里那套装束。他仍披着那身脏兮兮的打着补丁的睡袍，脚上仍是破了洞的拖鞋。沃兰德仍带着他那把无鞘重剑，只不过用它当拐杖拄着。

沃兰德腿脚微跛，走到自己的高台前停下，阿扎泽洛立刻向他呈上一个大托盘。玛格丽特看见托盘上放着一颗门牙掉落的人头。绝对的寂静笼罩全场,唯有一次被某种遥远的响动打破,那声音酷似门铃声,与眼前的情景完全不相容。

"米哈伊尔·亚历山德罗维奇。"沃兰德轻声唤道。人头眼皮微抬,玛格丽特惊骇地在那张死人脸上看到了一双活着的、充满思索与痛苦的眼睛。"一切都应验了,不是吗?"沃兰德注视着死人头的眼睛,"您的头被一名妇女割了,您的会议没能开成,而我住进了您的房子。这是事实。而事实是世界上最顽固的东西。但眼下,我所感兴趣的并非这些既定事实,而是接下来的事。您素来狂热地鼓吹那样一种理论,即脑袋一掉,人的生命便会终止,人就会化为灰烬,走向虚无。我很乐意地告诉您——当着我的众宾客的面,尽管他们本身便证明着截然相反的理论——您的理论既体面又精明。事实上,一切理论都自有其价值。还有这样的理论,即每个人都将得到他所信仰的①。那么,就如您所愿吧!您将不复存在,而我乐意以您的头颅作为酒樽,为存在干杯!"

沃兰德提起重剑。头颅外皮立刻发黑,萎缩,继而片片脱落,眼睛也消失了,玛格丽特眼见着盘子上出现一具镶着绿宝石眼球、珍珠牙齿、黄金支架的浅黄色头骨。头盖骨上装有合叶,向后掀开。

"马上,老爷。"科罗维约夫注意到沃兰德询问的目光,回禀说,"他就要来了。我已经在这像棺材里一样的静谧中,听到了他的漆皮鞋的橐橐声,听到他喝完了今生最后一杯香槟,将酒杯放在了桌上。瞧,他来了。"

又一位客人独自步入大厅,朝沃兰德这边走来。他看上去和为数众多的其他男宾客没什么两样,唯独一点:他紧张得直

---

① 参见《马太福音》9:29:"照着你们的信给你们成全了吧。"

打晃,这点从老远便可看清。他的脸颊上燃烧着块块红斑,四下乱瞟的眼睛里满是惊惶。他简直被惊呆了,这里的一切都令他震惊,而最主要的,自然是沃兰德的装束。

不过,来客受到的欢迎却是极其热烈的。

"啊,最最亲爱的迈格尔男爵。"沃兰德亲切地微笑着招呼来客,这让后者的眼睛都要蹦到脑门上去了。"我很高兴向诸位介绍,"沃兰德转向众宾客道,"这位是最最可敬的迈格尔男爵,在演艺娱乐委员会任职,专门向外宾介绍首都的名胜古迹。"

玛格丽特突然愣住了——她认出了这位迈格尔男爵。她之前在莫斯科的剧院和饭店里见过他几次。"天哪……"玛格丽特心想,"难道说,他也死了?"但疑问很快就搞清楚了。

沃兰德笑容可掬地说:"亲爱的男爵如此迷人,一听说我来了莫斯科,立刻打来电话,向我推荐自己的专业服务,非要带我参观莫斯科的名胜古迹不可。自不待言,我很荣幸邀请他前来做客。"

玛格丽特注意到,阿扎泽洛此时将盛着头骨酒樽的托盘交给了科罗维约夫。

"哦,对了,男爵,"沃兰德突然神秘地压低声音说,"到处都在盛传,说您具有极其强烈的求知欲。据说,这份求知欲,加上您同样发达的表达欲,已经引起了普遍的关注。不仅如此,有些恶毒之人已经给您安上了告密者和密探的罪名。更有甚者,有人预测,不出一个月,您就会惨遭不测。因此,为了使您免受等待之苦,我们决定借此机会帮您一把,要知道,您软磨硬泡到这儿来,不正是为了窥视和窃听嘛。"

男爵的脸色变得比生性苍白的亚巴顿更加惨白。诡异的事情发生了。亚巴顿出现在男爵面前,将自己的墨镜摘下了一秒钟。与此同时,阿扎泽洛手中火光一闪,随着拍手似的一声轻响，男爵仰面向后倒去，胸口喷出的血柱濡染了挺括的衬衫和马甲。科罗维约夫用头骨接了满满一樽鲜血，递给沃兰德。此时，倒在地上的男爵已经没了半点生气。

"为诸位的健康干杯。"沃兰德轻声说着，举起酒樽，浅浅地抿了一口。

神奇的变化发生了。打补丁的睡袍和破了洞的拖鞋都不见了，沃兰德换上了一袭黑斗篷，精钢重剑佩在腰间。他闪到玛格丽特近前，冲她举起酒樽，以命令的口吻说："喝！"

玛格丽特顿觉头晕目眩，不由得一个趔趄，但酒樽已然举至唇边，耳畔同时有几个声音（具体是谁她已无从分辨）对她悄声提示："女王莫怕……莫怕，女王，鲜血早已渗入地下。鲜血浸透之处，已经结出串串葡萄。"

玛格丽特闭着眼喝了一口，甘甜的汁液瞬间流遍周身，耳中叮当鸣响。她恍惚听到无数雄鸡震耳欲聋的啼鸣，不知何处在演奏进行曲。成群的宾客逐渐丧失面目。身着燕尾服和晚礼服的男男女女尽数化为灰烬，阴燃瞬间席卷了整座大厅，墓穴的气息弥漫开来。圆柱坍塌，灯火熄灭，空间萎缩，喷泉、郁金香和山茶花通通消失了。一切又恢复了原先的模样——珠宝商遗孀家的简陋客厅，以及门缝里泄出的一道光。玛格丽特循着光走进虚掩的门内。

第二十四章　解救大师

沃兰德卧室中的一切仍是舞会之前的样子。魔王身披睡袍坐在床上,只不过赫拉没在给他敷腿,而是在先前对弈的那张桌子上摆设晚饭。科罗维约夫和阿扎泽洛已经脱去燕尾服,坐在桌边,坐在二人旁边的自然是大黑猫河马,它还舍不得摘掉自己的领结,尽管它已经彻底变成了一块脏抹布。玛格丽特跟跟跄跄走到桌前,扶着桌子站定。沃兰德像之前那样招呼她过去,让她坐在自己身边。

"怎么样,累坏了吧?"沃兰德问。

"哦,没有,老爷。"玛格丽特回答,声音却几不可闻。

"诺伯莱斯厄伯利日。①"大黑猫说着,用细长的高脚酒杯给玛格丽特倒了一杯透明液体。

"这是伏特加?"玛格丽特虚弱地问。

大黑猫委屈地在椅子上一蹿,嘶哑地抗议:"什么呀,女王,难道我会给女士倒伏特加吗?这是纯酒精!"

玛格丽特微微一笑,欲将酒杯推开。

"大胆喝吧。"沃兰德说,玛格丽特当即捧起酒杯。"赫拉,坐。"沃兰德吩咐,又对玛格丽特解释说:"每逢月圆节庆之夜,我都会与众随侍共进晚餐。那么,大家感觉怎样?这劳什子舞会办得如何?"

"震撼!"科罗维约夫抢先开口道,"所有人都着迷了,陶醉了,折服了!多么得体,多么巧妙!多么魅力四射!"

沃兰德默默地举起酒杯,与玛格丽特碰了一下。玛格丽特

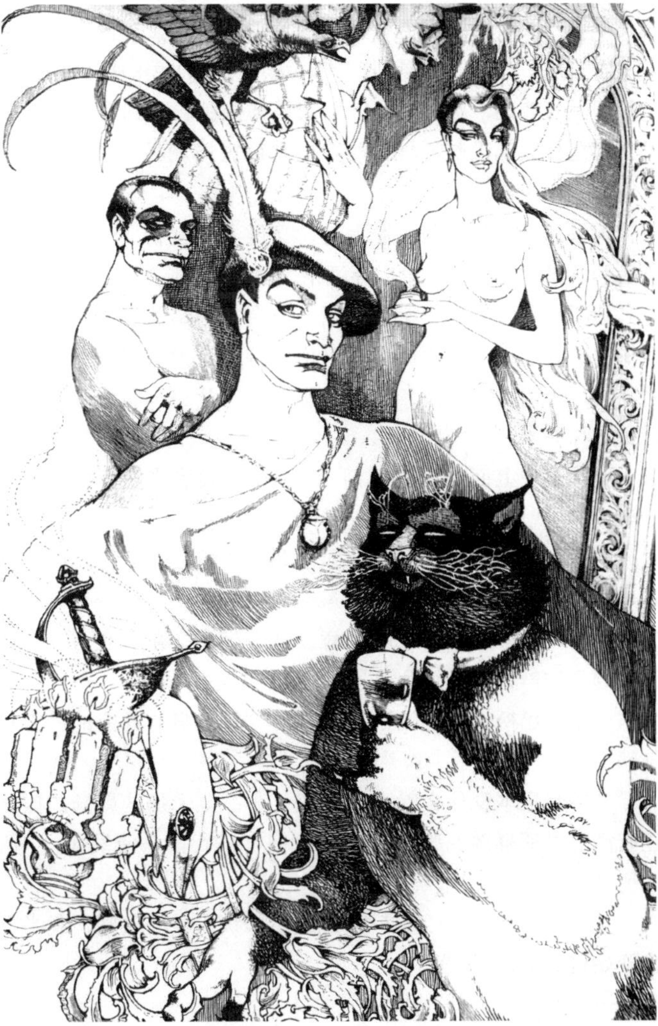

温顺地喝光酒精,心想,这下自己肯定要完了。但什么坏事都没发生。一股鲜活的暖流在她腹内流淌,有什么东西在她后脑勺上轻轻敲了一下,力量回归了,仿佛刚从甜美的酣睡中醒来一般,不仅如此,她还感觉自己饿得像头狼。想到自己从昨天早上起还什么都没吃,玛格丽特更觉得饥焰烧肠,便狼吞虎咽地吃起了鱼子酱。

河马切了一片菠萝,撒上盐,又撒上胡椒粉,吃进肚里,雄起赳气昂昂地干掉了第二杯酒精,博得一片喝彩。

待玛格丽特喝下第二杯酒精,烛台上的蜡烛燃得更亮了,壁炉里的火焰也烧得更旺了。玛格丽特丝毫没有醉意。她一面用洁白的牙齿大嚼烤肉,陶醉于肥美的肉汁,一面看着河马往牡蛎上抹芥末。

"你再往上面放几粒葡萄。"赫拉在大黑猫肋下捅了捅,低声说。

"用不着你教我,"河马回敬道,"咱吃过宴席,放心,吃过!"

"啊,这样的晚餐才叫惬意,守着壁炉,随随便便,"科罗维约夫的声音断续而发颤,"全是自己人……"

"不,巴松管,"大黑猫反对说,"舞会自有舞会的魅力和气魄。"

"舞会根本没什么魅力和气魄可言,至于那些愚蠢的熊,还有酒吧里那群瞎叫唤的老虎,险些害得我偏头痛发作。"沃兰德说。

"是,老爷。"大黑猫说,"既然您认为没有气魄,我当下也开始这么觉得了。"

---

① 诺伯莱斯厄伯利日,法文 Noblesse oblige 的音译,字面意思为"贵族义务",意指"位高则任重"。

"少来这套！"沃兰德说。

"我开玩笑的，"大黑猫恭顺地说，"至于老虎嘛，我这就叫人把它们烤了吃。"

"老虎吃不得。"赫拉说。

"您这么认为？那就请听我说吧，"大黑猫愉悦地眯起眼睛，讲起它从前有一回在沙漠里艰难跋涉了十九天，唯一的食物便是它亲手打死的一头老虎。众人饶有兴致地听着大黑猫引人入胜的讲述，等它讲完，异口同声地喊："扯谎！"

沃兰德说："这通谎言里最有趣的一点是，它从头到尾没有一句真话。"

"什么？扯谎？"黑马大叫，众人都以为它要辩白了，可它只是轻声说了句，"历史会作出裁决的。"

"告诉我，"被酒精复活的玛格丽特问阿扎泽洛，"那个男爵，您用枪把他打死了？"

"当然。"阿扎泽洛回答，"不然怎么办？必须打死他。"

"真把我吓坏了！"玛格丽特喊，"事情来得太突然了。"

"这有什么突然的。"阿扎泽洛说。

科罗维约夫扯着嗓子埋怨："能不被吓坏吗？连我都两腿打战哩！砰！再一看，男爵倒地上了！"

"吓得我险些歇斯底里发作。"大黑猫舔着勺子上的鱼子酱，帮腔说。

"有一点我想不通，"玛格丽特眼睛里跳动着水晶器皿反射的金星，"舞会的音乐和动静那么大，外面难道就听不见吗？"

"当然听不见，女王，"科罗维约夫解释说，"必须做到让外面听不见。这需要精心安排。"

"是啊，是啊……否则的话，楼道里那个人……就是我跟阿扎泽洛来的时候……楼门口还有一个……我想，他们是在监视这栋住宅……"

科罗维约夫大叫："对，对！对极了，亲爱的玛格丽特·尼古拉耶夫娜！您道出了我心中的怀疑！对，他们就是在监视！起初我还以为，楼道里那人是个心不在焉的编外副教授，或者某个受了伤的恋人呢。不，不！我的心在隐隐作痛！哼，他就是在监视！楼门口那个也是！还有门洞里那个，都是一伙的！"

"真是有趣，万一他们来抓你们呢？"玛格丽特问。

"肯定会来的，迷人的女王，肯定会来的！"科罗维约夫说，"我的心有预感，他们会来的。当然，不是现在，但时候一到，他们一定会来的。不过我想，什么有趣的事都不会发生。"

"啊，男爵倒下去时，我可真是吓坏了，"玛格丽特说，显然对生平头一回目睹的杀人场面仍心有余悸，"您的枪法想必很准吧？"

"还行。"阿扎泽洛说。

"隔多少步？"玛格丽特问了一个不大明确的问题。

"那要看打什么了。"阿扎泽洛就事论事地说，"用锤子砸碎拉通斯基家的玻璃是一回事，一枪命中他的心脏又是另外一回事。"

"命中心脏！"玛格丽特惊呼，不由自主地捂住了自己的胸口。"命中心脏！"她低沉地重复道。

"拉通斯基是谁？"沃兰德问，觑眼望着玛格丽特。

阿扎泽洛、科罗维约夫和河马纷纷羞愧地垂下了眼皮，玛格丽特面皮一红，回答说："是一个文学批评家。我昨天晚上把他的家捣毁了。"

"真有你的！为什么？"

"老爷，他，"玛格丽特解释说，"他毁了一位大师。"

"那你又何必亲自动手呢?"沃兰德问。

"让我去吧,老爷!"大黑猫腾地站起来,兴奋地大叫。

"坐着吧你,"阿扎泽洛也站起身,含混地说,"我现在就去……"

"别!"玛格丽特大惊失色,"不要,求您了,老爷,别这样做!"

沃兰德说:"随你吧,随你。"阿扎泽洛便又坐回原位。

科罗维约夫说:"我们刚才讲到哪儿啦,尊贵的玛戈女王?啊,对了,心脏。"科罗维约夫用细长的手指指向阿扎泽洛,"他能随便命中任意一个心房或者心室。"

玛格丽特一时没有反应过来,想了想才惊呼道:"可它们都是看不见的呀!"

"亲爱的,"科罗维约夫像只音叉似的说,"要的就是看不见哪!那才叫真本事呢!看得见的靶子谁都打得着!"

科罗维约夫从抽屉里取出一张黑桃七,递给玛格丽特,让她用指甲在任意一个黑桃上做个标记。玛格丽特标记了最右上角那个。赫拉将牌藏在抱枕底下,喊了声:"好了!"

阿扎泽洛背对抱枕而坐,从燕尾服裤兜里掏出一把黑色自动手枪,将枪管架在肩膀上,头也不回地放了一枪,令玛格丽特感到既害怕,又刺激。大家从被洞穿的抱枕后面取出扑克牌,打中的果然是玛格丽特标记过的黑桃。

"我可不想在您手里有枪的时候碰上您。"玛格丽特说,拿俏眼瞟着阿扎泽洛。她素来仰慕一切身怀绝技之人。

"尊贵的女王,"科罗维约夫尖声说,"就算他手里没枪,我也不建议任何人碰上他!我以前唱诗班指挥兼领唱的名义担保,谁也不会祝贺碰上他的人。"

一直冷眼旁观的大黑猫突然宣布:"让我来打破黑桃七的纪录。"

大师和玛格丽特

阿扎泽洛闻言，出声怒叱。但大黑猫犯了倔，还非要使用双枪不可。阿扎泽洛从第二只裤兜里掏出另一把手枪，鄙夷地撇撇嘴，将双枪递给牛皮大王。大家在黑桃七上又做了两个标记。大黑猫背过身去，准备了老半天。玛格丽特用手堵住耳朵，瞅了瞅蹲在壁炉搁架上打盹的猫头鹰。大黑猫双枪齐发，只听赫拉一声尖叫，猫头鹰坠下搁架一命呜呼，被打碎的壁钟停止了转动。赫拉一只手上鲜血淋漓，哀嚎着揪住了大黑猫的毛发，大黑猫则扯住了赫拉的头发，一人一猫扭作一团，在地板上滚来滚去。桌上的一只高脚杯被碰到地上，摔得粉碎。

"快把这个发疯的女妖精拽开！"被赫拉骑在身下的大黑猫挣脱不出，哀叫连连。大家好不容易才把架拉开，科罗维约夫冲着赫拉的伤指吹了口气，伤口便愈合了。

"旁边有人干扰，我就打不好！"河马嚷嚷着，竭力想把赫拉从它后背上薅下来的一大撮毛给安回去。

"我敢打赌，"沃兰德对玛格丽特笑道，"这家伙是故意的。它的枪法相当不错。"

赫拉和大黑猫互吻了一下，以示和好如初。大家掏出纸牌，检查了一番。除了被阿扎泽洛洞穿的黑桃之外，其余黑桃皆完好无损。

"这不可能。"大黑猫兀自嘴硬，仰着头，就着烛光透视纸牌。

愉快的晚餐得以继续。烛火摇曳，干燥而芳香的壁炉热浪在屋内涌动。吃饱喝足的玛格丽特被无上的幸福包裹着。她看着阿扎泽洛吐出的灰蓝色雪茄烟圈鱼贯飘向壁炉，大黑猫则用剑尖将其一一挑住。她实在不愿离开，尽管据她估计，已经很晚了。说不定都快早晨六点了。玛格丽特打破沉默，怯生生地对沃兰德说："也许，我该走了……很晚了……"

"您急着去哪儿？"沃兰德问，语气客气而干巴。其余人没有一个吭声,都假装被雪茄烟圈吸引了。

"是的,该走了。"玛格丽特见状大窘,一面说着,一面扭过头,似乎想找件披肩或者风衣。赤身裸体突然令她感到羞耻。她从桌旁站起身来。沃兰德默默地从床上拿起自己那身污损的长袍,科罗维约夫接过来披在玛格丽特肩上。

"谢谢您,老爷。"玛格丽特几不可闻地说,以探询的目光望向沃兰德。后者仅仅报以礼貌而漠然的微笑。一股黑色的哀伤瞬间涌上玛格丽特心头。她感觉自己被欺骗了。很显然,并没有人打算对她在舞会上的一切效劳提供任何奖赏,甚至无人对她出言挽留。而她很清楚,自己根本无处可去,除非再次回到别墅。一想到别墅,玛格丽特内心的绝望便被引爆了。难道说,应当出言恳求,就像阿扎泽洛在亚历山大花园所劝诱的那样?"不,决不!"她对自己说。

"一切珍重,老爷。"她嘴上说着,心里却在想:"一出去我就去投河!"

"坐下。"沃兰德突然以命令的口吻道。

玛格丽特脸色一变,依言坐下。

"临别之前,您就没有什么话要说吗?"

"不,老爷,没有。"玛格丽特高傲地说,"只有一句:倘若您再有用我之处,我随时乐意为您做任何事。我一点也不累,在舞会上非常开心。所以,倘若舞会仍将继续,我愿意再次奉上我的膝盖,接受成千上万绞刑犯和杀人犯的亲吻。"玛格丽特望着沃兰德,眼含热泪,如同隔着一层雾气。

"好极了!完全正确!"沃兰德惊心动魄地高喊,"正当如此!"

"正当如此!"众随侍齐声附和。

"方才我们在试探您。"沃兰德说,"永远不要为任何事求人!永远不要求任何人,尤其是比您强大的人。除非他们主动

大师和玛格丽特 | 317

给予。请坐,高傲的女人。"沃兰德从玛格丽特肩头扯下沉重的长袍,玛格丽特再次赤身裸体地坐在魔王身旁。"那么,玛戈,"沃兰德的声音变得柔和,"为了今晚担任女王,您想获得何种酬劳?为了赤身裸体主持晚会,您想要得到什么?您的膝盖价值几何?该当如何弥补我的宾客——即您口中的绞刑犯给您造成的损失?说吧!放心大胆地说,因为这是我让您说的。"

玛格丽特心跳加速,她深吸了一口气,这才反应过来。

"说吧,大胆地说!"沃兰德鼓舞道,"驰骋你的想象,用马刺刺它!单是目睹罪无可赦的恶棍男爵被处决,就理应得到奖赏,何况您还是一位女士。唔,说吧?"

玛格丽特几近窒息,那句深埋心底、念念不忘的话眼看就要脱口而出,可她却忽然脸色惨白,张口瞠目。"弗丽达!弗丽达!弗丽达!"一个纠缠不休的声音在她耳边嘶声乞求,"我叫弗丽达!"

玛格丽特磕磕巴巴地说:"这么说……我可以……提出一个请求?"

"是要求,要求,我的唐娜,"沃兰德善解人意地笑笑,"提出'一个'要求。"

——哦,沃兰德在重复玛格丽特自己的话时,多么巧妙,又多么清晰地强调了"一个"二字!

玛格丽特又做了一个深呼吸,缓缓道:"我希望,弗丽达不再收到她用来捂死自己孩子的那块手帕。"

大黑猫抬眼望天,大声地叹了口气,但一句话也没敢说,显然还没有忘了在舞会上被拧过的耳朵。

沃兰德冷哼一声,开口道:"鉴于您向弗丽达那个蠢女人收受贿赂的可能性完全可以排除——毕竟这与您的女王之尊是完全不相容的——我简直不知该如何是好了。看来,只剩下最后一招——找来一堆破布,将我卧室里的大小缝隙全部堵上!"

"您在说什么呀,老爷?"听到这番莫名其妙的话,玛格丽特一脸诧异。

大黑猫插嘴说:"我完全同意,老爷,非用破布不可!"说着,狠狠一掌拍在桌子上。

"我指的是慈悲心。"沃兰德用他那只冒火的眼睛盯住玛格丽特,解释说,"这个狡诈的东西,总是出乎意料地顺着最狭窄的缝隙钻进来。所以我才说要用破布堵上。"

"我也是这个意思!"大黑猫嚷嚷着,随即远远地躲开玛格丽特,并用涂满玫瑰色乳膏的前爪护住了自己的尖耳朵。

"滚一边去。"沃兰德叱道。

"我咖啡还没喝呢,怎么能走呢?"大黑猫顶嘴说,"难道说,老爷,节日晚宴上也要把客人分成两个等级吗?有些人是一等新鲜,而其他人,就像那个愁眉苦脸的守财奴、小吃部管理员说的,只能是二等新鲜?"

"闭嘴。"沃兰德喝令,又扭头问玛格丽特,"如此说来,您是个心地善良,道德高尚的人喽?"

"不,"玛格丽特恳切地回答,"我知道,在您面前只能坦诚相告,跟您明说吧:我是个轻率之人。我替弗丽达向您求情,仅仅是因为,我一不小心给了她坚定的希望。她在期待,老爷,她相信我的权威。倘若她发现自己被欺骗了,我将会陷入可怕的境地,终生不得安宁。有什么法子呢!只得如此了。"

"哦,原来如此。"沃兰德说。

"那么,您会照办吗?"玛格丽特轻声问。

"绝无可能。"沃兰德说,"问题在于,亲爱的女王,这里头有个小小的误会。每个部门都应各司其职。毋庸置疑,我们的力量相当强大,比某些不大聪明之人所设想的要大得多……"

"正是,大得多得多……"大黑猫又忍不住插嘴了,显然为这些力量无比自豪。

"闭嘴,见鬼!"沃兰德骂道,又对玛格丽特说,"只是,本该另一个,唔,'部门'做的事情,其他人何必越俎代庖呢?总之,这件事我不会办,要办您自己办。"

"难道我自己能办到?"

阿扎泽洛用他的独眼讥讽地斜了玛格丽特一眼,嗤之以鼻地偏了偏火红的脑袋。

"赶紧吧,真是要命。"沃兰德嘟囔着,转了转地球仪,盯着某个点看了起来。显然,在与玛格丽特谈话的同时,这位魔王还在处理别的事务。

"叫弗丽达呀……"科罗维约夫提示说。

"弗丽达!"玛格丽特一声高呼。门砰地开了,一个披头散发、一丝不挂、目光疯癫但已毫无醉态的女人跑了进来,向玛格丽特伸出双臂。玛格丽特威严宣布:"你被赦免了。手帕不会再出现了。"

弗丽达失声痛哭,匍匐在玛格丽特脚下,摊开双臂,构成一个十字架。沃兰德一挥手,弗丽达便从眼前消失了。

"感谢您,再见。"玛格丽特说着,站起身来。

"行啦,河马,"沃兰德开口道,"节庆之夜,对这个不切实际之人,我们还是别占她便宜了吧。"又转向玛格丽特说:"好了,这个不算,因为我并未出手。您自己想要点什么?"

一阵沉默过后,科罗维约夫凑到玛格丽特耳边低语:"钻石一般的唐娜,这次我劝您慎重些!否则福尔图娜[①]可就溜走了。"

[①] 福尔图娜,古罗马神话中的时运女神。

"我希望，立刻，当下，找回大师——我的爱人。"玛格丽特的面孔抽搐得变了形。

一阵风闯入卧室，烛火纷纷倒伏，沉重的窗幔退到一旁，窗户四敞大开，露出遥远高天上的一轮明月，但并非清晨的，而是午夜的。月华在窗台前的地板上铺开一方浅绿色头巾，其上出现一人，正是曾经夜访伊万、自称大师的人。他仍穿着医院里的病号服、罩袍和拖鞋，戴着那顶须臾不离的黑色小帽。他的胡子拉碴的面孔突然急剧地抽搐起来，癫狂而怯懦地偷眼瞅着烛火。月潮在他身旁剧烈翻涌。

玛格丽特一眼便认出了大师，她"啊"地拍了一下手，朝大师扑过去。她不住地亲吻他的额头、他的嘴唇，将自己的脸紧贴在他的扎人的脸颊上，憋了许久的泪水在她脸上肆意流淌。她说不出话，只无意义地重复着同一个字："你……你……你……"

大师将她推开，低沉地说："别哭，玛戈，别折磨我。我病得很重。"他一手撑住窗台，似欲跳窗而逃，他龇牙咧嘴地打量着在场众人，大叫："我好怕，玛戈！我又出现幻觉了……"

玛格丽特哭得喘不过气来，泣不成声地呢喃："不，不，不……别怕……有我在……有我在……"

科罗维约夫神不知鬼不觉地推过一把椅子，大师一屁股坐在上面，玛格丽特跪倒在地，紧偎在大师身侧，安静下来。她太过激动，以致未曾察觉，她原本赤裸的身体上不知何时已多了一件黑绸风衣。病人垂下头，阴郁而病态的目光盯在地上。

"不错，"沃兰德沉默良久方道，"他的确被人害惨了。"又吩咐科罗维约夫："骑士，给他拿些喝的。"

"喝吧，喝下去！"玛格丽特颤声恳求大师，"你害怕？别怕，别怕，相信我，他们会帮助你的！"

病人接过杯子，喝掉杯中之物，手一抖，空杯掉在脚下，摔得粉碎。

"碎碎（岁岁）安康！"科罗维约夫小声对玛格丽特说，"瞧，他已经恢复神志了。"

果然，病人的目光已不再那么癫狂不安了。

"真的是你吗，玛戈？"月夜来客问。

"不必怀疑，真的是我。"玛格丽特说。

"再来一杯！"沃兰德吩咐。

第二杯喝完，大师的目光已然鲜活灵动。

"好了，这才像话。"沃兰德眯起眼睛，对大师说，"现在来谈谈吧。阁下何许人也？"

大师撇嘴笑笑，说："如今我谁也不是。"

"阁下从何处来？"

"精神病院。我是个精神病人。"

玛格丽特忍不住再次痛哭。然后她抹去泪水，叫嚷道："这话太可怕了！他是大师，老爷，相信我！求求您治好他，他值得您这么做！"

"您知道您在和谁说话，知道您身在何处吗？"沃兰德问月夜来客。

"知道。"大师说，"我在精神病院的邻居就是那个小伙子，无家汉伊万。他跟我说起过您。"

"没错，没错，"沃兰德说，"我有幸在牧首塘遇见了那个年轻人。他险些把我逼疯了，他非要证明我不存在！那您呢，您相信这真的是我吗？"

"不得不信。"大师说，"不过，将您视作幻觉的产物自然会安心得多。"说罢，大师自觉失言，道了声歉。

"好吧，既然如此，那您就这么想吧。"沃兰德礼貌地说。

"不，不！"玛格丽特摇晃着大师的肩膀，急忙说，"快醒醒啊！站在你面前的真的是他！"

"我倒是的确很像幻觉。"大黑猫又插嘴了，"请注意我在月光下的侧影。"大黑猫钻进月光里，刚要说话，就被人请求闭嘴，便说："好好好，我闭嘴。我就做一个闭嘴的幻觉好了。"就闭了嘴。

"请告诉我，玛格丽特为何称您为大师？"沃兰德问。

"这是她无可厚非的弱点吧。"大师苦笑，"她对我写的一本小说评价过高了。"

"小说是关于什么的？"

"关于本丢·彼拉多。"

刹那间，烛火再次摇曳、跳跃，桌上的餐具叮当作响——沃兰德笑声如雷。但没有一个人对此感到惊慌害怕，河马不知为何还鼓起掌来。

"什么，什么？您说谁？"沃兰德止住笑声，问，"眼下这种时候？真是令人震惊！您就找不到别的题目了吗？拿给我看看。"沃兰德掌心向上伸出手来。

"很遗憾，我没法拿给您看了，因为我把它烧了。"

"抱歉，我不相信。这不可能。手稿是烧不毁的。来啊，河马，拿小说来。"

大黑猫噌地跳下椅子，众人一瞧，原来它正坐在厚厚的一摞书稿上呢。大黑猫捧起最上面一本，躬身呈给沃兰德。玛格丽特激动得泪流满面，颤声喊道："是手稿！手稿！"她奔向沃兰德，欣喜若狂地喊："您无所不能！无所不能！"

沃兰德接过书稿，只一翻，便搁在一旁，盯住大师，既不说话，也不微笑。后者不知为何陷入了忧愁与不安之中，他从椅子上站起来，双臂曲举，遥望明月，哆哆嗦嗦地自言自语："就连月夜我也不得安宁……为何要来惊扰我？哦诸神，诸神……"

玛格丽特紧紧地抓住大师的病号服，抱紧大师，悲伤地含泪呢喃："上帝，为什么药对你不见效呢？"

"没事，没事，没事，"科罗维约夫围着大师转来转去，低声说，"没事，没事……再来一杯，我陪您喝……"

杯中物在月光下忽闪着眼睛，果然见了效。大师被搀扶着坐在椅子上，神情恢复了平静。

"唔，眼下一切都清楚了。"沃兰德用长长的手指敲了敲书稿。

"完全清楚了，"大黑猫帮腔说，忘了要做一个闭嘴的幻觉的承诺，"眼下这部作品的主线我已经一清二楚了。你怎么说，阿扎泽洛？"大黑猫问沉默不语的阿扎泽洛。

"我说该把你淹死。"阿扎泽洛鼻音浓重地说。

"发发慈悲吧，阿扎泽洛，"大黑猫说，"千万别让主子产生这种想法。要不然我就天天晚上过来找你，穿着跟可怜的大师一模一样的衣裳，不住地冲你点头，叫你跟我去。那你能受得了吗，啊，阿扎泽洛？"

"玛格丽特，"沃兰德又发话了，"尽管说吧，您想要什么？"

玛格丽特双眼倏地一亮，对沃兰德恳求道："我能跟他说几句悄悄话吗？"

沃兰德点点头，玛格丽特凑到大师耳畔，说了些什么。只听大师说："不，晚了。我今生已别无所求。除了能再见你一面。但我还是劝你离开我。我只会毁了你。"

"不，我不离开。"玛格丽特说罢，对沃兰德说："请让我们再次回到阿尔巴特街小巷的地下室，让电灯发出光亮，让一切回归原样。"

大师笑出声来，他抱住玛格丽特鬈发披散的脑袋，叹息道："唉，您别听这个可怜的女人乱说，老爷。那间地下室里早就住进别人了。再说,一切回归原样是不可能的。"他把脸贴在女友头上,抱住她,喃喃道:"可怜的女人,可怜……"

"您说不可能?"沃兰德说,"这倒没错。但不妨试试。阿扎泽洛!"

话音未落,从天花板上掉下来一个神情慌乱、近乎疯癫的男公民。他身上只穿着一条内裤,手上却莫名其妙地拎着行李箱,头上还戴着帽子。男人吓得浑身抖如筛糠,蹲了下来。

"您是莫加雷奇?"阿扎泽洛问。

"是,阿洛伊济·莫加雷奇。"男人哆嗦着回答。

"就是您,读了拉通斯基对此人的小说的评论之后,写了一封告密信,说他家中私藏非法书籍的吗?"阿扎泽洛问。

男人脸色发青,流下了悔过的泪水。

"您是想住进他的屋子吧?"瓮声瓮气的阿扎泽洛尽量温和地问。

屋内响起一声狂怒的猫嗥,玛格丽特厉声尖叫着"让你尝尝巫女的厉害!",弓起十指,朝阿洛伊济·莫加雷奇脸上抓去。

屋内顿时乱作一团。

"你这是干吗?"大师痛苦地呼喊,"玛戈,别让自己蒙羞!"

"我抗议,这不是蒙羞!"河马大叫。

科罗维约夫将玛格丽特拽开。

"我自己掏钱添了浴缸……"满脸血痕的莫加雷奇吓得牙齿打战,胡言乱语地嚷嚷起来,"光是粉刷……明矾……"

"你装了浴缸,那好极了,"阿扎泽洛赞许地说,"他正好需要泡个澡。滚吧!"

莫加雷奇两脚朝天,顺着敞开的窗户飞出了沃兰德的卧室。

大师瞪大了双眼，低声道："这简直比伊万说的还要厉害！"他惊愕不已地四下环顾，对大黑猫说："抱歉……是你……是您……"他一时不知该如何称呼大黑猫，"您就是那只坐电车的猫？"

"正是，"大黑猫心满意足地说，"很高兴听您如此客气地同猫交谈。也不知道为什么，人们对猫总是'你'啊'你'的，尽管从来没有哪只猫跟任何人喝过交谊酒。"

"我也不知道，我感觉，您不大像一只猫……"大师迟疑地说，又怯怯地对沃兰德说，"医院里迟早会找我的。"

"咳，找什么找哇！"科罗维约夫说着，手中瞬间多了一些文件和小本本，"这是您的病历？"

"是。"

科罗维约夫一扬手，将病历丢进了壁炉。

"证件没了，人也就没了。"科罗维约夫满意地说，"这个，是您房东的租户簿？"

"没错……"

"这上面登记的是谁呀？阿洛伊济·莫加雷奇？"科罗维约夫朝租户簿上吹了口气，"瞧，他没啦，而且，请注意，从来没有过。倘若房东惊疑，您就告诉他，阿洛伊济·莫加雷奇是他自己梦见的。莫加雷奇？哪个莫加雷奇？根本没有什么莫加雷奇。"说话间，租户簿从科罗维约夫手上消失了。"眼下它已经在房东桌子上啦。"

科罗维约夫的干净利索令大师震惊不已，他说："您说得没错，证件没了，人也就没了。我也没有证件，所以，我这个人也没有。"

"抱歉，"科罗维约夫高声道，"这才是幻觉呢——给，您的证件。"科罗维约夫将证件递给大师，然后眼睛一翻，甜甜地对玛格丽特耳语："这是您的财物，玛格丽特·尼古拉耶夫娜。"他递给玛格丽特一个边缘燎焦的手稿本,一朵干玫瑰,一张小照片,又加倍小心地递过一张存折,"您存的一万卢布,玛格丽特·尼古拉耶夫娜。别人的东西我们不要。"

"我宁可四爪瘫痪,也决不碰别人的东西。"黑猫扎煞起毛发大叫,一面在行李箱上跳舞,好把惹祸的小说书稿全部塞进箱子里去。

"还有您的证件。"科罗维约夫将玛格丽特的证件交到她手上,这才转向沃兰德,恭敬地禀告:"全办妥了,老爷!"

"不,还没有。"沃兰德将视线从地球仪上移开,对玛格丽特说:"我亲爱的唐娜,您想让我如何安排您的侍女?我这里用不着她。"

这时,依旧裸体的娜塔莎跑进屋内,两手一拍,冲玛格丽特喊:"祝您幸福,玛格丽特·尼古拉耶夫娜!"她冲大师点点头,又对玛格丽特说:"您去哪儿我都知道。"

"女仆们什么都知道,"大黑猫意味深长地举起前爪,"当她们是瞎子那可是大错特错。"

"你想要什么,娜塔莎?"玛格丽特问,"回别墅去吧!"

"亲爱的,玛格丽特·尼古拉耶夫娜,"娜塔莎跪地哀求,"您求求他们,"她偷眼瞅瞅沃兰德,"让我留下来做个巫女吧!我不想再回别墅去了!工程师和机械师我都不跟!昨晚在舞会上,雅克先生向我求婚了。"娜塔莎张开拳头,露出几枚金币。

玛格丽特用探询的目光看向沃兰德。沃兰德点了点头。娜塔莎一把搂住玛格丽特的脖子,响亮地吻了她好几下,然后发出一声胜利的欢叫,飞出窗外。

娜塔莎的位置上换成了尼古拉·伊万诺维奇。他已经恢复了自己的本来面目,但看上去极其阴郁,甚至有些愠怒。

"这家伙我倒是很乐意放他走,"沃兰德厌恶地瞅着尼古拉·伊万诺维奇，"乐意之至，他在这里完全多余。"

"我恳请为我开具一份证明，"尼古拉·伊万诺维奇怵惕地四下张望着，但语气很是执拗，"以证明我昨晚在此过夜。"

"证明给谁看？"大黑猫严厉地问。

"给民警和我夫人看。"尼古拉·伊万诺维奇固执地说。

"证明我们通常是不开的，"大黑猫皱着眉说，"但既然如此，那我们就为您破个例吧。"

没等尼古拉·伊万诺维奇回过神来，裸女赫拉已经坐到了打字机前，大黑猫对她口述："兹证明，尼古拉·伊万诺维奇当晚身在撒旦舞会，他来此系充当交通工具……括号，赫拉，括号里写上'飞猪'。签名——河马。"

"日期呢？"尼古拉·伊万诺维奇尖声问。

"日期不填。填了日期，文件就失效了。"大黑马说着，随手签了字，又凭空抓来一枚印章，一本正经地哈了口气，盖上"付讫"字样，将证明交给尼古拉·伊万诺维奇。后者便消失不见了，在他的位置上又出现一个意想不到之人。

"这又是谁？"沃兰德用手挡住烛光，嫌恶地问。

瓦列努哈垂着头，叹了口气，嗫嚅道："放我回去吧。吸血鬼我当不了。那天我跟赫拉，差点没把里姆斯基吓死！我不喜欢吸血。放我走吧。"

"他在胡说些什么？"沃兰德撇嘴皱眉问，"里姆斯基是谁？这又是什么屁事？"

"不劳您费心，老爷。"阿扎泽洛回禀，转头对瓦列努哈说："不许在电话里耍横。不许在电话里撒谎。明白了？以后还这样做吗？"

瓦列努哈大喜过望，一时间面皮发亮，脑袋发蒙，嘴里不知所云地嘟囔着："衷心……我是说，尊敬的……吃完午饭我就马上……"他两手紧贴胸口，可怜巴巴地望着阿扎泽洛。

"行了,回去吧。"阿扎泽洛说罢,瓦列努哈便消失了。

"好了,让我和他俩单独待会儿。"沃兰德指指大师和玛格丽特,吩咐道。

魔王的命令立刻得到了执行。沉默片刻后,沃兰德问大师:"那么,您要回到阿尔巴特街的地下室去?那小说谁来写?还有梦想呢,灵感?"

"我已经再没有什么梦想和灵感了。"大师回答说,"一切都不再令我感兴趣,除了她。"他又摸摸玛格丽特的头,"我被毁了,我感到乏味,我想回到地下室去。"

"那您的小说呢?彼拉多呢?"

"我恨那部小说。"大师说,"我为它遭受了太多。"

"求求你,别这么说。"玛格丽特哀求道,"你为何要折磨我?你知道的,我把整个生命都放进了你这部小说里。"她又转向沃兰德说:"您别听他的,老爷,他受了太多苦了。"

"但您总得写点什么吧?"沃兰德说,"既然总督您已经写完了,不妨写写那个阿洛伊济嘛。"

大师笑道:"拉普申尼科娃是不会出版那种东西的,再说也没意思。"

"那您打算以何谋生呢?你们会受穷的。"

"无妨,无妨。"大师将玛格丽特拽到身旁,搂住她的肩膀,说,"她会醒悟过来,离开我的……"

"我看未必,"沃兰德嘟囔了一句,又说,"那么,写出了本丢·彼拉多故事的人,真的要回到地下室里去,守着孤灯,清贫度日?"

玛格丽特挣脱大师的怀抱,急切地对沃兰德说:"我能做的都做了,我偷偷告诉了他最诱人的想法。可他拒绝了。"

"我知道您的那些悄悄话,"沃兰德说,"但那并非最诱人的。而我要对您说,"他微微一笑,看向大师,"您的小说还会给您带来惊喜的。"

"真是可悲。"大师说。

"不,没有什么可悲的。"沃兰德说,"可悲的事再也不会发生了。好了,玛格丽特·尼古拉耶夫娜,事情都办妥了。您对我可有不满?"

"您说哪里话,老爷!"

"那么,收下这个,作个纪念吧。"沃兰德说着,从枕头下面取出一块不大的金马掌,上面镶满了钻石。

"不不不,这可使不得!"

沃兰德笑道:"您想和我争辩吗?"

玛格丽特风衣上没有口袋,便用一张餐巾布将金马掌裹好,系了个扣儿。这时,她发现一桩稀奇事。她望着窗外皎洁的明月,说:"有一点我搞不懂……为什么一直是午夜呢?不是早就该天亮了吗?"

"节庆之夜,稍作挽留岂非乐事?"沃兰德说,"好了,祝你们幸福!"

玛格丽特祈祷般地向沃兰德伸出双手,但未敢近前,只是低声呼喊:"再会!再会!"

"后会有期。"沃兰德说。

于是,玛格丽特穿着黑绸风衣,大师穿着病号服走出卧室,来到珠宝商遗孀家的过道,那里亮着一盏烛火,沃兰德的众随侍在此恭候。赫拉拎着装有小说书稿及玛格丽特为数不多的财物的箱子,大黑猫给她打下手。走到房门口,科罗维约夫鞠躬行礼,便消失了,其余三位继续送二人下楼。楼道里空无一人。走到三楼平台时,有什么东西轻敲了一下,但谁也没有注意。快走出楼门口时,阿扎泽洛冲天吹了口气。众人走进月光照射不到的庭院,一眼便看见门廊内有个脚蹬长筒靴、头戴鸭舌帽的男子正在睡觉,而且显然睡得很死。楼门口停着一辆宽敞的黑色轿车，车头灯熄着，透过前挡风玻璃，隐约可见一只白嘴鸦的轮廓。

玛格丽特刚要上车，突然绝望地低呼："上帝，我把金马掌弄丢了！"

"到车上去等着我，"阿扎泽洛说，"我去看看是怎么回事，马上就回。"便走进了楼内。

原来是这么回事：大师和玛格丽特等人出门之前不久，从50号楼下的48号宅走出来一位一手拎白铁罐，一手挎包的干瘦妇女。此人便是安努什卡，正是她，于周三晚上在旋转门旁弄洒了葵花籽油，从而导致了柏辽兹的不幸。

没有人知道，或许永远也不会有人知道，这个女人在莫斯科做什么，靠什么过活。但人们每天都能看见她：要么拎着白铁罐，要么挎着包，要么既拎着白铁罐又挎着包，有时在煤油铺子，有时在市场，有时在楼门口，有时在楼道里，但更多的时候是在她所住的48号宅的公共厨房里。此外人们还知道，凡她所到之处，立刻便会闹出乱子，故此人送外号"瘟神"。

瘟神安努什卡不知为何每天都起得很早，今天更是深更半夜就爬起来了。午夜刚过，钥匙在锁孔里一转，安努什卡先将鼻子探出门外，继而整个身子钻了出来，反手关上门，刚要抬脚，就听楼上房门砰的一声，一个人顺着楼梯飞滚下来，正好撞在安努什卡身上，害得她身子一歪，后脑勺重重地撞在了墙壁上。

"你光着腚急着见鬼去呀？"安努什卡捂住后脑勺，尖声叱骂。

只穿着内裤、却拎着行李箱、戴着便帽的男人眼睛紧闭，说出了一通荒唐古怪的梦话："热水器！明矾！光粉刷就多少钱！"说着说着就哭开了，然后冲着安努什卡大骂："滚！"

说滚就滚，但他并没有继续滚向楼下，反而朝楼上滚去，滚到被经济学家踢掉玻璃的楼道窗户旁,两脚朝上滚出了窗外。安努什卡吓得连疼都忘了,"啊呀"一声,跑到窗前。她趴到地上,探头向下张望,本以为能看见连人带箱被摔死的惨烈场景,但被门灯照亮的柏油地面上却什么也没有。

只好假定,刚才那个迷迷瞪瞪的怪人像只大鸟一样,不留痕迹地从楼内飞走了。安努什卡画了一个十字,心想:"嘿,好一个50号宅!怪不得人们总说呢!……这座鬼屋!……"

还没等她琢磨明白呢,楼上又是砰的一声,又有一个人影从上面狂奔下来。安努什卡急忙贴紧墙壁,见这回是个蓄着短须的相当体面的男公民,但安努什卡感觉,男人的脸有点像猪脸。猪脸男人从安努什卡身旁蹿过,跟第一个人一样,也从窗户跳了出去,但同样没有摔死在楼下。这下子,安努什卡连自己要出门都忘了,愣在楼梯上,一面"哎呀哎呀"地画着十字,一面自言自语。

又过了一会儿,第三个人,圆脸,光面无须,穿着托翁衫,也从楼上飞奔而下,从窗户飞走了。

不得不说,安努什卡的求知欲实在令人称道,她决定再等一等,看还会不会有什么新的奇迹。楼上的房门又开了,这回下来的是一大群人,但既没跑,也没滚,而是和所有人一样正常走路。安努什卡忙从窗户旁跳开,跑下楼梯,迅速打开自家房门,躲进门后。在她留下的门缝里,一只被好奇心撩拨得发狂的眼睛正闪着精光。

走在最前面的男人说不上是有病,还是没病,总之有点怪异,脸色苍白,胡子拉碴,头上戴着一顶黑色小帽,身上披着一件睡袍,下楼时脚步略显虚浮。一名少妇身着黑袍——安努什卡在昏暗中感觉那好像神职人员穿的长袍——小心翼翼地搀扶着男人。少妇似乎光着脚,又似乎穿着一双透明的高跟鞋,鞋身一条一绺的,一看就是进口货。——哎呀,呸!哪有什么鞋呀！这少妇居然光着身子！没错，黑袍子下面啥也没有！"呸，好一座鬼屋！"想到明天跟邻居们又有的吹了，安努什卡心里乐得唱起了小曲。

衣着怪异的少妇后面跟着另一名完全赤裸的少妇，手里拎着一只皮箱，一只巨大的黑猫围着箱子跑前跑后。安努什卡不由得揉了揉眼，险些叫出声来。

走在最后面的是一名身材矮壮的外国人，跛脚，独眼，穿着白马甲，系着领结，但没穿外套。安努什卡眼睁睁看着一行人朝楼下走去。就在这时，有什么东西掉在了楼梯平台上。

直等到脚步声听不见了，安努什卡这才像条蛇一样溜出门，将白铁罐靠墙放好，趴到地上，摸索起来。她摸到一个用餐巾布包裹着的沉甸甸的东西。安努什卡打开布包，眼珠子都快跳到脑门上去了。她把宝贝凑到眼皮子底下，眼睛里冒出饿狼似的火苗。她头脑里卷起一阵暴风雪："要是有人问起来，给他来个一问三不知！藏到侄子家？还是锯成小段？……钻石嘛，可以抠下来……一颗一颗地藏起来：彼得罗夫卡街一颗，斯摩棱斯克林荫道一颗……要有人问起来，一问三不知！"

安努什卡把宝贝揣进怀里，决定推迟出门，她拎起白铁罐，正要溜进屋，却被一个人截住了去路，正是刚才那个穿白马甲的外国人，鬼知道他是打哪儿冒出来的。

"把金马掌和餐巾布交出来。"外国人沉声道。

"什么金马掌呀，餐巾布的呀？"安努什卡装得倒挺像，"我什么餐巾布也没看见呀。您这是怎么啦，公民，喝醉啦？"

外国人也没跟她废话，直接伸出和公交车扶手一样坚硬而冰冷的大手，死死地扼住了安努什卡的咽喉，完全阻塞了空气进入其肺部的通道。安努什卡手中的白铁罐掉在了地上。白马甲让安努什卡窒息了好一会儿，这才松开她的脖子。安努什卡喘了一大口粗气，忙赔着笑脸说："啊，您说金马掌呀？有，有！原来是您的呀？我一瞧，在餐巾布里裹着呢……我特意帮您收好啦，免得被人拾了去，否则您可就没地儿找去啦！"

外国人接过金马掌和餐巾布，两脚一并，向安努什卡敬个礼，使劲儿地握了握她的手，带着浓重的外国口音对她连声道谢："由衷地感谢您，夫人。这块金马掌对我而言意义重大。为了感谢您的保管，请接受我的二百卢布酬金。"说着，他从马甲口袋里掏出一沓钱，递给安努什卡。

安努什卡脸上乐开了花，连声叫道："哎呀，万分感谢！麦赫西！麦赫西！"

出手阔绰的外国人一眨眼就滑过了一整层楼梯，但在彻底消失之前，他又用纯正的俄语冲着楼上喊："你这个老妖婆，下次再捡到别人的东西，交到民警局去，别往自己怀里揣！"

一连串的变故令安努什卡脑子里丁零当啷响成一片，嘴里却兀自喊个不停："麦赫西！麦赫西！麦赫西！"而外国人已经早就没影儿了。

院子里的轿车也不见了。交还沃兰德的馈赠之后，阿扎泽洛向玛格丽特道别，问她坐得是否舒适，赫拉响亮地和玛格丽特吻别，大黑猫吻了吻玛格丽特的手，三位送行者又朝蔫头耷脑瘫坐在座位角落里的大师挥了挥手，冲白嘴鸦打了个手势，便消失在了空气中，省去了爬楼梯的麻烦。白嘴鸦打着车头灯，宽敞的黑色轿车从门洞里一名睡得正死的男子身旁掠过，蹿出大门，迅速消失在喧闹无眠的花园街的滚滚车流之中。

一小时后，阿尔巴特街附近某条小巷的两间地下室内，一切又回到了那个可怕的秋夜来临之前。外间屋书桌上铺着丝绒桌布，亮着带罩台灯，台灯旁的花瓶里插着铃兰花。玛格丽特坐在桌前灯下，为亲身经历的震荡与幸福轻声啜泣。被火燎焦的手稿摆在她的面前，旁边是厚厚一摞完好无损的书稿。小楼无言。里间屋沙发上，大师身上盖着罩袍，睡得正沉。他的呼吸平稳而无声。

玛格丽特哭够了，拿起完好无损的书稿，翻到她在克里姆林宫城墙下遇见阿扎泽洛之前反复阅读过的地方。玛格丽特睡意全无。她充满柔情地抚摸着书稿，像抚摸着心爱的小猫，翻来覆去上上下下地打量，一会儿看看标题页，一会儿翻到最后一页。她心里突然冒出一个可怕的想法：这一切该不会全是魔法吧？她唯恐书稿会突然从眼前消失，自己会重新回到那栋别墅的卧室里，一觉醒来，只能去投河。但这仅仅是最后的可怕想法，是她旷日持久的痛苦的回响。什么都没有消失，无所不能的魔王的确无所不能，这些书稿玛格丽特想看多久就看多久，哪怕一直看到天光大亮。她可以尽情地将书页翻得哗哗响，可以热烈地亲吻书页，可以反复吟诵那些文字：

"黑暗，自地中海袭来，笼罩了这座为总督所痛恨的城市……"

是的，黑暗……

第二十五章　总督如何拯救加略人犹大

黑暗，自地中海袭来，笼罩了这座为总督所痛恨的城市。连接圣殿与可怖的安东尼亚堡①的座座吊桥不见了，从天而降的深渊淹没了跑马场上空带翼的诸神、射孔密布的哈斯摩尼宫②、市场、大车店、巷道、池塘……耶路撒冷，这座伟大的城市消失了，仿佛从未存在过一般。黑暗吞没了一切，吓坏了耶路撒冷及其郊区的一切生灵。诡异的黑云自海上袭来，覆盖了春月尼散十四日的黄昏。

黑云趴伏在秃山顶上，逼得行刑人匆匆刺死了刑犯；黑云又压在耶路撒冷圣殿之上，滚滚烟流自圣殿所在的山坡倾泻而下，淹没了下城区。黑云灌入家家户户的窗户，将路人从曲折的街道上赶回家中。黑云并不急于施展潮气，而只是频频释放电光。烟气蒸腾的黑色混沌甫被火光撕开，一团漆黑之中便腾起圣殿那脊背上龙鳞闪烁的狼亢身躯。但火光转瞬即灭，圣殿便即沉入无底深渊。圣殿几次腾起，又几次陷落，每一次陷落都伴随着天崩地坼的轰响。

另有颤动的火光从无尽的黑暗中召唤出坐落于西山坡之上，与圣殿遥遥相对的大希律王行宫，可怖的无眼的金色神像高举双臂，猝然升至黑色的天空。但天火转瞬消逝，沉重的轰雷再次将金色神像赶入黑暗。

暴雨突降，风雨如磐。御花园中的一条大理石长凳旁，就在总督中午时分与大祭司谈话之处，随着一声大炮般的巨响，一株柏树像根手杖一样被折断了。圆柱下的凉台上，雨雾夹杂着冰雹,连同被吹落的玫瑰花、木兰叶、枯枝、沙尘一齐翻滚。暴风雨蹂躏着御花园。

此时此刻,柱廊上只有一人——总督。

眼下他并未坐在扶手椅上,而是半倚在一张躺椅上。躺椅旁边有张不大的矮桌,桌上摆满了珍馐美馔和数罐葡萄美酒。矮桌另一侧还有一张空的躺椅。总督脚下有一摊鲜红如血的液体和一堆酒罐碎片。雷雨之前,为总督摆设酒食的非洲黑奴,在总督的注视下不由得慌了神,心中惴惴,以为自己做错了什么;总督见状勃然大怒,将葡萄酒罐摔碎在马赛克地板上,叱道:"上菜时为何不敢直视本督?莫非你偷了东西不成?"

黑奴的黝黑面孔变得灰白,眼中现出致命的恐惧,股战而栗,险些将第二只酒罐摔碎。但总督的怒火不知为何,来得快,去得也快。黑奴忙不迭地想要收拾碎片和残酒,但总督朝他挥了挥手,黑奴急忙退下。酒液便留在了地上。

暴风雨肆虐之时,黑奴就躲在设有一尊低眉垂首的白色裸女塑像的壁龛旁,既怕不合时宜地碍了总督的眼,又怕总督呼唤时不能及时出现。

风雨如晦,总督倚在躺椅上,慢条斯理地自斟自饮,不时拿起面包,掰成小块,慢慢吃下,然后吮一只牡蛎,嚼一片柠檬,再抿上一口酒。

若非雨水喧响,若非几欲砸扁宫殿屋顶的轰轰雷鸣,若非冰雹打在台阶上的敲击声,人们便可听见,总督正在喃喃自语。设若忽明忽暗、颤动不止的天火变成持久的光明,人们便

---

① 安东尼亚堡,公元前37年由大希律王修建而成,位于圣殿山西北角,用于驻扎罗马军营,以守卫圣殿。《使徒行传》中将之称为"营楼",使徒保罗曾被关押于此。
② 哈斯摩尼王宫,据称为哈斯摩尼王朝(公元前140年—前37年统治犹太及邻近地区)第二任统治者亚历山大·扬奈(公元前103—前76年在位)所建,用于举行重大典礼。大希律王统治时期曾对其大规模扩建。

大师和玛格丽特 | 337

可发现，总督的双眼已被连日来的失眠与红酒折磨得红肿，脸上则露出焦急之色，总督不仅盯着被淹没在血酒泊里的两朵白玫瑰，还频频将脸转向御花园，迎着水雾和沙尘。总督在等人，在焦急地等。

过了片刻，总督眼前的雨幕渐渐稀薄。再狂暴的风雨，终归也是衰弱了。枯枝不再喀喀作响、纷纷坠落。电闪雷鸣越来越少。笼罩在耶路撒冷上空的，已不再是暗紫色镶白边的盖布，而是寻常殿后的灰色云团。雷雨被吹到死海去了。

眼下已经能够分辨出哪是雨声，哪是水声：集结的雨水顺着水槽倾泻而下，又沿着白日里总督前往广场宣布判决时走过的台阶向下流去。最后，连久被掩盖的喷泉声也能听得到了。天光微明。向东奔袭的灰色天幕中，不时露出一扇扇蓝色窗口。

这时，远远地，透过已经势单力薄的雨声，隐隐有号角声和数百只马蹄的嘚嘚声传入总督耳鼓。总督身子一震，面露喜色：是骑兵队从秃山回营了。从声音判断，骑兵队正是从宣布判决的广场横穿而来。

终于，总督听到了期盼已久的脚步声，沿着通往凉台正对面的御花园顶层平台的台阶，越走越近。总督抻长脖子，眼中闪烁着欣喜之色。

两头大理石狮子之间先是出现一顶风帽，继而是一袭完全湿透了的、紧贴身体的斗篷。来人正是宣布判决之前与总督密晤之人，亦即行刑之时坐在三脚凳上玩弄树枝之人。

戴风帽之人不避水洼，径直穿过御花园顶层平台，踏上凉台的马赛克地板，一手高举，以清脆悦耳的拉丁语朗声道："卑职给总督大人请安！"

"诸神！"彼拉多叫道，"您浑身上下全湿透啦！好大的风雨！是不是？快到我内室去换身衣服，拜托。"

来人掀开风帽，露出湿淋淋的脑袋。湿发贴住了他的前额，刮过的脸上露出得体的微笑，他推辞说不必换装，称这点风雨于他根本无碍。

"我不要听。"彼拉多双掌一拍，唤来躲在壁龛后面的黑奴，吩咐他服侍来人换装，然后立刻为其呈上热菜。来人不消片刻工夫便擦干了头发、换好衣服鞋子、收拾停当，再次回到凉台之上。眼下他已换上干爽的凉鞋和深红色的军用斗篷，头发梳得光滑平整。

此刻，太阳又回归了耶路撒冷，在彻底没入地中海之前，将告别的光线射向总督所痛恨的这座城市，为凉台的台阶镀上金色。喷泉完全恢复了活力，引吭欢歌，鸽子们来到沙地上，咕咕叫着，在断枝败叶间跳来跳去，在湿沙里啄食什么。地板上的残酒和碎片已被打扫干净，热气腾腾的肉排摆上了餐桌。

"卑职静候大人吩咐。"来人走近餐桌说。

"不忙，先坐下来喝上几杯酒。"彼拉多和颜悦色地指了指对面的躺椅。

来人依言落座，一名仆人为他斟满一杯浓稠的红酒。另一名仆人小心翼翼地俯下身来，为总督也斟满一杯。总督挥手令二仆退下。

趁来人吃喝之际，彼拉多一面抿着红酒，一面眯眼打量自己的客人。来人中等年纪，长着一张相当讨喜的白净圆脸和一只肉乎乎的鼻头。头发说不上是什么颜色，眼下半干未干，正闪闪发亮。其民族身份也很难确定。最能定义这张脸孔的，大概便是其和善的神情了，只不过，这一神情会被他的眼睛——或者莫如说，是被他注视对话者时的眼神所打破。通常情况下，来人的小眼睛都是藏在微眯着的、颇为奇怪的、仿佛略显浮肿的眼皮下面的。这时，他的眼睛缝里总会闪烁着无恶意的顽皮。应当认为，来人是喜欢幽默的。但时不时地，来人会彻底驱散这种微微闪烁的幽默,突然睁大眼睛,死死地盯住自己的对话者,似欲迅速锁定对方鼻尖上某个不易察觉的小黑点。但这总是一瞬之事,来人旋即垂下眼皮,眼睛重新眯成窄缝,和善与狡黠便又闪烁其中了。

来人没有谢绝第二杯红酒,又津津有味地吮吸了几只牡蛎,品尝了煮熟的蔬菜,吃了一块肉排。吃完之后,他称赞道:"真是上等好酒,大人。但这似乎并非费乐纳斯①?"

"是卡古本②,三十年陈酿。"总督亲切地说。

来人单手抚胸,说自己已饱,吃不下了。彼拉多便给自己斟上红酒,来人也依样照办。二人各从杯中向肉盘内倒入些许红酒,而后总督举起酒杯,高声祝道:"为我们,为你,恺撒陛下——罗马人之父,最尊贵、最杰出的人,干杯!"

待二人放下酒杯,黑奴从餐桌上撤去菜肴,只剩下水果和葡萄酒罐。总督再次屏退黑奴,柱廊内便只剩下宾主二人。

"那么,"彼拉多低声道,"请告诉我,目下城里情绪如何?"

总督的视线不由得越过御花园的层层平台,朝山脚下望去,只见被夕阳余晖镀成金色的柱廊和屋顶正在慢慢熄灭。

"回大人,卑职以为,耶路撒冷目下的情绪是稳定的。"

"那么,可以保证,混乱不会再度发生了?"

"世上可以保证的只有一点,"客人恭顺地望着总督道,"那便是恺撒陛下的伟力。"

"愿诸神赐陛下长寿,天下太平。"彼拉多当即接口道,沉默片刻,又道,"那依您之见,军队可以撤走了吗?"

"以卑职之见,第一步兵大队可以撤离。"客人说完,又

---

① 费乐纳斯(俄文 Фалерно,英文 Falernum),古罗马高档干白葡萄酒,在本丢·彼拉多时期尤以琥珀色为尊。
② 卡古本(俄文 Цекуба,英文 Cecubum),古罗马高档葡萄酒,色泽血红。

补充道，"临走之前，最好在城内列队游行一番。"

"这主意很好，"总督赞许道，"后天我就将其撤走，我自己也走，而且，我以十二神的盛宴及拉瑞斯①之名发誓，我情愿付出很多，只要能今天就走！"

"大人不喜欢耶路撒冷？"客人和善地问。

"饶了我吧，"总督笑道，"世上再没有比此地更不可救药的所在了。至于气候就更不必提了！每次奉命来此，我都要病上一场。但这还不算完。更糟糕的是那些庆祝活动，那些个术士、巫士、魔术师，那些成群结队的朝圣者……宗教狂，宗教狂！今年，他们又突然开始期待弥赛亚了，光这个就够人受的啦！分分秒秒都在担心有要命的流血事件发生。无时无刻不在调动军队，拆阅告密和毁谤，而其中有一半是针对本督的！不得不说，这太无趣了。哦，若非皇命在身！……"

"不错，这里的节庆的确让人头疼。"客人赞同道。

"衷心希望它们能够尽早结束。"彼拉多斩钉截铁道，"这样我就能回该撒利亚去了。相信么，这疯狂的大希律王行宫，"总督挥手划过柱廊，表明自己所指的正是眼前这座宫殿，"实在快把我逼疯了。我在里面夜不成寐。世上再找不出比这更怪异的建筑了！……不过，言归正传吧。首先，那个可恶的巴拉巴不会令您担心？"

客人的特殊目光倏地投向总督脸上。而总督却百无聊赖地望向远方，撇嘴皱眉地注视着匍匐在他脚下的、在暮色中渐渐熄灭的部分城区。客人的目光便也熄灭了，眼皮再次垂下。

"应当认为，巴拉巴如今已和羊羔一样无害了。"客人的圆脸上挤出几道细纹，"他现在即便想闹事也不方便了。"

"太出名了吧？"彼拉多冷笑道。

---

① 拉瑞斯（俄文 лары，拉丁文 lares），古罗马信仰中的家国守护神。

大师和玛格丽特

"大人总是一语中的!"

"不过,为防万一,"总督忧虑地举起戴着黑宝石戒指的细长食指,"还是有必要——"

"大人尽管放心,只要卑职还在犹太一日,巴拉巴每迈出一步,后面都会有人跟随。"

"那我就放心了,其实,有您在此地,我向来是放心的。"

"大人过誉了!"

"下面,请跟我说说行刑的情况吧。"

"大人具体想知道些什么?"

"围观民众有没有试图表达愤怒?这点当然是最主要的。"

"完全没有。"

"很好。您亲自确认过犯人已死?"

"大人尽管放心。"

"告诉我……行刑之前给他们喝水了吗?"

"是的。但那个人没喝。"客人闭上了眼睛。

"谁?"彼拉多问。

"伊格蒙恕罪!卑职难道没说?"客人叫道,"是拿撒勒人。"

"疯子!"彼拉多脸上无端地现出怪相,左眼下方的静脉血管抽搐起来。"活活被太阳晒死!他为何要拒绝依法应得的待遇?他是怎么说的?"

"他说,"客人再次闭上眼睛,"他很感恩,对于自己被夺去性命并不怪罪。"

"并不怪罪谁?"彼拉多沉声问。

"这个他没说,伊格蒙。"

"他有没有试图对士兵宣扬什么?"

"没有,伊格蒙,这次他并未多话。他只说了一句,说在他看来,人类最大的罪过之一便是怯懦。"

"他这话是什么意思?"客人突然发觉,总督的声音有些发颤。

"这个就搞不懂了。他的举止很古怪,不过,他历来如此。"

"怪在何处?"

"他总是试图直视周围人的眼睛,忽而看看这个,忽而看看那个,脸上一直挂着近乎慌乱的微笑。"

"再没别的了?"嘶哑的声音问。

"再没别的了。"

总督将酒杯蹾在桌上,自行斟满,一饮而尽,这才开口道:"问题是,我们虽未发现——至少目前未能发现——他有任何的崇拜者或追随者,但并不能因此断定,他们就完全没有。"

客人低着头,洗耳恭听。

"因此,为防不测,"总督继续道,"我请求您,立刻将三名死刑犯的尸体全部悄悄运走,秘密掩埋,好让人们永远再不提及他们。"

"遵命,伊格蒙。"客人站起身道,"此事干系重大,卑职恳请即刻动身。"

"不忙,再稍坐片刻。"彼拉多打手势请客人坐下,说道:"还有两件事。第一,犹太总督秘密卫队长一职乃千钧重负,您在此任上功勋卓著,为此,本督已为您向罗马呈报嘉奖。"

客人面皮一红,忙起身施礼道:"卑职无非为陛下效命而已。"

彼拉多又道:"不过,若您有机会高升别处,我想恳请您谢绝升迁,仍留在此处。我实在不愿与您分开。就请陛下对您另行嘉奖吧。"

"卑职愿效犬马之劳,伊格蒙。"

"听您这么说我很高兴。下面说第二件事。是关于那个……他叫什么来着……加略人犹大。"

客人的犀利目光再次投向总督,但照旧一闪即灭。

"据说,"总督压低声音道,"他好像收了别人的钱,这才在自己家中殷勤款待那位疯癫哲人的。"

"钱尚未到手。"秘密卫队长轻声纠正总督。

"数目大吗?"

"这个没人知道,伊格蒙。"

"连您也不知道?"伊格蒙说,讶异中暗含赞许之意。

"是的,卑职也不知道。"客人平静地道,"但卑职知道,这笔钱他今晚就会拿到。今晚他会应召前往该亚法的宫殿。"

"唉,贪婪的加略老头子,"总督讥笑道,"他是个老头子吧?"

"大人一向料事如神,但这回却猜错了,"客人谦恭地道,"此人是个年轻人。"

"是吗!对于此人您有何高见?他是个宗教狂?"

"不是,大人。"

"唔。还有什么?"

"相貌俊美。"

"还有呢?他可有特殊嗜好?"

"城市太大,很难对每个人都了如指掌,大人……"

"不不,阿夫拉尼!不必过谦。"

"他的确有一样嗜好,大人,"客人稍顿了顿道,"他爱钱。"

"他做何营生?"

阿夫拉尼抬眼想了想才道："他在某个亲戚家的钱庄里当伙计。"

"哦，哦，哦，原来如此。"总督说罢，四下望望，确认凉台上再无旁人，这才低声道："是这么回事，本督日间得到情报，犹大将于今夜被人杀死。"

这一次，客人非但向总督投去了自己的犀利目光，甚至还稍作停留，这才回话道："大人，您对卑职谬赞了。卑职愧对大人抬爱。我并未收到此种情报。"

"再高的奖赏您都当之无愧。"总督道，"但我确实收到了情报。"

"敢问大人，情报从何而来？"

"恕本督暂不透露，何况这情报模棱两可，未必可靠。但职责所在，本督必须预见到一切情形。再者，我没有理由不相信自己的预感，因为它还从未误导过我。据情报说，拿撒勒人的某位秘密友人，因痛恨钱庄伙计的无耻背叛，与一众同谋者商定，今夜将之除去，然后将出卖得来的钱财扔还给大祭司，并附上留言：'还汝臭钱！'"

秘密卫队长没有再向总督投去诧异的目光，只是眯眼静听。

彼拉多又道："您想想看，节日之夜收到这样一份贺礼，大祭司会开心吗？"

客人微微一笑，道："岂止不会开心，恐怕还会引起轩然大波呢，大人。"

"我也这么认为。故而，我想请您料理此事，也就是说，妥善保护加略人犹大。"

"卑职谨遵伊格蒙钧命。"阿夫拉尼道，"不过，大人且放宽心，宵小之辈很难得逞。大人想想看，"阿夫拉尼说着，回头望了望，"找出叛徒，将之杀死，查明他得了多少钱财，还要想方设法将钱还给该亚法，这一切都要在一夜之内完成？就在今夜？"

"无论如何，他今夜必死无疑。"彼拉多固执地道，"再说一遍，我有预感！我的预感还从未欺骗过我。"一阵痉挛掠过总督的面庞，他搓了搓手。

"遵命。"秘密卫队长恭顺地道，站起身，挺直腰板，突然肃容问道："他必死无疑，伊格蒙？"

"是的。"彼拉多道，"一切皆仰仗您的惊人才干了。"

秘密卫队长整整斗篷下的沉重腰带，道："卑职告退，恭祝大人喜乐安康。"

"啊，对了。"彼拉多低呼道，"差点忘了！我还欠您钱呢！……"

秘密卫队长惊诧不已："大人怎么会欠卑职的钱？"

"怎么不欠！进入耶路撒冷时，记得吗，有一群乞丐……我想给他们撒一些钱，但我没带，便向您借了钱。"

"哦，大人，区区小事，何足挂齿！"

"事情再小也要记得。"

彼拉多转过身，从放在身后座椅上的披风下面取出一只皮革钱袋，递给卫队长。后者躬身接过，揣入怀中。

"关于掩埋尸首和加略人犹大之事，本督今夜静候佳音。听好，阿夫拉尼，是今夜。我会吩咐下去，您一到就叫醒我。我等着您。"

"卑职告退。"秘密卫队长说罢，转身走下凉台。先是踩在御花园湿沙地上的吱吱声，再是凉鞋敲击在两头石狮子之间的大理石地板上的笃笃声，渐渐地，秘密卫队长的双腿被截去，再是躯干，最后连风帽也消失了。总督这才发现，太阳已落，天要黑了。

第二十六章　掩埋

或许正是因为天要黑了，总督的外貌才发生了巨大变化。他似乎眼看着变老了，变得弯腰驼背，并且疑神疑鬼。他偶一回头，一眼瞥见椅背上搭着披风的空座椅，没来由地打了一个寒噤。节日之夜即将来临，力倦神疲的总督想必是被婆娑的夜影弄花了眼，误以为空椅子上坐了一个人吧！总督怵惕不安地碰了碰风衣，这才不再理会它，绕着凉台奔跑起来。他时而搓搓手，时而跑到桌前，抓起酒杯，时而停住脚步，茫然地盯住地板上的马赛克镶嵌画，似乎试图破译其中的某种文字。

今日以来，惆怅已是第二次降临在总督身上。他轻轻揉着太阳穴——清早地狱般的剧痛眼下只剩下了迟钝而略感酸痛的回忆——竭力想搞清楚，自己内心的痛苦究竟由何而来。他很快便找到了原因，却试图自我欺骗。他很清楚，自己日间不可挽回地错过了什么，眼下正试图以某种微不足道的，关键是为时已晚的行动做出补救。总督试图欺骗自己，努力让自己相信，眼下这些夜间行动的重要性丝毫不亚于日间的判决。但他很难骗过自己。

再次跑到转弯处时，总督突然停住脚步，打了个呼哨。暮色中传来一声低沉的犬吠，一头巨犬从御花园内奔上凉台。巨犬灰毛尖耳，项圈上挂着镀金铭牌。

"班加，班加。"总督低声轻唤。

巨犬人立而起，两只前爪猛地搭在主人肩头，险些将其扑倒，然后在主人脸上舔了一口。总督坐到座椅上，班加趴在主人脚下，吐着舌头喘气，眼中的喜悦分明在说，大雷雨——无畏的巨犬在这个世界上唯一惧怕的东西——已经过去，它又能跟自己心爱的主人在一起了。它深爱并且崇敬自己的主人，将其视为无上的权威、万众的主宰，这让它感觉自己也是不一般的、尊贵而特殊的生灵。但今天，趴在主人脚下，望着暮色四合的御花园，班加不用回头也立刻察觉，主人遇到麻烦了。因此它站起身来，走到主人身侧，将头和前爪放在主人膝头，爪底的湿沙蹭脏了主人风衣的下摆。它大概想以此安慰主人，表达自己与主人共患难的决心。无论它那双侧头凝望主人的眼睛，还是它那对机警地竖起的尖耳朵，都在诉说着这一点。就这样，深爱着彼此的一人一狗，在宫殿凉台上迎来了节庆之夜。

与此同时，秘密卫队长阿夫拉尼正在紧张忙碌。走下凉台对面的御花园顶层平台之后，他顺着台阶来至下一层平台，向右拐进设在宫墙内的兵营。此处驻扎着由总督带来耶路撒冷的兵团将士，以及由阿夫拉尼亲自指挥的总督秘密卫队。卫队长进入兵营后不到十分钟，便有三辆马车驶出了营寨，车上各装着挖掘工具和一大桶水。十五名灰装骑兵随行护卫。车队从后门驶出王宫，向西出城，沿小路走上伯利恒大道，一路向北，行至希伯伦门岔路口，这才拐上日间行刑队伍赶赴刑场时走过的雅法大道。此刻天已黑透，明月已从天边升起。

车队出发之后不久，阿夫拉尼便也动身了。他换上了一身破旧的深色无袖长衫，骑马驶出宫门，但没有出城，而是进城去了。过不多时，他便来到城北圣殿附近的安东尼亚堡。阿夫拉尼在堡垒内停留的时间极短，随后他的足迹便又出现在下城区歪七扭八的街巷之中。此时，他的坐骑已换成了骡子。

轻车熟路的阿夫拉尼很快便找到了地方。此街名为"希腊街"，街上有几家希腊人开的店铺，其中有一家是卖地毯的。

阿夫拉尼在这家店铺门前滚鞍下骡,将坐骑拴在门前铁环上。店铺已经打烊。阿夫拉尼走进店铺正门旁侧的小门,来至一个三面围有板棚的方形小院。他绕过板棚,来到一栋石砌露台上爬满常春藤的住房前。住房和板棚内都尚未掌灯,一片漆黑。阿夫拉尼四下望望,低声唤道:"尼扎!"

唤声未已,房门"吱呀"一声开了,一个没戴头巾的年轻女人出现在黑漆漆的露台上。她趴在露台栏杆上,警惕地辨别着来人的身份。认清之后,她亲切地冲来人微笑点头,并招了招手。

"就你自己?"阿夫拉尼用希腊语低声问。

"对。"女人在露台上低声回答,"我丈夫今早去该撒利亚了。不过,女仆在家呢。"她说着,回头望望房门,做了个请进的手势。阿夫拉尼四下望望,踏上石阶,随女人走进屋内。

阿夫拉尼在女人屋中停留的时间同样极短,绝不会超过五分钟。随后他便走出屋门,走下露台,拉低风帽遮住眼睛,来到街上。此时,家家户户已点上油灯,节前的街道上依旧熙熙攘攘,阿夫拉尼很快便消失在行人和骑手的洪流中,不知去向了。

阿夫拉尼刚走,被换作尼扎的女人便匆匆忙忙换起衣服来。尽管摸着黑寻找衣服多有不便,但她既未点灯,亦未召唤女仆。直至换好衣服,披上黑色头巾,她才在屋内喊道:"要是有人找我,就说我去埃南塔家串门了。"

黑暗中传来一名老女仆的嘟囔声:"埃南塔?呸,那个坏女人!你丈夫不是不准你去她家吗!你那个埃南塔,就是一个皮条客!看我不告诉你丈夫……"

"行了行了,闭嘴吧。"尼扎说着,像条影子一样溜出屋门。她的凉鞋笃笃地敲在小院石板上。老女仆嘟嘟哝哝地关紧了屋门。尼扎走出了院门。

大师和玛格丽特

与此同时，从下城区另一条街巷的一扇便门中走出一名年轻男子。这条街巷曲里拐弯，沿缓坡向下通往一片池塘；便门所在的房屋十分简陋，背对街巷的一侧没有一扇窗户；而从便门内走出的年轻人却俊美光鲜。他生着一只鹰钩鼻，蓄着精心打理的连鬓胡，身着节日盛装——洁白的头巾垂在肩头，崭新的天蓝色祈祷披巾下坠流苏，脚上的簇新凉鞋啪嗒作响。美男子昂首阔步，超过一个个急于回家与家人共进逾越餐的行人，看着一扇扇窗户被陆续点亮。年轻人拐上一条大路，沿着市场，朝坐落于圣殿山脚下的大祭司该亚法的宫殿走去。

不久之后，年轻人走进了该亚法的宫殿。过不多时便出来了。

走出灯烛火把交相辉映、热热闹闹准备过节的大祭司宫殿之后，年轻人更加意气风发，快步朝下城区赶去。走到街道汇入市场的拐角处时，在拥挤如沸的人流中，一名脚步轻盈如舞的年轻女子赶到了他的前头。擦肩而过时，年轻女子将原本遮住眼睛的黑头巾向上一撩，瞥了年轻人一眼，但脚步非但没有放缓，反而加快了，似在有意回避年轻人。

年轻人不仅注意到了年轻女子，而且一眼便认出了她。他身子一震，困惑地望着年轻女子的背影，随后拔腿便追，险些将一个抱着陶罐的行人撞翻在地。他追上年轻女子，激动地喘着粗气，唤道："尼扎！"

年轻女子回过头，眼睛微眯，脸上现出冷淡的懊丧，干巴巴地用希腊语道："啊，是你呀，犹大？我一眼都没能认出来。不过，这是个好兆头。按照我们的说法，谁被人认不出，谁就要发财了……"

犹大激动不已，心跳得像只被黑布蒙住的小鸟，他唯恐被人听见，压低声音，断断续续地问："你这是要去哪儿呀，尼扎？"

"你问这个做什么?"尼扎放慢脚步,傲然望着犹大。

"什么呀?……"犹大慌了神,压低的声音里流露出孩子气,"我们不是说好了吗。我正想去找你呢。你说过一整晚都会待在家里的……"

"哼,才不呢!"尼扎说着,娇嗔地嘟起了下嘴唇,犹大顿时觉得,眼前这张他生平见过的最美的面庞变得更美了。尼扎又道:"我觉得无聊。你们都在过节,可你叫我怎么办?难道要坐在露台上,听你叹气?还得提心吊胆,生怕女仆告诉我丈夫?不不不,所以我才决定,要到郊外去听夜莺唱歌。"

"去郊外?"犹大彻底慌了,"你一个人?"

"当然是一个人。"尼扎道。

"让我陪你去吧?"犹大屏住呼吸问。他心乱如麻,他忘记了世间的一切,祈求地望着尼扎那原本蔚蓝、眼下却仿佛漆黑的眸子。

尼扎没有回答,只是加快了脚步。

"你怎么不说话,尼扎?"犹大配合着尼扎的脚步,可怜巴巴地问。

"你不会让我感到无聊吧?"尼扎突然停住脚步问。

犹大的思绪彻底混乱了。

"那好吧。"尼扎终于缓和了语气,道,"走吧。"

"去哪儿?去哪儿?"

"别急……我们到那个小院里头去说。否则被熟人撞见,该说我在大街上私会情郎了。"

尼扎和犹大便离开了市场,走到某个院落的门洞里去商议。

"你到橄榄园去——"尼扎收住话头,用头巾遮住眼睛,并且背过身去,避开某个拎着水桶从门洞内经过的行人,这才接着道,"汲沦溪后面那个客西马尼园。听明白了?"

"嗯嗯嗯。"

"我头里先走,"尼扎道,"你别跟得太紧,离我远点。我先走,你过了汲沦溪之后……知道山洞在哪儿吗?"

"知道、知道……"

"过了石磨,继续往上走,再拐进山洞。我在那儿等着你。你可千万别急着跟来,耐心点,在这儿等一会儿。"说罢,尼扎若无其事地走出了门洞。

犹大独自站着等了片刻,努力集中纷乱的思绪。其中的一个烦恼在于,该如何向家里人解释,自己为何会缺席逾越节晚餐。犹大很想编通谎话,但心里面长草,未等谎话编圆满,双腿便自作主张地将其拖出了门洞。

他改变了行进路线,不再赶去下城,而是掉头朝该亚法宫殿方向走去。城内的节日已然开启。犹大周围的窗户里不仅闪耀着烛火,而且已经传出赞美诗的吟诵声。最后一批晚归的行人拼命地催促、鞭策、呵斥胯下的毛驴。犹大被自己的双腿拖拽着向前疾行,他看不到安东尼亚堡长满青苔的可怖塔楼如何从他身旁飞掠而过,他听不到堡垒内的声声号角,他也丝毫没有注意到,骑马巡逻的罗马士兵手中的火把如何用不安的火光淹没了他的道路。

经过塔楼时,犹大一回头,看见高得可怕的圣殿绝顶亮着两盏巨大的五烛灯。但犹大同样来不及细看,他只觉得耶路撒冷上空燃烧着十盏规模空前的长明灯,足以与另一盏正在冉冉升起的举世无双的长明灯——月亮——争辉。

犹大再也顾不上任何事,他不住地朝客西马尼门飞奔,一心想要尽早出城去。他总感觉,在他前面,在来往行人的背影与面孔中间,一个轻舞飞扬的情影不时闪现,指引着他向前去。但这只可能是错觉,犹大很清楚,尼扎早就走远了。犹大跑过几家钱庄,终于来到通往客西马尼的城门前。在这里,心焦如焚的犹大不得不停住了脚步：一支驼队正在进城，其后紧跟着一支叙利亚人武装巡逻队，犹大只得在心里暗自咒骂……

终于过完了。犹大急不可耐地跑出了城门。在他左手边有块小墓地，墓地旁边有几顶朝圣者搭的条纹帐篷。犹大穿过洒满月光的土路，朝汲沦溪奔去。溪流在犹大脚下淙淙作响。犹大跳过一块块高出水面的溪石，终于来到客西马尼园所在的对岸。令他心花怒放的是，园内的坡路上空无一人。离他不远处便是半已倾圮的橄榄园大门。

远离窒闷的城区，春夜的芬芳令犹大如痴如醉。来自园内的香桃木和洋槐花的香气越过围墙，一浪浪涌出。

园门无人看守，园内也不见人影。几分钟后，犹大便已奔跑在高大茂盛的油橄榄林的神秘阴影下。道路通往山顶，犹大喘着粗气，不时穿出黑暗，踏上月光编织的地毯，那些花纹令他想起他在尼扎的善妒的丈夫店中见过的那些地毯。过了片刻，犹大左手边出现一片林中空地，那里有一座压着沉重石磙的橄榄油磨盘，周围地上放着一堆圆桶。四周空无一人。劳作于日落时分便结束了，此刻犹大头顶只有夜莺在齐声欢唱。

犹大的目标已近在咫尺。他知道，右手边的黑暗中就要传来如泣如诉的山洞滴水声了。果不其然，他听到了这声音。凉意愈来愈盛。

于是他放缓脚步，轻声呼唤："尼扎！"

一个身影从粗壮的橄榄树背后蹿出，却并非尼扎，而是一个矮壮男人，手中寒光一闪即灭。犹大暗叫一声，扭头便跑，却被另一个人拦住了去路。

拦路者问犹大："刚才得了多少钱？想活命就说实话！"

犹大心中萌生一线希望，他绝望地喊："三十银币！三十银币！我全带在身上呢。这就是！钱拿去，饶了我的性命吧！"

那人劈手夺过犹大手中的钱袋。与此同时，一柄利刃自犹大身后飞起,闪电般刺入痴情人的肩胛骨下方。犹大向前跌去,十指蜷曲的双手高高扬起。前面那人挺刀相迎,刀身刺入心脏,直没刀柄。

"尼……扎……"犹大的声音不再清脆、明亮、年轻,而是低沉、幽怨,之后便再未发出任何声音。他的身体如此猛烈地砸在地面上,发出"轰"的一声。

这时,第三个人出现在路上。此人身披斗篷,头戴风帽。

"动作要快!"他吩咐道。两名凶手迅速将其递过的一张纸条连同钱袋一起裹进一块皮革,用细绳交叉捆紧。一名凶手将包裹揣入怀中,二人分头离开道路,旋即隐入漆黑的橄榄林中。戴风帽的人在死者身旁蹲下,凝注着死者的脸。阴影下,死者俊美的脸庞看上去洁白如粉,甚至带有几分圣洁。

几秒钟后,山路上便再无一个活人,只有一具死尸摊开双臂躺在地上。尸体左脚恰巧被一块月光照亮,凉鞋上的每一根细皮带都清晰可见。夜莺的歌唱响彻整座客西马尼园。没有人知道杀害犹大的两名凶手去了哪儿,但戴风帽之人随后的去向是清楚的。他离开道路,钻进茂密的橄榄林中,一路向南,来到远离正门的园林南角,翻过顶部已有石块脱落的围墙,很快便来至汲沦溪畔。他蹚着溪水走了一段,远远望见两马一人的剪影。两匹马同样站在水中,被溪流涤荡着马蹄。控马兵骑上一匹马,戴风帽的人跃上另一匹马,二马踏溪缓行,溪底的鹅卵石在蹄铁下铮鸣有声。随后二人越过溪流,走上靠城一侧的河岸。沿着城墙走了一段之后,控马兵疾驰而去,消失在视线之中,戴风帽的人则翻身下马,在空空荡荡的大路上脱下斗篷,从斗篷内里掏出一顶没插羽毛的头盔,戴在头上,变成了一名身着短斗篷、腰佩短剑的军官。他翻身上马,一抖缰绳,烈性战马颠簸着骑手,纵蹄飞奔,很快便驰至耶路撒冷南城门前。

城门洞内亮着几支火把，火光跳跃不定。几名来自雷电军团第二百人队的执勤士兵正坐在石凳上玩骰子。一见到疾驰而来的军官，士兵们急忙跳起，军官在马上朝他们挥挥手，径直驰入城中。

城内已满是节日的灯火。每一扇窗户内都跳跃着油灯的火苗，四面八方响起的赞美诗汇成了参差不齐的大合唱。透过临街的窗户，骑在马上的军官不时瞥见人们正围坐在餐桌前，桌上摆满了羊羔肉、苦菜[①]和红酒。军官用口哨轻轻吹着小曲，不紧不慢地穿过下城区空空荡荡的街巷，朝着安东尼亚楼前进，时而瞅瞅圣殿上空熊熊燃烧着的史无前例的五烛灯，时而望望比五烛灯悬得更高的月亮。

唯独大希律王行宫与逾越夜的热闹喜庆格格不入。坐北朝南的配殿中住着罗马步兵队的军官和军团长，这里亮着灯火，多少还有些动静和生气。而前排正殿则只有一位身不由己的住客——总督，整个正殿，连同一道道柱廊和一尊尊金色雕像，都仿佛被璀璨夺目的月华刺瞎了眼睛，为黑暗和寂静所笼罩。总督不愿待在殿中，正如他对阿夫拉尼所说。他命人将卧榻设在凉台之上，亦即他午间用膳、早晨审问犯人之处。总督卧于榻上，睡梦却迟迟不肯造访。他遥望着高悬碧空的赤裸明月，一望便是数小时。

直至子夜时分，睡梦终于对伊格蒙起了恻隐之心。总督哆嗦着打了一个大大的哈欠，忙解下披风，取下佩有宽刃钢刀的腰带，放在旁边座椅上，脱掉凉鞋，躺在榻上。爱犬班加立刻跳上卧榻，趴在主人身侧，与主人头挨着头。总督将手搭在爱犬脖颈上，终于闭上了眼睛。班加这才安然睡去。

卧榻设在幽暗处，一根圆柱为其遮蔽了月光，但一带月华

[①] 参见《出埃及记》 12:8："当夜要吃羊羔的肉；用火烤了，与无酵饼和苦菜同吃。"

大师和玛格丽特

沿着台阶直铺到卧榻前。总督刚与周围的现实世界失去联系，便踏上了这条闪闪发亮的光带，一路向上，径直朝月亮走去。走在这透明的蔚蓝色光带上，这感觉如此美妙而独特，直令睡梦中的总督幸福得笑出声来。总督在爱犬的陪伴下，与流浪哲人并肩而行。二人正在争论某个重要而复杂的问题，但谁也不能说服对方。他们对一切问题的观点都不一致，唯其如此，这场争论才饶有趣味，无休无止。不言而喻，日间的行刑绝对是搞错了：瞧，这位臆造出如此荒诞不经的想法——诸如"所有人都是善人"——的疯哲人不正走在自己身旁吗？如此说来，他当然还活着。况且，处死这样一个人，光是想想都可怕至极。不，死刑并未发生！没有！这才是沿着月光阶梯漫步虚空的最美妙之处。

富裕时间要多少有多少，大雷雨傍晚才会开始，而怯懦是人类最可怕的罪过之一：拿撒勒人耶舒阿如是说。不，哲人，我要纠正您：怯懦是人类最可怕的罪过，没有之一！

比方说吧，想当年，在圣女谷，当疯狂的日耳曼人险些咬死巨人耗子王时，如今的犹太总督、当年的军团指挥官并未怯懦。但请您宽恕我，哲人！难道说，以您的睿智，竟会以为，我，堂堂犹太总督，会为了一个对恺撒犯下罪行的人而葬送自己的前程吗？

"会的，会的……"彼拉多在梦中抽噎，呻吟。

他当然会葬送的。早晨兴许还不会，但现在，夜深人静，审慎权衡之后，他是会葬送的。他情愿付出一切代价，只要能让这个完全无辜的疯癫哲人兼医者免于死刑！

"今后我们将永不分开，"不知如何与金矛骑士走到一起的衣衫褴褛的流浪哲人说，"一个人在哪儿，另一个人也必在哪儿！人们一提起我，当下便会想到你！我——一个无父无母的弃婴，你——占星王与磨坊主千金、美女比拉之子。"

"是啊，求你莫忘了我这个占星王之子，请你为我祈祷平安。"彼拉多在梦中请求。见一贫如洗的拿撒勒人点了点头，冷酷的犹太总督在睡梦中欢喜得又哭又笑。

梦境越是美好，醒来就越是可怕。班加忽然冲着月亮狂吠起来，总督脚下滑如凝脂的蔚蓝色光路瞬间坍塌。总督睁开眼睛，首先想到的便是——死刑发生了。他习惯性地一把抓住了班加的项圈，接着便用病态的目光在空中搜寻，发现月亮已稍稍偏斜，略略泛白，其光芒被凉台上近在眼前的一簇恼人的、不安的火光所遮蔽。那火光来自百夫长耗子王擎在手中的一束火把。持火把者正畏惧而愤恨地睥睨着急欲扑咬的危险猛兽。

"别动，班加。"总督的声音透着病态，他咳嗽一声，用手挡住火光，道："就连月夜我也不得安宁。哦，诸神！您也有份糟糕的差事，马克。您把士兵害惨了……"

马克惊愕不已地看向总督，总督回过神来，自觉一时恍惚，有失公允，忙弥补道："别见怪，百夫长。再说一遍，我的处境比您更糟。您有何事？"

"秘密卫队长求见。"马克不动声色地道。

"快叫他进来。"总督清清嗓子，用两只光脚在地上摸索凉鞋。火光在圆柱间跳跃，行军靴底的铆钉敲击着马赛克地板，百夫长朝御花园走去。

"就连月夜我也不得安宁。"总督咬牙切齿地自言自语。

一个戴风帽的人来到凉台。

"班加，别动。"总督摁住巨犬的头，低声道。

开口说话之前，阿夫拉尼先习惯性地四下望了望，又走进阴影里，确认凉台上除了班加，再无旁人，这才低声道："卑职恳请总督治罪。大人料事如神，卑职未能保住加略人犹大，他被人杀了。请大人将我革职治罪。"

阿夫拉尼感觉有四只眼睛正盯着自己——两只狗眼，两只狼眼。

阿夫拉尼从怀中掏出一只布满干涸血渍、袋口盖有两道封印的钱袋。

"这便是凶手偷偷扔在大祭司宫中的钱袋。上面的血正是加略人犹大的血。"

"里面究竟有多少钱?"彼拉多凑近钱袋问。

"三十银币。"

总督冷笑一声,道:"不多嘛!"

阿夫拉尼没有说话。

"尸体在哪儿?"

"目前还不知道。"阿夫拉尼不卑不亢地回答,始终没有摘下风帽,"天亮就开始搜索。"

总督身子一颤,放下手中无论如何也系不上的凉鞋带子,问:"您确定他已经死了?"

总督听到一个干巴巴的回答:"大人,卑职已在犹太当差十五年,还在瓦勒利乌斯·格拉图斯①手下就开始了。我不一定非要看到尸体,才能确定某人已死。再次向您禀报:加略人犹大已于数小时前被人杀害。"

"原谅我,阿夫拉尼。"彼拉多道,"我尚未完全清醒,所以才会那么说。我睡得很差,"总督苦笑道,"我总是梦见一道月光。您说可不可笑?我梦见我在沿着那道月光漫步。好了,我想知道,您对此事有何判断。您打算从何处找起?请坐,秘密卫队长。"

阿夫拉尼鞠躬行礼,将座椅拽到卧榻近前,落座时短剑当地一响。

---

① 瓦勒利乌斯·格拉图斯,公元15—26年任罗马帝国犹太行省总督,本丢·彼拉多的前任。

"卑职打算从客西马尼园的石磨附近找起。"

"哦,哦。为何是那里?"

"伊格蒙,据卑职推测,犹大遇害之处既非耶路撒冷城中,亦非远郊。应是近郊。"

"我认为,您是真正的行家里手。帝都如何我不知道,但在各大行省,无人能够与您匹敌。说说您的理由。"

阿夫拉尼轻声道:"无论如何无法设想,犹大会在城中落入可疑分子之手。在街上是不可能秘密行凶的,除非将其引诱到地窖里。但下城区秘密卫队已经搜过了,有的话一定会找到的。卑职向您担保,犹大绝不在城中。倘若他在远郊被害,则钱袋绝无可能这么快便被扔到该亚法宫中。因此,他一定是在近郊被害的。他是被诱出城去的。"

"我想不通,这是如何办到的。"

"不错,大人,这正是本案最大的疑团,卑职甚至不确定能否将其解开。"

"的确蹊跷!节日之夜,一名信徒不与家人共进逾越餐,反而莫名其妙地出了城,枉送了性命。会是什么人,又是用什么将他诱出城去的呢?会不会是一个女人?"总督突然灵光一闪,问。

阿夫拉尼坚定有力地回答:"绝无可能,大人。这种可能性完全可以排除。这并不符合逻辑。谁人想取犹大的性命?——一群胡思乱想的流浪汉,而这群人里绝不会有女人。想要娶妻生子,大人,需要有钱才成;而想要利用女人杀人,则需一大笔钱,而无论哪一群流浪汉都不会有这么多钱。女人与本案无涉,大人。恕卑职直言,这种推断只会误导思路,干扰侦查。"

"您说得一点没错,阿夫拉尼,"彼拉多道,"我也只是说出我的猜测而已。"

"可惜您猜错了,大人。"

"那么,究竟是怎么一回事?"总督以贪婪而好奇的目光注视着阿夫拉尼的脸,高声问道。

"卑职以为,还是为了钱。"

"想法不错!可究竟是什么人,又是以何种由头,能在夜间用钱诱他出城呢?"

"不,大人,并非如此。卑职只有一种推断,倘若这种推断不成立,恐怕我也想不出别的解释了。"阿夫拉尼身体前倾,凑近总督,低声道,"犹大想把他的钱藏到一个只有他自己知道的隐秘地点。"

"言之有理。看来,事实正是如此。现在我明白了,诱他出城的非是旁人,而是他自己。对,对,正是如此。"

"不错。犹大生性多疑,他想把钱藏起来。"

"对了,您方才提到客西马尼园。为何您打算从那里找起,老实说,我并不明白。"

"哦,大人,这点再简单不过了。没有人会把钱藏在大路或者旷野上。犹大不可能在前往希伯伦或者伯大尼的大路上。他一定在某个偏僻、隐蔽的林子里。这点显而易见。而在耶路撒冷近郊,这样的地方只有客西马尼园一处。远郊也不可能。"

"您彻底把我说服了。那么,眼下该怎么做?"

"卑职即刻下令搜捕杀害犹大的凶手,至于我自己,刚才已对大人说过,甘愿领罪。"

"您何罪之有?"

"我的属下傍晚在市场上把犹大跟丢了,就在他离开该亚法宫殿之后。怎么会出这种事,卑职也搞不懂。这种事我还从未遇见过。在您交待之后,犹大立刻受到暗中保护。但他在市场上不知搞了什么鬼,七拐八绕,不见了踪影。"

"原来如此。听好：本督不认为有必要治您的罪。您已经做了您能做的一切，世上再没有任何人，"总督微微一笑，"能比您做得更好！就请处分跟丢犹大的暗探好了。但我要提醒您，我不希望您的处分过于严厉。毕竟，为了保护这个恶棍，我们所做的已经够多了！对了，忘记问了，"总督抹了一把额头，"凶手是如何将钱袋扔进该亚法宫中的？"

"这个嘛，大人……并不很难。复仇者们绕到了该亚法宫殿背面，那里有一条小巷高出宫墙。他们从那里将皮革包裹扔进了墙内。"

"还附了字条？"

"不错，正如大人所料。大人请看——"阿夫拉尼一把扯下封印，将包裹内部亮给总督看。

"这怎么行，阿夫拉尼，这封印想必是圣殿的吧！"

"大人不必为此担心。"阿夫拉尼说着，将包裹重新系好。

"莫非您那里什么封印都有？"彼拉多大笑着问。

"只得如此，大人。"阿夫拉尼殊无笑意，正色道。

"可以想象，该亚法宫中是何情形！"

"是的，大人，此事引发了极大恐慌。他们当即把卑职请去了。"

即使在幽暗中，也能看见彼拉多的双眼在闪着精光。

"有趣，有趣……"

"大人，恕卑职斗胆直言，这并不有趣。简直无聊透顶，令人厌倦。我询问，这钱是否是要还给该亚法宫中某人的，但所有人都矢口否认。"

"是吗？唔，好吧，他们说不是就不是吧。只是这样一来，凶手就更难寻了。"

"大人所言极是。"

大师和玛格丽特 | 361

"对了，阿夫拉尼，我突然冒出一个想法：他会不会是自杀？"

"怎么会，大人！"阿夫拉尼惊讶得直接仰靠在了椅背上，"恕卑职无礼，这简直无法想象！"

"哼，在这座城里，什么事都有可能发生！我敢打赌，要不了多久，这种传言就会传遍全城。"

阿夫拉尼再次将犀利的目光投向总督，想了想，道："确有可能，大人。"

尽管事情已全部明朗，但对于犹大被杀一案，总督似乎仍意犹未尽，他几乎不无憧憬地道："我倒想亲眼看看，他们是如何杀死他的。"

"杀得干净利落，大人。"阿夫拉尼略带讥讽地瞥了总督一眼。

"何以见得？"

"大人请看钱袋上的血渍。我敢保证，犹大的血是喷涌而出的。我这辈子见过的死人太多了，大人！"

"这么说，他是肯定站不起来了？"

"不，大人，他还会站起来的，"阿夫拉尼露出哲人般的微笑，"当此地万众期待的弥赛亚的号角在他头顶响起之时。在此之前绝无可能。"

"好了，阿夫拉尼！此事已了。说说掩埋尸体的事吧。"

"都掩埋好了，大人。"

"哦，阿夫拉尼，治您的罪本身就是一种罪过。您理应得到最高奖赏。怎么埋的？"

阿夫拉尼便开始讲述。他说，在他本人处理犹大一事的同时，由其副手率领秘密卫队的一支小队，于入夜时分赶至秃山。但秃山顶上少了一具尸体。

彼拉多身子一颤，嘶声叫道："哎呀，我怎么就没料到！"

"大人不必惊慌。"阿夫拉尼道,继续讲述。

迪斯马斯和格斯塔斯的尸体都在,眼珠子已被秃鹫啄食,士兵们将这两具尸体抬到车上,急忙搜寻第三具尸体。很快就找到了。有一个人……

"利未·马太。"彼拉多的语气不似疑问,倒似肯定。

"不错,大人……"

利未·马太藏在秃山北坡的一处山洞中,等待天黑。拿撒勒人耶舒阿的赤裸尸身就躺在他的身旁。当士兵们举着火把走进山洞时,利未·马太陷入了绝望与愤恨。他大喊大叫,说自己无罪,说依照律法,任何人只要愿意,都有权利为被处决的犯人收尸。利未·马太说他不愿与死者分开。他情绪激动,语无伦次地叫嚷,时而请求,时而威胁,时而咒骂……

"那就只好逮捕他喽?"彼拉多面色阴沉地问。

"不,大人,并没有。"阿夫拉尼镇定自若地回答,"暴躁的疯汉被安抚下来了,士兵们对他解释说,他们是来掩埋尸体的。"

利未·马太不再吵嚷,但声明自己哪儿也不去,也要参加掩埋。他说就算杀了他,他也不走,甚至还将他身上带着的一把面包刀交给了士兵。

"把他赶走了?"彼拉多声音压抑地问。

"没有,大人。我的副手准许他参加了掩埋。"

"您的哪一位副手?"彼拉多问。

"托尔迈。"阿夫拉尼答道,又不安地问,"他该不会做错了吧?"

"继续讲吧。"彼拉多道,"他没有做错。我简直有些不知所措了,阿夫拉尼,因为我正在同一个从不犯错的人打交道。这个人便是您。"

士兵们让利未·马太坐上运送尸体的马车,两小时后来到耶路撒冷以北的一处荒谷。士兵们轮番作业，一小时内便掘出一个深坑，将三具尸体合葬其中。

"光着身子埋的？"

"不，大人，出发之前特意带上了长衫。还给尸身套上了指环，耶舒阿的指环上有一道刻痕，迪斯马斯两道，格斯塔斯三道。葬坑填埋之后，又堆垒了许多石块，做了标记，托尔迈认得。"

"唉，要是我能提前想到就好了！"彼拉多皱眉道，"我本想见那个利未·马太的……"

"他就在这儿，大人。"

彼拉多瞪大了眼睛，看了阿夫拉尼好一会儿，才道："感谢您为此事所做的一切。请您明日让托尔迈来见我，告诉他我对他很满意。至于您，阿夫拉尼，"总督从放在桌上的腰带口袋里掏出一枚宝石戒指，递给秘密卫队长，"请收下做个纪念。"

阿夫拉尼忙躬身施礼："荣幸之至，大人。"

"请对执行掩埋任务的士兵给予奖赏。对跟丢犹大的暗探予以训诫。让利未·马太速来见我。我需要了解耶舒阿一案的详情。"

"遵命，大人。"阿夫拉尼说罢，躬身告退。

总督击掌唤道："来人哪！柱廊掌灯！"

阿夫拉尼刚走进御花园，彼拉多身后便有火光闪动。仆人捧来三盏油灯，放在总督面前的桌案上，月夜立刻退入了御花园，仿佛被阿夫拉尼随身带走了。很快，一个瘦小枯干的陌生男子踏上凉台，身旁跟着巨人耗子王。后者捕捉到总督的眼神，即刻退下。

总督以贪婪而略带慌乱的目光审视着来人。对于某个久闻其名、渴望一见最后终于得见的人，人们通常便是这样打量的。

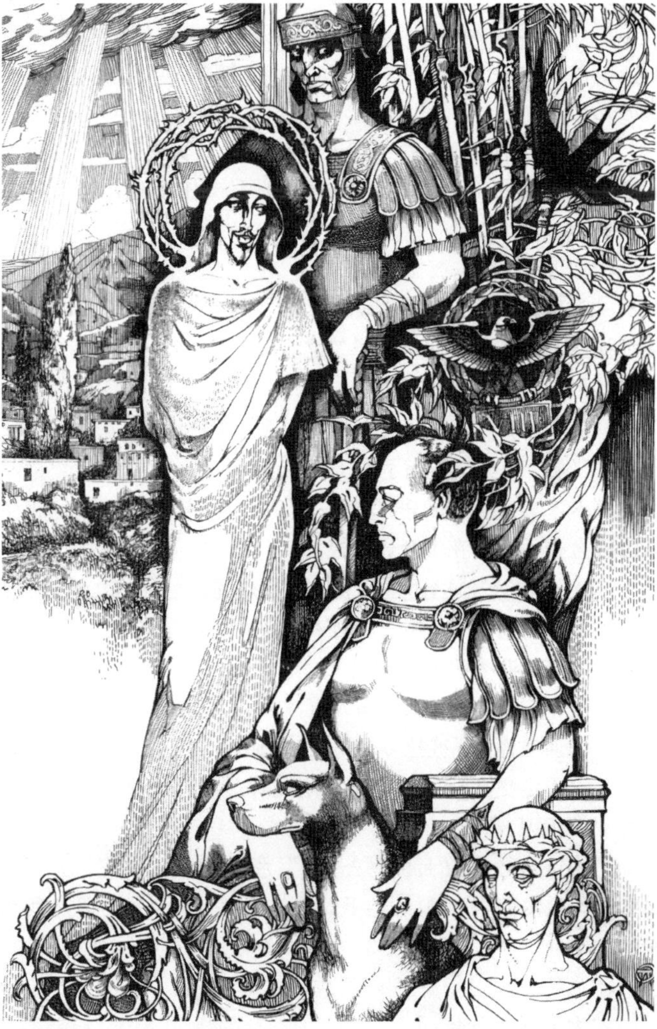

来人不到四十岁年纪，皮肤黝黑，衣衫破烂，浑身上下沾满了干泥，他拧着眉毛，目光如狼。总之，他的样子十分难看，活像一个拥挤在圣殿台阶之上或者下城区脏乱喧嚣的市场里的乞丐。

沉默持续了很久，直至被来人的奇怪举动所打破：他突然脸色一变，打了个趔趄，若非一只脏手扶住了桌沿，非栽倒不可。

"你怎么了？"彼拉多问。

"没事。"利未·马太说着，做了一个类似吞咽的动作，他那裸露着的脏兮兮的细脖子忽地胀大，又再次变细。

"你到底怎么了，回答我。"彼拉多道。

"我累了。"利未·马太盯着地板，阴郁地道。

"坐吧。"彼拉多指了指座椅。

利未·马太狐疑地瞅了瞅总督，走到座椅前，怯怯地瞥了一眼镀金扶手，坐在了旁边地板上。

"告诉我，为何不坐椅子？"彼拉多问。

"我会把椅子弄脏的。"利未·马太仍盯着地板。

"我这就叫人给你送吃的。"

"我不想吃。"利未·马太道。

"为何撒谎？"彼拉多轻声问，"你想必已经一整天没吃东西了，说不定更久。好吧，吃不吃随你。我叫你来，是想看看你身上那把刀。"

"来这儿之前被士兵搜去了。"利未·马太说完，又阴沉着脸道，"你们得把刀还给我，我得把它还回去，那是我偷来的。"

"为什么？"

"为了割断绳索。"

"马克！"总督唤来百夫长，"把他的刀给我。"

百夫长从腰带上的两个皮套中的一个里面抽出一把沾满泥泞的面包刀，呈给总督，再次退下。

"刀是从哪儿拿的？"

"希伯伦门旁边的面包铺里，一进城左手边上那家。"

彼拉多看着宽宽的刀刃，不知为何还用手指试了试刀锋，然后道："刀的事儿你不用管了，会还给铺子的。现在，我想让你给我看看你的羊皮纸，就是你随身携带，记录耶舒阿话语的那张。"

利未·马太仇恨地盯着彼拉多，挤出一个如此狠戾的笑，以致整张脸都被彻底扭曲了。

"你想夺走一切？夺走我最后的东西？"

"我没说让你给我，"彼拉多道，"我说给我看看。"

利未·马太在怀里摸了一阵，掏出一卷羊皮纸。彼拉多接过去，在油灯下铺展开来，觑眼看着凌乱的墨水字迹。字写得歪歪扭扭，极难辨认，彼拉多皱着眉头，鼻尖几乎贴到了羊皮纸上，用手指着，逐行破译。最后他总算搞清楚，那上面记载的是些零零散散的格言、日期、日常琐事和诗歌片段。彼拉多认出了个别字眼："死仍未至……昨天我们吃了早熟的甜无花果……"

紧张的辨认令彼拉多脸上频现怪相，他眯着眼睛读道："我们将看到由生命之水汇成的洁净河流……人类将透过透明的水晶凝望太阳……①"

彼拉多猛然一震：在羊皮卷的最后几行字中间，他认出这样一些字眼："……更大的罪过……怯懦。"

彼拉多猛地卷起羊皮纸，迅速递给利未·马太，道：

---

① 参见《启示录》22:1："天使又指示我在城内街道当中一道生命水的河，明亮如水晶，从神和羔羊的宝座流出来。"

"拿去。"

沉默片刻,彼拉多又道:"我看你也是个读书人,何苦孤苦伶仃,衣不蔽体,居无定所?我在该撒利亚有一座大图书馆,我很富有,想雇你为我做事。你可以整理、保管文献,衣食无忧。"

利未·马太站起身道:"不,我不想。"

"为什么?"总督脸色一沉,问,"你讨厌我,害怕我?"

邪恶的笑容再次扭曲了利未·马太的面孔:"不,我是担心你会害怕我。杀了他之后,你再想面对我,恐怕没那么容易。"

"住口。"彼拉多道,"那么,拿些钱吧。"

利未·马太摇了摇头。

"我知道,你自诩为耶舒阿的门徒,"总督道,"但我要告诉你,你并未领会他教导你的任何东西。倘若你真的领会了,你一定会从我这里拿些什么的。要知道,他在临死前,说他并不怪罪任何人。"说到此处,彼拉多意味深长地举起食指,面部一阵痉挛。"他本人也一定会要些什么的。你很冷酷,他则不然。你打算到哪儿去?"

利未·马太突然走到桌前,双手撑住桌面,用灼热的目光注视着总督,低声道:"告诉你,伊格蒙,我要在耶路撒冷杀死一个人。我对你说这些,是要让你知道,血还会流。"

"我也知道血还会流。"彼拉多道,"你的这些话并不令我吃惊。你要杀的人,自然是我喽?"

"你,我是杀不了的,"利未·马太龇着牙狞笑道,"我还没有蠢到妄想刺杀总督的地步。但我要宰了加略人犹大,我将为此献出余生。"

总督眼中流露出欣喜之色,他勾勾手指,让利未·马太凑近些,悄声道:"这事你办不成了,不必费心了,犹大昨夜已经被人杀了。"

利未·马太从桌前跳开,愕然四顾,失声大叫:"是谁干的?"

"不要嫉妒,"彼拉多咧嘴一笑,搓了搓手,"只怕除了你之外,他还有别的崇拜者。"

"是谁干的?"利未·马太低声追问。

彼拉多道:"是我。"

利未·马太瞠目结舌地望着总督。总督平静地道:"这自然算不得什么,但终归是我做的——怎么样,现在可以要点什么了吧?"

利未·马太想了想,态度和缓下来,终于开口道:"请命人给我一块干净的羊皮纸。"

一小时后。利未·马太已经离开了宫殿。打破黎明前寂静的,只有御花园中哨兵轻微的脚步声。月亮迅速褪色,另一侧天边隐约可见一颗晨星的白斑。油灯早已熄灭。总督卧于榻上,一手枕在脸下,呼吸平缓,睡得正沉。巨犬班加睡在总督身旁。

就这样,第五任犹太总督本丢·彼拉多迎来了尼散月第十五日的黎明。

第二十七章　50号宅的末日

"就这样,第五任犹太总督本丢·彼拉多迎来了尼散月第十五日的黎明。"当玛格丽特读到这章结尾时,天已放亮。

小院里,白柳和椴树的枝丫上,早起的麻雀们正热烈而欢快地聊天。

玛格丽特从椅子上站起身来,伸了一个懒腰,这才发觉浑身像散了架一般,困倦得要命。有趣的是,她的心智是完全正常的。她的思维并未分裂,她所经历的超自然的一夜丝毫未令她产生震荡。想到自己参加了撒旦舞会,想到大师奇迹般地回到了自己身边,想到书稿从灰烬中复活,想到告密者阿洛伊济·莫加雷奇被逐出了地下室,一切又恢复了原样,玛格丽特丝毫不感到惊慌。总之,与沃兰德的接触并未对她造成任何心理伤害。仿佛一切都是天经地义。

她走进里间屋,确认大师正睡得沉稳香甜,便关掉已无必要的台灯,走到对面铺着一条破旧床单的长沙发上躺下。不到一分钟她就睡熟了,而且一个梦也没做。地下室内一片宁静,整栋小楼沉默不语,僻静的小巷里寂然无声。

但与此同时(星期六拂晓),莫斯科某部门大楼内的一整栋楼层灯火通明,明亮的电灯光盖过了初升的太阳。窗户正对着一片沥青铺设的大广场,几辆清洁车正鸣着笛,慢吞吞地用刷子打扫路面。

这一整层楼都在忙于侦破沃兰德一案,全部的十个办公室内的电灯亮了一夜。

事实上，从昨天（星期五）起，在由于综艺剧院领导层集体失踪，以及此前那场臭名昭著、乱象百出的黑魔法表演而不得不将其关闭之后，整个案件就已经清楚了。可问题是，新的案情仍在一刻不停地向彻夜无眠的楼层涌来。

这桩案子里头明显有魔鬼作祟，并且掺杂着诡异的催眠幻术和明目张胆的刑事犯罪，侦查部门必须将莫斯科各地发生的乱七八糟的怪事尽力揉成一团。

第一个被迫造访这栋挑灯夜战的大楼的人，正是莫斯科剧场声学委员会主任阿尔卡季·阿波罗诺维奇·谢姆普列亚罗夫。

星期五午饭过后，声学主任位于大石桥①附近的家中响起电话铃声，一个男声请阿尔卡季·阿波罗诺维奇接电话。主任夫人走到电话机前，没好气地说主任身体不适，正卧床休息，不方便接电话。然而，这通电话主任看来是非接不可的。主任夫人问电话是从哪儿打来的，电话那头简短地说出了答案。

"稍、稍等一秒钟……一分钟……这就来……"一向趾高气昂的主任夫人语无伦次地应着，箭也似的飞进了卧室。声学主任此刻正躺在卧榻上，忍受着回忆带给他的地狱般的痛苦：昨晚演出之后，回到家里又大闹了一场，结果他那位萨拉托夫的侄女被赶出了家门。

过了当然不止一秒钟，但也没到一分钟，而是不多不少十五秒钟之后，左脚趿拉着一只鞋的声学主任便握住了话筒，低声下气地说："是，是我……您说，您说……"

主任夫人此刻已全然忘了倒霉的丈夫被当众揭穿的那些背叛婚姻的卑劣行径，一脸惊恐地从走廊门后探出身子，用一只

---

① 大石桥，莫斯科河跨河大桥之一，位于克里姆林宫附近。最早修建于17世纪末，耗资巨万，时人常以"贵于石桥"形容某物昂贵。

大师和玛格丽特

鞋子戳点着空气，小声提醒："鞋子穿上，鞋子……脚会凉着的……"

声学主任瞪起两只野兽般的眼睛，一面用那只光脚隔空踢蹬着妻子，一面对着听筒诺诺连声："是是是，当然，明白……现在就来……"

声学主任在侦查部门那里待了一整晚。谈话是极其沉重且痛苦的，因为除了要原原本本讲述那场下流的魔法表演及包厢内的撕打之外，他还不得不"顺便"交代了自己跟女演员米利察·安德烈耶夫娜·波科巴季科的那点事儿，还有他那位萨拉托夫的侄女，以及很多很多令声学主任颜面扫地的事儿。

不用说，作为一个有文化有素养的人，作为一名头脑清醒、经验丰富的目击证人，声学主任的证词极大地推动了案件进展。他细致地描述了戴面罩的神秘魔法师及其两名恶棍助手的外貌特征，并且清楚地记得，魔法师的姓氏正是沃兰德。将声学主任的证词与其他目击者——其中包括某些被黑魔法坑惨了的女士们（除了那位令里姆斯基咋舌的身穿紫色内衣的女士之外，唉，还有很多人），以及被派去花园街 50 号宅的通信员卡尔波夫——的证词相对照，侦查部门立刻锁定了犯罪嫌疑人的藏身之处。

50 号宅侦查部门去了不止一次，不仅仔仔细细地搜查了各个房间，还敲打了墙壁，察看了壁炉烟囱，检查了密室。然而，这些搜查行动未能取得任何成果，50 号宅里面从头到尾一个人也没发现，尽管完全可以断定，里面肯定有人。不仅如此，所有与外国演员到访莫斯科事宜有所关联的部门均一口咬定，根本没有一个叫什么沃兰德的黑暗魔法师来过莫斯科。

他完全没在任何部门做过登记，没向任何人出示过自己的护照或其他身份证件、合同或者协议，也从未有任何人听说过他！演艺娱乐委员会节目部主任基泰采夫赌咒发誓说，失踪的斯乔帕·利霍杰耶夫从未给他发过什么沃兰德的演出送审单，也从未给他打过电话，说来了这么一号人。因此，对于斯乔帕的综艺剧院如何会上演这种东西，他基泰采夫一无所知，大惑不解。当侦查人员说，声学主任在演出现场亲眼见到了这位魔法师时，基泰采夫只是摊开双手，两眼望天。单从那双眼睛便可大胆断言，此人和水晶一样干净。

至于演艺娱乐委员会的一把手普罗霍尔·彼得罗维奇嘛……

书中代言，民警同志刚走进他的办公室，主任立马就回到了自己的灰色条纹西装里，这让美女秘书欣喜若狂，却令白跑一趟的民警一头雾水。而且，在回归原位之后，主任对于空西装在自己缺席期间所作的一切批示完全赞同。

……总之，这位主任对于什么沃兰德同样毫不知情。

随您怎么想，但这事儿实在是荒谬至极：数千名观众、综艺剧院的全体职员，甚至是声学主任这样最富学识的人，明明都亲眼看见了神秘魔法师和他的两名恶棍助手，可偏偏又哪儿也找不到他们的半点踪迹。那么请问，这究竟是怎么一回事？难道说，万恶的表演一结束，他们就钻到地底下去了？还是说像有些人坚称的那样，他们压根就没有来过莫斯科？倘若是前者，那么毫无疑问，在钻入地下的同时，魔法师把综艺剧院的头头脑脑也全部带走了；倘若是后者，那岂不是说，是综艺剧院的领导层自己干出了什么龌龊勾当（想想里姆斯基办公室里被打碎的玻璃，以及警犬方块Ａ的反应！），然后从莫斯科秘密潜逃了？

应当为侦查部门说句公道话。失踪的里姆斯基以惊人的速度被找到了。他们将方块Ａ在电影院门口出租车停车场的反应与某些时间节点——比如演出结束时间及里姆斯基消失的可能性时间——相对照，立刻向列宁格勒发去了电报。一小时后

（星期五傍晚）便收到回电，称里姆斯基被找到了，在阿斯托利亚酒店①四楼412房间。房间内带有成套的灰蓝色镶金家具和漂亮的浴室，隔壁恰巧住着赴列宁格勒巡演的莫斯科某剧院的剧目负责人。

躲在衣柜里的里姆斯基被当场逮捕，并就地接受了审讯。随后列宁格勒向莫斯科发来电报，称里姆斯基已丧失责任能力，对于提问无法或者不愿作出有益的回答，还一再请求将其关进装甲囚室，并且安排武装警卫。当天晚上，列宁格勒方面便遵照莫斯科电令，搭乘夜间火车将里姆斯基武装押送回来。

同样在星期五晚上，利霍杰耶夫的踪迹也被发现了。此前，莫斯科曾向各大城市发出电报，查问利霍杰耶夫的下落，雅尔塔回复称，利霍杰耶夫确曾到过雅尔塔，但已经乘坐飞机返莫了。

唯一始终毫无下落的人是瓦列努哈。这位闻名全莫的剧院管理处主任好似泥牛入海了。

除综艺剧院之外，莫斯科各地发生的种种怪事同样需要操心。必须查明《光荣之海》大合唱一事的真相（顺带一提：斯特拉温斯基教授借助皮下注射，花了两个小时才让全体合唱者恢复常态），还要调查层出不穷的假币案的嫌疑人及受害者：那些"钱"看似纸币，其实鬼知道是什么玩意儿。

不用说也知道，在所有这些怪事当中，最糟糕、最可恶、最棘手的一桩便是"盗头事件"了：已故文学家柏辽兹的头颅，居然在光天化日之下，从陈放在格里鲍耶陀夫之家大厅的棺材里被人偷走了。

负责侦办此案的十二名侦查员，像用棒针编织毛线一样，将散落在莫斯科各地的错综复杂的线头一根一根收集起来。

---

① 位于列宁格勒（现圣彼得堡市）中心的一家五星级酒店。

一名侦查员来到斯特拉温斯基教授所在的医院，立刻请求出示最近三天入院的人员名单。由此发现了房管委主任博索伊和不幸被人揪掉脑袋的报幕员。不过，在他们身上并未花费太多工夫。如今可以轻易断定，二人正是以神秘魔法师为首的犯罪团伙的牺牲品。反倒是伊万·尼古拉耶维奇·无家汉引起了侦查员的极大兴趣。

星期五傍晚，伊万所在的117号病房的房门被推开了，一个圆脸庞的年轻人走了进来。他面色平静，说话客气，看上去完全不像一名侦查员，实则是莫斯科最优秀的侦查员之一。他看见病床上躺着一个苍白消瘦的年轻人，目光中流露出对周遭一切的漠不关心，时而超然物外地遥望远方，时而凝神内视。

侦查员亲切地做了自我介绍，说他这次来是想跟伊万·尼古拉耶维奇聊一聊周三晚上在牧首塘发生的事。

唉，倘若侦查员能早点来，伊万会何等欢喜——哪怕是周四凌晨也好啊！当时的伊万横冲直撞，非要让人们听他讲述牧首塘的遭遇不可。现如今，他协助警方逮捕神秘顾问的梦想就要实现了，他不必再去四处奔走了，有侦查员主动找上门来请他讲述了。

只可惜，在柏辽兹死后的这段时间里，伊万已经完全变了一个人。他很乐意，也很客气地回答了侦查员的所有问题，但无论是他的眼神，还是他的语气，都透露出一种淡漠——柏辽兹的命运已不再触动诗人。

侦查员到来之前，伊万躺在床上眯了一会儿，眼前出现了一些幻象。他看到一座怪异的、匪夷所思的、并不存在的城市，那里有一块块白色巨石，一道道斑驳柱廊，一片片阳光闪耀的屋顶，有一座阴森可怖的安东尼亚堡，西山岗上还有一座宫殿，殿顶以下几乎完全掩映在郁郁葱葱的热带园林中，绿荫之上矗立着一尊尊青铜雕塑，正在夕阳下燃烧。一队队罗马甲士在古城墙下来回巡逻。

恍惚之中，伊万还看见一个人一动不动地坐在椅子上，身穿血红衬里的白色披风，蜡黄无须的脸上满是痛苦之色，憎恶地望着繁茂的异国园林。伊万还看见一座光秃秃的土黄色山丘，山丘顶上竖着几根带有横梁的空柱子。

而牧首塘的遭遇已经无法引起伊万·无家汉的兴趣。

"请问，伊万·尼古拉耶维奇，当柏辽兹摔到电车下面时，您本人离旋转栅门有多远？"

一丝淡然的冷笑不经意间掠过伊万嘴角，他回答说："我离得很远。"

"那个穿方格西装的人呢，就在旋转栅门旁边吧？"

"不，他坐在不远处的一张长椅上。"

"您记得很清楚，柏辽兹摔倒时，他并没有走近旋转栅门？"

"记得。没有。他连屁股都没抬。"

问完这最后几个问题，侦查员站起身来，同伊万握手道别，祝愿诗人早日康复，并表示期待早日拜读他的新诗。

"不，"伊万平静地说，"我今后再也不会写诗了。"

侦查员礼貌地笑笑，说他相信诗人只是暂时有些消沉，但这很快就会过去的。

"不，"伊万并未看向侦查员，而是遥望着渐渐熄灭的天际，"这永远不会过去的。我之前写的那些诗都是坏诗，如今我总算明白了。"

侦查员走了。他从伊万这儿获取了相当重要的证据。他顺着案情线索从后往前捯，终于找到了一切事件的源头。他坚信不疑，一切事件皆由牧首塘谋杀案而起。当然，无论是伊万，还是穿方格西装的男子，都没有将倒霉的马索利特主席"推"到车轮下，换言之，就生理意义而言，并无任何人直接导致了柏辽兹的摔倒。但他同样坚信，当柏辽兹"摔倒在"（或者"扑倒在"）电车轮下时，是处于深度催眠状态的。

是的，证据已足够充分，也已经知道该要抓谁，该去哪儿抓了。可问题恰恰在于，无论如何都抓不着。必须再次重申，在那套三倍该死的 50 号宅里面，铁定有人。房间里的电话不时有人接起，声音有时响亮脆快，有时瓮声瓮气；窗户偶尔会从里面打开；这还不算，房间里还时常传出留声机的声音。可每次搜查，里面又一个人都找不着。已经搜查了不止一遍，而且是在不同日子里的不同时间。不仅如此，侦查员还拉着网来回过了好几遍，把角角落落都翻遍了。整栋住宅早就处于密切监视之下。不仅前门大路，连后门小路也有人把守，甚至连楼顶烟囱出口处都布了警卫。没错，50 号宅的确邪门，可又拿它一点办法都没有。

就这样一直拖到星期五半夜，轮到迈格尔男爵出场了。他穿着晚礼服和锃亮的皮鞋，郑重其事地前往 50 号宅做客。侦查人员分明听到，有人将男爵让进了屋。整整十分钟后，侦查人员闯入屋内，可非但没有发现主人，连迈格尔男爵也诡异地消失了。

拖到周六拂晓，又出现了十分有趣的新情况。莫斯科机场降落了一架从克里米亚半岛飞来的六人座小客机，在下机的乘客中间，有一位古怪至极。他年纪不大，但足有两三天没洗漱过了，胡子长成了野人，眼睛红肿，神色惊惧，手上没拎行李。最怪异的是他的衣着：头戴高筒皮帽，睡袍外面套着毡斗篷，脚上穿着新买的深蓝色皮拖鞋。此人刚一走下舷梯，守候已久的人便围了上来。之后不久，令人难忘的综艺剧院院长斯捷潘·波格丹诺维奇·利霍杰耶夫便接受了讯问。根据他提供的最新证词，警方得以确定，沃兰德在以演员的名义混入综艺剧院之后，对斯乔帕进行了催眠，然后不知用了什么妖法，将他从莫斯科扔到了上帝知道的多少公里以外。如此一来，证据倒是增多了，可侦查人员非但没有感到轻松，反而更觉得沉重了，因为很显然，想要抓住一个对综艺剧院院长搞出这种鬼把戏的罪犯，绝没有那么容易。斯乔帕如愿以偿地被关进了铜墙铁壁的囚室。紧接着，刚刚落网的瓦列努哈也被带到了侦查人员面前。他是在无故失踪近两天两夜之后，在自己家中被捕的。

尽管答应过阿扎泽洛不再撒谎，但瓦列努哈还是一上来就撒了谎。不过，对他也不该过分苛责，要知道，阿扎泽洛只是不许他在电话里撒谎耍横，而眼下他并没有打电话。瓦列努哈目光闪躲，声称周四白天他在综艺剧院，在自己办公室里一个人喝醉了酒，然后去了什么地方——具体是哪儿不知道，接着又在什么地方喝了陈酿烈酒——具体在哪儿也不知道，然后就醉倒在一处篱笆下面了——具体是哪处篱笆也不知道。侦查人员警告他说，知情不报愚不可及，会妨碍重大案件的侦破，为此会被严厉追责，瓦列努哈这才嚎啕大哭，一面战战兢兢地四下环顾，一面低声说他之所以撒谎，实在是害怕沃兰德一伙的打击报复，说他已经落在他们手里一回了，说他请求、恳求、哀求将他关进装甲囚室。

"真是见鬼！这帮人怎么都认准装甲囚室了！"一名侦查员发牢骚说。

"他们是被那帮混蛋给吓坏了。"拜访过伊万的那名侦查员说。

侦查员对瓦列努哈竭力安抚，承诺没有装甲囚室也能保障他的安全，这才从他口中得知，他根本没在什么篱笆下面喝过什么陈酿烈酒，而是遭到了两名男子的毒打，其中一个赤发獠牙，另一个是个胖子……

"长着一张猫脸？"

"对对对。"惊恐万状的瓦列努哈不住地四下张望,说说停停,终于交代了一切细节,包括他如何在50号宅当了两天两夜的吸血鬼眼线,又如何险些害了财务主任里姆斯基的性命……

这时,从列宁格勒被押送回来的里姆斯基也被带了进来。但眼前这个瑟瑟发抖、心智紊乱的白头发老头儿,已经完全没有了从前那个精明干练的财务主任的影子,他死活不肯说实话,表现得冥顽不灵。他坚称,那天夜里他根本没在自己办公室的窗户里看见过什么赫拉,也没有见过瓦列努哈,他只是一时恍惚,稀里糊涂地就去了列宁格勒。不用说也知道,被吓出病来的财务主任同样以被关进装甲囚室的请求结束了自己的证词。

安努什卡是在阿尔巴特街百货商店,试图向女售货员支付十美元纸币时被捕的。侦查员认真听取了她的供述,包括那几个人如何飞出了楼道窗户,以及那块金马掌——据她自己说,她把它捡起来原本是打算交到民警局的。

"马掌真是金的,还镶满了钻石?"侦查员问安努什卡。

"我还不认得钻石?"安努什卡说。

"您刚才说,那人给你的钱是十卢布的票子?"

"我还不认得十卢布?"安努什卡又说。

"那它们是什么时候变成美元的?"

"我也不知道啊,哪儿有什么美元哪,我根本没见过什么美元!"安努什卡刺耳地尖叫着,"我没犯法!那是别人给我的酬谢,我要拿它去买印花布……"接着越说越离谱,说什么她可不能替房管委背黑锅,说就是房管委把魔鬼招到五楼来的,简直让人没法活了。

侦查员们实在被她烦透了,持笔记录的侦查员冲她摆了摆手,给她开了一张绿色的放行证,总算把这个瘟神打发走了。

随后又接连审讯了一大串人，其中就包括刚刚被捕的尼古拉·伊万诺维奇。他的被捕完全是拜他那位善妒又愚蠢的夫人所赐。后者一大清早跑到民警局，说自己丈夫不见了。对于尼古拉·伊万诺维奇摆在桌上的参加撒旦舞会的荒唐证明，侦查员们早已见怪不怪。在讲述玛格丽特·尼古拉耶夫娜如何一丝不挂地出现在窗边，自己又如何驮着她家那位裸体女仆，飞到一个满是魔鬼的河边去洗澡时，尼古拉·伊万诺维奇稍稍偏离了真相。比如，他认为没必要提及自己跑到别人家卧室送睡袍的细节，以及他管娜塔莎叫维纳斯的事。按照他的说法，是娜塔莎自己突然飞出了窗子，不由分说骑在他身上，赶着他飞出了莫斯科……

"我是被迫屈从于暴力。"尼古拉·伊万诺维奇说。他最后提出的请求是一个字也别透露给他的夫人。侦查员们答应了这一请求。

根据尼古拉·伊万诺维奇的证词，侦查员得以证实了玛格丽特·尼古拉耶夫娜及其女仆娜塔莎的离奇失踪，并展开了搜救措施。

整个星期六上午就在这分秒未停的侦查工作中过去了。与此同时，各种耸人听闻的谣言早已传遍了全城。微乎其微的事实被渲染成了浓墨重彩的奇谈。有的说综艺剧院的表演结束之后，全场两千名观众全穿着从娘胎里自带的衣服跑到了大街上；有的说花园街破获了一处制造魔法假钞的印刷厂；还有的说一伙劫匪掳走了娱乐部门的五位主任，但民警立刻就把他们全找回来了……说什么的都有，简直懒得复述。

眼看要到午饭时间了，侦查部门的电话铃又响了。花园街方向报告说，该死的50号宅又出现了生命迹象。据说，所有窗户全从里面打开了，屋内传出了琴声和歌声，还有人看见一只大黑猫坐在窗台上晒太阳。

下午四点来钟,天气正热,三辆汽车在花园街302-bis栋附近停下,从车里钻出一大群便衣特工。他们迅速分成两组,一组穿过门洞和院子,直奔六单元楼门口;另一组打开平日里封死的小门,奔向后门,随后两组人从前后楼梯同时向50号宅扑去。

此时,50号宅餐厅内,科罗维约夫和阿扎泽洛即将用罢早餐,而且前者已经脱去了节日盛装,换上了寻常装束。沃兰德和往常一样,待在自己卧室里。大黑猫河马却不知道去了哪儿。不过,从厨房传出的锅碗哐当声判断,这家伙肯定又在里面耍宝胡闹。

"楼道里的脚步声是怎么回事?"科罗维约夫用匙子搅弄着黑咖啡说。

"是有人来抓我们了。"阿扎泽洛说着,一口干掉一杯白兰地。

"啊,来吧,来吧。"科罗维约夫说。

此时,前门小组已经奔上了三楼。楼梯平台上有两名管道工正在摆弄暖气片。双方意味深长地交换了一个眼神。

"全在里头。"一名管道工用锤子敲着暖气管,悄声道。

于是,当先一人公然从大衣底下拔出一把漆黑的毛瑟枪,旁边一人则掏出了一串万能钥匙。总之,这次来50号的特工可谓装备齐全。有两个人兜里揣着极易抛撒的纤薄丝网,一人带着套索,另有一人带着一叠纱布口罩和几支氯仿[①]安瓿。

50号宅的房门一秒钟之内便被打开了,众人刚拥入前厅,便听见厨房内哐的一声门响——后门小组也及时赶到了。

这一回,即使不能大获全胜,至少也不至于无功而返。众

[①] 氯仿即三氯甲烷,为无色透明液体,易挥发,对光敏感,遇光可与空气中的氧气发生作用,分解出剧毒气体。

大师和玛格丽特

特工迅速分散至各个房间，但哪儿也没见着人影。不过，厨房里倒是发现了一些残羹剩饭，明显是刚留下的，而在客厅的壁炉搁架上，一只巨大的黑猫正坐在一只细长颈水晶罐旁，怀里还抱着一只汽油炉。

冲入客厅的几名特工瞪着大黑猫，老半天说不出话来。

"嚯……这可真够劲儿……"一人喃喃道。

"我既没有淘气，也没有招惹谁，我正在修汽油炉呢。"大黑猫一脸敌意地蹙着眉头，"另外，我认为有义务警告你们，猫是古老而不容侵犯的动物。"

"这一手可真绝。"一人低声说；另一人则高声道："得了，不容侵犯的腹语猫，过来吧！"

一张丝网凌空撒开，兜头罩下，但出人意料的是，这一网居然没能罩住黑猫，却把水晶罐碰到地上摔碎了。

"没中！乌拉！"大黑猫大叫，随即将汽油炉放在一旁，从背后掏出一支勃朗宁，瞬间对准了离自己最近的一名特工，但后者抢先开了火，随着砰的一声枪响，大黑猫头朝下从壁炉搁架上摔在了地板上，勃朗宁掉了，汽油炉也扔了。

"全完了，"大黑猫瘫软在血泊中，有气无力地说，"请走开一会儿，让我跟大地告个别。哦，我的朋友阿扎泽洛！"大黑猫一面流血，一面呻吟，"你在哪儿？"大黑猫将逐渐黯淡的目光投向餐厅门口，"敌众我寡之时，你没有对我施以援手。你抛弃了可怜的河马，用它交换了一杯——虽说是上好的——白兰地！那好吧，就让我的死压在你的良心上吧，而我要把我的勃朗宁留给你……"

"撒网，撒网，撒网……"特工们围住大黑猫，焦急地催促。可鬼知道是怎么回事，丝网挂在一个人口袋里了，说什么也拽不出来。

"想要拯救一只身负致命伤的猫，"大黑猫说，"只有喝上

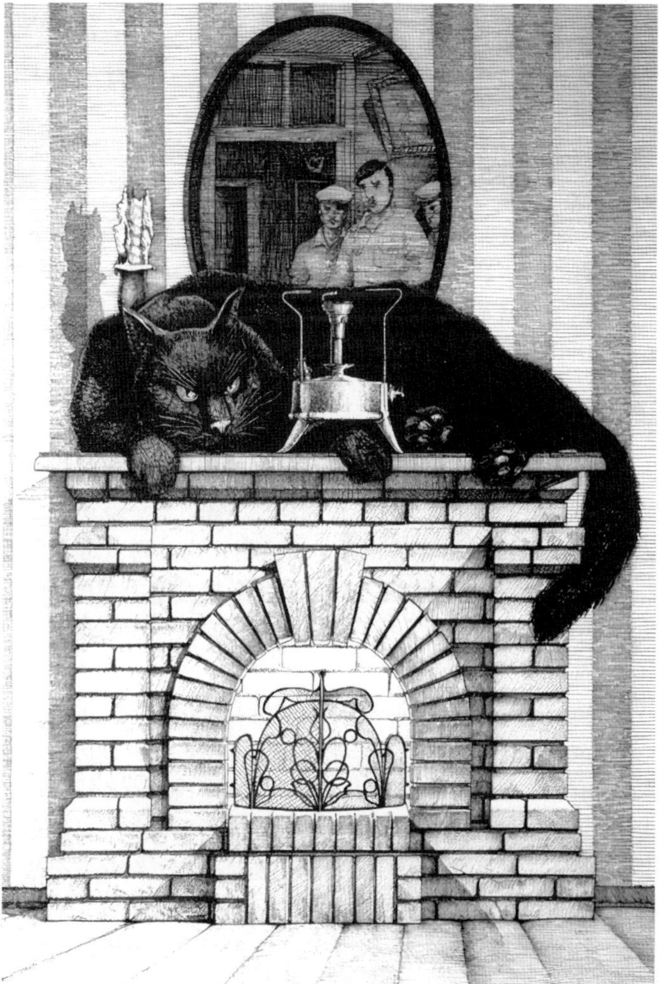

一大口汽油。"它趁乱凑到汽油炉前,对着油嘴猛灌一气。左前爪立刻不流血了。大黑猫生龙活虎地跳将起来,将汽油炉往腋下一夹,蹿上壁炉,又抓着墙纸向上疾爬,两秒钟后便坐在了金属窗帘架上,居高临下地俯视众人。

几只手同时抓住窗帘,用力一拽,把窗帘架都扯了下来,阳光霎时涌入了阴暗的房间。可别说是诡异复原的大黑猫了,连汽油炉都没有掉下来。大黑猫抱着汽油炉,轻轻巧巧在空中一荡,就跳到了悬挂在房间中央的枝形吊灯上。

"梯子!梯子!"底下的人纷纷叫嚷。

大黑猫乘着枝形吊灯在众特工头顶悠来荡去,大叫:"我要求决斗!"爪中又凭空出现一支勃朗宁。它将汽油炉安放在灯臂中间,一面像个摆锤一样来回摆荡,一面对准底下众人开火射击。枪声震动了整座住宅。水晶吊灯碎片乱坠,壁炉镜面迸然星裂,墙皮灰四下乱飞,子弹壳满地乱蹦,窗户玻璃纷纷碎裂,一股汽油从被洞穿的汽油炉中喷射而出。到了这个份儿上,活捉已经连想都别想了,无数把毛瑟枪对准了大黑猫的脑袋、肚子、胸口、后背,疯狂开火。激烈的枪声在院内引发了一片慌乱。

但这场枪战并未持续多久便自动停息了。原因在于,它并未给交战双方造成任何伤害,别说被打死了,连被打伤的都没有。所有人,包括大黑猫在内,全部毫发无损。一名特工还想最终确认一下,照着该死的畜生的头连开了五枪,大黑猫也不甘示弱地还击了一整个弹匣。可结果还是一样,对双方都毫无影响。大黑猫悠荡的幅度越来越小,还时不时假模假式地吹吹枪管,往前爪上啐口唾沫。底下众人默默呆立,无不现出大惑不解之色。类似这种猛烈射击完全无效的情况,不说绝无仅有,至少也是世所罕见。当然,不能排除大黑猫的勃朗宁只是一支玩具枪,但众特工的毛瑟枪可绝不是闹着玩的。如此说来，大黑猫的第一次负伤，连同它的喝汽油疗伤，毫无疑问，都无非是障眼法、骗人的鬼把戏罢了。

众特工又做了一次活捉大黑猫的尝试。但扔出去的套索只套住了一只灯臂，将整个吊灯拽了下来。吊灯砸在地上，几乎令整栋大楼为之一颤。在场众人都被溅了一身碎片，大黑猫则凌空一跃，跳到了壁炉上方的镀金镜框顶端。它安安稳稳地高踞于镜框之上，非但不打算逃命，反而长篇大论起来："我实在是想不通，你们为何对我如此无礼……"

话刚开头，不知从哪儿传来一个厚重低沉的声音："屋里是怎么回事？吵得我都没法做事了。"

一个鼻音浓重的难听声音回答说："准又是河马，见它的鬼！"

另一个颤动作响的声音说："老爷！礼拜六了。太阳西斜，该动身了。"

"抱歉，不能再陪你们聊天了，"镜框顶上的大黑猫说，"我们该走了。"它将手中的勃朗宁朝窗户丢去，一下子敲掉了两块玻璃。随后它将炉中的汽油往下一倒，汽油自动燃烧起来，火焰直冲天花板。

火势发展得迅猛异常，就算有汽油也不至于烧得这么快。墙纸立刻冒起黑烟，被拽在地上的窗帘熊熊燃烧，破败的窗框上也蹿起火苗。大黑猫弓起身子，"喵呜"一声，纵身跳上窗台，夹着汽油炉跃出窗外。窗外立刻响起一连串枪声：一名蹲守在与五楼窗户齐平的金属消防梯上的特工对准大黑猫连连射击。大黑猫接连跃过一座座窗台，眨眼间便来到"Π"字形大楼的转角处，顺着排水管蹿上了楼顶。把守烟囱的特工照样放了一排空枪，眼睁睁地看着大黑猫消失在洒满全城的落日余晖中。

与此同时，屋内众特工脚下的镶木地板已经起火，而就在

大师和玛格丽特

大黑猫佯装受伤倒地之处，烈焰之中逐渐清晰地显露出一具尸体，下巴后仰，眼神呆滞，正是迈格尔男爵。但再想将之抢出已毫无可能。

客厅内的众特工急急地拍打着肩膀和胸口上的火苗，在起火的镶木地板上连蹦带跳地退向书房和前厅。餐厅及卧室里的特工都顺着廊道逃出去了。厨房里的特工也冲进了前厅。客厅里已满是烈火与黑烟。一名特工在撤退途中还紧急拨通了消防队的电话，冲着话筒喊了一句："花园街，302-bis！"

不能再耽搁下去了，火焰已经蹿入前厅，连呼吸都困难了。

股股黑烟从见鬼的50号宅的破窗中喷涌而出，院内立刻响起一阵阵绝望的惨叫："火！火！着火啦！"

楼内很多户人家都在对着电话筒大喊："花园街！花园街，302-bis！"

当一辆辆长长的红色消防车从城市各个方向疾驰而来，当令人心悸的火警钟声响彻整条花园街时，正在院内抱头鼠窜的人们看见，黑烟滚滚的五楼窗户内飞出四道人影，好像是三个黑衣男人和一个裸体女人。

第二十八章　科罗维约夫与河马的临别奇遇

那些人影究竟是真的，还是被鬼宅吓破了胆的居民们看花了眼，当然没有人能说得清楚。倘若是真的，那他们究竟去了哪儿，同样没有人知道。我们也说不好他们是在哪儿分开的，我们只知道，花园街失火之后约莫一刻钟，位于斯摩棱斯克市场的外宾商店①的玻璃门前出现了一名身穿方格西装的细高个儿男公民，身旁跟着一只巨大的黑猫。

男公民灵活地穿过人群缝隙，一把拽开了商店外门。一个身材矮小、瘦骨嶙峋、态度恶劣的看门人立刻拦住了他的去路，凶巴巴地说："不许带猫进去！"

"抱歉，"细高个儿的声音尖细发颤，还耳背似的用一只骨节粗大的手拢住了耳朵，"您说啥，带猫？您哪儿看见猫啦？"

看门人不由得瞪大了眼：方才男公民身边的那只大黑猫突然不见了，反倒从他身后钻出来一个胖男人，戴着一顶破破烂烂的鸭舌帽，脸长得倒委实有几分像猫。猫脸胖子抱着一只汽油炉，不由分说就往店里闯。

看门人本就有些厌恶人类，对眼前这一对儿更是看不顺眼。

"我们这儿只能使用外币。"看门人拧着两条好似被衣蛾啃过的毛糟糟的灰白眉毛，哑着嗓子说。

"亲爱的，"细高个儿像只音叉似的说，碎镜片后面的眼睛炯炯放光，"您怎么知道我就没有外币呢？凭我的衣服吗？永远不要这么做，最最尊贵的卫士！您会犯错的，而且是大错特错！您不妨再去读读著名的哈里发哈伦·拉希德②的故事嘛。但眼下，暂且抛开这个故事不提，我想告诉您，我要去找您的经理告状，告诉他关于您的某些事，到时候，恐怕您就不得不离开这两扇亮闪闪的玻璃门了。"

猫脸胖子气呼呼地插嘴说："我这汽油炉里说不定塞满了外币呢！"说着，继续往里闯。

后面已经挤了一大群恼怒的顾客。看门人愤恨而狐疑地瞅着这一对儿，不情愿地往边上闪了闪，我们的两位老熟人——科罗维约夫和河马便走进了外宾商店。他们先是四下环视了一遭，然后就听科罗维约夫以响彻所有角落的高亢嗓门宣布："这家商店好极了！非常、非常好！"

所有柜台前的顾客纷纷扭过头来，而且不知为何，全都一脸诧异地望着说话者，尽管后者有一切理由发此赞叹。

数百匹姹紫嫣红的印花布交叉堆叠在货架上，其后是堆积如山的平纹布、雪纺绸和燕尾服呢绒。一摞摞鞋盒伸向远方，几位女公民坐在矮凳上，右脚穿着破烂的旧鞋子，左脚踩着闪亮的新鞋子，反反复复地在地毯上跺脚。拐角后面依稀传来几架留声机的歌声和琴声。

科罗维约夫和河马二人略过所有这些好东西，径直朝美食部和糖果糕点部交界处走去。这里十分开阔，戴着花头巾和贝雷帽的女士们不必像布匹柜台前面那样挤作一团。

水产柜台前面站着一个又矮又胖、浑似方墩的外国男人，

---

① 20世纪30年代初，苏联开设了一些外宾商店，专门使用外币、债券或珠宝进行交易，以供应外宾及少数特权阶层所需。
② 哈伦·拉希德（764—809），阿拉伯帝国阿巴斯王朝最伟大的哈里发（政治兼宗教领袖）之一。《一千零一夜》中生动渲染了他的诸多奇闻轶事，称他尤爱微服私访，混迹于平民百姓之间。

下巴刮得乌青，戴着角质眼镜，头上的礼帽簇新而挺括，缎带上没有一点污渍，身穿雪青色大衣，戴着褐色软皮手套，正颐指气使地嘟囔着。为他服务的男售货员身穿洁白罩衫，头戴蓝色小帽，正用一把锋利无比的刀子（很像利未·马太偷的那把），从肥美的、布满水珠的、玫瑰色的鲑鱼肉块上剔去那泛着银光的蛇似的嫩皮。

"这个部门也很棒，"科罗维约夫郑重宣布，又友善地指着雪青色顾客的后背说，"外国佬也挺可爱。"

"不，巴松管，不。"河马若有所思地说，"你错了，朋友。依我看，那位雪青色顾客的绅士脸上似乎少点什么。"

雪青色顾客后背猛地一颤，但想必是偶然的，毕竟科罗维约夫二人讲的是俄语，外国人是不大可能听得懂的。

"蒿（好）？"雪青色顾客严肃地问。

"世界一流！"售货员游刃有余地剔着鱼皮说。

"蒿（好）的爱，不蒿（好）的不爱。"外国人板着脸说。

"那是，那是！"售货员高声附和。

看到这儿，我们的两位老熟人离开了外国人和他的鲑鱼肉，来到糖果糕点部。

"今天可真热。"科罗维约夫跟面色红润的年轻女售货员搭讪，却未能得到任何回应，便问："橘子咋卖？"

"三十戈比一公斤。"女售货员说。

"贵得吓人呦，唉……"科罗维约夫叹了口气，想了想，对同伴说："吃吧，河马。"

猫脸胖子把汽油炉往腋下一夹，抓起金字塔最顶端的橘子，连皮吞进肚里，随手又抓起一个。

女售货员简直被吓死了，红脸发白，大叫："你们疯啦！小票拿来！小票！"她一伸手，点心夹子掉了。

"亲爱的,可爱的,美人儿,"科罗维约夫趴在柜台上,声音嘶哑,还不住地冲女售货员挤眉弄眼,"我们今天没带钱……有什么法子呢!不过,我对您发誓,下次,绝不会超过下礼拜一,我们一准儿还清!我们就住在附近,花园街,着火的地方……"

河马吞下第三只橘子,又将爪子伸向了用巧克力砖搭建的精巧建筑,他从最底下抽了一块出来,自然害得整座建筑轰然倒塌。他把巧克力连带金色包装纸一起吞了。

水产柜台后面的售货员集体石化,手中的尖刀停在原处,雪青色的外国人扭头看向两名强盗。河马猜错了,外国佬脸上非但一样不少,反而绰绰有余——大脸盘子耷拉着,两只小眼睛滴溜乱转。

脸色蜡黄的女售货员声嘶力竭地呼喊起来:"帕约瑟奇!帕约瑟奇!"

布匹部的顾客们纷纷循声赶来,河马放下美味的糖果,又将爪子伸进一只标有"精选刻赤鲱鱼"的大圆桶,抓起两条鲱鱼,一口吞下,吐出鱼尾。

糖果柜台后面的女售货员继续绝望地呼喊"帕约瑟奇",水产柜台后面一个蓄着山羊胡的男售货员则厉声喝道:"你在干什么,混蛋?!"

帕维尔·约瑟福维奇(即女售货员口中的"帕约瑟奇")闻声赶来。这是一位仪表堂堂的男士,穿着医生似的洁白大褂,胸前口袋里插着一支铅笔。帕维尔·约瑟福维奇显然经验老到。一见河马嘴角挂着的第三条鲱鱼尾巴,当即明白了一切,根本没跟两名无赖废话,朝远处一挥手,命令道:"吹哨!"

看门人立刻飞出了商店玻璃门,不祥的哨声旋即回荡在斯摩棱斯克市场一角。顾客们将两名坏蛋团团围住。这时,科罗维约夫开口了。

"公民们!"他用又尖又颤的声音喊,"这是干什么呀?啊?我倒要问问大伙儿!这个可怜人,"科罗维约夫带着几分哭腔,用手一指河马,后者立马哭丧起脸来,"这个可怜人修了一整天的汽油炉子,他饿坏啦……可您让他上哪儿找外币去?"

帕维尔·约瑟福维奇素来老成持重,此刻却正颜厉色:"你少来这套!"又极不耐烦地朝远处挥了挥手。玻璃门外的哨声于是更加欢快了。

但科罗维约夫对帕维尔·约瑟福维奇的反应毫不理睬,继续说:"您让他上哪儿找去?我请问大家!他又渴,又饿,又热!好吧,就算这个倒霉蛋吃了一颗橘子,顶天也就三戈比吧?可他们倒好,把哨子吹得活像春天树林里的夜莺,还惊动民警,干扰他们办正事。凭什么他就可以?啊?"科罗维约夫朝雪青色矮方墩一指,吓得后者面露惊恐,"他是什么人?他从哪儿来的?来我们这儿干吗?难道我们少了他就过不成了吗?难道我们请了他吗?大伙儿瞧瞧,"前唱诗班指挥冷嘲热讽地撇了撇嘴,提高了调门,"这人穿着名贵的雪青色大衣,肚皮被鲑鱼肉撑得溜圆,口袋里装满了外币,可我们这位同胞呢,啊?!真是苦啊!苦啊!苦啊!"科罗维约夫干嚎起来,活像个老式婚礼上的男傧相。①

这一大通愚蠢至极、不知深浅,搞不好还会造成政治危害的胡扯,把帕维尔·约瑟福维奇气得浑身哆嗦,可奇怪的是,从围观群众的眼神中不难看出,这番话竟在很多人心中引起了共鸣!河马用又脏又破的袖口擦擦眼睛,哀声叹道:"谢谢你,

---

① 俄国传统婚礼习俗,宾客齐呼"苦啊",以此怂恿新郎新娘当众拥吻,以使苦酒变甜。

大师和玛格丽特

忠实的朋友,为可怜人说了句公道话!"

就在这时,奇迹发生了。一个既体面又安静的、衣着寒酸却整洁的、刚从糖果部买了三块杏仁酥的小老头,此刻突然神色大变。只见他眼中闪耀着战斗的火焰,脸涨得通红,一把将手中的点心包摔在地上,喊了声"没错!"——声音竟如孩童般尖细。接着他抓起托盘,抖落其上残留的被河马毁坏的"埃菲尔巧克力塔",猛扑到外国佬跟前,左手掀掉他的礼帽,右手抡起托盘,盘底朝下砸向外国佬的秃顶。随着一声犹如从卡车上卸铁板的巨响,外国佬脸色发白,仰面摔倒,一屁股坐在了刻赤鲱鱼桶上,溅起一大股盐水汤。

紧接着发生了第二桩奇迹。跌坐在鲱鱼桶上的外国佬,突然用完全纯正的、丝毫不带半点口音的俄语喊叫起来:"杀人啦!民警!强盗杀人啦!"想来是惊吓之余,突然掌握了方才还一窍不通的外语。

恰在此时,看门人的哨声停止了,慌乱的人群中闪现两顶警盔,迅速逼近。狡诈的河马拿出在澡堂子里用水盆冲洗条凳的架势,将炉子里的汽油一股脑泼在了糖果柜台上,柜台立刻着起火来。火苗子突突突地直往上蹿,沿着柜台蔓延开去,将一溜水果篮上的漂亮纸带逐一吞噬。女售货员们纷纷尖叫着跑出柜台,她们刚跑出来,亚麻布窗帘就起了火,地板上的汽油也被引燃了。绝望的叫喊顿时响成了一片,人们纷纷逃离糖果部,将已然多余的帕维尔·约瑟福维奇挤翻在地。水产柜台的售货员们一个个手持尖刀,急急慌慌跑向后门。雪青色的外国公民挣扎着从鱼桶里爬出来,浑身沾满了鲱鱼汤,连滚带爬地翻过一条大马哈鱼,追着售货员逃命去了。出口处的玻璃门被逃命的人群挤破了,玻璃稀里哗啦碎了一地。而两名恶棍——科罗维约夫和贪吃的河马却都不见了踪影,没有人知道他们去了哪儿。事后有目击者称,两名恶棍好像是飞起来了,一直顶到了天花板上,然后就跟两只玩具气球似的爆了。这种说辞固然可疑,可谁又能说得清呢!

我们只知道,外宾商店失火之后才一分钟,河马和科罗维约夫便又现身在了林荫环路的一处人行道上,恰巧就在格里鲍耶陀夫之家旁边。

"呀!这不是作家之家吗?"科罗维约夫在铸铁栅栏旁停住脚步,"知道么,河马,我可是听说过不少关于此地的溢美之词。请注意这栋小楼,我的朋友。光是想想就令人欣慰:就在这个屋檐下,一大群天才正在悄然成熟。"

"就跟暖房里的菠萝一样。"河马说着,爬上了铸铁栅栏的混凝土基座,以便更好地欣赏这栋带圆柱的奶油色小楼。

"完全正确。"科罗维约夫对形影不离的伙伴说,"再一想到,正在这栋小楼里成长着的大师们即将创作出未来的《堂吉诃德》《浮士德》或者《死魂灵》——见我的鬼!心里头真是既甜蜜又可怕,是不是?"

"想想都可怕。"河马附和道。

"是啊,"科罗维约夫继续说,"这栋小楼的暖房将带来无数惊喜,要知道,在这栋小楼里团结着成千上万名立志为墨尔波墨涅、波林尼亚和塔利亚[①]奉献终身的忘我奋斗者。想想看,若是他们中间有人小试身手,便为广大读者献上一部《钦差大臣》,或者最差也是一部《叶甫盖尼·奥涅金》,那该引起多么大的轰动!"

"那是小菜一碟。"河马再次附和道。

"没错,但是,"科罗维约夫忧虑地举起一根食指,"但是!——这话我说过很多次,如今我还要再说一次:怕只怕,这些娇嫩的温室植物会感染什么细菌,从根上烂掉!而菠萝经

[①] 古希腊神话中的九位缪斯女神中的三位,分别掌管悲剧、颂歌和喜剧。

大师和玛格丽特

常这样！哎呀呀，太常见啦！"

"我说，"河马将自己的圆脑袋伸进了围栏，"他们在凉台上干什么呀？"

"吃饭。"科罗维约夫说，"告诉你，亲爱的，这里的餐厅既美味又实惠。而我呢，和每一个即将远行的旅行者一样，眼下正想吃些东西，再喝上一大杯冰啤酒呢。"

"我也是。"河马说。两个恶棍便踏着椴树荫下的沥青小路，径直朝不知祸之将至的餐厅凉台走去。

通往凉台的门洞开在绿意葱葱的花墙拐角处，门洞旁的曲木椅上坐着一位女公民，脚穿白色短袜，头戴白色贝雷帽，面色苍白，百无聊赖。在她面前的餐桌上摊放着一个厚厚的本子，用于登记用餐人员，不知出于何种目的。正是这位女公民，将科罗维约夫二人拦住了。

"二位的证件？"女公民讶异地看看科罗维约夫的破夹鼻眼镜，又瞅瞅河马的汽油炉和破了洞的袖肘。

"万分抱歉，什么证件？"科罗维约夫惊讶地问。

"二位是作家么？"女公民反问。

"当然。"科罗维约夫神气十足地回答。

"二位的作家证呢？"女公民又问。

科罗维约夫温柔地说："我的美人儿——"

"我不是美人。"女公民生硬地说。

"哦，真是遗憾，"科罗维约夫失望地说，"好吧，既然您不喜欢当美人儿，那就不当好了，尽管当美人儿也是极好的。那么，想要确认陀思妥耶夫斯基是位作家，难道非要向他索要作家证不可吗？您大可拿起他的任何一部小说，随便读上五页，便能确认这一点，什么证件也不用看。况且，依我看，他压根就没有什么作家证！你觉得呢？"科罗维约夫扭头问河马。

"我敢打赌,肯定没有。"河马将汽油炉放在桌上的登记簿旁,用袖子擦了擦被烟熏黑的脑门上的汗。

"你们又不是陀思妥耶夫斯基。"女公民被科罗维约夫绕晕了。

"哎,那可未必,那可未必。"科罗维约夫说。

"陀思妥耶夫斯基已经死了。"女公民说,但似乎有些底气不足。

"我抗议!"河马狂热地喊,"陀思妥耶夫斯基是不死的!"

"请出示证件,两位公民。"女公民说。

"拜托,说归到底,这也太可笑了,"科罗维约夫不依不饶地说,"定义作家的绝非证件,而是他的作品!您怎么知道我脑子里正在酝酿怎样的构思呢?又或者这颗脑袋里?"他伸手指向河马的脑袋,后者立马摘下了鸭舌帽,好让女公民看得更清楚些。

"别挡着路,两位公民。"女公民急躁地说。

科罗维约夫和河马往边上闪了闪,给一位男作家让了路。后者身穿灰西装、白衬衫,没扎领带,宽宽的衬衫领子压在西装领子之上,腋下夹着一张报纸。男作家亲热地冲女公民点了点头,随手在递过来的登记簿上签了一个花哨字母,大摇大摆走进了凉台。

"唉,轮不到咱们喽,"科罗维约夫伤心地说,"梦寐以求的冰啤酒要让别人喝去喽,咱们两个可怜的漂泊者怕是喝不上喽。咱俩的处境既悲惨又艰难,我真不知道该如何是好了。"

河马只好悲哀地两手一摊,将鸭舌帽戴在了自己那颗毛茸茸的、好像长了一头猫毛的圆脑袋上。就在此时,一个不怒自威的声音在女公民头顶响起:"让他们进来,索菲亚·帕夫洛夫娜①。"

负责登记的女公民闻言一惊,只见花墙绿荫中出现了一片白色的燕尾服硬胸衬和一部海盗似的楔形胡子,正是这家餐厅的掌管者——"海盗船长"阿尔奇巴尔德·阿尔奇巴尔多维奇。他亲切地注视着两名破衣烂衫的可疑分子,连连做出盛情邀请的手势。阿尔奇巴尔德·阿尔奇巴尔多维奇在自己地盘上的权威堪称至高无上。索菲亚·帕夫洛夫娜立刻温顺地问科罗维约夫:"请问贵姓?"

"帕纳耶夫。"科罗维约夫客气地回答。女公民记下来,又向河马投去询问的目光。

"斯卡比切夫斯基。"河马尖声细气地说,还莫名其妙地指了指自己的汽油炉。索菲亚·帕夫洛夫娜也记下来,将登记簿推到二人面前,请他们签字。科罗维约夫在"帕纳耶夫"后面签了"斯卡比切夫斯基",河马则在"斯卡比切夫斯基"后面签了"帕纳耶夫"②。

阿尔奇巴尔德·阿尔奇巴尔多维奇的举止实在令索菲亚·帕夫洛夫娜大感惊奇。只见他谄媚地笑着,将二位客人引到了凉台最深处最好的一张餐桌前,这里不仅荫凉最为浓密,桌旁地板上还欢快地跳跃着自绿荫缺口处射入的一片阳光。索菲亚·帕夫洛夫娜惊讶地眨巴着眼,对着两名不速之客的古怪签名研究了半天。

服务员们的惊讶丝毫不亚于索菲亚·帕夫洛夫娜。阿尔奇巴尔德·阿尔奇巴尔多维奇亲自从桌边拉开椅子,请科罗维约夫落座,对一名服务员使个眼色,又对另一名服务员耳语了一

---

① 女登记员恰巧与格里鲍耶陀夫名剧《聪明误》中肤浅、虚荣的女主角同名。
② 分别指作家伊·伊·帕纳耶夫(1812—1862)和批评家亚·米·斯卡比切夫斯基(1838—1910),二人均代表着"马索利特"所奉行的肤浅的、无法触及实质的民主主义批评。

番，两名服务员便围着两位新客人忙活起来。河马将汽油炉放在地上，挨着自己脚上那双磨褪了色的破靴子。

布满黄斑的旧桌布被立刻撤去，一块洁白如贝都因人①罩袍、浆膜咯吱作响的新桌布被抖开，铺平。阿尔奇巴尔德·阿尔奇巴尔多维奇俯身到科罗维约夫耳畔，低声而热烈地说："二位想来点什么？本店有特制的风干鲟鱼脊肉……是鄙人从建筑师代表大会弄来的……"

"您……嗯……随便来几个下酒菜就成……嗯……"科罗维约夫大大咧咧地坐在椅子上，和气地咕哝道。

"明白。"阿尔奇巴尔德·阿尔奇巴尔多维奇眨巴了几下眼，心领神会地说。

看见老板对这对形迹可疑者的态度，服务员们立刻抛开一切疑虑，更加卖力地忙活起来。河马刚从兜里掏出一截烟头塞进嘴里，立刻便有一名服务员跑上前来为他点上。另一名服务员疾趋而至，将一大溜泛着绿光的、高矮粗细各异的玻璃杯叮叮当当摆在餐具旁。哦！坐在格里鲍耶陀夫之家的凉棚下，用这样的玻璃杯喝上一杯纳尔赞，该是何等惬意……只可惜，这些享受很快就要变成难忘的回忆了。

"来点儿花尾榛鸡肉排怎么样？"阿尔奇巴尔德·阿尔奇巴尔多维奇唱歌似的说。戴破夹鼻眼镜的客人完全赞同这一提议，并透过完全多余的镜片赞许地看了海盗船长一眼。

正在隔壁桌用餐的是笔名"热风"的轻松读物作家彼得拉科夫及其夫人。彼得拉科夫以其作家所特有的洞察力注意到了海盗船长的过分殷勤，不禁大为诧异。而他的夫人——一位无比尊贵的女士——干脆嫉妒起来了，甚至敲起了勺子，意思在

---

① 阿拉伯人的一支，主要分布在西亚及北非的沙漠荒原地带，以氏族部落为基本单位，在沙漠旷野过游牧生活。

说：这算什么，让我们干等……猪排都快吃完啦，还不上冰激凌！怎么回事？

然而，阿尔奇巴尔德·阿尔奇巴尔多维奇只是向作家夫人投去一个迷人的微笑，为她派去了一名服务员，自己则仍留在两位贵客身边。哦，真不愧是海盗船长！其洞察力恐怕丝毫不逊色于任何一位作家。关于综艺剧院的魔法表演和连日来的种种怪事，海盗船长也全都听说了，但与其他人不同的是，他并没有把"方格西装"和"猫脸胖子"等字眼当成耳边风。他一眼便猜到了两位客人的身份，自然不敢与其争执。索菲亚·帕夫洛夫娜可倒好！亏她怎么想的，居然拦着他们不让进！不过，还能指望她怎样呢！

作家夫人傲慢地用匙子捣着正在融化的奶油冰激凌，不满地看着隔壁餐桌。只见那对浑似豌豆小丑的客人面前，魔法般地摆满了珍馐美馔。先是一大碗鲜鱼子酱，碗沿上插着洗得发亮的生菜叶子……一眨眼，又推来一辆送餐车，车上装着一只蒙了水汽的小银桶……

直至确认一切指示都无可挑剔地遵照执行，直至服务员为两位贵客呈上了滋滋作响的带盖煎锅，海盗船长这才放心离去，临走之前还特意低声解释："抱歉！失陪一下！我去看一眼榛鸡肉排。"

他快步离开餐桌，消失在餐厅的内部通道。倘若有人密切关注他接下来的举动，一定会感到疑惑不解。

海盗船长并没有直接去厨房，而是先来到了库房。他用自己的钥匙打开库房门，溜进去，从冰柜里小心地（以免弄脏袖口）取出两条沉甸甸的风干鲟鱼脊肉，拿报纸包好，又用细绳捆牢，放在一旁。随后他又来到隔壁房间，确认自己的礼帽和丝绸衬里的薄大衣都在原处，这才走进厨房，见一名厨师正卖力地烹饪自己许给顾客的榛鸡肉排。

应当说,阿尔奇巴尔德·阿尔奇巴尔多维奇的一切举动完全没有任何奇怪或者神秘之处,只有轻率的观察者才会有此错觉。他的行动完全是基于先前事件的逻辑必然。凭借对情况的了解,以及最重要的,凭借一种罕见的嗅觉,阿尔奇巴尔德·阿尔奇巴尔多维奇确信:两位顾客的午餐无论再怎么丰盛、奢华,都无法持续太久。这位前海盗船长的嗅觉从未误导过他,这次也不例外。

正当科罗维约夫与河马喝下第二杯冰凉爽口的精馏伏特加时,莫斯科有名的万事通、新闻栏编辑博巴·坎达卢普斯基满头大汗、兴冲冲地跑进凉台,一屁股坐在了彼得拉科夫夫妇这桌。他把鼓鼓囊囊的皮包往餐桌上一放,立刻把自己的嘴唇塞进了彼得拉科夫的耳朵里,低声说着什么极具诱惑力的事情。作家夫人好奇得心痒难搔,也把自己的耳朵贴到了博巴那两片肥嘟嘟、油汪汪的嘴唇上。博巴一面贼头贼脑地四下张望,一面嘀嘀咕咕,只能听清个别字眼:"我以人格担保!花园街,就在花园街,"博巴将声音压得更低,"枪都打不死!子弹……子弹……汽油……大火……子弹……"

"这些散布龌龊谣言的撒谎精,"作家夫人恨恨地说,她声音低沉,音量比博巴期望的稍高,"真该拆穿他们的老底儿!没事儿,等着吧,会收拾他们的!影响太恶劣了!"

"怎么会是谣言呢,安东尼达·波尔菲里耶夫娜!"受到作家夫人质疑的博巴伤心地大叫,又嘀咕起来:"我跟你们说,子弹打不进去……火正烧着呢……他们飞走了……飞走啦……"博巴自以为隐秘,全没料到,自己所说的那些人正坐在自己旁边,听着自己胡扯呢。

不过,这通胡扯很快就被迫中断了。从餐厅内部通道朝凉台上冲进来三名男子,个个腰扎皮带,脚裹绑腿,手持左轮。为首一人厉声喝道:"不许动!"三人齐刷刷对准科罗维约夫二人，猛烈开火。两个射击目标瞬间融化在了空气中，汽油炉上则蹿起一股火柱，直冲帆布篷而去。棚顶仿佛出现了一张边缘乌黑的大嘴，朝四下里蔓延开去。火焰从大嘴中间喷出，直扑格里鲍耶陀夫之家的楼顶。二楼编辑室内靠窗存放的文件卷宗陡然起火，紧接着是窗帘，随后，就像有人在故意煽风似的，一股股火柱呼呼作响，向着楼内席卷而去。

几秒钟后，饭刚吃到一半的作家们和餐厅服务员们，包括索菲亚·帕夫洛夫娜、博巴以及彼得拉科夫夫妇在内，通通沿着沥青小路，一窝蜂逃向铸铁栅栏——周三晚上，不被人理解的伊万正是从那里赶来，率先向众人预警灾难的。

预先溜出侧门的阿尔奇巴尔德·阿尔奇巴尔多维奇却并不急于奔逃，正如一位在起火的舰船上坚守到最后的船长。他平静地站在原地，穿着丝绸衬里的薄大衣，腋下夹着两大条风干鲟鱼脊肉。

第二十九章　大师和玛格丽特：命运已定

日落时分，在一栋约建于一百五十年前，堪称全莫斯科最美建筑之一的高楼①楼顶的石砌晒台上，有两个人影：沃兰德和阿扎泽洛。二人居高临下，又有雕花护栏上的石膏花瓶柱作为遮挡，是以从底下的街道上看不到二人，二人则几乎可以俯瞰全城。

沃兰德仍是一袭黑袍，坐在一把折叠椅上。他那柄又长又宽的重剑垂直插在两块石板缝隙里，构成了一具日晷。重剑的影子不断延长，缓缓爬向撒旦脚上的黑鞋子。沃兰德用拳头支住尖下颌，蜷坐于椅上，一腿盘在身下，目不转睛地望着数不清的宫殿、高楼和注定要被拆除的简陋房屋②。

阿扎泽洛已然脱去了西装、圆顶礼帽、漆皮鞋等现代服饰，同样身着黑袍，静静地侍立在老爷近旁，同样目不转睛地望着莫斯科。

沃兰德说："多么有趣的城市，不是吗？"

阿扎泽洛微微一动，恭敬地回答："老爷，我更喜欢罗马。"

"是啊，个人品味。"沃兰德说。

过了片刻，又响起沃兰德的声音："林荫环路为何在冒烟？"

"格里鲍耶陀夫之家起火了。"阿扎泽洛回答。

"这么说，是那两个形影不离的家伙，科罗维约夫和河马，去了那儿？"

"毫无疑问,老爷。"

二人再次沉默,望向远处的一片高楼。只见高层朝西的窗玻璃上,正燃烧着一轮支离破碎、光灿夺目的太阳。沃兰德的一只眼睛也正如此燃烧着,尽管他是背对夕阳的。

就在这时,沃兰德忽然扭过头来,看向身后的一座圆形塔楼。塔楼内走出一个面色阴郁的黑髯汉子,身穿破破烂烂、满是泥泞的无袖长衫,脚上是自制的简易凉鞋。

"哈!"沃兰德嘲弄地望着来人,大声说,"真是稀客!来此有何贵干哪,意料之中的不速之客?"

"我来找你,恶与影之王。"来人皱着眉,充满敌意地望着沃兰德。

"你既来找我,为何不向我问好,当年的税吏?"沃兰德严厉地说。

"因为我不希望你好。"来人粗鲁地说。

"但你不得不接受这一点。"沃兰德反驳道,一丝讥笑歪曲了他的嘴角,"你刚一现身楼顶,便干了一桩蠢事,我来告诉你蠢在哪里——你的腔调。听你说话的腔调,似乎你并不愿意承认恶与影。你何不发发善心,想一想:倘若没有恶,那你的善又将如何?倘若没有影,那大地又将是何模样?要知道,影来自物和人。譬如我长剑的影子。树木和活物都有影子。你该不会妄想把整个地球扒下一层皮,铲除一切树木与活物,来满足你关于纯粹光明的幻想吧?愚蠢。"

"我不想和你争辩,老诡辩者。"利未·马太说。

---

① 指建于1786年的帕什科夫大楼,古典主义建筑风格,现为俄罗斯国家图书馆分馆。
② 沃兰德眺望的区域恰是原救世主大教堂所在之处。1924年,苏联政府委员会决定拆毁大教堂及周边地区,以建造规模空前的苏维埃宫。1931年,大教堂被夷为平地,周边一大片地区均被列入拆迁计划,但苏维埃宫自始至终未能建成。苏联解体之后,救世主大教堂得以重建。

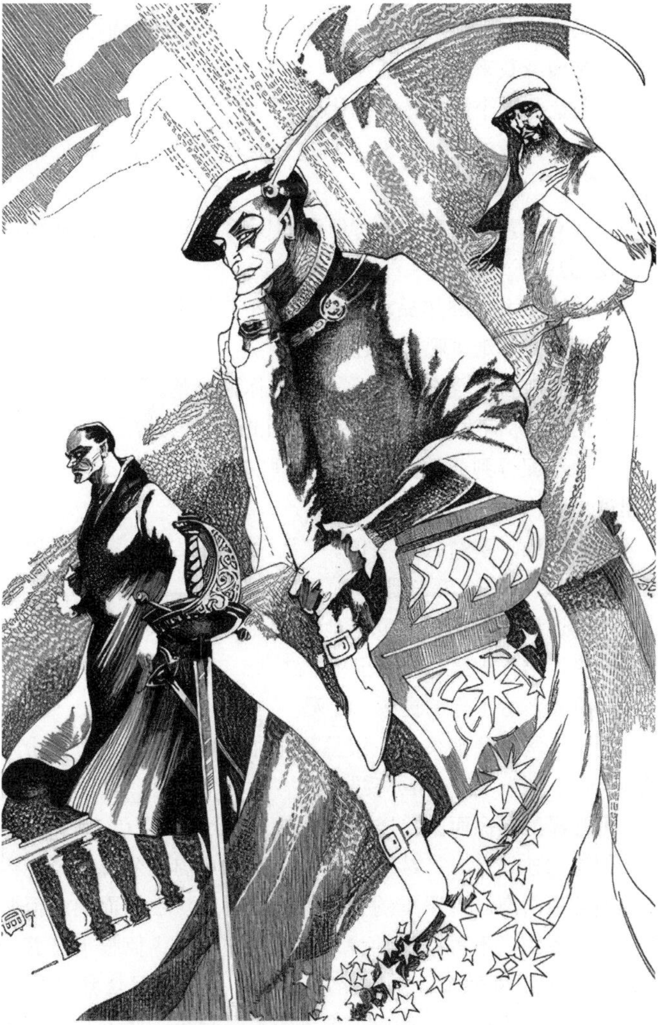

"你无法与我争辩,原因我已经说过了——愚蠢。"沃兰德说罢,又问:"莫要烦我,有话直说吧,你来所为何事?"

"是他派我来的。"

"他让你这个奴才转告我什么?"

"我不是奴才。"利未·马太越发凶狠地说,"我是他的门徒。"

"我与你素来语言不通,但我们所说之事并不会因此而改变。说吧?……"

"他读了大师的作品,他想请你带走大师,赐予他安宁。这对你而言并非难事吧,恶之灵?"

"对我而言并无任何难事,这点你很清楚。"沃兰德沉默稍许,问:"你们为何不将他带去你们的光明世界?"

"他不配得到光明,他只配得到安宁。"利未·马太的声音里透出哀伤。

"告诉他,事情会办妥的。"沃兰德说罢,一只眼睛里突然冒出火来:"速速离去吧!"

"他还请你把那个深爱着他并为他受苦的女人也带上。"利未又说,语气中第一次透出祈求之意。

"真是多亏了你的提醒。走吧。"

利未·马太便消失了。沃兰德将阿扎泽洛叫到身旁,吩咐说:"你去一趟,把事情办妥。"

阿扎泽洛领命而去,楼顶便只剩下了沃兰德自己。

但他的独处并未持续多久。晒台石板上响起杂沓的脚步声和热烈的话语声,科罗维约夫与河马出现在沃兰德面前。但眼下河马抱着的已不再是汽油炉,而是别的东西:他腋下夹着一小幅镶金框的风景画,一只胳膊上搭着一件半已烧焦的厨师袍,另一只手里抓着一条连皮带尾的大马哈鱼。两人身上都散发出一股焦糊气味,河马脸上满是烟黑,鸭舌帽也被烧焦了一半。

"向您致敬，老爷！"两个聒噪的家伙齐声叫嚷，河马还挥了挥手中的大马哈鱼。

"真是好样的。"沃兰德说。

"老爷，您猜怎么着，"河马兴高采烈地喊，"我被人当成趁火打劫的啦！"

"从你拿的东西来看，"沃兰德瞅着风景画说，"你就是个趁火打劫的。"

河马一脸恳切地说："老爷，您信不信——"

"我不信。"

"老爷，我发誓，我奋不顾身地竭力抢救，这就是我抢救出来的所有东西。"

"你最好说说，格里鲍耶陀夫之家是怎么烧起来的？"沃兰德问。

科罗维约夫和河马不约而同地摊开双手，抬眼望天。河马大叫："我也想不通啊！我们正好端端地坐着，安安生生地吃饭呢……"

"突然，'砰''砰'！"科罗维约夫接茬道，"有人开枪！我跟河马吓傻了，赶紧朝林荫道跑，后面有人追上来，我们就又往季米里亚泽夫大街跑！……"

"但是，"河马插嘴说，"光荣的责任感战胜了可耻的恐惧，于是我们就又回去了。"

"哼，你们就又回去了？"沃兰德说，"不用说，整栋楼都烧成灰了吧。"

"都烧成灰啦！"科罗维约夫悲伤地说，"是真的'烧成灰'啦，老爷，您用词太精辟了。只剩下灰啦！"

"我立马冲进会议厅，"河马绘声绘色地说，"就是带圆柱的那间，老爷，指望着能抢救点值钱的东西出来。唉，老爷，

大师和玛格丽特

我的妻子少说也得有二十次险些成了寡妇！——我是说，假如我有妻子的话。好在我还没结婚呢，老爷，而且，这么跟您说吧，我没结婚可真是万幸。唉，老爷，怎么能用单身汉的自由换取繁重的负累呢？"

"又在胡说八道了。"沃兰德说。

"是，我接着说。没错，就是这幅风景画。其余的，会议厅里什么都抢不出来了，火苗子直往我脸上扑。我跑到仓库，救出了这条鱼。又跑到厨房，抢出了这件袍子。我认为，老爷，我已经竭尽全力了，我想不通，您脸上为何会有怀疑之色。"

"你趁火打劫时，科罗维约夫在干吗？"沃兰德问。

"我在给消防员帮忙，老爷。"科罗维约夫说着，指了指被烧坏的裤子。

"哼，既然如此，那就只好另盖一栋喽。"

"会盖起来的，老爷，"科罗维约夫说，"我敢向您保证。"

"好吧，但愿新楼胜旧楼。"沃兰德说。

"一定会的，老爷。"科罗维约夫说。

"您一定得相信我，"大黑猫也说，"我是真正的预言家。"

"无论如何，我们回来了，老爷，"科罗维约夫禀告说，"听候您的差遣。"

沃兰德站起身来，独自走到栏杆前，背对随侍，眺望远方，沉默良久。随后他又回到折叠椅前坐下，说："再无任何差遣。你们办完了该办的一切，我这里暂时用不着你们了。下去休息吧。马上就要下雨了，最后的大雷雨，待它了结了该了结的一切，我们便可上路。"

"好极了，老爷。"爱胡闹的一对儿应道，消失在了晒台中央的圆形塔楼后面。

沃兰德所说的大雷雨,已在天边蓄势待发。黑云自西天涌起,将夕阳拦腰截断,继而将其整个吞没。楼顶晒台上凉快起来。过不多时,天便黑了。

黑暗,自西方袭来,笼罩了这座庞大的城市。一座座桥梁和宫殿不见了。一切都消失了,仿佛从未存在过一般。一道火线划过整个天空。一声巨响撼动了整座城市。又一声巨响,大雨倾盆而下。沃兰德的身影消失在迷蒙的雨雾中。

第三十章　是时候了！[①]

"知道吗，"玛格丽特说，"昨晚你睡熟之后，我又重读了'黑暗，自地中海袭来……'还有那些神像，啊，金色的神像！不知为何，它们总令我不得安宁。我感觉又要下雨了。你有没有觉得变凉快了？"

"这一切都很好，很可爱，"大师吸着烟，不时挥手驱散烟雾，"那些神像，随它们去吧……但接下来会怎样，实在是猜不透！"

这番对话是于日落时分进行的，就在利未·马太现身楼顶晒台之时。地下室的小窗开着，倘若有人向屋内张望，一定会惊异于交谈者的奇特装束。玛格丽特赤身披着一件黑绸风衣，大师则仍穿着精神病院的病号服。玛格丽特是因为根本没得穿：她的所有衣服全部留在了别墅，尽管别墅离此并不远，但跑回去取衣服自是无从谈起。大师的衣服倒是全在衣柜里，仿佛大师根本没有离开过，只是他却懒得换，还一再对玛格丽特说，荒唐事儿马上就要发生了。胡子他倒是刮干净了，这还是自去年秋夜以来头一次（在精神病院，胡子都是用理发推子推的）。

房间里看上去也很奇怪，乱七八糟，莫名其妙。地毯上、沙发上到处摊放着书稿。扶手椅上倒扣着一本什么书。餐桌上摆着几盘下酒菜，中间放着几瓶酒。这些酒菜从何而来，玛格丽特和大师全然不知，他们醒来时已经摆在桌上了。

一觉睡到周六黄昏，大师和玛格丽特都感觉精力充沛，只有一点令他们回想起昨夜的奇遇——两人的左侧太阳穴都隐隐作痛。至于心理层面,两人均有极大变化,任何人,只要偷听到二人谈话,都能确信这一点。但事实上,并没有人会来偷听。这座小院就这点好:永远是空的。窗外,绿意渐浓的椴树和白柳散发出春的气息,阵阵微风将其送入地下室内。

"呸,真是见鬼!"大师突然叫道,"怎么可能,你想想……"他在烟灰缸里摁灭烟蒂,双手抱头,"不,听着,你可是个聪明人,也没有发疯……你真的相信,我们昨晚见到了撒旦?"

"我完全相信。"玛格丽特说。

"好嘛,好嘛,"大师讽刺地说,"看样子,一个疯子变成了一对!丈夫和妻子。"他举起双手,大叫,"不,鬼才知道这是怎么一回事,鬼、鬼、鬼!"

玛格丽特没有回答,反而笑倒在沙发上,踢动着两只光脚,好半天才笑着叫道:"哎哟,不行了,不行了!你看看你自己,像个什么呦!"

大师难为情地提了提病号裤。玛格丽特止住笑声,正色道:"你无意中道破了真谛:鬼知道是怎么一回事,鬼也会安排好一切,相信我!"她突然两眼冒火,一跃而起,手舞足蹈地大喊大叫:"我真幸福,我真幸福,我和他做了交易!哦,魔王,魔王!……我亲爱的大师,您只好和巫女在一起了!"她扑向大师,搂住他的脖子,狂热地亲吻他的嘴唇、他的鼻子、他的脸颊。一绺绺蓬乱的黑发在大师脸上跳跃,他的脸颊和额

---

① 普希金在《是时候了,我的朋友!》(1834)一诗中如是写道:是时候了,我的朋友!/心灵渴望安宁。/日子一天天飞逝,/每个钟头都带走一小部分生命。/我们俩也曾想过活下去,/只是死亡已恰巧降临。/世间没有幸福,唯有安宁与自由/才是我朝思暮想的命运。/我这个疲惫的奴隶啊,早就渴盼逃离,/去往遥远的归宿,享受纯粹的劳作与安逸。

头被热吻点燃。

"你真的快变成巫女了。"

"这点我并不否认,我就是巫女,我对此很满意。"

"好吧。巫女就巫女吧。这很好,好极了!这么说,是他们把我从医院里偷出来的……这很好!他们又把我们送回来了,这也很好……甚至可以假设,不会再有人找我们……但你告诉我,看在一切神明的分上,我们要怎么活下去?我这是为你着想,相信我!"

这时,小窗外出现一双方头皮鞋,两只细条纹裤腿。裤腿膝盖处打了个弯,一只肥硕的臀部挡住了阳光。

"阿洛伊济,你在家吗?"臀部上方有个声音问。

"瞧,来了。"大师说。

"阿洛伊济?"玛格丽特走到窗前问,"他昨天被抓走了。谁在外面?您姓什么?"

膝盖和臀部瞬间消失了,只听便门砰地一响,一切又恢复了正常。玛格丽特再次笑倒在沙发上,笑得眼泪都流出来了。随后她止住笑声,换上一脸肃容,开始袒露心声。她一面说着,一面滑下沙发,跪行到大师膝前,望着他的眼睛,抚摸着他的头。

"你吃了多少苦,遭了多少罪,我可怜的大师!这些只有我一个人知道。瞧,你的头发都白了,嘴角刻上了永恒的皱纹!我唯一的、我亲爱的,什么都别去想!你已经被迫想了太多太多,从今往后,就让我来替你想吧。我向你保证,我保证,一切都将妙不可言!"

"我其实什么都不怕,玛戈。"大师突然说。他昂起头,玛格丽特仿佛又看到了从前那个大师,那个对于自己所记述的历史虽未亲见,却深信不疑的大师。"我什么都不怕,我什么都经历过了。我受了太多太多惊吓,如今已经什么都吓不倒我了。我只是心疼你，玛戈，这才是关键所在，所以我才一再对你说同样的话。醒醒吧！你何苦为了一个贫病之人毁了自己呢？回去吧！我心疼你，所以才会这么说。"

"你呀，你呀！"玛格丽特摇着乱蓬蓬的头，低声说，"你呀，真是个缺乏信念的倒霉蛋！为了你，我昨天晚上光着身子哆嗦了一夜；为了你，我丧失了本性，变成了巫女；为了你，我一连好几个月闷在小黑屋里，翻来覆去只想着一件事——耶路撒冷上空的大雷雨。我为你哭干了眼泪，现如今，幸福终于降临了，你却要赶我走？好，我走，我走，但你记住，你是个铁石心肠！他们掏空了你的心灵！"

一股苦涩的柔情涌上大师心头，他把脸埋在玛格丽特的头发里，情不自禁地哭了起来。玛格丽特也哭了，她的手指在大师两鬓跳动，低声呢喃："啊，银丝，银丝……我眼看着白雪覆盖了你的头……你的头是我的，我饱经风霜的头！瞧瞧你的眼睛！那里面只有荒漠……还有你的肩膀，不堪重负的肩膀……他们把你毁了，把你毁了……"玛格丽特语无伦次地说着，哭得浑身颤抖。

于是，大师擦去泪水，将玛格丽特从地上扶起来，自己也站定起身来，坚定地说："够了！你骂得对。我今后再也不会怯懦，再也不会说这种话了，你放心好了。我知道，我们两个都害了失心疯，说不定是我传染给你的……那么，就让我们一起来承受好了。"

玛格丽特将嘴唇凑到大师耳边，轻声道："我以你的生命向你起誓，我以被你猜中的占星家之子向你起誓，一切都会好的。"

"嗯，好吧，好吧。"大师笑了一阵，又说："当然，当人们被洗劫一空时，就像咱俩现在这样，便会向彼岸的力量寻找救赎！好吧，我同意去那里寻找。"

"这才对嘛,这才像从前的你,你又会笑了。"玛格丽特说,"让那些文绉绉的字眼见鬼去吧。什么彼岸不彼岸的,不都一样吗?我饿了。"说着,她将大师拽到了餐桌旁。

"我不确定,这些食物会不会立马陷入地下,或者飞到窗外去。"大师说,他的语气已经彻底恢复平静。

"飞不走的!"

就在此时,小窗外传来一个浓重的鼻音:"二位安好。"

大师不由得一颤,而早就习惯了的玛格丽特则欢呼道:"是阿扎泽洛!啊,真是太好了!好极了!"又小声对大师说:"瞧,他们没有丢下我们!"忙跑出去开门。

"你把衣襟掩上点儿!"大师在她身后喊。

"我才不管!"已经跑进走廊里的玛格丽特喊。

眨眼间,阿扎泽洛已经在向大师鞠躬问候,独眼中光芒闪动。

玛格丽特大声说:"啊,我真是太高兴了!前所未有的高兴!抱歉,阿扎泽洛,我没穿衣服!"

阿扎泽洛请她不必在意,说漫说是光着身子的女人,就连剥了皮的女人他都见得多了。他将一个黑色的锦缎包裹搁在壁炉旁的墙角,乐呵呵地坐到了餐桌旁。

玛格丽特为阿扎泽洛斟满一杯白兰地,后者爽快地干了。大师不错眼珠地盯着阿扎泽洛,偷偷在桌子底下掐自己的左手腕。但根本没用,阿扎泽洛并未消失,而且说实话,大师完全没这个必要。这个红头发的矮个子男人根本没什么可怕的,除了一只眼睛蒙着白翳,但这个不是常见的很嘛,绝非魔鬼才有;再就是衣服有些古怪,既像神甫穿的长袍,又像披风,不过,仔细想想,这种衣服大街上偶尔也能碰到。阿扎泽洛喝起白兰地来毫不含糊,跟所有爽快之人一样,酒到杯干,从不就菜。

大师的脑子却被白兰地弄得嗡嗡直叫,他想:"不,玛格丽特是对的!坐在我面前的当然是魔王的使者。要知道,就在前天晚上,我还在说服伊万呢,说他在牧首塘遇见的就是撒旦,可眼下自己却没来由地害起怕来,胡扯起什么催眠术和幻觉来了。哪有什么见鬼的催眠术呢!"

他仔细打量阿扎泽洛,发现后者眼神里透露着些许不自然,似乎有话要说,却迟迟不肯开口。大师心想:"他不是单纯来做客的,而是奉命前来的。"

大师果然明察秋毫。

"好个温馨的地下室,见我的鬼!"连干三杯白兰地,却似滴酒未沾的阿扎泽洛终于开口道,"只有一个问题:在这么一个小小的地下室里能干什么?"

"我也这么说。"大师笑道。

"您干吗打击我,阿扎泽洛?"玛格丽特说,"总能过下去的!"

"您说什么呀!"阿扎泽洛叫道,"我可没想过要打击您。我也这么觉得,总能过下去的。对了!差点忘了……老爷托我给您二位带好,还吩咐我转告二位,他想邀请二位陪他走走,当然,假如二位乐意的话。不知二位意下如何?"

玛格丽特在桌子下面踢了大师一脚。

大师继续观察着阿扎泽洛,说:"乐意之至。"

阿扎泽洛又问:"但愿玛格丽特·尼古拉耶夫娜也不会拒绝吧?"

"我是肯定不会拒绝的。"玛格丽特说着,又踢了踢大师的脚。

"真是好极了!"阿扎泽洛赞许道,"我就喜欢这样!干脆利落!不像上回在亚历山大花园似的。"

"咳,别再提啦,阿扎泽洛!我那时太蠢了。不过,这也不能完全怪我，毕竟魔鬼可不是天天都能碰上的！"

"那是，"阿扎泽洛说，"要是天天都能碰上，那倒好了！"

"我也喜欢干脆利落，"玛格丽特兴奋地喊，"干脆利落，浑身赤裸……就像毛瑟枪一样——砰！哦，他的枪法可神了！"玛格丽特转向大师，"黑桃七用靠枕盖住，随便哪个黑桃都能中！"玛格丽特有些醉了，眼中腾起火焰。

"又差点儿忘了，"阿扎泽洛一拍脑门，"实在是忙晕了！老爷还给您带了份礼物呢，"阿扎泽洛对大师说，"一罐红酒。请注意，这可是犹太总督曾经喝过的——费乐纳斯①。"

此等稀罕物自然引起了大师和玛格丽特的极大兴趣。阿扎泽洛打开盖棺用的黑色锦缎，从中取出一只霉透了的陶罐。三人闻了闻酒香，将红酒倒入杯中，透过酒杯看向窗外。雷雨将至，天光渐暗，周遭的一切都被染成了血红色。

"为沃兰德的健康干杯！"玛格丽特举起酒杯高喊。

三人凑近酒杯，各喝了一大口。刹那间，黯淡的天光开始熄灭，大师感到窒息，知道自己这是要死了。他还来得及看见，玛格丽特苍白如死，无助地向他伸出双手，头垂在桌上，身子滑到地上。

"下毒者……"大师还来得及喊了一声。他本想从桌上抓起刀子，刺向阿扎泽洛，但胳膊却无力地从桌布上滑落。地下室中的一切都被染成了黑色，接着完全消失了。大师仰面栽倒，倒地时鬓角被写字台的桌角划破了。

等到两名中毒者都没了动静，阿扎泽洛开始了行动。他先是飞出窗外，几个瞬息之后便来到玛格丽特·尼古拉耶夫娜之

---

① 从第25章相关内容及后文内容来看，此处当为血红色的"卡古本"，而非琥珀色的"费乐纳斯"。或系作家疏漏。

前所住的别墅。一向严谨细心的阿扎泽洛想要确认，一切是否都已办妥。事情办得滴水不漏。阿扎泽洛看见，一位面色阴郁、正在等待丈夫归来的女士走出自己的卧室，忽然面色苍白，紧捂胸口，无助地呼救："娜塔莎！快来人哪……"接着便倒在了客厅地板上，没能走到书房。

"都办妥了。"阿扎泽洛说。他转瞬间便回到地下室，看着倒在地上的一对爱人。玛格丽特脸朝下趴在地毯上。阿扎泽洛伸出一只铁手，像翻洋娃娃一样将玛格丽特翻转过来，端详着她的脸。中毒的女人眼看着变了模样。即使在雷雨前的晦暗中，也能清楚地看见，女人脸上没有了巫女的吊梢眼与残暴狠戾，她的面色逐渐变得明亮、柔和，嘴巴不再像个吸血鬼，而又像个饱经痛苦的平凡女人了。于是阿扎泽洛撬开她的贝齿，又往她嘴里滴入几滴毒酒。玛格丽特有了呼吸，没用阿扎泽洛帮忙便坐起身来，虚弱地问："为什么，阿扎泽洛，为什么？您对我做了什么？"

瞥见倒地不起的大师，玛格丽特身子一震，颤声说："真没想到……杀人犯！"

"咳，不是，不是，"阿扎泽洛辩解说，"他马上就能站起来了。咳，您这么激动干吗？"

赤发魔鬼的声音如此令人信服，玛格丽特当下便信了。她跳起来，感觉自己浑身充满了力量与活力，便帮着阿扎泽洛给大师喂酒。大师睁开双眼，阴沉地望着阿扎泽洛，愤恨地重复了方才的最后一个字眼："下毒者……"

"呸，好心没好报，"阿扎泽洛说，"您难道瞎了吗？赶紧睁开眼吧！"

大师从地上爬起来，以鲜活而明亮的目光环视一周，问："这究竟意味着什么？"

阿扎泽洛回答："这意味着我们该走了。大雷雨已经开始了,听到了吗?天黑了。马在刨地,花园在颤抖。跟地下室告别吧,抓紧时间。"

"哦,我懂了,"大师环顾四周道,"您把我们杀了,我们死了。啊,真是聪明!太及时了!这下我全明白了。"

"喂,拜托!"阿扎泽洛说,"这话是您说的吗?亏您的情人还叫您大师呢。您不是还在思考吗,怎么可能死了呢?难道说,想要认定自己还活着,就非得穿着病号服,闷在地下室里不可吗?真是可笑!"

大师恍然道:"您说的我全明白了。不必再说了!您一千个正确!"

玛格丽特也附和道:"伟大的沃兰德,伟大的沃兰德!他想的比我要好得多。只是小说,小说你得带上,无论我们去哪儿!"她激动地冲大师喊。

"不用。我已经背熟了。"

"你一个字……一个字也不会忘?"玛格丽特依偎着爱人,为他擦去鬓角的血迹。

"放心!我现在什么都不会忘了,永远!"

"那就放火吧!"阿扎泽洛大叫,"一切从火开始,一切也用火来结束吧!"

"火!"玛格丽特发出骇人的尖叫。小窗啪的被风吹开,窗帘被掀到一旁。空中响起发快而短促的雷声。阿扎泽洛将长有利爪的手伸进炉膛,取出一段烧焦的劈柴,点燃桌布,又引燃了沙发上的一摞旧报纸,接着是手稿和窗帘。

已经对未来心驰神往的大师随手从书架上抓起一本书,将书页散开,倒扣在燃烧的桌布上,书页上立刻蹿起欢乐的火焰。

"烧吧,烧吧,旧的生活!"

"烧吧,痛苦!"玛格丽特喊。

房间在一道道赤红色火柱中颤抖，三人伴着浓烟冲出房门，奔上石阶，进到小院，一眼便瞧见房东家的厨娘正瘫坐在地上，身旁散落着一块土豆和几把小葱。这也难怪：只见不远处的板棚外，三匹黑色烈马正喷鼻刨蹄，直令大地颤动，泥土翻飞。玛格丽特率先上马，接着是阿扎泽洛，最后是大师。厨娘呻吟一声，刚想举手画个十字，便被阿扎泽洛厉声喝止："砍掉你的手！"阿扎泽洛打个呼哨，三匹黑马腾空而起，撞断椴树枝丫，刺入一团低矮的黑云。地下室的小窗登时涌出股股黑烟。远远的下方传来厨娘虚弱而无助的呼喊："着火啦！……"

三匹黑马已在莫斯科上空疾驰。

"我想多看城市两眼——"大师冲飞在前头的阿扎泽洛喊。雷声吞掉了他的话尾。阿扎泽洛点点头，速度稍缓。黑云扑面而来，但雨点尚未落下。

三人飞到林荫环路上空，只见底下的一个个小人儿正四散奔逃，找地方躲雨。第一批雨点开始砸落。他们飞过一片浓烟，那是格里鲍耶陀夫之家唯一残存的东西。他们又飞过完全被黑暗淹没的城市。道道电光在三人头顶劈闪。直至下方的楼房换成森林，暴雨这才倾注而下，将三人三马变成了三只巨大的水泡。

玛格丽特已经熟悉飞驰的感觉，而初次飞行的大师则大为惊讶，自己居然这么快就来到了目的地，就要见到那个他想要与之告别，同时也是唯一可以道别之人了。透过重重雨幕，大师立刻认出了斯特拉温斯基教授的医院，认出了那条河，认出了河对岸那片他谙熟于心的松林。三人降落在医院附近的一片林中空地。

"我在这儿等你们。"阿扎泽洛双手拢成喇叭筒，身形忽而被电光照亮，忽而隐入灰暗的雨幕，"去道别吧，但要快些！"

大师和玛格丽特跳下马，像两条闪光的水影，从医院花园飞掠而过。瞬息之后，大师便熟练地推开了117号病房的阳台格栅。玛格丽特跟在大师身后。二人伴着雷雨的轰鸣与呼啸，无影无形、无声无息地走进了病房。大师停在伊万的病床旁。

伊万一动不动地躺着，就像第一次在这间病房内遭遇大雷雨时一样。但这次他没有哭。当他终于认出从阳台上闯入病房内的黑影时，他支起身子，伸出双手，欣喜地说："啊，是您！我一直在等您，一直在等。您终于回来了，我的邻居。"

大师回答说："我来了！但可惜，我没法再跟您做邻居了。我要永远地飞走了，这次只是来和您告别的。"

"我就知道，我猜到了。"伊万轻声说，"您见过他了？"

"是的。"大师说，"我来向您道别，因为您是最近唯一与我交谈过的人。"

伊万神色一亮，说："您能顺道来看看我真是太好了。我会信守承诺的，今后再也不写诗了。如今我感兴趣的是别的东西，"伊万微微一笑，疯狂的目光越过大师，"我想写点儿别的。您知道吗，躺在这儿的这几天，我明白了很多东西。"

大师听到这些话很是激动，他坐到伊万床沿上，说："这就好啊，这就好。您继续把他写下去吧！"

伊万两眼放光："您自己难道不写了吗？"说着，他垂下头去，若有所思地说："啊，是了……这还用问吗。"他瞥向地板，忽然目露惊恐。

"是的。"大师说，他的声音令伊万感到既陌生又低沉，"我今后不会再写他了。我要干别的了。"

雷雨声中远远传来一声呼哨。

"听见了吗？"大师问。

"是雷雨声……"

"不，是有人在叫我，我该走了。"大师说着，从床沿上站起身来。

"等等！我还有一句话，"伊万说，"您找到她了吗？她还忠于您吗？"

"她就在这儿。"大师指指墙壁，白墙上逐渐凸显出一个黑影。玛格丽特走到床边，满眼哀戚地望着病床上的年轻人。

"可怜的，可怜的。"玛格丽特俯下身子，无声地呢喃着。

"她多美啊，"伊万不禁叹道，语气中毫无妒忌，只有淡淡的忧伤与感动，"瞧，你们的结局多么圆满。我就不行了。"想了想，又若有所思地说："不过，或许也会的……"

"会的，会的。"玛格丽特轻声说着，凑近年轻人的脸，"让我吻一下您的额头，您的一切也会圆圆满满……您一定要相信我，我已经全看见、全知道了。"

年轻人双手环住玛格丽特的脖子，让她亲了一下。

"再见，我的学生。"大师几不可闻地说，渐渐消融在空气中。玛格丽特随之一同消失了。阳台格栅自动关闭了。

伊万陷入了不安之中。他坐在床上，惊惶四顾，甚至哼哼唧唧地自言自语起来，并且下了床。显然，越发狂暴的风雨惊扰了他的心神。更令他慌乱的是，他那久已习惯静默的听觉，突然捕捉到了杂沓的脚步声和低沉的话语声，而且就在自己病房门外。他变得神经兮兮，战战兢兢地叫唤起来："普拉斯科维亚·费奥多罗夫娜！"

普拉斯科维亚·费奥多罗夫娜跑进病房，向伊万投来紧张询问的目光："怎么了，怎么了？被雷雨吓到了？不怕，不怕……我们现在就来帮助您。我这就去叫医生。"

"不，普拉斯科维亚·费奥多罗夫娜，不用叫医生，"伊万没有看向女医士，而是不安地望着墙壁，"我什么事也没有。眼下我已经清醒了，您不必担心。您最好告诉我，"伊万恳切

大师和玛格丽特 | 419

地问,"隔壁118号病房出了什么事?"

"118号?"普拉斯科维亚·费奥多罗夫娜目光躲闪,"什么事也没有啊。"她的声音有些发虚,伊万立刻便察觉到了。

"唉,普拉斯科维亚·费奥多罗夫娜!您压根就不会撒谎……您是怕我会发疯吗?不,普拉斯科维亚·费奥多罗夫娜,不会的。您最好跟我直说吧。我隔着墙,已经感觉到了。"

"您的邻居去世了。"正直而善良的女医士只得轻声吐露了实情。一道闪电将她周身照亮,她忐忑不安地望着伊万,但后者并未出现任何异状。他只是意味深长地举起一根食指,说:"我就知道!告诉您,普拉斯科维亚·费奥多罗夫娜,此时此刻,城里也有一个人去世了。我甚至知道那人是谁。"伊万神秘地一笑,"是一个女人。"

第三十一章 麻雀山上

雷雨已无半点踪迹,一道拱门似的彩虹横贯整座城市上空,一头扎进莫斯科河中去吸水。高高的麻雀山上,两片树林中间矗立着三道黑影。沃兰德、科罗维约夫和河马端坐于三匹黑马之上,眺望着河对岸的广袤城市,眺望着千千万万朝西的窗玻璃上闪烁着的支离破碎的太阳,眺望着新圣母修道院①色彩斑斓的塔楼。

空中一阵喧响,身披黑袍的阿扎泽洛降落在等候的三人身旁,大师和玛格丽特紧随其后。

沉默片刻后,沃兰德道:"抱歉搅扰二位,玛格丽特·尼古拉耶夫娜和大师,请二位莫怪。我想,二位是不会后悔的。好了,大师,跟莫斯科道个别吧。我们该走了。"沃兰德伸出手,用黑色喇叭口手套指向河对岸,只见无数个太阳正试图将玻璃熔化,而在那无数个太阳之上,氤氲着雾气、烟气和白天被晒得发烫的城市散发出的热气。

大师滚鞍下马,离开众人,跑到山岗边上。他的黑披风拖在地上。大师望向城市,心头先是涌起一阵酸楚和惆怅,但很快便被甜蜜的慌乱和浪迹天涯的紧张激动所取代。

"永别了!应该好好想想。"大师舔着干裂的嘴唇,低声自语。他凝神倾听,准确地捕捉到了自我内心的一切变化。他感觉到,内心的紧张激动变成了痛彻骨髓的耻辱。但后者稍纵即逝,又无端地变成了尘外孤标的淡漠,随即又预感到了永恒的安宁。

众骑手默默地等待大师。他们看见,站在山边的顽长黑影不时打着手势,时而举头,时而低头,举头时似欲望穿整座无边无垠的城市,低头时又似在凝视脚下被践踏的荒草。

闲得无聊的河马打破了沉默。他说:"老爷,临行之前,让我吹个口哨以作告别吧。"

"你会吓到女士的。"沃兰德说,"再说,别忘了,你今天的胡闹已经全部结束了。"

"啊,不会、不会的,老爷,"玛格丽特像个亚马逊女战士一样双手叉腰坐于马上,尖尖的后襟拖在地上,"让他吹吧。即将远行,我不免有些感伤。不过,这也是人之常情,老爷,不是吗?哪怕人们知道,在道路尽头等待他们的将是幸福。让他给我们找个乐子吧,否则我担心自己会哭出来,扫了大家的兴致!"

沃兰德冲河马点点头,河马高兴坏了,一下子跳到地上,将几根手指塞进嘴里,鼓起腮帮子,猛吹了一下。玛格丽特耳中嗡嗡作响,胯下黑马人立而起,林中枯枝败叶噼啪坠落,一大群乌鸦麻雀扑棱棱惊飞,一股尘柱卷向河面,将一艘正从码头经过的客轮上的几名乘客的帽子吹落河中。

大师被哨声吓了一跳,但并未转身,反而更激烈地比画起手势。他一手举向天空,仿佛在威吓这座城市。河马得意地环视了一圈。

"响倒是挺响,"科罗维约夫宽容地说,"这个没说的,但平心而论,水平实在一般。"

"那是,我又不是唱诗班指挥。"河马噘着嘴,不服气地说,还冲玛格丽特眨了眨眼。

---

① 新圣母修道院,始建于1524年,距离克里姆林宫4公里,18世纪以前一直为皇家御用修道院。2004年入选世界文化遗产。

"让我也来试试从前的手艺。"科罗维约夫搓了搓手,冲手指吹了口气。

"小心点儿,"沃兰德的严厉声音自马上响起,"不许伤人!"

"放心吧,老爷,"科罗维约夫单手抚胸,说,"开个玩笑而已,玩笑而已……"说着,他的身子突然跟橡胶似的向上抻长,右手手指摆出一个诡异的造型,身体像螺丝一样急速旋转,然后猛然反向回旋,发出一声呼哨。

这声呼哨玛格丽特不是听到的,而是看到的,当她连人带马被震到十俄丈开外时。在她身旁,一棵橡树被连根拔起,大地坼开道道裂缝,直通河面。一大片河岸,连同上面的码头和饭店,整个陷入水中。河水翻涌如沸,将那艘客轮抛到了河对岸的低矮绿地上,船上的乘客却毫发无伤。一只寒鸦被巴松管的呼哨震死,掉落在玛格丽特喷鼻不止的黑马蹄下。

这回大师真被吓到了,他抱着脑袋,跑回到等待自己的同伴们身边。

"怎么样,"沃兰德从马上问道,"一切恩怨已了?道别完了?"

"是的,完了。"大师镇定下来,无畏地直视着魔王的脸。

于是,山岗上空隆隆滚过沃兰德末日号角般的可怖声音:"时辰已到——!!"河马也随之发出尖厉的呼哨与大笑。

群马得到号令,腾空而起,追风逐电。玛格丽特感到自己的烈马在不住地啃咬、扯拽口中的衔铁。沃兰德的黑袍迎风鼓荡,盖在一行人马头顶,遮蔽了入夜的天穹。有那么一瞬,黑袍被风掀开一角,疾驰中的玛格丽特回头望去,发现身后早已没有了五彩的塔楼和盘旋其上的飞机,连整个莫斯科都看不见了。它沉入了地底,只留下一片雾气。

第三十二章　宽恕与永恒的归宿

诸神！我的诸神！夜晚的大地多么忧郁！沼泽上的迷雾多么神秘！谁在这迷雾中彷徨过，谁承受过生命的无尽痛苦，谁背负着不堪的重负在这片大地上飞行过，谁就会明白这一点。他身心俱疲，他毫不惋惜地逃离大地的迷雾、沼泽与河流，他心安理得地投入死亡的怀抱，因为他知道，只有死亡可以……

魔法的黑马终于也感到疲乏，放缓了速度，渐渐被不可避免的黑夜追赶上来。当黑夜逼近身后时，就连最闹腾的河马也消停下来，变得沉默而严肃，前爪紧抓马鞍，尾巴高高翘起。

黑夜用黑色的头巾蒙住了森林和草地，黑夜在遥远的下方点起了忧郁的灯火，如今那灯火已然与大师和玛格丽特无关，他们对此既不关心，也不需要了。黑夜赶上众骑手，从头顶笼罩下来，向阴郁的天空随意抛撒着白灿灿的星光。

越发稠密的黑夜飞在众骑手身旁，一把扯下他们肩头的黑袍，揭开了他们的伪装。玛格丽特在寒风中睁开眼睛，发现所有人的面貌都发生了变化。当一轮血红色的圆月从前面的森林尽头徐徐升起时，一切伪装全部消失了，变幻莫测的魔法外衣掉进了沼泽，沉入了迷雾。

紧挨着沃兰德右手边的那个人，恐怕已经没有人能认得出，那便是前唱诗班指挥、根本不需要翻译的神秘顾问的冒牌翻译了。那个穿着破破烂烂的小丑服飞离麻雀山的巴松管科罗维约夫不见了，取而代之的是一位面容沉郁、不苟言笑的紫衣骑士，他轻轻抖动着金链缰绳，飞在魔王身旁，下巴垂在胸口，既不看月亮，也不看大地，默默地想着自己的心事。

"他为何变化这么大？"玛格丽特在呼啸的寒风中轻声问沃兰德。

"这位骑士曾经开了一个不成功的玩笑，"沃兰德扭头看向玛格丽特，一只眼睛平静地燃烧着，"在聊到光明与黑暗时，他使用了一个不大适宜的诙谐语。为此，他不得不将玩笑持续得比他自己预想的更多，更久。但今夜正是清算之夜。骑士的债务已经偿清！"

黑夜也扯掉了河马蓬松的尾巴，薅光了它的兽毛，将其胡乱扔在沼泽中。耍宝逗笑的大黑猫原来是个清癯的青年，魔王的侍从，全世界有史以来最棒的丑角。眼下连他也安静下来，无声无息地飞驰着，高高仰起的年轻脸庞沐浴在倾泻而下的月光中。

阿扎泽洛飞在最边上，身披钢甲，寒芒闪烁。月亮同样改变了他的容貌。那颗荒唐而丑陋的獠牙不见了，独眼原来也是假的。阿扎泽洛的两只眼睛都是同样的空洞而黢黑，面孔则森白而冰冷。眼下的阿扎泽洛已经现出了他的原形——干涸大漠里的恶魔杀手。

玛格丽特看不到自己，却清楚地看到了大师的变化。他的头发被月光染白，在脑后编成一条发辫，随风飘扬。当大师的披风下摆被风掀起时，玛格丽特看见大师脚上穿着一双长筒靴，靴跟上的星形马刺忽明忽灭。和年轻的魔王侍从一样，大师也在目不转睛地仰望着月亮，只不过他在冲着月亮微笑，仿佛见到了一位亲爱的老友，口中还像从前在 118 号病房时那样，习惯性地喃喃自语。

终于，沃兰德也现出了自己的真面目。玛格丽特说不出他的马缰是用什么做的，她猜测，那大概是一条由月光编织的锁链，而他的黑马则是一团黑暗，飘扬的马鬃是一片乌云，靴跟上的马刺是白色的星星。

众人默默地飞了许久,直至下方的地貌开始变化。阴郁的森林沉入了黑暗的大地,同时带走了河流的黯淡的刀刃。下方开始出现一块块反光的巨砾,巨砾中间是一个个黑洞洞的、月光无法射入的陷坑。

沃兰德降落在一片多石的、凄凉的、平坦的峰顶,众骑手缓辔而行,听着马蹄铁踩踏燧石和岩石的声音。绿莹莹的月光淹没了空旷的峰顶,玛格丽特很快便发现远处有一把孤零零的扶手椅,椅上有一道白色人影。此人大概是个聋子,要么便是完全陷入了沉思,竟未察觉到山岩在沉重的马蹄下微微颤动。众骑手没有惊扰他,慢慢地靠近。

月亮帮了玛格丽特的大忙,它比最亮的电灯还要明亮,于是玛格丽特看到,坐在椅上的人似乎是个瞎子,他不时地搓着双手,用那双失明的眼睛望着月盘。玛格丽特还看到,那是一把沉重的石椅,椅身上有什么东西在月光下闪闪发亮,石椅旁边趴着一头尖耳朵的黑色巨犬,它也和自己的主人一样,正不安地望着月亮。那人脚下散落着一堆陶罐碎片,还有一摊永不干涸的暗红色液体。

众骑手勒住了马。

"某人读了您的小说,"沃兰德对大师说,"他只说了一点:很遗憾小说没有写完。因此,我想让您看看您的主人公。近两千年来,他一直在这片山顶上沉睡,但每当月圆之夜来临之时,正如所见,他便会饱受失眠之苦。失眠不仅折磨着他,也折磨着他忠诚的卫士——他的爱犬。倘若怯懦真是最严重的罪过,那么这条勇敢的狗是无罪的,它唯一惧怕的只有雷雨。但没办法,爱一个人,就要分担他的命运。"

"他在说什么?"玛格丽特问,原本平静如水的脸上蒙上了一层怜悯的薄雾。

"他在反复说着同样的话。"沃兰德说,"他说,就连月夜下他也不得安宁,还说他有一份坏差事。每次失眠时他都会这样说,而每次入睡之后,他都会看见同样的画面——一条月光之路,他很想走上前去,和那个拿撒勒犯人交谈,因为他坚称,在很久以前的那个春月尼散十四日,他还有话没有讲完。只可惜,那条路他无论如何也走不上去,也没有人来走近他。于是,无奈之下,他便只得自言自语。当然,除了月亮之外,他也时常说些别的,比如说,他此生最痛恨的便是自己的盛名与永生,还说他情愿与衣衫褴褛的漂泊者利未·马太交换命运。"

"为了曾经的某一个月夜,需要承受一万二千个月夜,这是不是太多了些?"玛格丽特问。

"又要重演弗丽达的故事了吗?"沃兰德问,"不,玛格丽特,不必为此操心了。一切终将正确,这便是世界的基石。"

"放过他!"玛格丽特突然发出一声巫女的尖啸,一块山岩被这啸声震落,顺着岩壁坠入悬崖,轰隆之声响彻群山。但玛格丽特说不清那究竟是山岩坠落声,还是撒旦的狂笑声。总之,沃兰德正斜睨着玛格丽特狂笑。

"不必在山中大喊。"沃兰德说,"反正他早已经习惯了山崩,这不会吓到他的。您不必为他求情,玛格丽特,因为已经有人帮他求了情,就是那个他如此渴望与之交谈的人。"沃兰德再次转向大师,说:"好了,现在您可以用一句话来结束自己的长篇小说了!"

一直在旁边默默凝望着总督的大师,似乎就在等这句话。他将双手拢成喇叭筒,发出一声呼喊,回声在无人无树的群山间久久回荡:"你自由了!自由了!他在等你!"

群山将大师的呼喊变成雷鸣,反过来又被这雷鸣崩塌。受诅咒的崖壁纷纷倾圮。只剩下安放石椅的峰顶。在吞没山岩的黑色深渊之上，亮起了一座广袤无际的城市，连同其高高在上的主宰者——那些金光闪闪的神像。神像下方是一座于成千上万个月夜中生长得郁郁苍苍的花园。一条光带径直铺向花园，正是总督渴盼千年的月光之路。削耳巨犬率先扑了上去。身着血红衬里的白色披风的总督站起身来，声嘶力竭地呼喊着。分不清他是在哭还是在笑，也听不清他在喊些什么。只见他也追着自己的忠诚的卫士，沿着月光之路狂奔而去。

"我也跟他一起去？"大师抖抖缰绳，不安地问。

"不，"沃兰德说，"既已结束，又何必去追呢？"

"这么说，我该回到那儿去？"大师扭过头，指向身后。不久前刚刚离开的那座城市再次幻化而出，仍是五彩缤纷的修道院塔楼，仍是窗玻璃上支离破碎的夕阳。

"也不是。"沃兰德的声音变得低沉而洪亮，顺着山岩流淌开去。"浪漫的大师！被您虚构出来、又被您刚刚亲手释放的主人公如此渴望与之交谈的那个人，已经读了您的小说。"沃兰德又转向玛格丽特："玛格丽特·尼古拉耶夫娜！不可否认，您竭尽全力想为大师构想最美好的未来，但说实话，我向二位提议的要更好，这同时也是耶舒阿为你们——为你们——请求的。"沃兰德在马鞍上朝大师凑过身去，指着总督的背影说："让他们两个聊吧，不要去打扰他们。说不定，他们最终能够达成某些共识。"沃兰德说罢，朝耶路撒冷一挥手，后者便消失了。

"那里也一样，"沃兰德又指向身后，"在那个小小的地下室里您能做些什么呢？"这时，在窗玻璃上燃烧的夕阳熄灭了。沃兰德继续柔声而坚定地说："何必呢？哦，三倍浪漫的大师，难道您就不想白天和女友在繁花初绽的樱桃树下散步，晚上听听舒伯特的乐曲？难道您就不喜欢用鹅毛笔在烛光下写作？难道您就不想像浮士德那样，守着曲颈甑，盼望着能够制造出新的小人儿？去吧，去吧！那里有一座房子和一名老仆人正在等您，那里烛火已经点燃，但很快便会熄灭，因为你们即将迎来黎明。走这条路吧，大师，去吧！再会！我该走了。"

"再会！"大师和玛格丽特异口同声地喊。黑色的魔王看也不看地冲下悬崖，众随侍也呼啸着紧随其后。山岩，峰顶，月光之路，耶路撒冷，通通不见了。连黑马也没了踪影。大师和玛格丽特看到了魔王许诺的黎明：子夜的满月刚一消失，黎明便即开启了。大师挽着女友，迎着第一缕晨晖，漫步穿过一座长满青苔的小石桥。忠贞的爱侣将小溪留在身后，沿着沙路继续前行。

"听听这静谧，"玛格丽特对大师说，细沙在她的赤脚下沙沙作响，"听吧，尽情地听吧，这是生活所没能给你的东西——静谧。瞧，前面就是你永恒的家园，那是你应得的奖赏。我已经看见了威尼斯式的窗户，看见葡萄藤蔓缠绕着爬上了屋顶。那便是你的家，你永恒的家。我知道，每天晚上都会有人来找你，都是你所喜欢的、感兴趣的，不会令你感到不安的人。他们会为你弹琴，为你唱歌，你将看到烛火将屋子照得亮亮堂堂。你会安然入睡，戴着你那顶沾满油污的永恒的小帽，嘴角挂着微笑。睡眠会让你身体强壮，头脑睿智。你再也不会赶我走了。我将守护着你的梦。"

玛格丽特就这么说呀说呀，挽着大师朝他们永恒的家园走去。大师感觉，玛格丽特的话语也在流动，就像被他们留在身后的溪流那样淙淙流动。于是，大师的回忆，那些不安的、插满钢针的回忆逐渐淡漠了。有人将大师放归了自由，正如大师刚刚亲手释放了他所创造的主人公。这位主人公走进了深渊，一去不返了，他在通往礼拜天的夜里得到了宽恕。他便是占星王之子、残酷的第五任犹太总督——金矛骑士本丢·彼拉多。

尾声

话说回来,在魔王及众随侍于周六傍晚日落时分,从麻雀山山顶消失之后,莫斯科又发生了什么呢?

不用说也知道,在很长一段时间内,各种荒诞不经的流言在整个首都甚嚣尘上,并且迅速传到了偏远的外省地区。传言之卑劣,简直令人作呕。

写下这些真实文字的笔者,曾在前往费奥多西亚[①]的列车上,亲耳听到有人说,莫斯科有两千人光着屁股从剧院里跑出来,又光着屁股打的回家去了。

关于"魔鬼"的窃窃私议随处可闻:乳品店前的长队里,有轨电车上,商店里,公共住宅里,公共厨房里,长途短途的火车上,大大小小的站点上,达洽里,海滨浴场上。

有头脑有文化的人,自然是不会参与"魔鬼造访莫斯科"之类的流言的,他们甚至会对其嗤之以鼻,并试图规劝散播者。但常言说得好,事实就是事实,无法不加解释地避而不谈——的确有"人"来过莫斯科。单是格里鲍耶陀夫之家残存的灰烬便雄辩地证明了这一点,何况还有众多其他的证据。

文化人采信了侦查部门的观点:作案者是一帮精通催眠术和腹语的歹徒。

不用说,首都及其他地区立刻展开了全力搜捕行动,但非常遗憾,毫无结果。自称沃兰德的首犯及其同伙凭空消失了,非但再没有回过莫斯科,在国内其他地方也从未现身过。于是便有人猜测他们是逃到国外去了,但在国外也从未显

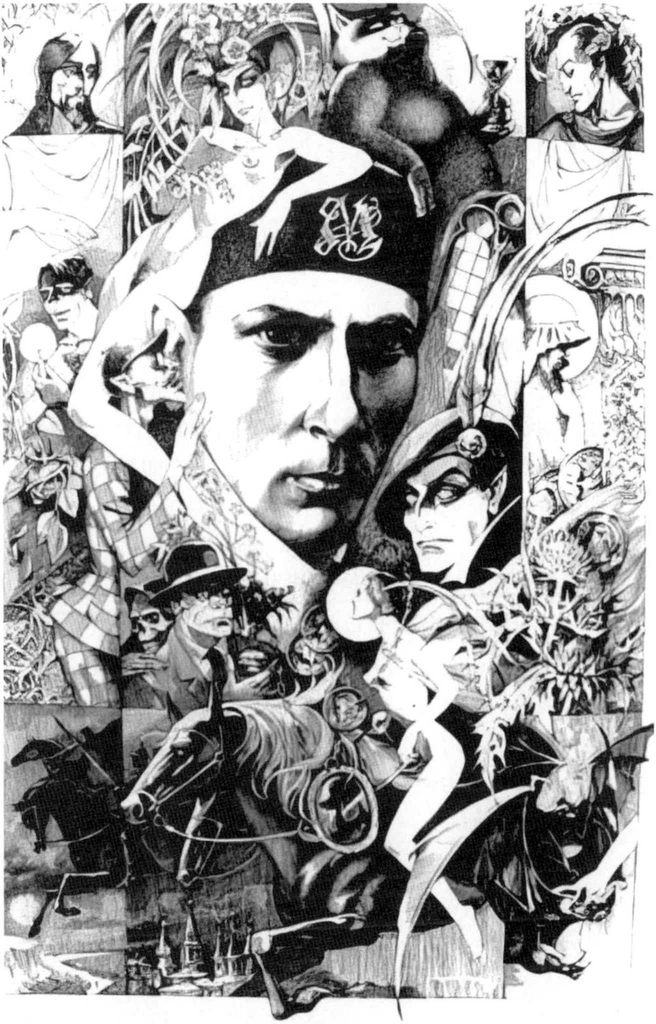

露过踪迹。

沃兰德一案的侦查工作旷日持久。不管怎么说,这可是一桩惊天大案!先不说有四栋楼房被烧毁,数百人发疯,关键还闹出了人命,至少是两条——柏辽兹和那个不幸的迈格尔男爵,即专门负责向外国人介绍莫斯科名胜古迹的演艺娱乐委员会职员。二人之死是确定无疑的。后者的遗骸是在花园街50号宅的大火被扑灭后在屋内发现的,发现时已被烧焦。是啊,人命关天,必须彻查清楚。

但还有一些受害者,而且是在沃兰德从莫斯科消失之后才出现的,而这些受害者,说来叫人伤心,竟是一些黑猫。

全国各地大约有一百只黑猫——这种温顺的、忠诚的、对人有益的动物——被人枪杀或以其他方式杀害。另有十五六只黑猫被人抓到了各市民警局,其中有些已经严重致残。比如,在阿尔马维尔②,一只完全无辜的黑猫便被某位男公民捆着前爪送到了民警局。

这位暗中蹲守的男公民恰巧撞见这只黑猫鬼鬼祟祟地——有什么法子呢,谁让猫就长成这样呢?这并非它们做贼心虚,而是它们害怕比自己强大的动物(比如狗和人)伤害它们、欺负它们。当然,狗也好,人也好,想欺负猫自然是轻而易举,但我得说,这可没什么光彩的。是的,毫不光彩!……总之吧,这只黑猫不知为何,鬼鬼祟祟地想要钻进牛蒡丛里。

男公民一扑而上,一面解下领带捆猫,一面恶狠狠地嘟囔:"啊哈!这么说,跑到我们阿尔马维尔来啦,催眠师先生?哼,我们这儿可不怕你。你别给我装聋作哑,我们早就知道你是个滑头!"

---

① 费奥多西亚,克里米亚半岛东南部的海港城市,濒临黑海,风景如画,是苏联旅游疗养胜地之一。
② 阿尔马维尔,位于北高加索西部的工业城市。

男公民用自己的绿领带绑住黑猫的前腿，拖起来就朝民警局走，还时不时照着黑猫屁股踹上一脚，非逼着它直立行走不可。

"别给我装傻充愣！"男人嚷嚷着，一群顽童围在男人身边，起哄地吹着口哨，"这招可行不通！给我好好走，跟所有人一样！"

遭罪的黑猫只得不住地翻白眼。它生来不会说话，完全无法自我辩白。可怜的小东西能够得救，首先得感谢民警同志，其次要感谢自己的主人——一位可敬的孤老太。民警们一见到男人，就发觉他一身酒气，立刻对他的证词起了疑心。与此同时，孤老太从邻居们那里得知自己的猫被人抓了，心急火燎地往民警局赶，总算及时赶到了。她对黑猫给予了最高的赞誉，声明自己已经认识它五年了，从它还是只小猫崽时起，并以自己的名誉为黑猫担保，保证它什么坏事都没干过，也从没去过莫斯科。它在阿尔马维尔出生，在阿尔马维尔长大，在阿尔马维尔学会了抓老鼠。

黑猫这才被无罪释放，回到了女主人身边。这回它算是吃够了苦头，亲身体会到了什么叫作冤枉和诽谤。

除了黑猫之外，无辜受到牵连的还有个别人类。有些姓氏以"沃"字打头的男公民遭到了逮捕和短暂拘禁。其中包括列宁格勒的"沃尔曼"和"沃尔佩尔"，三个"沃洛金"（分别来自萨拉托夫、基辅和哈尔科夫），还有喀山的"沃洛赫"。奔萨州还有一个更冤的，是一名化学博士，姓"韦钦克维奇"——想必是因为他个子极高，皮肤黝黑，还长着一头黑发的缘故。

除此之外，在全国各地被捕的还有九个"科罗温"、四个"科罗夫金"和两个"科拉瓦耶夫"。

在别尔哥罗德火车站，一名男公民被捆绑着押下了开往塞瓦斯托波尔的火车。原因是他居然想用扑克牌给同行的旅客变魔术。

在雅罗斯拉夫尔，某日午饭时间，一名男公民抱着一只汽油炉（那是他刚从修理处取回来的）走进了一家饭店。两名看门人见此情景，立马逃出了衣帽间，随后所有顾客和职员纷纷逃出了饭店。而收款台的现金全部不翼而飞了。

凡此种种，不胜枚举。总之，全国各地人心惶惶。

需要再一次为侦查部门说句公道话。他们不但要竭尽全力抓捕罪犯，还得想方设法对案情做出解释。而他们不但解释了，关键还解释得合情合理，无法驳斥。

侦查部门及精神病专家一致认定：犯罪团伙的全体成员或者其中之一（嫌疑最大的是科罗维约夫）拥有空前强大的催眠能力。他们可以幻影显形，异地现身。不仅如此，他们还能随意操控他人意识，让人们看到并不真实存在的人或物，或者相反，对明明就在眼前的人或物视而不见。

如此一来，一切疑问便涣然冰释。甚至包括最令人惶惑不安的、看似完全无解的疑团：50号宅的大黑猫在拒捕时连中数枪，何以竟毫发无损？

因为吊灯上压根就没有什么大黑猫，也根本无人开枪拒捕，特工们的子弹全部打在了空处。是科罗维约夫让特工们产生了幻觉，误以为有只大黑猫在吊灯上胡闹，而科罗维约夫本人当时就站在众特工身后，挤眉弄眼地施展他那强大而罪恶的催眠术。不用说，泼洒汽油、纵火烧屋也全是他干的。

至于斯乔帕·利霍杰耶夫，他当然没去过什么雅尔塔（这种事就算是科罗维约夫也是做不到的），更没有从那里发过电报。是科罗维约夫闯入他的家中，用一只手持餐叉吃醋渍蘑菇的大黑猫将他吓得昏迷不醒，后来又恶作剧地给他套上了毡衣皮帽，将他带到了莫斯科机场，又让守候他的刑侦人员产生了幻觉，误以为斯乔帕是从来自塞瓦斯托波尔的飞机上下来的。

诚然，雅尔塔刑侦局方面坚称，确曾收容过打着赤脚的斯乔帕，并且向莫斯科发出了相关电报，但这些电报的副本在卷宗里却连一份也找不到，由此不得不得出了可悲的但却无可辩驳的结论，即这伙催眠师拥有超远程催眠的能力，而且还不是针对单个人的，而是针对一群人的。在这种情况下，犯罪分子足以摧垮任何坚不可摧的心智。

至于说什么池座观众的口袋里冒出的一副纸牌呀，女士们的衣服凭空消失呀，贝雷帽里蹿出一只小猫崽呀，这些个小把戏还值得一提么！随便一名中等水平的催眠师随时随地都能办得到，甚至连报幕员掉脑袋的魔术也没什么稀奇。猫吐人言同样是雕虫小技。想向人们展示这样的一只猫，只需掌握最基本的腹语技巧即可。恐怕不会有人怀疑，科罗维约夫的本领远不止于此。

不错，问题并不在于凭空出现的纸牌，或者房管委主任公文包里的伪造信件。这些都是小事！关键在于：正是他，科罗维约夫，将柏辽兹驱赶到了电车轮下。也正是他让可怜的诗人伊万·无家汉发了疯，让他在痛苦的梦境中反复看见耶路撒冷古城，看见被烈日炙烤的秃山以及行刑柱上的三名死刑犯。正是他及其同伙从莫斯科带走了玛格丽特·尼古拉耶夫娜及其美貌的女仆娜塔莎。顺带一提，侦查人员对此案尤为重视。必须调查清楚：两名女性是被这伙杀人放火的悍匪绑架走的，还是自愿跟他们走的？侦查人员综合考虑了尼古拉·伊万诺维奇的荒唐而混乱的证词、玛格丽特·尼古拉耶夫娜留给丈夫的古怪而疯狂的纸条（里面说她要去当巫女了），以及娜塔莎的全部衣服均留在家中这一事实，得出结论：两名女性和众多受害者一样，也受到了深度催眠，随后被犯罪团伙掳走了。警方猜测——多半正是如此——犯罪分子是贪图两名女性的美色。

唯有一点令警方百思不得其解，即犯罪团伙为何要从精神病院掳走自称大师的精神病人。这点未能调查清楚，包括该精神病人的真实姓名。于是他便不复存在了，只得到一个没有生命的绰号——"1号楼118号"。

总之，几乎一切都得到了解释，侦查工作便也结束了，正如一切总会结束一样。

几年过去，人们逐渐淡忘了沃兰德及科罗维约夫一伙。而那些受害者的生活也发生了种种变化，无论这些变化多么微不足道，总还是要提一下。

先说报幕员乔治·本加利斯基吧。他在精神病院住了三个月，康复出院了，却不得不辞去了综艺剧院的工作，而且是在观众如潮、场场爆满的旺季——关于"黑魔法大揭秘"的回忆极具生命力。本加利斯基之所以离开，是因为他每晚都要面对两千多名观众，每次都会被人认出来，并且被人冷嘲热讽地追问：究竟是有头好啊，还是没头好啊？而这实在是太痛苦了。

除此之外，报幕员还丢掉了极大一部分快活，而这是他的职业所不可或缺的。他留下了一个苦不堪言的后遗症：每年春季的月圆之夜，他都会陷入恐慌，会突然抓住自己的脖子，惊惶四顾，呜呜哭泣。虽说极少发作，但毕竟有了这种毛病，报幕员是干不成了，只得提前退休，开始靠积蓄生活。据他本人保守估计，那些钱应该够他用十五年的。

离开剧院之后，报幕员再没有见过管理处主任瓦列努哈，而后者如今赢得了普遍的欢迎与喜爱。他变得出奇得礼貌、热情，连同行都感到不可思议。比方说，索要赠票者如今直接称他为"好心的老爹"。无论任何人，无论任何时候往综艺剧院打电话，总能听到一个温和而忧伤的声音："您好，请讲。"假如对方请瓦列努哈接电话，那个声音便会立刻回答："我就是，乐意为您效劳。"当然，为了这份客气，瓦列努哈也着实吃了不少苦头！

斯乔帕·利霍杰耶夫倒是不必在综艺剧院接听电话了。他在医院里住了八天，出院之后立刻被调到了罗斯托夫，当上了一家大型食品店的经理。据说他如今彻底戒掉了波尔特温酒，只喝用黑醋栗泡的伏特加，身体比从前结实多了。还听说他变得沉默寡言，对女人避之唯恐不及。

斯乔帕·利霍杰耶夫的调离并未给里姆斯基带来他渴盼多年的欣喜。经过医院治疗和基斯洛沃茨克的疗养，这位老态龙钟、摇头不止的财务主任终究递交了辞职申请。有趣的是，申请书是由他的夫人代为送交的。里姆斯基本人，即使大白天也不敢踏入综艺剧院大楼半步——他总也忘不了那扇在月光下喀嚓作响的窗户，忘不了那只挤进来拔插销的长胳膊。

离开综艺剧院之后，里姆斯基转入了莫斯科河南岸区的一家儿童木偶剧院。在这家剧院，他总算不必再跟高高在上的声学主任阿尔卡季·阿波罗诺维奇·谢姆普列亚罗夫打交道了。后者很快就被调到了布良斯克，成了该地蘑菇采购站的站长。如今，全体莫斯科市民都能吃上令他们赞不绝口的腌松乳菇和醋渍白牛肝菌，对于这次调动简直欢天喜地。现在看来，阿尔卡季·阿波罗诺维奇可能真的不适合声学工作，无论他再怎么努力改善，声学效果以前是什么样，现在仍是什么样。

在与剧院决裂的人中间，除了阿尔卡季·阿波罗诺维奇之外，还应当算上房管委主任尼卡诺尔·伊万诺维奇·博索伊，尽管后者本就与剧院毫无关联——除了对于免费赠票的热爱。现如今，博索伊非但从来不去任何一家剧院——哪怕是免票——就连听到别人谈论剧院都会脸色大变。较之于剧院，他对于大诗人普希金和天才演员库罗列索夫·萨瓦·波塔波维奇的痛恨有过之而无不及，特别是后者。去年，当他在报纸上看到萨瓦·波塔波维奇因中风英年早逝的黑框讣告时，他激动得血涌上头，险些没有追随死者而去，继而大叫一声："活该！"

当晚，被这一死讯勾起无数伤心回忆的尼卡诺尔·伊万诺维奇，伴着照亮花园街的明月，独自一人喝得酩酊烂醉。每多喝一杯，可恶的该死的人影链条便多出一环，其中便有那个道貌岸然的谢尔盖·格拉尔多维奇·敦奇尔及其美女情妇伊达·格尔库拉诺夫娜，还有那个养斗鹅的大红胡子，以及坦白从宽的卡纳夫金·尼古拉。

那么，这些人后来都怎么样了呢？拜托！他们没怎么样，也不可能怎么样，因为他们都从未真实存在过，包括那位英俊的主持人、那座剧场本身、那个把外币藏在地窖里发霉的守财奴姑妈，通通不存在，自然也没有什么金色小号和粗鄙的厨师。所有这些都是科罗维约夫那个下流坯让尼卡诺尔·伊万诺维奇梦见的。这个梦境里唯一真实存在的人便是萨瓦·波塔波维奇，而他之所以进入这个梦境，只因他在广播里出现得太过频繁，给尼卡诺尔·伊万诺维奇留下了深刻的烙印。只有他是真实的，其余的都不存在。

那么说，阿洛伊济·莫加雷奇该不会也不存在吧？不！此人非但存在过，而且至今仍活得好好的，正是他接替了里姆斯基，成了综艺剧院的新任财务主任。

见过沃兰德之后，足足过了一天一夜，阿洛伊济才在维亚特卡附近的一列火车上悠悠醒转。他不知道自己怎么就稀里糊涂地坐上了火车，只知道自己临行前忘了穿裤子，却莫名其妙地把对他毫无用处的房东的租户簿偷了出来。阿洛伊济花了一大笔钱，从列车员那儿买到一条脏兮兮的旧裤子，从维亚特卡返回了莫斯科。可惜，房东的房子他是别想找到了。那栋破楼已经彻底化为了灰烬。但阿洛伊济是个极善钻营之人。两周之后，他便住进了布留索夫巷的一个上好的房间，没过几个月就坐进了里姆斯基的办公室。正如之前里姆斯基受斯乔帕的折磨一样，如今轮到瓦列努哈受阿洛伊济的折磨了。瓦列努哈只有一个愿望，就是尽快把这个家伙从综艺剧院调走，调得越远越好。他私下里常对亲近之人说，"像阿洛伊济这样的混蛋，他这辈子还从来没有遇见过，这种人什么事都干得出来"。

不过，也说不定是瓦列努哈太有偏见了。阿洛伊济并未被人发现干过什么坏事，或者说，他压根什么事都没干过，除了一件：任命了新的小吃部管理员。而原先的小吃部管理员安德烈·福基奇·索科夫因肝癌去世了，就在莫斯科国立大学第一附属医院第四病室，沃兰德现身莫斯科之后九个月……

是啊，几年过去了，本书所记录的那些真实事件都慢慢地淡出了人们的记忆。但是，并非所有人都忘却了！

每年春季，月圆佳节之夜的黄昏，牧首塘的椴树荫下总会出现一个年轻人。他约莫三十岁，或者三十出头，浅褐色头发，绿色眼睛，衣着朴素。他便是历史与哲学研究所的研究员，伊万·尼古拉耶维奇·波内列夫教授。

他每次都会坐在当年坐过的那条长椅上，正是在那个傍晚，如今早已被人遗忘的柏辽兹生前最后一次看见了月亮，碎成无数片的月亮。

而眼前的月亮却是完好无损的，先是银白，继而金黄，带着似龙似马的神秘黑影，高悬在曾经的诗人头顶，仿佛在不停游走，又仿佛一动不动。

伊万·尼古拉耶维奇什么都知道，什么都明白。他知道自己年轻时曾为一伙邪恶的催眠师所害，后经治疗得以康复。但他也知道，有些事成了他心里迈不过去的坎。就比如这每年春季的月圆之夜。每次只要它一临近，每当天上那轮曾经高过耶路撒冷圣殿上空那两盏五烛灯的月亮逐渐变得圆满、金黄，伊万·尼古拉耶维奇便开始心烦意乱、寝食难安，直至月亮熟透为止。而每当月圆之夜终于来临之时，无论什么都无法将伊万·尼古拉耶维奇留在家中。傍晚时分他便走出家门，来到牧

大师和玛格丽特

首塘畔。

独自坐在长椅上,伊万·尼古拉耶维奇无所顾忌地自言自语,抽烟,时而眯眼望月,时而望着令他无法忘怀的旋转栅门。

他会这样足足待上一两个小时。随后起身离座,睁着空洞茫然的双眼,沿着一成不变的路线,经斯皮里多诺夫卡街走向阿尔巴特街附近的巷子。

他穿过一家煤油铺子,在一盏歪歪斜斜的旧路灯下面转个弯,徐徐走近一处围栏。围栏内有一座华丽但尚未盛开的花园。花园里面有一幢哥特式别墅,月光照亮了有天窗的一侧,另一侧则黑灯瞎火。

伊万·尼古拉耶维奇不知道自己为何会到这儿来,也不知道别墅里住的究竟是什么人,他只知道,在月圆之夜不能跟自己较劲。此外他还知道,在围栏后面的花园里,他总能看到相同的一幕。

他看到花园长椅上坐着一个体面的老男人,蓄着短须,戴着一副夹鼻眼镜,脸长得有点儿像猪脸。这位别墅居民永远以同一个憧憬的姿势仰望着月亮。伊万·尼古拉耶维奇知道,望上一会儿月亮,老男人便会将目光投向被月光照亮的天窗,目不转睛地望着,似乎在期待着窗户会突然打开,出现某种不同寻常的景象。

对于接下来的一切,伊万·尼古拉耶维奇都谙熟于心。这时他必须更隐蔽地躲在围栏后面,因为老男人马上就会转动脑袋,用迷离的目光在半空中寻找什么,脸上挂着迷狂的微笑,接着会突然甜蜜而惆怅地两手一拍,大声地嘟囔起来:"维纳斯!维纳斯!……唉,我可真傻!……"

"诸神,诸神!"伊万·尼古拉耶维奇躲在围栏后面,目光灼灼地盯着神秘分兮的陌生男人,心中暗道,"又一个月夜的受害者……是的，他也是受害者，和我一样。"

只听老男人继续说："唉，我可真傻！我为什么不跟她一起飞走呢？我怕个什么呢，老蠢驴！我要个什么证明呢！咳，如今只好忍着吧，老白痴！"

他会一直这么说下去，直至别墅黑着灯的一侧推开一扇窗子，窗内显出一个白影，响起一个难听的女人声音："尼古拉·伊万诺维奇，您在哪儿哪？又胡思乱想什么呢？想得疟疾吗？快进屋喝茶！"

老男人这才猛然惊觉，虚情假意地回答说："我出来透口气，亲爱的，透口气！外面空气可真好！"

说着，他站起身来，偷偷地冲着重新关闭的窗子晃晃拳头，慢吞吞地进屋去了。

"他在撒谎，撒谎！哦，诸神，他可真会撒谎！"伊万·尼古拉耶维奇喃喃自语地从围栏旁走开，"他根本不是到花园里来透气的，他一定是在这月夜里看见了什么，在月亮上，在花园上空。啊，我情愿付出高昂的代价，只要能够获悉他的秘密，弄清楚他曾经失去、如今又徒劳地想要伸手抓住的那个维纳斯，究竟是怎么一回事？"

回到家时，伊万·尼古拉耶维奇已是一脸病容。妻子假装没有察觉到丈夫的异样，只催促他早些就寝。而她自己却还不睡，拿本书坐在台灯下，目光愁苦地望着床上的丈夫。她知道，黎明时分丈夫必会哀叫着惊醒，开始哭闹。为此，她面前的书桌上早就预备好了一只泡在酒精里的注射器和一支浓茶色的药剂。

直至打完药，一直为丈夫的怪病揪心的可怜女人，总算得以解脱，可以放心入睡了。接下来，伊万·尼古拉耶维奇会一脸幸福地一觉睡到大天亮，他会做好多梦，好多妻子不知道的、崇高而幸福的梦。

令伊万·尼古拉耶维奇于哀叫中惊醒的，永远是同样的梦魇：他看见一个怪异的、没有鼻子的刽子手，"嘿呦"叫着向上一跳，将矛尖刺入行刑柱上发了疯的格斯塔斯的心脏。但刽子手还不是最可怕的，更可怕的是梦境里的诡异光亮：那光亮来自翻滚着压向地面的乌云，仿佛世界末日就要来了。

注射之后，梦境完全变了。只见一条宽广的月光之路从床边一直铺向窗前，一个身着血红衬里的白色披风的人踏上这条路，径直朝月亮走去。在他身旁走着一个年轻人，身着破烂长衫，脸上满是伤痕。两人正激烈地交谈、争论，似乎想要达成某种共识。

"诸神，诸神！"穿披风的人一脸傲慢地望着同行者，说："多么卑鄙的行刑！但请你告诉我，"他脸上的傲慢换成了哀求，"那次行刑并未发生！求求你，告诉我，是不是？"

"哦，当然没有。"同行者声音嘶哑地回答，"那只是你的幻觉。"

"你能对此发誓吗？"穿披风的人可怜巴巴地哀求。

"我发誓！"同行者回答，眼中不知为何露出笑意。

"别的我什么都不需要了！"穿披风的人声嘶力竭地大喊，引着同伴，向着月亮越升越高。一头安静而威猛的削耳巨犬跟在二人身后。

于是，月光之路开始沸腾，一条月光之河翻涌而出，四下泛滥。月亮在主宰，月亮在嬉戏，月亮在舞蹈，月亮在胡闹。于是，月光的潮水中现出一个惊鸿绝艳的女子，挽着一个胡子拉碴、惊惶四顾的男人朝伊万走来。伊万·尼古拉耶维奇一眼便认出了男人——118号，他的月夜来客。伊万·尼古拉耶维奇在梦中朝他伸出双臂，急切地问："这么说，就这么结束了？"

"就这么结束了，我的学生。" 118号回答。

女子走到伊万跟前，说："当然结束了。一切都已结束，一切都将结束……让我吻一下你的额头,你的一切也都会好的。"

她俯下身,吻了一下伊万的额头,伊万伸出双臂,凝视着她的双眸,而她却慢慢后退,后退,挽着男伴走向月亮……

于是,月亮开始发狂,她将月光一股脑浇在伊万身上,将月光泼洒得到处都是,屋子里发起了月光的大洪水,月光汹涌着,越涨越高,渐渐淹没了床铺。于是,幸福便洋溢在睡梦中的伊万脸上了。

早晨醒来时,他沉默不语,却完全安详,完全健康。千疮百孔的回忆平息了,在下一个春季月圆之夜到来之前,再不会有任何人来打扰他,无论是刺死格斯塔斯的没鼻子的刽子手,还是残酷的第五任犹太总督——金矛骑士本丢·彼拉多。

1929—1940

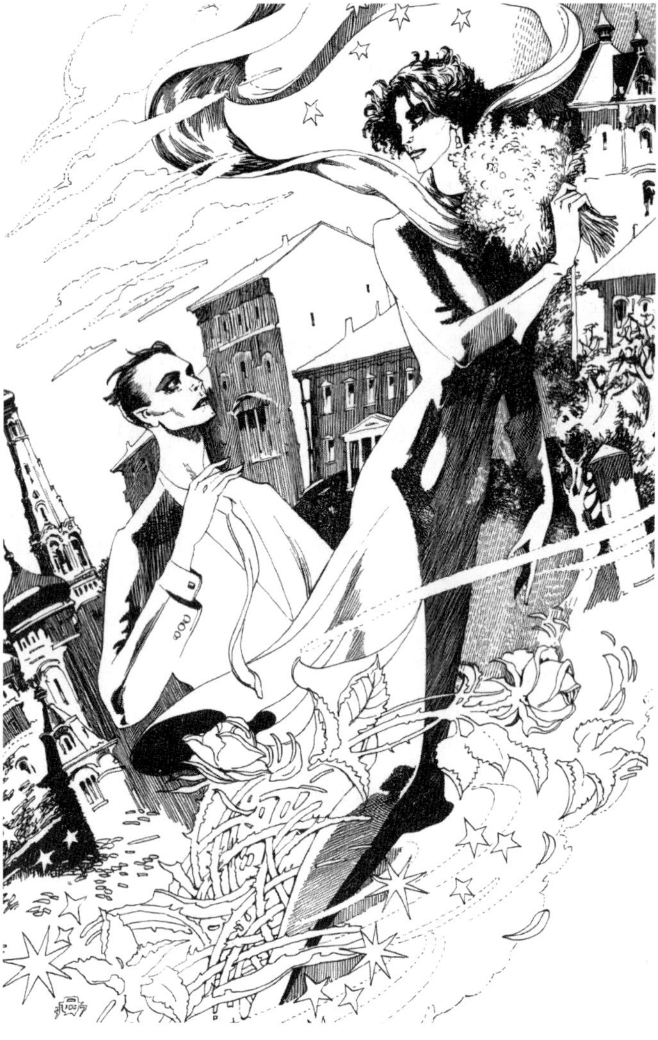

译后记

《大师和玛格丽特》首先是关于男女主人公的爱情。这场爱情超越了一切世俗，完美到近乎不切实际，似乎只可能存在于理想世界。而作家却像捍卫上帝和魔鬼的存在一样，狂热地捍卫其真实性："谁跟你说，世间没有真正的忠贞的永恒的爱情？撒这种谎的人，真该割掉他的烂舌头！"原因很简单，因为这本就是作家自己的爱情。

玛格丽特的真实原型是叶莲娜·谢尔盖耶夫娜——作家的第三任妻子、他的红颜知己和灵魂伴侣。1929 年，38 岁的布尔加科夫与 36 岁的叶莲娜在一次家庭聚会中初次相遇。尽管当时两人都已二婚，但仍不可自拔地相爱了。在叶莲娜的丈夫——一位军界精英的干预之下，二人忍痛断绝了往来。十八个月之后，二人如小说中所描写的那般在街角偶遇。布尔加科夫随后致信叶莲娜的丈夫："亲爱的叶夫根尼·亚历山德罗维奇，我又见到了叶莲娜·谢尔盖耶夫娜。我们依然深爱着彼此，我们想要结婚。" 1932 年，有情人终成眷属，叶莲娜陪伴布尔加科夫走过了人生最后的八年苦旅。

《大师和玛格丽特》的创作同样起始于 1929 年，历时十二载，先后数易其稿，诚可谓"字字看来皆是血，十年辛苦不寻常"。作家的现实处境远比小说中的大师更为艰难，毕竟大师还有从天而降的十万卢布大奖，能借以摆脱蜗居，远离世俗，专心创作。而布尔加科夫则不断遭受着物质与精神的双重打击。自 1925 年长篇小说《白卫军》开头部分发表之后，直至

1940年去世，布尔加科夫再也未能发表任何一部重要的小说作品，其赖以维持生计的剧本同样屡屡遭禁。而在这被迫噤声的十五年间，他却收集到共计320篇讨伐自己的檄文，光是其标题便已火药味十足：《打倒白卫军！》《打击布尔加科夫习气》《舞台上的阶级敌人》《让戏剧、电影和文学领域的阶级敌人缴械投降》《将剧院从布尔加科夫戏剧中解放出来》……绝望之际，作家两度焚毁了自己的手稿（1930和1933），也曾不止一次在稿纸上写下："死之前一定要写完！""主啊，帮帮我，写完它！" 1939年，作家罹患的遗传性高血压性肾硬化加重，卧床不起，只能通过口授，由妻子协助修改手稿①。弥留之际，作家的最后牵挂全部放在了这部呕心沥血之作上：

> 在疾病的最后阶段，他几乎已经无法说话，只能勉强发出个别单词的首尾音节。我照常守在他的床头，坐在地板上的一只枕头上。有一回他示意我，像是需要什么东西。我给他拿药，拿水，拿柠檬汁，但都不对。我便猜着问他："你的东西？"他那样点了点头，表示既是，又不是。我又问："《大师和玛格丽特》？"他高兴极了，点头表示"没错"。然后他费尽气力吐出一句话："让人们看到……"②

---

① 由于作家未能完成最终统稿，小说在细节上有一些相互矛盾之处。比如第十五章中，打击外汇投机分子的主持人宣称："私藏外币乃荒谬之举。任何人在任何场合下都无法使用外币"，而在第二十八章中，外宾商店的看门人却说"我们这儿只能使用外币"。再如第二十四章，前面说莫加雷奇、尼古拉·伊万诺维奇和瓦列努哈在遭受惩罚之后，都是从50号宅的卧室窗户中飞走的；后面却说安努什卡在楼道里，看到他们一个个从50号宅房门内滚将出来，陆续飞出了四楼的楼道窗户。更重要的是，关于大师和玛格丽特的最后结局也是自相矛盾的。据前文描述，玛格丽特变成巫女之后再未回家，大师被从精神病院解救之后也再未返回医院，与此相应，《尾声》中说大师和玛格丽特均被沃兰德一伙"掳走"；而在第三十章中，却又说大师和玛格丽特分别死在了医院和家中。但瑕不掩瑜，这些细节的出入反而增添了作品的神秘美感。
② 叶·谢·布尔加科娃，谢·亚·良德列斯，《关于米哈伊尔·布尔加科夫的回忆》，莫斯科，文学出版社，1988年，第389—390页。

然而，承继亡夫遗志，让人们看到这部惊世骇俗之作，其艰难程度丝毫不亚于其创作过程。布尔加科夫的挚友、文艺评论家帕维尔·波波夫在读完小说手稿之后，曾致信叶莲娜·谢尔盖耶夫娜："小说至少要等到50—100年后才有可能出版。眼下，人们对它知道得越少越好。"此后二十多年间，叶莲娜·谢尔盖耶夫娜曾先后六次试图突破书刊审查，但就连"解冻"时期相对宽松的出版环境也无济于事。直至1966年，小说才终于发表在《莫斯科》文学杂志（1966年第11期及1967年第1期）。苏联著名作家、诗人康斯坦丁·西蒙诺夫为之作序，盛赞其为"魔幻小说中的心理小说"。这一年，叶莲娜已经73岁，在亡夫去世整整26年之后，她终于让这部融合了二人生命的杰作得见天日。只可惜，小说在初次发表时被大量删节。共计159个片段，14000个单词，约合全书篇幅的12%：删除了对古罗马秘密卫队及"莫斯科某部门"的描写、对于政治迫害的暗示（50号宅房客接二连三的神秘失踪、博索伊之梦等等），弱化了对苏联现实的辛辣讽刺（住房问题、外宾商店等等），削减了耶舒阿的戏份及其道德力量。除此之外，还一一剔除了"不纯洁"的细节，比如玛格丽特和娜塔莎的裸体、撒旦舞会上众女宾的裸体、胖醉汉的裸体，以及撒旦舞会上的妓馆老鸨、在女试衣间墙壁上钻洞眼的裁缝铺老板娘……1967年，巴黎Ymka-Press出版社推出了首个俄语完整版，此后小说迅速风靡全球。三年后，叶莲娜离开人世，与布尔加科夫共眠地下。又三年后，莫斯科才推出首个俄语完整版。

正如玛格丽特拯救了大师和他的小说，叶莲娜也拯救了《大师和玛格丽特》。她像玛格丽特一样美丽、勇敢、忠诚、执着，她甚至比玛格丽特更可敬，毕竟她没有魔王可以倚仗。

假如《大师和玛格丽特》是场电影，那么单是这场旷世之

大师和玛格丽特 | 447

恋便已值回票价，何况这还仅仅只是小说三条叙事主线之一，而另外两条线——魔王大闹莫斯科和耶舒阿受难——同样精彩绝伦。更绝妙的是，作家将这三条叙事主线，编织成了别开生面的双文本结构。大师和玛格丽特的爱情与沃兰德造访莫斯科构成第一个文本，而大师创作的关于耶舒阿受难的小说穿插其间，构成第二个文本。按照文本故事时空，可分别称之为"莫斯科文本"和"耶路撒冷文本"。

"魔王大闹莫斯科"是全书最具狂欢化精神、最富魔幻色彩的篇章，电车断头、黑魔法表演、吸血鬼索命、魔女复仇，精彩程度一浪高过一浪，如同愈发激昂壮阔的交响乐，直至撒旦舞会达到最高潮。借由魔鬼之力，罪恶在戏谑中遭到审判，正义在绝境中得到匡扶。正如大师所说：当人们被洗劫一空时，便会向彼岸的力量寻找救赎。沃兰德正是布尔加科夫在绝望现实中的精神寄托，他渴望这样一种超越现实的惩戒之力，来激浊扬清、惩恶扬善。

"耶舒阿受难"的故事则承载了作家的道德理想。作为大师笔下的艺术形象，耶舒阿与《圣经》中的耶稣在年龄、血统、出生地、门徒数量等方面有着显而易见的差异性，其受审与受刑的情形也与福音书的相关记载大不相同。大师笔下的耶舒阿是被刺死在"带横梁的行刑柱"（столб с перекладинами）上的，而非被钉死在"十字架"（крест）上的。[①] 更重要的是，如果说《圣经》中的耶稣是道成肉身的神人，则大师笔下的耶舒阿更接近于肉体凡胎。大师将耶舒阿当作一个真实的普

[①] "крест"（十字架）一词在耶路撒冷文本中从未出现过，在莫斯科文本中却出现过两次：第一次说瓦列努哈"像被钉在十字架上那样张开双臂"（第十章），第二次说被赦免后的弗丽达匍匐在玛格丽特脚下，摊开双臂，构成十字架（第二十四章）。

通人去描写，从而使其获得了更为强大的精神感召力。①

作为善的载体，耶舒阿代表着最高的宗教哲学真理——善的意志。正如俄国宗教哲学之父索洛维约夫所说："人类行为的动机或充分理由，除却左右好恶的个人的、具体的观念之外，还可能存在普遍的'善的意志'，后者以无条件义务或绝对命令（康德语）的形式作用于主观意识。简言之，人可以做出与一己私利相悖的善举，仅仅出于善的意志，出于对义务或道德律令的尊重。"② 耶舒阿坚信，世人皆善，无有恶人。倘若善的意志能够主导道德意识，则整个人类的存在都将变得和谐。这虽远非基督教义的全部内容，但对于布尔加科夫而言，这一点恰恰是最重要的，因为在他看来，善的意志的衰落恰是时代悲剧的根源，由此导致了一切的罪恶，包括人类最大的罪过之一——怯懦。

彼拉多是怯懦的，他明知流浪哲人并无死罪，却迫于犹太公会施压，也为了保住自己的仕途前程，核准了对耶舒阿的死刑，为此承受了两千年的漫长煎熬；大师也是怯懦的，他拥有揭示真理的巨大艺术才能，却没有足够的勇气捍卫自己的真理，在强权的打击之下，他丧失了理智，焚毁了手稿，甚至因为苦难而痛恨自己的作品。也正是由于这份怯懦，大师没有资格去往光明世界，而只配得享安宁。彼拉多的怯懦是政治家的怯懦，大师的怯懦是艺术家的怯懦，而这两类人的怯懦，其罪

---

① 正因如此，作家才特意将耶舒阿的姓名写作"Иешуа"，以区别于小说其余部分出现的"Иисус"（耶稣）。有译者将二者统一译为"耶稣"，窃以为不妥，会抹杀如上差异性。也有译者将其译为"约书亚"，依据是耶稣全名为"Jeshua ben Joseph"（"约瑟之子约书亚"）。约书亚是继摩西之后的希伯来人领袖，在《圣经》文本中，为区分二者，通常将其分别写作约书亚（Joshua）和耶稣（Jesus）。不过，据1990年莫斯科"文学"出版社《布尔加科夫文集（五卷本）》的编者注，Иешуа 系音译自阿拉米语，译为"上帝是救赎"。由此来看，钱诚先生翻译的"耶舒阿"更符合音译规则。值得一提的是，英译本也将其音译为 Yeshua，而非英文版《圣经》中惯用的 Joshua。

② 弗·谢·索洛维约夫，《二卷本文集》，莫斯科，1988，卷1，第114页。

大师和玛格丽特 | 449

过远比普通人更为深重，因为其代价往往是牺牲真理。

借由耶舒阿和沃兰德这两个艺术形象，布尔加科夫重构了上帝与撒旦的相互关系。沃兰德既非以人心为战场，与上帝分庭抗礼的敌基督，也并不完全像《约伯记》中那个奉耶和华之命考验人心的撒旦。作为"至善"与"至恶"的化身，耶舒阿与沃兰德的互动构成了善与恶的辩证法。耶舒阿宣扬人性本善，以善化恶；沃兰德则坚称善恶影随，以恶制恶。最终，正如卷首语中所揭示的，魔王被收编为"至善之力"的一部分，"总想作恶，却总在行善"，换言之，以恶的方式行善。

构成小说的两个文本有着共同的矛盾冲突（善与恶，背叛与复仇），人物体系也基本构成一一对应关系（耶舒阿和大师分别作为真理持有者，该亚法和柏辽兹分别作为真理的对立面、意识形态的代表者，对耶舒阿和大师加以迫害，犹大和莫加雷奇均为物质利益出卖了真理，利未·马太和无家汉则作为唯一的真理传承者），情节线索也在同一时空节点交汇，以彼拉多和大师的灵魂解脱作为完结。作家通过精心设计的艺术对称，以人物命运的相似性突显了历史与现实的有机联系，两千年前的耶路撒冷和二十世纪的莫斯科，构成了同一出全人类历史悲剧的两幕布景。而这两场戏均以大雷雨——末日审判的象征作为收场，尽情宣泄了涤荡寰宇、毁天灭地的强大伟力：

> 黑暗，自地中海袭来，笼罩了这座为总督所痛恨的城市。连接圣殿与可怖的安东尼亚堡的座座吊桥不见了……耶路撒冷，这座伟大的城市消失了，仿佛从未存在过一般。

> 黑暗，自西方袭来，笼罩了这座庞大的城市（莫斯科）。一座座桥梁和宫殿不见了。一切都消失了，仿佛从未存在过一般。

毁灭的目的在于重建。"但愿新楼胜旧楼"——在得知"菠萝暖房"格里鲍耶陀夫之家被侍从烧毁之后,魔王如是说。布尔加科夫毁灭莫斯科,同样是怀揣着重建一个莫斯科的希冀。从这个意义上说,《大师和玛格丽特》是布尔加科夫版的《复活》。

作为布尔加科夫留给世界的精神遗嘱,《大师和玛格丽特》囊括了作家对人类命运及历史发展的哲学思索,对生命意义和爱情真谛的切身感悟、对善与恶、罪与罚、强权与真理、艺术与政治的深刻诠释,其内涵如此丰富而又深邃,难以穷尽。尽管相关著述已汗牛充栋,但围绕作品展开的争论仍在持续,新的阐释仍在不断涌现。

自1987年《大师和玛格丽特》首次译介到国内以来,现有汉译本已不下十种,且译者中不乏钱诚、徐昌翰、戴骢、曹国维、高惠群、严永兴等译笔精湛的老一辈翻译家。此次受上海译文出版社俄文编辑刘晨先生委托,重译大师经典,自觉使命沉重,不敢稍有懈怠。动笔翻译之前,我先通读了俄文原稿和八种汉译本,又翻阅了英国著名俄语文学翻译家 Hugh Aplin 的英译本,以求获得关于原著调性的整体印象,对比不同翻译处理的优劣得失。在为期一年的迟缓翻译之后,我又按照惯例,对译稿进行了"三审(电子稿)五校(打印稿)",力求不负原著,不负读者。以下谨结合具体译例,与大家交流一下我在本书翻译过程中的些许体会,敬请方家批评指正。

首先是关于语言风格及调性的把握与传递。通常而言,一部作品的语言风格从头至尾都是统一的,而《大师和玛格丽特》的语言风格却是双重乃至多重的。耶路撒冷文本的语言如历史纪实般客观严谨、简洁凝练。在再现耶稣受难这一全人类历史悲剧时,大师没有掺杂任何虚构、幻想、魔幻、神秘色彩，甚至没有过多的文学性渲染。整个叙述从头至尾笼罩在紧张的悲剧氛围中，人物言行也毫无粗鄙、玩世不恭之处，完全符合古典悲剧的崇高性准则。反观莫斯科文本，在讲述魔王大闹莫斯科时，汪洋恣肆、酣畅淋漓，极尽荒唐、怪诞、讽刺、戏谑之能事，而在转入大师和玛格丽特的爱情时则哀而不伤，真挚动人，两种叙述笔调经常瞬间切换。就整体而言，耶路撒冷文本偏"文"，莫斯科文本偏"白"；为此，译者刻意在两种文本中使用了一些有区分度的字眼，比如在耶路撒冷文本中统一以"道"代替"说"。此外，不同于耶路撒冷文本中的作者隐身，莫斯科文本中的叙述者是明显在场的，且不时与读者乃至书中人物展开对话，更像是一位连批带讲、嬉笑怒骂的说书人。有基于此，译文中大胆使用了"书中代言"这一传统评书艺术的标志性话语，来翻译原文中的叙述者插语"объяснимся:"（"让我来解释一下："）和"кстати:"（"顺便交待一下："）。

其次是对于某些具有鲜明文化特色的事物（如菜品名称）的处理。"暴食"是基督教七宗罪之一，指沉迷于物质享乐，放纵食欲。这桩罪过在《大闹格里鲍》一章得到了集中展示。在翻译菜品名称时，务必查明其食材及烹饪方式，再给出符合汉语菜品命名规则的译名，必要时辅以译注。试举一例："яйца-кокотт с шампиньоновым пюре в чашечках"。不同汉译本给出的译名如下："盛在小碗里的鸡蛋香菇泥""用小碟子装的鸡蛋香菇泥""一小碗一小碗的香菇泥煎蛋""小碗香菇泥炖蛋""香菇酱煎鸡蛋""小盘蘑菇浇汁蛋卷""碗装蘑菇泥炖蛋"等等。那么，这究竟是一道什么菜呢？先来看食材，用于菜肴的"шампиньон"通常指 шампиньон двуспоровый（即 agaricus bisporus，双孢菇），俗称"белый гриб"（白蘑菇），шампиньоновое пюре 则可译为"白蘑菇泥"。再看烹饪方式：

是煎蛋？炖蛋？还是浇汁蛋卷？经查，这道菜为烤箱烤制而成。相应的，盛菜的 чашечка 不是盘、碟、碗，而是烤盅。综上，这道菜或可译为"白蘑菇泥焗烤蛋盅"。

布尔加科夫是当之无愧的语言大师，用字精炼传神，翻译时同样需要炼字之功。比如同样在第五章《大闹格里鲍》中，有这样一段话："柏辽兹在牧首塘遇难当晚，十点半，格里鲍二楼只有一个房间还亮着灯——马索利特理事会办公室，里面焖着十二位前来开会的文学家，已经等了柏辽兹半天了。"① 这段译文中的"焖"字所对应的俄文单词为"томились"。这是一个动词，通常可译为"苦恼，苦闷，疲惫，受折磨"等。在我查阅的汉译本中，除严永兴先生将其译为"苦熬"之外，其余译者均将其处理为后文中"ожидавших"（等待）的状态副词，如"苦苦等待""焦急地等待着""无精打采地等待""疲倦地等待""疲惫不堪地聚在一起"等，英译处理为"languish"，同样取其"受苦，憔悴"之意。事实上，томиться 还有一个不太常见的意项："Долго париться на медленном огне в закрытой посуде." 意思是"在带盖器皿中小火慢炖"，也就是"焖"！结合下文描述——天气闷热已极，柏油马路正在释放积蓄了一天的热量，窗户四敞大开，却透不进一丝凉风，众人等得口干舌燥，焦躁不已，用这个字实在太贴切不过了。

再举一例。在第十六章《行刑》中，讲到天气酷热，守在山脚下的骑兵队长汗流浃背时，原文中有这样一句话，说他"в темной от пота на спине белой рубахе"（"穿着一件因后背的汗水而发黑的白衬衫"）。这话读来有些奇怪，汗水又不是墨汁，怎

---

① 原文如下：В половину одиннадцатого часа того вечера, когда Берлиоз погиб на Патриарших, в Грибоедове наверху была освещена только одна комната, и в ней томились двенадцать литераторов, собравшихся на заседание и ожидавших Михаила Александровича.

大师和玛格丽特 | 453

么会令白衬衫发黑？我参考的八种汉译本对该句处理分别如下：

1. 白上衣背部已经汗湿
2. 背部的白色衬衫露出斑斑汗渍
3. 白衬衣后背已是黑糊糊的一片汗渍
4. 身上的白衬衫背后被汗渍得黑了一大片
5. 白衬衣背上都汗透发黑了
6. 背后的白衬衫被汗水染成了黑色
7. 白色上衣的后背已经被汗水浸透，变成了深灰色
8. 汗水浸渍的白上衣的背部已经粘上了一层尘土，变成了深灰色

不难看出，译者们在此处都遇到了相似的疑难。对于"тёмной"一词，译者或做阙如（译案1），或模糊处理（译案2），或译为"黑色"（译案3、4、5、6），或译为"深灰色"（译案7、8）。至于为何会"тёмной от пота（因汗水而发黑）"，译案2、3解释为"汗渍"，译案8刻意增添了"粘上了一层尘土"这一原文中并不存在的信息，更多的译者未加解释。英译同样仅仅忠实地传递了原文信息："in a white shirt whose back was dark with sweat"。作为译者，如是处理亦未尝不可（如译案5），但译文读来仍不免令人费解。那么，究竟是怎么一回事呢？终于，我想到一种合理解释：据前文所述，这位骑兵队长是个叙利亚人，"黝黑如黑人后裔"，白色上衣被汗水渍透，紧贴在脊背上，自然会显得发黑。如果真如此，则布尔加科夫用字之精妙，实在令人惊叹！基于这种解读，我将该句处理为"渍透的白色上衣紧贴在黝黑的脊背上"。诚然，较之于原文，译文虽然明了，却不免少了几分神韵。文学翻译本

就是门缺憾的艺术,而原作越是经典,其翻译过程中的缺憾往往也就越多,也就更需要一代又一代的译者不断地接续努力,这大概便是经典重译的必要性与意义所在吧!

译者

2024 年 3 月 3 日于不足道斋

Михаил Афанасьевич Булгаков
Мастер и Маргарита

图书在版编目（CIP）数据

大师和玛格丽特 /（苏）布尔加科夫著；李春雨译.
上海：上海译文出版社，2024.12.--（译文经典）.
ISBN 978-7-5327-9664-9

Ⅰ. I512.45
中国国家版本馆 CIP 数据核字第 2024KP9004 号

大师和玛格丽特

[苏联] 布尔加科夫　著　李春雨　译
责任编辑/刘　晨　装帧设计/张志全工作室

上海译文出版社有限公司出版、发行
网址：www.yiwen.com.cn
201101　上海市闵行区号景路159弄B座
苏州工业园区美柯乐制版印务有限责任公司印刷

开本 787×1092　1/32　印张 14.5　插页 5　字数 263,000
2024 年 12 月第 1 版　2024 年 12 月第 1 次印刷
印数：0,001—6,500 册

ISBN 978-7-5327-9664-9
定价：68.00元

本书版权为本社独家所有，未经本社同意不得转载、摘编或复制
如有质量问题，请与承印厂质量科联系，T：0512-67606001